KB124486

비밀의 계절 1

* 이 도서의 국립중앙도서관 출판예정도서목록(CIP)은 서지정보유통지원시스템 홈페이지(http://seoji.nl.go.kr)와 국가자료공동목록시스템(http://www.nl.go.kr/kolisnet)에서 이용하실 수 있습니다.
(CIP제어번호: CIP2015013570)

THE SECRET HISTORY by Donna Tartt

Copyright © 1992 by Donna Tartt
All rights reserved.
This Korean edition was published by EunHaeng Namu Publishing Co., Ltd. in 2015 by arrangement with ICM Partners and Curtis Brown Group Limited through KCC(Korea Copyright Center Inc.), Seoul.

이 책은 (주)한국저작권센터(KCC)를 통한 저작권자와의 독점계약으로 (주)은행나무출판사에서 출간되었습니다. 저작권법에 의해 한국 내에서 보호를 받는 저작물이므로 무단전재와 복제를 금합니다.

비밀의
계절

The Secret History

1

도나 타트 장편소설

이윤기 옮김

은행나무

너그러운 마음으로 영원히 내 가슴을 따뜻하게 해줄
브렛 이스턴 엘리스와,
이 세상에서 만날 수 있으리라고는 꿈에도 생각지 못했던
예술의 신이자 보호자이자 더없이 사랑스러운
내 친구 폴 에드워드 맥글로인을 위해서

나는 언어학자의 기원을 묻는 동시에 아래와 같이 주장한다.

1. 젊은이는 그리스어와 라틴어가 무엇인지를 알 수 없다.

2. 젊은이는 자신이 두 언어를 탐구할 자격이 있는지의 여부도 알 수 없다.

프리드리히 니체, 《반시대적 고찰》

와서 더불어 얘기하며 우리 여유를 살찌우자.

그러면 우리 이야기가 우리 시대 영웅들을 가르치게 될 것이니.

플라톤, 《국가》

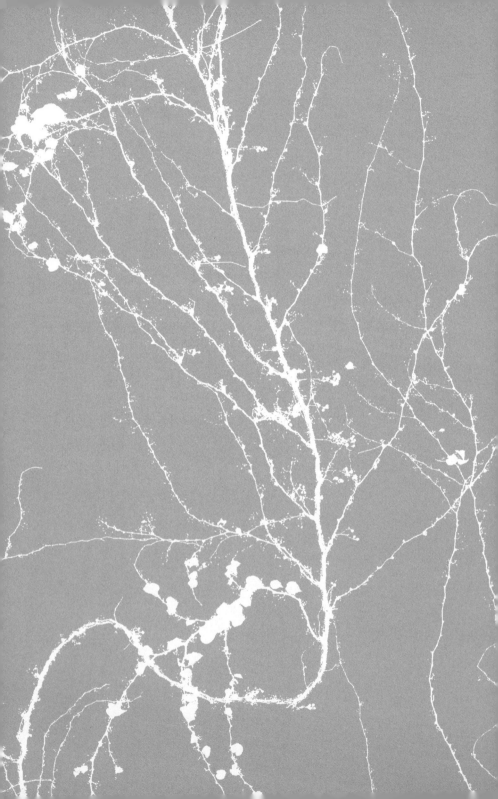

프롤로그

산에 쌓여 있던 눈이 녹고 있었다. 우리는 버니가 죽은 지 몇 주가 지나고 나서야 우리가 얼마나 심각한 상황에 처해 있는가를 깨닫기 시작했다. 버니는 죽은 지 열흘 만에 발견되었다. 주(州) 경찰, 연방수사국 요원들, 심지어 주 경찰 헬리콥터까지 동원된, 버몬트 주 사상 최대의 수색작전이 펼쳐졌다. 대학이 휴교하고, 햄든의 염색공장이 문을 닫았으며, 뉴햄프셔는 물론, 뉴욕 주 북부와 보스턴에서까지 사람들이 몰려들었을 정도였다.

이렇듯 일이 예기치 못한 방향으로 전개되고 말았으니, 헨리의 계획이 용의주도했다고는 하나 성공을 거두었다고 보기는 어렵다. 우리가 버니의 시체를 눈에 띌 수 없는 곳에 일부러 감춘 것은 아니었다. 감추었다기보다는, 버니의 실종 사실이 알려지지 않은 상태에서 어떤 재수 없는 행인이 그의 시체에 걸려 넘어지기라도 했으면, 그래서 그 행인에 의해 우연하게 발견되면 좋겠다는 생각에 쓰러진 자리에 그냥 두었을 뿐이다. 정황이 말해주는 것은 이랬다. 군데군데 흩어진 바위, 골짜기 끝에 누운 목이 꺾인 시체, 시체의 임자가 남겼음 직한 진흙 위의 미끄러진 자국은 영락없는 사고사로 보였을 법했다. 그러니까 그날 밤 눈이 내리지 않았다면, 사건은 한 등산객의 죽음을 애도하는 친구들이 조용히 눈물이나 몇 방울 떨어뜨리는 소박한 장례식으로 마무리되었을 터였다. 그런데 그날 밤 눈이 내려 버니의 시체를 덮은 것이었다. 그리고 열흘 뒤, 그 눈이 녹자 시체가 발견되었고, 그제야 주 경찰과 연방수사국 요원들과 지역 수색대원들은 시체를 덮은 눈이 빤질빤질한 얼음덩어리가 되도록 그 위를 자신들이 수도 없이 밟고 다녔음을 알게 되었던 것이다.

나에게도 부분적으로 책임이 있는 그 사건이 그렇게 엄청난 소동이 되었다는 게 나는 도무지 믿어지지 않는다. 또 하나 믿을 수 없는 것은 내가 그 소동 한가운데로, 수많은 카메라, 수많은 제복, 설탕 그릇에 꼬여든 개미 떼처럼 캐터랙트 산에 새카맣게 모여든 군중 사이로 의심의 눈길 한번 받지 않고 태연하게 걸어 들어갔다는 점이다. 그러나 들어가는 건 문제가 아니었다. 문제는 나올 때였다. 태연하게 현장을 나오면서 나는 그 4월 어느 오후의 일을 영원히 그 골짜기에 묻어버릴 수 있을 것으로 믿었다. 그러나 지금은 그렇지 못하다. 이제 수색대원들이 산을 떠나고, 내 주위는 고요를 되찾았지만, 나는 몇 년 동안 내 현실이 아닌 그 산 위의 현실에 머물러왔음을 깨달았다. 갓 돋아난 풀 위로 자동차 바큇자국이 난 그 산 위에, 추위에 파르르 떠는 산능금꽃 위로 하늘빛이 유난히 짙던 곳, 그날 밤에 내릴 눈의 한기가 걸려 있던 곳에.

너희들 여기에서 뭘 하고 있어?

자신을 기다리고 있는 우리 넷을 보고 버니는 놀란 얼굴로 물었다.

응, 고사리 몇 포기 캐려고.

헨리가 대답했다.

우리는 떨기나무 숲 속에서 수군거리다 버니의 시체를 한 번 쳐다보고는, 열쇠를 떨어뜨리지는 않았는지, 안경 같은 걸 떨어뜨리지 않았는지 주위를 살펴본 다음 숲을 빠져나왔다. 숲을 빠져나오다가 나는, 우리가 지나온 길을 닫아버린 잔가지 사이를 어깨 너머로 돌아다보았다. 돌아오는 길에 소나무 사이로 시나브로 날리기 시작하던 눈발을 나는 기억하고 있다. 안도의 한숨을 쉬면서 자동차로 우르르 몰려들어 가 나들이 나온 가족처럼 간 길을 되짚어 오던 일, 헨리는 어금니를 꽉 깨물고 곳곳이 움푹 팬 길 위로 차를 몰고, 나머지 우리는 어린아이들처럼 등받이에 기대어 내려오던 일도 기억한다. 그로부터 내가 견뎌야 했던 길고 무서운 밤, 그 수많은 나날들도 분명하게 기억한다. 그 긴긴 세월을 떨쳐버리기 위해 어깨 너머로 그렇게 오래 눈길을 던졌는데도 불구하고 지금도 뒤를 돌아보기만 하면 그 광경이 눈앞에 보이는 듯하다. 그 골짜기, 잔가지 사이로 모습을 드러내던 푸르고 검은 그 골짜기가 보인다. 그 풍경은 영원히 나를 떠나지 않을 것이다.

한때는, 내 입으로 해야 할 이야기가 무척이나 많은 것 같았다. 그러나 지금은 그렇지 않다. 한 가지가 있을 뿐이다. 지금 내가 하려는 이 이야기가 바로, 내가 할 수 있는 단 한 가지 이야기이다.

1장

인생의 한복판에서 벌어진 암흑의 균열 같은 '치명적인 결함'이 과연 문학 밖에도 존재하는 것일까? 나는 없다고 생각해왔다. 그러나 지금은 다르다. 내 삶의 치명적인 결함이란, 어떤 대가를 치르더라도 내 삶을 다채롭게 만들어야 한다는 병적인 집착, 바로 그것인 듯하다.

내 이야기다. 내가 가진 광기에 관한 이야기 하나.(A moi. L'histoire d'une de mes folies.)

내 이름은 리처드 페이편, 나이는 스물여덟이다. 나는 열아홉 살이 되기까지 뉴잉글랜드나 햄든 대학은 구경도 못 해본 시골뜨기다. 나는 캘리포니아 태생이다. 최근에 알게 된 사실이지만, 캘리포니아에서 태어났을 뿐만 아니라 성격 역시 캘리포니아적이다. 그 사건을 겪고 난 지금이니까 이 사실을 인정하지 그전 같으면 어림도 없었을 것이다.

나는 캘리포니아 북부에 있는 조그만 산업도시인 플래노에서 자랐다. 나는 외동아들이다. 아버지는 주유소를 운영했고 어머니는 가정주부였다. 어머니는 내가 크면서 형편이 빠듯해지자 새너제이 외곽에 있는 반도체공장 사무실에서 전화받는 일을 했다.

플래노. 이 말의 울림은 늘 자동차에 탄 채 드나드는 극장이나 음식점, 이동식 주택, 아스팔트 위로 피어오르는 아지랑이를 떠올리게 한다. 그곳에서의 삶이 나에게 안겨준 것은 일회용 플라스틱 컵 비슷한, 소모품 같은 과거뿐이다. 그런데 어떤 의미에서 이것은 나에게 대단히 소중하다. 나는 집만 떠나면 흥미진진하면서도 소박한 환경의 영향 아래 새롭고도 만족스러운 역사, 누구나 접근이 가능한 다채로운 과거를 꾸며낼 수 있을 것으로 믿었다.

동화 같은 어린아이 나름의 공상—수영장이 딸린 저택, 오렌지 과수원, 매력적인 연예인 부모—이 아니었다면 우중충한 근본은 나를 몹시 따분하게 만들었을 것이다. 그럴 수밖에 없는 것이, 어린 시절을 돌아볼 때마다 생각나는 것은 늘 너절한 것들, 가령 1년 내내 신고 다니던 운동화, 슈퍼마켓에서 산 그림책, 이웃 동네 아이들과 시합이 있을 때마다 들고 나가던 낡은 축구공같이, 재미도 없고 아름다울 것은 더욱 없는 시시한 것들뿐이기 때문이다. 나는 말수가 적고, 나이에 비해 키가 크고, 얼굴에는 주근깨가 많은 아이였다. 친구도 적었는데, 이게 내 환경이 그래서 그랬는지, 아니면 친구 사귀기를 좋아하지 않았기 때문에 그랬는지는 나도 모르겠다. 공부는 곧잘 한 것 같지만 각별하게 우수했던 것은 아니다. 나는 책—가령 톨킨의 책과 《톰 스위프트》 같은 책—읽기도 좋아했고 텔레비전 보기도 좋아했다. 학교가 끝나고 집에 오면 오후 내내 텅 빈 거실 양탄자에 누워 텔레비전을 보았다.

솔직하게 말해 그 시절에 관한 기억은 별로 없다. 특별히 생각나는 것이 있다면 어린 시절을 관류하던 어떤 느낌, 가령 일요일 밤 〈디즈니의 놀라운 세계〉를 볼 때마다 경험했던 우울한 느낌이다. 일요일은 나에게 슬픈 날—다음 날에 학교에 가야 하니까 일찍 잠자리에 들어야 하는 날, 잠자리에 들어서도 혹 숙제를 까먹지나 않았을까 걱정하던 날 — 이었다. 텔레비전 화면으로 불야성 같은 디즈니 성(城)에서 쏘아 올리는 밤하늘의 불꽃놀이를 볼 때마다 일종의 공포, 학교와 집을 맴돌아야 하는 데서 오는 갑갑한 느낌이 내 피를 말렸다. 우울증의 원인에 관한 토론이 있다면 나는 내가 경험한 환경을 그 원인으로 제시하게 될지도 모르겠다. 아버지는 약간 천박한 데가 있는 사람이었고 우리 집은 보잘것없었다. 게다가 어머니도 나에게 제대로 관심을 기울이지 않았다. 따라서 내 옷은 늘 싸구려였고, 머리도 늘 짧게 깍아서 학교 친구들도 나에게 관심을 기울이는 것 같지 않았다. 기억하기로, 나의 어린 시절은 늘 이 모양이었기 때문에 나는 우울한 나의 온몸으로 삶이 이런 식으로 계속될 것이라고 믿을 수밖에 없었다. 요컨대 나는 나의 존재가, 정체는 모르겠지만 어떤 필연에 의해 낙인찍혔다는 느낌을 지울 수 없었다.

그러니 내가 나 자신의 삶과 친구들의 삶 혹은 내 나름으로 이해한 친구들의 삶을 화해시키는 데 어려움을 느낀 것은 조금도 이상하지 않은 일이다. 찰스와 커밀라는 버지니아에 있는 조모와 친척들이 재정을 지원해주는 고아들이다.(이들의 기구한 팔자를 내가 얼마나 부러워했던가!) 나는 이들의 어린 시절 삶을 늘 말(馬)과 강(江)과 소합향나무와 함께 연상하기를 즐긴다. 프랜시스에 대해 말하자면, 그의 어머니가 프랜시스를 가진 것은 겨우 열일곱 살 때의 일이란다. 그 시절 빨강 머리의 변덕스러운 소녀이자 돈 많은 아빠의 딸이었던 프랜시스의 어머니는 '밴스 베인과 뮤지컬 스웨인'의 드럼 주자와 눈이 맞아 도망갔다. 그러나 3주 만에 집으로 돌아왔고 결혼은 6주 만에 무효가 되었다. 프랜시스가 곧잘 언급했듯 할머니는 모자를 남매처럼 돌보았다. 이들 모자가 살던 환경은 가령 영국인 유모, 사립학교, 스위스에서 보내는 여름휴가, 프랑스에서 보내는 겨울방학 같은 것으로 이루어진 것이어서 뒷소문까지도 듣기에 향기로울 법한 그런 환경이었다. 화통

한 버니의 환경만 해도 그랬다. 나와 마찬가지로 리퍼코트나 댄스 교습과는 거리가 멀었지만, 버니는 미국적인 소년 시절은 보냈다. 버니의 아버지는 클렘슨 축구단의 스타였다가 은행가가 된 사람이다. 교외에 있는 저택에 아들만 넷이 북적거리는 환경, 유람선이 있고, 테니스 라켓이 있고, 오라면 오는 골든레트리버가 있는 환경, 여름에는 케이프코드에서 지내고 개학하면 보스턴 근방에 있는 기숙학교로 돌아오며 축구 시즌이면 자동차로 피크닉을 다니는 그런 환경. 그런 환경에서 자란 버니는 어디가 달라도 달랐다. 악수를 하거나 농담을 할 때마저도 달랐다.

그리스어를 알고, 청년기의 한동안을 함께 보냈다는 것 외에 나와 그들 사이에 어떤 공통점이 있는지는 그때도 몰랐지만 지금도 모르겠다. 굳이 우리가 나눈 우애를 꼽을 수 있기는 하다. 그러나 내가 지금부터 하려는 이야기에 비추어볼 때 그것을 공통점으로 꼽는 것은 아무래도 이상하다.

이야기를 어떻게 시작한다?

고등학교를 졸업한 뒤, 나는 우리 고향에 있는 조그만 대학에 들어갔다(물론 부모는 내가 대학에 들어가는 데 반대했다. 아버지는 진학을 포기하고 자기 사업을 도왔으면 했기 때문이었다. 그래서 등록 때가 되면 늘 어려웠다). 어쨌든 나는 이 대학에서 두 해 동안 고전 그리스어를 공부했다. 언어에 관심이 있어서 그랬던 것은 아니고 내 전공이 의예학인 데다(내가 의예과를 지망한 것은, 오로지 돈만이 내 미래를 바꾸어줄 것이라고 믿었기 때문이다. 이미 증명된 바(quod erat demonstrandum), 의사는 돈을 많이 번다), 지도교수가 그리스어를 해두면 인문학 분야의 학점을 얻기 쉽다고 했기 때문이다. 게다가 그리스어 시간은 오후에 있어서 월요일에 늦잠을 잘 수 있기도 했다. 알게 되겠지만 이렇게 내 멋대로 내린 결정으로 결국 내 운명이 바뀌게 된다.

그리스어 공부는 꽤 한 편이어서 마지막 학기에는 고전어학과에서 주는 우등상도 받았다. 내가 그리스어 시간을 좋아했던 것은 이것만이 제대로 된 강의실에서 진행되는 유일한 수업이었기 때문이었다. 강의실에 소의 심장이 든 병, 포름알데히드 냄새, 깩깩거리는 실험용 원숭이 우리가 없어서 좋았다. 처음에 나는, 열심히 공부하면 튼튼하지 못한 기초와 공부 자체에 대한 거부감을 극복할 수 있을뿐더러 거기에서 더 열심히 하면 모자라는 재능도 채워낼 수 있을 것으로 믿었다. 그러나 공부라는 것은 그런 게 아니었다. 세월이 흐르는데도 공부에 재미가 들기는커녕 생물학에 역겨움까지 느껴지기 시작했다. 성적은 나날이 떨어져 갔다. 그러니 교수와 친구들이 나를 좋아할 까닭이 없었다. 절망에 빠진 나는, 칼춤이라도 추는 기분으로 부모님과는 상의도 없이 영문과로 전과했다. 하지만 그러는 동시에 내가 내 목을 칼로 친 듯한 느낌을 받았으며 두고두고 후회하게 될 것을 예감했다. 전망 있는 분야에서 실패하는 게, 내 아버지(학제도 재정도 모르는)가 가장 득이 될 게 없다고 으름장을 놓던 분야에 몸을 던지는 것보다 낫다고 생각했다. 나는 어쩔 수 없이 집 안을 맴돌면서 몇 차례나 나에게 돈 줄 의사가 없다고 언명한 바 있는 아버지를 상대로 돈타령이나 하고 있게 되기 십상이었다.

어쨌든 나는 영문학을 열심히 공부했고 조금씩 공부에 흥미를 느껴가기 시작했다. 그러나 집은 아무래도 좋아지지 않았다. 환경이 나에게 안긴 절망의 정체는 지금도 설명할 수 있을 것 같지 않다. 지금 돌이켜보면, 그런 환경, 그런 입장이었다면 우리 집이 아니라 비아리츠나 카라카스나 카프리 섬에 있었대도 행복했을 것 같지 않다. 그러나 그때는 나의 불행이 환경 때문에 오는 나 자신만의 고유한 불행으로 여겨졌다. 적어도 부분적으로는 그런 게 분명했다. 반면에 어떤 의미에서는 밀턴의 말이 옳다. 밀턴에 따르면, 마음은 그 놓인 자리를 낙원으로 만들 수도 있고 지옥으로 만들 수도 있다. 그러나 내 고향 플래노의 설계자는 도시를 낙원 쪽보다는 다른 쪽에 가까운, 어쩌면 애수의 도시로 만들고자 한 게 분명하다. 고등학교 시절 내게는, 학교가 파하면 쇼핑센터 같은 데나 서늘하고도 눈부신 지하상가 같은 데, 수많은 상품, 수많은 상표가 있고, 거울이 있고, 시그널 음악이 있고, 휴식공간이 있고 에스컬레이터가 있는 그런 곳을 정신없이 쏘다니는 버릇이 있었다. 나는 이 잡다한 풍경이 내 머릿속의 퓨즈를 끊어놓을 때까지, 그래서 모든 것이 형상은 없고 색깔만 있는 듯 보일 정도로, 올망졸망하게 붙은 분자 덩어리로 보일 정도로 지각이 마비될 때까지 쏘다녔다. 그러다가는 좀비처럼 주차장으로 내려가 자동차를 몰고 야구장으로 달려가, 핸들에 손을 얹은 채로 차 안에 앉아, 해가 지고 어둠이 내 눈을 가릴 때까지 방풍벽이나 노랗게 시든 겨울 잔디를 바라보았다.

막연하게나마 나의 욕구불만이 나 자신이 지닌 방랑벽이나 마르크시즘적 성향(고등학교 때 사회주의자 시늉으로 아버지의 심기를 몹시 불편하게 만든 적도 있다)에 기인하지 않을까 의심해보기도 했지만 당시의 내가 그것의 정확한 까닭을 이해할 수 있었을 리는 만무하다. 실제로 내 욕구불만은 내 성격에 잠재해 있던 강력한 청교도적 성향에서 유래했을 가능성이 크지만, 누가 내 앞에서 그렇게 말했다면 화를 내고 말았을 것이다. 얼마전, 열여덟 살 무렵에 쓴 것으로 보이는 다음과 같은 구절을 낡은 노트에서 만난 적이 있다.

"이곳에서는 썩는 냄새가 난다. 과일 썩을 때 나는 것과 비슷한 냄새가 난다. 탄생과 교미와 죽음의 무시무시한 역학—이런 끔찍한 삶의 격동을 그리스어로는 오욕(miasma)이라고 한다—이 이처럼 노골적으로 빚어지고 있는 곳이 또 있을까? 이곳만큼 흔적으로 생생하게 남은 곳이 또 있을까? 이곳만큼 수많은 사람들이 거짓과 덧없음과 죽음, 죽음, 죽음에 믿음을 기울이는 곳이 또 있을까?"

다소 난폭한 표현인 듯하다. 그러나 문맥으로 볼 때, 계속해서 캘리포니아에 살았더라면 나는 어떤 믿음의 체계에 대한 열병 혹은 영양실조에 걸린 상태에서 세상을 끝맺고 말았을 것이다. 나는 이즈음 퓌타고라스를 읽었고, 늘 흰옷을 입고 영혼이 깃든 음식물만 섭취했다는 그의 태도에 이상하게 끌렸던 기억이 난다.

그러나 나는 동부로 가서 끝을 보기로 마음먹었다.

문득 햄든이 등장한 것은 운명의 장난이었다. 장마 가운데 맞이한 기나긴 추수감사절 휴가가 끝날 무렵의 어느 날 밤이었다. 크랜베리 통조림과 텔레비전에서 중계하는 운동경기에 식상해 있던 나는 부모님과 한바탕 싸운 뒤에(왜 싸웠는지는 기억나지 않지만, 여하튼 우리는 돈 문제, 학교 문제로 자주 싸웠으니까 아마 그런 싸움 중 하나였을 것이다) 내 방으로 올라가, 외출하려고 윗도리를 찾다가 버몬트 주 햄든에 있는 햄든 대학의 요람(要覽)을 만난 것이다.

2년 전의 요람이었다. 고등학교 시절에 진학적성검사의 결과가 썩 괜찮았던(불행히도 장학금까지 너끈히 탈 정도는 아니었지만) 나에게는 수많은 대학의 요람이 날아왔는데 햄든 대학의 요람도 그중 하나였다. 나는 그것을 기하학책 속에 넣어두었던 것으로 기억한다.

그런데 왜 그게 내 옷장 안에 있었을까? 모르기는 하지만 사진이 보기 좋아서 틈나면 들여다보다가 결국은 버리지 않고 옷장 안에 처박아둔 것이 아닐까 싶다. 졸업반 시절 나는 그 요람의 사진을 몇 시간씩이고 들여다보았다. 오래 들여다보고 오래 부러워하면, 흡사 삼투작용이라도 일어난 것처럼 나 자신이 그 명백하고도 순수한 고요 속으로 스며드는 것 같았기 때문이었을 것이다. 나는 지금도, 어린아이가 각별히 소중하게 여기는 그림책 속의 풍경 같은 그 몇 장의 사진을 또렷이 기억하고 있다. 눈부신 풀밭, 어른거리는 원경(遠景) 속의 산들, 바람 부는 가을 길의 발목이 빠질 만큼 쌓인 낙엽, 모닥불과 골짜기의 안개, 첼로, 흐린 유리창, 눈.

버몬트 주 햄든의 햄든 대학. 설립 연도 1895년(이것만 해도 나에게는 놀라운 것이었다. 내가 아는 한 플래노에는 1962년 이전에 설립된 대학은 하나도 없었다). 학생 수 500명. 남녀공학. 중세 취향의 교양학과. 폭넓은 선택과목.

"인문학에 대한 폭넓은 연구 기회를 제공하는 햄든은 학생들에게 선택된 분야에 대한 건실한 학문적 배경을 제공할 뿐 아니라 서양예술, 서양문명, 서양사상의 이해에 필요한 통찰의 안목을 기를 수 있게 한다. 우리는 이로써 학생들이 사실 그 자체에 관한 지식뿐 아니라 지혜의 원광(原鑛)에 이르게 한다."

버몬트 주 햄든에 있는 햄든 대학. 적어도, 대책 없이 영국을 동경하고, 식민지 시절의 조그만 선교 도시가 지니는 달콤하고도 음울한 리듬을 그리던 내 귀에는 그 이름부터가 엄숙한 영국 국교회의 운율처럼 느껴졌다. 나는 요람에 나오는 커먼스 홀의 사진을 오래 들여다보았다. 건물에는 희미하기는 하나 학구적인 빛, 꾀죄죄한 도서관에서, 낡은 책 속에서, 적막 속에서 오래도록 생각에 잠기게 하는 바로 그런 빛이 감돌았다. 내가 플래노에서 경험한 것, 내가 알던 것과는 전혀 다른 분위기였다.

요람의 사진에 정신을 팔고 있는데 어머니가 문을 두드리면서 나를 불렀다. 나는 대답하는 대신 요람의 맨 뒷장에 붙은 원서를 뜯어내어 빈칸을 메우기 시작했다.

이름: 존 리처드 페이펀. 주소: 캘리포니아 주, 플래노 시, 미모사 코트 4487번지. 재정 지원에 관한 안내를 받고 싶은지? 네.

나는 다음 날 그 원서를 우송했다.

그로부터 몇 달간 밑도 끝도 없는 서류와의 전쟁이 시작되었다. 배수진을 친 참혹한 참호전이었다. 아버지는 재정보증서를 써주려 하지 않았다. 절망에 빠진 나는 아버지의 도요타 자동차 사물함에서 세금환급통지서를 훔쳐내어 재정보증서 삼아 학교로 보냈다. 그러고는 또 기다렸다. 얼마 후

학교에서 편지가 왔다. 면담이 필요하다, 언제 버몬트로 날아올 수 있느냐는 내용이었다. 버몬트로 날아갈 입장이 아니었던 나는 사실대로 답장을 보냈다. 그러고는 또 기다렸고, 기다리다가 편지를 받았다. 장학금 신청이 받아들여지면 여행 경비는 돌려주겠다는 내용이었다. 그러는 동안, 또 한번 재정 지원의 범위를 확실하게 명시할 것을 요구하는 편지가 왔다. 아버지는, 지원할 힘은 있지만 지원하지 않겠다고 했다. 게릴라전을 방불케 하는 이런 식의 밀고 당기기는 근 여덟 달 동안이나 계속되었다. 이날 이때까지도 나는 나의 햄든행을 가능케 했던 일련의 사건을 전부 이해하지는 못하고 있다. 나의 입장을 동정한 교수로부터 나를 위해 온갖 예외가 적용되었다는 편지를 받은 것도 일련의 사건에 포함된다. 어쨌든 플래노에 있는 내 방의 낡은 카펫 위에 주저앉아 근 1년 동안이나 수많은 서류를 쓰고 보내는 일을 되풀이한 뒤에야 나는, 두 손에 여행 가방 두 개를 든, 주머니에 단돈 50달러뿐인 시골뜨기로 버스에서 내리면서 햄든에 도착할 수 있었다.

나는 그 이전에는 동쪽으로는 샌타페이, 북쪽으로는 포틀랜드 밖으로 나가본 일이 없다. 일리노이 주 어딘가에서 길고도 착잡한 밤을 새우고 햄든에 내린 것은 아침 6시였다. 산 위로 자작나무 위로 혹은 풀밭 위로 해가 뜨고 있었다. 밤과 불면과 사흘 동안의 고속도로 여행으로 시달린 나에게 햄든은 꿈속에서 만나는 고장 같았다.

기숙사는 기숙사가 아니었다. 그것은 내가 알고 있는, 시커먼 벽에 둘러싸인 채 우중충한 조명을 받고 있는 그런 기숙사가 아니라, 초록색 셔터가 달린 미늘판 지붕 건물이었다. 식당을 등지고 있는 이 기숙사는, 단풍나무와 물푸레나무 숲 속에 자리 잡고 있었다. 문득, 내 방이 어디든, 사람 맥 빠지게 할 만큼 너저분한 고향의 내 방 같지는 않을 것이라는 생각이 들었다. 과연 그 방을 처음 보았을 때의 내 느낌은 놀라운 것이었다. 북창이 널찍하게 난, 수도원 독방같이 소박하고 하얀 방이었다. 바닥은 참나무로 되어 있었고 천장은 다락방같이 약간 경사져 있었다. 첫날 밤에 나는 침대에 앉아 황혼을 바라보았다. 황혼은, 처음에는 내 방 벽을 회색에서 황금색으로 물들였다가 곧 어둠으로 그것을 가렸다. 복도 아래쪽에서 소프라노가 들려왔다. 빛줄기가 사라져가자 멀리서 들리던 소프라노도 죽음의 천사처럼 나선형을 그리며 공중으로 사라져가는 듯했다. 대기가 따뜻했는지 차가웠는지, 아니면 저 지저분하던 플래노의 후텁지근하던 밤에 그랬듯이 견딜 수 없이 갑갑했는지는 기억나지 않는다.

수업이 시작되기 전 처음 며칠 동안 나는, 햄든의 아름다운 숲 속에 있는 기숙사의 하얗게 씻긴 내 방에서 시간을 보냈다. 일찍이 경험해보지 못한 더할 나위 없는 행복을 누리면서, 아름다움에 놀라고 취해 몽유병자처럼 방 안을 서성이기도 했다. 창가에서 보이는 잔디밭에서는 뺨이 유달리 붉은 여학생 무리가 포니테일로 묶은 머리카락을 팔랑거리면서 축구 시합을 벌이고 있었다. 이따금씩 그들의 웃음소리와 외마디 외침이 석양빛을 받은 부드러운 잔디 위로 솟구쳤다. 나무는 과일의 무게를 견디기 어려워했다. 잔디 위로 떨어진 과일은 바닥에서 썩어가며 진하고도 달착지근한 냄새를 풍겼고 그 주위로는 벌 떼가 잉잉거렸다. 대학 본부의 종탑, 안개 속에 잠긴 원경을 배경으로 선연하게 드러나는 담쟁이덩굴에 덮인 벽, 하얀 뾰족탑. 밤중에 자작나무를 처음 보았을 때 받은 충격. 그것은 어둠 속에 <u>으스스</u>한 모습으로 우뚝 서 있어서 흡사 유령 같았다. 상상했던 것 이상으로 풍요롭던 밤. 별들과 더불어 깊어가는 햄든의 밤은, 어둠은 짙었고 바람은 세었으며, 내 고향보다는 훨씬 넉넉하고 스산하고 거칠었다.

나는 다시 그리스어를 수강신청할 예정이었다. 내가 그래도 어지간하게 할 수 있는 어학은 그것뿐이었다. 나에게 배정된 학사(學事) 지도교수에게 이 이야기를 했을 때, 가무잡잡하고, 콧대가 거북의 콧대처럼 가늘고 긴 프랑스인 조르주 라포르그 교수는 웃으면서 깍지를 끼었다. 그러고는 억양이 다소 어색한 영어로 말했다.

"글쎄, 약간 문제가 있겠는걸?"

"문제라뇨?"

"우리 학교에 고전 그리스어 교수는 한 분뿐인데 이 양반이 학생들을 받아들이는 데 여간 까다롭지 않거든."

"저는 이미 2년 동안 그리스어를 공부했습니다."

"그렇다고 달라질 건 없네. 게다가 영문학을 전공하고자 한다면 자네에게는 현대어가 필요해. 기초 프랑스어 반에 아직은 자리가 있고, 독일어와 이탈리아어 반에도 약간의 자리가 남아 있네. 그리고 스페인어는, 어디 보자…… 스페인어 반은 거의 찼군. 하지만 자네에게 뜻이 있다면 델가도 교수에게 내가 개인적으로 청을 넣어볼 수는 있네."

"대신 그리스어 교수에게 청을 넣어주시면 되지 않습니까?"

"그래서 득 될 게 없을 것 같아서 하는 말이지. 그 양반은 학생을 받되 한정된 수만 받아. 극히 한정된 범위 안에서 말이지. 그리고 이건 내 생각인데, 그 양반은 수학(修學) 능력을 봐가면서 학생을 뽑는 게 아니고 개인 취향에 따라 학생을 뽑는 것 같아."

그의 목소리에는 비아냥거림이 실려 있었다. 뿐만 아니라 나만 동의한다면, 이런 종류의 대화는 더 계속하지 않는 편이 나을 것 같다는 암시도 묻어 있었다.

"말씀의 진의를 모르겠습니다."

나는 물러서지 않았다. 그러나 사실 나는 그의 진의를 알고 있었다. 하지만 라포르그 교수의 대답은 놀라웠다.

"내 말을 오해하지 말게. 물론 이 양반이 훌륭한 학자이기는 하지. 게다가 굉장한 멋쟁이이기도 하고. 그런데 이 양반의 머릿속에는, 학생들을 가르치는 문제에 관한 한, 나로서는 이해할 수 없는 이상한 생각이 가득 들어 있어요. 이 양반이나 이 양반의 강의를 듣는 학생들은 실제로 다른 과와는 어떤 관계도 맺고 있지 않아. 나는 우리 대학 당국이 왜 이 양반의 과목을 대학 요람에 싣고 있는지 이해할 수 없네. 이 요람에 실린 과목 때문에 이만저만 혼란이 생기는 게 아니거든. 왜냐, 이 양반의 과목은 실제로 일반적인 수강신청이 시작되기도 전에 마감돼버리기 때문이네. 들은 바로는 이 양반과 함께 공부하려는 학생들은 이 양반이 골라주는 책만 읽어야 하고, 이로써 같은 견해를 가져야 한다고 하네. 그래서 자네처럼 이미 고전어 수강 경험이 있는 학생들까지 퇴짜를 맞는 일이 되풀이해서 일어나고 있어요. 내 경우에는 학생들이 내 강의를 들으려고 하고 자격도 갖추고 있으면 내 시간에 넣어주는 것으로 하고 있네. 어떤가, 민주적이 아닌가? 최선의 방법이기도 하고."

"여기에서는 그런 일이 자주 있습니까?"

"물론. 학교마다 까다로운 선생들은 있는 법이지. 게다가……."

이상하게도 그는 이 대목에서 목소리를 낮추고는 말을 이었다.

"……여기에는, 조금 전에 내가 말한 그 교수보다 더 까다로운 사람들이 얼마든지 있네. 물론 자네가 나의 이 말을 다른 자리에서 인용하지 않았으면 좋겠네만."

"물론 않겠습니다."

그는 허리를 구부리고는 자기 얼굴을 내 얼굴 앞으로 끌어왔다. 말을 하는데도 그의 조그만 입술은 그다지 움직이는 것 같지 않았다.

"하지 않아야 해. 자네는 아직 모르겠지만 내겐 이 어문학부에만 해도 벌써 몇 명의 적이 있어. 믿지 않겠지만 바로 우리 과에만 해도 있어. 어디 그

뿐인가."

그는 이 대목에 이르러서야 여느 때의 목소리로 말을 이었다.

"내가 말한 양반은 별종이라고. 우리 대학에서 여러 해를 가르쳤는데도 봉급은 받지 않아."

"아니, 왜요?"

"돈이 많거든. 그래서 봉급을 받기는 하지만 받는 대로 깡그리 학교에다 기부하고 말지. 세금 문제 때문에 한 해에 1달러쯤 받을 걸세."

"세상에."

햄든에 온 지 며칠밖에 되지 않는데도 나는 벌써 어려운 재정 문제, 한정된 기부금 현황, 문제 해결의 지름길에 관한 사무적인 처리법에 익숙했다.

라포르그 교수가 말을 이었다.

"나는 달라. 봉급 기부해가면서 하는 멋진 교수 노릇, 난들 왜 하고 싶지 않겠나. 하지만 내게는 아내와 프랑스에서 공부하는 딸이 있네. 들어오는 족족 나가고 말지."

"제가 직접 말씀드려보면 어떨까요?"

라포르그 교수는 어깨를 들어보였다.

"해볼 수야 있겠지. 하지만 약속 같은 건 하려고 들지 말게. 그런 걸 하려 들었다가는 아주 그 양반 만나지도 못할 테니까. 줄리언 모로, 이 교수 말일세."

꼭 그리스어를 들어야 하는 것은 아니었다. 그러나 줄리언 모로 교수가 세웠다는 방침에 호기심이 동했다. 나는 아래층으로 내려가 첫 번째 사무실로 들어갔다. 고단해 보이는, 깡마른 금발의 직원이 책상 앞에 앉아 샌드위치를 먹고 있었다.

나를 보자마자 그 여자가 말했다.

"점심시간이에요. 2시에 오세요."

"미안합니다. 교수님의 방을 찾고 있는데요."

"나는 교무 직원이지 안내원이 아니에요. 하지만 나도 아는 분인지 모르겠네요. 누구죠?"

"줄리언 모로 교수님이라고."

"아, 그분! 용건이 뭐죠? 위층, 뤼케이온(아리스토텔레스가 청년들에게 철학을 가르친 것으로 알려져 있는 아카데미─옮긴이)에 있을 거예요."

"뭐라고요?"

"뤼케이온이라고 했어요. 교수님은 늘 거기에 있어요. 평화와 고요를 좋아하시니까. 가면 만날 수 있을 거예요."

뤼케이온을 찾는 것은 어려웠다. 뤼케이온은 캠퍼스 가장자리에 있는 조그만 건물이었다. 건물이 인동덩굴투성이라 비슷비슷한 다른 건물과 구별하기가 쉽지 않았다. 건물의 아래층은 교실과 강의실이었지만 모두 비어 있었다. 강의실 칠판은 말끔하게 닦여 있었고, 바닥도 깨끗했다. 나는 아래층에서 계단을 찾느라 조금 헤매야 했다. 가까스로 찾아낸, 한구석에 있는 계단은 비좁기 짝이 없는 데다 조명조차 좋지 않아서 어두컴컴했다.

계단을 오르니 긴 복도가 나왔다. 나는 리놀륨 바닥을 울리는 내 발소리를 즐기면서 텅 빈 복도를 걸었다. 놋쇠 명패꽂이에 '줄리언 모로'라는 글자가 음각된 방을 찾는 데는 별로 오래 걸리지 않았다. 나는 잠깐 그 문 앞에 서 있다가 짤막하게 세 번 문을 두드렸다.

일이 분 혹은 한 삼 분쯤 흘렀을까. 하얀 문이 소리를 내며 열렸다. 얼굴 하나가 비죽이 나와 나를 바라보았다. 작아서 명민해 보이는 얼굴, 타인에게 던지는 질문이 그렇듯 상대에 대한 경계와 자신에 대한 확신이 가득찬 그런 얼굴이었다. 위로 살짝 치켜 올라간, 조금은 꼬마 요정같이 장난스러운 데가 있는 눈썹, 솜씨 있는 장인이 깎은 듯한 코와 입과 턱으로 이어지는 단정한 선 때문에 어떻게 보면 동안으로 보일 수도 있는 얼굴이었다. 그러나 가만히 보면 그런 것만도 아니었다. 게다가 그의 머리카락은 이미 백발이었다. 처음 만나는 사람의 나이를 어림해서 헤아리는 일이라면 나도 웬만큼은 하는 축에 들었지만 그의 나이만은 도저히 헤아려볼 수 없었다.

그가 파란 눈을 깜박거리면서 나를 위아래로 뜯어볼 동안 나는 거기 우두커니 서 있었다.

"뭘 도와드릴까?"

목소리로 보아 분별이 있고 싹싹한 사람 같았다. 말하자면 친절한 어른이 어린아이를 어를 때 낼 법한 그런 소리였다.

"네…… 저는 리처드 페이펀이라고 합니다……."

그는 고개를 살짝 옆으로 돌리고 눈을 깜박거렸다. 참새 눈처럼 귀엽게 빛나는 눈이었다.

"……교수님의 고전 그리스어 강의를 수강하고 싶습니다."

그의 머리가 앞으로 꺾였다.

"저런, 유감이군요. 나에게야 그럴 수 없이 고마운 일이오만, 어쩌지요, 벌써 정원이 다 차버렸으니?"

어조로 보아 그는 정말로 유감스럽게, 나보다 몇 갑절이나 더 유감스럽게 여기고 있는 것 같았다.

그런데 이런 식의 정중한 거절과 유감 표명이 나의 용기를 북돋우었다.

"방법이 있지 않겠습니까? 하나쯤은……."

"정말로 미안하게 되었어요, 페이펀 씨. 나는 학생 수를 다섯으로 한정하는 방침을 따르고 있어요. 따라서 한 학생을 더 넣는 것은 생각도 할 수 없답니다."

죽어가고 있는 자기 친구나 되는 듯이 그는 진심으로 나를 위로하면서, 그 건에 관한 한 자기는 정말 무력하다는 것을 납득시키고자 했다.

"다섯이면 많지도 않은 수인데요?"

내 말에 그는 재빨리 고개를 내저으면서 눈을 감았다. 남의 애원 듣는 일이 자기에게는 정말 고역이라는 눈치였다.

이윽고 그가 잘라 말했다.

"사실은 나도 학생을 받아들이고 싶어요. 하지만 그런 일은 생각조차 할 수 없답니다. 정말 미안해요. 자, 이만 실례해도 될까요? 안에 학생들이 있어서요."

그로부터 일주일이 지났다. 수강신청을 끝내고 심리학 교수 롤랜드 박사를 돕는 일자리도 얻었다(나는 롤랜드 박사가 진행하는 모종의 '연구'를 돕게 되어 있었으나 그 연구가 무슨 연구인지는 알 수 없었다. 박사는 나이가 많고 약간 멍해 보이는 데가 있는 행동주의 심리학자로, 대부분의 연구시간을 교수 휴게실에서 보내는 분이었다). 친구도 몇 사귀었다. 대개는 같은 기숙사를 쓰는 1학년생들이었다. 친구라는 말은 어쩌면 적당한 표현이 아닌지도 모른다. 같은 식당에서 먹고, 오가면서 더러 만나고 하는 정도였다. 그러니까 우리가 서로 자리를 함께하고 오가면서 만나는 것은 서로를 잘 모르기 때문이었을 것이다. 그러니까 자리를 함께하고, 오가면서 만나도 별로 기분 상할 일이 없어서 그렇게 사귀고 지낼 수 있었던 것 같다. 그중 햄든에 꽤 오래 있었던 친구들에게 나는 줄리언 모로 교수에 관해 이것저것 물어보았다.

대개의 친구들이 줄리언 모로 교수에 관한 정보를 한두 가지씩 가지고 있었다. 그런데 그 정보라는 게 모이는 족족 서로 모순되기가 일쑤였다. 그러나 모으고 보니 재미있는 일면도 없지 않았다. 말하자면 줄리언 모로 교수가 대단히 똑똑한 사람이라는 정보가 있는가 하면 사기꾼이라는 정보도 있었다. 학사 학위도 없다느니, 1940년대의 전위 지성으로 에즈라 파운드 및 T. S. 엘리엇과는 친구로 지냈다느니, 금융회사의 공동경영을 통해 떼돈을 번 사람이라느니, 반대로 경제공황 때 유찰된 부동산을 싹쓸이한 사람이라는 등의 정보도 있었다. 전쟁 때 교묘하게 징집을 기피했다는 소문도 있었다(그러나 나이로 미루어 어느 전쟁이었는지 확인하기는 쉽지 않았다). 바티칸 교황청과 끈이 닿는다는 소문, 추방당한 중동의 왕족이라는 소문, 심지어는 스페인 프랑코 총통의 피붙이라는 소문도 있었다. 이런 정보와 소문이 어디까지가 사실이고 어디까지가 지어낸 것인지 나는 모르겠다. 그러나 분명한 것은 신상에 관한 정보를 얻어들으면 얻어들을수록 모로 교수라는 사람에게 점점 더 관심이 쏠렸다는 점이다. 나는 은밀히 모로 교수와 캠퍼스를 돌아다니는 그의 제자 동아리를 눈여겨보았다. 모로 교수의 제자 동아리는 남학생 넷, 여학생 하나, 이렇게 모두 다섯이었다. 멀리서 보면 여느 학생들과 다른 데가 별로 없는데 가까이서 보면 아닌 게 아니라 묘한 데가 있었다. 적어도 그런 무리를 가까이 접해본 적이 없는 나에게는 그랬고, 무리의 분위기에 다소 독창적인 데, 다분히 소설적인 데가 있다는 점에서 특히 그랬다.

다섯 중 남학생 둘은 안경잡이였다. 묘한 것은 둘 다 테가 가늘고 동그란 구식 쇠테 안경을 썼다는 점이었다. 둘 중 키가 큰 친구—180센티미터를 넘을 정도로 몸집도 좋았다—는 흑발에다 턱이 모났고, 피부는 허여멀건데도 불구하고 좀 거칠었다. 얼굴은, 말하자면 부분부분이 자리를 조금만 다르게 잡았더라면 잘생긴 축에 들었을 터였다. 안경알 너머로 보이는 눈은 그냥 뻥 뚫린 것 같아서 도무지 표정이 없었다. 그는 영국식 검은 양복 차림으로 우산 들고 다니는 것을 좋아하는 모양이었다(햄든 같은 데서는 기괴한 모습일 수밖에 없었다). 히피족, 비트족은 물론 생기발랄한 예비학교 풋내기들, 심지어는 펑크족 사이를 지나갈 때도 그가 발레리나처럼 어찌나

모양을 내고 당당하고 뻣뻣하게 구는지 덩치가 그에 못지않은 친구들까지
도 머쓱해진 채 길을 내주고는 했다. 멀리, 잔디밭에서 공놀이하는 무리를
피하느라고 큰 원을 그리며 걷는 그 친구를 가리키면서 이름이 무엇이냐고
묻는 내게 한 친구가 대답했다.

"헨리 윈터."

두 안경잡이 중 키가 작고―차이가 많이 나는 것은 아니었다―뺨이 붉
은 금발 친구는 늘 바지 주머니에다 손을 찔러 넣은 채 껌을 씹으면서 다니
는 것으로 미루어 퍽 낙천적인 듯했다. 언제 보아도 늘 팔꿈치와 소매가 닳
아빠진 볼품없는 갈색 양복 차림이었다. 가르마가 왼쪽으로 쏠린 그의 빛
바랜 듯한 금발 무더기는 늘 안경을 덮었다. '버니 코크런'이 그의 이름이었
다. 버니는 에드먼드의 약칭인 듯했다. 식당에서 더러 들은 바에 의하면 그
의 목소리는 울림이 컸다.

세 번째 친구는 그 동아리 중에서도 가장 이국적이었다. 모난 데가 있으
면서도 우아한 구석이 있는 이 친구는 위태위태할 정도로 깡마른 데다 손
은 신경질적이고 얼굴은 백피증(白皮症) 환자를 방불케 할 정도로 새하얀가
하면 머리카락은 내가 본 사람의 머리칼 가운데 가장 붉었다. (뒤에 내 생
각이 그른 것으로 확인되기는 했지만) 볼 때마다 나는 그의 옷차림에서 알
프레드 더글러스 혹은 몽테스키외 백작의 옷차림을 연상했다. 프랑스식 끝
동이 달린, 뻣뻣하게 다림질한 우아한 셔츠, 멋진 넥타이, 걸을 때마다 뒤에
서 출렁거려, 입은 사람을 학생 공자(公子)같이도 보이게 하고 청부살인범
같아 보이게도 하는 검은 외투. 더욱 재미있는 것은 그 친구가 코안경을 쓰
고 다닌다는 점이었다(뒤에 알았지만 눈이 나빠서 끼는 진짜 코안경이 아
니었다. 유리알만 끼운 것이었다. 그의 시력은 오히려 나보다도 좋았다). 프
랜시스 애버나디가 그의 이름이었다. 이 친구에 대해 이것저것 캐묻고 다
닌 것은 좋은데 그게 지나쳤던 것이 탈이었다. 주위의 다른 친구들은 왜 그

렇게 이 친구에게 관심이 많으냐면서 나의 호기심을 수상한 눈길로 바라보기 시작했으니까.

이들 이외에도 이 동아리에는 남학생 하나와 여학생 하나, 이렇게 늘 짝지어 다니는 한 쌍이 더 있었다. 이들이 어찌나 붙어 다니는지 나는 으레 애인 사이거니 했는데 아니었다. 동기간이었다. 훨씬 뒤에야 나는 이들이 쌍둥이라는 것을 알았다. 이들의 짙은 금발과, 플랑드르화(畵)에 등장하는 한 쌍의 천사처럼 해맑고, 늘 밝으면서도 품위가 있고, 그러면서도 어떻게 보면 남녀추니를 연상시키는 둘의 얼굴은 너무나 비슷했다. 그런데 이들의 분위기 중 햄든의 분위기—자칭 지성인과 십대 데카당이 우글거리지만 검은 정장은 여전히 체면치레용으로 통하는 분위기—에서 가장 튀는 것은 역시 이들이 즐겨 입고 다니는, 색깔이 연한 옷, 더 정확하게 말하면 흰옷이었다. 담배 연기와 농염한 궤변이 난무하는 분위기 속에서 그들은 고리삭은 소설 속의 주인공처럼 혹은 이제는 잊힌 가든파티 손님의 유령처럼 나타나곤 했다. 캠퍼스에서 유일한 쌍둥이였기 때문에 이들의 이름을 알아내기는 어렵지 않았다. 찰스 매컬리와 커밀라 매컬리였다.

내가 보기에 이들 모두 극히 접근하기 어려운 친구들이었다. 그러나 우연이라도 마주칠 때마다 나는 이들을 주의 깊게 지켜보았다. 계단에서 허리를 구부리고 고양이와 이야기를 나누는 프랜시스도 주의 깊게 지켜보았고, 줄리언 모로 교수를 태운 채 하얀 꼬마 자동차를 몰고 지나가는 헨리도 주의 깊게 바라보았다. 잔디밭에 있는 쌍둥이를 부르느라 창문 밖으로 길게 목을 빼고 소리를 지르는 버니에게도 물론 나는 주의를 기울였다. 이렇게 하면서 나는 서서히 그들에 관한 정보를 모아들였다. 내가 수집한 정보에 따르면 프랜시스 애버나디는 보스턴의 한다 하는 집안, 다시 말해서 굉장한 부잣집 아들이었다. 헨리 역시 부잣집 아들이라는 점에서는 같았지만 이 친구는 언어의 천재였다. 고대와 현대를 통틀어 몇 개 국어를 말할 수 있을 뿐만 아니라 겨우 열여덟 살 때 주석까지 붙은 아나크레온의 번역본을 출간했을 정도였다(이 정보를 나에게 준 사람은 언어와 관련된 문제가 아닌 한, 대개의 경우 말수가 적은 조르주 라포르그 교수였다. 뒤에 안 일이지만 1학년 때 헨리는, 라신에 관한 강의를 강평하는 자리에서 수많은 문학부 교수들의 면전임에도 불구하고 라포르그 교수를 몹시 당황하게 한 장본인이었다). 쌍둥이는 여느 학생들로서는 상상하기 힘든 오프캠퍼스 거주자였고, 잘은 모르지만 남쪽 어디 출신이었다. 그리고 버니에게는 한밤중에 자기 방에서 존 필립 수자의 행진곡을, 볼륨을 높여 트는 버릇이 있었다.

그렇다고 해서 내가 이들에게 반했다는 뜻은 아니다. 이들에 관한 정보를 어지간히 모아들인 당시 나는 이미 학교생활이라는 강물에 떠내려가고 있었다. 개강을 한 데다 공부와 일 때문에 눈코 뜰 새가 없었다. 따라서 줄리언 모로 교수와 고전어과 동아리에 관한 관심은 자연 시간이 지남에 따라 시들해질 수밖에 없었다. 따라서 그 우연한 일이 아니었더라면 내 관심은 그대로 시들고 말았을 터이다.

개강 둘째 주 수요일 오전의 일이었다. 나는 11시 수업을 앞두고 도서관에서 롤랜드 박사에게 필요한 자료를 복사하고 있었다. 한 30분 동안이나 복사기에 매달려 있다 보니 눈앞에 복사기의 강렬한 불빛이 쉴 새 없이 오가는 느낌이었다. 나는 도서관 직원에게 복사기의 열쇠를 갖다주러 가다가 책상 앞에 앉은 버니와 쌍둥이를 발견했다. 책상에는 백지와 펜과 잉크병이 놓여 있었다. 가장 인상적인 것은 잉크병이었다. 그 잉크병이 이상하게 내 관심을 끌었다. 믿어지지 않을 만큼 고풍스럽고 그래서 유달리 생소해 보이는 검고 긴 펜도 마찬가지였다. 찰스는 하얀 테니스 스웨터 차림이었고 커밀라는 세일러 깃이 달린 드레스 차림에 밀짚모자를 쓰고 있었다. 버니의, 군데군데 주름이 간 트위드 재킷은 의자 등받이에 걸려 있었다. 그는 책상에 팔꿈치를 대고 손으로는 턱을 괴고 있었다. 주름진 셔츠 소매 한가운데에는 가터가 걸려 있었다. 셋은 머리를 맞대고 가만가만 무슨 이야기인가를 나누던 참이었다.

문득 그들의 대화 내용이 궁금했다. 나는 그들의 책상 뒤에 있는 서가로 걸어갔다(서가가 최종 목적지가 아니었던 만큼 꽤 먼 거리로 느껴졌다). 가만히 서가로 다가가고 보니, 손을 내밀면 버니의 팔을 잡을 수 있을 만큼 가까운 데까지 접근해 있었다. 나는 그들에게 등을 돌린 채로 손에 잡히는 대로 책 한 권을 꺼내 들었다. 우스꽝스럽게도 사회학책이었다. 나는 책을 펴 들고 목차를 읽는 척했다. 부차적 분석, 부차적 행위, 부차적 조사 대상, 부차적 교육 운운하는 목차를 말이다.

커밀라의 목소리가 들렸다.

"이게 아무래도 이상해. 그리스 군대가 카르타고를 향해 갔다면 대격(對格), 즉 향진격이 쓰여야 하잖아? 그렇지 않아? '어디어디를 향해서 갔다'가 되어야 할 테니까 말이야. 그래야 문법에 맞지 않겠어?"

"그런 건 아니지. '어디어디를 향해서 갔다'가 아니라 '어디어디로 갔다' 아니겠어? 따라서 돈을 건다면 나는 탈격(脫格)에다 걸겠어."

버니의 목소리였다. 그는 비음이 심했다. 롱아일랜드 출신 특유의, 되도록 입을 적게 벌리고 내는 소리였다. 이어서 종이 부스럭거리는 소리가 어지럽게 들렸다.

"잠깐만."

이건 찰스의 음성이었다. 누이 커밀라의 목소리와 비슷한, 약간 쉰 듯한 목소리, 남부 억양이 남아 있는 소리였다.

"이걸 보라고, 그리스인들은 그냥 카르타고를 향해 항해한 게 아니야. 공격하기 위해 항해한 거라고."

"돌았어?"

"정말이라니까. 다음 문장을 봐, 여격(與格)이 필요해."

"자신 있어?"

또 한차례 종이 부스럭거리는 소리.

"암, 있고말고. 그러니까 '에피 토 카르키도나(epi tō karchidona)'가 되는 거라고."

"이해가 안 가는데."

버니의 말이었다. 버니는 〈길리건의 섬〉(1960년대에 인기를 끈 미국 TV 드라마 - 옮긴이)에서 서스턴 하월이 한, "탈격이 답이다. 어려운 문제는 무조건 탈격이 답이다."라는 주장을 염두에 두고 있는 것 같았다.

잠깐 침묵이 흘렀다. 찰스가 그 침묵을 깨뜨렸다.

"너는 지금 뭘 혼동하고 있어. '탈격'은 라틴어 문법에 나오는 거라고. 이건 라틴어가 아니라 그리스어야."

"물론 나도 알아. 내 말의 진의를 알면서 그래? 그리스어 문법의 아오리스트(부정과거 - 옮긴이)나 라틴어 문법의 탈격은 같은 거지 다른 게 아니야."

버니가 우물쭈물하다가 대답했다. 찰스의 말에 승복하고 싶지 않았던 모양이었다.

이번에는 커밀라의 목소리가 들려왔다.

"찰스, 여격으로는 되지 않아."

"왜 안 돼? 그리스인들은 공격하기 위해 카르타고로 간 거잖아?"

"그래. 하지만 그리스인들은 바다를 향해서 카르타고를 향해 간 거잖아."

"내 생각으로는 '에피(epi, 향해서 - 옮긴이)'가 앞에 들어가야 할 것 같은데?"

"공격이 목적이라도 '에피'를 쓸 수는 있어. 하지만 원칙에 따르자면 대격(對格)을 써야 한다는 거지."

역시 별종들이로군. 혼자만의 생각을 굽히려고 하질 않는군. 나는 눈으로는 사회학책의 목차를 내려다보면서도, 머릿속으로는 그들이 찾으려 하는 답을 더듬어보았다. 그리스인들은 바다를 건너 카르타고로 갔다. 카르타고로, 향진하는 장소, 출발한 장소. 그러나 문제가 되는 것은 카르타고.

문득 할 말이 생각났다. 나는 책을 덮어 서가에 꽂고 나서 돌아섰다.

"실례지만……."

그들은 하던 말을 일제히 중단하고 고개를 돌려 나를 바라보았다.

"……처격(處格)을 쓰면 될 것 같은데?"

셋 다 한동안 입을 열지 못했다.

"처격?"

이렇게 물은 것은 찰스였다.

"카르타고 앞에다 '제(zde)'를 붙이면 어때? 내 생각에는 '제'가 옳을 것 같은데. 그리스인들이 전쟁을 목적으로 카르타고에 갔을 경우에는 '에피'가 필요하겠지만 '제'를 쓸 경우에는 전치사가 필요 없어져. 그러니까 '카르타고를 향하여'가 되니까 이런저런 격은 걱정하지 않아도 되는 거 아닐까?"

찰스가, 자기 노트와 내 얼굴을 번갈아 바라보다가 중얼거렸다.

"처격이라, 그거 모호하군."

"그러니까 '제'는 카르타고를 수식하는 말이라는 거군요?"

이렇게 물은 것은 커밀라였다. 거기까지는 전혀 생각하고 있지 못하던 나는 어정쩡하게 대답했다.

"그렇다기보다는 아테네를 수식한다는 편이 옳을 거예요."

찰스가 몸을 구부려 사전을 자기 앞으로 당겨가지고는 책장을 훌훌 넘겼다.

"사전 뒤적거려 확인할 필요가 어딨어? 격변화시킬 필요도 없고, 전치사를 쓸 필요도 없다면 그거 마음에 쏙 드는군그래."

버니가 찰스에게 버럭 소리를 지르고는 앉은 채로 의자를 뒤로 끌어내어 나를 올려다보면서 손을 내밀었다.

"여보쇼, 마음에 쏙 들었어요, 악수나 합시다. 만나서 반가워요, 정말이지, 반가워."

버니가 내 손을 잡고는 마구 흔들었다. 팔꿈치 곁에 있는 잉크병을 엎지나 않을까 싶을 정도로 마구. 그러면서 버니는 다른 손을 들어, 눈을 가린 머리카락을 쓸어 올렸다.

갑자기 고전어과 동아리의 관심을 끈 것 같아 약간 당혹스러웠다. 흡사 내가 좋아하던 그림 속 인물이 저희 일에만 주의를 기울이고 있다가 문득 캔버스에서 튀어나와 나에게 말을 걸고 있는 것 같았다. 전날까지만 하더라도 나는 그 동아리와는 인연이 없었다. 프랜시스가 전날, 담배 냄새가 밴 검은 캐시미어 양복 자락으로 내 몸을 건드릴 듯하고 지나갈 때만 해도 그랬다. 내 몸을 스칠 듯 지나칠 때만은 프랜시스도 살과 피로 이루어진 인간으로 느껴졌으나 그 순간이 지난 다음부터는 여전히 나에게는 환영과 같은 존재, 유령처럼 복도를 휘젓고 지나가는 그런 존재처럼 느껴졌다. 그만큼 고전어과 동아리라는 존재는 나에게 현실성이 없는 존재였다. 그런데 내가 갑자기 그들의 각광을 받게 된 것이었다.

사전을 뒤적거리고 있던 찰스도 일어나 나에게 손을 내밀었다.

"찰스 매컬리."

"나는 리처드 페이펀이에요."

"아하, 당신이었구나!"

커밀라가 소리쳤다.

"당신이라니? 나를 알고 있어요?"

"그래요. 우리 그리스어과 수업을 듣겠다고 했다며?"

찰스가 커밀라의 말허리를 자르고 들어왔다.

"내 누이야. 그리고 이쪽은, 야, 버니, 네 소개는 했어?"

"아니, 한 것 같지 않아. 덕분에 꽉 막혔던 게 확 풀렸어. 이런 문제가 더러 생기지만 해결할 시간은 많지 않아. 에드먼드 코크런이 내 이름이야."

버니는 다시 내 손을 잡았다.

"그리스어는 얼마나 공부했지?"

커밀라가 물었다.

"2년."

"아주 잘하는 것 같은데?"

"우리 과를 수강해야 하는 거 아니야?"

버니의 말이었다.

약간 거북한 침묵이 감돌았다.

"줄리언 이 양반, 이럴 때 보면 이상한 데가 있어."

찰스가 내뱉듯이 말했다.

"다시 한 번 찾아가 보지그래? 꽃 같은 걸 좀 사 들고 가서 플라톤을 죽도록 사랑한다고 해봐. 그러면 손을 덥석 잡을지도 모르니까."

버니의 말이었다.

또 한차례 침묵이 흘렀다. 조금 전의 것보다 더 어색한 침묵이었다. 커밀라가 웃었다. 그러나 정확하게 나를 보고 웃은 것이 아닌 듯했다. 달콤하기는 하나 나를 보고 웃었다고 믿기에는 웃음에 지나치게 초점이 없고 무미건조했다. 만일에 나를 겨냥한 웃음이었다면 커밀라는 나를 웨이터나 가게의 점원쯤으로나 보고 있는 게 분명했다. 그때까지도 엉거주춤하게 서 있던 찰스도 웃으면서 눈썹을 실룩여 보였다. 약간 신경질적인 웃음, 어쩌면 의미가 담긴 웃음일 수도 있겠으나 내가 보기에는 버니를 향해, 그렇게까지야, 하고 핀잔을 주는 것 같았다.

나는 우물쭈물하다가 자리를 뜨려고 했다. 그래서 막 돌아서는 참인데, 반대쪽으로 시선을 던지고 있던 버니가 불쑥 손을 내밀어 내 손목을 잡았다.

"잠깐만 기다리지."

나는 버니가 시선을 던지는 방향을 바라보았다. 헨리가 들어서고 있었다. 여전히 검은 양복 차림에 우산을 든 모습이었다.

책상 가까이 다가왔지만 헨리는 일부러 내 쪽은 보지 않는 척했다.

"안녕, 다 끝났어?"

버니가 턱으로 나를 가리키면서 말했다.

"헨리, 나 좀 봐. 네가 만나야 할 사람이 있는데."

헨리가 그제야 고개를 돌려 나를 바라보았다. 표정에는 변화가 없었다. 그는 눈을 잠깐 감고 있다가 천천히 다시 떴다. 그러고는, 나 같은 사람이 자기의 시야에 있는 것을 놀랍게 여기는 듯한 얼굴을 했다.

"그래, 바로 이 사람이야. 이름은 리처드…… 리처드 뭐라고 했더라?"

"리처드 페이펀."

"맞아, 리처드 페이펀. 그리스어를 공부하고 있대."

헨리가 고개를 들면서 말을 이었다.

"여기서 하는 것은 물론 아니겠지."

"아니야."

나는 눈을 들어 헨리의 시선을 만났다. 그러나 시선이 어찌나 매운지 마주하고 있을 수가 없었다.

찰스가 종이를 부스럭거리면서 서둘러 설명했다.

"보라고, 헨리. 우리는 여기에다 여격이나 대격을 썼으면 했는데, 이 친구가 처격을 쓰라고 하는데?"

헨리가 어깨 너머로 찰스의 노트를 일별하고는 대답했다.

"흠. 고전적인 처격이군. 상당히 호메로스적이야. 문법적으로는 하자가 없지만 문맥상으로는 약간 비켜난 것 같군."

그러고는 고개를 돌려 다시 나를 바라보았다. 빛줄기가 그의 안경을 옆에서 비추고 있어서 나는 그의 눈동자를 바라볼 수 없었다. 그가 천천히 말을 이었다.

"아주 재미있어. 호메로스가 전공인가?"

그렇다고 하고 싶었다. 그러나 그렇지 않은 것을 그렇다고 할 경우 헨리에게 빌미를 주게 될 것 같았다. 헨리라면 능히 나를 읽어낼 수 있을 것 같았다.

"호메로스를 좋아할 뿐이야."

나는 힘없이 대답했다.

헨리는 다소 싸늘한 눈을 하고 나를 찬찬히 뜯어보면서 말했다.

"나도 호메로스를 좋아해. 우리가 하고 있는 공부는 호메로스의 후대인 플라톤이나 비극 작가들이기는 하지만."

헨리는 이 말을 끝으로 더는 나에게 관심을 보이지 않으려는 것 같았다.

나는 다시 그의 관심을 끄는 데 필요한 적당한 말을 생각했다. 그러나 생각나지 않았다.

"가야지."

그가 중얼거렸다.

찰스가 노트를 주섬주섬 챙겨 일어났다. 찰스 옆에 서 있던 커밀라가 이번에는 나에게 손을 내밀었다. 나란히 걸어 나가는 그들의 모습에는 닮은 데가 많았다. 태도나 분위기가 닮았다기보다는 외양이 닮았다고 하는 편이 옳을 것 같았다. 가령, 한 사람이 눈을 깜박거리면 잠시 뒤에 이것이 파장이나 메아리로 전해져 다른 사람이 눈꺼풀을 움직이게 할 정도의 호응관계로 맺어져 있는 것 같았다. 눈만 해도 하나같이 잿빛이어서 지적이고 차분하다는 인상을 주고 있었다. 나는 커밀라가 대단한 미인이라고 생각했다. 여느 사람의 눈에는 미인으로 정의되지 못할, 말하자면 기성품이 아닌 중세적 미인이라고 나는 생각했다.

버니가 의자를 밀어 넣고는 내 등줄기를 철썩 갈겼다.

"갑니다. 언제 한번 만나서 그리스어 이야기 좀 합시다, 응? 나중에."

헨리도 고개를 끄덕였다.

"그럼 나중에."

나도 덤덤하게 대꾸했다. 그들은 밖으로 나갔다. 나는 그 자리에 선 채로, 방진(方陣)이라도 꾸미듯이 나란히 도서관을 나서는 그들의 뒷모습을 바라보았다.

그로부터 몇 분 뒤 복사물을 돌려주기 위해 롤랜드 박사의 연구실에 들른 나는 그 김에 박사에게 아르바이트 급료를 선불해줄 수 없느냐고 물어보았다.

박사는 의자에 앉은 채로 예의 그 빨간 테 안경 너머로 나를 노려보면서 대답했다.

"지난 10년 동안, 나는 그것만은 않기로 하는 방침을 지켜왔다네. 그래, 어디에 쓸 건지 좀 들어볼까?"

"그런 방침을 지켜오신 것은 압니다. 그리고 이해도 합니다. 하지만 약간 급한 일이 생겨서요."

나는, 롤랜드 박사로부터 그 '방침'에 관한 설명을 다 들으려면 30분은 족히 걸린다는 것을 알고 있었으므로 서둘러 대답했다.

그는 다시 몸을 앞으로 구부리면서 목청을 가다듬었다.

"그 급한 일이 무엇인지 궁금하다는 걸세."

내 눈앞의 책상 위에 놓인 그의 손은 돌출한 정맥과 시퍼런 옹이투성이였다. 나는 그의 손을 바라보고 있었다. 나는 10달러 내지 20달러가 긴급하게 필요했다. 그러나 설명을 준비해가지고 가지 않은 것이 불찰이었다.

"저도 잘 모르겠습니다만, 어쨌든 급하게 되었습니다."

그의 미간에 인상적인 주름이 잡혔다. 박사의 이른바 망령은 고약하기로 정평이 나 있었다. 내 보기에도 그의 장광설은 망령기에서 온 것이 분명했다. 그러나 어떤 경우에는 상대방이 무방비 상태에 있다는 것을 확인하면서부터 섬광과 같은 명석함을 유감없이 발휘하기도 했다. 자신의 개인적인 방침같이 사소한 것이 문제가 되었을 경우에는 그런 일이 드물었지만, 대개 그의 장광설은 그의 이성적 판단이 심층의식의 뻘밭에 빠져 허우적거리고 있다는 증거일 때가 많았다.

문득 대답할 말이 생각났다. 나에겐 자동차가 없기는 하지만, 핑계로는 괜찮을 것 같았다.

"사실은 자동차 때문입니다. 급하게 손을 봐야 하게 생겼습니다."

그의 질문이 더 계속되리라고는 생각지 않았는데 그것이 아니었다.

"문제가 뭔가?"

"트랜스미션에 이상이 생긴 것 같습니다."

"절충식인가, 공냉식인가?"

"공냉식입니다."

나는 체중을 다른 쪽 다리에 옮겨 실으면서 대답했다. 그런 식으로 대화가 급진전하리라고는 예상도 못했다. 나는 자동차에 관해 아는 것이 별로 없었다. 나는 지금도 타이어 하나 가는 데도 진땀을 뺀다.

"뭘 타는가? 소형 6기통인가?"

"네."

"젊은이들이 좋아할 만한 것이군. 우리 학생들에게라면, 8기통 이하는 권하지 않겠네."

여기에 어떻게 대답해야 좋을지 도무지 생각나지 않았다.

박사는 책상 서랍을 열고는 그 안에 들어 있던 물건을 한 가지씩 꺼내어 눈앞으로 들고 와 확인하고는 다시 제자리에 넣으면서 말했다.

"내가 경험한 바로, 트랜스미션이 나갔다면 그 차는 끝장난 것이네. 특히

6기통은 예외가 없어. 일찌감치 폐차하는 게 좋을지도 몰라. 나는 말이야, 10년 된 98리전시 브룸을 가지고 있는데, 정기적으로 손질을 하지. 필터는 2만 4000킬로미터마다 갈아주고, 오일은 4800킬로미터마다 갈아주고 있네. 그러면 어떤지 아는가? 꿈같이 달린다네. 시내에 나가더라도 서비스공장을 잘 골라야 해."

"무슨 말씀이신지."

드디어 서랍 안에서 수표책을 찾아낸 박사가 공들여 금액을 적으면서 대답했다.

"서무 행정과를 거쳐야 옳지만 일단 이걸로 해결하지. 햄든에 있는 서비스공장들 말인데, 자네가 이 학교 다닌다는 걸 알면 곱절로 바가지를 씌우려 할 것이네. 기독교인이 경영하는 리딤드 서비스공장이 비교적 안전해. '리딤드(구원받은 사람들 – 옮긴이).' 말하자면 거듭난 사람들이 차를 고칠 테니까 말일세. 하지만 조심하게. 정신 바짝 차리지 않는 사람에게는 그들 역시 바가지를 씌운다니까."

박사는 수표를 찢어내어 나에게 건네주었다. 나는 슬쩍 금액을 읽어보았다. 가슴이 쿵쾅거리기 시작했다. 200달러. 더구나 서명까지 되어 있는, 현금이나 다름없는 수표였다.

"한 푼이라도 바가지를 써서는 안 되네."

"바가지를 쓰다뇨?"

기쁨을 억지로 감추면서 하려니 말이 제대로 되지 않는 것 같았다. 자, 이돈으로 무엇을 한다? 롤랜드 박사는 어쩌면 수표를 써주었다는 사실을 잊어버릴지도 모른다.

그는 안경을 내리고, 테 너머로 나를 바라보았다.

"리딤드 서비스공장으로 가게. 6번 고속도로 타면 바로 나와. 간판에 십자가가 그려져 있으니까 쉽게 찾을 수 있을 것이네."

"고맙습니다."

나는 나는 듯이 복도를 지났다. 주머니에는 200달러가 있었다. 나는 아래층으로 내려와 전화를 걸어, 햄든 시내로 타고 나갈 택시를 불렀다. 나에게 능한 것이 있다면 그것은 임기응변이었다. 임기응변은 내가 지닌 희귀한 재능이기도 했다.

그날 햄든 시내에서 무엇을 했던가? 솔직하게 말해서, 그날의 행운이 내게는 소화하기가 당황스러웠던 탓에 너무 많은 계획을 세울 수는 없었다. 날씨조차 그렇게 좋을 수 없었다. 가난하기에는 너무 좋은 날씨였다. 나는 가난에 버릇 들기 전에 광장에 면해 있는 고급 남성 의류점에 들러 셔츠를 두 장 사고는, 구세군 중고 가게를 얼쩡거리다가 해리스 트위드 외투와 내게 꼭 맞을 듯한 갈색 윙팁 구두 한 켤레, 몇 개의 소매 단추, 가운데에 사슴 사냥꾼 그림이 그려진 넥타이를 샀다. 가게를 나섰는데도 놀랍게도 내게는 100달러나 남아 있었다. 책방에 간다? 아니면 영화라도 한 편 봐? 그러고는 위스키를 사? 결국 나는 한 무리의 매춘부들에게 둘러싸여 낭패를 당하는 농장 소년처럼 화창한 가을날 나를 궁지로 몰아붙이는 몇 가지 가능성을 무시할 수 없었다. 나는 모퉁이로 들어가 학교로 돌아가기 위해 전화로 택시를 불렀다.

방으로 돌아온 나는 시내에서 산 옷을 모조리 침대 위에 펼쳐놓았다. 소매 단추는 약간 찌그러진 데다 누군가의 이름 두 단어가 새겨져 있기는 해도 꼭 순금 같아 보였다. 창문을 통해 들어와 오크 바닥—요염한 아름다움에 잠긴 듯한, 그러나 풍부하고 향기로운—에 반사된 나른한 가을 햇빛에 소매 단추가 반짝였다.

다음 날 오후였다. 줄리언 모로 교수의 방 앞에서 나는 기묘하게도 데자 뷔를 느꼈다. 줄리언 모로 교수는 처음에 그랬듯이 나의 노크에 정확하게 응답하고 문을 빠끔히 열고는 문틈으로 밖을 내다보았다. 흡사 방 안에서 벌어지고 있는 일을 남에게 들켜서는 절대로 안 된다는 듯한 태도였다. 그 다음 달에 알게 되었지만, 방 안에서 정말로 그런 일이 벌어지고 있었던 것은 아니다. 그로부터 세월이 상당히 흐른 지금에도 나는 그 하얀 문 앞에 서 있을 때의 정경을 꿈속에서 만나곤 한다. 하얀 문이 열리면서 동화에나 나올 듯한 문지기의 나이를 종잡을 수 없는 모습과 어린아이 같은 얼굴과 찌르는 듯한 눈빛 앞에 서는 광경을.

나를 본 줄리언 모로 교수는 처음 내가 찾아갔을 때보다는 문을 조금 더 열었다.

"페펀 군 아닌가요?"

이름을 교정해줄 마음의 여유가 내게는 없었다.

"그렇습니다."

그는 나를 빤히 바라보다가 웃었다.

"정말 굉장한 이름이군요? 샤를마뉴 대왕의 아버지가 페펀이었지요? 프랑스 왕 중에도 이런 이름이 많았어."

"저, 바쁘신지요?"

"바쁘기는 하지만, 프랑스의 왕위 계승자를 만나지 못할 정도로 바쁜 건 아니라오. 왕위 계승자가 맞기는 하오?"

"아니라서 죄송합니다."

그는 잠깐 웃고 나서 정직을 위험한 미덕이라고 규정하는 그리스의 경구를 인용한 뒤, 놀랍게도 문을 활짝 열고 나를 안으로 들여보내 주었다.

사무실이 아니라 아름다운 방이었다. 게다가 밖에서 생각한 것과는 비교도 안 될 정도로 컸다. 환한 방 안의 공기는 맑았고 천장은 높았으며 빳빳하게 풀 먹인 커튼 사이로 산들바람이 간지럽게 불어 들어왔다. 방 한구석, 나지막한 서가 가까이에는 찻주전자와 그리스어책이 놓인 크고 둥근 탁자가 있었다. 책상은 물론, 탁자 위, 창틀 위 할 것 없이 꽃이 지천이었다. 장미도, 카네이션도, 아네모네도 있었다. 장미가 그렇게 향기로울 수 없었다. 장미 향기는 베르가모트 향기, 중국 홍차 향기, 어질어질할 정도로 풍기는 장뇌 향기와 뒤섞여 방 안에 짙고 풍부하게 감돌았다. 숨을 깊이 들이마셔 보았다. 정신이 어질어질할 지경이었다. 눈에 보이는 것은 모두 아름다워 보였다. 동양의 융단도 그랬고 도기(陶器)도 그랬고, 보석같이 앙증스러운 소품 그림도 그랬다. 색채가 어찌나 현란한지, 밖에서 보면 초라해 보여도 안으로 들어가면 온갖 천상의 정경이 그려진 금빛 그림과 모자이크가 걸린 조그만 비잔티움 사원 안으로 들어온 기분이었다.

그는 창가의 팔걸이의자에 앉으면서 내게도 자리를 권했다.

"그리스어를 수강하겠다면서 찾아왔던 것 같은데?"

"그렇습니다."

그의 눈길은 싹싹하면서도 솔직해 보였다. 눈 자체는 푸른색이라기보다는 회색에 가까웠다.

"이미 학기가 시작되었으니까 때늦은 것이지."

"다시 공부하고 싶습니다. 2년이나 공부하고 여기에서 그만두기가 창피합니다."

그의 미간이 좁아졌다. 잠깐 자기 손을 내려다보면서 뭔가를 생각하던 그가 물었다.

"캘리포니아 출신이라고 들었는데?"

"그렇습니다."

나는 적잖이 놀랐다. 대체 누가 그에게 그런 이야기를 했던 것일까?

"나는 서부 출신을 잘 몰라. 서부가 어떤 곳인지, 내 마음에 들 만한 곳인지 그렇지 못한지도 잘 모르고."

그는 말을 끊고 다소 곤혹스러운 표정을 내보이며 말을 이었다.

"캘리포니아 사람들은 어떻게들 사는가?"

나는 일장 연설을 시작했다. 오렌지나무 숲, 스타가 되는 데 실패한 배우들, 수영장을 둘러싸고 벌어지는 휘황찬란한 불빛 아래서의 칵테일파티, 줄담배, 그리고 권태. 그는 내 눈에 눈길을 고정한 채로 귀를 기울였다. 그는 내가 꾸며내고 있는 일련의 추억에 깊이 감동한 것 같았다. 나는 어떤 사람이 나의 말, 나의 노력에 그렇게 정신을 집중하는 것을, 그렇게 감동하는 것을 본 적이 없었다. 그가 완전히 나의 이야기에 사로잡혔다는 것을 확인한 순간, 나는 이야기를 나 스스로 분별할 수 있는 수준 이상으로 현란하게 꾸며내고픈 유혹에 사로잡히고 말았던 것이다.

반쯤 도취된 상태에서 내가 이야기를 끝내자 그가 가만히 중얼거렸다.

"**황홀하군. 정말 로맨틱해.**"

"하지만 저희에게는 일상생활이었는 걸요, 뭐."

나는 빛나는 성공에 들떠 안절부절못하기 시작한 자신을 다스리려고 애썼다.

"그런데 어째서 그렇게 로맨틱한 사람이 고전에 탐닉하려고 하는가?"

그는 나같이 희귀한 새를 잡게 된 기회를 대단한 행운으로 여기는 것 같았고, 내가 자기 방에 붙잡혀 있는 동안 나로부터 가능한 한 많은 것을 듣고자 했다.

"교수님께서 말씀하시는 낭만에 고독과 내향성의 의미가 포함된다면 낭만주의자야말로 최고의 고전주의자라고 할 수 있지 않을는지요?"

줄리언 모로 교수는 웃었다.

"위대한 낭만주의자는 실패한 고전주의자이기 십상일세. 하지만 우리 이야기의 핵심이 이것은 아닐 테지. 햄든을 어떻게 생각하나? 여기가 마음에 드는가?"

나는 만족스러울 만큼 목표에 걸맞은 대학을 찾아낸 경위를 설명할 준비를 했다. 그 설명은 간단하게는 되지 않을 터였다.

"젊은이들에게는 이런 소도시를 지겹게 여기는 경향이 많은데, 젊은이들에게 이런 곳이 반드시 나쁘다는 건 아닐세. 여행은 많이 했는가? 이 햄든의 무엇에 자네는 마음이 끌리던가? 내가 보기에 자네 같은 청년은 대도시 생활을 지겹게 여기기는 하겠지만 그런 곳을 벗어나면 갈피를 잡지 못할 것 같은데? 그런가?"

내가 무장해제될 지경까지 능수능란하게, 그리고 교묘하게 그는 이 화제 저 화제로 나를 이끌었다. 나는, 내 느낌에는 몇 분밖에 계속되지 않은 것 같았지만 사실은 그보다 훨씬 길었을 이 면담에서 그가 내게서 자기가 알아내고자 하는 것은 모두 뽑아냈을 것으로 믿는다. 나에 대한 그의 관심이, 나와의 대화를 통해 누리기 시작한 나름의 재미에서 비롯되었을 것임을 나는 의심하지 않았다. 나는 무수한 화제를 넘나드는 대화 자체—때로는 개인 신상 이야기를 관례적으로가 아니라 아주 솔직하게 나누기도 했다—를 즐기면서 내 자유의사로 대화에 참가하고 있는 것으로 믿었다. 그날 우리가 나누었던 말을 좀 더 기억해낼 수 있으면 좋을 것을. 사실 내가 한 말은 거의 다 기억한다. 다만 너무 바보 같아서 기쁜 마음으로 되새길 수는 없다. 우리의 의견은 대개 일치했지만(내가 꺼낸 피카소 이야기에 그의 미간 주름이 잡힌 적이 있기는 하다. 훗날 그가 어떤 사람인지 알게 된 뒤에야 나는 그가 이때 내가 한 말을 거의 면전에서 모욕을 당한 것으로 받아들였을 것임을 깨달았다) 딱 한 차례, 그가 이견을 보인 것은 화제가 심리학에 이르렀을 때였다. 롤랜드 박사의 일을 도우면서 겨우 심리학을 기웃거리기 시작한 내가 알면 얼마나 알았겠는가?

"자네 정말 심리학도 학문이라고 생각하나?"

그가 진지하게 관심을 보이면서 물었다.

"물론입니다. 학문이 아니면 무엇이겠습니까?"

"하지만 플라톤 같은 양반도 계급과 조건 같은 것이 한 개인에게 불가피한 영향을 미친다고 했네. 내가 보기에 심리학이라는 것은 옛날 사람들이 팔자라고 부르던 것과 동의어가 아닌가 싶어."

"심리학이라는 말은, 적어도 오늘날에 쓰이는 심리학이라는 말은 정말 끔찍한 단어가 아닌가 싶습니다."

"암, 끔찍하고말고."

그가 고개를 끄덕였다. 표정으로 보아 그는 심리학이라는 말을 입 밖에 내는 것조차도 나 이상으로 입맛 없어하는 것 같았다. 그의 말은 이렇게 이어졌다.

"어떤 의미에서는 마음의 일정 측면에 대해 이렇다 저렇다 하는 게 유용한 개념구조일 수 있기는 하겠지. 내 주위의 시골 사람들은 모두 아름다워 보여. 왜냐? 그들의 삶은 하늘이 점지한 운명에 단단히 묶여 있는 것 같아 보이기 때문일세. 하지만…… 하하하. 난 내 학생들에겐 그다지 흥미를 느끼지 않네. 왜냐, 그들이 장차 무엇이 될지, 내가 그 미래를 정확히 알고 있기 때문이지."

나는 그와의 대화에 반해버리고 말았다. 현대적이고 주제에서 종종 벗어나는 대화라고 착각했지만(현대 정신의 가장 중요한 특징이 주제에서 멀어지기를 좋아한다는 점이라고 보는 나에게) 사실 그는 완곡어법을 통하여 나를 몇 차례고 같은 주제로 접근시키고 있었다. 나도 그때는 모르고 있다가 지금에야 그것을 깨닫게 되었다. 현대의 정신이 종작 없고 산만한 것이라면, 고전적 정신은 편협하고, 느긋하고, 비정하다. 지금 이 시대에 사람들이 만나는 것은 지성의 품격이 아니다. 하지만 내가 비록 이 시대를 체감하고 있기는 하나 내 영혼에 자리 잡고 있는 것은 강박 이외의 아무것도 아니다.

우리의 대화는 한동안 더 계속되다가 끊어졌다. 줄리언 모로 교수가 불쑥 예의를 갖춘 어법으로 이렇게 말했다.

"페이펀 군, 자네만 좋다면 내 기꺼이 자네를 받아들이기로 하겠네."

나는 왜 거기에 와 있는지를 잊은 채로 창밖을 바라보고 있다가 이 말에 놀라 벌린 입을 다물지 못하고 그를 바라보았다. 나는 무슨 말을 해야 좋을지 몰라 대답하지 못했다.

"그러나 자네가 내 제안을 받아들이는 데는 몇 가지 조건이 있는데 자네는 내가 내놓는 조건에 동의해야 하네."

"그게 어떤 것입니까?"

나는 겨우 정신을 가다듬고 교수에게 물었다.

"내일 교무처로 가서 지도교수 변경 신청을 해주게."

그는 책상 위에 놓인 필통에서 만년필을 꺼내려고 손을 내밀었다. 놀랍게도 필통에는 최고급 몽블랑 마이스터스튀크 같은 명품 만년필이 여남은 자루나 꽂혀 있었다. 그는 그중 하나로 요점을 메모하여, 나에게 건네주면서 덧붙였다.

"이걸 잃어버리면 안 되네. 교무처에서는 내가 요청하지 않는 한, 절대로 나에게 학생을 배정하지 않으니까."

메모의 글씨는 남자다웠고, 그리스어식으로 쓰인 알파벳 'e'는 19세기풍이었다. 그는 몽블랑 만년필의 잉크가 채 마르지 않은 메모를 나에게 건네주었다.

"하지만 저에게는 이미 지도교수가 있습니다."

내가 조심스럽게 말했다.

"나는 나를 지도교수로 지명한 학생의 수강신청만 받는 것으로 하고 있네. 우리 어문학부의 다른 교수들은 나의 교수법에 동의하지 않지만, 나로서는 다른 지도교수가 내 결정에 대한 비토의 권리를 가진 상황에서는 가르칠 수가 없네. 지도교수 문제를 마무리 지으면서 수강신청 철회서도 작성해야 할 거야. 프랑스어만 제외하고 다른 모든 과목의 수강신청은 모두 철회해야 하네. 프랑스어는 계속해도 좋아. 내가 보기에 자네는 현대어가 약한 것 같으니까 말일세."

나는 놀라고 말았다.

"다른 과목의 수강신청 전부를 철회할 수는 없습니다."

"왜 없는가?"

"신청이 끝났습니다."

"전혀 문제가 되지 않아. 자네가 신청하는 과목은 모두 나와 함께 공부하게 되네. 우리 학교에 있는 동안 자네는 학기당 세 과목 혹은 네 과목을 나와 함께 공부하게 되지."

나는 그제야 그의 학생 수가 다섯밖에 안 되는 이유를 이해했다.

"하지만 어떻게 그럴 수가 있습니까?"

그는 웃었다.

"역시 햄든에 오래 있지 않아서 우리 분위기를 잘 모르는군. 대학 행정당국은 별로 좋아하지 않지만, 내가 하는 일에 어떤 제동도 걸지 못해. 이따금씩 강의 자격 문제를 제기하기는 하지. 그러나 이게 진짜 문제가 되는 경우는 극히 드물어. 우리는 예술, 역사, 철학 등을 함께 공부하게 되네. 자네가 만일에 이런 분야에서 학점을 제대로 얻지 못할 경우, 자네를 개인교습하거나 다른 교수를 소개하는 결정은 내가 내리게 되네. 프랑스어는 내 전문이 아니니까 계속해서 라포르그 씨와 공부해도 좋아. 다음 해에는 자네와 함께 라틴어를 시작하기로 하겠네. 어려운 언어이기는 하지만 그리스어를 공부했으니까 별로 어렵게 느껴지지는 않을 걸세. 가장 다방면으로 쓰이는 언어, 이게 바로 라틴어라네. 자네도 곧 라틴어 배우는 재미를 알게 될 걸세."

나는 그의 어조에서 심한 모욕을 느끼면서도 가만히 듣고만 있었다. 그가 요구하는 것은, 아예 햄든 대학을 나와서 학생 수가 다섯, 나까지 쳐서 여섯밖에 되지 않는 자기의 고전어과로 들어오라는 것과 조금도 다를 바가 없었다. 나는 기가 막혀서 이렇게 물어보지 않을 수 없었다.

"그럼 저는 전 과목을 교수님으로부터 배우게 됩니까?"

"전 과목을 배우는 것은 아니네."

처음에는 진지하게 말을 시작했던 그가 내 표정을 읽고부터는 웃으면서 말을 이었다.

"나는 교수들을 정신없이 바꿔가면서 배우는 것은 젊은 정신의 소유자들에게 오히려 혼란스럽기만 하고 따라서 매우 해로운 교육법이라고 생각하고 있네. 바로 이런 이유에서 나는, 100권의 책을 피상적으로 읽는 것보다는 한 권의 책을 속속들이 읽는 편이 좋다고 믿네. 물론 이 현대사회에는 나의 의견에 동조하지 않는 경향이 있다는 것도 알고 있네. 하지만 플라톤에게는 스승이 한 분뿐이었네. 알렉산드로스도 한 분뿐이었고."

나는 천천히 고개를 끄덕이면서 그의 연구실에서 몸을 빼낼 궁리를 했다. 그런데 그러면서 고개를 들다가 그와 눈길이 마주치는 순간 문득, 왜 안 된단 말인가, 하는 생각이 들었다. 그의 강렬한 개성이 나를 어지럽게 한 것도 사실이지만 그가 태연하게 내놓는 극단적인 제안이 상당한 매력적인 것도 사실이었다. 그를 사사(師事)한 것이 분명한 저 고전어과 동아리가 남들에게 깊은 인상을 주고 있는 것도 사실이었고, 그들이 내쉬고 있는 숨결이, 현대세계가 아닌, 어딘가 고대세계의 기이하게 침착한 숨결인 것은 분명하나, 어쨌든 차분하고 비정하면서도 그런대로 모양을 갖춘 매력을 발산하고 있다는 것도 사실이었다. 그들이 대단한 걸물들인 것은 분명했다. 눈으로 보아도 그랬고, 손을 보아도 그랬고, 모습을 보아도 그랬다(Sic oculos, sic ille manus, sic ora ferehat).

나는 그들이 부러웠다. 내게는 그들이 그렇게 매력적으로 보일 수 없었다. 뿐만 아니라, 자연스러운 것과는 거리가 먼 그들의 기이한 품격이 상당한 수준의 교양에서 나온다는 것도 부정할 수 없었다(내가 줄리언 모로 교수에게서 발견한 것도 그런 품격이었다. 그가 풍기는 인상이 참신하다거나 소박하다거나 하는 것과는 정반대임은 분명했다. 그러나 그럼에도 그 품격은 타고난 것이 아닌, 그렇게 보이게 만드는 고도의 세련된 기술이었다). 공부가 제대로 되든 말든, 나는 그들과 같은 사람이 되고 싶었다. 그들의 품격이 과연 학문적 정진을 통해 획득된 것인지, 나 역시 그들로부터 배우면 그러한 품격에도 도달할 수 있을지 궁금했으나 그런 것을 생각하기에 내 머리는 너무나 어지러웠다.

결국 나는 머나먼 플래노에서, 아버지의 주유소에서, 그곳에 이르기 위해 달려온 셈이다.

"제가 만일 교수님의 강의를 듣게 될 경우, 모든 교재와 강의는 그리스어로 진행됩니까?"

내가 묻자 그가 웃으면서 대답했다.

"물론 아니지. 우리는 단테, 베르길리우스 같은 사람들의 문학을 공부하게 되네. 하지만 한 가지 확실한 것은 서점에 나가서 《굿바이, 콜럼버스》 같은 책(영문과 1학년생들에게는 악명 높은 책 중의 하나인)을 사 보라고 하지 않는다는 것만은 확실하네, 영문과 교수들에게는 미안한 말이지만 말일세."

나의 계획을 듣고 난 조르주 라포르그 교수는 정신이 반쯤 나가버린 듯한 얼굴을 했다.

"이건 심각하게 생각해봐야 할 문제야. 학교와 접촉하는 폭, 교수진과 접촉하는 폭이 얼마나 제한될 것인가 하는 문제를 검토해야 하네."

"그분은 훌륭한 교수님이시라고 생각합니다."

"이 세상에 그렇게 혼자서 북 치고 장구 칠 만큼 훌륭한 교수는 존재할 수 없는 법일세. 만일에 자네가 혹시라도 그 교수와 의견을 달리하게 될 때, 혹은 그 교수로부터 부당한 대접을 받게 될 때를 생각해봐야 해. 자네가 이렇게 해놓으면 다른 교수들이 자네를 도울 방법은 전혀 없어져. 이렇게 말해서 미안하네만, 나는 오로지 한 교수를 상대로 공부하기 위해 3000달러의 등록금을 지불하는 자네를 이해할 수 없네."

나는 햄든 대학의 장학기금에 관해 질문하고 싶었다. 하지만 아무 말도 하지 못했다. 라포르그 교수는 의자 등받이에 기대며 조용히 말했다.

"이렇게 말해서 미안하네만, 그 엘리트주의자가 언젠가는 자네를 식상하게 할 거라는 생각을 지울 수 없구먼. 솔직하게 말해서 그 양반이 자네같이 막대한 재정 지원이 필요한 학생을 받아들였다는 건 금시초문일세. 민주적인 교육기관인 우리 햄든 대학은 그런 교육원칙 위에 서 있는 학교가 아닐세."

"저를 받아들이는 걸 보면 그 교수님이 반드시 엘리트주의자인 것만은 아닌 모양이지요."

그는 내가 비아냥거리고 있다는 것을 눈치채지 못했다.

"그 양반은 자네가 학비 보조 장학금을 받고 있다는 사실을 모르는 것 같구먼."

"그분이 모르고 계신다면 제가 굳이 가르쳐드리지는 않겠어요."

나는 이렇게 말하고 라포르그 교수의 방을 나왔다.

줄리언 모로 교수의 수업은 연구실에서 진행되었다. 물론 극히 소규모였다. 그러나 쾌적하기와 가족적이기로 말하자면 세상 어떤 강의실도 거기에는 미칠 수 없을 것 같았다. 모로 교수의 지론에 따르면 학생들은 쾌적하고, 비(非)학구적인 환경에서 공부할 경우 발전이 빠른 것으로 되어 있다. 천지는 엄동설한인데도 늘 따뜻하고 늘 꽃에 파묻혀 공부할 수 있는 그의 강의실은, 학교는 마땅히 그래야 한다는 그의 지론에 딱 알맞은, 말하자면 플라톤적 소우주였던 셈이다.(나는 그에게 강의실 수업과 관련된 질문을 한 적이 있다. 그러자 그는 몹시 놀란 얼굴을 하고 내게 반문했다. "공부라고? 아니, 자네는 우리가 여기에서 하고 있는 게 공부라고 생각하나?" "그러면 뭐라고 불러야 합니까?" "나 같으면 가장 우아한 종류의 놀이라고 하겠네.")

첫날 그의 연구실로 가는 도중에 나는 검은 외투를 흩날리면서 까마귀처럼 잔디밭을 가로질러 가는 프랜시스 애버나디를 발견했다. 담배를 피우느라고 다른 정신이 없었기는 해도 그가 나를 보지 못했을 리는 없었다. 나를 보았다고 생각하니, 그다음에 그가 보일 반응이 어떨지 몹시 궁금했다. 나는 먼저 문 앞에서 기다리고 있다가 그가 문을 지날 때까지 기다렸다. 그는 아무 말 없이 그냥 내 앞을 지나쳤다.

돌아서서 뤼케이온의 계단으로 오르려다 보니 놀랍게도 그는 창턱에 앉아 있었다. 나는 그에게 잠깐 시선을 던졌다가 다시 거두고 그 앞을 지나치려고 했다. 그런데 그가 나를 불렀다.

"잠깐."

영국적이라고 해도 좋을 만큼 차분한 보스턴 억양이었다.

나는 뒤를 돌아다보았다.

"자네가 새로 온 네아니아스(neanias)인가?"

그는 분명히 나를 조롱하고 있었다. 새로 온 젊은이. 나는 그렇다고 했다.

"함께 누울까(Cubitum eamus)?"

"뭐라고?"

"아무것도 아닐세."

그는 담배를 왼손으로 옮겨 잡고는 오른손을 내밀었다. 십대 소녀처럼 앙상하고 부드러운 손이었다.

그는 자기소개도 하지 않았다. 잠깐 어색한 침묵이 흐르는 것 같아 나는 내 소개를 했다.

"당신이 누군지 알고 있어."

담배 연기를 알뜰하게 빨아들인 뒤 꽁초를 창밖으로 던지면서 그가 한 말이었다.

헨리와 버니는 이미 강의실에 와 있었다. 헨리는 책을 읽고 있었고 버니는 책상에 걸터앉은 채 헨리에게 큰 소리로 열심히 떠들어대고 있었다.

"……한마디로 밥맛없어. 실망이 이만저만이 아니야. 이렇게 말해서 미안하지만 너한텐 노하우(savoir faire) 이상의 뭔가를 기대했는데 정말 실망 천만이야……"

"안녕."

내 뒤를 따라 들어와 문을 닫으면서 프랜시스가 말했다.

헨리는 프랜시스와 나를 번갈아 바라보면서 고개를 한 번 끄덕이고는 책으로 다시 시선을 돌렸다.

"안녕. 어서들 와. 세상에, 내가 왜 이렇게 흥분하고 있는지 알아?"

버니가 프랜시스를 상대로 조금 전에 하던 이야기를 계속하려 했다.

"헨리가 세상에, 몽블랑 만년필을 샀다는군."

"그래?"

프랜시스의 반응이었다.

버니가 턱으로 책상 위에 놓인 줄리언 모로 교수의 몽블랑 필통을 가리키면서 말했다.

"내가 늘 헨리에게 그러지 않았어? 눈치 없이 몽블랑을 샀다가는 줄리언 교수가 자기 걸 훔친 줄 알 거라고."

"내가 이 만년필 살 때 교수님이 옆에 있었어."

헨리가 책에서 눈도 떼지 않은 채 응수했다.

"얼마 줬어?"

버니가 물었다.

헨리는 대답하지 않았다.

버니가 만만치 않은 체중으로 책상에 기대면서 다시 물었다.

"한번 대답해보지? 얼마 줬어? 한 자루에 300달러? 너는 언젠가 교수님의 만년필 수집 취미가 추해 보인다고 얘기한 적이 있어. 그냥 펜이면 족하지 평생 저런 것으로는 안 쓴다고 했어. 그랬지?"

침묵.

"어디 구경이나 한 번 더 하자."

헨리는 가만히 책을 놓고 셔츠 주머니에서 몽블랑 만년필을 뽑아 책상 위에 놓았다.

"자."

버니는 만년필을 주워 손가락 사이로 이리저리 굴려보았다.

"이건 초등학교 1학년 때 내가 쓰던 땅딸막한 연필 같군그래. 줄리언이 이걸 사라고 권했어?"

"만년필 한 자루가 필요했던 것뿐이야."

"그래서 산 게 아닐 거야."

"말도 안 되는 소리. 이제 신물이 난다."

"난 멋없다고 생각해."

"인마, 너는 멋을 논할 자격이 없어."

헨리가 내뱉듯이 말했다. 한동안은 입을 여는 사람이 없었다. 버니는 자기 의자로 돌아가 앉으면서 구시렁거렸다.

"우리는 뭘로 쓰지? 프랑수아, 너는 아직도 나처럼 펜과 잉크병 신세지?"

"경우에 따라."

프랜시스가 대답했다.

버니는 이번에는 나에게 물었다. 그는 마치 토론회, 아니면 텔레비전 토크쇼의 주인공이라도 된 기분인 듯싶었다.

"거기! 이름이 뭐더라, 로버트던가? 캘리포니아에서는 어떤 필기구를 쓰라고 가르치나?"

"볼펜."

버니가 고개를 끄덕였다.

"정직해서 좋군. 신사야. 이 정도 소박한 데가 있어야 인간미가 나지. 마음에 들었어."

이때 문이 열리면서 쌍둥이 남매가 들어왔다.

"버니, 왜 그렇게 빽빽 소리를 질러? 복도까지 쩡쩡 울리더라."

찰스가 발길질로 문을 닫으면서 물었다.

버니는 몽블랑 만년필 이야기를 시작했다. 나는 듣고 있기가 거북해서 구석으로 물러나 서가에 꽂힌 책 제목을 읽어나가기 시작했다.

"고전어 공부는 얼마나 했다고?"

내 팔꿈치 옆에서 목소리가 들렸다. 헨리였다. 헨리는 의자를 내 쪽으로 돌리고 있었다.

"2년 정도."

내가 대답했다.

"그리스어로 뭘 읽었는데?"

"신약성서 정도지 뭐."

"표준 그리스어(Koine)로 읽으신 거군. 그 밖에는? 호메로스는 틀림없이 읽었을 테고. 그리고 서정시도 읽었겠고."

내가 알기로 헨리가 말하고 있는 것은 바로 헨리 자신의 전문분야였다. 그래서 나로서는 거짓말하기가 두려웠다.

"조금."

"플라톤은?"

"읽었지."

"전부?"

"일부."

"하지만 전부 번역된 것이었겠지?"

나는 망설였다. 순간순간이 유난히 길게 느껴졌다. 헨리는 믿음이 가지 않는다는 얼굴을 하고는 나를 빤히 노려보고 있었다.

"아닌가?"

나는 새로 산 외투 주머니에 손을 찔러 넣었다.

"대부분. 그럭저럭."

그러나 나의 대답은 사실과 거리가 멀었다.

"대부분이라면 구체적으로 뭘까? 《대화》? 그 후대 철학자로는? 플로티누스?"

"응."

거짓말이었다. 나는 그때까지는 물론이고 지금까지도 플로티누스는 한 줄도 읽은 바가 없다.

"뭘 읽었는데?"

안타깝게도 내 머리가 갑자기 텅 비어버리는 기분이었다. 플로티누스가 쓴 것으로 여겨지는 책 제목은 하나도 기억나지 않았다. 《농경시》? 빌어먹을, 그건 베르길리우스의 시집 아니던가?

"사실은, 플로티누스에게는 관심이 없어."

"왜? 이유가 뭔데?"

그는 경찰관처럼 따지고 물었다. 문득 몇 년 전 연극개론 시간에, 긴장을 해소시킨답시고 우리를 모두 바닥에다 뉘어놓고 주위를 빙글빙글 돌면서, 자, 여러분의 몸에 시원한 오렌지주스가 가득 차 있다고 상상들 해보게, 하던 레이닌 교수가 생각났다. 내 몸이 그렇게 돼버린 것 같았다.

나는 헨리의 입맛에 맞게 플로티누스를 설명할 수 없었다. 그는 나를 향하여 라틴어를 쏟아부었다.

"뭐라고?"

"신경 쓸 거 없어."

그는 싸늘한 얼굴을 하고 내 얼굴을 힐끗 바라보고는 다시 책 쪽으로 시선을 돌렸다.

나도 무안을 감출 겸해서 서가 쪽으로 시선을 돌렸다.

"그 친구를 그렇게 잿더미에다 처박았으니 속이 시원하겠구나."

뒤에서 버니의 목소리가 들렸다.

다행스럽게도 찰스가 아침 인사를 하기 위해 내 곁으로 다가왔다. 찰스는 조용한 반면에 의외로 싹싹한 데가 있었다. 겨우 찰스와 인사를 나누는 참인데 줄리언 모로 교수가 들어왔다.

"안녕? 새 친구와 인사들은 나누었겠지?"

"네."

프랜시스가 커밀라의 의자를 밀어준 뒤 제 의자에 앉으면서, 내가 듣기에는 약간 부은 듯한 소리로 대답했다.

"잘했어. 찰스, 차 끓일 물 좀 올려주겠나?"

찰스가 조그만 곁방으로 들어갔다. 곧 수돗물이 쏟아지는 소리가 들렸다

(그 방에 무엇이 있는지, 무슨 수를 쓰기에 이따금씩 모로 교수가 그 방에서 네 코스의 정식(定食)을 내오는지 나로서는 짐작도 할 수 없었다). 잠시 후 찰스가 방에서 나와 제자리에 앉았다. 줄리언 모로 교수는 우리를 둘러보면서 말했다.

"자, 바야흐로 이 현상계를 떠나 우리의 숭고한 세계로 갈 준비가 되어 있기를 바라네."

줄리언 모로 교수는 놀라운 능변가, 마술사를 방불케 하는 웅변가였다. 그의 강의를 제대로 여기에 옮기고 싶다. 그러나 보통 사람의 지력밖에 가지지 못한 내가 내 지력을 저만치 앞서는 그의 강의를 정확하게 옮기는 것은 불가능한 일이다. 게다가 세월도 많이 흐른 만큼, 나로서는 그의 진의를 정확하게 옮겼다고 장담하기 어렵다. 그날의 주제는 인간의 자아상실, 플라톤의 네 가지 신성한 광기 및 인간이 지니는 보편적인 광기에 관한 것이었다. 그는 이른바 자아라는 짐의 실상, 그리고 인간이 자아를 상실하는 까닭을 짚으면서 그날의 이야기를 시작했다.

그는 우리를 둘러보면서 말했다.

"우리 내부의 저 집요한 목소리가 왜 이렇듯이 우리를 괴롭히는가? 이 목소리가 바로 우리에게 우리의 살아 있음, 우리가 타고난 필멸의 팔자, 우리 개개인이 가지고 있는 영혼의 존재를 상기시키고 있기 때문이 아닐까? 바로 이런 것들 때문에 우리는 우리 삶에 항복하기를 두려워하고, 우리 존재를 살아 있는 다른 어떤 것보다 비참하게 보게 되는 것은 아닐까? 그러나 우리로 하여금 자기를 인식하게 하는 것이 무엇이던가? 바로 고통이 아니던가? 어린 시절 우리는, 우리 자신이 이 세계와는 완전히 별개의 존재라는 것, 우리의 혀가 마르고 무릎에 상처가 나도 어느 누구, 어떤 존재도 우리의 고통에 동참할 수 없다는 것, 우리의 고통, 우리의 아픔은 우리만의 것임을 깨닫는, 참으로 무서운 경험을 하게 된다. 이보다 더욱 무서운 것은 나이를 먹으면서, 우리가 사랑하는 어떤 사람도 진정으로 우리를 이해하지 못한다는 느낌을 경험하는 것이다. 말하자면 우리를 불행하게 만드는 것은 바로 우리 자신이고, 그래서 우리는 그 자신 혹은 자아라고 하는 것을 버리고 싶어서 안달이 난다. 어떻게들 생각하는가? 복수의 여신 에리뉘에스 세 자매를 기억하겠지?"

"로마식으로 말하면 푸리아이 세 자매지요."

버니가 장발에 묻힌, 졸린 눈을 껌벅거리면서 대답했다.

"그렇다. 이들이 사람을 어떻게 미치게 하던가? 사람들의 내적 독백을 증폭시키고, 기왕에 타인에게 알려진 그 사람의 고유한 자질을 증폭시키고, 자신을 그 이상으로 인식하게 함으로써 그들 스스로가 도저히 타인들과는 함께 살 수 없게 만들어버리지 않던가?

그러면 우리는 어떻게 하면 이 미쳐가는 자아를 버릴 수 있는가? 전적인 방기가 어떻게 가능해지는가? 사랑인가? 그렇지. 그러나 케팔로스가 소포클레스의 입을 통해 들었듯이, 사랑이 잔혹하고 무서운 스승임을 아는 사람은 많지 않다. 사람은 타인 때문에 자기를 버린다. 그러나 이렇게 함으로써 타인의 노예가 되고, 노예가 됨으로써 더욱 비참해진다. 전쟁? 사람은 전쟁에 몰두함으로써, 명예로운 전쟁에 뛰어들어 기꺼이 싸움으로써 자기를 잊어버릴 수 있기는 하다. 그러나 지금 어디에 그런 명예로운 전쟁이 있던가? 크세노폰과 투키디데스를 아무리 읽으면 무엇하는가? 감히 말하거니와 그 시대의 전법을 하나라도 제대로 기억하고 있는 사람은 적어도 젊은이들 중에서는 거의 없을 것이다. 물론 여러분에게 그럴 생각이 있다면 햄든 시내로 나가 여러분 손으로 시내를 장악할 수 있기는 할 테지."

헨리가 히죽 웃으며 대꾸했다.

"저희들 여섯이면 오늘 오후에라도 할 수 있습니다."

"어떻게?"

모두가 이구동성으로 헨리에게 물었다.

"한 사람은 전화선과 전기선을 자르고, 한 사람은 배튼킬 다리를 지키고, 한 사람은 햄든 북쪽의 간선도로를 장악하지. 나머지는 남쪽에서 북쪽으로 진격한다. 수가 많지는 않지만 분산공격하면 시내 진입로를 모조리 차단하는 것도 가능하다……."

그는 이 대목에서 손을 내밀며 손가락을 펼쳤다. 그러더니 다시 주먹을 쥐면서 말을 이었다.

"……그러고는 각 지점에서 중심부로 진격하는 거다. 물론 기습공격의 이점을 살려야겠지."

그의 목소리에서 의외로 섬뜩한 한기가 느껴졌다.

줄리언 모로 교수는 웃었다.

"신들이 인간의 전쟁에 끼어든 게 언제였더라? 아직도 이런 게 가능할까? 델포이의 신탁이 스파르타인들에게 예언했듯이, 아폴론이나 아테나가 '지원 요청을 받든 받지 않았든 간에' 자네들을 지원할 것 같은가? 신들은 영웅들만 지원한다네."

"반신반인(半神半人)도 지원하지요. 반신반인인 우리가 광장의 왕좌에 앉는다. 굉장하겠는걸."

프랜시스가 웃음을 터뜨렸다.

"햄든 상인들이 공물을 바치고."

"황금과 공작과 상아, 좋지."

"체더치즈와 먹을 만한 크래커 같은 것도."

이렇게 말한 것은 버니였다.

줄리언 모로 교수는 크래커라는 말이 마음에 들지 않았던지 하던 이야기를 계속했다.

"유혈극이라고 하는 것은 참으로 끔찍한 것이다. 그러나 호메로스나 아이스퀼로스의 작품 중에서 백미가 역시 유혈극 전후에 나온다는 것은 굉장한 아이러니다. 가령 〈아가멤논〉에 나오는 클뤼타임네스트라의, 내가 가장 좋아하는 저 명대사가 그렇다. 커밀라, 〈오레스테이아〉 공연 때 자네가 우리들의 클뤼타임네스트라였지. 그때의 그 대사 기억하나?"

창을 통해 들어온 햇빛이 커밀라의 얼굴을 똑바로 비추었다. 그렇게 강렬한 빛을 받으면 보통 사람의 얼굴은 빛 때문에 멀겋게 보이기 십상이다. 그러나 그녀는 달랐다. 맑고 반듯한 모습은 눈부실 정도로 흰했다. 짙은 눈썹에 가려진 선명하게 빛나는 눈, 꿀처럼 색깔이 따뜻한 머리카락 속으로 미끄러지듯 숨어들어 간 금빛 관자놀이.

"조금은 기억하고 있어요."

머리 위의 천장을 응시하면서 커밀라는 클뤼타임네스트라의 대사를 외기 시작했다. 나는 기억을 더듬는 커밀라를 훔쳐보았다. 가만, 남자친구가 있던가? 그래, 프랜시스가 커밀라의 남자친구인지도 모른다. 둘은 유난히 자주 붙어 다니는 것 같으니까. 하지만 프랜시스는 여자에게 관심을 깊게 기울일 위인이 아니다. 내게도 기회가 쉽게 올 것 같지는 않다. 검은 양복으로 정장한 돈 많고 머리 좋은 녀석들에게 둘러싸여 있으니까. 이 어색한 몸짓과 촌놈의 말씨가 어디 당하기나 하겠는가?

그리스어로 대사를 외는 커밀라의 음성은 약간 쉰 듯하면서도 나직해서 감미로웠다.

이렇게, 생명이 다투어 몸을 빠져나가면서 그는 숨을 거두었다.

숨을 거두면서 그는 나에게 검붉고,

쓰디쓴 피의 소나기를 퍼부었는데

나는 황홀했다, 풀잎을 틔우려는 참에

신들이 내리는 영광의 소나기 한가운데 서게 된 뜨락처럼.

커밀라의 낭송이 끝나고 한동안 침묵이 흘렀다. 놀랍게도 헨리가 건너편에서 커밀라에게 한쪽 눈을 찡긋해 보이고 있었다.

줄리언 모로 교수는 웃었다.

"언제 들어도 아름다운 구절이다. 아무리 들어도 질리지 않아. 하지만 이게 어떻게 된 일인가? 왕비가 욕탕에서 제 지아비를 찔러 죽인 이 무서운 대목의 대사가 어떻게 해서 이렇게 아름다울 수 있는가?"

프랜시스가 대답했다.

"보격(步格) 때문입니다. 단장삼보격(短長三步格) 때문입니다. 〈연옥〉에서도 볼 수 있습니다. 코를 잘린 피에로 데 메디치가, 콧구멍으로 피를 뿜으면서 지껄이는 대목도 이 단장삼보격으로 되어 있습니다……."

"그보다 끔찍한 대목은 얼마든지 있어."

찰스의 말이었다.

"알아. 하지만 구절 자체가 아름답게 들리는 건 역시 테르차 리마(terza rima, 시의 운율이 aba, bcb, cdc 식으로 서로 물려서 진행하는 압운 구조 – 옮긴이) 때문이야. 말하자면 테르차 리마가 지닌 음악성 때문인 것이지. 바로 이 삼보격 운율이 클뤼타임네스트라의 대사에서 방울처럼 울리고 있는 거라고."

줄리언 모로 교수가 좌중을 둘러보면서 물었다.

"하지만 단장삼보격이야 그리스 서정시에서 얼마든지 찾아볼 수 있지 않나? 그런데 왜 이 대목만이 그렇게 숨 막힐 듯한 감동을 주느냐는 것이다. 왜 우리는 이보다 조용하고, 이보다 훨씬 더 평화로운 구절에서는 그런 감동을 느끼지 못할까?"

헨리가 모로 교수의 말에 대답했다.

"아리스토텔레스는 《시학》에서, 시체같이 차마 눈 뜨고 볼 수 없는 대상이 예술작품에서는 자주 사색의 대상이 된다고 했습니다."

"나는 아리스토텔레스의 말이 옳다고 본다. 결국 우리의 기억에 인각되는 대목, 이로써 우리가 사랑하게 되는 시구가 어떤 시구겠는가? 바로 아리스토텔레스가 지적한 그런 대목이다. 아가멤논의 죽음이 그렇고 아킬레우스의 분노가 그렇다. 화장단(火葬壇)에 올라선, 카르타고 여왕 디도의 모습 또한 예외가 아니다. 자객들의 단검과 카이사르의 죽음…… 수에토니우스가 묘사한 이 대목은 어떻게 되어 있던가? 카이사르는 한 팔을 늘어뜨린 채 난장판이 된 바닥 위에 널브러져 있다고 하지 않았던가?"

"죽음은 아름다움의 어머니입니다."

헨리의 말이었다.

"그러면 아름다움은 무엇인가?"

"공포."

"좋다. 아름다움이라고 하는 것은 포근한 것도 아니고 우리의 마음에 평화를 주는 것도 아니다. 아니, 정반대라고 할 수 있다. 진정한 아름다움은 우리를 동요케 한다."

나는 커밀라를 보았다. 햇빛을 받고 있는 그녀의 얼굴을 보면서 나는 《일리아스》의 한 구절을 떠올렸다. 호메로스가 그린, 팔라스 아테나 여신이 그 무서운 눈을 번득이는 대목을.

"아름다움이 공포라면, 그럼 욕망은 무엇이겠는가? 우리는 우리에게 여러 가지 욕망이 있다고 생각한다. 그러나 실제로는 한 가지 욕망밖에는 없다. 그게 무엇이겠는가?"

"살고자 하는 욕망입니다."

커밀라가 대답했다.

"영원히 사는 겁니다."

턱을 손바닥에 묻은 버니의 말이었다.

찻주전자가 쉭 소리를 내기 시작했다.

찻잔이 준비되자 헨리가 중국 귀족처럼 얌전하게 차를 따랐다. 우리는 신들이 인간에게 씌운 광기에 대해 토론했다. 신들이 인간에게 씌운 광기라면 시적 광기, 예언적 광기, 그리고 디오뉘소스적 광기일 터이다.

줄리언 모로 교수가 말했다.

"가장 신비스러운 것이 바로 이러한 광기다. 우리는 종교적 접신 현상이 원시사회에나 있는 것이라고 생각하는 데 버릇이 들어 있으나 이러한 현상은 문명화한 세계에서도 얼마든지 찾아볼 수 있다. 여러분도 잘 알겠지만 그리스인도 우리와 별로 다르지 않았다. 그들 역시 우리처럼 형식을 아는 사람들이었을 뿐만 아니라 고도로 문명화한 사람들이면서도 사회적 억압은 우리들보다 훨씬 덜 받았다. 그런데도 그들은 춤, 섬망(譫妄), 살육, 환상 같은 광기를 통하여 단체로(en masse) 광기에 사로잡혔다. 우리 식으로 말하자면 이런 광기는 집단 광증일 수 있을 것이다. 그러나 그리스인들 중 일부는 자기 원하는 대로, 광기에 사로잡힐 수도 있었고 거기서 헤어날 수도 있었다. 그리스인들이 지닌 이런 능력을 신화적이라고 싸잡아 평가하는 것은 옳지 않다. 고대의 주석가들 중에 우리처럼 이것을 신화화한 사람이 없지는 않았지만 우리에게는 그것을 반증할 자료가 얼마든지 있다. 개중에는 이러한 광기가 기도나 금식에서 연유한다고 주장하는 사람도 있고, 명정(酩酊)에서 연유한다고 주장하는 사람도 있다. 분명한 것은 이러한 광기는 집단 히스테리와 밀접한 관계가 있었다는 것이다. 그러나 그렇다 하더라도 이러한 광기를 어떤 현상에 대한 극단주의로 치부하는 것은 옳지 않아 보인다. 광기 들린 사람에게는 반이성적이고 반이지적인 상태에 빠지는 경향이 있었는데, 이 경우 그 개인이 지닌 개성은 전혀 다른 것, 말하자면 신이 아닌 우리 인간이 공유하는 어떤 것, 즉 비인간적인 어떤 모습으로 대치되더라는 것이다."

나는 바카이(바쿠스, 즉 디오뉘소스의 추종자들 ‑ 옮긴이)를 떠올렸다. 바쿠스적 광포함과 야만스러움은, 바카이를 주관하는 잔인한 신 디오뉘소스의 사디즘을 연상시켜 내 구미에는 맞지 않았다. 아무리 어려운 상황이라도 언제나 정의의 원리가 지배하는 비극에서와는 달리 바쿠스적 이야기에서는 항상 어둠과 혼란이 지배하는 야만성이 이성을 누르고 승리하기 때문이었다.

줄리언 모로 교수의 이야기는 이렇게 계속되었다.

"우리는 인정하고 싶지 않지만 이성에 의한 통제 기능을 상실한다는 것은 우리같이 이성의 통제를 받는 사람들에게는 더할 나위 없이 매력적이었다. 우리가 여기에서 간과하지 않아야 할 것은 문명화한 모든 사람들 ― 우리뿐 아니라 고대인들까지도 ― 은 생래적인 동물적 자신의 일방적인 억압을 통하여 문명화에 이르렀다는 점이다. 이 방 안에 있는 우리들은 그런 그리스인, 그런 로마인들과 얼마나 다른 것일까? 우리는 의무, 신심, 충성, 희생, 이러한 것들을 강박증처럼 지니고 있는 게 아닐까? 이런 것들이 우리 현대인들의 입맛에는 끔찍한 것들이 아니겠는가."

나는 대형 탁자에 둘러앉은 여섯 개의 얼굴을 둘러보았다. 현대인의 입맛 이야기가 나왔으니 말이지만 그 여섯 개의 얼굴도 바로 그 현대인의 입맛에는 맞지 않을 터였다. 나는 그 자리에 다른 교수가 있어서, 그가 헨리로부터 그리스어과 동아리를 규합하여 햄든 시내로 쳐들어간다는 이야기를 들었더라면 그 이야기를 들은 지 5분도 채 못 되어 심리학과 지도교수에게 전화했을 것이라고 생각하면서 속으로 웃었다.

"원시적이고, 감정적이고, 탐욕스러운 자기를 죽이고자 하는 것은 지적인 사람, 특히 고대나 우리 시대의 완벽주의자라면 누구나 느끼는 유혹이다. 그러나 이것은 옳지 않다."

"왜요?"

프랜시스가 앞으로 몸을 구부리면서 물었다.

모로 교수의 눈썹이 꼼지락거렸다. 길고 미끈하게 뻗은 콧등이 그의 옆얼굴을 약간 경사져 보이게 해서, 보기에 따라서 그 모습은 부조에 나오는 에트루리아인의 얼굴 같았다.

"옳지 않은 까닭은, 인간에게 비합리성이 내재하고 있음을 부정하는 것이 대단히 위험하기 때문이다. 사람은 문명화하면 문명화할수록 그만큼 더 지적인 수준이 높아지고, 지적인 수준이 높아지면 높아질수록 그만큼 더 자기 억압에 시달린다. 억압에 시달리면 인간은 자기가 애써 말살하려 했던 원시적 충동과 화해할 수단을 필요로 하게 된다. 원시적 충동과의 화해를 모색하지 않으면 이 막강한 힘은 내부에서 뭉치고 강화되어 필경은 스스로를 해방하기에 이르게 되고, 이 강화의 과정이 길어지면 스스로 폭발하여 거치적거리는 것들을 일거에 쓸어버리게 된다. 따라서 우리는 원시적 충동과 우리 사이에 일종의 안전판을 마련하지 않으면 안 되는 것이다. 안전판이 없을 경우에 생길 수 있는 비극의 실례를 우리는 로마 역사에서 찾아볼 수 있다. 로마의 황제들이 좋은 본보기이다. 가령 아우구스투스의 못난 양아들 티베리우스를 보자. 그는 양아버지 아우구스투스의 뜻에 맞추어 살고자 했다. 구세주이자 신이었던 양부의 발자취를 따라야 했던 이 티베리우스의 갈등과 긴장을 한번 상상해보자. 백성들은 그를 미워했다. 아무리 노력해도 티베리우스는 백성들의 사랑을 받을 수 없었다. 결국 자신으로부터 증오스러운 자아를 제거할 수 없었다. 이러한 상태로 세월이 흐르자 기어이 분노의 수문이 터지고 말았다. 수문이 터지자 황제는 하고 싶은 대로 행동하였다. 결국 그는 광증에 쫓기는 늙은이가 되어 카프리의 한궁(閑宮)으로 옮겨 가서 살다가 죽고 말았다. 그곳에서는 행복을 누렸을 거라고 생각하는 사람들이 있겠지만, 천만에, 그는 여기서 비참한 말년을 보냈다. 죽기 직전에 그는 원로원으로 이런 편지를 보냈다. '남신과 여신들이 함께 강림하시어, 내가 날이면 날마다 당하고 있는 이 고통 이상으로 무서운 파멸의 고통을 내게 내리시기를 바라노라.' 이 티베리우스의 계승자들을 생각해보라. 칼리굴라를 생각하고, 네로를 생각해보라.

로마 최대의 강점이자 약점은 질서에 대한 강박이었다. 그들의 건축, 그들의 문학, 그들의 법률에서 우리는 이것을 확인할 수 있다. 어둠, 불합리, 혼돈에 대한 신경질적인 부정의 흔적, 이것이 바로 질서에 대한 강박의 흔적이다. 이 흔적을 제대로 읽으면 다른 외국 종교에 대해서는 관대했던 로마인들이 기독교인들은 왜 그렇게 무자비하게 박해했는지 이해할 수 있다. 생각들 해보라. 범법자로 처형당한 이가 죽음에서 부활했다는 사실이 그들에게 얼마나 불합리하게 보였겠는가? 추종자들이 스승의 피를 마심으로써 그 부활을 축복했다는 사실 앞에서 그들이 얼마나 대경실색했겠는가? 이러한 비논리성이 그들에게는 두려웠던 것이다. 그래서 이 비논리를 깨뜨리는 일이면 어떤 일이든 할 수 있었다. 내가 보기에 그들이 기독교를 그토록 가혹하게 박해했던 것은, 두려웠을 뿐만 아니라 그것에 걷잡을 수 없이 끌렸기 때문이다. 참으로 이상한 일이지만 실질주의자에게도 미신적인 측면이 있다. 논리에 강하게 집착한 것이 로마인들이다. 그러나 생각해보라. 이 세상에 초자연적인 것에 대한 공포에 그렇게 시달렸던 국민이 로마인 말고 또 있던가?

그리스인들은 달랐다. 그리스인들도 질서와 조화를 로마인들 못지않게 좋아했다. 그러나 그리스인들은 보이지 않는 세계를 부정하고, 옛 신들의 존재를 부정하는 일이 얼마나 어리석은 일인가를 알았다. 감정, 어둠, 야만성을 부정하는 일이 얼마나 어리석은 일인가를 진작부터 알고 있었다."

그는 말을 중단하고 잠시 천장을 올려다보면서 가만히 있었다. 그의 얼굴에 연민과 고통의 그림자가 어른거렸다.

"우리가 무슨 이야기를 하고 있었는지 기억들 하고 있겠지? 그래, 우리는 피비린내 나는 것, 참혹한 것들이 어쩌면 가장 아름다운 것일 수도 있다는 이야기를 하고 있었다. 이러한 생각은 그리스적인 생각인데, 우리가 짐작하는 것 이상으로 이 생각은 심오하다. 아름다움은 곧 공포인 것이다. 우리가 아름답다고 하는 것이 무엇이든, 우리는 그것 앞에서 전율한다. 고대 그리스인들에게도 그랬고 현대를 사는 우리에게도 그렇듯이, 균형과 통제에서 완전히 해방되는 것 이상으로 아름답고 무서운 것은 없다. 균형과 통제로부터의 해방이란 무엇인가? 가령, 죽을 팔자를 타고난 우리의 운명을 벗기 위해 우리 존재의 사슬을 깡그리 벗어던지는 일일 수도 있다. 에우리피데스는 마이나데스(디오뉘소스의 광신도 – 옮긴이)의 모습을 이렇게 그리고 있다. '머리는 뒤로 젖혀 목을 별 앞에 드러낸, 사람 같다기보다는 노루 같은 인간.' 이것이 마이나데스의 모습이라는 것이다. 이거야말로 절대적인 자유를 획득한 인간의 모습 아닌가? 사람들은 누구나 이러한 파괴적 열정을 이들 이상으로 흉포하게, 이들 이상으로 효과적으로 드러낼 수 있다. 그러나 이러한 열정을 한 번에 드러내는 것이야말로 얼마나 무섭고도 아름다운 것인가? 이들은 칠흑 야밤에 숲 속에서 목청껏 노래하고, 절규하고, 맨발로 춤춘다! 이들에게는 죽을 팔자에 대한 의식도 없고 수성(獸性)에 대한 경계도 없다. 이거야말로 막강한 비의(秘儀)다. 황소의 포효다. 땅속에서 솟아오르는 꿀의 분수인 것이다. 영혼이 강력한 인간은 존재의 너울을 찢어발기고 자신의 적나라한 모습, 공포스럽도록 아름다운 모습을 볼 수 있다. 이런 인간만이 장차 자기를 소진하고, 삼키고, 그 뼈를 부러뜨릴 신의 모습을 대면할 수 있다. 이런 인간만이 신이 자신을 해체하는 것을 받아들이고, 이로써 거듭날 수 있다."

우리는 몸을 앞으로 구부린 채로 꼼짝도 하지 않고 들었다. 언제부터인지 내 입은 헤벌어져 있었다. 나는 나의 한 호흡 한 호흡을 분명하게 의식할 수 있었다.

"내가 보기로, 디오뉘소스 제의가 우리에게는 무서운 유혹이 되는 것은 바로 이 때문이다. 우리로서는 상상하기도 어려운 순수한 존재의 불길이 여기에 있다."

수업이 끝나고 나는 혼미한 상태로 아래층으로 내려갔다. 머리가 빙빙 돌았으나 날은 아름답고, 나는 젊으며 살아 있다는 사실을 절실하고 뼈저리게 인지하고 있었다. 하늘은 시리도록 깊고 깊은 파랑이었고 바람은 색종이 조각 같은 붉고 노란 낙엽을 회오리 속에 흩트려놓았다.

아름다움은 공포다. 우리가 아름답다고 하는 것이 무엇이든, 우리는 그 앞에서 전율한다. 그날 밤 나는 일기장에다 이렇게 썼다.

"나무는 정신분열에 걸려 바야흐로 자기통제를 잃기 시작한다. 시시각각으로 변해가는 자기의 색깔에 놀라고 분노한 나머지. 오렌지색이 광기의 색이라고 한 사람이 누구던가? 반 고흐던가? 아름다움은 공포다. 우리는 그 아름답고도 무서운 존재의 먹이가 되기를 바란다. 우리는 우리를 정화할 그 불길 속으로 뛰어들고 싶어한다."

나는 맑은 정신으로 우체국(공부에 지치거나 긴요한 일로 들른 학생들로 붐비는)에 달려가 어머니 앞으로, 단풍나무와 산골 물이 그려진 그림엽서를 썼다. 엽서 뒷면에는 친절하게도 안내문이 찍혀 있었다. 버몬트의 가을은, 9월 25일에서 10월 15일까지가 가장 아름답습니다.

엽서를 우편함에 넣고 돌아서는데 우체국 저쪽 벽 앞에 선 버니가 보였다. 버니는 내게 등을 돌린 채 우편함 번호를 읽고 있다가 내 것임에 분명한 우편함에 뭔가를 집어넣었다. 그러고는 주머니에 손을 찔러 넣고 머리를 흩날리면서 빠른 걸음으로 우체국을 나갔다.

나는 버니가 사라진 것을 확인하고는 우편함이 있는 곳으로 갔다. 내 우편함 안에는 두껍고 빳빳한, 예의를 갖춰 쓸 때 사용하는 크림색 봉투가 들어 있었다. 반면 봉투에 손으로 쓴 연필 글씨는 5학년짜리의 글씨만큼이나 서툴고 유치했다. 내용물 역시 연필 글씨였다. 글씨가 너무 가는 데다 글씨 크기가 들쭉날쭉이어서 읽기가 어려울 지경이었다.

리처드에게.

토요일 1시쯤 점심 먹고 싶은데 어떠신지?

멋진 곳을 알고 있다. 칵테일 및 있을 건 다 있어. 음식값은 내가 부담함. 웬만하면 만나자.

버니가

추신. 넥타이를 맬 것. 당연히 매고 오겠지만, 매고 오지 않으면 가게 창고에서 촌스러운 넥타이를 꺼내 와 매게 할지도 모름.

나는 버니의 초대장을 주머니에 넣고 밖으로 나오다가 롤랜드 박사를 만났다. 만났다기보다는 운이 좋아 부딪치지 않았다고 하는 편이 옳겠다. 그는 처음에는 나를 알아보지 못하는 것 같았다. 그래서 옳다구나, 하고 도망치려는데 삐걱거리는 기계 같은 그의 얼굴이 웃음으로 일그러지는 것으로 보아, 컴컴한 그의 기억의 프로시니엄(무대 앞쪽-옮긴이)에서 나의 인적사항이 기록된 표딱지 같은 것이 스윽 올라왔던 모양이었다.

"안녕하십니까, 롤랜드 박사님?"

나는 희망을 버리고 인사를 던졌다.

"어, 걔는 잘 굴러가나?"

그가 걔라고 하는 것은 내가 지어낸 내 상상 속의 자동차였다. 크리스틴, 치티치티 뱅뱅 같은.

"잘 구릅니다."

"리딤드 서비스공장으로 몰고 갔나?"

"네."

"다기관(多岐管) 고장이라고 했지?"

"네."

대답 뒤 곧 나는, 아뿔싸, 했다. 전날 그에게는 트랜스미션 고장이라고 하지 않았던가. 롤랜드 박사가, 다기관 개스킷의 기능과 관리 상태에 관한 매우 유용한 일장 연설을 시작했다.

박사의 결론은 이랬다.

"외제차가 가장 말썽을 일으키는 게 바로 다기관이라네. 그러니 엔진오일의 낭비가 이만저만이 아니지. 펜 스테이트 오일이 보통 들어가는 게 아닐세. 그게 한두 푼 하는 것도 아니고."

그는 나에게 의미심장한 시선을 던지고 나서 물었다.

"개스킷을 자네에게 판 게 결국은 누굴까?"

"기억이 안 나는데요?"

나는 그와의 대화가 짜증스러워 문 쪽으로 자꾸만 몸을 뽑았다.

"버드였던가?"

"그럴 겁니다."

"저런. 빌 헌디가 좋아."

"버드였던 것 같은데요."

"블루 제이는 어떻게 생각하나?"

나는 그가 맥주 버드를 말하는지, 어치 새 블루 제이를 말하는지, 아니면 우리 두 사람 모두가 노망이 났는지 종잡을 수 없었다. 이따금씩 나는, 롤랜드 박사가 햄든 대학같이 유명한 대학의 사회과학 교수라는 사실을 의심하고는 했다. 그는 교수라기보다는, 버스에서 같은 자리에라도 앉을라치면 지갑 속에서 꼬깃꼬깃하게 접힌 메모지 같은 것을 꺼내어 보이면서 자꾸만 말을 시키는 수다쟁이 괴짜 늙은이 같았다.

그는 다기관 개스킷에 관한 일장 연설을 계속하고, 나는 엉뚱한 생각을 하고 있다 보니 문득 약속 시간에 늦겠다는 생각이 났다. 그때 롤랜드 박사의 친구인 블라인드 박사가 지팡이를 끌고 휘청거리며 다가왔다. 블라인드 박사(그의 이름은 '블렌드'라고 발음해야 하나 쓰기는 블라인드라고 쓴다)는 50년 동안이나 그 대학에서, 우주의 불변성과 절대적 불가지성에 관한 '불변부분공간'이라는 것을 가르쳐온 아흔 살의 노옹으로 유명했다. 그는 또 기말시험에 단답형 문제를 내는 것으로도 유명했다. 문제가 세 페이지나 되어도 답은 예스나 노인 것이 보통이었다. 말하자면 불변부분공간 시험에 붙기 위해 우리가 알아야 하는 것도 예스 아니면 노뿐이었다.

수다로 말하면 블렌드 박사도 롤랜드 박사에 못지않았다. 두 사람이 모이면 흡사 만화에 등장하는 슈퍼맨 형제 같았다. 이들이 구축하는 수다와 혼란의 공동전선은 난공불락이었다. 나는 어물어물 변명을 몇 마디 늘어놓고는 자리를 떠났다. 그래야 두 사람이 공히 나름의 놀라운 발명품인 저 유명한 수다를 즐길 수 있을 터이기 때문이었다.

2장

내가 가진 양복 윗도리 중에서는 가장 괜찮은 트위드가 불행히도 색깔이 짙어서, 버니와 점심을 함께하기로 한 날, 날씨라도 좀 서늘해주었으면 싶었다. 그러나 토요일 날씨는 아침부터 후텁지근하더니 시간이 지날수록 기온이 높아갔다.

"찔 모양이야. 인디언 서머(늦더위 - 옮긴이)가 온 모양인가?"

복도를 지나는데 관리인이 말했다.

푸른 무늬가 군데군데 박힌 내 회색 양복 윗도리는 언제 보아도 좋았다. 그러나 여름방학 아르바이트로 번 돈을 모조리 털어 샌프란시스코에서 산 그 멋진 윗도리는 더운 날에는 너무 무거워 보이는 것이 탈이었다. 어쨌거나 그 양복 윗도리를 입고 넥타이를 매러 공용 욕장으로 들어갔다.

누구와 이야기를 할 기분이 아니었던 탓에, 세면대 앞에서 이를 닦고 있는 주디 푸비를 만났을 때도 반갑기보다는 놀라운 동시에 약간 거북했다. 주디 푸비는 내 아래층에 사는 로스앤젤레스 출신으로, 나와는 여러 가지

인연이 있다고 여기는 모양이었다. 어쩌다 복도에서 만나면 춤추러 가자고 하는 것은 약과에 속했고, 언젠가는 몇몇 친구들에게, 물론 완곡한 어법을 통해서이긴 하지만 머지않아 나와 자게 될 것이라고 공언까지 했던 모양이었다. 옷차림이 요란한 데다 머리카락이 백발이라서 유난히 야해 보이는 주디는 빨간 코르벳 스포츠카를 타고 다녔는데 이 차의 캘리포니아 주 번호판이 제 이름자인 'JUDY P'로 시작되는 것이어서 학교 안에서는 선망의 대상이 되었다. 목소리는 어찌나 큰지 어쩌다 복도에서 찢어지는 듯한 주디의 음성을 듣고 있노라면 열대지방에 사는 새의, 비단폭 찢는 듯한 울음소리를 연상하게 되는 게 보통이었다.

"안녕, 리처드?"

주디가 한입 가득하던 치약 거품을 뱉어내고는 말을 걸었다. 주디는 무릎 부근을 잘라내 버리고 난잡한 무늬를 잔뜩 그려 넣은 청바지와, 에어로빅으로 단련된 몸통이 송두리째 드러나는 스판덱스 윗도리를 입고 있었다.

"잘 있었어?"

나는 넥타이의 길이를 조절하면서 심드렁하게 응수했다.

"오늘 아주 멋져 보이는데?"

"고맙다."

"데이트 있니?"

"뭐라고?"

나는 거울 속에서 주디의 모습을 찾아 초점을 맞추다가 돌아서서 그녀를 바라보았다.

"어디 가느냐고?"

"응, 점심 먹으러 나간다."

심드렁하게 응수하다 보니 주디의 주제넘은 질문에도 별로 신경이 쓰이지 않았다.

"누구랑?"

"버니 코크런."

"버니를 알아?"

"안다고 할 수 있지. 너는?"

나는 두 번째로 주디를 돌아다보면서 물었다.

"알고말고. 미술사를 같이 들었거든. 약간 시끄러운 친구지. 그런데 버니의 그 비딱한 친구, 거 왜 안경 쓴 친구는 마음에 안 들더라. 이름이 뭐라더라?"

"헨리?"

"맞아. 어째 골통 같아."

주디는 이러면서 거울에 얼굴을 바싹 들이대고 머리를 풀어 내려 이쪽 저쪽으로 흔들어대기 시작했다. 빨간 샤넬 매니큐어를 바른 그녀의 손톱은 드러그스토어 같은 데서 살 수 있는 가짜 손톱 같았다.

"나는 그 친구 마음에 들던데?"

"나는 안 들어. 깡패 같기도 하고, 유령 같기도 해서. 쌍둥이도 마음에 안 들고."

주디는 활 모양으로 휘기 시작할 정도로 긴 손톱을 빗 삼아 가운데 가르마를 타기 시작했다.

"무슨 소리야, 쌍둥이도 좋은 애들인데?"

주디가 거울 속에서 마스카라 칠한 눈을 굴렸다.

"밥맛없게 왜 그래? 내 말 좀 들어봐. 지난 학기에 있었던 파티 이야긴 데. 슬램댄스를 추고 있었을 거야, 아마. 그리고 나는 진짜 취해 있었어. 꽝꽝 부딪치는 게 예사 아니야, 그런 춤판에서는? 그러다 내가 쌍둥이 계집아이에게 부딪쳤는데 이게 막 상욕을 하는 거야. 그게 어디 욕할 형편이었어? 어찌나 화가 나는지 들고 있던 맥주를 이 계집애 얼굴에다 확 끼얹어버렸어. 모두가 제정신이 아닌 그런 춤판 있지, 왜? 나도 맥주를 아마 대여섯 병

뒤집어썼을 거야.

그런데 이 계집애가 바락바락 소리를 지르는 거야. 그런데 조금 있으니까 쌍둥이 머슴애가 오고, 헨리라는 치가 와서 잔뜩 독을 올리는데, 이게 여차하면 칠 기세야."

주디는 머리를 모아 포니테일로 묶고는 거울에다 자기 옆얼굴을 비춰보면서 말을 이었다.

"어쨌든 나는 취해 있었고, 두 녀석은 내 앞에서 폼을 있는 대로 잡고 눈을 부라리고. 그런데 헨리라는 그치 굉장히 크더라. 약간 겁이 나기는 했지만 술 취했는데 뭐 그럴 거 있어? 엿 먹어라, 그래버렸지. 그날 밤에 우리가 마신 게 가미카제였어. 그것만 마셨다 하면 난 꼭 일을 벌이는 버릇이 있단 말이야. 차를 꽝 갖다 박거나, 싸우거나……."

주디는 거울 앞에서 돌아서서 환하게 웃었다.

"그래서 어떻게 됐어?"

주디는 어깨를 으쓱해 보이고는 거울 쪽으로 돌아서면서 대답했다.

"싸잡아서, 가서 엿이나 먹으라고 했던 것 같아. 그런데 그 쌍둥이 중 사내애 말이야, 날 보고 막 소리를 지르는 거야. 정말 날 때려죽일 것 같더라. 헨리라는 애는 거기 가만히 서 있었고…… 하지만 나는 쌍둥이 머슴애보다 헨리가 훨씬 무섭더라. 그런데 마침 그 자리에 와 있던 내 남자친구 하나가 달려왔어, 그 친구 정말 거칠다? 쇠사슬 같은 걸로 무장하고 다니는 오토바이 패거리 있잖아, 그 일당이야. 스파이크 롬니라고 들어봤어?"

들어본 적이 있었다. 햄든 생활을 시작하고 나서 처음 열린 금요일 밤 파티에서 본 적도 있다. 90킬로그램은 족히 나가는 거구인 데다 손등에는 흉터가 있었다. 앞 주둥이 부분에 철판이 박힌 오토바이 장화를 신고 다니는 친구였다.

"어쨌든 스파이크가 다가와서, 쌍둥이와 헨리를 보다가 그만두라면서 어깨를 밀었거든. 그런데 바로 그 순간에 그중 둘이 한 덩어리가 되어 바닥에 나뒹그러지는 거야. 잠시 뒤에 알았지만 스파이크와 헨리였어. 애들이 우르 르 달려들어 헨리를 떼어내려고 했어. 그런데 수가 많았는데도 헨리는 안 떨어지는 거야. 애들 여섯이 달려들었는데도 결국 헨리를 스파이크에게서 떼어내지 못했던 거야. 헨리가 스파이크를 어떻게 해놓았는지 알아? 빗장 뼈와 갈비뼈 두 대를 부러뜨리고 얼굴을 엉망진창으로 만들어놨더군. 그래 서 내가 스파이크에게 경찰을 부르는 게 좋지 않겠느냐고 했더니, 스파이 크 말이, 자기에게도 책임이 있고, 또 남의 캠퍼스에 왔다가 당한 거니까 부 르지 않는 게 좋겠다고 하더라. 정말이지 그런 난장판이 없었어. 무슨 말인 가 하면, 스파이크도 굉장히 거친 애잖아, 정말 거친 애다? 그래서 그 자리 에 있던 애들 모두, 스파이크가 그 색시 같은 두 애를 늘씬하게 두들겨서 바 깥으로 내던져버릴 줄 알았어."

"그런데 뚜껑을 열어보니까 아니더란 말이지?"

부러 웃지 않으려고 했다. 조그만 쇠테 안경을 쓰고, 늘 팔리어 책을 들고 다니는 헨리, 그러면서도 스파이크 롬니의 빗장뼈를 부러뜨리는 헨리의 모 습은 생각만 해도 흥미로웠다.

"불가사의야. 점잖은 사람도 핑 돌면 **정말** 무섭다는 말, 실감이 나더라. 우리 아버지같이 점잖은 사람도 한번 화났다 하면 무섭거든."

"글쎄 말이야."

나는 거울로 돌아서서 넥타이 길이를 조절하는 척했다.

"재미 많이 봐."

주디는 김이 빠진 어조로 말하고는 돌아서서 가려다가 다시 걸음을 멈추 고 말을 이었다.

"이렇게 더운데 그 윗도리 입고 나갈 거야?"

"내가 가진 것 중에 입을 만한 건 이것뿐인걸."

"내가 가진 것 한번 안 입어볼래?"

나는 주디를 돌아다보았다. 주디는 무대 의상 디자인을 전공하는 참이어서 특이한 옷이 많았다.

"네 거냐?"

"무대 의상실에서 하나 슬쩍했어. 잘라서 뷔스티에로 만들려던 참이었어."

좋은데. 속으로 이렇게 생각하면서 나는 주디 앞으로 다가갔다.

윗도리는 아닌 게 아니라 입을 만했다. 연두색 줄이 쳐진 상아색 브룩스 브라더 제품이었다. 약간 큰 감이 있어도 어색할 정도는 아니었다.

"이거 정말 굉장하다, 주디, 괜찮아?"

"가져도 좋아. 그거 잡고 주물럭거릴 시간이 없을 것 같아. 빌어먹을 〈뜻대로 하세요〉 연극 의상 만드느라 너무 바빠. 3주 후에 개막하는데 어떻게 해야 할지 모르겠어. 1학년 애들이 일을 도와주고 있는데 재봉틀을 만져본 적도 없는 애들이야."

"그나저나 양복 윗도리 하나 근사하다. 실크 같다?"

택시에서 내리면서 버니가 한 말이었다.

"응, 우리 할아버지가 입으시던 거야."

버니는 손가락으로 소매 부근의 노란 속천을 만져보면서 말했다.

"촉감이 아주 좋은데그래? 이 철에 딱 맞지는 않는다만."

"안 맞아?"

"안 맞지, 이 친구야. 여기는 서부가 아니라 동부라고. 너 살던 동네에서는 입는 게 제멋대로(laissez-faire)인지 모르지만 여기에서는 멋대로 입는 거 못 봐줘. 수영복 입고 돌아다녀 봐라, 어떻게 되는지. 검은색 아니면 파란색 정장. 이게 곧 입장권이라고. 검은색 혹은 파란색. 명심해둘 것. 자, 내가 앞장서지. 너도 이 가게 좋아할 거야. 폴로 라운지 같은 고급은 아니지만 버몬트 주에서는 그리 나쁘지 않은 집일 것 같으니까 잘 봐두라고.”

식탁이란 식탁에는 모두 흰 식탁보가 깔려 있고 시골풍 뜰 쪽으로 창이 나 있는 음식점은 작지만 아름다웠다. 생울타리와 손질이 잘된 장미덩굴이 내다보였다. 판석으로 포장한 길가에는 한련(旱蓮)이 잘 자라 있었다. 손님들 대부분은 부유한 중년들인 것 같았다. 버몬트식으로 히키프리면 양복에 고무창 구두를 신은 시골 변호사들, 반짝이는 립스틱에 샬리 천 스커트를 애용하는, 보기 좋을 만큼 그을린 여자들이 대부분이었다. 한 점잖은 부부는 음식점 안으로 들어서는 우리 둘을 눈여겨보는 것 같았다. 나는 내가 남에게 어떤 인상을 줄지 궁금해하는 버릇이 있었다. 모르긴 하지만 그 부부는 우리 둘을, 돈 많은 아버지를 둔 덕에 근심 걱정과는 인연이 없는, 잘생긴 대학생으로 볼 터였다. 여자들은 대부분 우리 어머니 연배쯤 되어 보였지만, 상당히 매력적인 젊은 여자들이 없는 것은 아니었다. 하나 얻어걸리면 괜찮겠는걸. 호화판 만찬, 푸짐한 용돈, 어쩌면 대형 자동차까지도……. 집은 크고, 할 일은 없고, 서방은 사업한답시고 만날 집을 비우는 젊은 생과부의 모습을 떠올리면서 나는 이런 생각을 했다.

웨이터가 다가왔다.

“예약하셨습니까?”

“코크런 일당이야. 그런데 캐스퍼가 오늘 당번이던가?”

버니가 주머니에 손을 찔러 넣은 채 서성거리면서 반문했다.

“휴가 중입니다. 2주 뒤에 돌아옵니다.”

“그 친구 땡잡았군.”

“돌아오면 손님께서 찾으시더라는 소식 전하겠습니다.”

“그래주겠어? 고마워.”

웨이터를 따라 자리를 찾아 들어가면서 버니가 작지 않은 소리로 말했다.

"캐스퍼라고 걸물이 하나 있어. 지배인(maître d')인데, 수염을 기른 거구라고. 오스트리아 출신이던가. 게다가……"

버니는 소리를 낮추어 말을 이었다.

"……게이도 아니야, 믿기 힘들겠지만, 알고 있었어? 변태들이 음식점에서 일하기 좋아한다는 거? 내 말은 변태들은 하나같이……"

나는 앞서 걷는 웨이터의 목이 천천히 굳어져가는 것을 보았다.

"……음식에 걸신들린 변태들을 더러 봤어. 이유가 뭔지 알아? 심리적인 거 아닐까? 내 보기에는 말이야……"

나는 손가락을 입술 앞에 세워 보이면서 턱으로 웨이터의 등을 가리켰다. 웨이터가 휙 돌아서면서 불쾌한 표정을 숨기지 않은 채 물었다.

"이 테이블 괜찮겠습니까, 손님들?"

"좋고말고."

버니가 웃으면서 대답했다.

웨이터는 지나치게 공손해서 꾸민 게 분명한 태도로 메뉴를 주고는 자리를 떴다. 나는 얼른 자리에 앉아 포도주 메뉴를 펼쳤다. 얼굴이 화끈거렸다. 버니는 자리에 앉자마자 냉수를 한 모금 들이켜고는 옛집에 돌아온 듯한 표정을 하면서 물었다.

"괜찮은 곳이지?"

"훌륭한데그래?"

"하지만 폴로 라운지 같은 고급 음식점이 아닌 것은 분명해. 넌 고급 음식점 자주 가는 편이야?"

한 손으로는 턱을 괴고 한 손으로는 눈을 가리고 있던 머리카락을 쓸어 올리면서 버니가 물었다.

"자주는 못 가."

나는 폴로 라운지라는 말도 들어본 적이 없었다. 모르기는 하지만 내가 살던 곳에서 한 천 리 길은 가야 있을 성싶은 음식점이었다.

"아버지 덕분에 가보는 그런 음식점 말이야. 아버지와 남자 대 남자로 먹고 마시고 하는…… 우리 아버지는 플라자에 있는 오크바 같은 데 날 데리고 가는 걸 좋아했어. 내가 여덟 살이 되자 아버지는 우리 형제들을 그런 데 데리고 가서 내게 시음식(始飲式)을 열어줬어."

"형제들이라니? 몇이나 되는데?"

나는 외아들이었다. 형제나 자매라는 말이 나에게는 늘 생소하게 들렸다.

"나 빼고 넷이야. 테디, 휴, 패트릭, 그리고 브래디. 흐흐, 막내인 나와 형들 모조리 데리고 그런 데 가는 날에는 난리도 그런 난리가 없어, 얘야, 첫 술잔을 받거라, 내가 천년만년 살 리 없으니 너도 오래지 않아 내 자리에 앉아서 마실 수 있을 거다, 아버지가 이런 식으로 흥을 돋우는 분위기지, 왜? 하지만 당사자인 나는 좌불안석이야. 왜냐고? 그보다 한 달쯤 전에 내 친구 클로크와 도서관에서 역사 숙제하다가 기분이 동해서 바로 그 술집으로 달려가 와장창 먹고는 튀어버렸거든. 그런 기분 알지? 그런데 바로 그 자리에 아버지와 함께 앉아 있는 거야."

"식당에서 널 못 알아봐?"

"알아보기는 알아봤지만, 그 친구들 점잖더라. 아무 말도 않고 그때 우리가 마시고 계산 안 한 금액을 아버지 계산서에다 턱 얹어버렸거든."

나는 그 광경을 상상해보려고 애썼다. 정장 차림에, 스카치 잔을 들고 앉아 있는 술 취한 아버지. 그리고 버니. 근육이 알맞게 살이 되어 표정이 부드러워 보이는 아들. 하지만 고등학교 때 축구라도 했음 직한 듬직한 몸매. 이 세상의 모든 아버지가 은밀히 꿈꿀 법한, 덩치 좋고, 성격 좋고, 성적이 필요 이상으로 좋지도 않고, 스포츠를 좋아하고, 농담도 곧잘 받아치고 하는.

"아버지가 눈치 못 챘어?"

"그럼. 돛이 올라갔는지 내려갔는지도 모를 정도로 취해 있었거든. 내가 바텐더라도 그랬을 거야."

웨이터가 다가왔다.

"저런, 저 뺀질이가 벌써 오네. 뭘 먹을 건지 정했지?"

서둘러 메뉴를 펴면서 버니가 중얼거렸다.

"그나저나 이게 뭐냐?"

웨이터가 날라 온 마실 것을 찬찬히 들여다보면서 내가 버니에게 물었다. 조그만 종이우산과 빨대가 한가운데 꽂혀 있고, 가장자리에 얇게 자른 과일 조각이 아슬아슬하게 꽂힌 파란 잔이었다. 버니가 조그만 종이우산을 뽑아 그 끝을 빨면서 대답했다.

"무지막지하게 섞은 거다. 럼주, 크랜베리주스, 코코넛밀크, 무가당 과일 즙, 복숭아 브랜디, 크렘드망트(박하주-옮긴이), 뭐 그런 걸 섞은 건데 나도 다는 몰라. 하여튼 마셔봐, 맛이 괜찮으니까."

"별로 마시고 싶지 않아."

"마셔보는 거야."

"괜찮아."

"마셔보라니까."

"사양하겠어. 입맛에 맞지 않을 것 같아."

"2년 전 자메이카에서 처음 마셔봤는데, 샘이라는 바텐더가 이걸 만들어주면서, '석 잔만 마셔보세요. 그러면 나가는 문이 어디에 붙어 있는지도 생각이 안 날 겁니다. 나도 그랬으니까요.' 이러더군. 자메이카에는 가봤어?"

"못 가봤어. 최근에는."

"캘리포니아에서 살았으니까 야자수라든지 코코넛 같은 건 신물이 나게 봤겠지. 근사하더라. 핑크빛 꽃무늬 수영복을 위시해서 만반의 준비를 해가지고 갔지. 헨리를 데려가고 싶었는데 이 친구, 거기에는 문화라는 게 없다면서 극구 거절이야. 문화가 없다니? 거기에도 조그만 박물관 같은 게 있어."

"그때도 헨리와 함께 있었어?"

"물론. 룸메이트였으니까. 1학년 때부터."

"그때부터 그 친구를 좋아했구나?"

"물론. 하지만 그 친구, 룸메이트로는 여간 까다로운 게 아니라고. 소음도 질색, 어울리는 것도 질색, 어질러놓는 것도 질색, 여자친구를 불러와서 음악이라도 한 곡 같이 듣는 건 아예 상상도 못 하고. 내가 얼마나 애를 먹었는지 알겠지?"

"까다로운 친구였던 모양이군."

버니는 어깨를 으쓱해 보였다.

"시종일관이야. 그 친구의 마음은 내 마음이나 네 마음 같지가 않아. 늘 구름 위에서 플라톤 같은 양반과 노닐거든. 공부를 너무 하고, 자기 자신의 문제를 너무 심각하게 생각하는 경향이 있어. 산스크리트어, 콥트어 같은 괴상한 언어를 공부하는데, 얼마나 열심히 하는지 몰라. 그래서 내가 헨리더러 이랬지. 이것 봐, 그리스어 이외의 언어 가지고 골머리 썩이지 말고 ―개인적으로 '킹스 잉글리시' 문법책 외에는 더 필요한 것도 없다고 생각해 ―벌리츠 레코드나 좀 사다 놓고 프랑스어에 묻은 때나 좀 닦아내는 게 어때? 귀여운 캉캉 걸이라도 하나 찾아내든지. '불레부 쿠셰이 아베크 무아(Voolay-voo coushay avec moi)' 같은 노래도 있잖아."

"그 친구 언어를 도대체 몇 가지나 하지?"

"하도 많아서 세다가 자꾸 까먹어. 일곱 가지나 여덟 가지. 심지어는 이집트 히에로글리프(상형문자 ― 옮긴이)까지 읽는다고."

"와."

버니는 부드럽게 고개를 내두르면서 말했다.

"그 친구 천재야, 천재. 유엔에 가서 통역만 해도 열 몫은 할걸. 하고 싶은 생각이 있다면 말이야."

"어디 출신이지?"

"미주리 주."

버니가 어찌나 심드렁하게 대답하는지 나는 그 친구가 농담하는 줄 알고 웃었다.

버니가 재미있다는 듯이 웃었다.

"왜 웃어? 미주리 주 아니면? 버킹엄 궁전에서 온 줄 알았어?"

나는 기가 막혀서 어깨만 들썩했다. 나는 헨리 같은 친구가 그렇게 평범한 지방 출신이라는 것이 믿어지지 않았다.

"사실인걸. 쇼 미 출신 맞아. 쇼 미 스테이트(Show Me State), 미주리 주의 별명이지. 톰 엘리엇이 그렇듯이 세인트루이스 촌놈. 아버지는 건축 분야의 거물인 모양이지만, 세인트루이스에 사는 내 사촌들 말에 따르면 뒤가 깨끗지는 못한 모양이더군. 그래서 그런지 헨리도 자기 아버지에 대해서는 입도 벙긋하지 않아. 알지도 못하고 알고 싶지도 않다, 이런 태도를 취하는 것이지."

"그 집에 가봤어?"

"농담도…… 그 친구, 집안일은 극비에 부친다니까, 괴물도 그런 괴물이 없어. 하지만 헨리의 어머니는 뵌 적이 있어. 우연히. 뉴욕 가시는 길에 아들 만나려고 햄든에 잠깐 들른 것 같던데, 마침 내가 만나 뵈었지. 기숙사 아래층을 어슬렁거리고 있는데, 어떤 분이 헨리의 방이 어디에 있는지 아느냐는 거야."

"어떻게 생긴 분인지 궁금하군."

"아름다운 귀부인이셔. 헨리처럼 흑발에 푸른 눈, 밍크코트, 진한 립스틱, 뭐 그런 거 있잖아. 무지하게 젊어. 외아들이라서 **사랑**이 대단하신가."

버니는 목소리를 낮추어 소곤거리다시피 하는 소리로 말을 이었다.

"돈은 **믿어지지** 않을 만큼 많대. 말하자면 억만장자라는 거지. 내력이 오랜 집안은 아니지만 알지? 돈이 돈을 벌어들이는 그런 장사? 그런데 말이야, 궁금하던 참이었어, 너희 아버님은 무슨 일로 떼돈을 버시지?"

"기름이야."

내 대답 중 일부는 사실이었다.

버니의 입이 O자 모양으로 변했다.

"와우, 유정(油井)이야?"

"응, 하나 있지."

"큰 거야?"

"남들이 그러더군."

"캘리포니아 주의 별명이 괜히 골든 스테이트(黃金州)인 게 아니었구나. 역시 굉장한 데가 있어."

"덕 많이 봤다."

"젠장. 우리 아버지는 구멍가게만 한 은행의 행장이다."

다소 거북했지만 나는 화제를 바꾸어야겠다고 생각했다

"헨리가 세인트루이스 출신이라는 게 믿어지지 않는다. 세인트루이스, 언어의 천재, 감이 바로 오는 것 같진 않아. 안 그래?"

나로서는 무해무득한, 순진하기 짝이 없는 질문을 한 셈이었다. 그러나 뜻밖에도 버니는 약간 당황한 기색을 보였다. 내 질문이 정곡을 찔렀던 모양이었다.

"사실은 말이지, 헨리는 어릴 때 굉장히 큰 사고를 당했어. 자동차에 받혔다던가 어쨌다던가. 어쨌든 치명적이었다는군. 그래서 한 2년 동안 학교에도 못 가고 가정교사 등을 통해 공부했대. 그로부터도 상당 기간 침대에 누워서 책 읽는 것 이외에는 아무것도 할 수 없었고. 이때의 독서량이 어지간했던 모양이야. 말하자면 두 살 때 대학교재를 술술 읽어내는 신동 비슷한 것 있지, 그런 상태가 되었던 거야."

"자동차에 치였어?"

"그랬다지 아마. 그 어린 나이에 자동차 사고 아니면 치명적인 사고가 뭐겠어? 헨리도 이 대목에 관해서는 절대로 입을 안 열어. 헨리의 머리카락 자세히 봤어? 늘 눈을 덮고 있지, 왜? 흉터가 있기 때문이야. 사고 당시 실명에 가까울 정도로 눈을 다쳤는데 지금도 그 눈의 시력이 별로 안 좋아. 걷는 걸 보아도 어쩐지 걸음걸이가 뻣뻣하다 싶지 않던? 절름발이 비슷하게, 하지만 이제는 그런 게 문제 안 돼. 헨리는 황소처럼 튼튼하니까. 뭘 했는지 모르지만, 아마 보디빌딩 같은 걸 했을 거야. 제 몸을 우람하게 다듬었으니까. 장애를 극복한 테디 루스벨트 같은 입지전적 인물이라고나 할까. 그런 뜻에서는 존경받아야 마땅한 친구지."

버니는 머리카락을 쓸어 올린 다음 웨이터에게 술을 더 가져오게 했다.

"가령 프랜시스 같은 친구와 견주어볼 수 있어. 프랜시스 역시 헨리처럼 머리가 좋은지 어떤지 궁금하지? 질이 달라. 프랜시스는 사교적이야. 돈보따리를 싸 들고 다니지. 인생을 너무 쉽게 봐. 게다가 게을러. 놀기 좋아하고. 강의만 끝나면 판판이 놀아. 놀면서 붕어 물 마시듯 술이나 마시고, 어디 파티 없나 하고 기웃거리고. 헨리 말인데, 이러니 헨리가 이 프랜시스를 고전어과에서 작대기로 때려서라도 쫓아내고 싶어하지 않겠어? 아, 고맙소. 이 친구 주문도 받으셔야지."

버니는 눈썹이 치켜 올라갈 정도로 눈을 찡긋하고는, 술잔을 들고 온 웨이터에게 이렇게 말하고 다시 내 쪽으로 돌아앉았다.

"술 더 해야지?"

"나는 됐어."

"이것 봐. 나를 위해서 마셔달라는 거다."

"그럼 마티니가 좋겠어. 부탁할까요?"

내가 이렇게 말했을 때, 웨이터는 이미 돌아선 뒤였다. 그는 다시 돌아서서 주문을 받으면서 나를 노려보았다. 나는 웨이터의 약간은 심술궂은 웃음이 무안해서 시선을 다른 데로 돌렸다가 그가 우리 자리를 완전히 떠난 뒤에야 다시 버니 쪽으로 고개를 돌릴 수 있었다.

"내가 이 세상에서 가장 싫어하는 게 뭔지 알아? 주제넘은 남색꾼이야. 저런 것들 누가 좀 쓸어다가 불기둥에다 달아매고 불을 확 싸질러버리지 않나?"

버니가 이렇게 말하고는 키들키들 웃었다.

나는 동성애를 불결하게 여기다가 결국 동성애자가 된 사람들을 알고 있다. 동성애에 대한 일종의 피항심리(避港心理) 경향이 드러난 본보기이다. 그런가 하면 동성애 자체가 좋아서 동성애자가 된 사람들도 알고 있다. 나는 버니를 첫 번째 범주에 넣었다. 버니의 지나치게 싹싹한 태도와 지나치게 밀접한 교우 관계가 내게는 생소했고 따라서 의혹의 눈길을 보내지 않을 수 없었다. 게다가 그는 고전어를 공부하고 있었다. 고전어 자체가 허물이 될 수는 없었다. 그러나 고전어를 공부한다는 것 자체가 어떤 부류의 사람들에게는 기이하게 보일 수도 있다(몇 년 전에 교수 파티에서 술을 취하게 마신 한 고위 교무보직 교수가 나에게 이런 말을 한 적이 있었다. "자네, 고전이 무엇으로 이루어져 있는지 알기나 해? 내가 말해주지. 고전어로 쓰인 고전의 내용을 한마디로 요약하면 전쟁과 남색이야." 매서운 표현일 수도 있겠지만, 대단히 무책임하고 조잡한 표현일 수도 있었다. 그러나 적어도 나에게는, 많은 경구들이 그렇듯이 그것도 일말의 진실이 담긴 말로 들렸다).

버니의 말을 들으면 들을수록 그가 태도를 꾸미고 있다거나, 나를 즐겁게 해주려고 안달을 부리고 있다는 느낌은 들지 않았다. 그에게서는 끊임없이 기이한 화제, 좌중을 즐겁게 할 만한 화제를 찾아내려고 노력하는, 짓궂은 해외 참전용사—결혼도 하고 자식도 여럿 거느린—의 분위기를 연상시키는, 타인지향적인 일면이 보였다.

"네 친구 프랜시스는 안 그래?"

나는 약간 우회해서 프랜시스를 건드려보았다. 어쩌면 버니가 프랜시스를 어떻게 말할지가 궁금해서 그랬는지도 모르겠다. 프랜시스는 게이일 수도 있고 아닐 수도 있었다(어쨌든 여성에게 위험한 부류의 남성일 가능성은 농후했다). 그러나 그런 일에 유난히 후각이 발달한 듯 보이는 버니에게, 약간은 여우 같은 데가 있고, 옷 잘 입고, 붙임성이 좋은 프랜시스는 일단 의심의 대상이 되었을 터였다.

버니가 눈을 찡긋하면서 물었다.

"엉뚱한 발언인데? 누구한테 들었어?"

"어디서 들은 건 아니야……."

나는 이렇게 대답했다가 버니가 아무래도 내 말을 대답으로 치지 않는 것 같아서 덧붙였다.

"……주디 푸비라고."

"아항. 주디가 왜 그랬는지 이제 알겠다. 요즘은 이놈도 게이, 저놈도 게이 하는 게 유행인 모양이더라. 아닌 게 아니라 구식 어리광쟁이에게는 그런 경향이 있는 게 사실이지. 하지만 프랜시스에게 필요한 게 있다면 그건 여자친구야. 넌 어때?"

버니가 그 조그만 눈으로 나를 찌를 듯이 노려보면서 물었다.

"어떠냐니, 뭐가?"

"홀아비잖아? 캘리포니아하고도 할리우드에서 너의 금의환향을 기다리는 치어리더 출신 여자친구, 뭐 이런 거 있느냐 없느냐, 이 말이야."

"없어."

나는 내 여자친구 문제를 설명하고 싶지 않았다. 특히 버니에게는 그랬다. 캘리포니아에서 사귄 여자친구와의 길고도 꽉 막힌 관계에서 놓여나고자 한 것은 최근의 일에 속한다. 혹시 그녀의 이야기가 나올 경우에는 그저 캐시라고만 부르기로 하겠다. 지적인 데가 있고, 나처럼 잔뜩 현실에 불만을 품고 있다는 데 마음이 끌려 캐시와 사귀게 된 것은 대학 1학년 때였다. 그러나 어찌나 달라붙는지, 한 달이 채 못 가서 나는 캐시가 실비아 플라스의 저속한 혹은 통속심리학적 판박이임을 깨달았다. 말하자면, 찔찔 짜는 화면만으로 줄기차게 계속되는 텔레비전 드라마―불평과 싸구려 고백과 자책으로 이어지는 진부한 최루극―에서 더도 덜도 아니라는 것을 깨달았던 것이었다. 내가 고뇌의 무게를 견디지 못하고 집을 떠난 것도 부분적으로는 캐시에게 원인이 있었고, 햄든에서 그토록 생기발랄한 여자아이들을 보면서도 끝내 조심스럽게 거리를 쟀던 원인의 일부도 캐시에게 있었다.

캐시를 생각하고 있노라니 술이 확 깨는 것 같았다. 버니는 의자에 비스듬히 기대고 있었다.

"캘리포니아 여자가 더 예쁘다는 말, 그거 사실이야?"

버니가 물었다.

웃음이 터져나왔다. 어찌나 갑자기 웃었던지 마신 것이 코로 다 나올 지경이었다.

"벗고 수영하는 여자는 어때? 해변에다 담요를 깔고 누운 여자들은?"

"좋을 대로 생각해."

버니는 턱없이 좋아했다. 낙천적인 늙은 개처럼 버니는 아주 의자 등받이에 드러눕듯이 하고는 자기 여자친구 이야기를 시작했다. 이름은 매리언이라고 했다.

"너도 아마 봤을 거다. 꼬마야, 금발에 눈은 파랗고, 키가 얼마나 될까?"

문득 생각나는 것이 있었다. 햄든으로 온 지 얼마 안 되어 나는 버니가 우체국에서 그런 여자애와 이야기를 나누는 것을 본 적이 있다.

버니는 손가락을 뻗어 술잔 가장자리를 재빨리 쓸면서 말했다.

"기억나는가 보군. 걔가 내 여자야. 줄곧 전화 앞에다 나를 비끄러매기를 좋아하지."

이때도 나는 마시다 말고 갑자기 웃음을 터뜨렸고, 그래서 술이 기도로 들어가는 바람에 재채기를 했다.

"초등교육학 전공인데, 어때, 초등교육학, 근사하지? 이 정도, 아주 쓸 만한 진짜 여자라고."

버니는 두 손을 벌려 가슴 앞에다 상당한 공간을 만들어 보였다.

"긴 머리채, 뼈 위에 붙은 아주 적당한 살. 이래서 드레스 입는 것도 싫어하지 않지. 보기가 좋아. 날 보고 구식이라고 할지 모르지만, 머리만 발달한 여자는 싫어. 커밀라를 보라고. 걘 재밌고, 좋은 애고, 그리고……."

"이것 봐. 커밀라는 미인이잖아?"

"암, 미인인 건 틀림없지. 붙임성도 있고. 내가 늘 하는 말이지만 말이야. 우리 아버지의 단골 클럽에 있는 아르테미스상 같아. 그런데 커밀라에게는 어머니의 안정된 손길 같은 게 없어. 가시 돋친 장미 같다고 할까? 잡종적인 것과는 너무 거리가 멀어. 고통스러워해야 할 대목에도 그럴 줄을 몰라. 만날 제 오라비의 꾀죄죄한 옷가지나 걸치고 다니는 것도 마음에 안 들어. 웬만한 여자는 그런 옷만 봐도 도망치고 말 거야. 그렇다고 해서 여자라는 여자는 다 도망친다는 건 아니지. 하지만 문제는 커밀라가 그걸 아무렇지도 않게 생각하는 데 있어. 오라비를 너무 닮았다는 것도 싫어. 찰스는 미남인데다 사람이 진국인 건 틀림없어. 하지만 내가 여자라면 찰스 같은 남자와는 결혼하지 않을 거야."

버니는 신나게 한차례 더 떠들 눈치를 보이다가 갑자기 불쾌한 기억이라도 떠올랐는지 입을 다물어버렸다. 나는 약간 당혹스러웠지만 그것이 재미있었다. 너무 떠들어댄 것, 바보같이 굴었던 것이 부끄러워졌던 것일까? 나는 화제를 바꾸어 버니가 스스로 물어버린 낚싯바늘에서 구해주고 싶었다. 그러나 그때 버니는 의자를 돌려 음식점 한구석을 보면서 중얼거렸다.

"저길 봐. 우리 건가 보지? 먹을 시간이다."

그날 우리가 먹은 것도 엄청나게 많았지만—수프, 바닷가재, 파테, 무스 등—마신 것은 그보다 더 많았다. 우리는 칵테일을 마시고도 테탱저 세 병, 그 위에 브랜디를 더 마셨다. 우리 식탁은 점차로 난장판의 중심이 되어갔고, 주위의 사물이 식탁을 중심으로 천천히 돌고 있는 것 같았다. 나는 마법에라도 걸린 듯이 술잔이 차는 족족 마셨고, 버니는 햄든 대학에서 시작해서, 벤저민 조잇, 심지어는 페리클레스 시대의 아테네에 이르기까지 온갖 이름을 다 대면서 건배를 제안했다. 시간이 지남에 따라 더욱 거칠어지던 건배는 커피가 나올 때까지 계속되었는데, 이미 바깥은 어둑어둑해져 있었다. 몹시 취한 듯한 버니는 웨이터에게 궐련 두 개를 주문했다. 잠시 후 웨이터는 궐련 두 개와 계산서가 든 접시를 가지고 왔다. 계산서는 엎어져 있었다.

희미한 조명을 받은 실내가 이때부터 우리 식탁을 중심으로 어머어마한 속도로 돌기 시작했다. 나는 정신을 차릴 요량으로 궐련을 붙여 물고 연기를 삼켰다. 그러나 정신이 맑아지기는커녕 눈앞에 무수한 불똥이 튀는 것 같았다. 불똥은 현미경을 통해서 보았던 무수한 단세포생물을 떠올리게 했다. 머리가 어지러워 견딜 수가 없었다. 나는 궐련을 뽑아 재떨이 혹은 재떨이로 여겨지는 것에 비벼 껐는데 정신이 조금 들고 보니 그것은 재떨이가

94

아니라 디저트 접시였다. 버니는 조심스레 금테 안경을 벗어 들고는 입김을 쏘여가면서 냅킨으로 안경을 닦기 시작했다. 안경을 벗은 버니의 눈은, 담배 연기 때문에 눈물이 어린 작고 귀여운 구멍, 웃느라고 가장자리에 주름이 잡힌 구멍에 지나지 않았다.

"근사한 점심이었다, 그렇지?"

버니는 앞니로 물고 있던 궐련을 입술 가장자리로 돌리면서 안경을 조명 등 쪽으로 가져가 돌려가며 바라보았다. 그의 모습은 사냥꾼들을 거느리고 산후안 언덕을 오르는, 혹은 아프리카의 야생 누 영양을 사냥하러 가는, 수염 없는 테드 루스벨트 같았다.

"그래, 굉장한 점심이었다. 고마워."

버니는 냄새가 역한, 파란 궐련 연기를 뿜었다.

"맛있는 요리, 좋은 친구, 얼마든지 나오는 술, 이 밖에 뭘 또 바라겠어? 그 노래가 어떻게 시작되더라?"

"무슨 노래?"

"저녁이 있고, 대화가 있고, 덤디덤덤디덤, 또 어쩌고 하는 거 있잖아?"

"모르겠어."

"나도 몰라. 에설 머먼의 노래였지 아마?"

불빛은 시시각각으로 어두워져갔다. 나는 주위의 사물에 초점을 맞추려고 애썼다. 실내에는 손님이 우리 둘밖에 없었다. 구석에 웨이터인 듯한 희미한 물체가 보였다. 우리는 그 물체가 기울이고 있는 관심의 표적이 된 모양이었다. 나는 그 물체가 우리에게 투사하고 있는 것이 역겨움일 것이라고 생각했다.

"가야겠지?"

간신히 의자에서 일어나면서 내가 말했다. 금방이라도 균형이 무너질 것 같았다.

버니는 손을 휘휘 내저으며 계산서를 읽고 있었다. 계산서를 읽으면서도 연신 주머니를 뒤적거리던 그가 고개를 들고 웃으면서 혀를 내둘렀다.

"많이도 퍼먹었다, 늙은 말들처럼."

"뭐라고?"

"이러고 싶지 않지만, 이 점심 자네가 한번 사지그래?"

나는 초점이 잘 잡히지도 않는 눈으로 그를 올려다보면서 웃었다.

"한 푼도 없는걸."

"나도 없어, 이상한데? 지갑을 놓고 온 모양이야."

"이것 봐, 농담 그만하라고."

"농담이 아니야. 땡전 한 닢 없어. 주머니를 뒤집어 보이고 싶지만 저기 저 빤질빤질한 웨이터 녀석이 보고 있어서 그러기도 뭣하군."

그제야 정신이 번쩍 들었다. 웨이터는 어둠 속에서 우리의 대화를 엿듣고 있을 것이 분명했다.

"얼마나 나왔어?"

버니는 떨리는 손가락으로 계산서 금액을 가리키면서 대답했다.

"287달러 50센트. 팁은 따로 계산해야 할 판이야."

나는 금액이 많은 데 놀랐고, 버니가 우물쭈물하는 데 경악했다.

"엄청나게 나왔구나."

"막 퍼마셨으니까."

"그나저나 어쩌지?"

"리처드 네가 수표 좀 쓰지그래?"

"난 수표가 없어."

"그러면 신용카드로 긁어주라."

"신용카드도 없어."

"이거 왜 이러시나?"

"정말 없어."

나는 초조해서 견딜 수가 없었다.

버니는 의자를 뒤로 밀고 일어서서, 호텔 로비를 기웃거리는 탐정처럼 음식점 안을 둘러보았다. 저러다 들고튀면 어쩌나, 하고 마음을 졸이고 있는데 버니가 내 어깨를 철썩 때렸다.

"여기 가만히 앉아 있어. 전화 좀 걸고 올 테니까."

그러고는 주머니에 손을 찔러 넣은 채 카운터 쪽으로 갔다. 그의 흰 양말이 유달리 눈부셨다.

꽤 시간이 흘렀는데도 그는 오지 않았다. 오기는 할까? 창문을 통해 빠져 나간 것이 아니라면 오기는 하겠지. 어쩌면 계산서만 내 발치에 던져놓고 정말 가버린 것은 아닐까, 갖가지 생각으로 애를 태우는데 어디에선가 문 소리가 나면서 버니가 돌아왔다.

"걱정 붙들어 매어도 된다. 해결됐으니까."

다시 의자에 앉으면서 버니가 한 말이었다.

"어떻게 했어?"

"헨리에게 전화를 걸었지."

"온대?"

"부리나케."

"화 안 내?"

"안 내. 영광으로 알 거야. 너와 나를 여기에서 구출하는 걸 말이야."

버니가 손을 내저으면서 말했다.

극도로 거북하고 불쾌한 시간이 흘렀다. 나는 그동안 찬 커피를 홀짝거리는 척하고 있었지만 거북하기는 마찬가지였다. 약 10분 뒤에 헨리가 들어왔다. 책을 한 권 들고 있었다.

헨리의 모습을 확인하고 버니가 속삭였다.

"봤지? 올 줄 알았다니까. 고맙다, 헨리, 네가 오늘은 왜 이렇게 반갑냐?"

헨리가 식탁 쪽으로 걸어왔다.

"계산서는 어디에 있어?"

헨리가 덤덤한, 그러면서도 착 가라앉은 목소리로 물었다.

"여기에 있네, 나의 고마운 친구여. 백만 번쯤 감사, 감사, 또 감사. 자네에게 빚을 지는……."

"잘 지냈어?"

헨리가 내 쪽으로 돌아서면서 싸늘한 목소리로 물었다.

"응, 고마워."

나는 기어들어 가는 소리로 대답했다.

"재미는?"

"좋았어."

"다행이군."

"계산서 여기 있다."

버니가 헨리에게 계산서를 건네주었다. 계산서의 금액을 읽는 순간 헨리의 얼굴이 굳어졌다. 그는 꼼짝도 하지 않았다.

버니가 미안풀이를 하느라 될 새 없이 지껄였다. 조용한 실내에서 그의 목소리만 유난히 쩌렁쩌렁했다.

"독서하시는데 끌어내서 미안하다. 설마 책을 들고 나온 건 아닐 테지? 아니, 들고 있는 게 뭐냐?"

헨리는 아무 말 없이 들고 있던 책을 건네주었다. 책의 제목은 정체불명의 동양어로 되어 있었다. 버니는 표지만 훑어보고는 책을 다시 헨리에게 건네주었다.

"좋은 책이군그래."

"나갈 준비는 된 거야?"

헨리가 퉁명스럽게 물었다.

"암."

버니는 이렇게 대답하고는 벌떡 일어나다가 식탁을 엎을 뻔했다.

"말만 해. 빨리, 빨리(undele, undele) 언제든 말만 하라고."

헨리가 계산을 마칠 동안 버니는 장난꾸러기 아이처럼 그 뒤에서 어정거렸다. 귀갓길은 차라리 고문의 현장이었다. 뒷자리에 앉은 버니는 불쑥불쑥 화제를 터뜨리기는 해도 이어가지는 못했다. 말하자면 불쑥 솟았다가 푹 가라앉아 버리는 식이었다. 헨리의 시선은 도로면에 붙박여 있었다. 나는 헨리의 옆자리에 앉아서 재떨이를 밀었다 당겼다 하는 동작을 되풀이하고 있었다. 문득 헨리의 신경에 거슬릴 것 같다는 생각이 들었지만 어찌 된 일인지 손길을 멈추기가 어려웠다. 헨리는 먼저 버니의 기숙사 앞에 차를 세웠다. 버니는 끊임없이 뭐라고 지껄여대다가 내 어깨를 툭툭 치면서 자동차에서 내렸다.

"어이, 헨리, 그리고 리처드. 벌써 다 왔나? 좋았어. 멋졌어, 정말 고맙다. 훌륭한 점심식사. 암, 훌륭했고말고. 잘들 가셔."

자동차 문이 닫히고 잰걸음으로 보도를 따라 들어가는 버니의 모습이 보였다.

버니가 안으로 들어간 뒤에야 헨리가 나를 돌아다보면서 말했다.

"미안하다."

"무슨 소리. 내가 미안하지. 일이 잘못되려다 보니 이렇게 된 거야. 나중에 내가 갚아줄게."

헨리는 머리를 쓸어 올렸다. 놀랍게도 헨리의 손은 가볍게 떨리고 있었다.

"이렇게까지 하리라고는 미처 생각 못 했어. 저 녀석에게 네가 당한 거야."

"설마……."

"저 녀석이 먼저 너한테 점심을 살 테니까 나오라고 했을 테지?"

"그건 그래."

"그러고는 지갑을 잊고 나온 척했을 테지?"

"정말 잊고 나온 모양이던데?"

"잊고 나온 게 아니야. 저 녀석의 못된 장난이지. 하기야 네가 알 리 없지. 저 녀석은 상대가 누구든 저렇게 홀려내 가지고는 바가지를 씌우는 버릇이 있어. 당하는 사람이 얼마나 곤욕을 치르는가는 눈곱만큼도 생각하지 않아. 그러나저러나 내가 방에 없었더라면 어쩔 뻔했어?"

"지갑을 잊고 나온 게 분명해 보이던데?"

"거기까지 택시 타고 갔지? 택시비는 누가 냈지?"

버니를 두둔하려다 정신이 번쩍 들었다. 버니가 택시비를 냈던 것이었다. 그러니까 헨리의 말이 옳을 수도 있었다.

"거봐. 꾀를 부리기는 했지만 완벽하게는 못 부렸지. 나는 그 녀석이 아무나 붙잡고 이런 짓을 할 줄은 알았지만 생판 친하지도 않은 사람을 붙잡고 이런 짓을 할 줄은 정말 몰랐어."

나는 무슨 말을 해야 좋을지 몰라 가만히 있었다. 우리는 내 방이 있는 먼머스 하우스에 도착하기까지 아무 이야기도 나누지 못했다.

"다 왔어. 미안하다."

미안해할 일이 아닌데도 헨리는 자꾸 미안하다고 했다.

"나는 아무렇지도 않아. 헨리, 정말 고마워."

"잘 자, 그럼."

나는 현관등 밑에서 멀어져가는 그의 자동차를 배웅했다. 자동차가 사라진 뒤에는 방으로 올라가 침대에 꼬꾸라지면서 그대로 곯아떨어졌다.

"다 들었어. 버니와 점심을 함께했다며?"

찰스가 물었다.

다음 날 오후, 그러니까 일요일이었다. 일요일 하루 종일 《파르메니데스》를 읽고 있었다. 어려운 부분은 아니었으나 숙취가 남은 데다 하도 오래 읽고 있던 참이어서 글씨가 흡사 모래 위의 새 발자국 같아 보였다. 그러다가는 책을 읽고 있을 수가 없어서 이따금씩 한동안 망연자실 창밖으로 눈길을 던졌다. 짤막하게 깎은 잔디가 초록색 융단처럼 펼쳐지면서 지평선 위로 물결치고 있었다. 창 아래쪽으로 한 쌍의 유령처럼 지나가는 쌍둥이 남매가 보였다.

나는 창밖으로 몸을 기울이고 그들을 불렀다. 두 사람은 걸음을 멈추고 돌아서서, 손을 눈 위로 대어 저녁 햇빛을 가리고는 내 쪽을 올려다보았다.

"안녕? 이리 내려오지그래."

둘의 목소리가 공중으로 떠오르면서 내 귀에 와 닿았다.

우리는 학교 뒤 산기슭에 있는 소나무 숲 아래쪽의 관목 속을 걸었다. 찰스는 나의 오른쪽, 커밀라는 나의 왼쪽에 나란히 붙어선 채 걸었다.

테니스 스웨터와 테니스 운동화 차림에, 금발을 바람에 날리면서 걷는 두 사람이 그렇게 맑고 깨끗해 보일 수 없었다. 나는 그들이 왜 나를 불러냈는지 까닭을 알 수 없었다. 둘의 태도는 정중했으나 약간 초조해하는 것으로 보아 둘 다 나를 생판 모르는 곳에서 온 사람으로 대하고 있다는 느낌을 받았다. 둘은 나를 놀라게 하거나 내 기분을 건드리지 않기 위해 상당히 조심하고 있었다. 찰스가, "버니와 점심을 함께했다며?" 하고 물은 것은 그때였다.

"어떻게 알았지? 점심 사건을?"

"아침에 버니가 전화를 걸었더군. 그러잖아도 어젯밤에 헨리가 다 말해 주더라."

"헨리는 화가 단단히 난 모양이더라."

내 말에 찰스가 어깨를 으쓱하면서 웃었다.

"버니에게 화가 난 거지 너에게 화가 난 건 아니야."

"둘 다 서로 좀 마구 대한다는 인상을 받았는데?"

둘은 내 말에 조금 놀라는 눈치를 보였다.

"둘은 오랜 친구야."

커밀라가 거들었다.

"가장 친한 친구라고 할 수 있지. 떨어져 있을 때가 없었어."

"많이 싸우는 것 같던데?"

"싸우기는 많이 싸우지만 싸운다는 것과 친하다는 건 아무 관계도 없어. 헨리는 진지하고 버니는 뭐랄까, 진지하지 **못한** 데가 있지만, 서로 잘 지내는 셈이야."

커밀라의 말에 찰스가 제 의견을 덧붙였다.

"그럼. 말하자면 '랄레그로(L'Allegro)'와 '일 펜세로소(Il Penseroso)'(밀턴이 쓴 서로 대조적인 내용의 시가 – 옮긴이)인 셈이지. 쿵짝이 잘 맞거든. 내가 알기로 버니는 이 세상에서 헨리를 웃길 수 있는 유일한 인물이야. 그건 그렇고 저기 가봤어? 저기 저 언덕 위에 묘지가 있어."

찰스가 꽤 먼 곳을 손가락질했다.

소나무 사이로 희미하게나마 묘지가 보였다. 불규칙하게 늘어서 있고 군데군데 옆으로 기울어 있는 데다가, 여기저기 빠진 데가 있어서 도무지 이가 맞지 않는 묘석의 대열은, 보는 각도가 이상해서인지 어쩐지 무시무시하고 기괴한 인상을 주었다. 흡사 어떤 신경질적인 손길, 다분히 역동적인 손길이 우리의 눈길이 닿기 직전에 그것을 그렇게 흐트러뜨린 것 같았다.

커밀라가 조용조용 설명해주었다.

"오래된 거야. 1700년대부터 있었다니까. 마을도 있었대. 교회도 있고 방앗간도 있는 마을 말이야. 남아 있는 게 초석뿐이기는 하지만 당시 사람들이 일구던 밭은 아직 남아 있어. 집터 근방에 돌능금, 산딸기, 덩굴장미가 자라고 있거든. 저 마을이 어떻게 저 지경이 되었는가는 아무도 몰라. 전염병 때문이었을까, 아니면 큰 불이 났던 걸까?"

"모호크 인디언의 습격을 받았는지도 모르지. 틈나면 한번 가볼 필요가 있어. 특히 저 묘지는."

찰스가 덧붙이자 커밀라가 중얼거렸다.

"볼만해. 특히 겨울에는."

해가 져가면서 나무 사이로 황금빛 빛줄기를 내쏘고 있었다. 그 바람에 우리가 밟고 가는 땅 위로 길고 일그러진 그림자가 일렁거렸다. 우리는 아무 말 없이 오래오래 걸었다. 멀리서 누가 모닥불을 피우고 있는지 공기 냄새가 매캐했다. 석양 무렵이라서 으슬으슬 한기가 돌았다. 우리의 발소리와 솔바람이 지어내는 소리뿐, 사방은 고요했다. 몹시 졸리고 머리까지 아팠다. 그래서인지 적막한 석양 무렵의 그 경치는 현실의 것이 아닌, 꿈속의 것인 듯했다. 책상 위의 책 무더기에 머리를 대고 잠을 자다가 깨어 홀로 어둑어둑한 방에 있는 기분이었다.

갑자기 커밀라가 손가락을 세워 입술 앞에 갖다 댔다. 벼락을 맞아 갈라진 나무 위에 세 마리의 검은 새가 앉아 있었다. 까마귀라고 하기에는 너무 컸다. 처음 보는 새였다.

"갈까마귀야."

찰스가 속삭였다.

우리는 걸음을 멈추고 새들을 올려다보았다. 가느다란 가지에 앉아 있던 그중 한 마리는, 무게를 이기지 못해 가지가 죽는 소리를 내자 하늘로 날아올랐다. 나머지 두 마리도 비슷한 속도로 날갯짓하며 날아올랐다. 세 마리의 갈까마귀는 삼각대형으로 풀밭에 세 개의 그림자를 드리우며 그 위를 날아갔다.

찰스가 웃었다.

"까마귀 세 마리에 우리 셋이라…… 우연의 일치치고는 기분 별로 안 좋다."

"불길한데."

커밀라의 말이었다.

"뭐가?"

내가 물었다.

찰스가 대답했다.

"몰라. 헨리는 새점(鳥占)에 조예가 깊어. 새를 보고 점을 치는 거지."

"로마인이 따로 없어. 헨리는 아마 알 거야."

우리는 발길을 돌렸다. 언덕 위에 이르자 멀리 먼머스 하우스의 박공이 보였다. 하늘은 텅 비어 있는 데다 싸늘하게 보였다. 손톱의 하얀 초승달 무늬 같은 은빛 달이 어스름 녘 하늘에 솟아 있었다. 그처럼 으슬으슬하고, 해 떨어지기가 무섭게 어두워져가는 을씨년스러운 가을 석양은 내게는 생소했다. 너무 빠른 속도로 내리는 어둠과, 초원을 감도는 그 밤의 적막에 왠지 서글퍼졌다. 쓸쓸한 마음으로 나는 먼머스 하우스를 떠올렸다. 텅 빈 복도, 낡은 가스 등구(燈口), 내 방문을 여는 열쇠.

"그럼 나중에 만나자."

먼머스 하우스 앞에서 찰스가 말했다. 현관 등 불빛을 받고 있는 그의 얼굴은 창백했다.

멀리, 대학 본부 건물 너머로 식당의 불빛이 보였다. 창가를 서성거리는 검은 실루엣도 보였다.

"재미있었다. 들어가서 나랑 저녁이라도 먹지 않을래?"

주머니에 손을 찔러 넣으면서 내가 물었다.

"형편이 안 돼. 집에 가봐야 할 일이 있거든."

"그래? 그럼 나중에."

나는 약간의 실망을 느끼면서도 안도했다.

"아니, 이럴 게 아니라……."

커밀라가 찰스에게로 돌아서면서 눈짓을 보냈다.

"그래. 그러자."

찰스가 미간에 주름을 지으면서 중얼거렸다.

그러자 커밀라가 내 쪽으로 돌아서면서 말했다.

"우리 집에 가서 저녁을 먹자."

"아니야."

나는 재빨리 아니라고 했다.

"부탁이야."

"고맙지만, 나는 괜찮아."

"가자니까. 뭐 대단한 걸 장만하는 건 아니지만 네가 왔으면 좋겠어."

찰스가 인심이라도 쓰듯이 말했다.

그런데도 찰스가 고마웠다. 정말 따라가고 싶던 참이었기 때문이었다.

"폐가 안 된다면."

"폐 될 게 뭐 있어, 가자."

커밀라가 먼저 돌아섰다.

찰스와 커밀라는 북부 햄든의 가구가 딸린 아파트의 3층에 세 들어 살고 있었다. 아파트 안으로 들어서니, 곧바로 약간 경사진 벽에 채광창이 달린 거실이 보였다. 팔걸이의자와 커다란 소파가 어두운 능라 무늬 천에 덮여 있었다. 팔걸이 부분이 해진 진초록빛 소파 덧천에는 장미 무늬와 도토리 무늬와 참나무 잎새 무늬가 수놓여 있었다. 깔개라는 깔개는 모두 나이를 먹어 색깔이 바랬다. 벽난로(뒤에 알았지만 사용이 불가능한) 위에서는 납촛대와 몇 장의 은접시가 반짝거렸다.

난장판은 아니었지만 그렇다고 단정한 것도 아니었다. 하지만 단정하지 못한데도 어딘가 자연스러워 보이는 구석이 있었다. 구석구석 빈 공간은 모조리 책 무더기가 차지하고 있었다. 식탁 위에는 신문, 재떨이, 위스키병, 초콜릿 상자 같은 것이 놓여 있었다. 비좁은 복도에도 우산, 고무 덧신 같은 것들이 널려 있어 발 들여놓기가 마땅하지 않았다. 찰스의 방도 마찬가지였다. 양탄자 위에는 군데군데 옷가지가 널려 있었고, 옷장 문에는 넥타이가 어지럽게 걸려 있었다. 커밀라의 침대 머리맡 탁자에도 빈 찻잔, 잉크가 샌 만년필, 마른 메리골드가 꽂힌 꽃병이 어지럽게 놓여 있었고 침대 아래로는 게임하다 만 듯한 카드들이 펼쳐져 있었다. 전체적으로 희한한 아파트라는 느낌을 지울 수 없었다. 아무렇게나 뚫린 창, 가다가 갑자기 막혀버리는 복도, 고개를 숙이고 지나야 하는 문. 모든 것이 내게는 생소했다. 낡은 입체 환등기(거기에 비치고 있는 아득히 먼 니스의 밤거리), 낡은 상자에 든 화살촉, 메마른 석송(石松), 새의 형해(形骸).

찰스가 부엌으로 들어가 오븐을 여닫았다. 커밀라는 〈내셔널 지오그래픽스〉 잡지 더미 위에 놓여 있던 아이리시 위스키병에서 위스키를 한 잔 따라주었다.

"라 브레아의 타르 연못, 가봤어?"

커밀라가 정색을 하고 물었다.

"아니."

나는 서둘러 대답하고는 당혹감을 감출 수 없어서 술잔만 내려다보고 가만히 있었다.

"찰스 오빠, 상상할 수 있겠어? 리처드는 캘리포니아에 살면서도 라 브레아의 타르 연못에 못 가봤대!"

커밀라가 부엌을 향해 소리쳤다.

찰스가 부엌 수건으로 젖은 손을 닦으면서 거실로 나왔다. 찰스는 잔뜩 놀란 어린아이의 얼굴을 하고는 물었다.

"그래? 왜 못 가봤어?"

"나도 모르겠어."

"정말 볼만한 건데. 이유가 있을 것 아냐?"

"여기에 캘리포니아 사람들이 얼마나 많이 와 있는지 알아?"

커밀라가 물었다.

"몰라."

"주디 푸비는 알잖아?"

나는 놀라고 말았다. 커밀라가 주디 푸비를 기억하고 있다니.

"주디 푸비는 내 친구가 아니야."

"내 친구도 아니야. 작년에 내 얼굴에다 맥주를 끼얹었었어."

"나도 듣기는 했어."

내가 웃으면서 말했지만 커밀라는 웃지 않았다.

"들은 대로 믿는 건 아니겠지? 클로크 레이번이라고 알아?"

나는 알고 있었다. 햄든에는 캘리포니아 출신 학생들의 약간 배타적인 사교모임이 있었다. 대개는 로스앤젤레스와 샌프란시스코 출신 학생들이었다. 클로크 레이번은 바로 그 모임의 중심인물이었다. 그의 이름을 들으면 먼저 떠오르는 것이 싱거운 웃음, 졸린 듯한 눈, 그리고 담배였다. 주디 푸비를 위시해서 로스앤젤레스 출신 여학생들은 모두 그 클로크에게 열광

하고 있는 것으로 알려져 있었다. 클로크는 파티에서 쉽게 만날 수 있는, 남자 화장실 세면대 곁에서 코로 마약을 빨아들이는 그런 부류였다.

"클로크는 버니의 친구야."

"어떻게 그럴 수가?"

나는 놀라고 말았다.

"예비학교를 같이 다녔대. 펜실베이니아 주 세인트 제롬에서."

커밀라의 말이 끝나자 찰스가 위스키를 한 모금 소리 나게 마시고는 말했다.

"너는 햄든 대학이 어떤 덴지 아직 잘 몰라. 아주 진보적인 학교라서 문제 학생을 받아들이는 것은 물론이고 패자부활전까지 마련해주지. 클로크는 콜로라도 어딘가의 대학에서 1학년을 마치고 이리로 왔어. 맨날 스키 타러 다니느라 과목이라는 과목은 모조리 폐허로 만들어버리는데도 햄든 대학은 인심도 좋지. 햄든이 없었다면……."

"이 세상의 최저질은 갈 대학이 없겠지."

커밀라가 거들었다.

"아니, 이야기가 이상하게 돌아가잖아."

"어떤 의미에서는 옳은 이야기야, 우리 학교 학생의 반쯤은, 다른 데 갈 수가 없어서 이리로 왔다고 생각하면 틀림없어. 그러나 그렇다고 해서 햄든이 저질이라는 건 아니야. 바로 여기에 햄든의 좋은 점이 있는 거지. 가령 헨리를 봐. 햄든이 받아들이지 않았으면 헨리는 대학 문전에도 가보지 못하고 말았을걸."

"무슨 말인지 모르겠네."

"이상한 소리 같을 테지. 헨리는 고등학교 이삼학년은 다녀보지도 못했어. 이 미국 천지의 어느 일류 대학이 고등학교 1학년에서 중퇴한 학생을 받아준대? 그런데 여기엔 자격시험이라는 게 있어. 그런데 헨리는 이 시험도 거부했어. 시험 봤어도 햄든에 필요한 점수는 얻지 못했겠지만 헨리에게는 미학적인 입장에서 보아 이 시험을 거부할 나름의 이유가 있었던 거야. 그런데 이게 입학사정회에 어떻게 보였겠는지 상상해봐, 재미있잖아. 그건 그렇고 너는 어떻게 이 학교에 오게 됐어?"

찰스의 눈이 드러내는 표정은 읽기가 어려웠다.

"요람을 보았더니 마음에 들더군."

"입학사정회는, 그것만으로도 너를 입학시킬 이유로 충분하다고 보았을 거야."

문득 물 한 잔이 마시고 싶었다. 방이 더운 데다 목이 말랐다. 게다가 급히 마신 위스키 맛이 입안에 남아 물을 마시고 싶어 견딜 수가 없었다. 위스키가 저질이었다는 것은 아니다. 위스키는 고급이었다. 그러나 숙취가 있는 데다가 하루 종일 제대로 먹지 못해서 몸이 엉망이었다. 게다가 구역질까지 났다.

그런데 문 두드리는 소리가 한차례 나더니 연이어 두드리는 소리가 어지럽게 들려왔다. 찰스가 아무 말 없이 술잔을 비우기에 문을 열러 가는 줄 알았는데 뜻밖에도 부엌으로 들어갔고 대신 커밀라가 문 쪽으로 갔다.

문이 다 열리기도 전에 동그란 술잔이 먼저 보였다. 수인사하는 소리가 들리면서 헨리가 먼저 들어왔고, 뒤따라 슈퍼마켓 종이봉투를 든 버니가 들어왔다. 마지막으로 검은 외투 차림에 검은 장갑까지 낀 프랜시스가 샴페인 병목을 쥐고 들어섰다. 프랜시스는 들어오면서 커밀라에게 키스했다. 뺨에 한 것이 아니었다. 쪽 소리가 나게 입술에다 한 것이었다. 그러고는 들어오면서 소리쳤다.

"잘들 있었어? 실수 때문에 이렇게 자리가 만들어진다면 이거야 행복한 실수라고 해야 옳지 않겠어? 나는 샴페인을 들고 왔고, 버니는 위스키를 들고 왔으니 한잔 되어도 제대로 되겠다. 오늘 저녁 메뉴는 뭐지?"

나는 벌떡 일어났다.

잠깐 어색한 침묵이 감돌았다. 그 침묵의 책임을 느꼈던지 버니가 종이 봉투를 헨리에게 넘겨주고는 내게 다가와 손을 내밀었다.

"반갑네, 반가워. 내 공범자가 여기 있었군. 지난번 같이 식사한 것으론 모자랐나 보지?"

버니는 이러면서 내 등을 툭툭 두드리고는 너스레를 떨기 시작했다. 나는 더워서 견딜 수가 없었다. 아니, 견딜 수 없었던 것은 더위였다기보다는 역겨움이었다고 해야 옳다. 내 눈길은 거실 안을 방황했다. 프랜시스는 커밀라를 상대하고 있었다. 문간에 서 있던 헨리는 나에게 희미한, 하도 희미해서 미소라고도 부르기 어려운 웃음을 보내고 있었다.

"미안해. 조금만 있다가 돌아올게."

나는 버니에게 말해두었다.

틈을 보아 부엌 쪽으로 갔다. 낡은 아파트에 어울리는, 따라서 늙은 부부에게나 걸맞을 듯한 부엌이었다. 바닥에 빨간 리놀륨이 깔린 부엌에는 지붕으로 통하는 문이 있었다. 나는 수도에서 물을 한 잔 받아 단숨에 마셨다. 찰스는 오븐을 열고 포크로 양고기를 뒤적거리고 있었다.

6학년 수학여행 때 식육 가공공장을 견학한 이후로 나는 별로 고기를 좋아하지 않았다. 따라서 최상의 분위기였다 하더라도 양고기 냄새는 별로 달갑지 않았을 터인데 그날 내가 처한 상황과 내 육체적인 조건 아래서는 달갑기는커녕 구역질까지 났다. 지붕으로 통하는 문이 닫히지 않도록 식당 의자를 버텨놓았다. 녹슨 방충망에서 음식 찌꺼기 같은 것이 우수수 떨어졌다. 나는 물을 한 잔 더 받아 들고 문 곁에 섰다. **심호흡, 맑은 공기**. 이거면 좀 견딜 만하겠지, 라고 생각했다. 찰스가 손가락을 데었는지 욕지거리를 하면서 오븐 뚜껑을 꽝 소리가 나게 닫고는 돌아섰다. 찰스는 바로 뒤에 내가 서 있는 것을 보고는 놀란 눈치였다.

"아니 왜 여기에 서 있어? 한 잔 더 줄까?"

"아니. 됐어."

"뭘 마셨어? 진? 어디서 따랐어?"

그때 문 쪽에서 헨리의 목소리가 들려왔다.

"찰스, 아스피린 있어?"

"거기 있다. 그런데 술은 안 마시고?"

헨리는 아스피린을 몇 알 쏟아내고, 거기에 주머니에서 꺼낸 정체불명의 알약 몇 개를 보태어 입안에 털어 넣고는 찰스가 건네준 위스키와 함께 삼켜버렸다.

헨리는 아스피린병을 책장 위에 놓았다. 나는 공범자라도 되는 기분으로 책장 앞으로 다가가 아스피린을 몇 알 꺼냈다. 헨리는 내가 하는 짓을 보고 있다가 물었다.

"어디 아파?"

"아니. 두통이 약간."

"그거 자주 먹으면 안 좋은데."

헨리가 중얼거렸다.

"왜들 이래? 환자들만 모였나?"

찰스가 소리쳤다.

"뭐 하고 있어? 도대체 뭘 어떻게 먹게 되는 거야?"

복도에서 들려온 버니의 음성이었다.

"조금만 참아, 버니, 1분이면 되니까."

버니가 살금살금 오븐에서 양고기를 꺼내고 있는 찰스의 등 뒤로 다가갔다.

"내가 보기엔 다 된 것 같은데?"

버니는 이러면서 손을 내밀어 양고기 한 덩어리를 집어, 말릴 새도 없이 뜯기 시작했다.

"버니, 모자라는 판인데 이게 무슨 짓이야?"

"아사 직전이다. 허기져서 죽을 지경이야."

버니가, 한입 가득 고기를 넣은 채로 우는소리를 했다.

"저 녀석에게는 지금부터 뼈다귀만 남겨주자. 구석에 가서 씹어 먹게."

헨리가 퉁명스럽게 말했다.

"저놈의 입버르장머리!"

"버니, 제발 조금만 더 얌전히 기다려라."

이렇게 말한 것은 찰스였다.

"알았어."

버니는 이렇게 말했지만 찰스가 등을 돌린 사이에 또 한 덩어리를 훔쳐 뜯어 먹기 시작했다. 양고기에서 스며 나온 핑크빛 피가 손등을 타고 그의 소매로 흘러들어 가고 있었다.

끔찍한 저녁식사였다고 하면 과장일 터이나 내가 즐기지 못한 것은 사실이었다. 내가 특별히 멍청한 짓을 했던 것도 아니고, 해서는 안 될 말을 한 것도 아니었다. 그런데도 나는 거부당하고 있다는 느낌, 공연히 역정스러운 느낌에 시달리느라 먹을 수도 없었고 화제에 낄 수도 없었다. 화제의 대부분은 나로서는 알아들을 수 없는 데로 쏠렸다. 찰스가 중간중간 친절하게 설명해주는데도 그들이 하는 말의 뜻은 명료하게 들리지 않았다. 헨리와 프랜시스는 밑도 끝도 없이, 로마 군단이 방진을 칠 때 병사들의 개인 간격을 놓고 토론을 벌였다. 어깨가 맞닿았다느니(프랜시스의 주장), 적어도 1미터는 되었다느니(헨리의 주장) 하는 내용이었다. 이 토론에 이어 헤시오도스가 말하는 원초적인 카오스가 텅 빈 공간을 뜻하는가, 아니면 현대적인 의미에서의 혼돈을 뜻하는가, 이것을 두고 또 한차례의 공방이 있었다. 나로서는 따라잡기도 어려웠거니와 도무지 지겨워서 견딜 수가 없었다. 토론이 지겨웠던지 커밀라는 조세핀 베이커의 레코드를 걸었고 버니는 내 몫의 양고기를 먹어치웠다.

나는 일찌감치 자리를 떴다. 프랜시스와 헨리가 태워다 주겠노라고 했지만 어떤 의미에서 그들의 그런 친절은 나를 더욱 거북하게 만들었다. 나는 걷고 싶노라고 잘라 말하고는 아파트를 나섰다. 아파트를 나서면서 나는 웃었던 것 같다. 그러나 그것은 좋아서 지은 웃음이 아니었다. 호기심에 가득 찬, 그러나 냉담한 그들의 근심 어린 시선에 내 얼굴은 사정없이 달아오르고 있었다.

학교까지는 걸어서 겨우 15분 거리였다. 그러나 밤공기가 차가운 데다 머리가 몹시 아팠다. 그날 밤의 술자리가 나에게는 어울리지 않았다는 느낌, 또 한차례 그들과의 만남에 실패했다는 느낌이 한 걸음 한 걸음을 옮겨놓을 때마다 비수처럼 내 가슴에 꽂히는 것 같았다. 나는 그날 밤 정신없이 쏘다니면서 내가 입 밖으로 내지 못했던 정확한 표현, 정확한 어형변화를 되씹어보는 한편, 내가 미처 대응하지 못했던 그들의 모욕적인 언사에는 마음속으로나마 비슷한 표현과 문장으로 대응했고, 내가 미처 고마움을 나타내지 못했던 친구들의 친절에는 마음속으로나마 비슷한 표현과 문장으로 빚을 갚았다. 그러니 내 속이 온전할 리 없었다.

내 방에 이르렀을 때는 은빛 달빛이 방 가득히 들어와 있었다. 달빛이 그렇게 생소할 수 없었다. 창문도 내가 열어둔 그대로 열려 있었고,《파르메니데스》도 내가 펴둔 페이지 그대로 펼쳐져 있었다. 반쯤 마시다 만, 싸늘하게 식어버린 커피도 스티로폼 컵에 그대로 고여 있었다. 방이 추웠으나 창문을 닫지는 않았다. 신발도 벗지 않은 채, 불도 켜지 않은 채 침대에 누웠다.

옆으로 드러누워 방바닥에 하나 가득 쏟아져 들어와 흥건히 고인 달빛을 바라보고 있노라니 바람이 불어 들어와 커튼을 흔들었다. 커튼은 흡사 창백한 유령 같았다. 보이지 않는 손이 내 방 안에 들어와 있는 듯《파르메니데스》의 페이지가 저절로 뒤로 넘어가거나 앞으로 되넘어왔다.

◦◦◦

몇 시간만 잘 참이었다. 그러나 느낌이 이상해서 놀라 깨어보니 해는 중천에 떠 있었고 시계는 자그마치 9시 5분 전이었다. 면도하고 머리 빗는 것은 고사하고 전날 밤의 옷을 그대로 입은 채로 그리스어 산문 교과서만 챙겨 들고 줄리언 모로 교수의 연구실로 뛰었다.

약속된 시각보다 몇 분 늦게 오는 버릇이 있는 모로 교수를 제외하고는 모두 와 있었다. 복도에서부터 그들이 떠들어대는 소리가 들려왔다. 그러나 내가 문을 열자 그들은 일제히 입을 다물고 나를 바라보았다.

한동안은 아무도 입을 열지 않았다. 어색한 침묵을 헨리가 깨뜨려주었다.

"좀 잤어?"

"응, 덕분에."

맑은 가을 햇살을 받고 있는 그들의 얼굴은 충분한 휴식 뒤라서 하나같이 밝았다. 나의 등장에 당혹한 기색을 보이는 것도 하나같았다. 부스스한 머리를 손가락으로 빗어 올리는 나의 자조적인 동작도 그들은 놓치지 않고 바라보았다.

"면도 못 한 모양이지, 오늘 아침에는? 꼭 뭐 같으냐 하면……."

버니가 키득거렸다.

그때 문이 열리면서 줄리언 모로 교수가 들어왔다. 그날 강의실에서 할 일은 태산 같았다. 진도에 뒤떨어진 나에게는 더욱 그러했다. 화요일과 목요일에는 그래도 한가하게들 앉아 문학이 어떠니, 철학이 어떠니 할 수 있었지만 그 나머지 요일은 그리스어 문법이다 산문 작법이다 해서 정신이 없었다. 한마디로 사람 잡기에 알맞을 정도로 인정사정없는 중노동이었다. 나이 몇 살 더 먹고, 그리스어를 조금 더 낫게 할 수 있는 지금도 나는 그때 같은 중노동을 감당할 자신이 없다. 친구들의 전과 같은 냉담한 태도, 공공연히 내비치는 저희들끼리의 튼튼한 연대감, 꿰뚫어 보는 듯한 그들의 눈길. 나에게는 이런 것으로 괴로워할 시간이 없었던 것이 사실이나, 그들이 내어주었던, 내가 끼어들 자리가 다시 그들만으로 메워졌다는 것은 견디기 어려웠다. 나는 원점으로 돌아갔다는 느낌을 지울 수 없었다.

그날 오후에 나는, 학점 재신청에 관련된 면담을 핑계로 줄리언 모로 교수를 만나기로 했다. 그러나 실은 면담의 목적이 그것이 아니어서 내 마음은 몹시 착잡했다. 내가 그를 면담하고자 한 것은, 문득 다른 학점은 모두 포기하고 그리스어에만 집중하겠다고 한 결심이 아무리 생각해도 어리석고 경솔한 것 같았기 때문이었다. 나로서는 그것이 어리석게 느껴지는 까닭을 설명하지 않으면 안 되었다. 대체 이게 무슨 엉뚱한 생각이란 말인가? 그리스어를 좋아한 것은 사실이고, 줄리언 모로 교수를 좋아한 것도 사실이다. 하지만 고전어과 학우들도 좋아하는가? 대학 생활을 거기에만 바치고, 여생을 고대 그리스의 온전치 못한 쿠로스(청년 나체 입상 ─ 옮긴이)나 들여다보고 살아도 좋은 것인가? 나는 자신이 없었다. 2년 전의 일이 떠올랐다. 2년 전에도 그같이 요량 없는 결심 덕분에 한 해 동안이나 클로로포름 병에 담긴 토끼를 주무르거나 시체 공시소를 들락거리다가 겨우 그 수렁을 헤어나지 않았던가?(나는 동물학과 실험실에서 아침 8시면 어김없이 만났던, 돼지 태아가 담긴 통을 생각하고는 전율했다.) 고전어과의 공부가 그 시절의 공부만큼 견딜 수 없었던 것은 아니었다. 그러나 내가 엄청난 실책을 범했다는 생각은 지울 수 없었다. 애초에 신청했던 학점으로 되돌리고 지도 교수를 원상 복구하기에는 이미 때늦은 다음이라서 더욱 그랬다.

나는 만일 그날 내가 줄리언 모로 교수를 만날 수 있었더라면 첫날 그가 주었던 느낌대로, 내 소청을 받아들여 주었을 것이라고 생각한다. 뿐만 아니라 만나서 내 속을 털어놓기라도 했더라면, 좋을 대로 하라는 대답을 들어낼 수 있었으리라고 확신한다. 그러나 나는 그를 만나지도, 이야기를 나눌 수도 없었다. 그 까닭은 이렇다. 그의 연구실로 통하는 계단을 오르다 보니 복도에서 말소리가 들리는 것 같아 나는 걸음을 멈추었다.

줄리언 모로 교수와 헨리였다. 둘 다 계단으로 오르는 내 발소리를 듣지 못했던 모양이었다. 헨리는 연구실 밖에 있었고, 줄리언 모로 교수는 문턱에 서 있었다. 교수의 미간이 긴장되어 있고 표정이 진지한 것으로 보아 대단히 중요한 이야기를 하고 있었음에 분명했다. 편집증적인 습관 때문인지는 모르나 그들이 마치 내 이야기를 하고 있는 것 같아서 나는 몇 발자국 더 다가가 모퉁이에 붙어 귀를 기울였다.

줄리언 모로 교수가 몇 마디 하고는 사방을 두리번거리다가 아랫입술을 비죽이 내밀고 헨리를 바라보았다.

그러자 헨리가 뭐라고 했다. 소리는 작지만, 공들여서 하는 질문이었다.

"필요한 절차를 따라야 할 테죠?"

놀랍게도 줄리언 모로 교수가 두 손으로 헨리의 두 손을 잡고 대답했다.

"필요한 절차만, 오로지 필요한 절차만 따라야 하네."

이게 대체 무슨 짓거리들인가? 이렇게 생각하면서 소리 나지 않게 계단쪽으로 한 걸음 물러섰다. 여차하면 계단을 내려갈 생각이었지만 이상하게도 움직이기가 두려웠다.

기절초풍할 일이었다. 헨리가 허리를 구부리고 줄리언 모로의 뺨에, 사무적인 절차 같으나마, 입을 맞춘 것이었다. 헨리는 그렇게 입을 맞추고는 돌아섰다. 다행히도 헨리가 복도를 걸어 나오다 말고 어깨 너머로 모로 교수를 돌아보는 바람에 나에게는 여유가 생긴 셈이었다. 나는 부리나케 계단을 내려와 그들의 눈에 띄지 않을 만한 곳으로 숨어버렸다.

그 뒤로 다가온 일주일은 내게는 고독한 일주일, 도무지 현실로 믿어지지 않는 일주일이었다. 나뭇잎의 색깔은 바뀌고 있었다. 비가 어찌나 줄기차게 오는지 어둠도 유난히 빨리 내렸다. 먼머스 하우스 기숙생들은 아래층 벽난로에다, 교수 아파트에서 훔쳐 온 장작으로 불을 피우고 사이다를 마시고는 했다. 그러나 나는 연구실에서 돌아올 때도, 장작불이 지펴진 그 안방 같은 풍경은 본 척도 않고 바로 올라가 내 방으로 들어가고는 했다. 나는 누구와도 이야기를 나누지 않았다. 몇몇 친구가, 내려와서 함께 즐기자고 했지만 나는 그런 제안도 받아들이지 않았다.

짐작건대 슬럼프로 인한 우울증이었던 것 같다. 말하자면 새로운 곳이 안겨주는 신기한 경험이 심드렁해진 상태, 그런데도 여전히 외계처럼 서먹서먹한 환경에 처해 있는 자신을 발견한 데서 온 우울증이었던 것이다. 그럴 수밖에? 나에게 당시의 햄든은 이상한 풍습을 나누는, 이상한 사람들이 사는, 이상한 곳이었다. 게다가 기후조차도 어림해서 헤아려볼 도리가 없었다. 아무래도 몸이 정상이 아닌 것 같았다. 그러나 나는 내 상태가 악화될 것으로는 믿지 않았다. 감기가 낫지 않는 데다 늘 잠을 설치는 것이 내게는 가장 큰 문제였다. 한두 시간밖에 자지 못하는 날이 허다했다.

불면증만큼 사람을 외롭게 만드는 것 혹은 사람의 성격을 비뚤어지게 하는 것은 없을 것이다. 종종 나는 새벽 4시까지 그리스어 책을 읽었다. 그러노라면 눈이 따갑고, 머리가 어지럽기가 일쑤였다. 물론 그 시각의 먼머스 하우스에 불이 켜져 있는 방은 내 방뿐이었다. 그리스어에 정신이 집중되지 않아 알파와 베타가 삼각형과 쇠스랑 같아 보일 때면 소설《위대한 개츠비》를 읽었다. 전부터 즐겨 읽던 소설이어서, 혹 내 기분을 좀 바꾸어줄 수 있을까 해서 도서관에서 빌려다 두고 틈날 때마다 읽었는데 그것이 아니었다. 우울한 상태에서 그 책을 읽으면서 내가 한 일은 겨우 개츠비와 나 사이의 비극적 유사성을 찾아내는 것 정도였다.

"이래 봬도 살아남기에 성공한 패잔병이라고."

파티에서 만난 여자가 내게 한 말이었다. 살갗이 적당하게 탄 이 금발 처녀는 키가 나만큼이나 컸다. 나는 물어보지 않고도 캘리포니아 출신이라는 것을 알 수 있었다. 목소리를 들어보고도 알 수 있었고, 주근깨가 많은 붉은 피부를 보고도 알 수 있었으며, 탄력 있어 보이는 깡마른 쇄골, 쇄골보다 더 깡말라 보이는 흉골과 흉곽, 탱탱하게 조여진 젖무덤을 보고도 알 수 있었다. 나는 처녀가 단정치 못하게 내비친 고티에 코슬릿 사이로 이런 것들을 일일이 확인할 수 있었다. 코슬릿이 고티에 코슬릿인 것까지 알 수 있었던 것은 처녀가 은근히 자랑하듯 말을 흘렸기 때문이다. 내 눈에는 코슬릿이 아니라 앞섶을 제대로 여미지 못한 잠수복 같았다.

처녀는 시끄러운 음악 소리를 뚫어내려고 고함을 질렀다.

"고생고생하면서 험한 세상을 살아왔거든."

(처음 듣는 말도 처음 보는 모습도 아니었다. 느슨한 코슬릿, 상실의 시대를 암시하는 춤, 이 시대 무대예술의 몫.) 처녀의 고함 소리는 계속되었다.

"하지만 나는 나 자신, 나 자신의 역할 같은 것에 대해 굉장한 자부심을 가지고 있어. 타인 역시 내게는 아주 소중한 존재거든, 왜냐? 내가 원하는 것을 공급하는 존재이니까."

처녀의 말에는 중간에 톡톡 끊어지는 데가 유난히 많았다. 캘리포니아 사람들이 뉴욕 지방 말투를 흉내 내는 데 실패할 때마다 잘 나타나는 현상이었다. 그러나 동부 말투를 흉내 내는 데 실패하고 있는데도 불구하고 처녀의 말투에서 배어나는 낙천적인 골든 스테이트 억양은 듣기에 좋았다. 고등학교 시절 치어리더쯤 지내본 듯한 분위기. 그러나 생김생김도 고만고만하고, 피부도 적당하게 그을린 데다 지적인 것과는 인연이 없어 보이는 것으로 보아 고향에서라면 나에게 관심을 기울였을 것 같지 않았다. 내 기분을 상하게 한 것은 고향에서라면 나 같은 것은 거들떠보지도 않았을 터인 이 처녀가 공공연하게 하룻밤 놀이 상대로 나를 지목하고 추파를 던지고 있다는 점이었다. 나는 햄든의 첫 주말 파티에서 만난 빨강 머리의 꼬마 아가씨와 딱 한 번 잠자리를 한 것을 제외하고는 여자와 잔 적이 없었다. 뒤에 알았지만 그 빨강 머리의 꼬마 아가씨는 온타리오 어느 제지공장의 상속인이었다. 그러나 나는 그 꼬마 아가씨와 만날 때마다 눈길을 돌려버리고는 했다(내 급우 하나가 그러는 나를 보고 신사적인 사람이라고 했다).

"담배 피워?"

내가 고티에 코슬릿에게 고함을 질러 물었다.

"안 피워."

"나도 파티 때 아니면 안 피워."

내 말에 처녀는 웃으면서 입술을 내 귀에다 대고 고함을 질렀다.

"좋아, 그럼 한 대 줘. 재떨이 어디에 있는지 알아?"

담배 두 대에다 불을 붙이고 있는데 뒤에서 누가 떠미는 바람에 번번이 균형을 잃고 비틀거려야 했다. 음악 소리가 어찌나 큰지 귀청이 터질 것 같은 데다, 바닥에는 춤꾼들이 마시다 흘린 맥주가 군데군데 고여 있었다. 게

다가 그날따라 소리를 꽥꽥 지르는 패들이 많았다. 춤판에는 정신없이 춤을 추는, 단테의 〈연옥〉에나 나올 법한 무수한 살덩어리들, 그리고 바닥에서 천장으로 이어지는 연기 기둥밖에 보이지 않았다. 나는 눈을 들어, 불빛이 흘러나오는 복도 쪽을 바라보았다. 기울어진 술잔, 립스틱을 칠한 입술이 무수히 보였다. 그런 식으로 나가다가는 난장판으로 끝날 것이 불을 보듯 뻔했다. 1학년생들은 화장실 앞에 줄지어 서 있다가 차례가 되면 불자동차처럼 화장실로 뛰어들고는 했다. 그러나 금요일이었다. 일주일 내내 책읽고 공부한 내가 아니던가? 나는 고전어과 아이들은 하나도 거기에 와 있지 않을 것이라고 생각했다. 학기가 시작된 이래로 매주 금요일이면 그 파티에 참석해왔기 때문에 나는 잘 알고 있었다, 고전어과 패거리들이 그 파티를 '죽음의 무도회' 정도로 치부한다는 것을.

"고마워."

캘리포니아 출신의 고티에 처녀가 말했다. 처녀는 다른 곳보다 비교적 조용한 계단 쪽으로 나를 안내했다. 계단 가까이에서는 고함을 지르지 않고도 대화가 가능했다. 그러나 나는 보드카 토닉을 여섯 잔이나 거푸 비운 참이라서 무슨 말을 해야 좋을지 도무지 화젯거리가 생각나지 않았다. 심지어는 그녀의 이름조차 기억할 수 없었다.

"그런 그렇고, 전공이 뭐야?"

혀가 꼬부라지고 있다는 것은 나도 알 수 있었다. 다행히도 여자는 웃었다.

"무대예술이야. 아까 말했잖아?"

"미안해. 까먹었어."

처녀는 눈초리를 밉지 않게 올리면서 나를 흘겨보았다.

"어디에 가서 좀 쉬어야겠어. 손 좀 내려다봐. 손이 잔뜩 긴장되어 있어."

"이렇게 잘 쉬어보기도 처음이야."

내 말이 끝났을 때야 비로소 처녀는 내가 누군지 알아보겠다는 눈치를 보였다. 처녀는 내 양복 윗도리와, 사슴 사냥꾼의 모습이 그려진 내 넥타이를 보면서 말했다.

"이제 네가 누군지 알았다. 주디가 네 이야기를 하더군. 저 요상한 고전어과 패거리들하고 어울린다는 신입생이 바로 너였군?"

"주디라니? 주디가 너에게 내 이야기를 했어?"

"조심하는 게 좋을 거야. 그 패거리에 대해서는 별별 요상한 소문이 다 돌더라."

"어떤 소문?"

"그 패거리가 악마를 숭배한다든가 어쩐다든가."

"그리스 문화에 악마라는 개념은 없는데?"

"내가 들은 바에 따르면, 그게 아닌데."

"그럼 잘못 들은 모양이구나."

"그뿐만이 아니야. 소문이 무성해, 어쨌든."

"대체 어떤 소문이냐?"

처녀는 대답하지 않았다.

"누구한테 들었어? 주디?"

"아니야."

"그럼 누구야?"

"세스 가트럴이라고 알아?"

그녀는, 세스 가트럴이라는 이름만 대면, 소문의 진위는 그것으로 확인되기나 하는 것처럼 의기양양하게 대답했다.

세스 가트럴이라면 나도 들어본 적이 있는 이름이었다. 그는 괴상망측한 그림을 그린다는 화가로, 온갖 음탕한 어휘, 온갖 구역질 나는 동사로 이루어진, 말하자면 더할 나위 없이 포스트모던한 표현 수단을 통하여 전해지는 소문의 장본인이었다.

"그런 녀석을 다 알다니 신통하구나?"

처녀는 기분 나쁘다는 표정을 하고는 나를 바라보면서 대답했다.

"세스 가트럴은 내 친구야."

나는 삼킬 수 없는 것을 덥썩 물고 깨문 기분이었다.

"친구라고? 세스 가트럴이? 그럼 한번 물어보자. 그 친구의 여자친구들의 눈동자는 모두 검다는데 사실이야? 전위 화가 잭슨 폴록처럼 자기 그림에 오줌을 눈다는 소문도 있던데 사실이야?"

"세스는 천재야."

"천재라고? 천재라면 사기의 천재겠구나."

"세스 가트럴은 훌륭한 화가야. 관념적인 주제를 다루기 때문에 사람들이 몰라봐서 그렇지. 회화과 애들도 다 그걸 인정한대."

"그렇다면, 모든 사람이 인정하는 건 다 진리겠구나."

"많은 사람들이 세스를 좋아하지 않는다는 건 나도 알아. 세스를 질투하기 때문에 그런 거지."

그녀의 음성에는 노기가 서려 있었다.

이때 누군가가 내 팔꿈치를 붙잡았다. 나는 손으로 그 손을 털어내었다. 재수가 좋아봐야, 금요일 밤 그 시각이면 늘 나를 집적거리고는 하는 주디 푸비의 손일 터였기 때문이었다. 그런데 내 손길에 털려나갔던 손은 다시 내 팔꿈치를 잡았다. 이번에는 손힘이 조금 전보다 더 세고, 더 심술궂었다. 나는 휙 몸을 돌렸다. 조금만 더 가까웠더라면 이마로 그 금발 머리를 들이받고 말았을 터였다.

뜻밖에도 커밀라였다. 무도회장의 불빛을 받고 있는 커밀라의 장난스럽고 환한 눈동자는 내가 처음에 보았던 그대로였다.

"안녕?"

커밀라가 말했다.

나는 태연하고자 했다. 그러나 너무 반갑던 참이어서 기쁨을 숨기기가 어려웠다.

"안녕하지 못해. 어떻게 지냈어? 도대체 여기에서 뭘 하고 있어? 마실 거 좀 갖다 줄까?"

"바빠?"

아무것도 생각할 수 없었다. 공들여 손질한 듯한 커밀라의 금발은 얌전하게 관자놀이를 가리고 있었다.

"아니, 아니. 하나도 안 바빠."

나는 차마 눈을 볼 수는 없어서, 이마 근처에만 시선을 던지면서 대답했다.

"바쁘면 바쁘다고 말해, 억지로 끌고 가려는 건 아니니까."

커밀라가 내 어깨 너머로 시선을 던지면서 말했다.

문제는 고티에 양이었다. 나는 심술궂은 말 몇 마디쯤은 들을 각오를 하고 고티에 양을 돌아다보았다. 다행히도 고티에 양은 내게 흥미를 잃었는지 다른 친구에게 추파를 던지고 있었다.

"바쁠 거 없어. 무슨 짓을 하고 있었던 게 아니니까."

"이번 주말에 시골에 가고 싶은 생각 없어?"

"시골이라니?"

"우리는 지금 떠나. 프랜시스와 나. 프랜시스의 집이 여기에서 한 시간쯤 떨어진 곳에 있어."

나는 엉망으로 취해 있었다. 그렇게 취해 있지 않았더라면 자세히 물어 보지도 않고 끄덕끄덕 따라나서지는 않았을 것이다. 문 쪽으로 가기 위해서는 춤판 한가운데를 지나야 했다. 땀, 열기, 깜박거리는 무수한 크리스마스 색등, 지겨운 몸싸움. 바깥으로 나오고 나니 흡사 시원한 물속으로 들어간 느낌이었다. 창이 닫혀 있는데도 불구하고 음악 소리와, 춤추는 아이들의 괴성이 바깥까지 들려오고 있었다.

"맙소사. 지옥이 따로 없군. 엎지른 맥주와 오물 때문에 발 들여놓을 데가 없더군."

커밀라가 고개를 절레절레 흔들었다.

달빛 아래서 보는 자갈길은 은빛이었다. 프랜시스는 어두컴컴한 나무 그림자 속에 서 있다가 우리가 다가가자 갑자기 고함을 지르면서 튀어나왔다.

커밀라와 나는 기겁을 하고 물러섰다. 프랜시스는 배를 잡고 웃었다. 달빛이 그의 가짜 코안경 위에서 부서지고 있었다. 그의 콧구멍에서 흘러나온 담배 연기가 꼬불꼬불한 모양을 그리면서 공중으로 피어올랐다.

"안녕, 리처드? 나는 커밀라가 날 버리고 도망가버린 줄 알았다."

"나는 네가 따라 들어올 줄 알았어. 따라 들어왔어야 하는 거 아니야?"

"안 따라 들어가기를 잘했지 뭐냐? 구경거리가 있었거든."

"구경거리라니, 뭔데?"

"처녀가 보안관의 들것에 실려 나오고, 검은 경찰견이 히피족 같은 녀석들을 공격하고, 뭐 그런 것 있잖아, 왜."

그는 웃으면서 자동차 열쇠를 공중으로 던져 올렸다가는 짤랑 소리가 나게 낚아채면서 덧붙였다.

"준비들 다 됐지?"

프랜시스의 차는 컨버터블 머스탱이었다. 우리는 셋 다 나란히 앞자리에 타고 뚜껑을 열어놓은 채로 달렸다. 나는 컨버터블을 타본 적이 없었기 때문에 프랜시스의 차가 컨버터블이라는 데 한 번 놀랐고, 자동차에 타자마자 잠이 쏟아지는 데 또 한 번 놀랐다. 나는 그 분위기나 나의 기분으로 보아 도저히 잠을 잘 성싶지 않았는데도 불구하고 문짝에 뺨을 대고 자동차가 달리는 동안 내내 잠을 잤다. 일주일 동안이나 불면의 밤을 보낸 상태에서 여섯 잔의 보드카가 수면제 노릇을 확실하게 한 모양이었다.

프랜시스가 자동차를 몰고 있을 동안 어떤 일이 있었는지는 도무지 기억나지 않는다. 눈이 별로 좋지 않은데도 불구하고 차를 험하게 몰고 거의 대개의 경우 과속으로 모는 헨리와는 달리, 프랜시스는 차를 얌전하게 몰았다는 것밖에는 모르겠다. 내 머리카락을 날리는 밤바람 소리, 두 사람의 말소리, 그리고 볼륨을 높여놓은 라디오 소리. 이런 것들이 내 꿈의 일부가 되어 기억에 남아 있을 뿐이다. 차에 탄 지 몇 분이 채 흐른 것 같지 않은데 갑자기 차 안이 조용해진 것 같았다. 내가 눈을 떠보니 커밀라의 손이 내 어깨에 와 있었다.

"일어나, 다 왔어."

비몽사몽간에, 어디에 와 있는지 전혀 짐작도 하지 못하는 상태에서 자리에서 일어났다. 문짝에 대고 잠을 잘 동안 뺨에는 침이 흘러 내려와 있었다. 나는 손바닥으로 침을 닦았다.

"정신이 들어?"

"응."

그러나 사실은 그렇지 못했다. 어두워서 아무것도 보이지 않았다. 나는 차에서 내리면서 뒷손질로 문을 닫았다. 차에서 내리는데 구름 속으로 들어갔던 달이 나왔다. 그제야 집이 보였다. 어마어마하게 큰 집이었다. 하늘을 배경으로 하고 있던 지붕이 뾰족뾰족한 검은 실루엣으로 그 모습을 드러낸 것이었다. 모서리 탑, 뾰족탑, 창가의 베란다가 인상적이었다.

"엄청나군."

내가 가만히 혀를 내둘렀다.

프랜시스는 내 옆에 서 있었다. 사실 나는 프랜시스가 말을 하기까지는 그가 내 옆에 있다는 것을 알지 못했다. 그는 놀라우리만치 내 옆에 바싹 붙어 있었다.

"밤이라서 잘 안 보일걸."

프랜시스가 한 말이었다.

"네 거야?"

프랜시스는 웃었다.

"아니야. 우리 고모 거야. 너무 커서 살기에 불편할 텐데도 팔 생각을 하지 않아. 여름에만 고모가 사촌들을 데리고 와서 살다 가고 그 나머지 기간은 관리인에게 맡기지."

현관으로 들어서는데 달짝지근하면서도 쾨쾨한 냄새가 났다. 현관이 어두운 것으로 보아 가스등을 쓰는 모양이었다. 벽에 화분에 심은 종려나무 그림자와 거미줄이 일렁거렸다. 고개를 젖혀야 쳐다볼 수 있을 정도로 높은 천장에 뒤틀린 우리 그림자가 비치고 있었다. 뒷방에서 누군가가 피아노를 치고 있었다. 복도 양쪽을 따라 많은 사진과, 금테를 두른 액자에 넣은 음침한 초상화들이 걸려 있었다.

"냄새가 지독하구나. 내일 날씨가 좋으면 환기 좀 시켜야겠군. 공기가 이 모양이라고 또 버니는 천식 타령하겠어……. 저 사진 봐, 우리 고조모의 사진인데."

프랜시스의 말에 따라 나는 가까이 다가가 사진을 눈여겨보았다.

"바로 옆에 계신 분은 고조모의 남동생인데, 가엾게도 타이태닉호를 타셨대. 타이태닉호가 침몰되고 나서 3주 뒤에 저분의 테니스 채가 북대서양에 떠다니더래."

"가서 서재 구경이나 하자."

커밀라의 말이었다.

나와 커밀라는 프랜시스의 앞에 서서 거실과 방 몇 개를 지났다.

금테를 두른 거울과 상들리에가 있는 응접실, 거대한 마호가니 식탁이 놓인 식당. 나는 방을 지날 때마다 한동안 이것저것 구경하고 싶었으나 커밀라가 재촉하는 바람에 건성으로 보고 지나갈 수밖에 없었다. 피아노 소리가 점점 가까워지고 있었다. 쇼팽의 전주곡을 치고 있는 모양이었다.

서재 문 앞에서 나는 발길을 멈추었다. 내 숨결이 거칠어져가고 있다는 느낌이 들었다. 프레스코화가 그려진 천장까지 5미터는 족히 될 만큼 솟아오른, 앞에 유리문이 달린 거대한 고딕식 서가는 가히 위압적이었다. 방 한쪽에는 석묘(石墓)만큼이나 큰 대리석 벽난로와 가스등 걸이가 붙어 있었다. 가스등 걸이의 수정 구슬 끈이 유난히 반짝거렸다.

그랜드피아노는 바로 그 방에 있었다. 피아노 앞에는 찰스가 앉아 있었고, 찰스 바로 옆의 의자 위에는 위스키 잔이 놓여 있었다. 찰스는 약간 취해 있었다. 쇼팽의 전주곡 가락은 천천히 그리고 조는 듯한 박자로 다른 곡으로 녹아들고 있었다. 밖에서 불어 들어온 바람이, 좀이 슨 자국이 군데군데 보이는 벨벳 커튼과 찰스의 머리카락을 부드럽게 흔들었다.

"어럽쇼, 대단한 솜씨네."

내가 뒤에서 말했다.

피아노 소리가 끊기면서 찰스가 뒤를 돌아다보았다.

"너희 왔구나. 왜 이렇게들 늦었어? 버니는 기다리다가 자러 올라갔을 거다."

"헨리는 어디에 있어?"

프랜시스가 물었다.

"공부하고 있을 테지. 잠자리에 들기 전에 한번 내려올 거야."

커밀라가 피아노 옆으로 다가가 찰스의 위스키 잔을 들고 한 모금 마시고는 내게 말했다.

"이 책들 한번 둘러보고 싶겠지?《아이반호》의 초판본도 있다더라."

"그건 고모가 팔았어. 재미있는 게 몇 권 있기는 하지만 대부분은 마리 코렐리의 소설 아니면《해적선 이야기》같은 것들일 거야."

프랜시스가, 가죽이 씌워진 팔걸이의자에 앉아 담배를 붙여 물면서 말했다.

나는 서가 앞으로 다가가 보았다. 페넌트 아무개라는 사람이 쓴 '런던' 어쩌고 하는 책은 빨간 가죽으로 장정된 여섯 권짜리 전집으로 높이가 두 자는 족히 되었다. 그 옆에 있는 것은 하얀 송아지 가죽으로 장정한, 역시《런던 클럽의 역사》못지않게 두꺼운 책,《펜잰스의 해적》의 무대극 대본. 게다가 무수히 많은《봅시 트윈스》. 검은 가죽으로 장정하고 책등에 금박으로 1821년이라는 출간 연도가 찍힌 바이런의《마리노 팔리에로》까지 있었다.

"마시고 싶은 게 있으면 가서 따라 마시지그래?"

찰스가 커밀라에게 말했다.

"따로 따를 필요가 뭐 있어? 마시고 싶으면 나누어 마시면 되지."

찰스는 한 손으로 커밀라에게 위스키 잔을 넘겨주면서 다른 한 손으로는 꽤 어려운 스케일을 부드럽게 쳐냈다.

"알 만한 곡 좀 쳐보지."

내가 권했다.

찰스가 나를 돌아보았다.

"어서 한 곡 쳐봐."

커밀라가 재촉했다.

"싫어."

"싫겠지. 제대로 치는 게 없으니까."

프랜시스가 빈정거렸다.

찰스가 위스키를 한 모금 마시면서 오른손만으로 곡조를 바꾸어 치기 시작했다. 오른손이 건반 위에서 우스꽝스럽게 떨렸다. 한동안 그 곡을 치던 그는 왼손으로는 위스키 잔을 커밀라에게 넘기면서 한 손으로 당김음이 많은 스콧 조플린의 래그타임으로 바꾸어 연주했다.

찰스는 소매를 걸어 올린 채 웃으면서 건반을 더듬듯이 두드렸다. 그는 저음부에서부터 탭댄서가 지그펠트 극장의 계단으로 오르는 대목을 연상시키는 까다로운 고음부의 당김음에 이르기까지 능수능란했다. 커밀라가 찰스 옆에 앉은 채로 나를 보면서 웃었다. 의외의 미소라서 약간 놀라기는 했지만 나도 웃음으로 커밀라의 웃음을 맞았다. 천장에 으스스하게 피아노 소리가 울려 퍼지면서, 찰스의 연주에 깃든 절망적인 유쾌함에 어떤 추억, 이렇게 귀 기울여 앉아 듣고는 있지만 내가 결코 알지 못하는 추억이 더해지는 듯했다.

복엽기(復葉機) 날개 위에서의 찰스턴 춤. 가라앉는 배 위에서의 파티. 허리까지 물에 잠긴 오케스트라의 반주에 맞추어 용감하게도 마지막 '올드 랭 사인'을 부른 사람들. 그러나 사실 타이태닉호가 침몰할 당시 사람들이 부른 노래는 '올드 랭 사인'이 아니었다. 그것은 찬송가였다. 배 위에 낭자하게 퍼지는 찬송가, 가톨릭 신부가 부르는 마리아 찬가, 타이태닉호의 1등 선실은 프랜시스의 그 저택 서재와 비슷했을 것 같았다. 우중충한 나무, 화분에 심은 종려나무, 가두리에 장식 술이 출렁거리는 비단 등갓. 내가 술을 너무 마신 모양이었다. 나는 팔걸이를 꼭 잡은 채 의자 등받이에 옆구리를 대고 앉아 있었다(성모 마리아여). 그런데 서재 바닥이, 침몰하는 타이태닉호의 갑판처럼 자꾸 기우뚱거리는 것 같았다. 기우뚱기우뚱하다가 우리 모두 가라앉을 것 같았다. 피아노는 물론 저택까지도.

발소리가 들리더니 버니의 모습이 문 앞에 나타났다. 잠옷 바람인 버니의 머리카락은 온통 곤두서 있었다. 눈매가 곱지 않았다.

"이런 빌어먹을, 이렇게 시끄럽게 구니 잠을 잘 수가 있나!"

버니가 투정을 부렸지만 아무도 아는 체하지 않았다. 버니는 술잔에다 위스키를 한 잔 따라 들고는 다시 맨발로 계단을 쿵쾅거리며 침실로 올라가 버렸다.

기억을 날짜별로 간추리는 작업은 재미있는 일이다. 프랜시스의 시골집에서 지내기 전의, 그 가을에 대한 나의 기억은 분명하지 못해서 아득하기만 하다. 그런데 시골집에 이르고부터는 그 기억이 명료하게, 그리고 때로는 유쾌하게 내 기억의 초점 위로 떠오르고는 한다. 그들과 교우하면서 취하던 나의 태도가 마네킹이었다면 이 마네킹이 하품을 하고 긴 잠에서 깬 것은 바로 그 저택에서였다. 저택으로 가기 한 달 전만 하더라도 그들과의 관계는 내게는 생소한 일종의 신비 속에 싸여 있었다. 그래서 나는 그들을 객관적으로 바라볼 수 없었다. 그런데 그런 생소함이 사라지기 시작한 것이다(그들의 실제 모습은 이상화된 어떤 동아리보다 내게는 흥미로웠다). 내 기억에 따르면, 바로 그 저택에서 함께 지내게 되면서부터 그들이 지니던 생소함이 사라지면서 그들이 지닌 실제 모습대로 그 형상이 갖추어지기 시작했다.

저택에 당도한 직후에는 나 역시 그들에게 이방인(이상한 침묵의 자락을 늘어뜨리고 다닐 뿐, 자신을 드러내기 싫어하고 눈치만 보는)으로 비쳤을 것이다. 많은 사람들은 내가 단지 수줍어할 뿐인데도, 화가 나 있다거나 속물처럼 잰 체하거나 성질을 부리는 것으로 오해하고는 한다. 아버지만 하더라도, 밥을 먹을 때나 텔레비전을 볼 때, 나만의 생각에 잠긴 채 아무 말도 하지 않고 가만히 있으면 호통을 치고는 했다. "잘난 척하지 마라!"

나는 겉모습(생각에 잠겨 있을 때면 내 입술 가장자리가 아래로 처지고는 했지만 이것은 내 기분과 아무 상관도 없다) 때문에 손해도 많이 본 사람이고 득도 많이 본 사람이다. 처음 고전어과 동아리를 사귀게 되고 나서 안 일이지만, 그들만 나를 당혹스럽게 한 것이 아니라 놀랍게도 나 역시 그들을 당혹스럽게 했던 모양이었다. 나는 나의 행동이 다소간 소심해 보이고 촌스러워 보일지언정 불가사의해 보이리라고는 꿈에도 생각해본 적이 없었다. 그런데도 놀랍게도 그렇게 보였던 모양이다. 그래서 그들은 나에게, 왜 모든 것을 털어놓지 않느냐, 왜 자꾸만 피하려고만 드느냐(내가 아는 한, 어떤 은밀한 까닭이 있어서 그들을 만날 때마다 얼굴을 파묻는 잔꾀를 부린 것은 아니다), 초대를 받으면서도 왜 초대를 하지 않느냐, 이런 질문을 던지기까지 했다. 나는 처음에는, 그들이 적절한 대답을 요구하면서 나를 몰아치는 것으로 생각했다. 그러나 나중에 안 일이지만, 그들은 내가 스스로 행동으로 보이기까지 공손한 가정부처럼 기다렸던 것이었다.

어쨌든 저택에서 보낸 첫 주말부터 모든 것은 달라지기 시작했다. 첫 주말을 지내고부터는 가로등과 가로등 사이가 지어내는 어둠의 간극이 점점 좁아져 보이기 시작했다. 이윽고 기차가 낯익은 지역에 들어서면서 첫 번째 표지판을 지나고 곧, 눈에 익은, 불이 환하게 켜진 도시의 거리가 나타날 듯한 기분이었다. 저택은 그들의 트럼프 카드이자 애지중지하는 보물이었다. 그들은 그 주말부터 천천히 그리고 조금씩 저택의 구석구석을 내게 보여주기 시작했다. 모서리 탑에 딸린, 황홀하게 깜찍한 방, 들보가 높은 고미다락방, 방울이 달린, 네 필의 말이 끌어야 함 직한 창고 안의 낡은 썰매도 보여주었다. 탈것의 창고는 관리인이 거처로 쓰고 있었다.("마당에 있는 아주머니가 해치 부인이야. 아주머니는 싹싹하지만 남편은 제칠일안식교인가 뭔가 하는 교파의 광신도라서 여간 엄격한 게 아니야. 저 양반이 집 안으로 들어올 때를 대비해서 술병은 꽁꽁 감추어야 하지." "안 감추면?" "안 감추면 몹시 우울해져서 여기저기 선교 책자를 뿌려놓을 거야.")

어느 오후 우리는 호숫가로 갔다. 호숫가에 면해 있는 여러 채의 집들이 서로 조심해가면서 나누어 쓰는 호수였다. 호수에서 오는 길에 그들은 테니스코트와 낡은 여름 별장을 손가락질했다. 폼페이의 유적에서 볼 수 있는 도리스식의 가짜 '톨로스(tholos, 원형 건축물 – 옮긴이)'였다. 영화 제작자 스탠퍼드 화이트, D. W. 그리피스, 세실 B. 드밀 같은 사람들이 흉내 내어 만듦 직한 건물이었다. 프랜시스는 고전주의적 취향을 살려내는 데 별로 기여하지 못하는 빅토리아식 분위기에 대한 경멸적인 태도를 감추지 않으면서, 시멘트 제품이야, 시어스 로벅(미국과 라틴아메리카의 여러 나라에 점포망이 있으며 우편주문사업도 병행하고 있는 유통업체 – 옮긴이)에서 조각조각을 사와서 짜 맞춘 거야, 하고 말했다. 땅을 딛고 서 있는 건물은 그런대로 기하학적인 빅토리아 풍의 단정한 분위기를 지니고 있었다. 별장 설계자가 염두에 두었던 것이 바로 그 분위기였을 터였다. 물이 빠지고 없는 수족관, 앙상한 덩굴시렁이 딸린 희고 긴 열주(列柱), 더는 꽃이 자라지 않는, 가장자리에 돌을 배치한 화단은 그래서 그런대로 볼만했다. 그러나 주위의 경관은 구조물이 지니고 있는 분위기를 사정없이 깨뜨려버렸다. 특히 야생의 토박이 나무—수피가 미끌미끌한 느릅나무와 낙엽송—가 마르멜루와 칠레 삼목을 누르면서 밀생해 있는 것이 그랬다.

자작나무로 둘러싸여 있는 호수는 맑고 잠잠했다. 잔잔한 호수 위에서는 겉은 희게, 속은 파랗게 칠한 조그만 보트들이 가볍게 일렁거리고 있었다.

"탈 수 있을까?"

호기심을 이기지 못하고 물어보았다.

"물론. 하지만 전부는 못 타. 전부 다 타면 배가 가라앉아 버릴 테니까."

프랜시스가 대답했다.

나는 그때까지 한 번도 보트를 타본 적이 없었다. 헨리와 커밀라가 내 보트에 동승했다. 헨리는 소매를 팔꿈치까지 걷어 올리고, 윗도리는 벗어 옆에 놓은 채로 노를 저었다. 뒤에 알게 되었지만, 헨리에게는 당시 자신이 관심을 기울이고 있는 주제—가령 카투벨로니 혹은 후기 비잔틴 미술 혹은 솔로몬제도 토인의 인두(人頭) 사냥 같은—에 대해, 완전히 그 주제에 몰입한 상태에서, 누구에게 가르치듯이 웅얼웅얼 혼잣말을 하는 버릇이 있었다. 그날도 그는 엘리자베스와 레스터 백작에 관해 혼잣말을 하고 있었던 것으로 기억한다. 살해당한 아내, 왕실의 승합마차, 백마를 타고 틸버리 요새 주둔군을 상대로 연설하는 여왕, 고삐를 잡고 있는 레스터 백작과 에식스 공작……. 노가 물을 가르는 소리와, 최면을 걸고 있는 듯한 잠자리의 날갯짓 소리가 그의 단조로운 독백과 잘 어울렸다. 자작나무 잎이 나무에서 떨어져 호면을 덮고 있었다. 〈황무지〉에서, 헨리의 독백을 통해 들었던 것을 연상시키는 다음과 같은 구절을 발견한 것은 먼 훗날의 일이다.

엘리자베스와 레스터

노를 젓는다.

이물에는, 금박 입힌 조개.

붉은빛과 금빛이 도는.

파도가 일어

양안(兩岸)에 주름을 잡는다.

남서풍이

물길을 이끌고 내려간다.

종소리

하얀 탑

웨알랄라 레이아

왈랄라 레일랄라

우리는 호수 건너편으로 갔다가, 물에 반사되는 햇살이 너무 눈부셔 장님이 되다시피 한 채로 돌아왔다. 버니와 찰스는 집 정면의 포치에서 햄 샌드위치를 먹으면서 카드놀이를 하고 있었다.

"샴페인 마시고 싶으면 마셔라, 김 다 빠질라."

버니가 우리에게 한 말이었다.

"어디에 있는데?"

"찻주전자 옆에 있다."

"샴페인병을 포치에 갖다 놓은 걸 보면 해치 씨는 아마 돌아버릴 거야."

찰스가 웃으면서 말했다.

두 사람은 고피시(Go Fish) 놀이를 하고 있었다. 버니가 아는 유일한 카드놀이였다.

⌣◯⌣

일요일 아침에는 일찍 일어났다. 집 안이 고요했다. 프랜시스가 내 옷을 세탁하라고 해치 부인에게 맡겨버리는 바람에 나는 그에게서 빌린 가운만 걸친 채로 아래층으로 내려가 식구들이 깨어날 때까지 포치에 앉아 있기로 했다.

바깥 날씨는 쌀쌀했다. 저택 주위에는 정적이 감돌았다. 허연 안개 기운이 감도는 전형적인 가을 아침의 하늘이었다. 고리버들 의자는 이슬에 흠뻑 젖어 있었다. 생나무 울타리와 몇 에이커에 이르는 잔디에는 거미줄이 깔려 있었다. 이슬에 젖은 거미줄은 햇빛을 받아 서리처럼 빛났다. 남행을 준비하는 흰털발제비는 처마에 앉아 날갯짓하며 재잘거리고 있었다. 호수 위를 머뭇거리는 안개 저편에서 물오리의 목 쉰 울음소리가 건너왔다.

"잘 잤니?"

내 뒤에서 시원시원한 목소리가 들려왔다.

나는 가볍게 놀라 뒤를 돌아다보았다. 포치 끝에 헨리가 앉아 있었다. 그는 양복 윗도리를 입고 있지 않았다. 뿐만 아니었다. 칼날처럼 다림질한 바지, 빳빳한 풀기가 느껴지는 하얀 셔츠는 싸늘한 가을 아침의 복장으로는 도무지 어울리지 않았다. 그의 앞에 있는 탁자에는 책과 종이, 김이 오르는 에스프레소 포트, 조그만 컵이 놓여 있었다. 놀랍게도 재떨이에서는 필터 없는 담배가 타고 있었다.

"일찍 일어났군?"

내가 말을 걸었다.

"나는 늘 일찍 일어나는걸. 아침은 공부하기에 가장 좋거든."

나는 그의 책을 곁눈질했다.

"뭘 읽어? 그리스어?"

헨리는 컵을 컵받침 위에 놓으면서 대답했다.

"《실락원》 번역본이야."

"어느 나라 말로?"

"라틴어."

헨리의 어조는 엄숙했다.

"재미있군. 왜 《실락원》을 라틴어로 읽어?"

"나 자신을 채찍질할 필요가 있어서. 내 생각을 말하자면, 밀턴은 셰익스피어를 능가하는 영국 최고의 시인이야. 따라서 밀턴이 영어로 쓰기로 작정한 건 불행한 일인 것이지. 밀턴이 라틴어로 쓴 시가 없는 것은 아니야. 하지만 초기, 그러니까 학생 시절에 쓴 것이어서 주목을 덜 받아. 그러니까 밀턴이 영어로 쓴 것은 후기의 작품이라는 얘기가 돼. 《실락원》에서 밀턴은 영어를 극한에 이르기까지 발전시키고 있어. 하지만 명사격(名詞格)이 없는 언어는, 밀턴이 시도했던 구조적인 질서를 표현해내기 어려워. 커피 좀 하겠어?”

헨리는 담배를 재떨이에 놓으면서 물었다. 나는 재떨이에서 타고 있는
그의 담배를 바라보았다.

“고맙지만.”

“푹 쉴 필요가 있었을 텐데.”

“응, 잘 잤어, 고마워.”

“나도 집에서보다는 여기에서 더 잘 자.”

헨리는 안경을 고쳐 쓰고 사전 쪽으로 눈길을 돌렸다. 약간 휘어진 그의
어깨에서 피로와 긴장을 읽을 수 있었다. 불면증이라면 어지간히 겪어본 나
여서 한눈에 그것을 알아볼 수 있었다. 그다지 유익할 것 같지 않은 그의 힘
겨운 공부는, 불면증 환자들의 십자말풀이 놀이가 그렇듯이 잠이 오지 않는
아침 시간을 죽이는 수단에 지나지 않을지도 모른다는 생각이 들었다.

“늘 이렇게 일찍 일어나?”

내가 물었다.

헨리는 사전에 시선을 고정한 채로 대답했다.

“아름답잖아, 이곳 아침은? 아름답기도 하거니와, 아침은 웬만큼 더러운
것도 그런대로 볼만하게 만들거든.”

“무슨 말인지 알겠다.”

나는 그의 말이 무슨 말인지 정말 경험을 통해서 알고 있었다. 하루 중 플
래노의 풍경이 그래도 견딜 만했던 것은 이른 아침뿐이었다. 아침 시각이
라야 거리가 비고, 마른 풀, 쇠그물 울타리, 너도밤나무에 내리는 황금빛 빛
줄기가 그나마 다정스럽게 느껴졌기 때문이었다.

헨리는 책을 보다 말고 문득, 호기심에 어린 표정으로 나를 빤히 곁눈질
하면서 말했다.

“너도, 고향에서는 별로 행복하지 못했던 것 같은데?”

나는, 셜록 홈스를 방불케 하는 그의 직관에 놀라고 말았다. 나는 당황하지 않을 수 없었다. 그런 낌새를 눈치챈 것이 분명한 그가 미소로 나를 달랬다.

"넌 그걸 아주 교묘하게 감추고 있을 뿐이야."

시선을 다시 책으로 가져갔다가 내 쪽으로 되돌리며 그가 덧붙였다.

"그러나 걱정 마. 너도 알겠지만, 다른 애들은 전혀 눈치채지 못하니까."

그의 어조에는 악의가 없었다. 특별히 강조하고자 하는 것도 아니었다. 심지어는 그가 내게 특별한 관심을 기울이고 있다는 인상조차 느껴지지 않았다. 물론 내가 그가 한 말의 뜻을 온전하게 알아들었던 것은 아니다. 그러나 그 순간 나는 처음으로 한 가지 사실을 깨달았다. 그전까지는 짐작도 못하던 한 가지 사실, 즉 나머지 친구들이 그를 좋아하는 까닭을 안 것이다. 웃자란 아이(자랐으면 아이가 아니니 이것이야말로 모순어법이기는 하다)는 본능적으로 극단에 기운 것으로 보이는 법이다. 그런데 이 젊은 석학은 대선배 되는 밀턴 이상으로 현학적이었다. 다 크지 못한 아이였던 나는 그제야 헨리의 언명을 심각한 것으로 받아들이기 시작했다. 문득, 밀턴도 헨리만큼 인상적인 통찰은 할 수 없었을 것이라는 생각이 들었다.

내가 알기로, 한 사람의 인생에서 개성이 확립될 즈음에는 대단히 결정적인 어떤 준비 시기가 있는 듯하다. 내게 그 시기는 햄든에서 맞은 첫 가을 학기였다. 그때의 일은 지금까지도 내 기억에 고스란히 남아 있다. 그때 내 몸에 붙은, 옷이나 책이나 심지어는 음식에 대한 취향—다분히 고전어과 친구들과 같은 수준에서, 혹은 웃도는 수준에서 몸에 붙인—까지도, 오랜 세월이 지난 지금도 내게 그대로 남아 있다. 지금도 그들이 좇던 정례적인 일상—결국은 내 것이 되고 만—이 어떤 것이었는지를 떠올리기는 어렵지 않다. 상황이 어떻게 변하든 그들의 일상적인 삶은 시곗바늘같이 정확했다. 나는 대학 생활을 지배하는 것으로 보이던 혼돈에 휩쓸려 불규칙하게 먹는다거나 불규칙하게 공부한다거나, 새벽에 빨래방으로 빨래하러 가는 등 상궤를 벗어난 짓을 하기가 일쑤였으나 그들은 그렇지 않았다. 가령 하늘이 무너져 내리는 변고가 세상을 휩쓸 때도 도서관의 철야 독서실에 가면 어김없이 헨리가 앉아 있었다. 버니가 매리언과 함께 지내거나 산책하는 수요일과 일요일에도 헨리의 정례에는 아무 변화도 없었다(어떤 의미에서는 더는 여력도, 버틸 명분도 없는 상태인데도 불구하고 일정한 상태를 지켜가면서 버티던 로마제국과 비슷했다. 헨리의 정례적 일상은 버니가 죽고 난 뒤에 온 일련의 악몽과 같은 시기에도 그대로 계속되었다. 헨리의 일상이 계속되는 한 찰스와 커밀라의 집에서 벌어지는 일요일 만찬도 그대로 계속되었다. 버니가 죽은 날만은 예외였다. 아무도 먹을 기분이 아니어서 그랬겠지만 일요일 만찬은 월요일로 연기되었다).

참으로 놀랍게도 그들은 쉽게 나를 그 동아리의, 비잔틴적 삶의 흐름 속으로 합류하게 해주었다. 서로를 너무나 잘 알고 너무나 익숙해져 있었기 때문에 그들에게는 나라는 존재가 신선하게 느껴졌던 것으로 보인다. 그들은 참으로 무의미한 나의 하찮은 습관, 가령 추리소설을 읽는다거나 정기적으로 영화관에 가는 등의 습관, 슈퍼마켓에서 일회용 면도기를 사서 쓰고, 이발관에 가는 대신 제 손으로 머리를 손질하는 습관, 심지어는 신문을 읽고 이따금씩 텔레비전을 보는 습관에 호기심을 느끼는 것 같았다.(이런 것들은 오로지 나에게만 있는 습관으로, 그들에게는 믿어지지 않을 만큼 이상한 습관에 속했다. 그들에게 이 세상에서 일어나는 일들은 아무 흥미도 없는 것들이었다. 시사적인 사건에 대해 그들, 특히 헨리는 믿어지지 않을 정도로 무관심했다. 어느 날 저녁식사 중에 있었던 일이다. 내가 무심코, 인간이 달 표면을 걸었다는 이야기를 했을 때 헨리는 놀란 얼굴을 하면서 포크를 놓았다. "그럴 리가 없어." "사실이야." 나머지 친구들이 이구동성으로 말했다. 나머지 친구들에게도 인간이 달 표면을 걸었다는 것은 신기한 뉴스에 속했다. 그러나 모르고 있었던 것은 아니었다. "믿을 수가 없어." "봤어, 텔레비전에서." 버니가 거들었다. "거기까지는 어떻게 갔대? 아니, 대체 언제 그런 일이 있었어?")

동아리로서의 그들도 불가사의한 존재였지만, 내가 하나하나를 제대로 알게 된 그들은 개인적으로도 각각 그 정도로 불가사의한 존재들이었다. 내가 헨리와 개인적으로 친하게 된 것은, 내가 밤늦도록 잠들지 않는다는 것을 안 그가 도서관에서 돌아오는 도중에 이따금씩 내 방을 들렀기 때문이었다. 프랜시스와도 그런 정도로 가까워질 수 있었다. 프랜시스에게는 자신에 대한 지독할 정도의 하이포콘드리아(건강을 염려하는 증세 - 옮긴이)가 있었다. 그런데도 그는 혼자서는 의사를 찾아가지 못했다. 그는 그때마다 나를 끌고 갔는데, 묘하게도 맨체스터에 있는 알레르기 전문의를 찾아다니면서, 킨에 있는 이비인후과 의사를 찾아다니면서 우리는 가까워졌다. 그해 가을에 프랜시스는 무려 사오 주 동안이나 이를 치료받았는데 그동안 매주 수요일만 되면 새하얗게 질린 채로 아무 말 없이 불쑥불쑥 내 방을 찾아오고는 했다. 그럴 때마다 프랜시스의 청에 못 이겨, 나는 3시로 되어 있는 치과 의사와의 약속 시간이 될 때까지 시내의 술집에서 그와 함께 마셔주어야 했다. 프랜시스가 나를 달고 다닌 목적은 얼얼하게 마취가 된 상태에서 치과병원을 나서는 자기를 집까지 태워다 주게 하는 데 있었겠으나, 나는 나대로 그가 치과에 있을 동안 술집에 주저앉아 있기가 보통이다 보니 프랜시스나 나나 운전할 상태가 아니기는 매일반이었다.

내가 가장 좋아하던 친구는 역시 쌍둥이 남매였다. 이 둘은 나를 흉허물 없이 대해주었다. 그래서 나는 사귄 지 얼마 안 되는데도 불구하고 그들이 옛 친구 같다는 느낌을 받고는 했다. 이 남매 중에서도 나는 특히 커밀라를 좋아했다. 그러나 커밀라가 옆에 있으면 좋은 반면에 거북살스럽게 느껴지는 일도 없지 않았다. 그 까닭은 커밀라에게 매력이 없다거나, 나를 친절하게 대해주지 않기 때문이 아니었다. 내 쪽에서 부지불식간에 강한 인상을 심어주고자 욕심을 냈기 때문이다. 커밀라를 만나기로 한 날이 내게 못 견디게 기다려지는 날이 되면 될수록 내 관심은 찰스 쪽으로도 그만큼 기울어졌다. 찰스는 내게 부담이 되지 않기 때문이었다. 찰스는 누이 커밀라처럼 충동적이면서도 내게 친절했으며, 커밀라보다는 분위기에 편승하는 재주가 더 있었다. 찰스가 물론 우울해할 때가 없는 것은 아니었지만 그런 일이 없을 때는 상당히 수다스러웠다. 우울할 때나 수다스러울 때나 나는 찰스가 좋았다. 우리는 찰스가 좋아하는 음식점의 샌드위치를 사기 위해 헨리의 자동차를 빌려 메인 주까지 가고는 했다. 때로는 맨체스터나 베닝턴으로 가기도 했고 포널에 있는 경주견 센터로 가기도 했다. 찰스가 안락사로부터 구해준답시고, 늙어서 더는 경기에 출전할 수 없는 개 한 마리를 사 온 것도 바로 포널에서였다. 개의 이름은 프로스트였다. 이 개는 커밀라를 좋아해서 커밀라가 어디로 가든지 늘 뒤를 쫓아다녔다. 헨리는 그 개를 보고 에마 보바리 부인과 부인의 그레이하운드에 관련된, 꽤 긴 문장을 읊은 일이 있다. "그녀의 상념은 처음에는 아무런 목적도 없이, 마치 들판에서 빙빙 도는 그레이하운드 강아지처럼 떠돌았다(Sa pensée, sans but d'abord, vagabondait au hasard, comme sa levrette, qui faisait des cercles dans la campagne)." 그러나 개는 허약한 데다 지쳐 있어서, 어느 맑은 12월의 아침 프랜시스의 저택 포치에서, 총알같이 달아나는 다람쥐를 쫓다가 그만 심장마비를 일으키고 말았다. 경기장 관계자로부터, 일주일 이상은 살기가 어려울 것이라는 말을 들었던 만큼 예상하지 못하던 일은 아니었다. 그런데도 쌍둥이 남매는 몹시 슬퍼했다. 우리는 프랜시스의 고모가 기르던 고양이 무덤 곁에 프로스트를 묻고 묘석까지 세워주느라고 우울한 오후를 보내야 했다.

프로스트는 버니도 몹시 따랐다. 프로스트는 버니와 나를 따라 일요일마다 울타리도 넘고 개울도 건너고, 늪지도 가로지르고 초원을 달리기도 했다. 버니는 늙은 잡종개처럼 싸돌아다니기를 좋아했다—버니의 산책 코스는 어찌나 긴지 프로스트나 내가 아니고는 동행할 수가 없었다. 내가 햄든 교외의 벌목 전용도로, 사냥길, 일반에 알려지지 않은 폭포나 천연의 수영장과 친숙하게 된 것도 바로 버니와의 장거리 산책을 통해서였다.

버니의 여자친구 매리언은 우리 주위에 나타나는 일이 놀라우리만치 적었다. 버니가 자기 여자친구가 우리 주위에 나타나는 것을 좋아하지 않기 때문이거나, 매리언 자신이 우리 동아리에 관심이 없었기 때문이 아닌가 싶다(버니는 찰스와 나에게, "매리언은 제 친구들과 함께 있는 걸 좋아해. 옷 이야기, 사내애들 이야기, 그 밖의 별별 시시콜콜한 이야기나 하는 게 좋은 모양이야."라고 말한 적이 있다). 매리언은 코네티컷 출신의 작고 되바라진 금발 처녀였다. 미남형인 버니의 얼굴과 비슷하게 매리언의 얼굴도 둥근 편으로, 버니를 미남이라고 할 수 있다면 매리언도 미녀라고 할 수 있었다. 그런데 매리언의 옷 입는 버릇은 소녀다운 데가 있는 반면에 굉장히 어른스러운 데도 있었다. 매리언은 꽃무늬 치마에, 이름의 머리글자가 찍힌 스웨터와 핸드백과 구두를 일습으로 입고 들고 신기를 좋아했다. 학교로 가다 보면 유아교육센터 앞에 서 있는 매리언의 모습이 자주 눈에 띄었다. 유아교육센터는 햄든 대학 초등교육과의 부설 기관이기도 했다. 학교 내의 아이들은 이 센터의 유아원이나 유치원에 다녔다. 매리언은 머리글자가 찍힌 스웨터 차림으로 바로 그 센터 운동장에서 아이들을 상대로 조용히 하라거니, 줄을 제대로 서라거니 하면서 호루라기를 불어대고는 했다.

동아리들이 그 일을 입에 담는 일은 거의 없었으나 나는 매리언을 이 동아리로 끌어들이려는 시도가 실패로 끝난 일을 소상하게 알고 있었다. 매리언은 찰스를 좋아했다. 그는 모든 사람을 대체로 예의 바르게 대했을 뿐만 아니라 스스럼이 없어서 유치원생에서 카페테리아 종업원에 이르기까지 갖가지 사람들과의 대화를 무리 없이 이끄는 힘이 있었다. 한편 헨리를 대할 때면 매리언은 일종의 외경에 가까운 태도를 보였다. 헨리를 아는 사람들은 거의가 그랬으니 무리도 아니었다. 그러나 매리언은 커밀라를 몹시 싫어했고, 말들은 하지 않았지만 매리언과 프랜시스 사이에는 심상치 않은 일이 있었다. 내게 버니와 매리언의 관계는 결혼한 지 한 20년은 된 부부 사이에서가 아니면 보기 힘든 관계로 보였다. 말하자면 애증의 기복이 대단히 심한 관계였다. 매리언은 버니를 유치원의 아이들을 다루듯이 때로는 모질게, 때로는 사무적으로 다루었다. 이러한 대접에 대해 버니는 때로는 다소곳하게, 때로는 몹시 짜증스럽게 반응했다. 대개의 경우 버니는 매리언의 등쌀을 잘 견디곤 했지만 그러지 못할 경우에는 대판 싸움이 벌어지기가 보통이었다. 그래서 버니는 이따금 한밤중에 내 방문을 두드렸다. 그때마다 나가보면, 기가 죽은 채 두 눈이 휘둥그레져 있기가 일쑤였다. 어느 날 밤 다급하게 내 방문을 두드린 버니는 이렇게 말했다.

"좀 들어가게 해줘. 매리언이 화났으니까…… 어떻게 해? 좀 도와줘야겠다."

버니를 들여놓은 지 얼마 안 되어 이번에는 조금 전보다 더 다급하게 문 두드리는 소리가 났다. 문을 열어보니, 입을 앙다물어 흡사 몹시 화가 난 꼬마 인형 같은 매리언이었다.

"버니 여기 있지?"

매리언은 까치발을 하고 방 안을 기웃거리면서 물었다.

"안 왔어."

"정말 안 왔어?"

"매리언, 버니는 오지 않았다니까."

"버니!"

매리언이 빽 소리를 질렀다.

버니는 대답하지 않았다.

"버니!"

매리언이 소리를 한 번 더 지르자, 버니가 문 뒤에서 나서면서 뒤통수를 긁었다.

"매리언, 너 왔구나."

"여기에는 없다는데 어디에 있었어?"

버니로서는 할 말이 없을 수밖에.

"아무래도 너와 이야기를 좀 더 해야 할 것 같다."

"왜 이래? 나 바빠."

"그래? 그러면 일단 나는 내 방으로 간다. 내 방으로 가서 30분만 기다리다가 잠자리에 들 거야."

매리언이 조그만 카르티에 시계를 보면서 이렇게 말하자 버니의 안색이 변했다.

"알았어."

"그럼 20분 뒤에 만나자."

"잠깐, 간다고는 안 했어……."

"어쨌든 그때 만나자."

매리언은 이 말만 남기고는 내 방문 앞을 떠났다.

잠시 뒤에 버니가 내게 단호하게 말했다.

"안 간다. 누가 갈 줄 알아?"

"나도 네가 안 갈 것으로 알고 있어."

"조그만 게, 제가 뭐나 된 줄 알고 있어."

"그래, 가지 마."

"버릇을 좀 고쳐야겠어, 나도 바쁜 사람이라고. 누구 보고 오라 가라 해? 내 시간은 어디까지나 내 시간이야."

"암, 그래야지."

잠깐 어색한 침묵이 흘렀다. 버니는 그 침묵을 견디지 못하고 기어이 일어섰다.

"아무래도 가봐야 할까 봐."

"좋을 대로 해라."

"내가 매리언에게 가는 거라고 생각하겠지만 천만의 말씀이야."

"매리언에게 갈 거라고는 생각하지 않는데."

"천만에, 넌 틀림없이 그렇게 생각하고 있을 거라고."

버니는 식식거리면서 내 방을 나갔다.

다음 날 나는 정답게 마주 앉아 점심을 함께 먹고 있는 버니와 매리언을 보았다.

"매리언과는 관계 정상화가 된 모양이지?"

혼자 있을 때 버니에게 물었더니, 버니는 우물쭈물하다가 대답했다.

"응, 다 그런 거 아니겠어?"

프랜시스의 시골 저택에서 보낸 수많은 주말을 나는 내 생애 중 가장 행복했던 순간순간으로 기억한다. 그해 가을 단풍은 일찍 들었지만 날씨는 10월 들어서까지 따뜻했다. 프랜시스의 저택이 있는 시골에서 우리는 거의 대부분의 시간을 밖에서 보냈다. 이따금씩 심드렁하게 테니스를 친 것을 제외하면(심드렁하게 쳤다는 것은, 공이 코트 밖으로 날아가기 일쑤여서 사실은 테니스를 쳤다기보다는 웃자란 풀밭에서 공 찾기 놀이를 했다는 편이 옳았기 때문이다) 우리는 격렬한 운동은 거의 하지 않았다. 어쩌면 그 근처의 자연환경 자체가 우리를 게으르게 만들었는지도 모르겠다. 나로서는 어린 시절에 즐겨보고는 처음으로 맛보는 게으름이었다.

　돌이켜 생각건대, 밖에 있을 동안은 끊임없이 마셨던 것 같다. 그렇다고 한 번에 많은 양을 취하도록 마신 것은 아니라 아침식사 때 블러디 메리 한 잔 마시는 것을 필두로 하루 종일 질금질금 마시는 짓을 잠자리에 들 때까지 계속하는 그런 식의 음주였다. 아무래도 이렇게 마시게 한 주범은 환경 자체가 안긴 게으름이었던 것 같다. 책을 읽는답시고 가지고 나가서는, 책을 펴기가 바쁘게 곯아떨어지기 일쑤인가 하면, 보트를 타러 나갔다가도 노 젓는 것을 잊고 나른한 오후 물결의 흐름에 몸을 맡기고 잠이 들기가 일쑤였다(그러나 얼마나 행복한 시간이었던가! 지금도 나는 잠이 오지 않을 때마다 그 보트에서 고물의 가름대를 베고 잠들던 생각을 한다. 그러면 나무 그루터기 사이로 찰랑거리는 물소리가 들리면서, 얼굴로는 금방이라도 노란 자작나무 잎이 떨어지는 느낌에 사로잡히고는 한다). 더러는 간 큰 짓도 했다. 어느 날 프랜시스가 자기 고모의 화장대 서랍에서 베레타 권총과 탄환을 찾아낸 것이다. 우리는 그 총을 들고 밖으로 나가 무엇을 과녁으로 삼을 것이냐는 문제를 두고 한바탕 입씨름을 벌이다가, 결국은 뒷마당에서 끌고 들어온 고리버들 의자 위에 술병을 올려놓고 쏘기로 했다(뒷마당에서 쏠 수 있으면 좋았을 것을, 프로스트가 총소리를 듣고 기겁을 하는 바람에 할 수 없이 창고에서 쏘았다). 그러나 이 사격 시합은 오래 계속되지 못했다. 지독한 근시인 헨리가 실수로, 창고로 들어온 오리를 쏘아 죽이고는 몹시 무안해하는 통에 권총을 치워버려야 했기 때문이었다.

　다른 친구들은 크로케를 좋아했다. 그러나 버니와 나는 아니었다. 우리 둘은 크로케 공을 골프공으로 착각하는 바람에 실수만 연발했다. 우리 둘은 그래서 틈날 때마다 크로케보다는 주로 피크닉을 갔다. 우리의 피크닉

은 늘 시작부터 그럴듯했다. 우리는 먹을 것도 공들여 준비하고, 목적지에
도 신경을 많이 써서 되도록이면 먼 곳, 되도록이면 신기한 곳을 고르고는
했다. 한낮의 더위와 졸음과 취기에 지칠 때면 귀가를 서둘렀는데, 그럴 때
마다 가볍지 않은 짐을 지고 돌아갈 생각을 하면서 끔찍해했다. 피크닉을
먼 곳으로 떠나지 않을 때면 집에서 가까운 잔디에 누워, 보온병에 채워 온
마티니를 마시거나 케이크 접시 위를 기어 다니는 개미 떼를 보면서 낄낄
거리다가 마티니가 떨어지거나 해가 지면 저녁을 먹으러 어둠 속을 걸어
왔다.

어쩌다 줄리언 모로 교수가 우리의 저녁 초대에라도 응하게 되는 날에
는 저택이 이루 말할 수 없을 정도로 부산해졌다. 프랜시스는 식료품 가게
에서 요리감을 장만하거나, 요리책을 뒤적거리는 일로 바빴다. 무엇을 차릴
것인지, 포도주는 무엇으로 내놓을 것인지, 접시는 어떤 것을 쓸 것인지, 수
플레 다음 순서를 어떻게 할 것인지 하는 것은 모두 프랜시스의 소관이었
다. 그런 날이면 양복이 세탁소로 날아갔고, 꽃이 꽃집에서 배달되어 오고
는 했다. 버니는 읽고 있던 《악당 푸만추의 신부》를 집어넣고 호메로스를
꺼내 놓지 않으면 안 되었다.

왜 그런 식의 만찬 준비로 부산을 떨어야 했는지 나로서는 모를 일이었
다. 어찌나 부산을 떨어댔는지 줄리언 모로 교수가 올 즈음이면 모두 녹초
가 되었다. 더욱 모를 것은, 초대하는 사람이나 초대받는 사람이나 매한가
지로 잔뜩 긴장한 채로 이런 행사를 치른다는 점이었다. 그런데도 불구하
고 줄리언 모로 교수는 늘 유쾌하게, 우아하게, 매력적으로 처신하는 것은
물론, 준비한 사람들, 준비된 것들을 늘 고맙게 여겼다. 그러나 우리가 그렇
게 정신을 쏟는데도 그가 초대를 응낙하는 것은 세 번에 한 번꼴에 지나지
않았다. 나로서는 도무지 이 만찬이 안기는 긴장을 숨길 도리가 없었다. 빌
려 입어서 어색한 턱시도는 불편하기 짝이 없었고, 그 까다로운 예법도 나

로서는 소화해낼 수가 없었기 때문이었다. 그래도 다른 친구들은 이 희한한 행사를 그렇게 불편하게 여기지 않았다. 커튼을 내리고, 반짝거리게 닦은 접시에 음식을 차리고, 식당을 훤하게 밝힌 뒤면 이들은 피로의 기색이 역력한데도 불구하고 모로 교수의 도착 5분 전부터 거실에 쥐 죽은 듯이 앉아 기다리고는 했다. 그러다 초인종 소리가 나면 언제 그랬느냐는 듯이 이들의 등은 꼿꼿이 펴졌고, 대화에는 생기가 되살아났다. 심지어는 이들의 옷에 잡힌 주름도 말끔히 펴지는 것 같았다.

당시의 만찬은, 적어도 내게는 입는 것도 불편하고 먹고 마시는 것도 불편한, 따라서 도무지 재미가 없는 것이었다. 그러나 지금 돌이켜보면 바로 이런 것들이 내 추억에서는 아주 소중한 자리를 차지한다. 동굴같이 크고 엄장했던 방, 궁륭 꼴의 둥근 천장, 벽난로에서 장작이 타던 소리, 불이 환하게 비치던, 그래서 조금은 창백해 보이던 얼굴. 벽난로 불빛은 우리의 그림자를 벽 위로 밀어 올리고는 했다. 그 빛이 유리창에 오렌지빛으로 비칠 때면 흡사 바깥에 불타는 도시가 있는 것으로 보이기도 했다. 너울거리는 불빛이, 천장 가까이에 갇힌 채 날갯짓하는 수많은 새 떼 같아 보일 때도 있었다. 그럴 때면, 인조견 테이블보 위로 수많은 접시와 촛대와 과일과 꽃이 놓인 거대한 마호가니 식탁이 동화에 나오는 마법의 상자처럼 사라진대도 나는 별로 놀라지 않았을 것이다.

꿈속에서 강박적인 무의식이 하나의 이미지가 되어 떠오르듯이, 이런 만찬 자리에서 되풀이되면서 어김없이 연출되는 풍경이 한 가지 있었다. 그것은 상석에 앉은 줄리언 모로 교수가 일어나 술잔을 들면서 이렇게 외치는 풍경이었다.

"영원한 삶을 위하여!"

교수의 선창이 있으면 우리, 그러니까 헨리와 버니와 찰스와 프랜시스와 커밀라와 나도 자리에서 일어나 보병 장교들이 지휘도(指揮刀)를 맞부딪치

듯이 술잔을 쨀랑 소리가 나게 부딪치면서 소리를 높여, "영원한 삶을 위하여!" 이렇게 외치고는 일제히 잔을 등 뒤로 던져 깨뜨려버리고는 했다.

만찬 때면 늘, 한 번도 빠짐없이 우리는 그렇게 건배했다. 영원한 삶을 위하여.

이상한 것은 그렇게 붙어 다녔는데도 불구하고 내가 학기 말에 생기기 시작한 어떤 변화의 조짐을 거의 눈치채지 못했다는 점이다. 물론 표면상으로는, 어떤 변화의 조짐도 보이지 않았다. 그들은 그런 조짐을 밖으로 내비칠 정도로 허술한 위인들이 아니었다. 그러나 내가 고의적인 맹목을 가장하고 느껴낸 바에 따르면, 우리에게는 결국 한 덩어리가 될 수 없는 미묘한 감정적 앙금 같은 것이 있었다. 그 앙금은 말하자면 이런 것이었다. 나는 나에 대한 그들의 대접이 순수한 것이라는 환상을 되도록이면 버리지 않으려고 했다. 비록 그들이 나를 있는 그대로 순수하게 받아들이지 않는 분위기가 있기는 했지만, 나는 우리 사이가 넉넉할 만큼 친밀해졌다고 믿고 싶었고 우리 사이에는 이제 비밀이 없는 것으로 믿고 싶었다. 그렇다. 그들은 나를 순수한 마음으로, 친구로 받아들이는 것이 아니었다. 나는 애써 무시하고 지냈지만 그렇게 느낄 만한 근거가 전혀 없는 것은 아니었다. 가령 그들 다섯은 나를 따돌리고 무엇인가를 끊임없이 했다. 정확하게는 모르겠지만 어디론가 몰려 있다가, 나중에 나에게는 태연하게 혹은 나를 따돌릴 까닭이 어디에 있겠느냐는 식으로 펄쩍 뛰면서 거짓말을 하기도 했다. 어찌나 태연하게 거짓말을 하는지, 어찌나 허위의 변주와 대위법에 화려하고 능숙한지 나는 증거가 있는데도 불구하고 그들의 말을 그대로 받아들이고는 했다(그러나 그것이 허위라는 것을 버니의 농담에 대한 쌍둥이 남매의 어이없이 순진한 반응을 통해 자주 확인할 수 있었다. 그런 이야기가 나올 때마다, 그런 부조화가 빚어질 때마다, 헨리는 하찮은 일 가지고 뭘 그러느냐는 식으로 짜증스러워하고는 했다).

이제야 나는 내 기억에 의지해서 어떻게 그런 일이 구체적으로 일어나고 있었는지 확인할 수 있다. 물론 그들의 방비가 철저했던 만큼 당시로서는 쉬운 일이 아니었다. 그들은 가령 몇 시간씩 어디론가, 아주 감쪽같이 사라졌다가 다시 나타나서도 나에게는 그 이유를 설명하지 않았다. 따라서 그리스어나 라틴어 농담은 나도 알아들을 수 있었지만, 사라져 있을 동안에 있었던 일에 관한 농담은 하나도 알아들을 수가 없었다. 당연한 일이지만 나는 그런 농담을 싫어했다. 그러나 그런 농담이라고 해서 특별히 표가 난다거나 특이한 것도 아니었다. 나는 아무렇지도 않게 지나가는 말처럼 던지는 그들의 농담, 혹은 지극히 사적인 것으로 들리던 농담에, 내가 이해하는 것과는 전혀 다른 엄청난 의미가 숨어 있다는 것을 알고 나서 몹시 속이 상했다. 학기 말이 가까워지면서 버니가 시도 때도 없이 '골짜기의 농부'의 후렴구를 자주 불렀던 것도 그런 일 중의 하나였다. 분명히 저희끼리만 통하는 의미가 있을 것인데도 불구하고, 그것을 모르는 채 듣고 있으려니 몹시 짜증스럽고 불쾌했다. 나머지 동아리들에게 농담의 일종인 버니의 노래는 분명히 저희만의 어떤 사건을 상기하자는 신호, 따라서 대단한 의미를 지닌 농담일 터였다.

물론 내가 보고 느낄 수 있는 것도 없지는 않았다. 하기야 나만큼 그들을 싸고돌아 본 사람이라면 그러지 못하기가 오히려 어려웠을 법하다. 그들은 모두 기벽의 소유자들, 모순되는 성격의 소유자들이었다. 그러나 그 정도가 어찌나 미세한지, 그냥 보아서는 남들과 무엇이 어떻게 다른가를 분별하기 어려웠다. 예를 들면 이렇다. 나를 제외한 다섯 사람은 사고에 무방비 상태였다. 그들은 걸핏하면 고양이에게 할퀴이거나, 면도하다가 얼굴에 생채기를 내거나, 밤중에 길을 걸을 때는 예사로 돌부리 같은 데 걸려 넘어지곤 했다. 합리적인 설명은 가능하겠지만 가만히 앉아서 보는 사람에게는 그 원인이 보일 리가 없었다. 말하자면 유난히 다치기를 잘하는, 따라서 온몸이 성할 때가 없는 사람들로만 보일 터였다. 이들이 기후에 민감한 것도 나에게는 불가사의한 일 중의 하나였다. 그것이 불가사의하게 보인 까닭은, 기후가 어떻게 된다고 해서 이들이 하기로 마음먹은 일이 방해를 받거나 도움을 받을 턱도 없었기 때문이었다. 그런데도 이들은, 특히 헨리는 기후의 변화에 강박적이리만큼 민감했다. 헨리의 신경이 가장 날카로울 때는 기온의 급강하가 예상될 때였다. 언젠가는 자동차를 운전하고 있다가 그런 조짐이 느껴지자 흡사 폭풍 전야의 선장처럼 라디오 튜너를 연거푸 돌리며 단기예보 및 장기예보, 기압골의 이동 같은 것에 관한 정보를 게걸스럽게 듣는 것을 본 적이 있다. 수은주가 곤두박질치게 된다는 것을 확인하게 되는 순간부터 그는 심한 우울증에 빠지고는 했다. 그런 헨리를 보면서, 나는 겨울에는 헨리가 어떤 반응을 보일지 몹시 궁금했다. 그러나 첫눈이 내릴 즈음부터 그런 증세는 찾아볼 수 없었다.

사소한 일 몇 가지가 있었다. 프랜시스의 시골 저택에서, 다른 사람들이 모두 잠자고 있을 시각인 6시에 잠을 깬 적이 있다. 아래층으로 내려가 보았다. 부엌 바닥은 말끔하게 닦여 있었다. 누군가가 물걸레로 내가 나오기 직전에 닦은 모양이었다. 온수기와 포치 사이의 작은 모래 언덕에 금방 찍힌 듯한 오종종한 발자국으로 보아 그 발자국의 임자가 바로 바닥 청소의 장본인인 듯했다. 이따금씩 나는 밤에도 그 포치로 나올 때가 있었다. 잠을 자다가 혹은 뒤척거리다가 나오는 만큼 정신이 맑을 리는 없었다. 그러나 두런거리는 소리, 뒤척이는 소리, 개가 끙끙거리면서 바닥을 닦는 소리를 듣지 못할 정도는 아니었다. 그런데 그날 아침 나는 쌍둥이 남매가 침대 깔개 비슷한 것을 두고 두런거리는 소리를 들었다.

"바보같이, 그게 어디 걸레야? 이대로는 갖다 놓을 수가 없잖아?"

소리를 죽이고 찰스를 나무라고 있는 것은 커밀라였다. 언뜻, 갈기갈기 찢기고 흙이 잔뜩 묻은 누더기 덩어리가 보였다.

"다른 것과 바꿔치기하면 되잖아?"

"그런다고 안 들켜? 깔개에는 상표가 붙어 있잖아? 잃어버렸다고 하는 수밖에 다른 도리가 없어."

이들의 대화는 오래 내 마음에 머물지 않았다. 그런데 내게 더욱 이상했던 것은 아무렇지 않은 일을 두고 내가 물었을 때 쌍둥이 남매가 보인 반응이었다. 그들은 무슨 일로 다투었느냐고 묻는 나에게 놀랍게도 노골적으로 싫은 얼굴을 했다. 또 한 가지 이상한 일을 겪은 기억이 난다. 어느 날 오후 나는 난로 위에 엄청나게 큰 구리 솥이 놓인 것을 보았다. 구리 솥에서는 무엇인가가 끓고 있었다. 솥에서 새어 나오는 김에서 이상한 냄새가 났다. 나는 궁금한 나머지 뚜껑을 열어보았다. 뜨거운 김이 내 얼굴에 닿았다. 솥 안에서는 편도 모양의 나뭇잎이, 반 갤런 정도의 시커먼 물속에서 끓고 있었다. 무슨 나뭇잎인지 나로서는 알 수 없었다. 뭔지 모르지만 재미있다고 생각하고, 나는 마침 옆에 있던 프랜시스에게 무엇을 할 것이냐고 물어보았다. 그러자 프랜시스는 퉁명스럽게 대답했다.

"내가 목욕하려고."

지내놓고 회상하기는 쉽다. 그러나 당시의 나는 오로지 나 자신의 평화에만 관심을 두느라고 이상한 낌새를 전혀 눈치채지 못했다. 내가 나 자신만의 평화를 찾기는 찾았던가? 당시에는 인생이라고 하는 것이 참으로 이상한 것으로 보이더라는 말밖에는 할 말이 없다. 그렇다. 당시의 나에게, 인생은 상징의 거미줄, 우연의 일치, 기묘한 징조, 음산한 전조로 이루어진 것일 뿐이었다. 내가 보기에 모든 것은 정확하게 아귀가 맞은 채로 돌고 또 돌고 있었다. 은밀하고도 자애로운 신의 섭리는 드러나되 차등을 두면서 드러났다. 나는 이 무서운 진실 앞에서 전율했다. 날마다 아침이 오듯이 이러한 섭리—나의 미래, 나의 과거, 나의 총체적인 삶의 모습—는 언제나 내 앞에 어른거렸다. 그런 느낌이 나를 괴롭힐 때면 나는 늘 침대에 꼿꼿하게 앉아 머리를 싸쥐고는 했다.

$\sim$◦$\sim$

우리는 그해 가을 시골의 저택에서 행복한 나날을 보냈다. 가을날들은 우리가 행복에 젖어 있는 그 순간에 음울한 겨울로 저물어갔다. 만성절(萬聖節) 전야가 끝날 무렵이 되자 그토록 집요하게 피어 있던 들꽃도 시들어갔고 바람이 매워지면서 잿빛 주름이 잡힌 호면 위로 노란 나뭇잎의 소나기가 내리고는 했다. 납빛 하늘에 구름이 어지럽게 날기 시작할 즈음부터 우리는 벽난로에 불을 푸짐하게 피워놓고는 서재에서 지냈다. 잎이 사라진 버드나무 가지는 해골의 손가락뼈같이 앙상한 모습을 하고는 창문을 긁어댔다. 쌍둥이 남매는 책상 한쪽 끝에서 카드놀이를 했고, 헨리는 반대쪽에서 공부했으며, 프랜시스는 무릎에 샌드위치 접시를 놓은 채 창가 의자에 앉아 프랑스어로 된 생시몽 공작의 《회고록》을 읽었다. 《회고록》은 그럴 만한 이유가 있어서 프랜시스가 기어이 독파하기로 결심한 책이었다. 프랜시스는 유럽에서 여러 학교를 옮겨 다니며 공부한 이력이 있어서 프랑스어 독해와 회화에 능했지만 영어식이어서 발음은 그다지 좋지 않았다. 나는 그의 도움을 받아 초급 프랑스어를 공부했다. 내가 마리와 장클로드가 나오는 지루한 짧은 이야기를 읽고 있자 프랜시스는 내 책을 받아 아주 웃기는 어조로 느려터지게 읽었고("마리는 동생에게 채소를 가져다주었습니다(Marie a apporté des légumes à son frère)") 다른 친구들은 배꼽이 빠져라 웃어댔다. 버니는 양탄자에 배를 깔고 엎드려 숙제를 하다가 이따금씩 프랜시스의 샌드위치를 훔쳐 먹거나 까다로운 질문을 던지고는 했다. 그에게는 그리스어를 하기에 어려움이 많았다. 그래서 우리보다 그리스어 공부에 많은 시간을 할애했다. 그런데도 그는 열두 살 때부터 그리스어를 했노라고 자랑하기도 했다. 그는 교묘하게, 어린아이 특유의 호기심 때문에 그리스어를 하게 되었으니 자신이 알렉산더 포프 수준의 천재라는 증거가 아니겠느냐고 했지만, (헨리에게서 들은 바에 따르면) 사실이 아니었다. 그는 어린 시절부터 지독한 난독증이 있었는데 그리스어는 난독증 치료에 도움이 된다는 학설이 있었다. 그래서 그가 다니던 초등학교에서는 이 학설에 따라 난독증이 있는 아이들에게는, 로마자로 표기되지 않는 그리스어, 히브리어 혹은 러시아어 같은 언어를 의무적으로 배우게 했던 터였다. 어쨌든 언어에 대한 소양이 그가 즐겨 주장하는 수준에 미치지 못했다. 그래서 간단한 숙제도 끊임없이 묻고, 불평하고, 먹지 않으면 해낼 수가 없었다. 학기 말에는 천식이 도지는 바람에, 그는 머리카락을 헝클어뜨리고 잠옷 바람, 아니면 가운 바람으로 기침과 재채기를 거푸 해대며 흡입기에 코를 들이댄 채로 집 안을 누비고 다녔다. 천식 때문에 먹는 약이 그의 신경을 예민하게 하고 따라서 불면증에 시달리면서 체중은 자꾸만 늘어났다는 것이었다(나는 이것도 다른 친구로부터 듣고야 알았다). 나는 학기 말이 가까워지면서 유난히 까탈을 자주 부리는 버니를 보면서 이러한 설명을 납득했다. 그러나 나중에 안 일이지만 그가 까탈을 잘 부린 까닭은 다른 데 있었다.

　자, 무슨 이야기를 또 하랴? 버니가 새벽 5시에 일어나 온 집 안을 뛰어다니며, "첫눈이다!" 하고 외치고는 자기 침대로 올라가 펄쩍펄쩍 뛴 이야기? 커밀라로부터 박스 스텝을 배울 때의 이야기? 아니면 버니가 물뱀을 보았다고 호들갑을 떠느라고, 헨리와 찰스가 함께 타고 있던 보트를 뒤집은 이야기? 할 이야기는 얼마든지 있다. 헨리의 생일파티 이야기도 있고, 프랜시스의 어머니 이야기도 있다. 프랜시스의 어머니—빨강 머리의, 온몸에 온통 악어가죽과 에메랄드를 주렁주렁 매단—는 요크셔테리어 강아지와 두 번째 남편을 달고 뉴욕으로 가던 길에 시골 저택에 잠시 여장을 풀었다(이름이 올리비아인 프랜시스의 어머니는, 대학생의 어머니인데도 불구하고 도무지 예측이 불가능한 사람이었다. 프랜시스의 어머니가 데리고 온, 연속극 단역배우인 새 남편 크리스는 프랜시스보다 나이가 별로 많지도 않았다. 프랜시스의 어머니는, 베티포드센터에서 알코올중독과 특정 약물중독 치료과정을 마치고 겨우 풀려나 다시 씩씩하게 죄악의 길로 내려서던 참이었다. 찰스의 이야기에 따르면, 이 점잖지 못한 부인은 한밤중에 찰스의 문을 두드려 자기네 한 쌍과 한 침대에서 자지 않겠느냐고 한 적도 있다고 한다. 지금도 크리스마스만 되면 프랜시스의 어머니로부터 카드가 날아오고는 한다).

그해로서는 마지막으로 여름 같았던 10월의 어느 맑은 토요일의 일이 특히 생생해서 잊히지 않는다. 전날 밤—싸늘한 밤이었다—우리는 어울려 밤새도록 마시고 새벽에야 잠자리에 들었다. 물론 나는 늦게야 잠을 깼다. 몹시 더운 데다 구역질이 났다. 눈을 뜨고 보니 이불은 바닥에 떨어져 있었다. 햇살은 창 하나 가득 방 안으로 쏟아져 들어오고 있었다. 게으름을 피우며 한동안 침대에 더 누워 있었다. 눈을 감고 있는데도 햇빛이 내 눈꺼풀을 뚫고 들어왔다. 붉은 빛깔의 환한 빛이 내 눈에는 고통스러웠다. 축축하게 젖은 다리는 움직일 때마다 끈적거렸다. 아래층은 고요에 잠겨 있었다. 고요가 가만히 집 안의 분위기를 내리누르고 있는 것 같았다.

아래층으로 내려갔다. 발밑에서 계단이 삐걱거렸다. 집 안은 물 밑같이 고요하고 텅 비어 보였다. 포치로 나가보았다. 프랜시스와 버니가 포치의 그늘진 쪽에 앉아 있었다. 버니는 티셔츠와 반바지 차림이었다. 얼굴이 시뻘개진 프랜시스는 눈을 감은 채 끙끙 앓고 있었다. 프랜시스는 호텔에서 훔쳤다는, 테리 직물의 가운을 걸치고 있었다.

둘은 프레리 오이스터(날달걀 또는 노른자위를 소금, 후추, 브랜디 등으로 맛 들인 음료로 숙취 해소용이다 – 옮긴이)를 마시고 있었다. 내가 가까이 가자, 프랜시스는 마실 만하기는커녕 보기도 싫다는 표정을 지으며 잔을 내게 내밀었다.

"마셔. 보고 있기만 해도 구역질이 날 것 같다."

시뻘건 케첩과 우스터소스 범벅 속에서 달걀 노른자가 푸르르 떨고 있었다.

"생각 없어."

나는 프랜시스가 내미는 잔을 밀었다.

프랜시스는 다리를 꼬고 앉아, 엄지와 인지 사이에다 콧대를 밀어 넣으면서 투덜거렸다.

"내가 왜 이따위 마실 것을 만들었을까? 듣지도 않는 걸. 아무래도 알카셀처 같은 위장약을 좀 먹어야겠다."

이때 빨간 줄무늬 가운 차림을 한 찰스가 방충망 문을 닫고는 포치로 나오면서 말했다.

"숙취에는 아이스크림을 띄운 콜라가 특효야."

"너나 실컷 먹어라."

"내 말 믿어. 아이스크림을 띄운 콜라가 잘 듣는다고. 과학적으로 근거가 있대도. 찬 것은 구역질을 가라앉히는 데 도움이 된다는 것도 몰라?"

"찰스, 너는 만날 아이스크림 콜라 타령인데 말이야, 나는 어째 믿어지지가 않더라?"

"내 말 좀 더 들어볼래? 아이스크림은 소화를 늦춘다는 거 알아? 콜라는 위장을 안정시키고, 카페인은 두통을 치료하며, 설탕은 에너지 공급원인 데다 신진대사를 도와 알코올 분해를 촉진한다는 거야. 말하자면 완전식품이라고."

"그럼 가서 좀 만들어다 줄래?"

버니의 말에 찰스가 귀찮다는 듯이 대꾸했다.

"네가 가서 만들어 먹어라."

"그러게 말이야. 나는 아무래도 알카셀처가 있어야 할까 봐."

프랜시스가 볼멘소리를 했다.

이른 아침에 일어나 단정하게 옷을 입고 있었음에 분명한 헨리가 내려오자 바로 뒤를 이어 잠에서 덜 깬 듯한 커밀라가 따라 내려왔다. 샤워를 했는지 커밀라의 국화빛 머리카락은 젖은 데다 헝클어져 있었다. 오후 2시에 가까웠다. 개는 모로 누운 채 꾸벅꾸벅 졸면서 밤색 눈 하나만 반쯤 뜨고는 이리저리 굴리면서 우리 패거리가 하는 짓을 구경하고 있었다.

집 안에는 알카셀처가 없었다. 프랜시스는 안으로 들어가 진저에일병과 술잔 몇 개와 얼음을 내왔다. 우리가 거기에 앉아 노닥거릴 동안 오후는 점점 밝고 뜨거워져가고 있었다. 조금만 앉아 있어도 곧 안달을 부리며, 카드놀이를 하자거나, 산보를 나가자거나, 드라이브를 하자거나 보채기가 일쑤인 커밀라는 금방 싫증이 나는 눈치였다. 커밀라는 싫증이 나도 그것을 감추지 않았다. 손에는 책이 있었으나 책을 읽으려고도 하지 않았다. 커밀라는 고리버들 의자 팔걸이에 두 다리를 얹은 채 모로 앉아 맨발로 의자 옆구리를 툭툭 차고 있었는데 이것이 내 눈에는 약간 단정치 못하게 보였다. 결국 그런 커밀라를 달랠 생각이 있었는지 프랜시스가 호수로 산책을 나가자고 했다. 산책 가자는 아이디어에 커밀라의 얼굴색이 밝아졌다. 산책 가는 것밖에는 달리 할 일이 없는 것 같아, 나와 헨리도 호수 쪽으로 가기로 했다. 찰스와 버니는 언제 잠이 들었던지 코를 골고 있었다.

하늘은 짙푸르렀고, 나무는 붉은색, 노란색으로 진하게 물들어 있었다. 여전히 가운 차림에 맨발로 나온 프랜시스는, 진저에일 잔을 든 채 곡예하듯이 이 바위에서 저 바위로, 이 나무등걸에서 저 나무등걸로 타 넘어 다녔다. 호수에 이르자 프랜시스는 무릎이 찰 때까지 들어가 세례요한 흉내를 내었다.

우리는 모두 구두와 양말을 벗었다. 호변 쪽의 초록빛 물은 그렇게 맑을 수가 없었다. 바닥의 자갈은 햇빛에 눈부시게 빛났다. 윗도리를 입는 것은 물론 넥타이까지 맨 차림인데도 불구하고 바지를 무릎 높이까지 걷어 올리고 프랜시스 옆까지 다가간 헨리의 모습은, 초현실주의 회화에 그려진 구닥다리 은행가 같았다. 창백한 잎을 날리며 자작나무 사이로 불어온 바람은 커밀라의 옷을 하얀 풍선처럼 부풀어 오르게 했다. 커밀라는 웃으면서 옷자락을 여몄으나 바람은 손이 떨어지기가 무섭게 다시 처음처럼 옷을 부풀렸다.

나와 커밀라도 발이 잠길 정도의 깊이까지 들어갔다. 햇살은 호수의 물결에 환하게 부서졌다. 호수라기보다는 사하라사막에 나타남 직한 신기루 같았다. 헨리와 프랜시스는 점점 깊은 곳으로 들어갔다. 하얀 가운 차림으로 요란하게 손짓을 해가며 떠들어대는 프랜시스와, 검은 양복 차림에 뒷짐을 진 채로 가만히 듣고 있는 헨리의 모습은, 포효하는 사막의 예언자와 가만히 듣고 있는 악마의 모습을 연상하게 했다.

나와 커밀라는 호숫가를 돌아 한동안 걷다가 되돌아섰다. 한 손을 눈썹에 대어 햇빛을 가리면서 커밀라는 그 전날 개가 저지른 조그만 사건을 꽤 길게 이야기했다. 커밀라의 이야기에 따르면, 개가 그 저택의 여주인 것인 양모피 깔개를 씹어 걸레로 만든 뒤에 온 집 안을 끌고 다녔는데, 도저히 그것을 수습할 방법이 없어서 자기와 찰스가 아예 증거 자체를 인멸해버렸다는 것이었다. 나는 커밀라에게서 조금 떨어진 채 따라가고 있었다. 커밀라는 어느 모로 보나 하는 짓이 찰스와 비슷했다. 타협을 모르는 찰스의 솔직 담백한 모습을 그 누이인 커밀라에게서 확인하는 것은 즐거운 일이었다. 내게 커밀라는 공상의 실체였다. 그녀를 보고 있노라면 그리스에서 고딕 시대에 이르기까지, 산도둑에서 신들에 이르기까지 무한한 공상의 영역이 내 앞에 펼쳐지고는 했다.

후음(喉音)이 두드러지는 달콤한 운율을 들으며 가만히 옆얼굴을 바라보고 있는 참인데 커밀라가 비명을 지르는 바람에 내 즐거움도 거기에서 토막 났다. 커밀라는 가만히 서서 꼼짝도 하지 않았다.

"왜 그래?"

"좀 내려다봐."

커밀라는 물을 내려다보고 있었다.

물속으로, 커밀라의 발에서 흐른 피가 검붉은 깃털 모양으로 퍼져나가고 있었다. 잠깐 보고 있으려니 빨간 덩굴손 같은 것이 소용돌이 모양으로 떠오르면서, 그녀의 하얀 발가락을 감고 오르며 진홍빛 연기 같은 실을 흔드는 것 같았다.

"어떻게 된 거야?"

"모르겠어. 날카로운 걸 밟았나 봐."

내 어깨에 매달리는 바람에 나는 커밀라의 허리를 껴안지 않을 수 없었다. 커밀라의 발바닥 움푹한 곳에는 길이가 7센티는 실히 되어 보이는 초록색 유리가 박혀 있었다. 심장이 박동하는 리듬에 따라 핏줄기는 굵어졌다 가늘어졌다 했다. 빨갛게 물든 초록색 유리는 햇빛에 심술궂게 빛나고 있었다.

"뭐야? 고약한 거야?"

커밀라가 발밑을 내려다보려고 애쓰면서 물었다. 동맥을 잘린 모양이었다. 피가 쏟아지는 기세가 커지면서 쏟아지는 양이 늘어나고 있었다.

"프랜시스, 헨리!"

나는 두 친구를 불렀다.

프랜시스는 빠른 걸음으로 달려오다가 커밀라에게 무슨 일이 생긴 것을 알고부터는 가운 자락을 한 손으로 걷어쥐고 물을 첨벙거리면서 달려와 숨을 헐떡거리며 물었다.

"성모님 맙소사…… 도대체 무슨 짓을 한 거야? 걸을 수 있어? 어디 좀 보자."

내 어깨를 잡은 커밀라의 손에 힘이 들어갔다. 발바닥 전체가 빨갛게 젖어 있었다. 굵은 핏방울이 호수로 떨어지면서, 맑은 물에 잉크가 번지듯이 그렇게 번지고 있었다.

"하느님 맙소사, 아프냐?"

프랜시스가 눈을 감으면서 물었다.

"아니."

커밀라는 아니라고 했지만 사실이 아니었다. 내 어깨를 잡은 손에 힘이 들어가면서 몸이 떨리고 있는 데다 얼굴도 몹시 창백했다.

헨리도 달려와 무릎을 꿇어앉고 상처를 살피고는 커밀라에게 명령하듯이 말했다.

"두 팔로 내 목을 감아. 프랜시스, 너는 자동차로 달려가서 구급약품을 좀 갖고 와. 우리는 가고 너는 오고, 그러다가 중간에서 만나게 될 거다."

헨리는, 커밀라가 팔로 자기 목을 감자 한 손은 그녀의 목 뒤에, 한 손은 허리에 대고는 허수아비 들듯이 가볍게 들어 올렸다.

프랜시스는 물 위를 첨벙거리며 전속력으로 달리기 시작했다. 그로서는 할 일을 지시받은 것이 다행스러웠던 모양이었다.

"헨리, 내려줘, 이러다 네 옷이 피투성이가 되겠어."

커밀라가 우는소리를 했으나 헨리는 들은 척도 않고 나에게 지시했다.

"리처드, 그 양말로 커밀라의 발목을 묶어줘."

지혈해보기는 그때가 처음이었다. 의사라도 된 기분이었다.

"안 아파?"

내가 물었다.

"괜찮아. 헨리, 나 내려달라니까. 무거울 거야."

헨리는 커밀라를 보고 웃었다. 그때 처음 보았지만, 헨리의 앞니 사이에 틈이 벌어져 있었다. 그런데 그 틈이 그의 웃음을 더욱 돋보이게 했다.

"무겁긴? 새털처럼 가볍다."

어떤 사건이 생기고, 그 사건을 현실로 받아들이기에는 너무 갑작스럽고 또 이상할 경우, 사건의 당사자는 기이하게도 초현실적인 느낌에 사로잡히게 될 때가 있다. 이렇게 될 경우 행동은 꿈에서 본 것인 양 하나씩 하나씩 끊어져 보이게 된다. 그러면 손의 움직임 하나하나, 말이 된 문장 하나하나가 영원을 가득 채우는 느낌을 준다. 그 경우 하찮은 것, 작은 것—가령 풀줄기에 앉은 귀뚜라미, 나뭇잎 뒤의 엽맥 같은—은 확대되면서 배경으로부터 선명한 초점으로 다가선다. 이것이 바로, 우리가 호수에서 풀밭을 가로질러 집으로 돌아갈 때 내가 경험했던 초현실이다. 현실적이기에는 너무나 선명한 그림 같았다. 자갈 하나하나, 풀잎 하나하나가 내 눈에는 모두 선명하게 보였다. 하늘은 너무 푸르러 우러러볼 수가 없었다. 커밀라는 헨리의 품속에서 마치 목숨을 거둔 처녀처럼 목을 뒤로 늘어뜨리고 있었는데, 그 목줄기의 하얀 선이 그렇게 아름다울 수가 없었다. 커밀라가 입은 드레스 자락은 바람에 펄럭거렸다. 헨리의 바지로도 피가 듣기는 했지만 피라고 보기에는 색깔이 너무 짙어서 흡사 제 손으로 물감이 묻은 화필을 바지에다 흩뿌린 것 같았다. 우리의 발소리는 메아리도 지어내지 않았다. 발소리와 발소리 사이로는 정적이 흘렀다. 내 귀에 심장이 박동하는 가늘고도 빠른 소리가 들려왔다.

찰스가 여전히 가운을 입은 채로 언덕을 달려 내려왔다. 프랜시스가 그 뒤를 따라 달려오고 있었다. 헨리는 커밀라를 눕히고 제 팔을 목 뒤에 집어넣어 베개로 삼게 했다.

"커밀라, 죽은 거 아냐?"

숨이 턱 끝에 찬 찰스가, 상처를 보려고 커밀라의 발치에 무릎을 꿇고 앉으면서 물었다.

"누가 이 유리 좀 뽑아줘."

프랜시스가 붕대를 풀면서 말했다.

"내가 해볼까?"

찰스가 커밀라의 얼굴을 보면서 물었다.

"조심해서."

찰스는 한 손으로는 커밀라의 발뒤꿈치를 잡고 다른 한 손으로는 유리를 잡고 가만히 당겼다. 커밀라는 숨을 멈추었다. 찰스가 다시 유리를 뽑아내려고 하자 커밀라는 비명을 질렀다.

누이가 비명을 지르자 찰스는 불에 덴 듯이 손길을 거두었다가, 다시 손을 대보려고 했다. 그러나 찰스는 그럴 수가 없었다. 그의 손가락은 이미 피투성이였다.

"뽑아봐."

커밀라가 침착한 목소리로 말했다.

"못 하겠어. 아프게 할 것 같아서 못 하겠어."

"아프기는 매일반이지."

"못 하겠어."

찰스가 울상을 하고는 고개를 가로저었다.

"비켜."

헨리가 이렇게 말하고는 커밀라 옆에 무릎을 꿇고는 한 손으로 발을 잡았다.

찰스는 고개를 돌렸다. 그의 안색은 커밀라의 안색만큼이나 창백했다. 쌍둥이는 하나가 다치면 다른 하나도 고통을 느낀다더니 옛말이 그르지 않은 건가, 나는 속으로 이런 생각을 했다.

커밀라는 눈을 크게 뜨고 이를 악물었다. 헨리는 곧 피 묻은 손으로 유리

조각을 들어 올려 보이면서 속삭였다.

"됐어(Consummatum est)."

프랜시스가 요오드 용액과 붕대로 상처를 치료했다.

나는 피 묻은 유리 조각을 받아 햇빛에 비추어보았다.

프랜시스가 커밀라의 발에다 붕대를 돌려 감았다. 병으로 인한 고통을 지나치게 두려워하는 사람들이 그렇듯이 프랜시스 역시 환자 돌보는 데는 지나치게 곰상스러웠다.

"이 여자 독종이다. 소리 한번 안 지르는군그래."

"그렇게까진 안 아프니까 그렇지."

"아프지 않았을 리가 있나. 너 정말 대단하구나."

프랜시스가 말했다.

"그래, 정말 용감하다."

헨리가 일어서면서 중얼거렸다.

그날 오후 찰스와 나는 포치에 앉아서 시간을 보냈다. 기온이 급강하하고 있었다. 하늘은 여전히 눈부신데도 바람이 세어지기 시작했다. 해치 씨가 불을 피우러 안으로 들어간 지 얼마 안 되어 연기와 함께 메케한 냄새가 났다. 프랜시스도 안에서 노래를 부르며 저녁을 준비하고 있었다. 살짝 음정이 맞지 않는 그의 높고 밝은 소리는 부엌 유리창 밖으로 듣기 싫지 않게 흘러나왔다.

커밀라의 상처는 대단한 것이 아니었다. 프랜시스는 저녁 준비에 앞서 커밀라를 태우고 병원 응급실에 다녀왔다. 난리 통에 잠을 깬 버니가 동행했다. 병원에서 여섯 바늘을 꿰맨 커밀라는 붕대와 타이레놀과 코데인병을 들고 돌아왔다. 우리가 포치에 앉아 있을 동안 버니와 헨리는 크로케를 했다. 커밀라는 성한 다리로 깡충깡충 뛰어다녔다. 포치에서 보는 우리 눈에 커밀라의 움직임은 보기 좋았다.

찰스와 나는 위스키에 소다수를 섞어 마셨다. 찰스는 나에게 카드로 피크를 가르쳐주려고 했다(그의 말에 따르면, 피크는 《허영의 시장》에서 로던 크롤리가 자주 하는 카드놀이였다). 나는 소질이 없는지 패가 잘 나오지 않았다.

찰스는 하루 종일 옷도 갈아입지 않은 채로 마셨다.

"내일 햄든으로 가야 하는데. 안 돌아갈 수 있으면 좋겠다."

찰스였다.

"그래, 나도 안 돌아갔으면 좋겠어. 아주 여기에 눌러살 수 있다면 얼마나 좋아?"

내 말이었다.

"우리 같으면 눌러살 수도 있을걸."

"어떻게?"

"지금 그렇다는 게 아니야. 하지만 우리는 할 수 있을 거야. 졸업한 뒤에."

"도대체 그게 어떻게 가능하다는 거야?"

"프랜시스의 고모는, 이 집을 팔지 않으려고 해. 집안에서 계속해서 가지고 있었으면 하는 거지. 그렇다면 프랜시스는 스물한 살이 되면 싼 값으로 이 집을 살 수 있게 돼. 프랜시스가 못 사면 헨리가 사지? 헨리에게는 돈이 무지하게 많으니까. 한 사람이 못 산다면 두 사람이 사면 되지. 쉽잖아?"

나는 그의 태연자약한 태도와 말투에 놀라고 말았다.

"내 말은 무슨 뜻이냐 하면, 헨리는 책이나 쓰고, 문화사나 좀 읽을 수 있을 만한 곳을 찾고 싶어한다는 거야. 물론 졸업한 뒤의 일이지. 학교를 졸업하게 될지 안 될지는 모르지만."

"그건 또 무슨 말이야, 모르지만이라니?"

"졸업을 원치 않을지도 모른다는 거야. 그전에 싫증을 낼 수도 있는 것이 거든. 학교 떠난다는 말은 전부터 벌써 했어. 사실 따지고 보면 헨리에게는 학교에 머물러야 할 이유도 없어. 일자리를 잡을 것도 아니거든."

"글쎄, 교수 노릇을 하지 않을까?"

나는 호기심을 누를 수 없었다. 나는 늘 헨리가 중서부의 아담하면서도 좋은 대학에서 그리스어를 가르칠 것이라고 상상해왔기 때문이었다.

"하지 않게 될걸. 할 필요가 뭐 있어? 돈이 필요한 것도 아닌데. 게다가 그 친구 가르치는 데는 소질이 없어. 따라서 좋은 교수가 못 될 거야. 프랜시스도 평생 일이라는 걸 해본 적이 없어. 따라서 어머니와 살게 되겠지만, 글쎄, 제 어머니의 그 새파랗게 젊은 서방을 견딜 수 있을까? 게다가 프랜시스는 이곳을 좋아하고 있어. 게다가 줄리언도 가까이 있고."

나는 위스키를 한 모금 마시고 풀밭을 내려다보았다. 버니가 머리카락으로 눈을 덮은 채로, 프로골퍼처럼 타구(打球) 망치로 공과 발 사이의 거리를 재면서 샷을 준비하고 있었다.

"줄리언 모로 교수에게는 가족이 없어?"

내가 물어보았다.

"없어. 조카들이 있기는 하지만 무지하게 싫어해. 어럽쇼, 저게 뭐야?"

찰스가 한입 가득 얼음을 넣고 왈그락달그락거리면서 대답하다 말고 의자에서 반쯤 일어났다.

나는 찰스의 눈길을 좇았다. 풀밭에서 버니가 샷을 날리기는 날렸는데 공이 6번과 7번 아치 사이를 잘 빠져나가서는 놀랍게도 모퉁이에 걸리고 말았다.

"또 한 번 날리자고 할걸."

"하지만 그렇게는 안 될걸. 헨리를 봐. 약은 수를 쓰잖아?"

찰스가 눈길은 풀밭에 둔 채로 자리에 앉으면서 말했다.

헨리는 엉뚱한 아치를 겨냥하고 있었다. 상당히 먼 거리였는데도 불구하고 나는 그가 일반에 잘 알려져 있지 않은, 그러나 경기 규칙에는 분명히 있는 타구 방법을 쓰고 있다는 것을 알 수 있었다. 어렴풋이 버니가 항의하는 소리가 들려왔다.

"난 숙취가 어지간히 가셨어."

찰스의 말이었다.

"나도 그래."

긴 그림자를 던지며 풀밭에 떨어지는 햇살은 황금빛이었다. 군데군데 구름이 낀, 밝은 하늘은 풍경 화가 컨스터블의 화폭에서 튀어나온 것 같았다. 인정하고 싶지는 않았으나, 숙취가 가신 것은 고사하고 나는 여전히 반쯤은 취한 상태였다.

한동안 우리는 잠자코 크로케 구경만 했다. 이따금씩 타구 망치가 공을 때리는 둔탁한 소리가 들려왔다. 위에서 그릇 부딪치는 소리, 오븐 여닫는 소리와 함께 프랜시스가 이 세상에서 가장 좋은 노래로 여기고 부르는 듯한 예의 그 음정이 살짝 맞지 않는 노랫소리가 들려왔다.

"우리는 길 잃은 검은 양 떼…… 바바바 바바바……."

"프랜시스가 이 집을 사면? 여기에 살게 해줄 것 같아?"

나는 이렇게 물어보지 않을 수 없었다.

"암, 자기와 헨리 이렇게 둘이서만 살면 심심할 테니까. 버니는 은행에서 일을 해야겠지만, 매리언과 애들만 떼어놓을 수 있으면 주말마다 오게 될 테지."

나는 웃었다. 전날 버니가 하던, 아이를 낳게 되면 아들 넷 딸 넷 해서 도합 여덟은 낳겠다던 말이 생각났기 때문이었다. 버니가 이런 말을 하자, 헨리가 자연계에서 재생산 사이클을 가장 완벽하게 완성하는 길은 빨리 늙어

서 일찍 죽는, 이 방면의 첨병이 되는 길이라고 하는 바람에 이야기는 재미
도 없이 길어지게 되고 말았다.

찰스가 쿡쿡 웃었다.

"여덟 좋아하네. 내 눈에 훤히 보이는 것 같아. 앞치마 같은 걸 두르고 마
당에 서 있을 버니의 모습이."

"석쇠에다 햄버거 굽는 모습?"

"애들은 스무 명쯤 빽빽 소리를 지르면서 마구 뛰어다닐 테고."

"키와니스 클럽의 야유회 같겠군."

"레이지보이(뒤로 젖혀 편안하게 기대어 앉을 수 있게 만든 의자 상표명－옮긴이)
에 길게 늘어져 있겠지."

문득 자작나무 사이로 바람이 불어왔다. 노란 잎이 색종이처럼 날려왔
다. 나는 위스키를 한 모금 마셨다. 그런 저택에서 자랐다면 나도 그런 집
을 그때보다 더욱 사랑하게 되었을 터였고, 마당의 삐걱거리는 그네 혹은
테라스 위의 으아리 덩굴, 지평선이 잿빛으로 변해가는 풍만한 땅, 숲 뒤로
보일락 말락 하는 고속도로와도 그때보다 더욱 친숙해졌을 터였다. 저택의
색깔이 문득 내 핏줄 속으로 스머든 것 같았다. 햄든에서 그랬듯이 그 뒤로
도 공상에 빠져들기만 하면 흰색, 빨간색, 파란색이 어우러진 소용돌이 속
에서 맨 먼저 그 집이 떠오르고는 했다. 상아색, 코발트색, 밤색, 오렌지색,
황금색이 어우러지되, 집, 하늘, 단풍나무같이 내 기억에 아로새겨진 사물
의 윤곽은 점차 선명한 형상으로 자리 잡아, 한 폭의 수채화처럼 떠오르고
는 했다. 그러나 그날 찰스와 함께 메케한 연기 냄새를 맡으며 포치에 앉아
있을 동안 그것은 기억이나 환상이 아닌 현실이었다. 그런데도 나는 현실
이 아닌 것을 떠올리고 있는 기분이었다. 내 눈앞에 있었으되, 너무 아름다
워서 현실로 믿어지지 않았던 것이었다.

주위가 어두워져가고 있었다. 저녁식사 시간이 임박하고 있을 터여서 나

166

는 단숨에 술잔을 비웠다. 아스팔트가 있는 곳, 쇼핑센터가 있는 곳, 기성품 가구가 있는 곳으로 돌아가지 않고 그 집에서 산다. 찰스, 커밀라, 헨리, 프랜시스, 어쩌면 버니까지도 함께 살게 된다. 결혼도 하지 않고, 집에도 가지 않고, 수천 킬로미터 떨어진 곳으로 일자리를 찾으러 나가지도 않고, 대학을 졸업한 다른 친구들처럼 지저분한 짓을 할 필요도 없는 상태에서 산다. 모든 것이 우리가 경험하던 그대로 고스란히 남아 있는 그런 상태에서 산다. 찰스의 입에서 불쑥 튀어나온 그 아이디어는 이 땅의 것이 아니라 천국의 아이디어인 것 같았다. 내가 당시 그 아이디어가 실현되리라고 믿고 좋아했는지 어쨌는지 그것은 확실히 잘 모르겠다. 아무래도 정말 믿고 좋아했던 것 같다.

프랜시스는 일하면서 노래를 마무리 짓고 있었다.

"노래꾼들은 흥에 겨워 노래한다…… 지상에서 영원에 이르도록……."

그런데 찰스가 나를 곁눈질하며 물었다.

"그런데 너는 어때?"

"무슨 뜻이야?"

"네 계획은 어떠냐고? 죽을 때까지는 사오십 년이라는 세월이 있잖아? 그동안 뭘 하겠느냐고?"

찰스는 웃었다.

찰스가 웃은 것은 풀밭에서 버니가 헨리의 공을 코트 밖으로 20여 미터나 날린 직후였다. 풀밭에서는 웃음이 터졌다. 귀에 거슬리는 웃음소리는 작지만 분명했고, 밤공기를 가로질러 퍼져나갔다. 그 웃음소리가 아직도 귓가에 맴도는 것 같다.

3장

　햄든에 발을 들여놓는 바로 그 순간부터 나는 벌써 학기 말을 두려워하고 있었다. 그러니까 나는 햄든에 발을 들여놓는 바로 그 순간부터, 저 멋대가리 없이 편편한 땅, 수많은 주유소가 있고, 사시사철 먼지 자욱한 플래노로 돌아갈 걱정을 하고 있었던 셈이다. 학기가 종반에 접어들수록 햄든의 눈은 나날이 그 깊이를 더해갔고, 아침이 오는 시각은 나날이 늦어져갔다. 시간이 흐를수록 내가 사물함 문에 붙어 있는 지저분한 복사지('기말 페이퍼 제출 마감일: 12월 17일') 앞을 맴도는 횟수도 늘어갔다. 나의 걱정은 일종의 두려움 같은 것으로 바뀌어가기 시작했다. 크리스마스를, 플라스틱 트리나 세우고 텔레비전이 부산을 떨게 될 것임에 분명한 우리 집에서, 정확하게 말하면 부모님의 집에서 보낼 생각은 없었다. 부모님도 나를 고대하는 것 같지 않았다. 당시 부모님은, 두 분보다는 연상인 말 많은 맥내트 씨 부부와 가까이 사귀고 있었다. 맥내트 씨 부부에게는 자식이 없었다. 맥내트 씨는 자동차 부품 세일즈맨이었고, 뚱뚱하게 생긴 맥내트 부인은 에이

본 화장품을 팔았다. 이 맥내트 부부는 우리 부모님과 버스를 타고 공장 직매장을 다닌다든가, '벙코'라고 불리는 주사위 놀이를 한다든가, 피아노 연주가 있는 라마다 인의 바를 함께 다닐 정도로 가까웠다. 두 집안의 이 같은 행사는 주말이면 거의 어김없이 베풀어지고는 했다. 이런 교류는 내가 집에 있을 때(집에 있다고 해봐야 불규칙적으로 잠깐씩 들러서 며칠씩 묵는 정도에 지나지 않았지만)부터 계속되고 있었다. 그들에게 나라는 존재는 방해물 혹은 옆에서 듣기 싫은 잔소리나 하는 존재에 지나지 않았다.

집으로 돌아갈 마음은 내키지 않았지만 문제는 방학을 어떻게 지내느냐 하는 것이었다. 햄튼은 북쪽에 위치한 도시여서 난방이 제대로 되지 않으면 겨울을 지낼 수 없는 데다가, 건물이 모두 지어진 지 오래된 것이어서 난방비가 터무니없이 비쌌다. 그래서 학교는 일이월이 지나갈 동안은 문을 아예 닫게 되어 있었다. 방학이 가까워지면서 나는 이미 아버지가 맥내트 씨에게 나에 대한 불평을 시작했고, 맥내트 씨도 은근히 나를 두고 갈 데까지 간 아이라든지, 자기는 자식이 없지만 자기 같으면 나 같은 자식은 있어도 집에 발을 들여놓지 못하게 하겠다는 등의 말로 아버지를 부추기기 시작한 것을 알고 있었다. 내가 집에 있을 때도 주위의 사람들이 이렇게 부추기면 공연히 화가 잔뜩 난 채로 내 방을 처들어와, 손가락으로 방문을 가리키면서, 오셀로처럼 눈알을 부라려가면서 자기 집에서 나가라고 고함을 지르곤 하던 아버지였다. 그는 내가 고등학교에 다닐 때, 캘리포니아에서 대학을 다닐 때에도 이런 짓을 몇 차례 한 적이 있었다. 별다른 이유가 있어서 그랬던 것은 아니었다. 그는 그저 자기 동업자들이나 어머니 앞에서 자기 권위를 한번 세워보고자 그런 짓을 곧잘 했던 것이다. 하지만 아버지도, 그러는 데 지치고, 어머니가 옆에서 자식을 그렇게 다루는 것이 아니라는 식의 애원이라도 하는 날에는 더러 웃는 얼굴로 나를 맞기도 했다. 그러나 그 겨울은 형편이 그렇지 않았다. 플래노에는 이미 내 방도 없었다. 10월에 받은 어머니의 편지에 따르면 내 방의 가구는 모두 중고 시장으로 팔려나갔고, 내 방은 재봉실이 되어 있었다.

헨리와 버니는 겨울방학 동안 이탈리아 전역과 로마를 여행하기로 되어 있었다. 나는 12월 초에 버니로부터 이 소식을 듣고는 놀랐다. 두 사람, 특히 헨리는 근 한 달 동안이나 돈 문제로 고통을 받고 있었기 때문에 더욱 놀라웠다. 내가 아는 한 돈 문제의 발단은 버니 때문이었다. 버니는 몇 주 동안이나 돈 문제로 시달리면서 헨리를 괴롭혔던 것으로 알려져 있었다. 헨리도 이 문제에 대해서는 끊임없이 버니에게 불만을 토로했으면서도, 나로서는 알 수 없는 이유 때문에 이탈리아로의 동행을 거절할 수 없었던 모양이었다. 나는 두 사람 사이의 문제가 돈 그 자체에 있었던 것이 아니라 돈을 둘러싼 원칙에 있었던 것으로 확신했다. 또 한 가지 분명한 것은 둘 사이에 어떤 갈등이 있든, 그건 버니의 안중에도 없으리라는 것이었다.

여행 계획에 관해서는 주로 버니가 이야기했다. 버니는 여행을 앞두고 옷가지와 안내서, 그리고 도로시 세이어스가 번역한 단테《신곡》의 〈연옥〉편과 '파를라노 이탈리아노'를 녹음한 레코드를 샀다. 듣기만 하면 이삼 주 안에 이탈리아어가 술술 풀린다는 이 레코드 겉에는, '어학 실습을 받아본 적이 없는 사람들을 위한 레코드'라는 선전 문구가 찍혀 있었다. 내게는 겨울방학 동안 갈 곳이 없다는 것을 알고 있던 버니는 눈을 찡긋해 보이면서 상처에 소금을 뿌렸다.

"캄파리를 마실 때마다, 곤돌라를 탈 때마다 너를 생각하기로 하지."

헨리는 여행에 관해 입을 여는 일이 없었다. 버니가 신바람을 내면서 떠들어댈 때도 그는 묵묵히 담배만 피움으로써 이탈리아에 관한 버니의 지식을 깡그리 무시하는 태도를 보였다.

프랜시스는 나와 함께 보스턴에서 크리스마스를 보내고 뉴욕을 여행했으면 좋겠다고 말했다. 쌍둥이 남매도 버지니아에 있는 할머니에게 전화했는데 할머니 말로는 나도 함께 와서, 겨울방학을 지내다 가도 좋다고 했단다. 물론 좋았다. 그러나 내 앞에는 돈 문제가 버티고 있었다. 새 학기에 대비해서 나는 일자리를 얻어야 했다. 봄 학기에 등록하자면 돈이 있어야 했는데, 프랜시스와 여행이나 다니면서 일을 할 수는 없는 노릇이었다. 쌍둥이 남매는 휴가 때마다 그랬듯이 변호사인 숙부 밑에서 일을 하기로 되어 있었다. 그러나 그 일자리는 다른 사람에게 돌아올 수 있는 것은 아니었다. 찰스가 얻은 일자리는 숙부인 오먼 씨를 태워 부동산 회사나 포장 회사 같은 데나 다니면 되는 일이었고, 커밀라는 사무실에 앉아, 걸려오는 일이 좀체 없는 전화나 받으면 되는 일이었다. 그들로서는, 내게 일자리가 필요하다는 것을 알 턱이 없었다. 캘리포니아 부자들 이야기는 내가 의도한 이상으로 그들에게 깊은 감동을 준 모양이었다.

"너희가 일할 동안 나는 뭘 한다지?"

나는, 혹 같이 하자고 할지도 모른다는 생각에서 이렇게 운을 떼어보았다. 그러나 그들에게 여분의 일자리가 있을 리 만무했다.

"함께 했으면 좋겠지만 우리가 할 일도 별로 없는걸, 광고란이나 뒤져보는 수밖에. 개랑 놀아주면 돈 준다는 데 없어?"

찰스가 미안하다는 듯이 말했다.

내게는 햄든에 있는 것밖에는 다른 선택의 여지가 없는 것 같았다. 비록 집세로도 모자랄 보수이기는 했지만 롤랜드 박사는 나에게 계속해서 일을 줄 모양이었다. 커밀라와 찰스는 아파트를 다른 사람에게 다시 임대한 모양이었고, 프랜시스는 사촌에게 빌려준 모양이었다. 내가 아는 한 헨리의 방은 겨우내 비어 있을 모양이었지만 자존심 때문에 차마 방을 빌리자는 말이 입 밖으로 나오지 않았다. 프랜시스의 시골집도 비어 있을 테지만 햄든까지는 자그마치 한 시간이나 걸리는 거리에 있는 데다 나에게는 자동차도 없었다. 그즈음에 나는 햄든 대학 출신의 히피족 하나가 버려진 창고를 빌려 악기 제작소로 쓰고 있다는 소식을 들었다. 햄든 대학 출신의 그 히피 동창생은 만돌린의 줄감개를 깎아주거나 만돌린 표면을 샌드페이퍼로 밀어줄 시간적 여유가 있는 사람에게 그 제작소를 무료 숙소로 제공한다는 것이었다.

다른 사람의 동정을 받는 것도 싫었고, 업신여김을 받는 것도 싫었던 나는 햄든에 남아야 하는 진짜 이유를 아무에게도 밝히지 않았다. 부모님이 나의 귀향을 바라지 않는 상황이라서 나는 햄든에 남아 있기로 결심하였고 (주거 부정인 채로), 그동안 그리스어 공부에 매진하여 학교 당국의 어정쩡한 재정 지원 약속을 재확인함으로써 내 자존심을 세우기로 했다.

세상의 다른 일은 깡그려 무시하고 오로지 공부에만 매진하는, 다분히 헨리적이기도 한 나의 스토아적 발상은 친구들로부터, 특히 헨리로부터 박수를 받았다.

"나는 말이지, 올겨울에 여기 머물 생각이 없어."

11월 말 찰스와 커밀라의 아파트에서 돌아오던 밤에 헨리가 나에게 한 말이었다. 길 위에는 발목이 잠기도록 낙엽이 쌓여 있었다.

"학교가 문을 닫는 것은 물론 시내의 가게도 3시면 문을 닫아버려. 세상에는 오직 눈뿐, 아무것도 없어. 바람 소리밖에는 들리는 소리도 없어. 옛날에는 눈이 처마까지 쌓였대. 그래서 집에 갇힌 채로 굶어 죽는 사람도 많았다는군. 봄이 되어서야 시체로 발견된 사람들도 많았다는 거야."

꿈속에서 들은 음성 같았다. 내게는 믿어지지 않았다. 내가 살던 플래노에는 겨울에도 눈이 내리지 않았으니까.

학기 마지막 주는 짐을 싸는 친구들, 타이핑하는 친구들, 비행기 예약하는 친구들, 집으로 전화를 거는 친구들로 기숙사가 난장판이었다. 나만 빼고 모두가 바빴다. 나는 갈 데가 없었으니 페이퍼에 쫓길 필요도 없었다. 어차피 기숙사를 나가야 하니 짐은 싸야겠지만, 그것은 모두 떠나고 기숙사가 빈 뒤 천천히 하면 되는 일이었다. 맨 먼저 떠난 사람은 3주 동안 영문학의 걸작에 관한 네 번째 학기 말 페이퍼 때문에 정신없이 뛰던 버니였다. 버니가 써야 했던 것은 존 던에 관한 25페이지짜리 페이퍼였다. 우리는 모두 버니가 어떻게 그것을 써낼지 궁금해했다. 버니는 글을 쓰는 데 도무지 소질이 없었다. 버니는 글을 잘 쓰지 못하는 까닭이 어린 시절부터 보인 난독 증세에 있다고 편리하게 둘러대고는 했지만 진짜 이유는 그의 주의력이 몹시 산만한 데 있었다. 그의 주의력은 어린아이 수준이었다. 그는 교과과정의 보충 도서는 물론 필독서도 읽지 않았다. 주어진 주제에 대한 그의 지식은 잡동사니에 지나지 않았는데 말하는 것을 들어보면 그나마 유기적이지 못할 뿐만 아니라 문맥상으로도 일관성이 없었다.

게다가 그에게는 강의실에서 벌어지는 토론을 듣고 나면, 거기에 등장하는 책을 모조리 읽은 것으로 착각하는 버릇이 있었다. 막상 논문을 써야 할 때가 오면 그는 일단 잡동사니를 긁어모은 다음 헨리의 반대 심문을 이용해서(버니는 헨리를 여행할 때의 지도 같은, 자문 역으로 이용하는 버릇이 있었다) 논점을 세우고, 그런 다음에는 《세계대백과사전》이나, 팁튼 채스포드가 쓴 여섯 권짜리 전집 《사유하는 인간, 행동하는 인간》 같은 책에서 정보를 모으고는 했다. 《사유하는 인간, 행동하는 인간》은 1890년대에 쓰인, 드라마틱한 삽화가 잔뜩 들어 있는 어린아이용 위인전 같은 책이었다.

그렇게 쓰니, 버니의 글은 고약한 의미에서 독창적이지 않을 수가 없었다. 그럴 수밖에 없는 것이, 시작하는 관점부터가 기묘한 데다, 엉뚱한 사고를 통하여 그 관점조차 뒤틀려버리기 때문이었다. 아무튼 존 던에 관한 논문은 버니가 쓴 최악의 논문이었다(아이러니하게도 이것은 그가 쓴 글 중 유일하게 활자화된 글이기도 했다. 그가 실종되자 신문기자들이 이 젊은 인문학도가 쓴 논문의 발췌 초록을 요구하게 되었는데 그때 매리언이 바로 이 논문의 사본을 내준 것이었다. 이 논문은 교묘한 수정 및 교열을 거친 뒤

잡지 〈피플〉에 게재되었다).

　버니는 어디에선가 존 던이 아이작 월턴과 교우했다는 사실을 알아내었던 모양이다. 그런데 버니의 어두컴컴한 기억의 미로에서 이 교우가 자꾸만 확대되다가 필경은 이 두 사람이 거의 동일시되기에 이르렀다. 우리는 이 양자가 동일시되는 작업이 어떤 자료를 기초로 이루어졌는지 알지 못한다. 헨리는《사유하는 인간, 행동하는 인간》의 기술에 그 책임이 있다고 주장했으나 우리로서는 그것을 확인할 도리가 없었다. 마감을 일 주 남기고부터 버니는 새벽 2시가 되었건 3시가 되었건 거침없이 내 방으로 쳐들어오고는 했다. 그는 엄청난 자연재해의 현장에서 황급히 빠져나온 사람 같은 차림으로 내 방으로 들어와, 손으로 헝클어진 머리를 쓰다듬으면서 눈을 굴렸다.

　"이것 봐, 이것 봐, 잠을 깨웠다면 미안하다. 하지만 불 좀 켜도 되겠지? 자, 그럼 켠다……."

　그는 불을 켠 뒤에도 뒷짐을 진 채, 이따금씩 고개를 가로저으면서 왔다 갔다 하다가, 무슨 생각이라도 떠오른 것처럼 우뚝 걸음을 멈추고 절망에 빠진 시선을 던지고는 했다.

　"아는 게 있으면 모두 말해줘. 메타헤메랄리즘에 관한 네 지식이 필요하거든."

　"미안하군. 나는 그게 뭔지도 몰라."

　"나도 몰라. 미술주의 혹은 목가주의, 뭐 그런 거야. 이게 있어야 존 던과 아이작 월턴을 한 줄에 꿰어낼 수 있어. 던, 월턴 그리고 메타헤메랄리즘. 내가 아는 한 문제는 바로 이거야."

　"'메타헤메랄리즘'이라는 단어가 있기는 있어, 버니? 내가 보기에는 있을 것 같지 않은데?"

　"있어. 라틴어에 나오니까. 아이러니나 목가주의와 어떤 관계가 있다고.

어디 보자, 그래. 회화 혹은 조각, 그런 것과 관계가 있을 거야."

"사전에 메타헤메랄리즘이라는 말이 나오기는 나와?"

"사전에는 안 나와. 철자도 모르는걸. 내 말은⋯⋯."

그는 두 손으로 사진틀을 만들어 보이면서 말을 이었다.

"시인과 어부의 삶, 완벽한 어떤 것(parfait), 은혜로운 교우(交友), 드넓은 삶터에서 사는 완벽한 삶. 이런 것의 단서가 되는 것이 바로 메타헤메랄리즘이라는 게 내 생각이야."

나는 끼어들지 않기로 했다. 버니는 근 한 시간 동안이나 고기잡이, 소네트 같은 것을 제멋대로 연결하면서 중얼거리다가 섬광같이 번뜩이는 위대한 사상의 단서라도 잡았는지 간다는 말도 않고 사라졌다.

버니는 마감 나흘 전에 논문을 완성하고 만나는 사람마다 이것을 보여주고 의견을 구했다.

"버니, 정말 잘 썼구나⋯⋯."

찰스는 조심스러웠다.

"고맙다, 고마워."

"그런데 존 던에 관한 언급이 더 있어야 하는 거 아닌가? 너는 존 던을 쓰기로 되어 있었잖아?"

"그거야 그렇지, 하지만 존 던을 이 논문에 끌어들이고 싶지 않더군. 됐어, 됐어."

버니는 이렇게 얼버무림으로써 찰스의 입을 막았다.

헨리는 읽으려고 하지 않았다. 첫 장만을 대강 훑어보고는 말했다.

"읽어봐야 내 머리로 헤아려지지 않을 거다. 그런데 네 타자기가 고장 난 거냐?"

"두 줄씩 띄어 쓴 거야."

버니는 큰 자랑이라도 되는 것처럼 대꾸했다.

"행간이 1인치씩은 되겠다."

"산문시 같은 느낌을 주지 않아?"

"산문시 같기는커녕 식당 메뉴 같다."

헨리가 코로 이상한 소리를 내면서 한 말이었다.

나는 그의 논문이 다음과 같은 결론으로 끝나는 것으로 알고 있다.

"이제 존 던과 아이작 월턴을 메타헤메랄리즘의 해변에 두고 떠나면서 우리는 이 유명한 두 사람의 교우를 향하여 다정한 작별의 인사를 던지게 된다."

우리는 버니의 논문이 통과될 것이라고는 아무도 믿지 않았다. 그러나 버니에게 논문 통과 같은 것은 아무것도 아니었다. 그에게 중요한 것은 이탈리아로 떠날 날이 가까워지고 있다는 것뿐이었다. 실제로 피사의 사탑 그림자는 이미 그의 침대 머리맡에 드리워진 지 오래였다. 떠날 날이 가까워지자 일종의 흥분 상태에 빠진 버니는 어떻게 하든지 집안에 대한 자기의 의무만 떼어내고는 햄든을 떠나 이탈리아로 갈 궁리만 했다.

그는 퉁명스럽게, 할 일이 없으면 짐 꾸리는 것을 좀 도와주지 않겠느냐고 했다. 나는 그러겠노라고 하고, 얼마 뒤에 그의 방에 가보았다. 꾸리고 자시고 할 것도 없었다. 그는 아예 옷장 서랍째 가방에다 쏟아붓고 있었다. 방바닥은 옷가지로 발 들여놓을 틈도 없었다. 내가 손을 내밀어, 벽에 걸린 일본 그림을 떼어내어 책상 위에 놓자 버니가 소리를 질렀다.

"손대지 마!"

버니는 기겁을 하고 들고 있던 침대 머리 탁자의 서랍을 놓아버리고는 달려와 그 그림을 집어 들었다.

"자그마치 200년이나 된 거라고."

그러나 나는 알고 있었다. 몇 주 전 버니가 도서관에서 면도칼로 일본 화집에서 그 그림을 오려내는 것을 본 적이 있었다. 아무 말도 하지 않았지만 싫었다. 그런 괴상망측한 핑계를 대는 그의 자존심이 싫었다. 그가 떠난 뒤에 나는 내 우편함에서 사과의 말이 쓰인 엽서와 함께, 루퍼트 브룩의 시집, 주니어 민트껌 한 갑을 넣어 포장한 꾸러미를 발견했지만 기분은 풀리지 않았다.

헨리는 조용히 그리고 흔적도 없이 떠났다. 어느 날 밤 그는 우리에게, 다음 날 아침에 떠난다고 말했다(이탈리아로 가기 전에 먼저 세인트루이스로 간다는 것이었을까? 우리 중에 그것을 아는 사람은 하나도 없었다). 프랜시스는 헨리가 떠난 그다음 날 떠났다. 프랜시스가 떠날 때의 그 길고 지루했던 이별의 절차가 잊히지 않는다. 프랜시스는 시린 코와 귀를 연신 감싸쥐는 나와 찰스와 커밀라를 보도에 세워둔 채 자그마치 45분간이나 떠들어대다가 떠났다. 우리와 함께 서서 떠들어댄 것이 아니다. 자기는 시동이 걸린 자동차 운전석에 앉아 창문을 열어놓고, 머스탱의 배기가스를 뿜으면서 떠들어댄 것이다.

마지막으로 떠나서 그랬겠지만 커밀라와 찰스가 떠나는 것은 정말 보고 싶지 않았다. 프랜시스의 자동차 경적이 눈 덮인 원경 속으로 사라진 뒤 우리는 서로 아무 말 없이 숲 샛길을 걸어 쌍둥이 남매의 아파트로 왔다. 찰스가 불을 켜는 순간 나는 또 한 번 놀랐다. 집 안이 섬뜩할 정도로 잘 정리되어 있었기 때문이었다. 싱크대는 비어 있었고, 바닥에는 기름이 칠해져 있었으며 서가는 문 옆에 빈 채로 가지런히 놓여 있었다.

교내 식당이 모두 문을 닫은 것은 그날 정오였다. 눈은 쏟아지고, 날은 어두워져갔지만 우리에게는 자동차가 없었다. 깔끔하게 닦인 데다 라이졸 냄새까지 풍기는 쌍둥이네 냉장고는 물론 비어 있었다. 우리는 주방의 식탁에 둘러앉아 통조림 버섯, 소다크래커, 설탕이나 우유도 못 넣은 홍차로 서글픈 대용 식사를 마쳤다. 우리의 대화는 쌍둥이 남매 찰스와 커밀라의 여행을 앞둔 걱정거리에서 맴돌았다. 둘은 짐은 어떻게 싸야 하고, 6시 30분

기차를 타려면 택시는 몇 시에 도착하게 해야 하는가 하는 문제를 두고 걱정했다. 나도 두 사람의 이야기에 동참했으나 문득 세상만사가 우울해 보이는 것은 어쩔 수 없었다. 이 수렁 같은 우울증은 그로부터 몇 주 동안이나 나를 괴롭히게 되었다. 눈길 너머로 사라지던 프랜시스의 자동차 소리가 귀에 선했다. 그때 나는 비로소, 모두가 떠나고 학교는 문을 닫은 눈 천지에서 두 달 동안 내가 얼마나 무서운 고독과 싸워야 하는가를 깨달았다.

찰스와 커밀라는, 너무 이른 시각에 떠나니까 굳이 나올 것은 없다고 말했다. 그러나 나는 5시에 그들과 작별 인사를 나누러 나갔다. 날씨가 맑기는 했지만, 하늘의 별이 보일 정도로 어두운 새벽이었다. 대학 본부 포치에 걸린 온도 표지판에 따르면 기온은 섭씨 영하 15도에서도 한참 내려가 있었다. 택시는 하얀 김을 뿜으며 아파트 앞에서 기다리고 있었다. 운전사가 짐을 욱여넣고 트렁크를 닫자 찰스와 커밀라는 뒷자리 문을 열었다. 여행을 앞둔 긴장과 흥분에 시달리고 있었기 때문에 그런지 쌍둥이 남매의 표정은 밝지 못했다. 부모가 주말에 워싱턴으로 가다가 자동차 사고로 나란히 목숨을 잃었으니, 둘 다 여행에 과민할 정도로 신경을 쓰는 것도 무리는 아니었다. 둘은 저희끼리 어디에 갈 때마다 며칠 전부터 서로에게 짜증을 부리고는 했다.

예정보다는 늦어지고 있었다. 찰스는 가방을 땅에 놓고 손을 내밀었다.

"크리스마스 잘 보내, 리처드. 엽서 보내주겠지?"

찰스는 이 말만 남기고 보도 아래로 내려섰다. 두 개의 무거운 여행 가방과 씨름하던 커밀라는 실수로 가방을 모두 눈밭 위에 굴리고는 투덜거렸다.

"젠장, 이게 다 기차에 들어가기나 할지 모르겠네."

커밀라는 가쁜 숨을 몰아쉬고 있었다. 뺨 위로 홍조가 진하게 타고 있었다. 나는 그때까지 그 순간의 커밀라처럼 미치도록 아름다운 여자는 본 적이 없었다. 나는 어색하게 커밀라 가까이 다가섰다. 내 혈관 속으로 피가 콸 콸 소리를 내며 흘렀다. 치밀하게 준비한 작별 키스를 잊어버리고 그렇게 멍하게 서 있는데 커밀라의 팔이 내 목을 감싸고는 내 얼굴로 뺨을 가져왔다. 커밀라의 숨결이 거칠게 내 귀에 와 닿았다. 한순간이지만 뺨은 얼음장 같이 싸늘했다. 나는 장갑 긴 커밀라의 손을 잡았다. 팔목의 맨살에 닿은 내 손가락으로 커밀라의 맥박이 전해져왔다.

택시가 경적을 울리자 찰스가 창밖으로 목을 뽑아 소리쳤다.

"어서 타."

나는 보도 위로 올라서, 미끄러지기 시작하는 택시를 바라보았다. 두 사람은 검은 시트에서 모로 앉아 뒤창을 내다보며 손을 흔들었다. 택시가 방향을 돌리는 순간, 차창에 뒤틀린 내 그림자가 잠깐 비쳤다. 택시는 모퉁이를 돌아 사라져버렸다.

나는 자동차 소리가 들리지 않을 때까지 아무도 없는 그 거리에서 있었다. 자동차 소리는 곧 내 귓가에서 사라졌다. 이따금씩 바람이 눈을 쓸고 지나가는 소리만 들렸다. 나는 주머니에 손을 찔러 넣고 학교 쪽으로 발길을 돌렸다. 내 발소리가 견딜 수 없으리만치 크게 들렸다. 기숙사는 조용했다. 테니스코트 위의 대형 주차장에는 몇 대의 교수들 자동차와 학교 영선(營繕) 사무소의 초록색 트럭이 서 있을 뿐이었다. 기숙사 복도에는 구두 상자, 옷걸이 같은 것들이 지저분하게 널려 있었다. 문은 열려 있었다. 어둡고 조용하기가 무덤 같았다. 내 평생 그렇게 우울했던 날은 그날이 처음이었을 것이다. 나는 손질도 하지 못한 침대로 올라가 잠을 청했다.

가진 것이 별로 없어서 내 짐은 챙겨봐야 여행 가방 두 개면 충분했다. 나는 정오쯤 되어서야 일어나 여행 가방을 챙겨 들고 내려와, 열쇠를 반납하고는 밖으로 나왔다. 시내로 통하는 눈 덮인 길에는 인적이 없었다. 내게는 며칠 전 히피가 전화로 불러준 주소가 있었다.

걸어야 하는 거리는 생각했던 것보다 멀었다. 나는 곧 간선도로를 벗어나 캐터랙트 산 근방의 한적한 오솔길로 접어들었다. 내가 가는 길은 마침, 야트막하면서도 흐름이 빠른 배튼킬 강과 병행하고 있었다. 걷다 보니 눈에 덮인 다리가 군데군데 보였다. 집은 별로 눈에 띄지 않았다. 버몬트 주의 숲 속에서 자주 볼 수 있는, 옆에 장작더미가 쌓여 있고 굴뚝으로는 검은 연기를 뿜는 을씨년스러운 트레일러하우스도 별로 보이지 않았다. 간간이 집 마당의 콘크리트블록 위에 버려진 것들을 빼면 자동차도 거의 눈에 띄지 않았다.

내가 좋아서 하는 산보 같은 것이었으면 즐거웠을 것이다. 그러나 12월, 그것도 눈이 두 자나 쌓여 있는 눈길인 데다 두 개의 여행 가방까지 들고 있었다. 아무래도 제대로 찾아갈 것 같지 않다는 느낌이 나를 괴롭혔다. 발가락과 손가락이 시려오기 시작했다. 나는 몇 번이나 쉬어가지 않으면 안 되었다. 그러나 시간이 지나면서 집들이 눈에 띄기 시작하더니만 큰길이 나왔다. 들은 바에 따르면 그 길이 바로 이스트 햄든의 프로스펙트 거리일 터였다.

프로스펙트 거리는 내가 한 번도 가본 적이 없는 길이었으며 내가 알고 있던 세계, 단풍나무가 있고, 가게가 있고, 풀밭 사이로 마을이 있고, 시계탑이 있는 세계와는 너무나 동떨어진 세계였다. 이스트 햄든에는 급수탑, 녹슨 철로, 다 무너져 가는 제작소, 문에는 빗장이 질러져 있고 창은 다 부서져 나간 공장만 덩그렇게 있어서 그것은 흡사 폭격이라도 맞은 도시나 경제공황 이래로 그대로 버려져 있던 도시 같았다. 길가에 흉하기는 하나 조그만 바는 하나 있었다. 이른 오후 시각인데도 앞에 몇 대의 트럭이 서 있는 것으로 보아 장사가 되기는 하는 모양이었다. 네온으로 된 맥주 광고탑 위로는 크리스마스 장식 등불과 플라스틱 감탕나무 장식이 걸려 있었다. 지나가면서 내부를 들여다보았다. 플란넬 셔츠 차림의 사내들이 앞에 위스키 잔이나 맥주잔을 놓고 바 앞에 줄지어 서 있었고 그 뒤로는 야구 모자를 쓴 젊은 패거리들이 당구대를 둘러싸고 있었다. 나는 바의 빨간 비닐을 씌운 문 앞에 서서, 문 위에 뚫린 창을 통해 조금 더 들여다보았다. 길도 물을 겸 들어가서 한잔하면서 몸이나 녹여? 나는 그러기로 하고, 손을 내밀어 기름 때가 묻은 손잡이를 잡으면서 창문에 씌어져 있는 바의 상호를 읽었다. 볼더 탭. 나는 지방 뉴스 시간에 자주 들어서 볼더 탭을 알고 있었다. 볼더 탭은 햄든의 자질구레한 범죄 사건의 중심지 같은 곳이었다. 사람을 찔러 죽이는 사건, 강간 사건이 줄을 이어 생기는데도 증인은 하나도 없는 곳, 그곳이 바로 볼더 탭이었다. 햄든에서 온 길 잃은 대학생이 혼자서 한잔하러 들어갈 만한 그런 곳이 아니었다.

히피가 사는 곳을 찾는 일은 그리 어렵지 않았다. 강 왼쪽에 창고가 더러 있었으나 보라색 창고는 하나뿐이었다.

노크 소리를 듣고 나온 히피는, 내가 낮잠이라도 깨웠는지 화가 나 있는 것 같았다.

"여보, 왜 하필 이 시각이야?"

히피가 뚱한 목소리로 말했다. 땀에 전 티셔츠를 입은 이 히피는 빨간 수염을 기른 땅딸막한 사내였다. 한눈에 친구들과 밤이면 볼더 탭의 당구대를 적지 않게 맴돌아본 사람임을 알 수 있었다. 그는 내가 묵을 방이 있는, 가파른 철제 계단(물론 손잡이도 없는)을 가리키고는 더 이상 아무 말도 없이 사라져버렸다.

올라가 보니 먼지투성이의 어두컴컴한 방이었다. 바닥은 널빤지로 되어 있었고 높은 천장의 서까래는 그대로 드러나 있었다. 구석에는 부서진 재봉틀, 높은 의자가 하나 놓여 있었다. 가만히 보니 가구라고는 의자 하나뿐이고 군데군데 잔디 깎는 기계, 녹슨 드럼통, 대패질할 때 쓰일 만한 가대

(架臺), 샌드페이퍼, 목공 연장, 만돌린의 뼈대가 될 터인 몇 개의 휘어진 나무
가 널려 있었다. 뿐만 아니었다. 대팻밥, 못, 식료품 봉투, 담배꽁초, 1970년
대의 〈플레이보이〉 같은 것도 널려 있었다. 창에는 서리와 그을음이 켜켜이
앉아 있었다.

손가락에서 힘이 빠지면서 여행 가방이 하나씩 바닥으로 떨어져 내렸다.
정신이 멍했다. 나는 멍한 상태에서 아무 편견이나 비판 없이 거기에서 받
은 인상을 머리에 새겼다. 한동안 이런 상태로 있다 보니 문득 어디에선가
물소리 비슷한 소리가 들려왔다. 가대 옆에 있는 뒤 창가로 다가가 아래를
내려다보았다. 놀랍게도 창 아래로 1미터도 채 안 되는 곳으로 물이 흐르고
있었다. 그 아래에는 조그만 댐이 있었고 그 댐 가까이에서는 거품이 날고
있었다. 나는 손으로 유리창을 동그랗게 닦아내었다. 그제야 바깥이 선명하
게 보였다. 나는 그제야 실내로 들어왔는데도 불구하고 내 입김이 여전히
하얗게 나온다는 것을 깨달았다.

문득, 찬바람이라고밖에는 표현할 수 없는 것이 나를 스치고 지나갔다.
천장을 올려다보았다. 천장에는 커다란 구멍이 뚫려 있었다. 가장자리가 시
커멓게 찢어진 천장을 통해서, 푸른 하늘과, 왼쪽에서 오른쪽으로 재빠르게
흐르는 구름이 보였다. 나는 그 천장의 구멍 바로 아래, 그러니까 내 발밑을
보았다. 먼지와 뒤섞인 눈이 얇게 쌓여 있었다. 눈이 쌓인 모양은 천장의 모
양과 아주 똑같았다. 눈은 내린 모습 그대로 가만히 쌓여 있었다. 눈 위에
자국이 있다면 그것은 외로운 발자국 몇 개뿐이었다. 그것은 바로 내 발자
국이었다.

뒷날 많은 사람들이, 내게 1년 중에 가장 추운 계절에, 그것도 대륙의 북

부에 있는 버몬트 주의 난방도 안 되는 건물에서 겨울을 나기로 작정하면서도 그것이 얼마나 위험한 일인 줄을 몰랐느냐고 묻고는 했다. 솔직하게 말해서 나는 알지 못했다. 물론 장비가 허술한 스키어가 얼어 죽었다느니, 주정꾼 혹은 노인이 얼어 죽었다느니 하는 말은 들은 적이 있다. 그러나 여러 가지 이유에서 나는 그런 것들이 나에게는 해당되지 않는다고 생각했다. 만돌린 제작소의 내 거처는 더럽고 지저분했고 엄청나게 추웠다. 그러나 그런 것들이 나에게는 쾌적하지 못한 환경이라는 말과 관계가 있는 것이지 위험한 환경일 수는 없었다. 다른 학생들이 살았을 터이고, 히피가 살고 있지 않던가? 만약에 위험한 곳이라면 소개 업무를 관장하던 학교 당국의 해당 부서에서 말해주었을 터였다. 그러나 내가 알지 못했던 것은, 히피가 거처하는 방은 난방이 되는 방이었고, 거기에서 살다 나간 다른 학생들은 모두 히터나 전기담요 같은 것으로 중무장하고 있었다는 점이었다. 학교 당국의 해당 부서는 모르고 있었지만 천장의 구멍도 생긴 지 얼마 안 된 것이었다. 나는 그런 사실을 아는 사람이 있었다면 분명히 나에게 그런 이야기를 해주었을 것이라고 믿는다. 그러나 문제는, 그런 사실을 아는 사람이 하나도 없었다는 데 있다. 나는 내가 겨울을 날 거처가 그 모양인 데 몹시 당황한 나머지 아무에게도 내 거처를 말해주지 않았다. 심지어는 롤랜드 박사에게도 말하지 않았다. 아는 사람은 오로지 히피 한 사람뿐이었다. 히피는 자기의 문제가 아니면 어떤 관심도 표명하지 않는 그런 종류의 인간이었다.

나는 주위가 어둑어둑한 이른 새벽에 바닥에 깔린 담요 위에서 잠을 깨어서는(나는 스웨터 두세 개, 긴 속바지, 순모 바지 그리고 외투까지 입고 잤다) 롤랜드 박사의 연구실로 가고는 했다. 먼 길이었다. 눈이 오거나 강풍이라도 부는 날은 사정이 더할 나위 없이 비참해지고는 했다. 나는 온몸이 얼고 완전히 탈진에 가까운 상태로, 관리인이 문을 여는 시각에 커먼스 홀에 도착하면 지하로 내려가 샤워와 면도를 했다. 2차 대전 당시 임시 후송 병원의 일부였던 이 지하실은 대단히 을씨년스러운 공간—천장에 파이프가 지나가고, 바닥 한가운데로 배수 파이프가 그대로 드러난 채로 지나는, 사방이 하얀 타일로 되어 있는 공간—이었다. 관리인은 파이프에 연결된 수도꼭지에서 청소할 물을 받고는 했는데, 나는 바로 그 수도꼭지를 이용했다. 이 수도꼭지는 다행히도 가스 온수기에 연결되어 있었다. 나는 앞에 유리가 달린 빈 캐비닛을 하나 찾아내어 비누와 면도기는 물론 수건까지 하나 접어 그 안에다 숨겨두고 아침마다 꺼내 썼다. 그런 다음에는 위로 올라가 사회과학부 연구실에서 통조림 수프와 인스턴트커피로 아침을 때우고는 롤랜드 박사의 연구실로 올라갔다. 박사와 비서들이 도착할 시각이면 대개 나의 하루 일은 준비가 끝나 있기가 보통이었다.

겨울방학 직전까지는 내가 자주 무단으로 결근하고, 자주 핑계를 대서 빠져나가고, 약속 날짜까지 일을 맞추어내지 못하는 데 익숙해져 있던 롤랜드 박사도 그즈음부터 갑자기 부지런해진 내 태도에 처음에는 반신반의하더니 조금 뒤부터는 놀라는 눈치를 보였다. 그는 내가 이루어낸 일의 성과를 칭찬하기도 했고, 나를 불러 불편한 것이 없느냐고 묻기까지 했다. 언젠가는, 겨울방학인데도 학교를 떠나지 않은 또 한 사람의 교수인 심리학과 과장 캐브리니 박사와 나의 이 갑작스러운 변신을 두고 이야기를 나누기까지 했다. 롤랜드 박사도 처음에는 나의 이러한 변신이 새로운 속임수의 하나라고 생각했음에 분명했다. 그러나 몇 주가 훌쩍 지나간 뒤에 며칠이 또 흐르면서, 이미 빛나기 시작한 나의 기록에 근면, 성실의 금별이 나날이 늘어가자, 롤랜드 박사도 더는 의심하지 않았다. 그는 처음에는 반신반의하면서 나를 믿다가 나중에는 전폭적으로 신임하였다. 2월 중순에는 급료까지 올려주었다. 모르기는 하지만, 그는 자기가 가르치는 행동과학에 근거해서 급료를 올림으로써 나에게 보다 높은 동기부여를 하는 것으로 믿었던 모양이다. 그러나 그는 겨울방학이 끝나고 내가 저 먼머스 하우스의 쾌적한 내 방으로 돌아온 뒤부터는, 이런 높은 동기부여를 후회해야 했다. 먼머스 하우스로 돌아온 뒤부터 나는 그렇게 부지런해야 할 이유를 잃어버렸기 때문이었다.

나는 되도록이면 롤랜드 박사의 연구실에서 늦게까지 미적거리다가 저녁을 먹으러 커먼스 홀의 스낵바로 가고는 했다. 운이 좋은 밤이면 그 시간 이후로도 기웃거릴 데가 더러 생기기도 했다. 나는 열심히 게시판을 훑어, 주당(酒黨)들의 단합대회나 그 지역 고등학교에서 벌어지는 뮤지컬 공연 같은 것을 찾아냈기 때문이다. 그러나 그런 것이 매일 있을 리는 없었다. 따라서 그런 자리를 찾아내지 못한 채로 7시에 커먼스 홀의 문이 닫히면 나는 할 수 없이 어두운 눈길을 걸어서 히피의 제작소로 가지 않으면 안 되었다.

창고의 추위는, 그 전에도 겪어본 적이 없었고 그 후에도 겪어본 적이 없는 참으로 혹독한 것이었다. 내 머리가 조금이라도 돌아갔더라면 시내로 나가서 전열기 같은 것을 사 올 수도 있었을 터였다. 그러나 미국에서 가장 더운 지방에서 올라온 지 넉 달밖에 안 되었던 나는 그런 가전제품이 있다는 것조차 몰랐다. 나는 버몬트 주 인구의 상당수가 적어도 내가 겪고 있었던 것과 같은 추위와는 싸우지 않고 산다는 사실도 알지 못하고 있었다. 관절이 마디마디 쑤실 정도로 혹독한 추위와 싸우면서 자다 보면 꿈도 늘 추위와 관련된 악몽이었다. 실종된 탐험대의 일원으로 부빙(浮氷)에 갇혀 있는 꿈, 시커먼 북극해에서 악전고투하는 내 머리 위로 수색기(搜索機)의 불빛이 무정하게 스쳐 지나가는 꿈도 꾸었다. 그런 꿈을 꾸고 일어난 아침이면 밤새 얻어맞은 것처럼 온몸이 쑤셔오고는 했다. 나는 처음에는 침대에서 자지 못하고 바닥에서 자기 때문에 생기는 증상이라고 생각했다. 그러나 아니었다. 나중에야 나는 밤새 사정없이 떨면서 자기 때문에 생기는 증상이라는 것을 알았다. 그러니까 내 몸의 근육과 근육이, 매일 밤마다 전기

충격이라도 받는 것 같은 상태에서 따로따로 놀았기 때문에 그런 증상이 생겼던 것이었다.

설상가상으로 히피(이름은 리오였다)는, 내가 만돌린의 뼈대를 깎거나 물건을 포장하는 데 시간을 더 써주지 않는다고 화를 내었다. 말하자면 내가 그의 기대에 부응하지 못하고 있다는 것이었다. 그는 나와 마주칠 때마다 불평했다.

"이봐, 특혜를 받고 있는데도 이러기야? 이 리오를 뭐로 아는 거야? 아무도 나를 우습게 못 본다고."

나는 그런 말을 한 기억이 없는데도 불구하고 그는 나를 악기공장에서 일해본 사람, 따라서 상당히 기술적으로 까다로운 일도 할 줄 아는 사람으로 알고 있었다. 내가 할 줄 모른다고 하자 그가 말했다.

"아니야, 자네는 할 줄 알아, 할 줄 알고말고. 자네는 여름 한 해를 블루리지 마운틴에서 살았다고 했어, 거기에서 덜시머를 깎았다고 했어. 켄터키 주에서 말이야."

이러는 데는 할 말이 없었다. 나는 나 자신의 거짓말을 수습하는 데는 길들어 있었지만 다른 사람의 거짓말에는 영락없이 당황했다. 그래서 나는 그의 말을 전적으로 부인하고, 솔직하게, 나는 덜시머라는 악기가 어떻게 생긴 악기인지도 모른다고 말했다.

"그럼 만돌린의 뼈대를 깎아. 그리고 시간이 있으면 청소해."

"하지만 만돌린의 뼈대를 깎으려면 장갑을 벗고 깎아야 하는데, 이곳은 너무 추워서 장갑을 벗고는 작업을 할 수 없어요."

"그러면 장갑 손가락을 잘라내."

리오가 착 가라앉은 목소리로 대답했다. 우리가 이따금씩 만날 때면 늘 입씨름이 오갔다. 뒤에 안 사실이지만 리오는 만돌린이라는 악기를 사랑하기는 하지만, 내가 그곳으로 오기까지 몇 달 동안 만돌린 만드는 일은 한 적이 없었다. 자기 일에 그렇게 관심이 없는 리오라면 지붕에 구멍이 뚫려 있다는 사실도 알 것 같지 않았다. 그래서 어느 날 나는 용기를 내어 그에게 구멍 이야기를 했다.

"자네가 해야 할 일이지, 내가 해야 할 일이야?"

리오가 한 말이었다. 어느 일요일, 내가 이것을 수리해보기로 결심하고 주위에 굴러다니던 만돌린 만들 합판을 주워가지고 지붕으로 올라갔다가 떨어져 죽을 뻔한 일은 그 제작소에서의 내 삶이 얼마나 비참했던가를 단적으로 보여준다. 지붕의 경사는 가팔랐다. 나는 지붕에서 구멍을 메우려다가 중심을 잃고 미끄러졌다. 미끄러져 내려오면서 물받이를 잡지 못했더라면 나는 아마 댐으로 떨어졌을 것이다. 물받이에 매달려 발버둥 치던 내가 ―이때 나는 녹슨 함석에 손을 다쳐 항생제 주사를 맞아야 했다―연장까지 간수할 수는 없는 노릇이었다. 리오의 망치와 톱과 만돌린 제작용 합판은 댐의 물속으로 떨어졌다. 망치와 톱은 가라앉아 버렸기 때문에 리오는 그것이 없어진 줄을 몰랐다. 그러나 만돌린 제작용 합판이 물 위로 떠올라 이게 그만 리오의 침실 창 밑으로 흘러가고 말았다. 리오는 할 말이 많았다. 특히 남의 물건을 소중하게 쓸 줄 모르는 철딱서니 없는 대학생으로, 틈만 나면 자기를 괴롭히는 쓰레기 같은 인간들의 대표로 나는 그의 욕을 먹었다.

크리스마스는 그럭저럭 왔다가 그럭저럭 갔다. 그러나 크리스마스가 와서 달라진 것이 전혀 없었던 것은 아니다. 학교로 가서 롤랜드 박사의 일을 하지 않게 되어서 좋았지만 가서 몸을 녹일 데가 없었다. 할 수 없이 나는 교회로 가서 몇 시간이나마 몸을 녹였다. 교회에서 내 거처로 돌아온 나는 담요를 몸에 감고 뼛속까지 스며드는 추위와 싸우면서 어린 시절의 그 따뜻하던 크리스마스를 생각했다. 오렌지와 자전거와 훌라후프와 열기 속에 반짝이던 녹색 장식을 생각했다.

학교로 이따금씩 우편물이 왔다. 프랜시스는 여섯 장에 이르는 장문의 편지를 보내왔다. 편지에 따르면 그의 겨울방학은 행복하지 못했다. 지겹게 나날을 보내는 데다 음식까지 입에 맞지 않는 모양이었다. 쌍둥이 남매는, 할머니가 만들었다는 과자 한 상자와 함께 두 가지 서로 다른 잉크로 쓴 편지를 보내왔다. 찰스는 검은 잉크로, 커밀라는 빨간 잉크로 쓴 편지였다. 1월 둘째 주에는 로마로부터 날아온 엽서를 받았다. 로마의 주소는 없었다. 엽서의 사진은 프리마 포르타의 아우구스투스상이었다. 손재주 있는 버니의 만화도 그려져 있었다. 헨리와 버니 자신이 로마식 옷을 입고(동그란 안경에 토가 자락을 펄럭이며), 팔을 내뻗은 아우구스투스상의 손 쪽을 바라보고 있는 그림이었다.(카이사르 아우구스투스는 버니의 우상이었다. 문학부의 크리스마스 파티 때 누군가가《누가복음》2장에 나오는 베들레헴 이야기를 읽었는데, 버니는 이때 카이사르 아우구스투스의 이름이 나올 때마다 건배함으로써 좌중의 눈살을 찌푸리게 했다. 우리가 눈총을 주자 버니가 말했다. "왜 그래? 이 세상에 살자면 세금은 내야지. 나는 공평과세의 주인공에게 건배하는 거라고.")

이 엽서는 아직도 내 수중에 있다. 세월에 많이 바래기는 했어도 아직은 읽을 만하다. 글씨는 여전히 연필 글씨였다. 서명은 없었지만 헨리가 썼을 가능성은 전혀 없었다.

> 리처드.
> 얼어 죽지 않았냐? 이곳은 따뜻하다.
> 우리는 펜스초네에 묵고 있다.
> 어제는 레스토랑에서 잘 모르고 콘체를 시켰다.
> 맛이 지독했는데도 헨리는 잘 먹더라.
> 이곳 사람들은 모두 가톨릭이다.
> 아리바데르치(Arrivaderci), 안녕.

프랜시스와 쌍둥이 남매는 나에게 주소를 묻고 있었다. "지금 어디에 묵고 있어?"라고 쓴 검은 글씨로 보아 이것은 찰스의 궁금증이었고, "글쎄 말이야, 어디야?"라고 빨간 글씨로 쓴 이것은 커밀라의 궁금증이었다(커밀라가 쓰는 잉크는, 커밀라의 목소리가 지닌, 밝으면서도 약간은 쉰 듯한 색깔을 못 견디도록 그립게 했다). 그들에게 줄 만한 주소가 없었기 때문에 나는 그들의 질문을 깡그리 무시하고, 대신 지겨운 눈 소식, 겨울의 아름다움, 고독 같은 것들에 대해서만 잔뜩 써서 보냈다. 나는 이따금씩 먼 곳에서 그런 편지를 받는 사람들이 내 삶을 어떤 식으로 상상할 것인가에 대해 생각해보고는 했다. 내 편지가 묘사해내는 삶은 애착에서 벗어난 삶, 비인격적인 삶이었다. 따라서 포괄적인 삶, 반듯하게 정의되지 않는 삶이었다. 그래서 읽다 보면 대목대목이 공허해 보일 수도 있었다. 시기와 환경이 다를 뿐, 나 자신이 그렇듯이 내가 쓴 편지는 읽는 사람들에게 고타마 싯다르타(釋迦)의 분위기를 느끼게 할 터였다.

나는 이런 편지들을 대부분, 일을 시작하기 직전인 아침에 롤랜드 박사의 연구실에서나, 도서관에서나, 관리인으로부터 나가달라는 소리를 들을 때까지 어슬렁거리곤 하던 초저녁의 커먼스 홀에서 썼다. 어떻게 보면 내 삶 자체가 이 연구실과 도서관과 커먼스 홀처럼 서로 아무 관련이 없는 공공장소를 전전하는 것으로 이루어진 듯했다. 남들의 삶터인 그런 공공의 공간을 전전하던 나는 어떤 의미에서는 영원히 오지 않을 기차를 기다리는 사람과 같았다. 한밤중에 기차역을 기웃거리면서, 지나다니는 승객들에게 20년 전의 심야열차 시간표를 묻던 유령이 있었다던가. 나 역시 그 유령처럼, 문이 닫힐 때까지, 관리인이 나가기를 요구할 때까지, 불이 켜진 곳, 온기가 있고 사람이 있고 대화가 있는 곳을 전전했다. 그렇게 전전하다 밖으로 나서면 뼈를 뒤트는 듯한 추위를 느끼고는 했다. 밖으로 나서면 빛도 온기도 없었다. 나는 그때 이후로 따뜻함을 누려본 적이 없다.

나는 나 자신을 투명인간으로 만드는 데 전문가가 되어갔다. 나는 커피 한 잔으로 두 시간을 버틸 수도 있었고, 음식 한 접시를 시키고도 웨이트리스의 눈총을 받지 않고 다섯 시간을 버틸 수 있었다. 커먼스 홀의 관리인이 밤마다 나에게 나가줄 것을 요구했지만, 글쎄, 그들은 알까? 똑같은 사람에게 똑같은 말을 몇 번씩이나 하곤 했다는 것을. 일요일이면 투명 외투를 걸치고 약국에 자그마치 여섯 시간씩이나 죽치고 앉아 〈양키〉나 〈리더스 다이제스트〉를 뒤적거려도, 내가 거기 있다는 것을 접수계원도, 약사도, 병으로 고통을 받고 있을 나 같은 손님들도 알지 못했다.

그러나 H. G. 웰스의 소설에 나오는 투명인간처럼, 나도 투명인간 노릇에는 엄청난 대가가 지불되어야 한다는 것을 깨달았다. 웰스의 주인공의 경우가 그랬듯이 내 경우에도 정신의 공백을 그 대가로 치러야 했다. 그들이 나를 보지 못하는 것이 아니었다. 나의 눈을 보지 않을 뿐이었다. 그런데도 나는 그들이 투명인간이 된 나의 몸을 관류하고 지나가는 것으로 믿었다. 다른 사람들의 모습까지 변모시킬 수 있다는 미신에 사로잡힐 즈음에는 이미 중증이었다. 그렇게 된 이상 내 방으로 통하는 가파른 철제 계단으로 오르다 떨어져 목을 부러뜨린다거나 다리를 부러뜨린다거나 하는 것은 시간 문제였다. 리오가 모르는 사이에 얼어 죽거나 굶어 죽는 수도 있었다. 내가 이렇게 생각한 데는 까닭이 있다. 어느 날 서슴없이 그 가파른 철제 계단을 올라가는데 문득 브라이언 이노의 옛 노래("뉴델리에서도 홍콩에서도 사람들은 모른다. 그날이 오래지 않다는 것을……")가 들려왔다. 나는 지금도 계단을 오르내릴 때는 이 노래의 노랫말을 떠올리고는 한다.

하루에 두 번씩, 샛강에 걸린 보행자 전용 다리를 지날 때마다, 나는 커피 색깔이 된 길 가장자리의 눈 속에서 주먹만 한 돌을 하나씩 찾아내고는, 다리 난간에 기대서서, 공룡의 알만 한 화강석 하상(河床) 위를 흐르는 급류에 던지고는 했다. 돌을 던지는 행위가 나에게는 강신(江神)의 가호를 비는 행위 혹은 나라고 하는 인간의 물리적인 형태가 여전히 존재하는지의 여부를 확인하는 행위였다. 물이 얕아서 이따금씩 돌이 하상을 때리는 소리가 들리기도 했다. 두 손으로 얼음같이 찬 난간을 붙잡은 채, 매끌매끌한 돌 위로 거품을 지어내면서 흐르는 물을 바라보면서 나는 이런 생각도 더러 했다. 여기에 떨어져 머리로 저 돌을 찧으면 어떻게 될까? 퍽 소리가 나고, 힘이 확 빠지면서 피가 저 물속으로 번지겠지. 내가 만일에 여기에서 떨어진다면, 누가 나를 발견하게 될까? 급류가 내 몸을 바위에다 찧으면서 끌고 내려가서 저 아래, 물살이 비교적 잔잔한 염색공장쯤에서 수면으로 떠올리겠지. 그러면 오후 5시에 퇴근하려고 주차장에서 자동차를 뽑아내던 염색공장 직공이 헤드라이트에 비친 나를 발견하겠지. 아니면 내가 물에 빠뜨린 리오의 연장처럼, 물속에 잠긴 채로 봄을 기다리게 될까?

이런 생각을 할 때가 1월의 셋째 주였다. 기온은 계속해서 떨어지고 있었다. 그전까지만 해도 힘에 겹고, 쓸쓸하기만 하던 내 삶이 이때부터는 도저히 더 견디기가 어려울 지경이 되고 있었다. 날이면 날마다 나는 잠도 모자라는 상태에서 그 길을 오고 갔다. 기온이 섭씨 영하 20~30도를 오르내리거나 폭설이 내릴 경우 나는 예외 없이 강에 바싹 붙은 채로 걷다가 그 보행자 전용 다리를 건넜다. 거처로 돌아와서 내가 할 수 있는 일은 그때 이미 지저분해진 담요를 온몸에 감고 시체처럼 바닥에 가만히 누워 있는 일뿐이었다. 추위를 이기려고 필사적인 노력을 기울이는 것 이외에 내가 한 일이 있다면 그것은 에드거 앨런 포적인 공상에 매달리는 일이었다. 어느 날 밤 나는 결국 꿈속에서 내 시체를 보고야 말았다. 눈을 뜨고 있는 내 시체의 머리카락은 꽁꽁 언 채 쭈뼛쭈뼛 서 있었다.

오전이면 나는 시계처럼 정확하게 롤랜드 박사의 연구실에 가 있었다. 훌륭한 심리학자인 그는 신경쇠약의 열 가지 징후 같은 데만 관심이 있는 것이 아니라, 자기가 배웠고 또 가르칠 자격이 있는 분야면 무엇에든 관심을 보였다. 내가 제대로 맞장구만 쳐주었다면 별별 이야기를 다 했을 터였다. 그러나 나는 그의 앞에서는 되도록이면 침묵을 지켰다. 그래서 그의 이야기는 풋볼 이야기, 어린 시절에 기르던 개 이야기에 머물렀다. 어떤 경우 박사는 나에게 대단히 이해하기 어려운 이야기를 하고는 했다. 가령 어느 날 그는 나에게 이렇게 물었다.

"자네는 연극을 공부한 줄 아는데, 왜 연극에 출연하지는 않나? 부끄럼을 타는 건가? 사람들에게, 자네가 어떤 사람인지 한번 보여주지 그러나?"

또 어떤 날은, 자기가 브라운 대학에 있을 때는, 자기 아래층 방에 사는 교수를 불러올려 방을 나누어 썼다는 말도 했다. 언젠가는 나에게, 방학 중에 햄든에 머물고 있는 친구는 없느냐고 묻기도 했다.

"겨울방학이 끝나기까지는 친구가 없습니다."

나는 이렇게 대답했다. 사실이 그랬다.

"떠나보낸 친구만을 친구라고 생각하는 건 잘못이야, 자네에게 가장 좋은 친구는, 자네가 어떤 상황에 처하건 그 상황에서 사귀는 친구라네. 내 말을 믿지 않을 것이네만, 내 나이가 되면 옛 친구는 하나도 옆에 남아나지 않는다네."

밤중에 눈 덮인 벌판을 걸어 제작소의 거처로 돌아오다 보면 문득 나는 과거도 추억도 없는 사람, 영원히 그 길, 사방이 희끄무레하고 눈보라가 치는 바로 그 길을 걸어야 할 사람일지도 모른다는 생각을 했다.

나는 내 건강에 어떤 이상이 있었는지 아직도 잘 모른다. 의사들은 나에게 조악한 식사 습관으로 인한 만성 저체온증에다 가벼운 폐렴 증세까지 보인다고 했다. 그러나 나로서는 그런 병증과, 나를 괴롭히던 환상과 정신적인 공황의 관계를 설명할 수 없다. 대개의 경우 나는 나의 건강이 정상적이 아니라는 것도 의식하지 못했다. 정체 모를 증세, 열 혹은 통증, 이런 것들은 그보다 몇백 배 고통스러운 비참한 나의 현실에 밀려나기 일쑤였기 때문이었다.

　이유는 간단하다. 당시 나는 진퇴양난인 상황에 몰려 있었다. 내가 제작소에서 고생할 1월 당시의 추위는 25년 만에 찾아온 강추위였다. 나는 얼어 죽게 될까 봐 무서웠다. 그러나 나에게는 갈 만한 곳이 없었다. 롤랜드 박사에게, 여자친구와 함께 쓴다는 그 아파트에 동숙하게 해달라고 할 수도 있기는 했다. 그러나 그런 부탁을 하면서 내가 감당해야 하는 수모는 죽는 것보다 더 두려웠다. 내게 조금이라도 안면이 있는 사람은 하나도 없었다. 그렇다고 생판 모르는 사람의 문을 두드릴 수는 없는 일이었다. 모질게 추운 어느 날 나는 볼더 탭 밖에 있는 공중전화로 부모님에게 전화해보려고 했다. 공중전화 박스 위로 진눈깨비가 흩날리고 있었다. 나는 수화기를 들었지만 몸이 사시나무처럼 떨리는 바람에 동전을 집어넣을 수가 없었다. 내게 바람이 있었다면 그것은 부모님이 나에게 돈이나 비행기 표를 부쳐주었으면 하는 것이었다. 그러나 내 입으로, 이렇게 저렇게 해주십사고 말할 수 있는 형편도 아니었고 그러자고 전화를 걸고자 했던 것도 아니었다. 프로스펙트 거리의 진눈깨비와 바람을 맞고 있다가 문득 멀리 떨어진 따뜻한 지방 사람들의 음성이 듣고 싶었을 뿐이었다. 신호가 여섯 번인가 일곱 번쯤 갔을 때 아버지가 전화를 받았다. 그러나 맥주에 취한 듯한 그 목소리에는 이미 짜증이 배어 있었다. 그 목소리를 듣고 나니 공연히 목구멍이 거북해지는 것 같아 나는 수화기를 놓아버렸다.

　롤랜드 박사는 예의 그 친구 이야기를 또 했다. 밤늦게 집으로 돌아오는 길에 시내에서 광장을 걷는 내 친구를 보았다는 것이었다.

　"말씀드리지 않았습니까? 제 친구 중 여기에 남아 있는 사람은 하나도 없습니다."

　"자네는 내가 자네의 어느 친구를 말하고 있는지 알걸? 체구가 큰 친구 말이야, 안경을 쓰고 다니는."

롤랜드 박사는 헨리 혹은 버니 비슷한 사람을 보았던 것일까?

"아마 잘못 보셨을 겁니다."

나는 그 요령부득인 친구 이야기를 더 듣고 싶지 않았다. 기온이 어찌나 곤두박질치는지 나는 어쩔 수 없이 캐터마운트 모텔에서 며칠 머물지 않을 수 없었다. 그 호텔에 사람이라고는 나와, 주인인 뻐드렁니 노인뿐이었다. 이 노인이 자는 방은 내 방 바로 옆이었는데, 한밤중에 어찌나 가래를 끓어 올리는지 잠을 제대로 잘 수 없을 지경이었다. 머리핀으로도 간단하게 열 수 있을 만한 구닥다리 붙박이 자물쇠가 있었을 뿐, 방문은 제대로 잠글 수도 없었다. 사흘째 되는 날 밤이었다. 나는 한밤중에 상서롭지 못한 꿈(이 악몽에는 너비도 다르고 높이도 각각 다른 계단이 등장했다. 그 계단을 어떤 사람이 빠른 속도로 올라가는데 나는 아무리 해도 그 사람을 따라잡을 수 없었다)에 시달리다 잠을 깨어 가만히 들어보니 무엇인가가 긁히는 소리가 났다. 나는 침대에서 일어나 문 쪽을 바라보았다. 놀랍게도 달빛 아래 내 방문 손잡이가 천천히 돌아가고 있었다.

"누구야!"

내가 소리를 지르는 순간부터 손잡이는 움직이지 않았다. 나는 그날 밤 잠을 이루지 못하다가, 아침이 되자, 침대에서 살해되는 것보다는 리오의 제작소에서 고이 죽는 것이 낫겠다는 생각에서 그 모텔을 나오고 말았다.

2월 초순이 되자, 송전선을 끊고 자동차를 호수에 처박을 정도의 강풍이 불었다. 나에게 이 폭풍은 또 한차례 환상의 도래를 뜻했다. 파도 소리 속에서, 눈보라 소리 속에서 정체 모를 목소리가 나에게 속삭였다.

"이대로 주저앉아. 모로 누우면 끝나. 내 말 안 들으면 후회하게 될 거야."

내 타자기는 롤랜드 박사의 연구실 창틀에 놓여 있었다. 어두워져가는 어느 오후 나는 타자기를 두드리다가 눈벌판이 되고 있는 텅 빈 뜰을 내려다보고 흠칫 놀라고 말았다. 가로등 밑에 꼼짝도 하지 않고 서 있는 검은 그림자를 보았기 때문이었다. 그림자는 검은 외투에 두 손을 찔러 넣은 채 내 타자기 앞의 창문을 올려다보고 있었다. 밖에서는 폭설이 쏟아지고 있었다.

"헨리인가?"

나는 아무래도 이상해서, 별이 어른거릴 만큼 눈을 꼭 감았다가 다시 떠 보았다. 아무것도 없었다. 눈만이, 가로등이 지어내는 빛의 기둥 속을 흩날리고 있을 뿐이었다.

그날 밤 나는 바닥에 누운 채로 떨면서 천장의 구멍을 통하여 거대한 눈기둥을 보았다. 무의식의 가파른 지붕에서 미끄러져 내리는 상태와 비슷한 일종의 의식의 가장자리인 이런 상태에 들어 있는 중에, 무엇인가가 내 안에서, 잠이 들면 다시는 깨지 못한다고 속삭였다. 나는 있는 힘을 다해 눈을 떴다. 갑자기, 그 눈기둥이 어두운 제작소 한구석에 환한 모습으로 우뚝 서는 것 같았다. 문득, 그 속삭임은 내 내부의 소리가 아니라, 구석에 서서 심술궂게 웃고 있는 죽음의 신의 소리일 것이라는 생각이 들었다. 그러나 나는 이미 탈진해 있었던 나머지 그 소리 임자의 뜻대로 움직일 수가 없었다. 무엇이 무엇인지 분별할 수 없는 상황으로 떨어져 가면서, 나는 무의식의 가파른 지붕 끝에서 비틀거리다가 바닥을 알 수 없는 잠의 심연으로 빠져 들어 가고 있다는 것만 어렴풋이 느꼈다.

시간관념이 나날이 흐려져갔다. 그런데도 나는 악착같이 내 몸을 끌고 롤랜드 박사의 연구실로 갔다. 이유는 단 하나, 내가 갈 수 있는 따뜻한 곳은 그곳뿐이기 때문이었다. 물론 나에게 맡겨진 단순 작업은 그럭저럭 해내었지만 언제까지 그런 일을 할 수 있을지는 나 자신도 알 수 없었다. 뜻밖의 일이 생긴 것은 그즈음이었다.

그날 밤에 있었던 일은 죽을 때까지 잊지 못할 것이다. 금요일이었다. 롤랜드 박사는 다음 주 수요일에 돌아오기로 하고 이날 출장을 떠났다. 롤랜드 박사가 수요일까지 돌아오지 않는다는 것은 내가 나흘 동안 그 리오의 제작소에서 지내야 한다는 뜻이었다. 비록 내 의식이 명료하지 못하고 흐리멍덩한 상태였기는 하지만, 나는 얼어 죽는 일이 생긴다면 그동안일 것이라고 어렴풋이 예감했다.

커먼스 홀의 문이 닫힌 직후 나는 귀로에 올랐다. 눈이 엄청나게 쌓여 있어서 걷기 시작한 지 오래지 않아 다리와 무릎이 시려왔다. 길이 이스트 햄든으로 꺾일 무렵 나는 신중하게 생각해보았다. 제작소의 거처로 돌아간다고 치자. 무엇이 나를 기다리고 있는가. 이스트 햄든은, 심지어는 술집 볼더 탭조차 암흑과 적막에 싸여 있었다. 몇 킬로미터 안에 보이는 불빛이라고는 볼더 탭 앞에 서 있는 공중전화 박스뿐이었다. 나는 사막의 신기루 같은 그 공중전화 박스를 향해 걸었다. 내 주머니에는 30달러가 있었다. 그 정도면 택시를 불러 타고 캐터마운트 모텔로 가서 잘 만했다. 지저분한 방, 자물쇠도 없는 문 따위를 문제 삼을 계제가 아니었다.

내 목소리를 듣고서도 전화번호 안내원은 택시 회사의 전화번호를 가르쳐주려 하지 않았다.

"특정 회사 이름을 대서야 합니다. 그렇지 않으면 저희들은 규정상……."

안내원이 말했다.

"택시 회사 이름이 하나도 기억나지 않는 걸 어떻게 합니까? 게다가 여기에는 전화번호부도 없어요."

내가 볼멘소리를 했다.

"미안합니다. 저희들은 규정상……."

나는 필사적으로 택시 회사 이름을 생각해보았다.

"그럼 한번 대어봅시다. 레드 탑? 옐로우 탑? 타운 택시? 체커 택시? 이런 이름의 택시 회사가 있으면 그 번호를 일러주시오."

내가 아무렇게나 댄 택시 회사 이름 중에 진짜 택시 회사 이름이 있었던 모양이었다. 아니면 안내원이 형편을 감안해서 나를 봐주었는지도 모른다.

삐 소리가 나면서 기계적인 목소리가 번호를 하나 일러주었다. 나는 번호를 잊어먹기 전에 먼저 다이얼을 돌리고 25센트 동전을 넣었다. 그런데 너무 서두르는 바람에 동전이 떨어지고 말았다.

내 주머니에는 동전이 하나 더 있었다. 마지막 동전이었다. 나는 장갑을 벗고, 시린 손가락으로 주머니를 뒤졌다. 동전을 꺼내 들고 동전 구멍에 넣으려는 순간 동전은 또 내 손을 빠져나가면서 땅바닥으로 떨어지려 했다. 나는 무심결에 그 동전을 낚아채려고 몸을 구부렸다. 순간 눈앞에서 불똥이 튀었다. 결과적으로 있는 힘을 다해서 쇠붙이로 된 전화기 받침대의 모서리를 받아버린 것이었다.

나는 눈에 얼굴을 댄 채로 한동안 엎드려 있었다. 내 귀에 이상한 소리가 들렸다. 수화기를 들고 쓰러졌던 모양이었다. 내 귀에서 들리는 소리는 수화기가 내는 통화중신호음이었다. 소리는 아득히 먼 데서 들려오는 것 같았다. 나는 사지를 다 써서 일어나려고 했다. 일어서려고 애쓰면서 내 이마가 놓여 있던 자리를 보았다. 눈이 검게 변해 있었다. 나는 손으로 이마를 쓰다듬었다. 이마를 쓰다듬은 손은 피투성이가 되어 있었다. 동전은 어디로 갔는지 알 수 없었다. 번호도 이미 내 머리에 남아 있지 않았다. 볼더 탭의 문이 열려 있다면 동전을 바꾸어 와서 다시 전화를 걸 수 있을 터였다. 그러나 볼더 탭은 열려 있지 않았다.

나는 있는 힘을 다해 일어났다. 코드에 매달린 채 검은 수화기가 대롱거리고 있었다. 나는 반은 손으로 반은 무릎으로 기어서 계단을 올랐다. 이마에서 핏방울이 뚝뚝 들었다. 계단 위에서 나는 잠시 쉬었다. 주위의 사물을 보려고 했으나 초점이 맞지 않았다. 두 피사체 사이에 정지되어 있는 피사체, 처음에는 세상천지가 눈으로만 보이다가 잠시 후에는 검은 선들이 무수히 흔들려 보이면서 사진이 찍혔다. 선명하지는 않았지만 알아볼 수는 있었다. 고물 카메라가 찍어낸 악몽 같은 광고 사진.

리오 만돌린 제작소. 강 옆길에서 우회전하면 막다른 길가에 있음. 염가 봉사. 세상살이에 바쁘겠지만 이런 만돌린 제작소도 한번쯤 기억해주기 바람.

제작소 문을 어깨로 밀고 스위치 있는 쪽으로 기어가던 나는 창가에 서 있는 그림자를 보았다. 기겁을 한 나머지 숨이 넘어갈 것 같았다. 검은 외투를 입은 그림자는 뒷짐을 진 채 창 옆에 꼼짝도 않고 서 있었다. 그림자는 한 손에 담배를 들고 있었다. 조그만 불덩어리가 보였다.

그 불덩어리는 작은 소리를 내면서 타고 있는 것 같았다. 그림자가 천천히 돌아섰다. 헨리였다. 그는 내게 농담을 던지려는 것 같았다. 그러나 내 몰골을 본 순간 눈이 휘둥그레지면서 입술은 벌어져 O자가 되었다.

우리는 한동안 서로 바라보기만 했다.

"헨리."

내가 그의 이름을 불렀다. 내 목소리는 속삭임에 지나지 않았다.

그는 담배를 떨어뜨리고 내게로 다가왔다. 정말 헨리였다. 그의 빨간 뺨은 축축하게 젖어 있었다. 외투 어깨에는 눈이 쌓여 있었다.

"세상에, 리처드, 도대체 어떻게 된 건가?"

놀란 것은 헨리뿐만이 아니었다. 갑작스러운 그의 출현은 나에게도 그 못지않게 놀라운 일이었다. 나는 헨리를 바라보면서 일어섰다. 균형이 잡히지 않았다. 모든 것은 내 눈에 너무 눈부셨다. 나는 문틀을 잡으려고 하다가 그대로 바닥으로 무너져 내렸다. 헨리가 내 팔을 잡으려고 돌진해왔다.

헨리는 나를 바닥에 눕히고 자기 외투를 벗어 내 몸 위에 덮었다. 나는 그를 바라보면서 손등으로 입술을 훔쳤다.

"어디에서 온 거야?"

내가 물었다.

"진작 이탈리아를 떠났어."

헨리는 상처를 보려고 내 이마에 내려와 있는 머리카락을 쓸어 올렸다.

나는 그의 손에 피가 묻어나는 것을 보았다.

"나 멋진 곳에 살지?"

나는 웃었다.

"판테온이 따로 없군."

그는 천장의 구멍을 힐끔 올려다보면서 퉁명스럽게 대답하고는 내 머리를 만지려고 허리를 구부렸다.

헨리의 자동차 안에 누워 있던 기억이 난다. 빛줄기와 사람들의 얼굴이 다가왔던 것, 일어나 앉고 싶지 않은데도 누군가가 자꾸만 앉히려 하던 일, 혈액을 채취하는 사람에게 볼멘소리를 했던 기억도 난다. 그러나 정신을 차리고 보니, 벽이 하얀 병실이었다. 팔에는 IV가 꽂혀 있었다.

헨리는 내 침대 옆 의자에 앉아 테이블 램프 불빛에 책을 읽고 있었다. 내가 뒤척거리는 것을 보았던지 헨리가 책을 덮었다.

"중상은 아닌 모양이야. 다행히 상처가 깊지 않고 깨끗해. 몇 바늘 꿰맨 정도라니까 안심해도 되겠어."

"병원이야?"

"몽펠리에에 와 있어. 내가 병원으로 데려왔지."

"이 IV는 뭐야?"

"폐렴 증세가 있다는군. 뭘 좀 읽고 싶어?"

"고맙지만 지금은 아니야. 몇 시지?"

"새벽 1시."

"너는 로마에 있는 줄 알았는데?"

"2주 전에 돌아왔어. 더 자고 싶어? 간호사를 불러 주사 한 대 놓아달라고 할까?"

"아니야. 2주 전에 왔다면 왜 안 보였지?"

"네가 어디에 있는지 알았어야지. 내가 아는 건 학교 기숙사 주소뿐이잖아? 오늘 오후에는 학교에 가서 사무실이라는 사무실은 다 뒤져서 네 집 주소를 알아내려고 했어. 도대체 네 부모님이 계시는 데는 어디야?"

"플래노, 왜?"

"전화를 걸 필요가 있을 것 같아서."

"그럴 필요 없어."

나는 다시 침대에 몸을 묻으면서 대답했다. IV의 바늘 끝이 얼음조각 같았다.

"로마 이야기나 들려주지그래."

"그러지."

헨리는 조용히, 빌라 줄리아에 있는 에트루리아의 테라코타, 그 바깥에 있다는 님파이온(요정의 사당 – 옮긴이)의 연지(蓮池)와 분수, 빌라 보르게제, 콜로세움, 이른 아침에 팔라티누스 언덕에서 내려다보이는 경치에 관한 이야기를 들려주었다. 대리석 조상이 있고, 도서관이 있고, 둥근 칼리다리움이 있고, 프리기다리움(냉탕 – 옮긴이)까지 있는 카라칼라의 욕장(浴場)이 로마제국 시절에 얼마나 아름다웠겠는가를 상상해보라는 말을 들으면서 잠이 든 바람에 나는 헨리가 한 이야기를 다 기억할 수 없다.

나는 나흘 동안 병원에 있었다. 그동안 헨리는 줄곧 병원에 머물면서 내가 부탁할 때마다 필요한 것들을 날라다주었다. 소다수, 면도기, 칫솔, 심지어는 주머니에 진홍색 실로 이름까지 새겨진, 부드러운 분홍색 잠옷까지 가져다주었다. 헨리는 이 밖에도, 나에게는 별로 쓰임새가 없지만 그에게는 없어서는 안 될 물건인 종이와 연필, 그리고 여러 권의 책도 가지고 왔다. 책 중에는 내가 읽을 수 없는 언어로 된 것도 있었고, 제목만 들어서 아는 책도 있었다. 어느 날 헤겔을 읽다 보니 머리가 아파 그에게 잡지를 좀 가져 다달라고 부탁했다. 그는 별 이상한 부탁도 다 들어본다는 얼굴을 하고 나 가더니 잠시 후에 라운지에서 제약 회사가 배포한 사보(社報)인 〈오늘의 의 약〉 같은 잡지를 가져다주었다. 우리는 거의 이야기를 나누지 않았다. 헨리 는 대부분의 시간을 책을 읽는 데 썼다. 여섯 시간을 눈길 한 번 돌리지 않 고 내리 책을 읽고서야 일어나 기지개를 켰을 정도로 그의 집중력은 놀라 웠다. 나에게는 별로 주의를 기울이지 않았으나, 내가 호흡곤란으로 고생하 던 날 밤, 폐가 아파 잠을 이루지 못하던 날 밤에도 그는 잠들지 않고 내 옆 을 지켜주었다. 한번은 간호사가 내 약을 제시간에 가져오지 않은 적이 있 었다. 헨리는 무표정한 얼굴을 하고 잠자코 복도로 나가서는 특유의 단조 로운 목소리로 어찌나 조리정연하게 간호사를 닦아세웠던지, 그 간호사(늙 어가는 여급처럼 머리를 물들인, 말을 함부로 하고 다니는 거만한 여자)의 태도는 그날 이후로 완전히 달라졌다. 여느 때 같으면 IV를 찌를 때마다 혈 관을 찾느라고 바늘로 아무 데나 푹푹 쑤실 터인 그 간호원이 한번은 곰살 가운 손길로 체온을 재면서 나를 "선생님"이라고 부르기까지 했다.

응급실 의사는 나에게 헨리가 나의 목숨을 구했다고 말했다. 나와 헨리 의 관계로 보아 이 의사의 말은 대단히 극적인 효과를 지니는 진술이었다. 나는 많은 사람들에게 이 의사의 말을 전하면서도 속으로는 의사가 과장을 하고 있을 것이라고 생각했다. 그러나 세월이 흐르면서 나는 그때 그 의사 의 말이 옳았음을 깨닫게 되었다. 누구에게나 비슷한 경험이 있겠지만, 나 에게는 나 자신을 불사조로 여기던 청년 시절이 있었다. 그러나 단기적으 로 볼 때 나는 그 겨울의 어려운 고비를 넘긴 셈이었지만 장기적으로 볼 때는 그 겨울을 다 넘긴 것이 아니었다. 그때 이후로 나는 늘 폐와 관련된 병을 앓아오고 있는 데다 조금만 기온이 내려가면 뼈마디가 아파올 뿐만 아니라 그전과는 달리 감기에도 자주 걸리고는 한다.

나는 헨리에게, 응급실 의사가 한 말을 들려주었다. 헨리는 싫은 얼굴을 하고 눈살을 찌푸리며 그답지 않게 상스러운 말을 입에 담았기 때문에 — 무슨 말을 입에 담았는가는 잊었지만 나는 당혹하고 말았다 — 나는 그 말을 두 번 다시 그의 앞에서는 하지 않았다. 그러나 나는 지금도 그가 나의 목숨을 구했다고 생각한다. 때와 장소와 여건이 허락하면 나는 그의 이름 옆에 금별을 하나 달 터였다.

그러나 나는 감상에 젖어 있다. 그 일을 생각할 때는 늘 그렇다.

드디어 한 병의 항생제와, 해결되지 않은 한 아름의 문제를 안고 병원 문을 나설 수 있는 아침이 왔다. 병원에서는 한사코 나를 휠체어에 태워 헨리의 자동차로 밀고 가려고 했다. 그러나 나는 걸을 수 있었다. 나는 짐짝처럼 실려서는 가고 싶지 않았다.

"캐터마운트 모텔로 좀 데려다주겠어?"

햄든으로 향하는 자동차 안에서 내가 헨리에게 부탁했다.

"안 돼. 너는 나와 함께 지내야 해."

헨리는 노스 햄든의 워터 거리에 있는 고가(古家) 1층에 살고 있었다. 찰스와 커밀라가 사는 아파트와는 한 블록밖에 떨어져 있지 않았다. 강까지의 거리는 찰스와 커밀라의 아파트보다는 헨리의 집이 가까웠다. 그는 사람이 오는 것을 별로 좋아하지 않았다. 나도 그 집에 가본 적은 있으나 일이분 정도 머물다가 바로 되짚어 나왔던 기억이 난다. 찰스와 커밀라의 아파트보다는 훨씬 넓어서 공간도 넉넉했다. 집 전체와 마찬가지로, 바닥이 넓은 판자로 되어 있는 방은 크고도 은밀했다. 벽은 흰색 일색이었고 창문에는 커튼이 없었다. 값비싼 것임에 분명한 가구도 겉보기에는 소박했다. 수도 많지 않았다. 그래서 집 안 전체가 유령이라도 나올 듯이 썰렁했다. 방 중에는 아무것도 들어 있지 않은 방도 있었다. 쌍둥이 남매로부터 헨리가 전등을 좋아하지 않는다는 말을 듣고는 반신반의했는데, 아닌 게 아니라 그의 창틀에는 석유등이 군데군데 놓여 있었다.

내가 묵기로 되어 있는 침실은, 그전에 내가 방문했을 때는 굳게 닫혀 있던 방이었다. 침실에는 헨리의 책—예상하던 것보다 많지는 않았다—과 싱글 침대와 맹꽁이자물쇠가 채워진 옷장이 하나 놓여 있었다. 옷장 문에는 잡지에서 잘라낸 흑백사진이 한 장 붙어 있었다. 1945년판 〈라이프〉에서 잘라낸 이 사진은 놀랍게도 비비언 리와 젊은 시절의 줄리언 모로 교수가 함께 찍은 것이었다. 칵테일파티장에서 찍은 것인 듯 둘 다 술잔을 손에 들고 있었다. 줄리언 모로 교수가 비비언 리의 귀에다 입술을 가까이 대고 뭐라고 하자 비비언 리가 활짝 웃는 사진이었다.

"어디에서 찍은 거야?"

호기심을 누를 수 없어서 내가 물었다.

"몰라. 줄리언도 기억이 안 난대. 이따금씩 낡은 잡지에서 자기 모습을 만나고는 한다나."

"아니, 어째서?"

"발이 넓었다거든."

"누구누구랑 알고 지냈대?"

"대부분 이미 죽었다지 아마."

"대체 누구랑 알고 지냈대?"

"나도 몰라. 시트웰 3남매와 찍은 사진은 본 적이 있어. T. S. 엘리엇과 함께 찍은 것도 보았고. 웃기게도 여배우와 찍은 사진도 있었지. 이름이 뭐라더라, 금발인데 야구 선수와 결혼했다지 아마."

"메릴린 먼로?"

"그럴 거야. 별로 좋은 사진은 아니었어. 신문사나 좋아할, 뭐 그렇고 그런 사진 있잖아?"

내가 거기로 가기 사흘 전에 헨리는 이미 리오의 제작소에서 내 짐을 옮겨놓았다고 했다. 내 여행 가방이 침대 다리 옆에 있었다.

"헨리, 네 침대를 쓰고 싶지는 않은데? 너는 그럼 어디에서 자?"

"뒷방 가운데, 벽에서 침대가 나오는 방이 있어. 그런 침대를 뭐라고 하더라? 아직 한 번도 그 침대에서 자본 적은 없지만."

"그럼 내가 거기에 가서 자면 되잖아?"

"아니야. 어떻게 생긴 건지 구미가 동하는걸. 게다가 이따금씩은 잠자리를 바꾸어볼 필요도 있는 거야. 그렇게 하면 꿈이 다채로워질지도 모르거든."

◦—◦

애초에는 헨리의 집에서 며칠만 지낼 생각이었다 — 다음 월요일부터는 롤랜드 박사의 연구실에 일하러 다녔다. 그러나 결과적으로는 개학할 때까지 머문 꼴이 되고 말았다. 나는 헨리를, 룸메이트치고는 최악의 룸메이트라고 하던 버니의 말을 이해할 수가 없었다. 내가 보기에는 그렇게 깔끔하고 조용한 룸메이트일 수가 없었다. 내가 연구실에서 돌아올 즈음이면 그는 집에 없기가 보통이었다. 그는 어디에 갔노라고 말하는 법이 없었고 나 역시 한 번도 묻지 않았다. 그러나 돌아와서 보면 저녁을 준비하고 있을 때도 있었다. 그는 프랜시스같이 솜씨 좋은 요리사는 못되었다. 그래서 그런지 전형적인 홀아비의 음식이라고 할 수 있는 닭튀김, 감자구이 같은 것을 주로 만들어냈다. 우리는 부엌에 있는 카드 테이블에 음식을 차려놓고 먹으면서 이야기를 나누고는 했다.

나는 당시에 이미, 헨리에게 사생활과 관계있는 일은 묻지 않는 것이 좋겠다고 생각하고 있었다. 그러나 어느 날 밤 나는 호기심을 누르고 있을 수가 없어서 그 선을 넘고 말았다.

"버니는 아직 로마에 있어?"

헨리는 한동안 가만히 있다가 포크를 놓으면서 대답했다.

"그럴 거야. 적어도 내가 떠날 당시에는 로마에 있었으니까."

"왜, 함께 오지 않고?"

"떠나고 싶지 않았나 봐. 방값은 내가 2월분까지 치르고 왔지."

"네게 방값까지 물렸어?"

헨리는 음식을 입에 넣고 씹어 삼킨 뒤에야 대답했다.

"솔직하게 말해서, 네게 뭐라고 했는지 모르지만, 버니에게 늘 돈이 한 푼도 없어, 아버지도 마찬가지고."

"부모님이 상당한 부자라고 들었는데?"

"나는 그런 말 한 적 없어. 옛날에는 돈이 있었는지 모르지만, 있었다고 하더라도 다 써버린 지 오래됐을 거야. 버니의 집이 어마어마한 저택이니 유지비가 얼마나 들겠어? 게다가 요트클럽이네 컨트리클럽이네 하는 데서 돈을 펑펑 쓰고, 아들을 수업료가 가장 비싼 학교에 보냈으니 그 재산이 남아났겠어? 빚만 눈썹 높이까지 쌓이지? 겉으로는 부자로 보일지 모르지만, 한 푼도 없어. 코크런 씨, 아마 파산 직전일걸."

"버니를 보면 그렇지 않은 것 같은데?"

"내가 아는 한 버니의 주머니에는 돈이라는 게 들어 있어본 적이 없어. 그런데도 입맛은 고급이야. 불행한 일이지."

헨리는 조용히 먹으면서, 단어 고르는 데 신경을 쓰면서 말을 이었다.

"내가 코크런 씨였다면 고등학교 졸업하자마자 버니에게 일을 시키거나 사업을 배우게 했을 거야. 버니는 대학과 인연이 없어. 열 살 될 때까지 읽지도 못한 애가 무슨 대학을 다녀?"

"그림은 잘 그리지."

"그건 나도 동감이야. 어쨌든 버니에게는 공부에 소질이 없어. 그러니까 부모는 공연히 비싼 학교에 보내어 자식을 병신으로 만들 게 아니라 어릴 때부터 그림이라도 가르쳤어야 했던 거지."

"버니가 너와 함께 카이사르 아우구스투스의 석상 옆에 서 있는 광경을 아주 훌륭하게 만화로 그려서 보내주었더군."

이 말에 헨리는 내뱉는 듯한 말로 반응했다.

"바티칸에서 그렸지, 하루 종일 외국인이 어떠니, 가톨릭이 어떠니 떠드는 통에 내가 애를 먹었어."

"버니는 이탈리아어를 못하지, 아마?"

"레스토랑에 가서 메뉴를 보고 그 집에서 가장 비싼 음식을 시킬 때만은 유창하지."

헨리의 말에 날이 서기 시작했다. 나는 화제를 바꾸는 것이 좋겠다고 생각했다.

개강 직전의 토요일에 나는 헨리의 침대에 누워 책을 읽고 있었다. 내가 잠에서 깨어난 것은 헨리가 외출한 뒤였다. 문득 유난히 험하게 문을 두드리는 소리가 들렸다. 나는 헨리가 열쇠를 잊고 나간 모양이라고 생각하고 문을 열어주러 나갔다.

뜻밖에도 버니였다. 통바지나 입던 버니는 최신 이탈리아식 양복에다 선글라스까지 끼고 있었다. 체중은 15여 킬로쯤 늘어난 것 같았다. 그는 나를 보고는 뜻밖이라는 얼굴을 했다.

그가 내 손을 잡으면서 너스레를 떨었다.

"안녕(Buenos días), 반갑다. 밖에 차도 안 보이고, 시내 나가는 중이라서 바쁜 몸이기는 하지만, 잠깐 들렀지. 주인장은 어디에 계시는가?"

"집에 없어."

"너는 여기에서 뭘 하고 있어? 무단 침입자야?"

"얼마간 여기에서 머물고 있어. 네 엽서 잘 받았어."

"여기에 머물러? 왜?"

그가 이상한 눈으로 나를 쳐다보면서 물었다.

놀랍게도 버니는 모르고 있었다. 그래서 나는 그동안의 일을 간단하게 설명해주었다.

"내가 아팠거든."

"호, 그랬구나."

"커피 마시겠어?"

우리는 침실을 통해 주방으로 들어갔다. 그는 침실 테이블에 놓인 내 소지품과 바닥에 놓인 내 여행 가방을 보면서 말했다.

"여기에다 아주 짐을 풀었구나. 커피는 아메리칸 커피밖에 없을 테지?"

"무슨 뜻이야? 폴저 커피로는 안 된다는 거야?"

"에스프레소가 없느냐, 이 말이야."

"미안하지만 없는걸."

"나, 에스프레소광이 되었어. 이탈리아에서 줄곧 마셔댔거든. 에스프레소를 마실 만한 데가 굉장히 많아"

"이야기는 나도 들었어."

그는 선글라스를 벗고 식탁 앞에 앉았다.

"거기, 뭐 먹을 만한 것 없어? 점심을 아직 못 먹었어."

내가 크림을 꺼내려고 냉장고를 열자 버니가 안을 곁눈질하고는 물었다. 나는 냉장고 문을 활짝 열어서 보여주었다.

"거기 있는 치즈면 되겠군."

나는 빵을 잘라 치즈 샌드위치를 만들어주었다. 버니는 도울 생각을 하지 않았다. 나는 커피를 따라주고 자리에 앉았다.

"이탈리아 이야기 좀 듣고 싶군."

"굉장해. 영원의 도시, 예술품 천지야. 가는 데마다 교회가 있고."

버니가 샌드위치를 먹으면서 말했다.

"뭘 구경했어?"

"무지하게 봤지. 이름을 다 기억해낼 수가 없어. 말? 떠날 때쯤은 토박이 뺨치게 했고."

"한번 해보지그래?"

버니는 내 청에 못 이기는 척, 텔레비전 광고에 나오는 프랑스 요리사처럼 엄지손가락과 두 번째 손가락을 붙여가지고는 공중에다 빙글빙글 돌렸다.

"재미있는데, 그게 무슨 뜻이야?"

"웨이터, 이 지방 특산요리 가져와.' 이런 뜻이야."

버니가 샌드위치를 집으면서 대답했다.

내 귀에 얼핏, 열쇠가 자물쇠에 꽂혀 도는 소리, 문이 열렸다 닫히는 소리가 들렸다. 발걸음은 분명히 옆방으로 들어가고 있었다.

"헨리, 너지?"

버니가 소리쳤다. 발소리가 잠시 멎었다가 빠르게 부엌 쪽으로 다가왔다. 문 앞에 우뚝 서서 버니를 바라보는 그의 얼굴에는 아무 표정이 없었다.

"버니구나. 넌 줄 알았다."

"잘 있었어? 어떻게 지내?"

버니가 입에 음식을 가득 넣은 채로 의자를 뒤로 밀면서 물었다.

"좋아, 너는?"

헨리가 다시 물었다. 버니는 나에게 눈을 찡긋해 보이면서 헨리에게 말했다.

"병자를 돌본다는 소문이 있던데? 양심에 병이 난 거냐? 그렇다면 선행이 모자라서 그런 모양인데, 좀 더 쌓아야겠구나."

헨리는 아무 말도 하지 않았다. 잘 모르는 사람의 눈으로 보면 그 순간의 헨리는 지극히 냉정한 사람으로 보였을 테지만, 아니었다. 그는 흥분해 있었다. 헨리는 묵묵히 의자를 끌어다 놓고 식탁 앞에 앉았다가는 다시 일어나 제 몫의 커피를 따랐다.

버니가 그런 헨리의 분위기에는 아랑곳하지 않고 떠들었다.

"너에게 다시 한 번 고맙다는 인사를 하고 싶다. 덕분에 아메리카하고도 합중국으로 돌아오게 되었다. 햄버거가 석쇠 위에서 지글거리는 땅으로. 기회의 땅으로. 미합중국 만세."

"언제 돌아왔어?"

"어젯밤에 뉴욕으로 날아왔지."

"마중 못 나가서 미안하구나."

"어디 갔다 온 거냐?"

버니가 헨리의 외출을 미심쩍어하면서 물었다.

"응, 장 좀 보았다."

그것은 거짓말이었다. 나는 헨리가 어딜 다녀왔는지 알 수 없었다. 그러나 네 시간 동안이나 장을 보아야 할 식료품점이 적어도 햄든에는 없었다.

"장 본 건 어디 있어? 가져와야 한다면 내가 도와줄게."

버니가 말했다.

"배달을 부탁했다."

"푸드킹에서 이제는 배달까지 해줘?"

"푸드킹에 간 게 아니야."

듣고 있기가 거북해서 나는 침실로 들어가려고 했다.

헨리가 커피를 길게 한 모금 마시고는 컵을 싱크대 위에 놓으면서 말했다.

"들어가지 마. 그리고 버니, 이렇게 올 테면 연락이라도 하지 그랬어? 나와 리처드는 몇 분 뒤에 함께 좀 나가야 하는데."

"왜?"

"시내에 약속이 있거든."

"변호사와의 약속이야?"

버니가 농담을 해놓고는 그것이 재미있었던지 혼자 웃었다.

"아니야. 시력 검사를 받아야 할 것 같아서 안과 의사와 약속해놓았어. 그리고 리처드, 사실은 나 그것 때문에 들른 건데, 너와는 의논도 없이 약속해놓아서 미안해. 시력 검사를 받으면 틀림없이 눈에 뭘 넣을 것 같은데, 그럼 내 손으로는 운전을 못 하잖아?"

"괜찮아. 내가 도울 테니까."

"오래는 안 걸려. 끝날 때까지 기다릴 건 없고, 안과에 데려다주고 집에 와 있다가 나중에 좀 데리러 와주면 돼."

헨리와 내가 밖으로 나오자 버니가 눈 위에 찍힌 우리 발자국을 부서뜨리면서 따라와 심호흡을 하면서, 〈그린 에이커스〉에 나오는 올리버 더글러스처럼 손바닥으로 제 가슴을 탁탁 쳤다.

"오, 우리의 버몬트. 공기가 좋아서 보약 같구나. 그러나저러나, 헨리, 몇 시에 돌아올 거냐?"

"모르겠는데."

헨리가 자동차 열쇠를 내게 넘겨준 뒤 운전석 옆자리로 들어가면서 대답했다.

"헨리, 둘이서 조금 수다를 떨 일이 있는데?"

"좋기는 한데, 오늘은 아무래도 늦을 것 같아."

"그럼 오늘 밤?"

"좋을 대로."

헨리가 자동차 문을 소리 나게 닫으면서 대답했다.

헨리는 자리에 앉자 바로 담배를 붙여 물었다. 말은 한마디도 하지 않았다. 이탈리아에서 돌아온 뒤로 담배가 부쩍 늘어 거의 하루 한 갑에 육박하는 것 같았다. 그에게서 보기 드문 일면이었다. 그는 시내 쪽을 응시하면서 한마디도 않고 앉아 있다가 내가 안과 앞에 차를 세우자 표정 없는 얼굴을 하고는 물었다.

"왜 차를 세웠어?"

"몇 시에 데리러 올까?"

헨리는 햄든 시력검사원 표지가 붙은 나지막한 잿빛 건물을 올려다보고는, 약간 놀란 표정을 하면서 웃었다.

"그래서 세웠군. 아냐, 계속 달리자."

나는 11시, 비교적 일찍 잠자리에 들었다. 12시쯤, 문을 두드리는 소리에 잠을 깼다. 문 두드리는 소리는 크고도 집요했다. 나는 누운 채로 한동안 더 듣고 있다가 누군지 확인해볼 요량으로 일어났다.

컴컴한 현관에 헨리가 서 있었다. 가운 차림으로 헨리는 어둠 속을 더듬어 안경을 찾고 있었다. 그가 든 석유 등잔이 벽에다 길고 기괴한 그림자를 던졌다. 그는 나를 보자 손가락을 입술 앞에 세웠다. 우리는 노크 소리를 들으면서 한동안 그대로 서 있었다. 등잔 불빛이 기이한 분위기를 자아냈다. 그림자가 출렁거리는 벽 앞에서 가운 차림으로 꼼짝도 않고 서 있으려니, 마치 무의식의 지하 대피소에서 꿈을 꾸다가 깨어난 기분이었다.

우리는 꽤 오래 그렇게 서 있었다. 오래 계속되던 노크 소리가 멎으면서 발소리가 멀어지고 있었다. 헨리는 계속 나에게 시선을 던지고 있었다. 우리는 발소리가 멀어져간 뒤에도 한동안 더 그렇게 마주 보면서 서 있었다.

"이젠 됐어."

드디어 그가 이렇게 말하고는 돌아섰다. 방으로 돌아가는 헨리의 뒤에서 등잔불 그림자가 출렁거렸다. 나는 어둠 속에서 한참 서 있다가 침실로 들어갔다.

다음 날 오후 3시, 부엌에서 셔츠를 다림질하고 있는데 다시 노크 소리가 났다. 나는 현관으로 나갔다. 헨리도 나와 있었다.

"네가 듣기에 버니의 노크 소리 같아?"

헨리가 물었다.

"아니."

노크 소리는 조심스러웠다. 버니는 문이 부서질 만큼 세게 문을 두드리는 버릇이 있었다.

"창문으로, 누군지 좀 확인해주겠어?"

나는 방으로 들어가 조심스럽게 창 쪽으로 다가갔다. 커튼이 없어서, 이쪽을 노출하지 않고 밖을 내다보기는 어려웠다. 나는 어정쩡한 각도에서 밖을 내다보았다. 검은 코트의 어깨 부분과 바람에 날리는 실크 스카프가 보였다. 나는 부엌으로 돌아왔다.

"자세히는 모르겠지만, 프랜시스인 것 같더군."

"그럼 들어오게 해야겠군."

헨리는 이렇게 말하고는 제가 쓰던 뒷방으로 들어가 버렸다.

나는 현관으로 나가 문을 열었다. 프랜시스는 돌아가기로 한 것처럼 문에서 등을 돌리고 있었다.

"어서 와."

그제야 프랜시스가 돌아섰다. 그전에 보았던 것보다 훨씬 여위고, 예민해진 것 같았다.

"아무도 없는 줄 알았어. 그래, 기분이 어때, 리처드?"

"좋아."

"안 좋은 것 같은데?"

"네가 안 좋아 보이는데?"

"어젯밤에 너무 마시는 바람에 위통이 생겼어. 무시무시하게 찢어졌다는네 그 머리통 좀 보러 왔는데 흉터가 남을 모양인가?"

나는 프랜시스를 부엌으로 안내하고는 다림질하던 것을 치웠다.

"헨리는 어디에 있어?"

프랜시스가 장갑을 벗으면서 물었다.

"뒷방에 있어."

프랜시스는 스카프도 벗었다.

"잠깐 들어가서 얼굴이나 보고 나오지."

프랜시스는 이 말만 남기고 뒷방으로 들어갔다.

그는 꽤 오랜 시간이 흘렀는데도 나오지 않았다. 나는 그냥 기다리기가 지루해서 다림질을 다시 시작했다. 한참 다림질을 하고 있는데 짜증 섞인 프랜시스의 고성이 들렸다. 나는 침실로 들어갔다. 완벽하지는 않아도 그의 목소리를 좀 더 자세히 들을 수는 있었다.

"······어떻게 생각한다고? 그 자식, 제정신이 아니야. 네가 어떻게 아는데? 너는 아마도 그 자식이······."

이어서 뚝 떨어진 프랜시스의 음성, 이어서 헨리의 음성, 그리고 다시 프랜시스의 음성이 들려왔다.

"나는 상관없어. 하지만 너는 벌써 일을 저질러왔어. 나는 시내에 두 시간 동안 나가 있었어. 나는 상관하지 않겠어."

헨리가 뭐라고 하자 프랜시스가 다시 큰 소리로 말했다.

"어쨌든 이미 엎질러진 물 아니야?"

침묵. 이어지는 헨리의 말은 분명하게 알아들을 수가 없었다. 프랜시스의 말은 희미하나마 알아들을 수 있었다.

"넌 마음에 안 드는 모양인데, 그럼 나는 어떨까?"

프랜시스의 목소리가 뚝 떨어졌다. 너무 낮아서 알아들을 수가 없었다.

나는 가만가만 부엌으로 나와서 찻물을 올렸다. 무슨 이야기를 나눈 것일까, 이렇게 궁금해하는 참인데 발소리와 함께 프랜시스가 부엌으로 들어왔다. 그는 다림질대로 다가와 장갑과 스카프를 챙겨 들었다.

"도망가듯이 해서 미안해. 어서 가서 자동차에서 짐 내리고 집 안 청소 좀 해야 해. 사촌 녀석이 엉망으로 어질러놓았더군. 그 녀석들은 내 집에 있을 동안 차고는 한 번도 청소하지 않았을 거야. 어디, 네 이마의 상처 좀 보여줘."

나는 머리를 올리고 상처 자국을 보여주었다. 실밥 뽑은 지 오래여서 상처는 완전히 아물어 있었다. 흉터도 거의 없었다.

프랜시스는 코안경을 통해 상처를 살펴보고 나서 중얼거렸다.

"내 눈이 먼 것이냐, 네가 엄살을 떤 것이냐. 수업 언제 시작하지? 수요일?"

"목요일인 줄 아는데?"

"그럼 그때 만나자."

프랜시스는 돌아갔다.

나는 다림질한 셔츠를 옷걸이에 걸어 들고 침실로 들어가 짐을 꾸리기 시작했다. 먼머스 하우스는 그날 오후에 열리기로 되어 있었다. 짐은 나중에 헨리가 자동차로 실어다 줄 터였다.

짐싸기가 거의 끝나가는 참인데 헨리가 뒷방에서 나를 불렀다.

"리처드!"

"왜 그래?"

"잠깐만 와주겠어?"

나는 뒷방으로 갔다. 그는 소매를 걷어붙인 채로 침대 가장자리에 앉아 있었다. 바닥에 깔린 담요 위에는 두다 만 장기가 놓여있었다. 머리카락이 헝클어진 채 평소와는 반대쪽으로 흘러 내려와 있어서, 가르마 근처에 있는 길쭉한 흉터가 보였다. 눈썹에 이르기까지, 가운데는 살이 움푹 들어가 있고 가장자리는 하얗게 솟아 있는 흉터였다.

"미안하지만 부탁 하나 들어주겠어?"

"들어주고말고."

헨리는 콧구멍으로 숨을 길게 들이쉬고 나서 콧잔등 위로 안경을 올렸다.

"버니에게 전화를 걸어서, 잠깐 왔다 갈 수 있느냐고 해주겠어?"

나는 그의 말이 뜻밖이어서 잠깐 망설이다가 대답했다.

"그러지."

그는 눈을 감고 손가락으로 관자놀이를 쓰다듬었다.

"고마워."

"고맙기는."

"오늘 오후에 학교로 들어가야 하잖아? 짐이 많을 텐데 원하면 내 차를 써도 좋아."

"고마워."

나는 그의 뜻을 따르기로 했다. 나는 여행 가방을 차에 싣고 먼머스 하우스에 도착해서, 열쇠를 받아 내 방으로 들어가 짐을 내려놓은 다음에야 아래층으로 내려가서 버니에게 전화를 걸었다. 그러니까 헨리의 부탁을 받은 지 반 시간 뒤에 그에게 전화를 건 것이다.

4장

나는 마음을 편하게 먹었다. 쌍둥이 남매만 돌아오면 모든 것이 전과 같아질 것이라고 생각했다. 함께 모여 그리스어 교재에 매달리고, 그리스어 산문 작법 과제물에 매달리다 보면 지난 학기의 즐거웠던 생활 리듬을 회복할 수 있을 터이고 그러다 보면 그전과 똑같은 생활로 돌아갈 수 있으리라고 믿었다. 그러나 그것은 나의 오산이었다.

찰스와 커밀라의 편지에 따르면 그들은 일요일 막차로 자정 가까운 시각에 햄든에 도착하게 되어 있었다. 월요일 오후가 되자 먼머스 하우스는 학교로 돌아온 친구들의 스키, 스테리오, 짐 보따리 들로 북새통을 이루었다. 나는 쌍둥이 남매가 나를 찾아와 주리라고 믿고 기다렸다. 그러나 그들은 모습을 나타내지 않았다. 화요일에도 소식이 없었다. 쌍둥이 남매뿐만 아니라 헨리로부터도 소식이 없었다. 나에게 소식을 준 사람은 줄리언 모로 교수뿐이었다. 나는 우편함에서 모로 교수가 넣어둔, 고생은 한 듯하나 학교로 다시 돌아오게 되어서 반갑다, 첫 시간 수업에 대비해서 핀다로스의 시

몇 편을 번역해놓기 바란다는 내용의, 간략하나마 다정스러운 쪽지를 받았던 것이다.

수요일 아침 나는 등록 카드에 서명을 받으러 줄리언 모로 교수의 연구실로 갔다. 그는 나를 반갑게 맞아주었다.

"좋아 보이기는 하네만, 사실 자네는 이보다 더 좋아 보였어야 했네. 이스트 햄든에서 자네를 발견한 이후로 헨리가 계속 내게 일러주고 있어서 그나마 자네의 근황을 들을 수는 있었네."

"헨리가 그랬습니까?"

"암. 잘된 일 아닌가. 헨리가 일찍 귀국한 게 큰 다행이었네."

교수는 내 등록 카드를 한번 훑어보고 나서 말을 이었다.

"헨리가 올 때는 나도 놀랐네. 한밤중에, 눈보라 치던 날에, 공항에서 오는 길이라면서 내 집에 불쑥 나타났었거든."

흥미로운 소식이었다.

"교수님 댁에서 묵었습니까?"

"겨우 며칠. 몸이 좋지 않더군. 자네도 들었을 것이네만 이탈리아에서 병을 얻었던 모양이야."

"어디가 안 좋았습니까?"

"헨리는 겉보기와는 달리 허약해. 게다가 눈이 항상 그 친구를 괴롭혀, 이 때문에 견디기 어려울 정도의 두통에 시달리기도 하고, 그래서 때로 고생을 상당히 많이 하지. 내가 알기로는, 여행할 입장이 아닌데 강행했던 걸세. 일찍 귀국하기로 작정했으니 다행 아닌가. 덕분에 자네를 도울 수도 있었고. 그런데, 어쩌다 그렇게 답답한 곳에 가서 살게 되었는가? 부모님이 돈을 보내주지 않는 건가, 자네가 요구하지 않는 건가?"

"요구하고 싶지 않습니다."

"허허, 그렇다면 자네는 자신에게 나 이상으로 엄격한 사람이군. 하지만 자네 부모님은 자네를 별로 좋아하지 않는 것 같은데, 내 말이 옳은가?"

"제가 사는 방식이 마음에 들지 않는 겁니다."

"왜 그렇다고 생각하나? 내가 너무 지나치게 캐묻고 있는 건가? 부모님은 자네를 자랑스럽게 여겨야 할 텐데, 자네는 진짜 고아보다 더 고아같이 지내고 있는 것 같아서 하는 말이네. 그것은 그렇고, 쌍둥이는 왔을 텐데도 왜 아직 소식이 없지?"

"저도 아직 만나지 못했습니다."

"어디에 있을까? 헨리도 통 나타나지를 않아. 자네와 에드먼드만 만난 셈이군. 프랜시스와는 통화를 했지만 아주 짧은 통화였어. 바빴는지, 나중에 들르겠다고 하고는 소식이 없어. 에드먼드는 이탈리아어를 별로 배워 오지 못한 것 같던데, 자네 생각은 어때?"

"저는 이탈리아어를 모릅니다."

"그런가? 나도 이제는 모르는 거나 다름이 없어. 전에는 곧잘 했는데. 피렌체에서 한동안 살기까지 했어. 자그마치 30년 전 일이지만 말일세. 오늘 오후에는 이 친구들을 만날 수 있을 것 같은가?"

"모르기는 하지만."

"그렇게 중요한 것은 아니네만, 새 학기 등록 카드는 오늘 오후 안으로 학장실을 돌아 나와야 하네. 내 손을 거쳐서 학장실로 들어가지 않으면 학장이 좋아하지 않을 걸세. 나야 상관이 없지만 학장이 앉은 자리는, 마음만 먹으면 자네들의 입장을 난처하게 만들 수도 있는 자리라는 걸 명심하도록."

은근히 화가 났다. 쌍둥이 남매는 사흘 전에 햄든에 왔을 텐데도 전화조차 없었다. 줄리언 모로 교수의 연구실에서 나와 먼머스 하우스로 오는 길에 그들의 아파트에 들렀지만 문은 잠겨 있었다.

그날의 저녁식사 시간에도 쌍둥이는 커먼스 홀에 나타나지 않았다. 아니, 우리 동아리 중 커먼스 홀 식당에서 저녁을 먹은 것은 나뿐이었다. 적어도 버니만은 방에 있을 것이라는 생각에서 식당으로 가는 길에 잠깐 들러보았으나, 매리언이 버니의 방문을 잠그고 있었을 뿐, 버니도 없었다. 매리언은 나에게 사무적으로, 자기와 버니에게는 계획이 있는 만큼 밤늦게야 돌아올 수 있을 것이라고 말했다.

나는 혼자 저녁을 먹고 눈길을 홀로 걸어 내 방으로 돌아왔다. 짓궂은 농담의 피해자가 된 듯, 기분이 몹시 씁쓸했다. 7시를 조금 넘겼을 무렵, 프랜시스의 방으로 전화를 걸어보았다. 없었다. 헨리도 전화를 받지 않았다.

나는 자정까지 그리스어책을 읽었다. 세수하고 이를 닦은 뒤에 다시 아래층으로 내려가 전화를 걸어보았다. 여전히 아무도 전화를 받지 않았다. 세 차례나 전화를 걸고도 통화가 되지 않아 동전을 뽑아 가지려니 민망했다. 나는 오기가 났던 나머지 프랜시스의 시골집 번호를 돌려보았다.

역시 받지 않았다. 그러나 나는 수화기를 놓지 않고 기다렸다. 신호가 서른 번쯤이나 간 뒤에야 그쪽 수화기가 올라갔다. 프랜시스가 퉁명스럽게 말했다.

"여보세요."

프랜시스는 자기 목소리를 알아듣지 못하게 할 요량으로 분명히 목소리를 가라앉히고 있었다. 그러나 나를 속일 수는 없었다. 그는 수화기를 금방 내려놓지 않고 다시 한 번 그 우스꽝스럽게 꾸며낸 목소리로 말했다.

"여보……세요."

억지로 꾸며낸, 착 가라앉은 목소리의 끝이 가볍게 떨리고 있었다. 나는 역겨워서 전화를 끊어버렸다.

자려고 했지만 잠이 오지 않았다. 시간이 흐를수록 꺼림칙한 느낌, 뒤숭숭한 느낌이 더해갔다. 이러한 느낌에는 우스꽝스럽게 거북스러운 느낌이 뒤따랐다. 나는 불을 켜고, 책 더미 속에서, 집에서 가져온 레이먼드 챈들러의 스릴러 소설을 꺼냈다. 한 번 읽은 적이 있어서 두어 페이지만 읽으면 잠이 올 것 같았는데 내용이 기억이 안 나서 읽다 보니 두어 페이지가 50페이지가 되었고, 50페이지가 100페이지가 되었다.

몇 시간이 흘렀지만 나는 여전히 잠을 이루지 못하고 챈들러를 읽었다. 라디에이터가 스팀을 계속해서 보내고 있어서 방이 무덥고 건조하게 느껴졌다. 갈증이 났다. 마지막까지 독파한 나는 잠옷 위에 외투를 걸치고 콜라를 뽑으러 내려갔다.

커먼스 홀에 인적이 끊긴 지 오래였다. 사방에서 갓 칠한 페인트 냄새가 났다. 나는 빨래방—가을까지만 해도 낙서가 벽을 메우고 있던 빨래방이었다. 낙서가 말끔히 지워진 불 밝힌 빨래방은 생경해 보였다—을 지나, 구석자리에서 윙윙거리고 있는 자동판매기에서 콜라를 한 캔 뽑아내었다.

나는 다시 방으로 올라오다가 휴게실 앞에서 걸음을 멈추었다. 음악이 흘러나오고 있었기 때문이었다. 가까이 가보았더니 텔레비전이 켜져 있었다. 희미하게 보이는 화면 속에서 로렐과 하디가 높다란 층계로 그랜드피아노를 옮기고 있었다. 텔레비전 앞의 소파에 기대고 앉은 흐트러진 금발이 보였다.

나는 그쪽으로 다가가 소파에 앉았다.

"버니, 웬일이야, 잘 지냈어?"

버니가 내게로 시선을 돌리고는 초점을 맞추었다. 초점을 잡아 나를 알아보는 데 시간이 걸리는 것으로 보아 술을 많이 마신 모양이었다.

"어, 리처드 아니야? 응, 잘 지냈어."

"잘 지낸 것 같지 않은데?"

버니가 트림을 하면서 대답했다.

"빌어먹게 솔직히 말하자면, 구역질이 나서 죽을 지경이다."

"너무 많이 마셔서?"

"아니, 독감이야."

뭔가가 있었다. 그는 좀처럼 술을 취하게 마시지 않았다. 그는 만성 두통에 시달리고 있었는데, 자기 입으로는 늘 안경을 갈아야겠다고 벼르면서도 줄곧 같은 안경만 쓰고 다녔다. 버니에게는 만사가 그런 식이었다. 매리언과 외박하고 돌아온 날 아침 나는 식당에서 버니를 만난 적이 있다. 나는, 식판에 우유와 도넛을 수북하게 담아가지고 와서 자리에 앉는 버니를 유심히 바라보았는데, 목에 키스마크가 나 있었다. 내가 농담 삼아, "그거 어떻게 된 거야?" 하고 묻자, 버니는 도넛을 우걱우걱 베어 먹으면서, "계단에서 굴렀다, 왜?" 하고 화를 내었다.

나는 독감 어쩌고 하는 것도 그런 식의 대답인 것 같아서 조금 더 물어보았다.

"해외에서 얻은 병인가?"

"그런가 봐."

"병원에 가봤어?"

"아니. 가봐야 별수 있겠어? 놔두면 자연히 낫겠지. 이봐, 가까이 오지 말라고. 옮을지도 모르니까."

나는 소파 건너편에 앉아 있었으면서도 일부러 물러앉는 시늉을 했다. 우리는 한동안 아무 말 없이 텔레비전을 보았다. 난장판 코미디였다. 올리가 스탠의 머리에 눈이 가려지도록 모자를 씌웠다. 앞이 안 보이게 되자 스탠은 허우적거리면서 방을 빙빙 돌다가 올리에게 부딪쳤고, 올리는 손바닥으로 그의 머리를 갈겼다. 버니는 입까지 헤벌리고 시선을 고정하고 있는 것으로 보아 화면에 정신을 빼앗기고 있는 모양이었다.

"버니."

"응?"

그는 시선을 텔레비전에 둔 채로 대답했다.

"모두 어디에 가 있어?"

"자겠지, 뭐."

"쌍둥이는 저희들 집에 와 있어?"

"그럴 거야."

"봤어?"

"아니."

"모두들 어떻게 된 거야? 넌 헨리 때문에 화가 나 있는 거야, 아니면 다른 사람 때문에 화가 나 있는 거야?"

버니는 대답하지 않았다. 나는 버니의 옆얼굴을 눈여겨보았다. 텅 빈 듯한 얼굴이었다. 나는 한동안 버니를 보다가 시선을 텔레비전으로 돌렸다.

"로마에서, 다퉜어?"

갑자기 버니가 마른기침으로 목을 가다듬었다. 나는 버니가 심중에 담아두고 있던 대단히 중요한 이야기를 하려 한다고 생각하고는 긴장했다. 그러나 그는 소파 귀퉁이를 가리키며 다시 마른기침을 했다.

"리처드, 저 콜라 안 마실 거야?"

어처구니없는 그의 말이었다.

나는 콜라를 잊고 있었다. 콜라는 뚜껑이 열리지도 않은 채 소파 위에서 땀을 흘리고 있었다. 나는 콜라 캔을 그에게 넘겨주었다. 버니는 콜라 캔을 따서 몇 모금 탐욕스럽게 마시고는 연거푸 트림을 했다. 그러고는 말했다.

"살 것 같다. 이봐, 리처드, 나 헨리 이야기 좀 해도 될까?"

"뭔데?"

버니는 다시 콜라를 벌컥벌컥 들이켜고 나서 시선을 텔레비전으로 돌린 채 말했다.

"헨리는 네가 생각하는 그런 사람이 아니라고."

나는 버니가 하려는 말의 무게에 익숙해지기까지 아무 말 하지 않고 있다가 물었다.

"무슨 소리야?"

버니는 목청을 약간 돋우어서 말했다. 말하는 도중에 콜라를 한 모금 더 마시기도 했다.

"헨리는 네가 생각하는 헨리가 아니라는 말이야. 어쩌면 줄리언이 생각하는 헨리, 많은 사람들이 생각하는 헨리가 아닐지도 모르지. 이탈리아에서 헨리는 나를 병신으로 만들었어. 하지만 나는, 그러려니 하고 꾹 참았어."

"그랬구나."

나는 버니의 말이 끝난 다음에도 한동안 말을 잇지 못하고 있다가 어정쩡하게 얼버무렸다. 나는 전부터, 이들 사이에 나로서는 알지 않는 편이 온당할 어떤 성적인 문제가 있을 것이라고 조잡하게 상상해왔는데, 이로써 그런 상상이 부분적으로 확인되는 것 같았다. 나는 버니의 옆얼굴을 가만히 바라보았다. 쉬 흥분하고, 걸핏하면 화를 내는 얼굴, 자그맣고 뾰족한 코 아래로 축 처진 채로 걸린 안경, 유난히 두드러지게 솟은 상악골. 로마에서 헨리가 버니에게 추파를 던졌던 것일까? 믿어지지 않는 일이기는 하나 그런 가능성을 깡그리 배제할 수 있는 것은 아니었다. 헨리가 그랬다면, 두 사람의 관계가 급속하게 냉각된 것도 이해할 만했다. 나는 이 은밀하면서도 마뜩잖은 사건이 있었다면 버니가 충격을 받은 것도 당연할 것이라고 생각했다. 버니에게 이것 이상의 충격을 안겨줄 만한 사건이 또 있을 것 같지 않았다. 버니는 우리 중에서 여자를 가진 유일한 친구였다. 확인할 도리가 없는 일이기는 하나 나는 버니가 매리언과 잠자리를 함께했을 것으로 믿었다. 그러나 그런데도 불구하고 버니에게는 기묘하게도 여성스러운 데, 섬약하고 과민한 일면, 걸핏하면 화를 잘 내는 일면이 있었다. 게다가 헨리가 끊임없이 버니에게 돈을 대는 데도 석연치 않은 구석이 있었다. 내가 아는 한 헨리는 씀씀이가 헤픈 아내를 가진 남편이 그러듯이 버니의 옷가지 사는 데 드는 돈을 비롯해서 버니에게로 날아드는 청구서 금액은 물론 현금까지도 충당하고 있었다. 그렇다면 버니가 영문을 모르는 채 보호를 받다가 헨리가 베푸는 호의에 낚싯바늘이 달린 것을 알고는 몹시 화를 내게 되었을 가능성도 있었다.

하지만 정말 그랬을까? 적어도 표면상으로나마, 낚싯줄 같은 것이 평소에도 보였던 것은 분명하다. 다만 내가 몰랐던 것은 어떤 줄에 어떤 바늘, 어떤 미끼가 꿰여 있는가 하는 것이었다. 가령, 줄리언과 헨리가 복도에서 했던 짓만 해도 그렇다. 그것은 나에게는 적어도 충격적이었다. 그러나 반드시 그렇게만 생각할 일도 아니었다. 나는 헨리와 한 달을 함께 지냈지만 그는 그런 식의 어떤 긴장감도 조성한 적이 없었다. 나는 그런 긴장감을 감지하는 데 민감한 사람인데도 불구하고 내 더듬이에는 그런 느낌이 걸린 일이 없었다. 나는 프랜시스로부터, 줄리언으로부터, 심지어는 찰스로부터도 그런 낌새를 느껴왔다. 찰스는, 내가 아는 한, 여자에 관심이 있는데도 불구하고 늘 나약한 사춘기 소년처럼 수줍음을 많이 탔다. 말하자면 우리 아버지 같은 사람과는 완전히 반대인 그런 타입이었다. 그러나 헨리에게는 그런 일면이 전혀 없었다. 동성애를 탐지하는 가이거 계수기 같은 것이 있어서 갖다 대어보더라도 반응은 제로일 터인 그런 친구였다. 헨리는 다른 친구들보다는 커밀라를 더 좋아하는 것 같았다. 커밀라가 무슨 이야기라도 할라치면 헨리는 늘 유난스럽게 관심을 기울이고는 했다. 잘 웃지 않는 헨리가 이따금씩 미소를 보내는 상대도 거의 커밀라에 한했다.

헨리에게, 내가 모르는 측면이 있었을 수도 있다. 그렇다면 헨리가 버니에게 관심을 갖는 것도 가능할까? 내가 아는 한 절대로 그럴 가능성은 없었다. 헨리가 보인 태도에 따르면, 버니는 매력적인 대상이기는커녕 도저히 더불어 견딜 수도 없는 대상에 속했다. 헨리는 버니의 생활 태도에 구역질을 느끼고 있는 것 같았는데, 이것은 내가 버니에게 비슷한 느낌을 가지고 있는 것보다 훨씬 정도가 심했다. 일반적으로 말해서 버니는 미남자에 속할 수도 있기는 했다. 그러나 성적인 대상으로 렌즈의 초점을 맞춘다면 버니는 거의 낙제에 가까웠다. 더러운 셔츠, 뚱뚱한 몸매, 냄새나는 양말로 대표되는 버니의 인상은 혐오의 대상일 수 있을지언정 사랑의 대상은 전혀 아니었다. 여자애들은 그런 것에 신경을 안 쓴다지만 성적인 매력으로 치자면 내게는 나이 든 축구 코치 수준이었다.

이런저런 생각을 하려니 버니 옆에 있는 것이 문득 피곤하게 느껴졌다. 나는 소파에서 일어났다. 버니는 입을 헤벌린 채 나를 바라보았다.

"버니, 나 졸려서 올라가야겠다. 내일 만나게 되겠지?"

"콜라 같은 걸로 잠 설치지 않게 되기를 바란다."

"나도 그랬으면 한다. 잘 자."

버니에게 미안했지만 나는 그 자리를 떠나지 않을 수 없었다.

목요일 아침에는 6시에 일어났다. 그리스어 공부를 좀 해두고 싶어서 일찍 일어났는데 아무리 찾아도 교과서가 없었다. 나는 절망에 빠진 채 한참을 찾아 헤매고 나서야 그것을 헨리의 집에 두고 왔다는 것을 알았다. 짐을 싸면서 잊었던 것이었다. 어쨌든 그리스어 교과서는 다른 책과 함께 내 짐에 합류되지 못했던 것이다. 이렇게 결론을 내리고 나는 나중에 들러서 찾아오면 되려니 생각했다. 그런데 그럴 일이 아니었다. 다음 월요일까지는 그리스어 수업이 없기는 했다. 그러나 줄리언 모로 교수가 내준 상당량의 과제물이 있는 데다 도서관을 이용할 수도 없었다. 도서관은 듀이 십진분류법에 따라 분류되어 있던 도서를 국회도서관식으로 정리하느라고 휴관 중이었기 때문이었다.

나는 아래층으로 내려가 헨리의 집에 전화를 걸었다. 예상한 대로 아무도 받지 않았다. 기숙사 로비의 라디에이터가 유난히 큰 소리로 식식거렸다. 신호가 서른 번쯤 갔을 때 나는 문득, 내가 왜 이렇게 답답한 짓을 하고 있지, 노스 햄든에 있는 헨리의 집으로 가서 가지고 오면 될 일이 아닌가, 싶었다. 헨리는 집에 없을 테지만 나에게는 그의 집 열쇠가 있었다. 헨리가 프랜시스의 시골집에 가 있다면 몇 시간 안에는 올 성싶지 않았다. 헨리의 집까지는, 서두른다면 15분이면 도착할 수 있는 거리였다.

이른 아침의 햇살을 받고 있는 헨리의 집은 적막에 싸여 있었다. 헨리의 차는 주차장에도 없었고, 헨리가 이따금씩 이용하는 빈터에도 없었다. 헨리에게는 주차장이 아닌 빈터에 차를 세우는 버릇이 있었다. 주차장의 자동차 때문에 자기가 집에 있다는 것을 남에게 노출하기 싫어하는 데서 온 버릇이었다. 그러나 나는 확인하는 뜻에서 문을 두드렸다. 대답이 없었다(Pas de réponse). 나는 헨리가 가운 차림으로 현관 창을 통해 나를 내려다보고 있지 않기를 바라면서 열쇠로 문을 따고 안으로 들어갔다.

아무도 없는 것은 당연했지만 놀랍게도 집 안은 엉망이었다. 바닥에는 책, 종이, 빈 커피 잔, 포도주 잔이 나굴고 있었다. 엉망이 되어 나굴고 있는 물건에는 이미 먼지의 켜가 쌓여 있었다. 포도주 잔에 남아 있었을 터인 포도주도 말라서 바닥의 보랏빛 앙금으로만 남아 있었다. 부엌에도 더러운 접시가 쌓여 있었다. 미처 냉장고에 들어가지 못한 우유에서는 썩는 냄새가 진동했다. 헨리는 고양이처럼 깔끔한 사람이었다. 그와 한 달을 함께 살

앉어도 나는 그가 외투를 벗는 즉시 옷걸이에 걸지 않는 것을 본 적이 없었다. 그런데 커피 잔 하나에는 바닥에 파리가 빠져 죽어 있었다.

흡사 범죄 현장에 와 있는 느낌이 들어 당혹스러웠다. 나는 되도록이면 빨리 헨리의 집 안을 살펴보았다. 정적 속에서 내 발소리가 유난히 크게 울렸다. 오래지 않아 나는 거실 탁자에 놓인 내 책을 찾을 수 있었다. 내가 어쩌다 이렇게 중요한 책을 이렇게 잊고 갔을까? 혹 잊은 물건이 없을까 싶어서 집 안을 몇 바퀴나 돈 내가 아니던가? 헨리는 내가 올 줄을 알고 그 책을 거실 탁자 위에 올려놓았던 것일까? 나로서는 얼른 이해되지 않았다. 나는 황급히 그 책을 집어 들고 나오려 했다. 같은 탁자에 놓인, 구겨진 종이쪽지가 내 눈에 들어온 것은 바로 그때였다.

헨리의 글씨였다.

TWA 219

795 × 4

아래에는 프랜시스의 글씨임에 분명한, 지역번호 617번인 전화번호도 있었다. 나는 쪽지를 집어 자세히 살펴보았다. 메모는 사흘 전 도서관에서 날아온 대출 도서의 반납독촉장 뒷면에 적혀 있었다.

딱히 알아야 할 이유가 있는 것도 아닌데 나는 교과서를 내려놓고는 그 쪽지를 들고 앞방의 전화기 앞으로 갔다. 지역번호는 매사추세츠였다. 그렇다면 보스턴 전화번호이기가 쉬웠다. 나는 시계를 보고 그 번호를 돌렸다. 전화 요금의 지불 계좌 번호는 롤랜드 박사의 연구실 번호를 이용했다.

두어 번 신호가 가기가 무섭게, 녹음된 메시지가 울려 나왔다.

"페더럴 거리에 있는 롭슨 태프트 법률 사무소입니다. 지금은 전화를 받을 수가 없으니 죄송하지만 9시……."

나는 전화를 끊고 다시 한 번 그 쪽지를 찬찬히 내려다보았다. 어쩌면 버니가 문제를 일으켜 헨리가 변호사에게 전화를 걸었을지도 모른다고 생각하니 마음이 무거웠다. 나는 다시 전화 수화기를 집어 들고 전화번호 서비스를 통해 TWA 항공사의 번호를 알아내었다.

항공사 지부의 교환원에게 나는 거짓말을 했다.

"내 이름은 헨리 윈터. 예약을 확인하고자 합니다."

"잠깐만 기다려주십시오, 윈터 씨. 예약 번호를 일러주시겠습니까?"

내 머리가 빠른 속도로 앞뒤를 재었다. 예약 번호라…….

"가만있자. 지금 그걸 기억할 수 있을지 모르겠군요. 뭣하시면 이름으로…….'"

이렇게 얼버무리는 중에 문득 쪽지의 오른쪽 위에 있는 번호가 보였다.

"잠깐, 이것이던가. 219, 이게 예약 번호던가요?"

컴퓨터 키보드 두드리는 소리가 들려왔다. 나는 초조하게 기다리면서 창밖을 내다보았다. 헨리의 자동차가 언제 들이닥칠지 모르기 때문이었다. 그러나 그럴 일은 없었다. 나는 깜빡 잊고 있었다. 헨리에게는 자동차가 없었다. 내가 일요일에 짐을 실어 나르느라고 헨리의 차를 빌려 쓰고도 반환하지 않고 테니스코트 뒤에 세워두었던 것이다.

나는 수화기를 놓아버리고 싶었다. 헨리는 걸어서 이미 집 문 앞에 와 있는지도 모르는 일이었다. 금방이라도 문을 따고 들어올 것 같았다. 아무래도 수화기를 내려놓고 돌아가는 편이 좋겠다고 생각하는 참인데 항공사 직원이 말했다.

"예약이 확인되었습니다, 윈터 씨. 티켓을 판 직원이 말씀드리지 않던가요? 이 표는, 구입하신 뒤 사흘 이내에 이용하시는 한 예약 확인은 필요 없습니다."

"듣지 못했어요. 사흘이라고 했어요?"

"네. 손님의 항공표는 구입하시는 순간에 예약 확인까지 끝납니다. 대신이 항공표는 환불이 불가능합니다. 화요일에 이 표를 팔면서 직원이 말씀 드려야 했던 것인데, 대단히 죄송합니다."

예약 확인이 필요 없는 항공표? 환불이 불가능한 항공표?

"미안합니다만 비행 스케줄을 다시 한 번 일러주시겠어요?"

"물론 일러드리겠습니다, 윈터 씨. TWA 401번기, 내일 오후 8시 45분발, 보스턴 로건 공항 12번 게이트로 나가시게 되어 있습니다. 부에노스아이레스 도착은 아침 6시 01분, 댈러스에서 중간 기착하게 되어 있습니다. 편도 네 장, 장당 요금은 795달러, 합계는 잠깐만 기다려주십시오."

다시 컴퓨터 키보드 두드리는 소리가 건너왔다.

"3180달러에 세금은 별도. 아메리칸 익스프레스 카드로 결제하셨습니다. 맞습니까?"

나는 머리가 휘저어지는 느낌이 들었다. 부에노스아이레스? 편도? 내일?

"모쪼록 가족과의 나들이, 즐거운 여행 되시기를 바랍니다, 윈터 씨."

항공사 직원은 이렇게 말하고는 전화를 끊었다. 나는 수화기를 쥔 채, 어서 내려놓으라고 독촉하는 신호가 올 때까지 망연자실 그렇게 서 있었다.

문득 짚이는 것이 있었다. 나는 수화기를 내려놓고 헨리의 침실 문을 열었다. 서가에 꽂혀 있던 책이 한 권도 없었다. 맹꽁이자물쇠도 열려 있었다. 물론 상자도 비어 있었다. 나는 한동안 정신이 멍한 상태에서 바닥에 로마자 대문자로 쓰인 YALE이라는 글자를 내려다보았다. 이번에는 보조 침실로 가보았다. 옷걸이만 쇠가름대에 걸린 채 대롱거리고 있었을 뿐, 옷장은 텅 비어 있었다. 나는 방을 나오려고 돌아서다가 균형을 잃고 말았다. 문 바로 뒤에 놓여 있던 거대한 돈피(豚皮) 가방 두 개가 갑자기 내 앞을 가로막는 것 같았기 때문이었다. 나는 가방 하나를 들어보려다가 어찌나 무거운지 또 한 번 비틀거렸다.

세상에, 이자들이 무슨 일을 저지르고 있는 거야? 나는 이런 생각을 하면 서 거실로 나와 쪽지를 탁자 위에다 올려놓고는 교과서를 집어 들고 헨리 의 집을 나왔다.

노스 햄든 거리로 나서고부터는 천천히 걸었다. 뭐가 뭔지 알 수가 없었 다. 바닥에서 꿈틀거리는 착잡한 느낌이 자꾸만 내 생각의 덜미를 낚아챘 다. 어떻게든 손을 쓰고 싶었다. 그러나 내게는 방법이 생각나지 않았다. 버 니는 이것을 알고 있었던 것일까?

나는 버니도 모를 것이라고 생각했다. 설사 알고 있을 가능성이 있다고 하더라도 버니에게는 묻고 싶지 않았다. 아르헨티나. 왜 하필이면 아르헨티 나인가. 초원, 말 떼, 가장자리에 방울이 대롱거리는, 운두가 납작한 모자를 쓴 카우보이. 소설가 보르헤스. 부치 캐시디가 은신하고 있는 곳으로 알려진 땅, 멩겔레 박사, 마르틴 보르만같이 유쾌하지 못한 인간이 숨어 산다는 땅.

나는 프랜시스의 시골집에서 헨리로부터 남아메리카의 어떤 나라 이야 기를 들은 것 같았다. 그것이 아르헨티나였는지는 확실하게 기억나지 않았 다. 나는 그때 들은 말을 떠올리려고 애썼다. 아르헨티나 해안의 어떤 섬과 관계가 있는 이권 때문에 아버지와 함께 간다던가? 아니, 어쩌면 나는 다른 이야기와 혼동하고 있었는지도 모르는 일이다. 헨리의 아버지는 여행을 많 이 하는 것으로 알려져 있었다. 아버지와 함께하는 여행이라면, 넉 장의 비 행기 표는 또 무엇일까? 게다가 편도는? 줄리언 모로 교수는 알고 있었을 까? 그럴 리가 없다. 알고 있었다면―그는 헨리에 관한 한 무엇이든 소상 하게 알고 있는 것 같았다―바로 전날 그렇게 그들의 행방을 궁금해했을 까닭이 없을 터였다.

머리가 아팠다. 헴든 인근의 숲을 빠져나와, 햇빛에 반짝이는 눈 덮인 초원으로 들어서니, 커먼스 홀의 양쪽으로 선, 세월의 때에 까맣게 찌든 두 개의 굴뚝이 보였다. 굴뚝에서 솟아오르는 두 줄기 연기는 흡사 쌍둥이 같았다. 주위는 텅 비어 고요했다. 내 눈에 보이는 움직이는 것이라고는 커먼스 홀 입구에다 우유 트럭을 받쳐놓고 아스팔트 위에다 쿵쿵 소리가 나게 우유 상자를 내려놓는, 새벽잠에서 덜 깬 듯한 인부 둘뿐이었다.

식당은 열려 있었으나 너무 이른 시각이라 학생은 없었고 카페테리아 일꾼들과 학교 영선공이 교대 시간을 앞두고 아침을 먹고 있을 뿐이었다. 나는 2층으로 올라가 커피 한 잔과 반숙한 계란을 시켜서 텅 빈 식당의 유리창 옆 테이블에 혼자 앉아서 먹고 마셨다.

목요일인 그날, 학교는 일제히 개강했다. 그러나 줄리언 모로 교수의 강의는 다음 주 월요일에 개강하기로 되어 있었다. 아침식사를 마친 뒤 나는 내 방으로 돌아가 불규칙 부정과거시제 공부를 시작했다. 그러나 정신을 집중시킬 수가 없었다. 나는 공부는 하는 둥 마는 둥 시간만 때우다가 오후 4시가 못 되어 책을 덮고 창문을 통해 초원을 내려다보았다. 해는 서쪽으로 기울면서 눈 위에 물푸레나무와 주목(朱木)의 그림자를 드리우고 있었다. 졸린데다 정신이 몽롱했다. 내가 생각해도, 하루 종일 자고 석양 무렵에 깨어난 기분이었다.

그날 밤에 성대한 개강 파티가 있었다. 로스트비프, 껍질 콩 아몬딘, 치즈 수플레가 나왔고 채식주의자를 위해 특별히 준비된 렌즈콩 요리도 있었다. 나는 아침을 먹었던, 바로 그 자리에서 혼자 저녁을 먹었다. 식당은 만원이었다. 담배를 피우는 학생, 웃고 떠드는 학생, 의자를 끌어다가 이미 만원이 된 식탁 사이로 비집고 들어가는 학생, 음식 접시를 들고 돌아다니며 친구들의 안부를 묻는 학생 등 각양각색이었다. 내 옆자리로 회화과와 조각과 학생들이 몰려들었다. 물감이 묻은 손가락 끝, 역시 물감 튄 자국이 있는 옷

자락만 보아도 금방 알 수 있었다. 그중에는 냅킨에 검은 사인펜으로 그림을 그리고 있는 미술학도, 두 개의 화필을 젓가락으로 삼아 밥을 먹는 미술학도도 있었다. 거의가 나와는 안면이 없는 학생들이었다. 나는 혼자 커피를 마시면서 주위를 둘러보았다. 줄리언 모로 교수와 공부하게 될 경우 다른 학과 학생들로부터는 완전히 소외당한다고 예언한 조르주 라포르그 교수의 말이 옳았다. 그러나 화필을 젓가락으로 쓰는 학생들과 가깝게 사귈 수 없게 된 것만은 그렇게 억울할 것이 없었다.

내 옆자리에서는, 네안데르탈인처럼 생긴 두 건달이 조각실에서 열릴 맥주 파티의 자금을 걷고 있었다. 이들은 사활이 걸린 문제이기나 한 것처럼 열심이었다. 나는 그 둘을 알고 있었다. 햄든 대학에 안 들어왔대도 이상할 터이지만 들어온 것 또한 이상하게 여겨지는 해괴한 친구들이었다. 하나는 유명한 동부 해안 유흥업 재벌의 아들, 또 하나는 영화 제작자의 아들이었다. 공교롭게도 이 둘은 각각 학생회 회장과 부회장이었는데, 이들은 그 자리를 술 마시기 대회, 젖은 티셔츠 미인 대회, 여성 진흙탕 레슬링 대회 같은 것을 주최하는 데 이용해먹고 있었다. 둘 다 6척 거구로 면도는 아예 않고 지내는 털보였다. 말하자면 봄이 되고 날씨만 따뜻해졌다 하면 아침부터 저녁까지 아예 웃통을 벗어젖히고, 스티로폼 아이스박스를 열어놓고, 카세트 녹음기를 틀어놓고 사는 타입이었다. 사람 됨됨이는 썩 괜찮은 것으로 알려져 있었다. 그러나 사람이 좋다는 것은 그들이 자동차에다 태우고 데리고 다니면서 맥주도 사주고 저녁도 사주어본 학생들에게서 나온 말이기가 쉬웠다. 이 둘의 눈은, 특히 유흥업 재벌 아들의 눈은, 꼭 정신분열증 환자의 눈길처럼 탐욕스럽게 번쩍거렸다. 학교에서는 유흥업 재벌의 아들을 파티 피그라고 불렀다. 애교가 넘치는 별명은 물론 못 되었다. 그런데도 그는 이 별명을 꽤 좋아했고, 이 별명에 걸맞게 행동했다. 늘 취해 있는 이 파티 피그는, 마른 잔디에 불을 지른다거나, 신입생을 굴뚝에 처박는다거나, 남의 유리창 안으로 빈 맥주통을 던져 넣는다거나 하는 망나니짓을 도맡아 했다.

그 파티 피그(진짜 이름은 저드였다)와 프랭크가 내 앞으로 왔다. 둘은 동전과 구겨진 지폐가 가득 든 물감 통을 나에게 내밀었다. 파티 피그가 우는소리를 했다.

"안녕하시오. 오늘 밤 조각실에서 통맥주 파티가 있는데, 선심 좀 써주지 그래요?"

나는 커피 잔을 내려놓고 주머니에서 25센트짜리 동전 하나와 1센트짜리 동전 몇 개를 뒤져내어 물감 통에 넣었다.

"여보쇼, 더 쓸 수 있는 분이 이러시면 쓰나?"

저드가 험상궂게 노려보면서 말했다. 천박한 놈, 미개한 놈(Hoi polloi, Barbaroi).

"미안합니다."

나는 이렇게 말하고는 외투를 들고 일어섰다.

나는 방으로 돌아와 사전을 폈다. 그러나 사전으로는 눈이 가지 않았다.

"아르헨티나?"

나는 벽을 향하여 중얼거렸다.

금요일 아침 프랑스어 수업에 들어갔다. 전날 밤의 맥주 파티가 꽤 질탕했던지 몇몇은 뒷자리에서 졸고 있었다. 소독약 냄새, 새 칠판 냄새가 가늘게 떨리는 형광등 불빛, 단조로운 프랑스어 동사와 더불어 이상한 분위기를 지어내는 바람에 정신을 제대로 가눌 수가 없었다. 프랑스어 시간은 시간이 어떻게 가는 줄도 모르는 사이에 끝났다.

강의실에서 나와 아래층 공중전화 박스로 가서 프랜시스의 시골집으로 전화를 넣어보았다. 전화가 쉰 번쯤 울릴 때까지 기다렸으나 아무 응답이 없었다.

눈길을 걸어 머머스 하우스의 내 방으로 돌아왔다. 나는 눈에 덮인, 창밖의 평퍼짐한 주목들을 바라보면서 여러모로 생각해보았다. 아니, 생각에 잠기지 않으려고 했다는 편이 옳겠다. 한동안 그러고 있다가 책상 앞에 앉았지만 글씨가 눈에 들어오지 않았다. 환불이 불가능한 편도 항공표. 항공사 직원의 말이 귓가를 맴돌았다.

캘리포니아 시각으로는 오전 11시일 터였다. 부모님은 일터에 있을 시각이었다. 나는 다시 아래층으로 내려가 나의 정다운 친구가 된 공중전화 수화기를 들고, 요금은 캘리포니아에 있는 아버지에게 물게 하고, 보스턴의 프랜시스 집으로 전화를 걸었다.

내가 이름을 대자 프랜시스의 어머니는 내 얼굴이 기억났던지 반색을 했다.

"아, 리처드, 알고말고. 이렇게 전화를 다 걸어줄 줄 알고. 지난 겨울방학 때는 뉴욕으로 와서 우리랑 겨울방학을 함께 지냈으면 했다. 그래, 지금 어디에 있니? 데리러 사람을 보내마."

"고맙습니다만, 여기는 햄든입니다. 프랜시슨 집에 있습니까?"

"그애는 학교에 있잖니? 왜, 학교에 없어?"

나는 아뿔싸 했다. 할 말도 정해놓지 않고 전화를 거는 것이 아니었다. 나는 서둘러 임기응변으로 대처했다.

"정말 죄송합니다. 제가 뭘 착각했습니다."

"뭘 했어?"

"저는 프랜시스가 오늘 보스턴으로 간 것으로 착각했습니다."

"글쎄, 보스턴에 왔는지 안 왔는지는 모르겠다만, 나는 아직 꼴을 못 봤다. 어디에 있다고 했니? 크리스를 보내서 데리고 들어오게 하마."

"고맙습니다만, 저는 지금 보스턴에 있는 게 아닙니다. 저는……."

"아니, 그럼 학교에서 전화한 거니? 무슨 일이라도 생긴 거니?"

"아, 아닙니다."

일이 이상하게 꼬여가고 있었다. 전화를 끊고 싶었다. 그러나 이미 엎질러진 물이었다.

"어젯밤 제가 자고 있을 때 프랜시스가 잠깐 다녀갔습니다. 뭐라고 하길래 저는, 프랜시스가 보스턴으로 간다는 줄 알았지요. 아, 프랜시스 저기 있습니다!"

나는 바보같이 엉뚱한 수작을 부렸다. 그렇게라도 해야 프랜시스의 어머니와 통화하는 시간을 줄일 수 있을 터였기 때문이었다.

"어디에 있다는 거냐? 거기 학교에?"

"저기 잔디밭을 가로질러 오고 있군요. 정말 죄송합니다, 애버나디 부인."

엉겁결이라, 프랜시스 어머니의 새 남편의 이름이 생각나지 않았다. 나는 실례인 줄 알았지만 애버나디 부인이라고 하지 않을 수 없었다.

"부인 어쩌고 하지 말고 그냥 올리비아라고 불러. 그 녀석에게 내가 늘 걱정한다고 전하고, 일요일에 전화 좀 하라고 해주렴."

나는 황급히 작별 인사를 하고는 전화를 끊었다. 진땀이 났다. 수화기를 내려놓고 돌아서면서 보니, 버니가 풍선껌을 씹어 커다란 풍선을 불면서 계단을 내려오고 있었다. 버니는, 이야기 상대로는 최악이었지만 피해 갈 수 있는 시간적인 여유가 없었다.

"여, 리처드, 헨리 어디 갔는지 몰라?"

"모르는데."

나는 조금 뜸을 들여 대답했다.

"모를 일이야. 월요일 이래로 코빼기도 안 보이는군. 프랑수아도 안 보이고, 쌍둥이도 안 보이고. 누구에게 전화한 거냐?"

어떻게 대답해야 좋을지 몰라 어정쩡하게 있다가 나는 되는대로 대답했다.

"응, 프랜시스와 통화했어."

"그래? 지금 어디에 있대?"

"햄든 어디겠지 뭐."

"장거리전화 아니었어?"

나는 뜨끔했다. 아무래도 버니는 뭔가를 알고 있는 것 같았다.

"모르겠는데."

"헨리는 어디로 간다는 말 없었어?"

"없었어, 왜?"

버니는 아무 말 않고 가만히 있다가 중얼거렸다.

"며칠 밤 내리 가봤는데 헨리의 집에서 불빛을 못 봤어. 자동차도 없고. 아무튼 워터 거리에 주차되어 있지 않은 것은 분명해."

나는 웃었다. 나는 뒷문으로 다가가 창밖을 내다보았다. 창밖은 테니스코트 옆의 주차장이었다. 헨리의 차는, 내가 주차해놓은 그대로 그 주차장에 있었다.

"저거 말인가?"

풍선껌을 씹던 버니의 턱 움직임이 느려졌다. 표정은 어두웠다. 뭔가를 생각하려고 할 때마다 볼 수 있는 버니 특유의 표정이었다.

"정말 웃기는군."

"버니, 뭐가 웃겨?"

분홍색 풍선이 그의 입술 밖으로 비죽이 비어져 나와 자꾸 커지다가는 펑 소리와 함께 터졌다.

"아무것도 아니야."

"왜들, 어디로들 간 걸까?"

"너 말이야, 정말 감감무소식이군그래."

버니가 눈을 덮고 있던 머리카락을 쓸어 올리면서 말했다.

나는 버니를 우리 방으로 안내했다. 버니는 올라가는 도중에 우리가 공동으로 쓰는 냉장고 문을 열고는 뮈옵스(근시안 – 옮긴이)답게, 눈을 바싹 갖다 대고는 내용물을 살폈다.

"이거 다 네 거야?"

"아니야."

버니는 손을 내밀어 언 치즈케이크를 꺼냈다. 케이크 상자에는, '가난한 장학생의 양식이니 손대지 마실 것, 제니 드랙슬러'라는 쪽지가 붙어 있었다.

"제대로 열었군. 오는 사람 없나 봐줘."

버니가 복도 양쪽을 힐끔거리면서 속삭였다.

"없어."

버니는 케이크 상자를 외투 섶에 감추고는 앞장서서 내 방으로 갔다. 방 안으로 들어가자 버니는, 나에게 들키면 큰일이라도 나는 듯이 재빨리 풍선껌을 뱉어서는 쓰레기통 모서리에 붙인 다음, 탁자 위에서 숟가락을 집어 치즈케이크에 찔러 넣었다. 한 숟가락을 퍼 먹은 그는 울상을 했다.

"지독하군. 좀 줄까?"

"싫어."

지독하다면서도 그는 숟가락을 빨았다.

"문제는, 레몬이 너무 많이 들어갔다는 거야."

버니는 일단 하던 말을 중단했다. 무슨 생각을 하고 있는 것이 분명했다. 한동안 구름 낀 표정을 하고 있던 그가 불쑥 물었다.

"지난달 너와 헨리는 상당 기간 함께 지냈지?"

"그랬지."

나는 긴장했다.

"얘기 많이 나누었어?"

"조금."

"나와 로마에 있을 때의 이야기도 많이 했겠지."

"그건 별로 안 했어."

"일찍 로마를 떠난 이유도 들었겠지?"

드디어 나오시는군. 나는 긴장을 풀고 귀를 기울였다. 드디어 문제의 핵심으로 들어가고 있는 기분이었다.

"아니, 별로 들은 게 없어. 사실이야. 여기에서 만나고 나서야 일찍 로마를 떠났다는 걸 알았어. 너는 로마에 남아 있는 줄도 몰랐다니까. 궁금해서 어느 날 밤에 물었더니, 너는 로마에 남아 있다고 하더군. 내가 들은 건 그것뿐이야."

버니는 치즈케이크를 한입 베어 물고는 물었다.

"왜 일찍 떠났다고 하던?"

"내가 알아? 어쨌든, 돈 문제와 관련이 있는 것 같더군."

치즈케이크를 우물거리면서 버니는 기가 막힌다는 듯이 고개를 가로젓고 한 손을 내저었다.

"그게 바로 헨리의 모습이라고. 나는 헨리를 좋아해. 너도 헨리를 좋아하겠지. 그러나 나와 네게는 없는 게 헨리에게는 있어. 뭐냐? 바로 그런 유대인 근성이라고."

"무슨 뜻이야?"

버니의 입안에는 치즈케이크가 가득 들어 있어서 대답하는 데 시간이 걸렸다.

"친구에게 도움을 베풀면서 잔소리 그렇게 하는 사람은 처음 봤어. 무슨 말인지 알아? 헨리는 다른 사람들이 제 덕 보는 꼴을 못 본다고."

"대체 무슨 뜻이야?"

버니는 케이크를 삼킨 다음 말을 이었다. 머리카락이 내려와 한쪽 눈을 덮고 있어서 버니는 흡사 늙은 애꾸 선장처럼 외눈으로 나를 바라보고 있었다.

"어릴 때 누군가가 헨리에게 이렇게 말했던 모양이야. '애야, 너에게는 돈이 많으니까, 누가 네 돈을 갉아먹으려고 할지 모르니까 정신을 바짝 차리거라.' 그러나 문제는 돈이 아니야. 돈 같은 게 문제될 게 없으니까 이번에는 원칙 문제를 들고 나오는 거야. 헨리는, 돈이 있는 헨리가 아닌, 있는 그대로의 헨리이고 싶은 거라고."

나는 버니의 이 같은 해석에 놀라고 말았다. 버니의 해석은 돈에 관한 한 헨리가 보여온 놀라우리만치 관대한 태도—적어도 내 기준에서 보기로는—와는 사뭇 다른 것이었다.

"그러니까 돈 때문에 문제가 생겼던 것은 아니군."

"아니지."

"이렇게 물어서 어떨지 모르겠지만, 그럼 뭐가 문제였어?"

버니가 고개를 숙였다. 생각에 잠기는 그의 표정은 그렇게 솔직하게 보일 수가 없었다. 흡사 물 밑이 들여다보이듯이 투명한 것 같았다. 그가 마른 기침으로 목청을 가다듬는 것을 보고, 나는, 이제야 마음에 담고 있던 말을 하려나 보다 하고 생각했는데, 그것이 아니었다. 그가 한 말은 겨우 이것이었다.

"커피 한 잔 줄래?"

그날 밤 침대에 누운 채로 그리스어책을 읽던 나는 문득 섬광같이 스쳐 지나가는 생각 한 자락에 소스라치게 놀랐다. 숨겨져 있다가 갑자기 예고도 없이 나타난 스포트라이트가 침대에 누워 있는 나를 쏜 것 같았다. 아르 헨티나. 이 말 자체는 나를 놀라게 하던 막강한 힘을 조금도 잃은 것 같지 않았다. 다분히 이 지구에서 차지하는 그 물리적인 위치에 대한 나의 무지 탓이겠지만 아르헨티나라는 말은 나에게 여전히 그 독특한 생명을 지니고 있는 것 같았다. 이 말은, 금, 우상, 밀림 속의 잊힌 도시를 떠올리게 하는, 말맛이 약간 사나운 '아르'로 시작되어, 조용하고도 무시무시한 방을 상기 시키는 '헨'으로 이어지다가, 화사한 질문을 연상시키는 '티나'로 끝나고 있 었다. 물론 넌센스이기는 했지만, 구체적인 정보가 될 만한 것은 하나도 없 는 나로서는 모호하기는 하지만 그래도 이름 자체가 안겨주는 인상을 암호 해독의 단서로 삼아보지 않을 수가 없었다. 그러나 나를 놀라게 한 것은 아 르헨티나라는 말이 지닌 어떤 암시가 아니라 시각이었다. 나는 시계를 보 았다. 9시 20분. 그렇다면 이미 어두운 하늘을 가로지르며 무서운 속도로 상상의 땅 아르헨티나를 향해 날아가고 있을 시각이었다.

책을 덮고 창가에 놓인 의자에 앉았다. 책은 한 장도 읽을 수가 없었다.

내가 주말 동안 한 일이라고는 그리스어 공부를 하고, 식당 한쪽에서 혼 자 외롭게 먹고, 내 방에 틀어박혀 친구들의 운명을 공상한 것이 전부였 다. 생각할수록 그들의 일이 걱정스러웠다. 인정하고 싶지 않았지만 그들 이 보고 싶어 견딜 수가 없었다. 버니의 행동거지는 나날이 이상해져갔다. 나는 매리언 및 매리언의 친구들과 함께 노닥거리는 버니를 본 적이 있다. 매리언의 친구들은 버니를 존경스러운 존재로 우러러보는 것 같았다(매 리언의 친구들은 초등교육과 학생들이어서 그리스어도 공부하고 금테 안 경도 쓴 버니를 박식한 사람으로 여기는지도 모르겠다). 버니는 옛 친구라는 클로크 레이번과 함께 있을 때도 있었다. 나는 클로크라는 친구를 잘 몰랐기 때문에 가던 걸음을 멈추고 버니에게만 인사하고 지나가기가 망설여졌다.

월요일에 시작될 그리스어 개강이 기다려졌다. 호기심 이상의 무엇이 내 상상력을 자극했다. 나는 그날 아침 6시에 일어났다. 너무 일찍 모로 교수의 연구실에 들어가는 것도 뭣해서 나는 정장한 채로 내 방에 앉아 초조하게 기다렸다. 그런데 너무 기다렸던 모양이었다. 시계를 보고, 서둘지 않으면 늦겠다고 생각한 순간 나는 굉장한 스릴을 느꼈다. 나는 교과서를 들고 서둘러 방을 나섰다. 뤼케이온 가까이 갔을 때에야 나는, 나도 모르게 뛰고 있었다는 것을 깨닫고는, 일부러 천천히 걸었다.

숨을 멈추고 뤼케이온관의 뒷문을 열었다. 그리고 천천히 계단을 올라갔다. 이상하게도 가슴은 뛰는데도 불구하고 마음은 텅 빈 느낌이었다. 어린 시절 밤새 흥분에 시달리다가 크리스마스 아침에 가만히 일어나 뒷문을 통해 살금살금 거실로 들어갔을 때 경험한 것과 비슷한 그런 느낌이었다. 그럴 때마다 나는, 놓여 있을 자리에 선물이 놓여 있는 것을 확인하고 나면 내 몸에서 모든 희망이 빠져나가 버리는 듯한 묘한 느낌을 자주 경험하고는 했다.

아, 그들은 모두 거기에 있었다. 모두 거기에 있었다. 쌍둥이 남매는 약간 긴장하고 있었지만 여전히 차분한 얼굴을 하고 창틀에 기대어 앉아 있었고, 프랜시스는 등을 돌리고 앉아 있었다. 헨리는 프랜시스 옆에 앉아 있었고, 버니는 의자 등받이에 몸을 기댄 채 헨리 맞은편에 앉아 있었다. 버니는 이따금씩 쌍둥이를 곁눈질하되, 주로 헨리와 프랜시스를 상대로 이야기를 하고 있었다. 버니의 얼굴을 보느라고 내가 들어가도 아무도 아는 체하지 않았다.

"간수가 사형수에게 그랬어. '이봐, 주지사의 사면장은 도착하지 않을 모양이야, 벌써 5시거든. 마지막으로 할 말 없어?' 그러니까 사형수는 시무룩한 표정을 했어. 이윽고 간수들이 이 사형수를 가스실로 데리고 들어가니까……."

버니는 들고 있던 연필을 눈 앞으로 가져가 들여다보면서 말을 이었다.

"이 사형수란 녀석이 어깨 너머로 하는 말. '아무개 주지사, 그 자식, 내년에 찍어주나 봐라.'"

버니는 혼자 아슬아슬할 정도로 몸을 젖히면서 웃다가, 문간에 바보처럼 서 있는 나를 보고는, 의자 앞다리가 쾅 소리를 낼 만큼 자세를 바로잡으며 소리쳤다.

"어서 와, 뭐 해, 들어오지 않고?"

쌍둥이 남매가, 한 쌍의 노루같이 놀란 얼굴을 하고는 나를 바라보았다. 턱 근처가 약간 긴장된 것을 제외하면 헨리는 부처처럼 의연했다. 프랜시스는 어찌나 창백한지 얼굴에 푸른 기가 돌았다.

"수업 시작되기 전에 잠깐 헛소리하고 있는 중이야."

버니가 눈 위로 흘러내린 머리카락을 올리고 의자 등받이에 기대면서 이야기를 계속했다.

"다른 이야기. 스미스와 존스가 무장 강도질을 하다가 잡혀서 사형선고를 받았어. 물론 항소했지. 그런데 스미스는 항소가 기각되는 바람에 먼저 가스실로 들어가게 되었지."

버니는 어울리지 않게 심각한 몸짓을 해가면서 이야기를 하다가 나에게 윙크를 보냈다.

"그런데 간수들은 존스를 끌어내어 스미스의 사형 집행 현장을 구경하게 했어."

나는 찰스를 눈여겨보았다. 찰스는 멍한 얼굴을 한 채 아랫입술을 꼭 깨물고 있었다.

"간수가 존스에게 물었지. '존스, 항소심 소식 들었어?' 그러자 존스가 대답했어. '아직 못 들었는데요?' 그러니까 간수가 시계를 보면서 하는 말, '야, 감방으로 되돌아갈 필요도 없겠다.'"

버니는 다시 고개를 젖히고 웃었다. 그러나 다른 친구들은 미소조차 짓지 않았다.

버니가 나를 바라보면서 이야기를 계속했다.("마을에서도 범죄자를 교수형에 처하던 옛날의 서부 이야긴데…….") 버니의 이야기가 시작되려고 하자 커밀라가 창틀 앞에서 나를 보고 웃었다.

나는 찰스와 커밀라 사이에 앉았다. 커밀라는 내 뺨에 재빨리 입을 맞추고는 물었다.

"어떻게 지냈어? 우리가 어디에 있는지 궁금했지?"

"널 만나러 갔어야 하는 건데 말이야, 그런데 그게 글쎄……."

찰스가 내 쪽으로 돌아앉아 다리를 꼬면서 중얼거리듯이 말하고는 다리를 떨기 시작했다. 찰스는, 손을 툭 쳐서, 자체의 생명이라도 지닌 듯이 떨고 있던 제 다리를 진정시킨 뒤에 덧붙였다.

"아파트에 약간의 문제가 발생했었어."

내가 쌍둥이로부터 듣고 싶었던 말이 무엇이었는지는 모르겠지만, 그 말이 아닌 것만은 분명했다.

"문제라니?"

"열쇠를 버지니아에다 두고 왔던 거야."

"메리 그레이 아주머니가 자동차를 몰고 로노크까지 와서 익스프레스 메일로 부치는 등 그런 난리가 없었어."

"아파트는 다른 사람에게 재임대해준 줄 알았는데?"

쌍둥이 남매의 말이 미심쩍어 내가 쐐기를 박았다.

"응, 재임대됐는데 그치가 일주일 전에 떠났어. 바보같이 우리는 그치에게 열쇠를 부쳐달라고 했지, 뭐야. 어떻게 해? 집주인은 플로리다에 있고, 우리 열쇠는 버지니아에 있고. 할 수 없어서 프랜시스네 시골집에 가서 지냈어."

"응, 생쥐처럼 갇혀 있었던 거지, 뭐."

"그런데 프랜시스가 우리를 태우고 그 집으로 가던 중에 3킬로미터쯤 남겨놓고 사고가 난 거야. 검은 연기를 풍풍 내뿜고, 엔진이 죽는 소리를 내더니……."

찰스의 말이었다.

"핸들이 말을 안 듣는 거야. 덕분에 배수구에 처박혔지."

찰스와 커밀라는 교대로 아주 빠른 속도로 그간의 경과를 이야기했다. 그때 버니의 유난히 큰 목소리가 끼어들었다.

"……그런데 이 판사에게는 사형선고를 하고 집행할 때, 그냥 하는 게 아니고 날짜를 정해가면서 하는 버릇이 있었지. 소도둑은 월요일, 노름판 사기꾼은 화요일, 살인자는 수요일……."

"……그래서 하는 수 없이 프랜시스네 집까지 걸어갔지. 걸어가서는, 좀 와달라고 헨리에게 전화를 했는데, 이 친구가 전화를 받아야지. 통화는 해야겠는데 통화는 안 되고…… 이럴 때 심정, 너도 알지?"

찰스가 껴들었다.

"응, 프랜시스의 시골집에는 먹을 것이라고는 검은 올리브 몇 통과 비스퀵 한 상자밖에 없었어."

"그래서 검은 올리브와 비스퀵만 먹었지."

사실일까? 내게는 사실 같지 않았지만 사실이라면 그런 다행이 없었다. 기분이 풀리는 것 같았다. 나의 어리석었던 지레짐작이 부끄러워지는 것 같았다. 그러나 어질러진 헨리의 아파트, 문가에 놓인 거대한 여행 가방에 생각이 미치고 보니 내 마음은 다시 어두워졌다.

버니는 이야기를 마무리 짓고 있었다.

"그 판사가 하는 말. 이봐, 오늘은 금요일이야. 따라서 자네를 교수형에 처하고 싶지만 다음 화요일까지 기다려야겠어, 이유는⋯⋯."

"우유도 없었어. 할 수 없이 비스킷을 물에다 담가 불려서 먹었지."

커밀라의 말이었다.

마른기침 소리가 났다. 고개를 돌려보니 줄리언이 문을 들어서고 있었다. 그가 자신의 등장으로 야기된 작은 정적을 깨뜨렸다.

"까치 떼처럼 시끄럽기는. 도대체 어디에들 몰려가 있었나?"

찰스가 마른기침을 하고는, 연구실 벽에 시선을 고정한 채, 아파트 열쇠에서부터 자동차가 도랑에 처박힌 사건, 그리고 올리브와 비스킷에 얽힌 사연을 조목조목 이야기했다. 창으로 겨울 햇살이 비스듬하게 들어왔다. 햇살을 받은 얼굴들은, 햇살이 평소에는 보이지 않던 미세한 선을 남김없이 드러내는 바람에 흡사 꽁꽁 얼어 있는 얼굴들 같았다. 나에게는 현실감이 도무지 없는 얼굴들, 중간에 들어가서 보는 바람에 줄거리가 도무지 잡히지 않는 영화 속의 얼굴들 같았다. 버니가 즐겨 하는 농담인 감방 이야기도, 가을부터 줄곧 들어왔지만, 나에게는 익숙하지 못했다. 버니가 그런 농담을 하는 것이 대개 분위기가 경색되어 있을 때여서 그런지, 어쩐지 멍청한 사람이나 하는 객쩍은 소리로만 들렸다. 반드시 그런 이유 때문에 그런 것만도 아닐 것이다. 버니의 방에는 변호사 유머집, 밥 호프의 자서전 따위의 책이 적지 않게 있었다. 이야기를 듣다 보면 버니는 이런 책과 푸만추 따위의 소설, 《사유하는 인간, 행동하는 인간》을 읽은 밑천을 드러내는 것이 보통이었다.

"내게 전화를 하지 그랬나?"

찰스의 이야기가 끝나자 줄리언이 약간은 섭섭한 듯이 말했다.

쌍둥이 남매는 머쓱해진 얼굴을 했다.

"미처 생각을 못 했어요."

커밀라가 말했다.

줄리언은 웃으면서 천막과 병사와, 인접해 있는 적군에 관한 크세노폰의 경구를 인용했다. 그러나 그 경구는 어려움에 처하면 가장 가까운 친구를 찾게 된다는 뜻을 담은 것이어서 줄리언이 이용하기에는 적합하지 않은 것 같았다.

수업이 끝난 뒤 나는 혼자서 기숙사로 걸어갔다. 마음속에서 이는 당혹스러움과 곤혹스러움을 견딜 수 없었다. 상호 모순되는 생각, 꼬리를 물고 일어나는 불길한 연상 때문에 어느 한곳에 마음을 집중할 수도 없었다. 내 주위에서 어떤 일이 일어나고 있는지, 나로서는 짐작도 할 수 없을 정도로 혼란스러웠다. 그날은 다른 수업이 없었다. 방으로 돌아가기는 죽기보다 싫었다. 그래서 커먼스 홀로 가서 창 옆에 40분 가까이 앉아 있었다. 도서관으로 갈까? 주차장에 서 있는 헨리의 차를 몰고 시내 영화관으로 가서 주간 프로나 볼까? 주디 푸비에게 발륨(정신안정제-옮긴이)이나 달라고 해야 할까?

다음 계획을 위해서는 아무래도 후자가 나을 것 같았다. 나는 먼머스 하우스로 돌아가 주디의 방으로 올라갔다. 그러나 주디의 방문에는 메모가 걸려 있었다.

"베스, 맨체스터로 와서 트레이시랑 나랑 점심이나 같이하지 않을래? 11시까지는 의상실에 있다. 주디."

나는 주디의 방문을 바라보면서 망연자실 한동안 서 있었다. 문에는 〈위클리 월드 뉴스〉에서 오려낸, 섬뜩한 헤드라인과, 자동차 사고의 참상을 찍은 보도 사진이 붙어 있었고, 문의 손잡이에는 고리로 연결된 발가벗은 바비 인형이 걸려 있었다. 그러다 보니 1시였다. 나는 복도 끝에 있는 내 방으로 돌아왔다. 내 방의 문은, 그 흔한 신흥 종교 포스터나 플레시톤 포스터나 세기말적 경구 하나 걸리지 않은 유일한 문이었다. 나는 사람들이 문에다 어떻게 그런 것을 붙여놓고도 견딜 수 있는지, 왜 그런 것을 눈에 가장 잘 띄는 곳에 붙이는지 이해할 수가 없었다.

침대에 누워 천장을 올려다보면서, 주디는 언제쯤 돌아올까, 지금쯤 무엇을 하고 있을까, 이런 생각을 두서없이 하고 있는데 노크 소리가 났다.

헨리였다. 나는 문을 조금 더 열고 그를 바라보았을 뿐 말은 하지 않았다.

헨리 역시 나를 바라보기만 했다. 시선으로 보건대 그는 일부러 내 방에 관심이 없는 척하는 것 같았다. 겨드랑이에 책을 낀 그는 늘 그렇듯이 눈빛이 조용하고 분위기가 가라앉아 있었다.

"뭐 하고 있었어?"

그가 먼저 입을 열었다.

나는 바로 대답하지 않았다. 문이 열렸을 때보다 조금 더 긴 침묵이 흘렀다. 그러나 그럴 일이 아니어서 나도 그의 말에 대꾸했다.

"그냥 뭐."

"그렇구나."

또 한차례 침묵이 흘렀다.

"오늘 오후에 긴히 할 일 있어?"

헨리가 정중하게 물었다.

"없어."

나는 그를 냉정하게 대하고자 했던 처음의 방침을 철회했다.

"나랑 드라이브나 할까?"

나는 대답 대신 외투를 입었다.

햄든을 벗어난 직후 우리는 고속도로로 들어섰다. 고속도로는 울창한 숲 사이로 나 있었다. 처음 가보는 곳이었다.

"목적지가 어딘데?"

그냥 있기가 거북살스러워서 내가 물었다.

"밖으로 좀 나가서, 올드 쿼리 로드에서 열린다는 이스테이트 세일(재산 처분 - 옮긴이) 현장을 좀 둘러보았으면 하고."

헨리가 천연덕스럽게 대답했다.

　나는 헨리의 말에 그 어느 때보다 크게 놀랐다. 고속도로를 따라 달리길 약 한 시간 뒤, 우리는 '에스테이트 세일'이라고 내걸린 대저택에 도착했다.

　집은 어마어마하게 큰데도 나와 있는 것들은 그랜드피아노와 피아노 위에 놓는 장식품인 듯한 은제 그릇 및 금이 간 유리그릇, 회중시계, 레코드, 부엌 용구 및 장난감이 가득가득 든 상자 몇 개, 차고에서 꺼낸 것이 분명한, 군데군데가 고양이 발톱에 심하게 긁힌 가구 등 별것이 아니었다.

　나는 헨리를 곁눈질하며 악보를 몇 장 넘겨보았다. 헨리는 별 관심이 없는 듯한 얼굴을 한 채 은제 그릇을 살펴보다가 피아노 앞으로 다가가 심드렁하다는 듯이 한 손으로 '트로이메라이'를 두드렸다. 조금 있다가 회중시계를 열고 양각된 무늬를 요모조모 뜯어보다가는, 저택에서 주인의 조카딸이 나오자, 튤립이 언제 만발하느냐는 등의 시시콜콜한 이야기를 나누었다. 나는 악보를 좀 더 보다가 유리 제품과 레코드를 둘러보았다. 헨리는 정원용 삽을 25센트에 샀다.

"여기까지 끌고 나와서 미안해."

헨리가 집에 가는 길에 말했다.

"괜찮아."

나는 문에 딱 붙은 채 엉덩이를 죽 빼고 앉아 있었다.

"배가 좀 고픈데 너는 안 고파? 뭐 좀 먹을래?"

우리는 햄든 교외에서 저녁을 먹기로 하고 차를 세웠다. 조금 이르기는 했지만 저녁 시간인데도 음식점은 한산했다. 헨리는 음식을 거창하게 시키고는ㅡ완두콩 수프, 로스트비프, 샐러드, 고기 국물 소스를 친 으깬 감자, 커피, 파이 등ㅡ모양을 내어가면서 조용히 먹었다. 간단하게 먹는 줄 알고 오믈렛을 시킨 나는, 헨리의 음식을 보지 않으려고 애쓰다 보니 식사가 아주 힘겨웠다. 마치 열차간에서 영어는 못하지만, 아주 오랜 친구 사이나 되는 듯이 구는, 홀아비 여행객과 식사하는 기분이었다.

식사가 끝나자 헨리는 와이셔츠 주머니에서 담뱃갑(럭키 스트라이크였다. 그 뒤로 나는 헨리를 생각할 때마다, 그의 가슴 언저리에 비치는 황소의 빨간 눈을 떠올리고는 했다)을 꺼내어 두 개비 뽑아낸 다음 눈짓으로 피우겠느냐고 물었다. 나는 고개를 저었다.

헨리는 연달아 두 개비를 피우고는 두 잔째 커피를 마시면서 나에게 물었다.

"오늘 오후에는 왜 그렇게 말이 없었어?"

나는 어깻짓으로 대답을 대신했다.

"우리의 아르헨티나 여행 이야기를 듣고 싶지 않아?"

나는 커피 잔을 받침대에 놓고는 헨리를 바라보았다. 그러고는 웃기 시작했다.

　"암, 듣고 싶고말고. 그러니까 이야기나 좀 해봐."

　"역시 넌 우리가 아르헨티나로 떠난다는 걸 알고 있었군. 내가 그걸 어떻게 알아내었을까 궁금하겠지?"

　헨리가 웃는 것을 보고, 나는 그가 내 표정을 보고 짐작해낸 줄 알았다. 그러나 아니었다.

　"무슨 거창한 미스터리 같은 것도 못 돼. 예약을 취소하려고 항공사에 전화를 했었거든. 환불이 불가능한 항공권이었으니, 저쪽에서는 당연히 펄펄 뛸 수밖에. 하지만 지금쯤은 예약이 취소되었을 거야. 어쨌든, 내가 전화를 걸었더니 저쪽에서 오히려 놀라더군. 하루 전에 전화를 걸어 확인까지 하고 무슨 소리냐는 거야."

　"전화 걸어 확인한 게 나라는 건 어떻게 알았어?"

　"네가 아니면 누구겠어? 열쇠는 네게만 있었는데. 알아, 안다니까."

　내가 뭐라고 대꾸하려고 하자 헨리는 손을 내저으면서 말을 이었다.

　"네게 열쇠를 맡겨놓은 데도 이유가 있었어. 네게 열쇠를 맡겨놓으면 여러 가지 이유로 나중에 일이 쉬워지거든. 그런데 우연의 일치였겠지만 넌 시각을 잘못 골라 내 집에 들어갔던 것이지. 네가 들어간 것은 내가 떠나고 나서 겨우 몇 시간 뒤였어. 나는 네가 자정과 오전 7시 사이에 내 집에 들어가리라고는 꿈에도 생각하지 못했어. 네가 한 시간, 혹은 그보다 조금만 늦게 들어갔어도 만사는 물거품이 되었을 거야."

　그는 커피를 한 모금 마셨다. 궁금한 게 한두 가지가 아니었지만 그것을 순서대로 정리할 마음의 여유가 없었다.

　"왜 내게 열쇠를 맡겼어?"

　헨리는 웃었다.

"어쩔 수 없을 경우가 아니면 네가 그 열쇠를 쓰지 않을 것으로 확신했거든. 우리가 떠나고 없을 경우, 누군가가 주인이 요구하면 문을 열어주어야 하잖아? 그래서 네게 열쇠를 주어놓고 나중에 편지를 할 생각이었지. 누구에게 전화를 걸어서 접촉하고, 내 물건은 이렇게 저렇게 처분해달라는 부탁을 네게 할 생각이었어. 그런데 실수했어. 너의 그 그리스어 교과서 건을 깜빡 잊었던 거지. 아니야, 내 말은 그게 아니야. 네가 교과서를 잊고 갔다는 건 알았지. 그러나 서두르는 바람에 네가 밤과 아침 사이(bei Nacht und Nebel)에 그걸 가지러 올 줄은 생각도 못 했던 거야. 어쨌든 내 잘못이지. 너도 나처럼 잠자는 솜씨는 신통치 못한 모양이지?"

"궁금해서 도저히 안 되겠어. 너희는 그럼 아르헨티나에는 아예 가지도 못한 건가?"

"물론 못 갔지. 갔다면 여기에서 이러고 있을 수가 없지."

헨리는 저녁식사 계산서를 바라보면서 대답했다. 계산을 치르고 나오면서 헨리는 나에게, 프랜시스네 집에 가지 않겠느냐고 묻고는 덧붙였다.

"물론 프랜시스는 집에 없을 거야."

"없는데 뭣하러 가?"

"내 집은 엉망진창이거든. 그래서 한동안 거기에 머물면서 누굴 시켜 집을 정리할 작정이야. 혹시 착실한 가정부 중에 아는 사람 없어? 프랜시스는 얼마 전에 시내의 일자리 소개소를 통해 가정부를 소개받고 일을 시켰는데, 나중에 가정부가 떠나고 나서 보니까 포도주 두 병과 옷장 서랍에 넣어둔 돈 중에서 50달러가 없어졌다는군."

나는 노스 햄든으로 돌아오는 길에, 헨리에게 질문을 던지고 싶었지만 프랜시스의 집에 도착하기까지는 입을 꾹 다물었다.

"틀림없이 집에 없을 거야."

헨리가 문을 따면서 중얼거렸다.

"어디에 갔을까?"

"버니와 함께 있을 거야. 버니를 데리고 맨체스터로 가서 저녁을 먹이고, 버니가 보고 싶어하는 영화 한 편 보여주고 있을 테지. 커피 마실 거야?"

프랜시스의 아파트는, 햄든 대학 소유로 되어 있는 1970년대식의, 흉하다고밖에는 할 수 없는 건물이었다. 바닥이 참나무 판으로 되어 있는 우리 기숙사 방에 견주면 넓기도 하거니와 사적인 공간을 누릴 수 있기는 했다. 그러나 날림으로 지어지고 날림으로 관리되어와서 그런지 바닥은 싸구려 리놀륨으로 되어 있는 데다, 복도의 조명은 형편없이 어두웠고, 가구는 홀리데이 인 같은 데서 쉽게 볼 수 있는 싸구려 현대 가구였다. 물론 프랜시스에게는 자기 가구가 따로 있었지만, 아무 데서나 산 데다, 선택하는 안목도 썩 좋지 못해서 가죽을 입힌 의자가 있는가 하면 천을 댄 의자도 있었고, 밝은 색깔의 나무로 만든 것이 있는가 하면 어두운 색깔로 만든 것도 있었다.

찬장을 뒤져본 결과 프랜시스에게는 커피도 홍차도 없는 것으로 드러났다.(헨리는 내 어깨 너머로, 텅 빈 찬장을 들여다보면서 중얼거렸다. "이 친구, 식료품점 다니는 법을 좀 배워야겠군.") 대신 몇 병의 스카치위스키와 소다수가 있었다. 얼음과 술잔이 준비되자 우리는 위스키를 들고 거실로 나갔다. 하얀 리놀륨 바닥에 우리 발소리가 유난히 크게 울렸다.

"그러니까 아르헨티나에는 안 갔단 말이지?"

자리가 정해지고, 헨리가 두 개의 잔에 위스키를 따르는 것을 보면서 내가 물었다.

"못 갔지."

"왜?"

헨리는 한숨을 쉬고 나서 셔츠 주머니를 뒤져 담배를 꺼내어 불붙여 물었다.

"돈 때문이었어. 나는 프랜시스처럼 신탁 예치금을 쓰는 게 아니라 월정액을 쓰게 되어 있어. 그런데 이 월정액이라는 게 사실은 내가 필요로 하는 액수보다 상당히 많은 것이라서, 대부분은 저축 예금 계좌에다 넣고 있었는데, 버니가 이걸 깨끗하게 바닥내버렸어. 그러니까 어쩌겠어. 한꺼번에 3000달러를 거머쥘 방법이 없잖아. 자동차를 팔아도 안 될 금액 아니야?"

"3000달러면 큰돈이지."

"암, 큰돈이고말고."

"왜 그렇게 큰돈이 필요한데?"

헨리의 담배 연기 중 반은 전등 밑으로 빨려들어 갔고 반은 어둠 속으로 사라졌다.

"안 돌아올 생각이었거든. 안 돌아올 생각이면 왜 그렇게 큰돈이 필요하냐 하면…… 우리 중에 취업 비자 가진 사람이 하나도 없어. 따라서 우리 넷이 상당 기간 버티는 데에는 돈이 필요했던 거지."

마치 내가 자기 말을 가로막으려고 하기라도 한 것처럼 그가 갑자기 목청을 높였다. 그러나 나에게는, 그의 말을 가로막으려는 의도는 없었다. 단지, 너무 놀란 바람에 부주의하게도 불필요한 소리를 내었던 것뿐이었다.

"그런데 말이야. 우리의 목적지는 부에노스아이레스가 아니었어. 부에노스아이레스는 말하자면 중간 기착지에 불과했던 거지."

"아니, 그럼?"

"돈이 넉넉했다면 먼저 파리나 런던, 말하자면 교통의 요지이자 한 대륙의 관문 노릇을 할 만한 도시로 갔다가, 거기에서 다시 암스테르담으로 가고, 암스테르담에서 다시 남아메리카로 갈 생각이었어. 그래야 추적이 어려워질 것 아니겠어? 하지만 우리에게는 그만한 돈이 없었어, 따라서 우리는 바로 아르헨티나로 갈 수밖에 없었지, 아르헨티나에서는 약간 우회하는 코스를 통해 우루과이로 갈 예정이었어. 우루과이는 약간 정세가 불안정해서 위험한 곳이기는 하지. 하지만 내가 생각하는 한, 그런 곳이 우리에게는 오히려 유리할 수도 있었어. 아버지가 우루과이에서 개발 이권에 참여하고 있거든. 따라서 우리가 살 만한 곳을 물색하는 데는 큰 문제가 없을 만한 곳이 바로 우루과이였지."

"네 아버님은, 이걸 모두 알고 계셔?"

"결국은 아시게 되겠지. 사실은, 우리가 거기에 도착하게 되면 네게 우리 아버지와 접촉해달라는 부탁을 할 참이었어. 그래야 형편이 나빠질 경우 아버지의 도움을 받을 수 있을 것이거든. 아버지의 힘을 빌리면 최악의 경우 거기에서 빠져나오는 것도 가능해. 아버지에게는 우루과이의 재계나 정계에 아는 사람들이 많거든. 아버지의 도움 없이 우루과이에서 버티기는 곤란해."

"네 아버님이 그런 일을 해주실까?"

"아버지와 나 사이가 썩 좋은 것은 아니야. 하지만, 미우나 고우나 나는 외아들인걸."

헨리는 술잔에 남아 있던 위스키를 단숨에 마시고는 컵을 흔들었다. 얼음이 유리잔 안에서 딸랑거렸다.

"따라서 도와주시기야 하겠지. 물론 현금이야 넉넉하지 못하지만 내게는 신용카드가 있어. 필요하면 이걸로 긁어가면서도 한동안 생필품을 조달하는 것도 어렵지는 않아. 그런데 프랜시스에게 문제가 생겼지. 너도 알겠지만, 프랜시스와 그의 어머니는 신탁 예치금의 이자로 생활비를 쓰잖아? 이 계약은 원래 필요할 경우 1년에 신탁 예치 원금의 3퍼센트는 인출할 수 있게 되어 있었어. 따라서 프랜시스는 15만 달러 정도는 인출할 수 있는 셈이었지. 물론 인출해서는 안 되는 것이었지만 이론상으로나 계약상으로는 프랜시스나 프랜시스의 어머니에게 이걸 인출할 권리가 있었던 것이지. 이 신탁 예치금은 보스턴에 있는 어느 변호사 사무실에서 관리하고 있었어. 목요일 아침에 우리는 프랜시스의 시골집을 나와 햄든으로 왔어. 쌍둥이와 나는 필요한 물건을 좀 산 뒤 보스턴으로 가서 파커 하우스에 방을 잡았지. 너도 알지? 보스턴에 있는 썩 괜찮은 호텔? 찰스 디킨스가 미국에 오면 늘 이용했다고 하는 파커 하우스 말이야.

어쨌든 프랜시스와 나는 변호사 사무실로 전화를 걸어 만날 시각을 약속했어. 쌍둥이 남매는 그동안 여권 내느라고 동분서주하고 있었고. 보따리를 싸가지고 살던 나라를 떠난다는 것, 그거 치밀한 계획이 없는 한 대단히 번거로운 일이더라고. 하지만 모든 일이 꽤 순조롭게 진행되는 것 같았어. 특별한 문제가 없는 한 우리는 그다음 날 밤에 떠날 수가 있었지. 쌍둥이의 문제가 조금 마음에 걸리기는 했지만 쌍둥이는 제대로 저희 앞가림을 잘하더군. 만약 우리가 먼저 떠나고, 열흘 뒤에 아르헨티나에서 합류하게 되어 있었다고 하더라도 쌍둥이는 한 치 어김없이 해내었을 거야. 내게도 할 일이 있기는 했지만 별것은 아니어서 신경을 따로 쏠 필요도 없었어. 프랜시스는, 신탁 예치 원금의 일부를 뽑아내는 일은, 시내 은행에 들러 서명하고 예금 인출하는 일과 다를 것이 없다고 큰소리를 쳤지. 어머니가 나중에, 원금이 인출되었다는 사실을 알아봐야, 떠난 뒤에 어쩌겠느냐는 거야.

그런데 프랜시스는, 돌아오겠다고 약속한 시각에 돌아오지 않았어. 세 시간, 네 시간이 지나는데도 안 돌아오는 거야. 마침 쌍둥이가 돌아왔기에 우리 셋이 룸서비스를 통해 점심을 시켜 막 먹으려는 참인데 프랜시스가, 얼굴이 샛노래져가지고 돌아왔어. 금년에 인출할 수 있는 예치 원금의 일부는 벌써 인출되고 없더라는 거야. 어머니가, 아들에게는 말도 없이 벌써 한 도액에서 한 푼도 에누리 없이 다 써버리고 없더라는 거야. 놀라울 수밖에? 하지만 이때부터는 다른 상황까지 악화일로를 치달았어. 프랜시스는 별별 수를 다 쓰더군. 예치 원금을 담보로 돈을 빌리고, 대신 신탁 이자를 빼돌려 그 이자를 충당하는 편법까지. 너도 신탁을 잘 알겠지만, 이건 막가는 사람이나 할 짓이지 아무나 할 짓이 못 돼. 쌍둥이는 멋도 모르는 채 앞을 내다보면서 계획을 착착 진행하고…… 정말 빼도 박도 못할 상황이었지. 한번 가면 못 돌아올 상황인데 돈 없이 어떻게 해? 밀림에서 실종된 애들처럼 수상가옥 얽어매고 살 수도 없는 일이고 사정이 그렇게 되고 말았어. 짐 다 꾸려놓고, 여권 준비 다 되었는데도 돈이 없는 거야. 글자 그대로 받아들여도 돼. 없었어. 우리 넷이 가진 돈을 다 합해봐야 겨우 5000달러가 될까 말까. 격렬한 토론이 벌어졌지만 결론은 하나, 햄든으로 돌아가자는 것이었지. 한동안은 햄든을 떠날 수 없겠다는 결론이 내려진 거지."

헨리는 시종일관 침착하게 이 이야기를 했다. 이야기를 들으면서 나는 위장 속에서 주먹만 한 덩어리가 꿈틀거리면서 자꾸만 커져가고 있다는 느낌을 받았다. 그들의 청사진을 들여다본 것은 아니지만, 내 마음에는 들지 않았다. 그러나 나는 천장에서 일렁거리는 그림자만 쳐다보고 있었을 뿐, 아무 말도 하지 않았다. 그러나 그렇게 있을 수만은 없는 일이었다.

"헨리, 그걸 말이라고."

어찌나 쌀쌀맞던지, 내 목소리는 내 귀에도 이상하게 울렸다.

그림자에 얼굴을 반쯤 묻은 채 빈 술잔을 들고 있던 헨리는 눈을 치켜뜨고 나를 바라보았을 뿐 내 말에는 대꾸하지 않았다.

"헨리, 그걸 말이라고 하는 모양인데, 네가 도대체 무슨 짓을 저질렀는지 알기는 알아?"

헨리는 쓴웃음을 지으면서 허리를 구부려 위스키를 잔에 따라 들었다.

"네게 기가 막히는 아이디어가 있는 모양인데. 어디 좀 물어보자. 넌 왜 우리를 감싸주고 있었어?"

"뭘 감싸?"

"넌 우리가 출국한다는 걸 알고 있었어. 처음부터 다 알고 있으면서도 아무에게도 이야기하지 않았지. 이유가 뭐야?"

네 벽이 뒤로 저만치 물러난 것 같았다. 그래서 방 안이 어두워 보였다. 어둠을 배경으로, 일부만 불빛을 받고 있는 헨리의 얼굴은 창백했다. 안경 가장자리에서 반사된 빛이, 호박색 위스키에 반사되었다가는 다시 그의 파란 눈동자 위를 어른거렸다.

"나도 모르겠어."

"몰라?"

헨리는 웃었다.

나는 헨리를 바라보고 있었을 뿐, 아무 말도 하지 않았다.

나에게 던지는 그의 시선에는 시종 팽팽한 긴장이 어리어 있었다.

"우리는 널 믿지 않았어. 따라서 넌 우리를 좋아하지 않았을 테고, 따라서 마음만 먹으면 언제든지 우리 계획을 물거품으로 만들 수 있었어. 그런데도 넌 그러지 않았어. 이유가 뭔가?"

"헨리, 도대체 너희 무슨 짓을 저지른 거야?"

"모르니까 네가 좀 가르쳐주지."

말하기도 끔찍한 일이었지만 나는 결국 하고 말았다.

"누군가를 죽였어. 그렇지?"

그는 가만히 나를 바라보고 있다가, 놀랍게도, 참으로 놀랍게도, 의자 등받이에 기대면서 웃었다.

"역시 너답군. 내가 예상했던 대로 넌 역시 날카로워. 언젠가는 네가 다 알아내리라고 예상하고 있었어. 내가 이렇게 자초지종을 네 앞에 털어놓는 이유도 거기에 있어."

커튼만큼이나 무겁고 현실적인 어둠이, 조그만 전등이 빚어낸 불빛 밖을 일렁거렸다. 메스껍다는 느낌과 함께, 나는 한순간 네 벽이 밀려오는 듯한 일종의 폐소공포증의 느낌을 동시에 경험했다. 그렇게 밀려오던 벽은 어느 순간부터는 우리를 끝없는 어둠 속에 남겨두고 현기증이 날 만한 속도로 물러나는 것 같았다. 나는 침을 삼키고 헨리를 노려보면서 물었다.

"누구였어?"

헨리는 어깨를 으쓱해 보이면서 대답했다.

"그저 그런 사람이었어. 우연이라고 할까?"

"목적이 없었다는 거야?"

"하느님께 맹세코, 없었어."

"이야기나 좀 들어볼까?"

"글쎄, 어디에서부터 시작해야 좋을지 모르겠군. 지난 가을 줄리언 교수의 수업 시간에, 플라톤이 시적 광기라고 불렀던 박카이아, 즉 디오뉘소스적 광란 상태를 놓고 토론하던 것 기억나?"

"기억나는군."

조바심이 났다. 살인의 과정 설명에 플라톤을 등장시킨다는 것은 헨리다운 수법이었다.

"우리도 한번 경험해보기로 했어."

나는 그의 말을 이해할 수가 없어서 물었다.

"뭘 해보기로 했다고?"

"박카이아를 경험해보기로."

"이것 봐."

"어쨌든 우리는 뜻을 모았어."

"농담이겠지."

"아니야."

"별 해괴한 말을 다 듣는군."

헨리는 어깨만 한 차례 실룩거려 보였다.

"왜 그런 게 다 경험해보고 싶었지?"

"나는 박카이아적 관념에 사로잡혀 있었거든."

"왜?"

"내가 아는 한, 지난 2000년 동안 인류 문화에 등장하지 않았거든."

반신반의하는 내 표정을 보고 헨리는 잠시 말을 끊었다가 다시 이었다.

"아무튼 자신의 존재를 일시적으로나마 중단해본다는 것, 말하자면 일상적 존재의 순간을 초월해보는 것, 이건 굉장한 경험이야. 꽤 까다로운 설명이 되겠지만 이로써 우리는 부수적인 이득을 누리게 되지. 고대 문화는 불행히도 이 이득의 정체에 대해서는 암시를 통해서만 우리에게 귀띔하고 있어서, 우리는 체험을 통해서 거기에 도달해야 했어."

"말하자면 어떤 거야?"

"싸구려 신비주의로 알면 곤란해. 내 말을 믿고 설명을 들어주기 바라. 우리 영혼이 우리 육신에게 하는 원초적인 호소를 과소평가해서는 안 돼. 우리 영혼은 우리 육신에게, 육신이 사라진 상태, 완벽하게 사라진 상태를 요구해. 이렇게 육신이 완벽하게 사라진 상태라야만, 영혼은 영속적인 삶의 원리 안에서 필멸(必滅)의 팔자와 유한성을 초월해서 거듭날 수 있어. 나는 처음부터 여기에 끌렸어. 이 주제에 대한 내 관심의 수준이 문화인류학에서 말하는 잠재적 신비(mystes)의 수준을 넘지 못할 때도 나는 이미 여기에 끌리고 있었어. 고대의 주석가들은 이 문제에 주석을 달면서도 대단히 신중했던 것으로 알려져 있지. 나는 이 방면의 공부를 통해 이 신성한 제의의 전모를 재구성했어. 어떤 노래를 불러야 하는지, 어떤 제구(祭具)가 필요한지, 어떤 옷을 입어야 하고 어떤 주문을 외어야 하는지도 알아내었지. 가장 어려웠던 것은 비의(秘儀) 그 자체였지. 다시 말해서 어떤 방법을 써야 비의의 주체가 그런 상태에 들게 되는 것인지, 무엇을 촉매로 이용해야 할 것인지, 이런 문제가 나에게는 상당히 까다로운 문제에 속했어. 우리는 가능한 방법은 모두 다 써보았어. 술, 마약, 기도, 심지어는 소량의 독약까지도. 첫

날 밤에는 대실패였어. 모두 술에 취하고 마약에 취해 그리스식 겉옷인 키톤 바람으로 프랜시스 집 뒤의 숲 속에 곯아떨어지고 말았으니까."

"아니, 그리스 겉옷까지 입었어?"

"암, 과학의 생명은 고증 아니야? 우리는 프랜시스의 다락방에서 침대 홑이불로 키톤을 만들었지. 어쨌든 첫날 밤은 대실패였어. 숙취 때문에 그 이튿날도 하루 종일 땅바닥에 곯아떨어져 자느라고 몸들이 뻣뻣하게 굳어지고 말았거든. 그래서 그다음 번에는 많이 마시는 걸 자제하고, 프랜시스의 집 뒷산에서 한밤중에 얼큰하게만 취한 상태에서 키톤 차림으로, 비밀결사의 단가(團歌) 비슷한, 그리스 신들을 찬미하는 노래를 불렀지. 그런데 노래를 부르는 도중, 버니가 웃음을 터뜨렸는데, 어찌나 심하게 웃었는지 그만 볼링 핀처럼 나동그라지더니 산 아래로 굴러 내려가는 것 아니겠어?

우리는 이로써 술에 취하는 게 능사가 아니라는 걸 알았어. 놀라운 일이지. 접신의 경지에 들기 위해 우리가 쓴 방법은 네게 일일이 소개할 수 없을 만큼 다양했어. 우리는 베르길리우스의 시도 읊어보았고, 금식도 해보았고, 신들에 대찬 헌주(獻酒)의 의식도 치러보았지. 그때 우리가 애쓰던 생각을 하면 지금도 끔찍하게 여겨질 정도야. 우리는 독미나리를 태우고는 그 연기를 쐬기도 했어. 나는 아폴론 신전의 여사제 퓌타아가 월계수 잎을 씹는 제의적인 행위를 통해 접신의 경지에 이른 것으로 알고 있어. 하지만 이건 듣지 않더군. 너도 월계수 잎을 본 적이 있을 테니까 잘 생각해봐. 프랜시스의 시골집 부엌 스토브 위에는 우리가 월계수 잎을 끓이던 가마솥이 있었으니까."

"그런데 나는 왜 너희가 무엇을 하는지 모르고 있었지?"

헨리는 담배를 찾으려고 손을 주머니로 가져갔다.

"모르는 게 당연하지."

"무슨 뜻이야?"

"너 모르게 할 생각이었으니 당연하지 않아? 우리는 너라는 사람을 잘 몰랐거든. 우리의 생각을 말했다면, 넌 틀림없이 우리를 미친놈들로 보았을 거야. 어쨌든 우리는 써볼 만한 방법은 모조리 써봤어. 어떤 의미에서 나는 퓌티아가 접신 직전에 쐬었다는 유독한 김, 이른바 불같이 뜨거운 영혼(pneuma enthusiastikon)을 오해했던 거야. 단편적이기는 하나 이런 접신 과정에 대한 기록은 바쿠스적 광란의 축제에 관한 기록보다 더 많이 남아 있는데, 나는 한동안 이 둘 사이에 무슨 관계가 있는 것으로 알았어. 여러 차례에 걸친 시도와 오류를 경험한 끝에야, 우리는 우리가 놓치고 있었던 게 아주 단순한 것이라는 사실을 알았지."

"그래, 뭐였어?"

"바로 이것이야. 우리의 제의에서든 그밖의 신비적인 의식에서든 간에 신을 받아들이는 데, 말하자면 접신하는 데 가장 중요한 것은 에우페미아(euphemia) 상태, 다시 말해서 종교적으로 순수한 상태가 되는 것이었어. 바쿠스적 신비의 핵심도 바로 그것이었지. 플라톤도 여기에 대해 쓰고 있어. 신성(神聖)이 깃들 수 있게 하기 위해서, 죽어야 할 팔자를 타고난 우리 인간이 가장 먼저 해야 하는 일은 스스로를 정화하는 것이었어. 우리에게 묻은 때, 우리가 지닌 부패의 흔적을 없애는 일이었지."

"어떻게 정화하는데?"

"상징적인 행위를 통해서지. 그리스 세계에서 이런 상징적인 의례는 보편적이었어. 머리에 물을 끼얹는다든가, 목욕재계를 한다든가, 금식을 한다든지 하는 것이 바로 이런 상징적인 의례에 속하지. 우리는 어떤 방법이든 괜찮았지만 버니는 목욕재계와 금식만은 죽어도 못 한다더군. 아무튼 우리는 갖가지 방법을 다 써봤어. 그러나 하면 할수록 그런 행위가 부질없어 보이더군. 그런데 그러던 어느 날 문득 나는 한 가지 통찰에 도달했어. 사람이 그 뒤에 도사리고 있는 보다 깊은 의미를 간과하면, 모든 종교 의례가 다 부질없는 것이라는 통찰이야. 뒤집어서 말하면, 그 뒤에 도사리고 있는 보다 깊은 의미를 간취할 때 종교 의례는 비로소 의미를 지니게 된다, 이 말이지. 줄리언이《신곡》에 대해서 한 말 기억해?"

"글쎄, 무슨 말이었는지 기억이 안 나는군."

"기독교도가 아닌 사람에게,《신곡》은 도무지 이해조차 되지 않는 작품에 지나지 않는다고 했어. 단테를 읽고 단테를 이해하려면, 읽는 동안만이라도 기독교도가 되어야 한다고 했지. 우리의 의례도 이와 같아. 우리는 여기에 그 자체의 의미만으로 접근해야지, 도착적(倒錯的)인 시각으로 접근해서도 안 되고, 학구적인 시각으로 접근해도 안 돼. 그러나 처음에는 그렇게 되지 않았어. 처음에 우리는, 수 세기 동안 축적된 학문적 연구의 단편들을 통해서 우리의 의례를 해석하려고 했어. 그 결과 행위 자체가 지닌 생명력은 모조리 증발하고 만 것이지. 행위 자체의 아름다움, 공포, 그리고 행위 자체가 지니는 희생적 의미도 사라지고 만 거야."

그는 연기를 한 모금 길게 빨아들이고는 재떨이에 비벼 껐다.

"그런데 가장 중요한 우리의 오류는, 믿지 않았다는 것이지. 믿음이라는 것은 필요불가결한 조건이야. 우리의 의례에서 빠질 수 없는 것이 믿음, 절대적인 자기 방기(放棄)였어."

나는 헨리의 말이 계속되기를 기다렸다.

"이 대목에서 네가 알아야 하는 것은, 우리는 거의 포기 상태에 있었다는 거야. 말하자면 자기 방기 상태에 있었던 것이지. 의례는 우리에게 굉장히 흥미 있는 것이었지만, 차츰 그 흥미가 줄어가는 지경이었어. 게다가, 이 의례를 진행하기가 얼마나 어려웠는지 모를 거야. 네가 우리를 얼마나 괴롭혔는지 알아? 네가 우리 의례를 얼마나 방해했는지 알아?"

"몰라."

헨리는 위스키를 한 모금 마시고는 말을 이었다.

"모르겠지. 넌 기억하지 못할 거야. 프랜시스의 시골집에 머물고 있던 어느 날 넌 새벽 3시에 2층에서 아래층으로 내려왔어. 책을 가지러 서재로 오는 길이었을 거야. 우리는 계단을 내려오는 네 발소리를 들었어. 나는 재빨리 커튼 뒤로 숨었지. 그럴 마음만 있었으면 나는 네 몸에 손을 댈 수도 있을 만큼 가까운 곳에 숨어 있었어. 또 한번은, 우리가 집으로 돌아오기 전에 네가 잠을 깬 일이 있어. 우리는 뒷문으로, 도둑고양이처럼 발소리를 죽이고 집으로 들어가야 했어. 어둠 속을 맨발로 걸어 들어간다는 건 보통 어려운 일이 아니야. 게다가 날씨가 하루가 다르게 추워지고 있지 않았어? 그리스의 기록에 따르면 디오뉘소스 축제(oreibasia)가 한겨울에 있었다지만, 내가 아는 한 펠로폰네소스 반도의 한겨울은 버몬트의 그즈음 날씨보다 훨씬 따뜻해.

하면 할수록 부질없어 보이더군. 그래서 우리는 마지막으로 한 번만 더 해보는 것으로 끝내려고 했지. 그랬더니 갑자기 모두가 심각해지더라고. 우리는, 그전보다는 기간을 훨씬 늘려 잡아 사흘 동안 금식했지. 꿈에 신의 사자가 나타나더군. 모든 것이 그렇게 아름다워 보일 수가 없었어. 처음으로, 우리의 현실이 아름다우면서도 위험한 어떤 상태로 변모하고 있으며, 우리가 불가사의한 힘에 의해 미지의 세계로 끌려가고 있다는 느낌을 경험했어. 그런데 문제는 버니였어. 버니는 우리의 현실이 의미심장한 것으로 변모하고 있다는 것을 조금도 이해하지 못했어. 우리의 사이는 그 어느 때 이상으로 가까웠어. 우리의 하루하루는 대단히 중요했어. 왜냐? 그때 이미 날씨가 자꾸 추워지고 있지 않았어? 눈이 내릴 경우, 우리는 봄이 올 때까지 기다릴 수밖에 없는 형편이었어. 그런데 너도 겪어봐서 알겠지만, 눈은 언제든 내릴 기세가 아니었나. 나는 견딜 수가 없었어. 왜냐하면, 잘나가는데 막판에서 버니가 모든 걸 망쳐버리고는 했거든. 버니에게 그런 일면이 있다는 건 누구나 잘 알지. 하지만 잘나가는데 버니가 던진 시시껄렁한 농담은 우리 의례를 장난으로 만들어버리고는 했어. 금식할 때만 해도 그래. 이틀째 되면서부터 나는 버니를 의심하기 시작했어. 아니나 다를까, 그날 밤에 찰스가 보니까 버니는 커먼스 홀에서 치즈 샌드위치와 밀크셰이크를 먹고 있더라는군. 늘 그런 식이었지. 결국 우리는 버니를 따돌리고 우리끼리 하기로 했어. 그렇다고 해서 주말에 우리끼리 나가는 건 위험 부담이 너무 컸지. 버니와 네가 늘 우리를 그림자처럼 따라다니며 감시하는 것 같았거든. 그래서 목요일 밤에 빠져나갔다가 다음 날 새벽 서너 시경에 돌아오고는 했지. 그런데 한번은 버니에게는 아무 말도 하지 않고 저녁식사 전에 나간 일이 있었어."

헨리는 말을 중단하고 담배에 불을 붙였다.

"나간 일이 있는데. 그래서?"

"뭐라고 해야 좋을지 모르겠군."

"그게 무슨 뜻이야?"

"되더라는 거야."

"되더라니?"

"완벽하게."

"아니, 어떻게……."

"되더라니까."

"'되더라니.' 무슨 말인지 모르겠군."

"글자 그대로 '되더라는' 거야."

"어떤 상태를 너는 되었다고 하는 건데?"

"놀라운 일이었어. 현기증이 나면서, 사방으로 횃불이 보이면서, 사방에서 노랫소리가 들려왔어. 우리 주위에서는 늑대가 울부짖는 소리, 소가 우는 소리가 들려왔어. 강은 포말을 날리면서 흘렀지. 빠른 속도로 촬영한 필름을 보고 있는 것 같더군. 달이 찼다가는 기울고, 구름은 하늘을 미친 듯이 가로질러 가고, 포도덩굴은 땅에서 솟아오르자마자 빠른 속도로 뱀처럼 나무를 감아 올라가고…… 나는 어린아이가 되어버린 것 같았어. 내 이름도 기억나지 않았어. 내 발바닥은 갈가리 찢겨나가는 것 같은데도 전혀 아픔이 느껴지지 않았어."

"하지만 디오뉘소스의 축제는 기본적으로 성적인, 말하자면 **음란한 축제**가 아닌가?"

내가 한 말은 질문이라기보다는 선언에 가까웠다. 헨리는 대꾸하는 대신 내 말이 계속되기를 기다렸다.

"내가 잘못 안 건가?"

그는 몸을 앞으로 기울여 재떨이에 피우던 담배를 놓았다.

"물론, 네가 알듯이 나도 알고 있어."

그는 사제 같은 얼굴을 하고는 담담하게 내 말을 수긍했다. 검은 옷을 입고 있는 데다 표정 역시 금욕주의자 같은 데가 있어서 그때의 헨리는 흡사 사제 같았다.

우리는 한동안 아무 말 없이 서로의 얼굴만 바라보았다.

"구체적으로 무슨 일을 했어?"

"그 이야기는 나중에 하지. 어쨌든 그러한 접신의 상태에 들기까지 우리가 쓴 방법은 어느 정도 물리적이었지만, 이로써 우리가 획득한 상태는 본질적으로 정신적인 것이었어."

"그러면 디오뉘소스를 보았겠군?"

나는 진지하게 이 말을 한 것은 아니었다. 그러나 놀랍게도, 헨리는 숙제를 다 했느냐는 질문이라도 받은 것처럼 천연덕스럽게 고개를 끄덕였다.

"**육신으로서의** 디오뉘소스를 보았느냐고? 어깨에 염소 가죽을 두르고, 손에 튀르소스를 든 디오뉘소스를 보았느냐고?"

"디오뉘소스가 어떻게 생겼는지 네가 어떻게 알아? 우리가 본 것이 무엇이었다고 생각하는데? 만화를 보았을 것이라고 생각해? 그리스 항아리 옆 구리에 그려진 그림을 보았다고 생각해?"

"네가 실제로 보았다는데 이게 믿어지겠어?"

"네가 바다를 본 적이 없다고 가정하자. 자네는 아기가 그린 바다 그림, 퍼런 크레용으로 조잡하게 그린 파도 같은 것밖에는 본 적이 없다고 가정하자. 아이의 유치한 그림밖에는 본 적이 없는 네가 진짜 바다를 본들 그걸 바다로 인식할 수 있어? 너는 디오뉘소스가 어떻게 생겼는지 알지 못해. 우리가 여기에서 말하는 대상은 신이야. 신은, 우리가 그렇게 말해버려도 좋은 존재가 아니야. 물론, 내 이야기를 액면 그대로 받아들여야 하는 것은 아니야. 그러나 나는 내가 경험한 그대로 이야기하겠어. 우리는 모두 넷이었어. 찰스가 팔에 피멍이 들었다고 하기에 보았더니 무엇인가에 깨물린 흔적이었어. 찰스 자신은 언제 깨물렸는지 모르겠다더군. 하지만 그건 사람의 이빨에 깨물린 자국이 아니었어. 깨물린 자국이 너무 큰 데다, 이빨의 흔적과 흔적 사이의 간격이 이상했어. 커밀라는 접신의 순간 자기가 사슴이 된 것으로 믿었다더군. 참으로 이상한 일이지? 우리는 사슴을 좇아 숲 속을 몇 킬로미터나 헤맸거든. 과장이 아니고 실제로 몇 킬로미터였어. 나는 이것만은 나중에 확인했지. 정신없이 달리고 또 달렸는데 나중에 정신을 차리고 보니 우리가 도무지 어디에 와 있는지 모르겠더군. 나중에 알고 보니 그렇게 달리면서 우리는 철조망 울타리를 네 개나 뛰어넘었어. 어떻게 뛰어넘었는지는 나도 몰라. 그러니까 우리는 프랜시스네 땅에서 10여 킬로미터나 떨어진 남의 땅에 가 있었던 거지. 지금부터 내가 하려고 하는 이야기는 바로 이곳에서 벌어진 불행한 사건에 관한 것이야.

이 일에 관한 내 기억은 아주 형편없어, 문득 내 뒤에서 무슨 소리가 나더군. 사람의 소리인지 짐승의 소리인지는 모르겠지만 하여튼 무슨 소리가 났어. 나는 획 돌아섰지만 몸이 휘청거리더군. 그러나 몸이 휘청거리는 바

로 그 순간에 나는 그 물체―크고 누런 것이었다는 것만 기억나―를 왼쪽
주먹으로 갈겼어. 너도 알다시피 나는 오른손잡이라서 왼손은 잘 쓰지 못
해. 왼쪽 주먹의 아픔을 느끼면서 나는 기겁을 할 만큼 놀랐어. 주위는 칠흑
어둠이었어. 아무것도 보이지 않았지. 나는 다시 한 번 오른쪽 주먹에, 온
체중을 실어, 있는 힘을 다해 그 물체를 갈겼어. 그제야 무엇이 부서지는 소
리가 나면서 비명 비슷한 소리가 들리더군.

그 뒤에 일어난 일은 아무도 정확하게는 기억하지 못해. 커밀라는 저만
큼 앞선 채로 달리고 있었고, 찰스와 프랜시스는 바로 내 뒤를 따라오던 참
이어서 금방 내가 있는 곳으로 오더군. 다른 것은 기억이 잘 안 나도, 이 두
친구가 숲 속에서 불쑥 튀어나오던 장면은 선명하게 기억이 나. 조금 뒤에
알았는데 두 친구의 머리는 나뭇잎과 진흙투성이였고, 옷은 갈가리 찢겨
있더군. 물론 처음에는 이 친구들을 알아보지 못했지. 달이 구름 밖으로 나
오지 않았더라면 아마 우리끼리 또 한바탕 치고받고 했을 거야. 어쨌든 숲
속에서 튀어나온 이들은 숨을 헐떡거리면서 눈을 굴리더군. 무시무시했어.
우리는 한동안 서로를 바라보면서 숨을 가누었어. 그랬더니 정신이 조금씩
돌아오더군. 나는 무심코 내 손을 내려다보았어. 피투성이야. 아니, 피 같지
않은 것도 묻어 있더군. 찰스가 내 앞으로 다가오더니 무릎을 꿇고, 내 발치
에 무너져 있는 물체를 살펴보더군. 나도 그제야 찰스의 시선을 좇았어. 사
람이더군. 그때 이미 숨이 끊어져 있었어. 마흔 안팎의, 누런 셔츠 차림―시
골 사람들이 잘 입는 누런 순모 셔츠 있잖아―을 한 사내더군. 사내는 목뼈
가 부러져 있었을 뿐만 아니라, 말하려니 기분이 좋지 않지만, 머리통까지
부서져 있었어. 그래서 얼굴은 온통 골수투성이였어. 나는 어떻게 그런 일
이 생길 수 있었는지 모르겠어. 죽은 사내의 모습은 차마 눈 뜨고는 못 볼
지경이었어. 내 몸도 피투성이가 되어 있더군, 심지어는 안경까지도.

찰스의 이야기는 내 이야기와 조금 달라. 찰스 역시 시체 곁에서 나를 바

라보던 장면을 선명하게 기억하고 있더군. 그러나 찰스 역시 누군가를 상대로 싸운 것으로 기억하고 있었어. 찰스의 말에 따르면, 뭔가를 있는 힘을 다해 당기다 정신을 차려보니, 사람의 팔이라던 거야. 그러니까 찰스는, 한 발을 그 사람의 겨드랑이에다 버티고는 그 사람의 팔을 당기고 있었던 거지. 프랜시스의 기억? 말할 때마다 달라서 믿을 수가 없어."

"커밀라는?"

"커밀라에게 무슨 일이 있었는가는 아무도 모르지. 우리는 시간이 꽤 흐른 다음에야 커밀라를 찾아낼 수 있었어. 커밀라는 물가에 앉아 물에 발을 담그고 있더군. 옷은 하얀 색깔 그대로였어. 괜찮은 줄 알았지. 그런데 머리가 온통 피투성이야. 피가 거의 말라 있더군. 흡사 머리를 빨갛게 물들인 것 같았어."

"무슨 일이 있었던 건가?"

헨리는 또 담배에 불을 붙였다.

"모르지. 어쨌든 사내는 죽었어. 우리가 정신을 차린 곳은 숲 한가운데, 피와 진흙투성이인 사내의 반라 시체가 우리 앞에 현실로 가로놓여 있던 바로 그곳이었어. 정신을 차렸다고는 하지만, 우리 모두 온전했던 것은 아니야. 내 경우, 정신이 오락가락했어. 누우면 눕는 대로 잠이 들 것 같더군. 프랜시스가 나를 보더니만 마른 잎을 내 얼굴에 사정없이 뿌렸어. 덕분에 정신이 좀 들더군. 나는 찰스에게 커밀라를 찾아보라고 하고는, 사내의 주머니를 뒤져보았어. 주머니에는 별것이 없었지. 소지품으로 이름 정도는 알 수 있었지만, 이름을 안다는 게 무슨 소용이 있겠어.

어떻게 해야 좋을지 모르겠더군. 날씨가 꽤 추운 데다, 사흘 동안이나 먹지도 자지도 못했다는 걸 염두에 두어줘. 내 머리가 맑았을 리가 없지 않아? 얼핏, 땅을 파고 묻을까 하는 생각이 들더군. 하지만 곧 나는 그게 미친 짓이라는 걸 알았어. 우리가 거기에서 얼쩡거리고 있을 계제가 아니더라는 거야. 우리가 어디에 있는지, 몇 시나 되었는지 전혀 모르는 상태, 게다가 언제 누가 들이닥칠지 모르는 상황이었어. 게다가 우리에게는 땅을 팔 연장도 없었어. 나는 거의 정신적인 공황 상태에서 문득, 시체를 그대로 두고 갈 수는 없다는 생각도 하기는 했지만, 바로 그 순간 우리에게는 다른 선택의 여지가 없다는 걸 알았어. 시체를 옮길 수도 없지 않아? 우리가 어디에 있는지 짐작도 못 하는 상황인데, 자동차가 어디에 있는지 모르는 것은 당연하지. 그렇다고 해서 시체를 질질 끌고 산을 넘어갈 수도 없었어. 설사 자동차에 실을 수 있다손 치더라도 그다음에는?

그래서, 찰스가 커밀라와 함께 돌아오는 즉시 우리는 그냥 그곳을 떠났어. 지금 생각해봐도, 현명한 선택이었다 싶군. 문제의 현장은 버몬트 주의 장의사들이 우글거리는 시내가 아니라 원시림 같은 곳이었어. 무수한 사람들이 무자비한 자연의 손길에 죽음을 당하는 그런 곳. 정체를 모르는 사람이니, 신경이 쓰이지 않는 것은 당연하지 않은가. 우리는 오로지 어떻게 하면 자동차를 찾아내어 사람들의 눈에 띄지 않게 프랜시스의 시골집으로 무사히 돌아갈 수 있을까, 이것 하나만 생각했어. 그리고 실제로 우리는 우리 생각대로 할 수밖에 없었어."

헨리는 자기 잔에다 또 위스키를 따랐다.

나도 내 잔을 채웠다. 우리는 한동안 침묵 속에서 술을 마셨다.

"헨리, 이 일을 어떻게 할 거야?"

"네가 생각하는 것 이상으로 복잡해. 언젠가 자동차로 사슴을 친 적이 있어. 참 아름다운 동물이었는데…… 나는 다리가 부러지고 온몸이 피투성이가 된 채 몸부림치는 그 사슴 앞에서 그렇게 괴로울 수가 없었어. 그런데 이따금씩 그 사슴을 생각하고는 하는데, 막상 사슴을 친 그날보다는 뒷날 생각할 때가 더 괴로워. 우리가 그런 일을 저지른 것은 분명해. 그러나 그 이야기를 끊임없이 들어야 할 줄은 꿈에도 몰랐어. 이제 문제는 그 일 자체가 아니야. 문제는, 불행히도 버니가 알고 있다는 데 있어."

"무슨 뜻이야?"

"오늘 아침에 버니가 노는 꼴 보았지? 우리를 미치게 하고 있지 않았어? 나는 교수대 올가미에 목을 집어넣고 있는 기분이야."

열쇠가 꽂히면서 돌아가는 소리가 났다. 헨리는 술잔을 들어, 꽤 많이 남아 있는 위스키를 단숨에 비웠다.

"프랜시스일 거야."

그는 그러면서 머리 위에 있던 전등을 켰다.

5장

등불이 켜지자, 어둠은 우리 눈에 친숙하며 세속적인 거실 공간의 경계
—위가 잔뜩 어질러진 책상, 나지막한 소파, 프랜시스의 어머니가 집 안을
대대적으로 다시 치장하는 바람에 프랜시스에게로 넘어온 것임에 분명한
때 묻은 커튼—밖으로 물러났다. 흡사 기나긴 악몽에 시달리는 중에 불이
켜진 것 같았다. 나는 방문과 창문이 있어야 할 자리에 그대로 있고, 가구가
어둠 속에서 악마적인 힘에 의해 재배치되지 않은 것을 보고 안도감을 느
꼈다.

문의 빗장이 풀리고 문이 열리면서 프랜시스가 어두운 현관으로 들어섰
다. 프랜시스는 장갑의 손가락 끝을 힘없이 잡아당겼다. 그러다 헨리를 보
고는 말했다.

"헨리 아니야? 이 밤중에 웬일이야?"

나는 그의 시계(視界) 밖에 있었다. 헨리는 나를 바라보면서 목청을 가다
듬었다. 프랜시스는 그제야 주위를 둘러보았다.

나는 심드렁한 얼굴을 하고 그를 돌아다보았다. 아무것도 들은 것이 없다. 나는 그에게 이런 인상을 주려고 했으나 그것이 제대로 되지 않았던 모양이다. 이미 내 얼굴에 다 씌어 있었을 테니까.

프랜시스는 장갑을 반쯤 벗다 말고 내 얼굴을 한동안 멍하니 바라보고 서 있었다.

그러다가는, 시선은 여전히 내 얼굴에 둔 채 헨리에게 말했다.

"하느님 맙소사, 헨리, 너 설마 이 친구에게……."

"유감스럽게도 다 말했어."

프랜시스는 눈을 꼭 감았다가 천천히 다시 떴다. 그의 얼굴은 창백해지고 있었다. 그의 얼굴이 어찌나 창백한지 흡사 어린아이들이 낙서할 때 쓰는 분필 같았다. 나는 금방이라도 기절할 듯한 그가 걱정스러웠다.

"괜찮아."

헨리가 그를 달랬다.

프랜시스는 움직이지 않았다.

"프랜시스, 괜찮다니까. 괜찮을 테니까 앉기나 해."

헨리는 조용조용하게 말하고 있었으나 짜증을 느끼고 있는 것이 분명했다.

거친 숨을 몰아쉬면서 프랜시스는 방을 가로질러 가서 팔걸이의자에 털썩 소리가 나게 앉고는, 담배를 찾느라고 주머니를 뒤적거렸다.

"리처드는 다 알고 있었어. 내가 그러지 않던? 리처드는 다 알고 있을 거라고."

헨리가 부드러운 말로 그를 달랬다.

프랜시스는 손가락 끝에서 떨고 있는 담배에 힘겹게 불을 붙였다.

"정말 알고 있었어?"

나는 대답하지 않았다. 이 무슨 끔찍한 농담들인가, 잠깐 동안이나마 나는 이런 생각을 했다. 프랜시스는 손으로 자기 뺨을 쓰다듬었다.

"나도 모두 알고 있을 것이라고 생각했어. 하지만 기분이 나빠."

프랜시스가 말했다.

그동안 헨리는 부엌으로 들어가 술잔을 하나 더 가지고 왔다. 그 잔에 스카치를 따라 프랜시스에게 건네주면서 헨리가 말했다.

"그렇게 사색이 될 것까지는 없어(Deprendi miserum est)."

놀랍게도 프랜시스가 웃었다. 우는 대신에 억지로 웃는 듯한 그런 웃음이었다.

"악몽이었어, 악몽. 리처드, 어처구니가 없지? 우리가 한 짓이 믿기지 않지? 하기야 네 심정을 내가 상상할 수 있을 까닭이 없지."

프랜시스가 위스키를 한 모금 마시고는 말했다.

"나는 괜찮아."

나는 아무 생각 없이 말했다. 그러나 그 말은 내 심정의 정확한 표현이기도 했다.

그랬다. 나는 괜찮았다. 적어도 여느 사람과 같은 반응을 보일 정도는 아니었다.

"우리가 미쳐 있었다고 하고 싶을 테지? 그러니 버니 때문에 걱정이다. 버니를 어떻게 해야 좋을지 모르겠어. 영화를 보면서 줄곧 버니의 따귀를 때리는 상상만 했다."

프랜시스는 이렇게 말하면서 엄지손가락으로 눈자위를 눌렀다.

"버니를 맨체스터로 데리고 갔어?"

헨리가 물었다.

"응. 사람이 어찌나 많은지, 누가 옆에서 따귀를 때려도 모르겠더라. 영화도 신통찮았고."

"무슨 영화였는데?"

"총각들이 떼거지로 몰려다니면서 파티를 여는, 뭐 그런 거 있잖아? 수면제나 삼키고 잠이라도 자고 싶더라. 죽여주더군."

긴 침묵이 프랜시스의 말끝을 이었다. 나는 묻지 않을 수 없었다.

"어떻게 할 셈이야?"

프랜시스가 한숨을 쉬었다.

"어떻게 하다니? 어떻게 해야 옳겠어? 내 귀에는 야단치는 것으로 들린다. 우리가 지금 어떻게 할 수 있겠어?"

절망 상태에 빠진 듯한 그의 말이 내 귀에 좋게 들리지 않았다. 동정이 가는 동시에 화가 났다.

"나도 모르겠다만, 일이 벌어진 직후에 신고하지 그랬어?"

"지금 농담을 하는 거겠지."

헨리가 냉담하게 말했다.

"경찰서를 찾아가서 뭐가 뭔지는 모르겠지만 하여튼 숲 속에서 시체를 발견했다고 할 수 있는 거잖아? 갑자기 숲에서 튀어나오는 바람에 어쩔 수 없이 자동차로 들이받게 되었다고 할 수도 있는 거잖아?"

"만일에 그랬다면, 그건 천하의 바보짓이 되었을 거야. 그건 참으로 불행한 사건이었고, 나도 진심으로 후회하고 있어. 하지만, 그것 때문에 우리가 버몬트 주립 감옥소에서 육칠십 년을 썩는다면 버몬트 주 납세자들에게도 우리에게도 좋을 것이 없어."

"하지만 사고 아니었어? 네 입으로도 사고라고 했잖아?"

헨리는 기가 막힌다는 듯이 어깨만 으쓱했다.

"자수할 경우, 정상참작이 되는 게 보통 아닌가? 어쩌면 그냥 끝날 수도 있는 일이고."

"그럴지도 모르지만, 여기가 버몬트 주라는 사실을 잊으면 안 되지."

"버몬트 주라고 뭐가 다른가?"

"불행하게도 달라도 많이 다르지. 이 일로 재판을 받게 된다면 우리는 이 버몬트 주에서 받아야 해. 굳이 말할 필요도 없는 일이지만, 우리 주 배심원이 아닌, 버몬트 주 배심원의 평결을 받게 되지. 버몬트 주 배심원들은 우리의 친구들이 아니야."

"그래서?"

"네 마음대로 말해도 좋고, 생각해도 좋아. 그러나 그런다고 하더라도 이 버몬트 주의 저소득층 배심원들이, 자기네 이웃을 살해한 대학생 넷을 동정하지 않는다는 사실은 조금도 변하지 않는다. 무슨 말인지 알겠지?"

프랜시스가 꽁초로 새 담배에다 불을 붙이면서 보충 설명을 했다.

"햄든 사람들은 오랫동안 이런 일이 생길 것을 예감해왔을 뿐만 아니라 기다리기까지 해왔어. 햄든 사람들은, 이 일을 대학생들의 움직임을 견제하는 구실로 이용할 거라는 말이야. 우리는 어떤 이유로든 살인 혐의를 벗을 수 없어. 운이 좋아야 겨우 전기의자에 앉는 것만 면하겠지."

"리처드, 한번 상상해봐. 우리 넷은 젊다, 교육도 받았다, 집안도 비교적 여유가 있다. 그런 데다 우리는 버몬트 사람이 아니다. 이게 가장 중요해. 공정한 판사라면 우리의 젊음을 참작하고, 불의의 사고였다는 걸 감안해줄 수도 있겠지. 그런데 말이야, 공교롭게도 그 부유한 대학생 넷이 술에 취해서, 혹은 마약에 취했는지도 모르는 상태에서, 한밤중에, 그것도 바로 자기 땅에서 살인극을 벌였다고 해봐."

"그게 판사의 사유지였어?"

"보도에 따르면 시체가 발견된 땅이 공교롭게도 어느 판사의 사유지였다는군."

"맙소사."

나는 버몬트에 산 지 얼마 되지 않았다. 그러나 짧은 기간이기는 해도, 버몬트 사람들의 기준에서는 이를 어떻게 생각할지 어느 정도 알고 있었다.

사유지 침범은 가택 침해에 해당했다.

"그건 아직 약과야. 그때 우리가 몸에 걸치고 있던 게 뭐던가? 침대 시트로 만든 키톤이었어. 게다가 맨발이었고, 온몸은 피투성이가 되어가지고 술 냄새를 풍풍 풍기며. 자, 보안관을 찾아가서 이 이야기를 설명을 한들 제대로 설명이 되겠어?"

"프랜시스의 말이 옳아. 우리에게는 설명할 조건이 전혀 갖추어지지 않았어. 그 당시 우리가 어떤 상태에 있었는지를 이해해야해. 한 시간 전까지만 하더라도, 완전히 정신을 잃은 상태였다는 걸 이해해야 해. 그런 상태에 빠지기 위해 우리가 기울인 노력은 초인적이었다고 해도 좋지만, 제정신을 찾기 위해 기울인 노력에 비하면 그건 아무것도 아니었어."

"리처드, 우리는 여느 때의 우리가 아니었어. 뭔가가 우리에게서 빠져나가 버리고 껍데기만 남아 있는 것 같았어. 쇼크 치료를 받은 것 같았어."

"그런데도 어떻게 남의 눈에 띄지 않고 프랜시스의 집으로 왔는지, 알다가도 모르겠어."

헨리의 말이었다.

"심지어는 우리 넷이 모여 기억을 모았는데도 그럴듯하게 이야기가 재구성되지 않아. 내 경우, 몇 주 뒤에야 기력을 되찾았을 정도야. 커밀라는 그 일이 있은 뒤로 사흘 동안이나 말을 못했고."

그제야 생각났다. 커밀라에게는 빨간 머플러로 얼굴을 가리고 다닐 때가 있었다. 내 기억에 따르면, 말을 걸어도 커밀라는 아무 대꾸도 하지 않았다. 헨리를 비롯한 나머지 동아리는 커밀라가 후두염을 앓고 있다고 했던가?

헨리가 말했다.

"그것 참 이상하지? 커밀라는, 생각은 분명하게 하고 있는데도 불구하고, 말이 입 밖으로 나오지 않더라고 했어. 어디에서 몹시 얻어맞고 온 것 같았어. 커밀라가 말을 시작했을 때도 이상했어, 늘 영어나 그리스어보다는 고등학교 시절에 배운 프랑스어가 먼저 튀어나오고는 했어. 프랑스의 어린아이들이나 쓸 법한 프랑스어. 커밀라의 침대 머리맡에서, 커밀라가 '유리창, 의자(la fenêtre, la chaise)……' 하면서 그것들을 열까지 세는 걸 들은 적이 있어."

프랜시스는 웃었다.

"웃기더군. 기분이 어떠냐고 물었더니, 이러는 거야. 내가 꼭 헬렌 켈러가 된 것 같아(Je me sens comme Hélène Keller, mon vieux)."

"병원에는 가봤어?"

"농담하고 있어?"

"차도가 없으면 그 수밖에 없잖아?"

"우리 모두에게 그런 증세가 있었지만 시간이 지나면 낫는 병이었어."

"남들에게 고백할 수도 없는 지경이었어?"

"남들에게? 어떻게? 네 사람의 기억을 모아도 줄거리가 만들어지지 않는 걸 남들에게 무슨 수로 얘기해? 혀짤배기 노릇을 해? 반미치광이 노릇을 하라고? 우리가 경찰을 찾아갔더라면 모르기는 하지만 지난 5년 동안 뉴잉글랜드에서 발생한 미제 살인사건은 모두 우리에게 몽땅 뒤집어씌웠을 거다. 어디, 신문의 헤드라인을 좀 상상해볼까? '광적인 히피들, 농촌 지역에서의 스릴러 살인 혐의로 기소되다' '모모 사교집단의 엽기적인 살인극'."

프랜시스의 말에 헨리도 담배에 불을 붙이면서 거들었다.

"십대 악마주의자들, 장기간에 걸쳐 버몬트 주민들을 살해해오다!"

프랜시스는 신경질적으로 웃었다.

"청문회 같은 거나 열릴 수 있으면 어떻게 해볼 수 있겠지만, 그럴 가능성도 전혀 없어."

헨리가 고개를 가로저으면서 한 말이었다.

"그리고 이건 내 개인적인 의견인데, 나로서는 버몬트 순회 판사와, 전화

교환수들로 이루어진 배심원들에게 내 평생을 맡길 수는 없었어. 최악의 상태라고 할 수 있지만 이것보다도 더 고약한 게 있어. 버니의 문제야."

"버니가 어때서?"

"버니가 어떻다는 게 아니야."

"그럼 무엇이 문제야?"

"입을 다물고 있지 않을 거니까, 그게 문제라는 거지."

"입 다물고 있으라고 해봤어?"

"골백번 했지."

"경찰에 가려고 했어?"

"경찰? 버니는 경찰에까지 갈 필요가 없어. 가만히 있어도 경찰이 올 거니까. 버니에게 이성이라는 건 통하지 않아. 문제는 버니가, 이게 얼마나 중대한 사안인가를 전혀 인식하지 못하는 데 있어."

"버니도 너희가 감옥 가는 건 원하지 않겠지?"

"버니가 이 문제를 생각해본 적이 있다면 지금쯤은 우리가 감옥 가는 걸 원하지 않게 되었겠지. 우리가 감옥에 간다면 저도 따라가야 하니까. 모르긴 해도 지금쯤은 버니도 이걸 깨달았을걸."

"버니도 따라간다니, 그게 무슨 뜻이야?"

"버니는 작년 11월부터 우리 계획을 알고 있었어, 그런데도 경찰에 이걸 신고하지 않았으니까 불고지(不告知)가 되는 거지."

프랜시스의 설명에 헨리가 보충했다.

"옳은 말이기는 하지만, 그건 그다지 중요하지 않아. 설사 버니에게, 그럴 의사가 없어서 신고하지 않았다고 하더라도, 우리가 체포되면 버니도 무사하지 못해. 버니에게는, 알리바이가 충분하지 못해. 우리가 감옥에 갈 경우, 버니가 알아야 하는 것은 내가 무슨 수를 써서라도 버니를 엮어 들인다는 거야. 버니는 어쩌면 이걸 어렴풋이나마 짐작하고 있을 거야. 그런데 문제는 버니가 팔푼이라는 데 있어. 조만간 버니는 엉뚱한 사람에게 엉뚱한 이야기를 하게 될 거야. 물론 마음먹고 그러는 건 아닐 테지. 이 대목에서 버니를 충동할 동기 같은 건 중요하지 않아. 오늘 아침에 버니가 농담이랍시고 하는 소릴 들었지? 버니는 우리에게 겁을 주고 있었어. 녀석은 그 무시무시한 농담에서 우리가 무엇을 상상할 것인가도 염두에 두고 있었어."

"팔푼이이기는 하지만, 농담으로 우리를 위협할 줄은 알아. 그러나 우리로서는, 나돌아 다니면서 지껄이지 말라고 윽박지를 수는 없어. 그러나 안심이 안 돼. 버니는 틀림없이 누군가에게 그 이야기를 하고 말 거야. 인간에게는, 특히 버니에게는 싸구려 감상에 젖어 고백한답시고 제가 아는 걸 까발리는 그런 유치한 일면이 있으니까."

"가령 누구에게?"

"매리언, 아니면 저희 아버지, 아니면 학장. 버니는 〈페리 메이슨〉 같은 법정 드라마에서처럼 판결 직전에 뛰어 들어와 모든 이야기를 폭로할 그런 종류의 인간이니까."

"암, 버니 코크런 소년 탐정이지."

헨리가 냉담하게 말했다.

"버니가 어떻게 그걸 알게 되었어? 함께 있었던 게 아니잖아?"

"우리와 함께 있었던 게 아니라 사실은 너와 함께 있었지."

프랜시스는 이러면서 헨리를 보았다. 놀랍게도 두 사람은 웃기 시작했다.

"아니, 왜 웃지?"

내가 그러는 것이 두 사람에게는 더 우스웠던 모양이었다. 프랜시스가 웃음을 거두고 대답했다.

"아무것도 아니야."

헨리가 프랜시스의 말을 받아, 가늘게 한숨을 쉬면서 말했다.

"그래, 아무것도 아니야. 요즘은 웃을 거리가 이상하게 많단 말이야. 그래,

버니는 그날 밤 너와 함께 있었지? 기억나? 너희 둘은 영화를 보러 갔잖아?"

"아마, 그게 〈39계단〉이었지?"

듣고 보니 기억이 났다. 보름달이 구름에 가려진 데다 바람이 을씨년스럽게 불던 가을밤이었다. 나는 도서관에서 늦게까지 공부하느라고 제때에 저녁을 먹을 수가 없었다. 그날 나는 스낵바에서 산 샌드위치를 주머니에 넣고 낙엽이 흩날리는 길을 걸어오다가 버니를 만났다. 버니는 히치콕 시리즈를 보러 가는 길이었다. 히치콕 시리즈는, 학교의 명화 감상회가 강당에서 마련한 가을의 특별 프로그램이었다.

우리가 들어간 것은 영화가 시작되고 난 다음이었다. 우리는 자리가 없어서 통로에 앉아 영화를 보았다. 버니는 다리를 쭉 뻗고 팔꿈치를 바닥에 댄 채로 누워 끊임없이 쩝쩝거리면서 뭔가를 먹었다. 창으로 거센 바람이 강당 안으로 몰아쳐 들어왔다. 강당 문이 저절로 열렸다가는 닫히고 닫혔다가는 열리고 했다. 누군가가 벽돌을 괴어 문을 고정시켜야 했다. 화면에서는 계곡의 철교를 가로지르며 악몽 같은 기관차가 식식거리며 달리고 있었다.

나는 두 사람에게 그날 밤에 있었던 일을 설명하려고 했다.

"영화 끝나고 술을 마셨어. 술을 마신 다음에 버니는 제 방으로 돌아갔고."

헨리가 한숨을 쉬고 나서는 말했다.

"그랬으면 좋게?"

"나에게 연신, 너희가 어디에 있는지 묻더군."

"버니는 우리가 어디에 있는지 훤히 알고 있었어. 우리 모두 얌전히 방에 있지 않으면 좋지 못할 거라고 여러 차례 위협했거든."

"그런데 문득 버니의 머리에, 헨리를 급습하여 깜짝 놀라게 해주자는, 빌어먹게 기발한 아이디어가 떠올랐던 거야."

프랜시스가 위스키를 따르면서 설명했다.

헨리가 보충해서 설명했다.

"버니가 그런 짓을 할 때마다 나는 화를 냈어. 악의가 있어서 하는 짓은 아니지만 당하는 사람으로서는 기분 좋은 일은 아니거든. 버니는 내가 열쇠를 어디에 숨겨두는지 알았기 때문에 언제든지 내 집에 들어올 수 있었어.

하지만 여느 때 같았다면야 아무 일 없었겠지. 물론 일이 꼬이느라고 그랬을 테지만, 하기야 우리가 돌아오는 길에 키톤을 벗어버리기만 했어도, 내 집으로 들어가지 말고 이 프랜시스의 집이나 쌍둥이의 집으로 가기만 했어도, 버니가 우리 집에서 곯아떨어지지만 않았어도 문제가 그렇게 복잡하게 되지는 않았을 거야……."

"버니가 네 집에서 자고 있었어?"

"응. 그 잠충이, 식충이가 곯아떨어지지 않은 바에야, 새벽까지 우리를 기다릴 수 있었겠어? 심심해하다가 제 방으로 가버리기가 쉽지? 우리는 새벽 6시에야 햄든으로 돌아왔어. 그 넓고 어두운 벌판에서 우리 차를 찾아낼 수 있었던 것만 해도 기적이었어, 기적. 그런 차림으로 차를 몰고 노스 햄든으로 들어오는 건 미친 짓이었어. 불심검문을 당했다 하면 바로 끝장나는 대목이었거든. 하지만 당시에 나는 못 먹고, 못 잔 데다, 취한 상태에서 치고받는 바람에 완전히 기진맥진했지. 따라서 이성적으로 생각할 여유가 없었어. 그래서 나는 본능적으로 우리 집을 목적지로 삼았던 것 같아."

"버니는 자정쯤에 내 방을 나갔는데?"

"그길로 내 집으로 온 거야. 그러니까 12시 30분부터 새벽 6시까지 내 집에서 잔 거지. 보도에 따르면, 검시의가 추정한 피해자의 사망 시간은 1시에서 4시 사이인데, 이건 운명이 우리에게 내려준 몇 장 안 되는 카드 중 하나라고 할 수 있어. 왜냐? 버니가 우리와 함께 있지는 않았지만, 이로써 우리와 함께 있지 않았다는 걸 증명할 수는 없게 되었거든. 불행히도, 우리가 극한 상황에 몰리지 않는 한 함부로 쓸 수 있는 카드는 아니지만, 어쨌든 버니 역시 이로써 우리 손에 발목을 잡히고 있는 셈이야. 더구나 버니는 불을 끈 채로 내 집에서 자고 있었던 것으로 되어 있어."

"하지만 불을 끄고 있어야 너를 놀래줄 수 있을 게 아니겠어? 어둠 속에서 불쑥 튀어나온다는 게 버니의 각본 아니었어?"

"어둠 속을 걸어 들어가 불을 켜고서야, 아뿔싸, 했어. 버니가 잠을 깬 거야. 우리는……."

"……피투성이가 된 하얀 키톤 차림으로, 에드거 앨런 포의 소설에나 나올 듯한 모습으로……."

프랜시스가 중얼거렸다.

"버니의 반응이 어땠어?"

"놀라 자빠지더군. 기절하지 않은 것만도 다행일 정도로. 잠이 확 달아난 얼굴이더군. 헨리, 리처드에게 아이스크림 사건도 이야기해주지그래?"

"해야지. 노른자위를 빼놓을 수 있나. 버니는 나를 기다리면서 냉장고에서 아이스크림을 꺼내 먹었던 모양이야. 너도 알다시피, 버니가 어디 큰 통의 아이스크림을 작은 그릇에 덜어 먹는 녀석인가? 큰 통을 들고 나와 누워서 이걸 퍼 먹다가 잠이 들었던 모양이야. 버니가 잘 동안 이게 버니의 배 위는 물론이고, 의자, 내가 애지중지하는 동양 융단 위로 녹아내렸어. 내 융단은 골동품 가치까지 있는 꽤 괜찮은 것이었는데 세탁소에서는 포기하라고 하더군. 아이스크림 얼룩은 지울 수 없다는 거야. 쓰레기통으로 들어갔지. 내 의자도 마찬가지였고. 어쨌든 버니는 우리를 보고는 기겁을 했던지 아일랜드 귀신처럼 소리를 지르더군. 비명이라는 게 원래 외마디 소리로 끝나는 거 아냐? 그런데 이 친구는 계속해서 소리를 질러대는 거야. 생각해보라고. 새벽 6시, 이웃 사람들이 곤하게 새벽잠을 자고 있을 시각이야. 참, 어처구니가 없어서. 찰스가 다가가 달래려고 했지만 허사였어. 버니는 자기에게 다가오는 찰스를 보고 다시 악을 썼으니까. 그리고 일이 분 되었나, 몇 초밖에 안 되었어.”

“어쨌든, 버니가 그렇게 악을 쓰니까 커밀라가 재떨이를 집어서 버니에게 던졌어. 재떨이는 가슴 부근에 맞았을 거야.”

“별로 세게 던진 것은 아니야. 하지만 이게 타이밍이 맞았어. 버니가 입을 다물었거든. 내가 그때 버니에게, 그렇게 소리 지를 것 없다, 오다가 사슴을 친 것뿐이다, 이랬지.”

“버니는 그제야 재떨이에 맞은 데를 만지고, 눈을 굴리면서 우리들을 둘러보더니 정신을 차리더군. ‘이것들아, 사람을 그렇게 놀라게 하는 법이 어디 있어, 내가 설핏 잠이 들었었나 봐.’ 어쩌고저쩌고 수선을 떨면서…….”

“우리 넷은, 피투성이 키톤을 입은 채로, 커튼도 없는 우리 거실에서 불빛을 환하게 받으며 서 있었어. 자동차로 집 앞을 지난 사람이 있었다면 틀림없이 우리 모습을 보았을 거야. 버니는 큰 소리로 떠들어대지, 거실의 불은 휘황찬란하지, 나는 어떻게 손을 쓰기는 써야겠는데 어디서부터 써야 좋을지 몰라서 한동안은 멍청하게 버니의 눈치만 보고 있었어. 게다가 어찌나 피곤하고 어지러운지 금방이라도 쓰러질 것 같았어. 하지만 어떻게 해? 몸들은 피투성이고, 날은 밝아오고, 버니는 떠들어대는데? 그럴 정신이 없었지만 어떻게든 손쓸 방안을 강구하는 수밖에. 그런데 여자는 역시 다르더라고. 커밀라가 집 안의 불이라는 불은 다 꺼버리더군. 그제야 한시바삐 옷을 벗어서 빨아야 한다는 생각이 들더군그래.”

“우리는 그제야 키톤을 벗었지. 피가 마르는 바람에 키톤이 몸에 달라붙어 잘 떨어지지 않더군. 내가 키톤을 벗느라고 낑낑대면서 보니까 헨리와 찰스는 욕실로 들어가더군. 나중에 들어가 보았더니 욕조가 시뻘겋게 피로 물들어 있고, 바닥도 온통 시뻘겋더군. 악몽이었어, 악몽.”

“게다가 버니까지 거실에 버티고 있었으니 어쩌겠어? 버니가 갈 때까지 기다리고 있을 수도 없는 노릇이니, 벗고 씻고 하는 등 부산을 떨 수밖에.

집 안이 온통 핏자국이야. 버니가 소리를 지른 다음이니 이웃집 사람이 불쑥 들어올 것 같기도 하고, 경찰이 문을 쿵쿵 두드릴 것 같기도 하고…….”

“버니를 깨운 게 우리 잘못이기는 했지만 어쨌든 우리는 연방수사국장 에드거 후버 앞에 있는 기분으로, 벗고 씻고 하는 등 부산을 떨었지.”

“그 말 참 잘했다. 당시의 버니라는 존재가 우리에게 위협적이었다는 표현은 적당하지 않아. 그래, 귀찮은 존재였다는 표현이 좋겠군. 왜냐, 버니는 자꾸 캐물었으니까. 그래, 거추장스러운 존재였어. 시간이 있었다면, 앉히고 찬찬히 설명할 수 있었겠지만, 그럴 여유가 없었어.”

“어쨌든, 나는 아직도 헨리네 집 욕실에는 들어가기가 싫어. 피가 욕조에 스며 들어가 있는 것 같아서. 게다가 헨리의 면도칼이 벽에 걸린 채 문을 열 때마다 대롱거리거든. 당시 우리 몸은 멀쩡한 데가 없었어.”

“찰스가 가장 심했지.”

“찰스의 몸은 가시에 찔리고 긁혀서 성한 데가 없었어.”

“그리고 이빨에 물린 자국도 있었지.”

“세상에, 어떻게 그렇게 물릴 수가 있지? 4인치 크기로 이빨 자국이 나 있었어. 버니가 뭐라고 했는지 기억나?”

“네가 설명해주렴.”

“그래. 찰스가 욕실로 들어갔는데, 버니가 찰스의 알몸을 보고 있는 줄 몰랐어. 욕실에서 버니가 찰스에게 그러더군. ‘야, 찰스, 그 사슴이 네 팔을 깨문 모양이구나, 대단한 사슴이다, 언제 그럴 여유가 있었지.’ 어쩌고저쩌고.”

“그래. 버니는 집 안을 다니면서 온갖 참견을 다 했지. 그런데, 계속 그럴 줄 알았는데, 한참 있다 보니까 안 보여서 잠깐 동안은 마음에 걸리더니, 오히려 잘되었다 싶더군. 우리에게 할 일은 태산 같고 시간은 없었으니까.”

“버니가 누군가에게 너희 이야기를 할까 봐 겁나지 않았어?”

“누구에게?”

"내게 할 수도 있고, 매리언에게 할 수도 있고. 버니에게라면 그럴 만한 사람이 얼마든지 있잖아?"

"아니. 당시로서는 버니가 그러지 못할 것 같더라고. 내가 말을 했으니까 너도 알겠지만, 그전까지만 해도 버니는 우리와 한통속이었어. 따라서 피투성이가 되어서 돌아온 꼴도 네가 보는 것과 버니가 보는 것은 달라. 버니에게 그게 뜻밖의 일일 수는 없어. 우리의 준비는 극비리에 진행되어왔는데, 버니 역시 그동안은 우리 동아리였으니까 누구에게 고자질하되 그동안의 정황을 설명하지 않고 불쑥 결과만 고자질했다가는 도리어 병신이 되기가 십상이라고. 줄리언은 우리가 도달하려는 목표가 무엇인지 어렴풋이 알고 있어. 내가 알기로, 버니는 지금까지 우리와 함께해온 만큼, 우리의 태도를 확인하지 않고는 줄리언에게 우리 일을 고자질할 수 없어. 지금까지 내가 본 바로는 그래.

이야기를 되돌려야겠군. 그래, 우리가 돌아온 것은 새벽이었고 버니가 사라졌을 때는, 우리 집이 엉망이 된 다음이었어. 현관에는 핏빛 발자국이 군데군데 찍혀 있었고, 우리가 벗어놓은 키톤은 구석에 수북이 쌓여 있었어. 쌍둥이 남매는 내 옷을 찾아 입고, 현관의 핏자국을 닦고, 자동차 시트의 핏자국을 지우는 등 바쁘게 뛰었지. 키톤은 태우려고 했어. 하지만 꼭두새벽에 뒷마당에서 그걸 태울 수는 없는 일이 아닌가. 거실에 있는 벽난로에서 태울 수도 없고. 화재경보기에 붙어 있는 연기탐지기가 삑삑거리는 건 차치하고, 이 집 안주인이 나를 만날 때마다 벽난로를 쓰지 말라고 했거든. 하기야 벽난로가 제대로 말을 듣는지 안 듣는지 나는 그것도 모르고 있었어."

"게다가 나도 그 집에 있기는 있었지만 헨리에게 아무 도움도 못 되었고."

"말은 맞는 말이다."

"나도 어쩔 수가 없었어. 쓰러질 것 같아서 뒷방으로 들어가 잠깐 누웠다가 그만 곯아떨어지고 말았거든."

"그 시각에 눕고 싶지 않았던 사람이 어디 있었어? 하지만 눕고 싶다고 누우면 집 안 청소는 누가 하나? 현관과 자동차를 닦으러 나갔던 쌍둥이가 7시쯤 들어오더군. 그동안 나는 욕실을 닦느라고 정신이 없었어. 찰스가 옷을 벗고 보여주기에 자세히 봤더니 등은 완전히, 바늘이 가득 꽂힌 바늘겨레 형국이야. 커밀라와 내가 족집게로 한동안 뽑았지. 뽑다가 나는 다시 욕실로 들어갔어. 청소가 대충은 되어 있더군. 어찌나 피곤한지 눈을 뜨고 있을 수가 없더라고. 하지만 해야지 어떻게 하나. 모두가 되도록이면 수건에 피 닦는 걸 자제한 덕분에 수건은 비교적 괜찮았지만 그중 몇 장에는 핏자국이 묻어 있더군. 그래서 이걸 몽땅 세탁기에 넣고 돌렸지. 한동안 우왕좌왕하다가 뒷방으로 들어가 봤더니, 찰스와 커밀라가 곯아떨어져 있더군. 나도 찰스를 밀쳐 공간을 만들고 거기에 누웠어. 그러고는 곯아떨어졌는데."

"나는 열네 시간 뒤에 깨어났어. 내 평생 그렇게 오래 자보기는 그때가 처음이었어."

프랜시스의 말이었다.

"나도. 죽음 같은 잠이라더니, 정말 그때 그렇게 자봤지. 꿈도 꾸지 않았더라고."

"깨어났더니 뭐가 뭔지를 모르겠어. 잠든 건 해가 뜰 즈음이었는데, 잠깐 감고 있었다 싶은데 눈을 떠보니 어두워져 있었어. 어둠 속에서 전화벨이 요란하게 울리더군. 내가 도대체 어디에 있는가 싶더라고. 정신을 차리려고 애쓰면서 전화기가 있는 거실로 나가는데, 누군가가 전화를 받지 말라고 소리치더라고."

"눈 감고 전화 받으러 가는 사람이 어디에 있어? 그것도 남의 집 전화를. 너는 네 집인 줄 아는 눈치더라?"

"누구 집이면, 전화벨 소리가 울리는데도 그냥 둬? 수화기를 들었지. 버니야. 뭐가 그렇게 좋은지 종달새처럼 깔깔대더군. '야, 우리 넷은 완전히 뻗어 있다. 나체주의자처럼 벌거벗고.' 그랬더니, 브래서리에서 같이 저녁이나 먹지 않겠느냐고 하더군."

그 말을 듣고 나는 의자에서 벌떡 일어났다.

"잠깐, 그게 그러니까 그날 밤에?"

헨리가 고개를 끄덕였다.

"기억나는 모양이군. 너도 왔지."

그러니까 그날 밤에 저녁을 함께 먹은 자리는 그들만의 경험과 내 경험이 만나는 자리였던 모양이었다.

"물론, 물론 갔었지. 버니와 도중에서 만나 그리로 갔지."

"이렇게 말해서 네 기분이 어떨지 모르겠지만, 우리는 버니가 널 데려온 것을 보고는 적지 않게 놀랐어."

프랜시스가 말했다. 헨리가 설명했다.

"나는 버니가, 우리를 불러내어, 저간의 사정을 들으려고 하는 줄 알았어. 그렇다면 못 나갈 것도 없잖아? 그러나 그게 아니었어. 버니에게 우리의 모습이 그렇게 이상하게 여겨졌을 까닭이 없잖아? 왜? 그전에 우리와 함께 그런 밤을 보냈으니까. 그건 버니와 우리가 보낸…… 어떤 밤이라고 할까."

프랜시스가 말을 받았다.

"구역질이 나던 밤이라고 하지그래? 분위기에 취해서 밤새도록 뭐가 뭔지 모르는 상태에서 헤매다 새벽에 집으로 돌아왔으니까. 게다가 우리는 피투성이가 아니었던가? 버니로서는 우리가 자동차로 어떻게 사슴을 받았는지, 그 사슴을 어떻게 했는지 궁금했을 것 아니겠어? 그런데 버니는 별로 궁금해하는 기색을 나타내지 않더군."

무수한 발자국, 피가 배어 나오는 고깃덩어리, 전나무에서 듣는 고기 기름. 나는 불쾌한 기분으로 바쿠스 축제를, 그리스 말로는 오모파기아(omophagia, 날고기를 먹는 축제 – 옮긴이)라고 하는 이 어수선한 자리를 떠올렸다. 문득, 버니가 헨리의 집으로 들어가면서, "안녕들 하신가(Khairei), 사슴 사냥꾼들이여!" 어쩌고 하던 일이 생각났다. 버니의 말에는 아무래도 뼈가 들어 있는 것 같았다.

그날 밤 브래서리에서는 모두 창백한 얼굴을 하고 조용히 마시기만 했다. 그러나 하나같이 숙취 때문에 하루 종일 자다 일어난 사람들이어서 별로 이상하게는 보이지 않았다. 커밀라는 후두염 증세가 심해졌는지 별로 마시지 않았다. 그들은 나에게, 그 전날 밤새도록 술을 마셨다고 했고, 커밀라는 스웨터도 입지 않은 채 노스 햄든까지 걸어가는 바람에 감기에 걸렸다고 했다. 밖에서는 비가 내리고 있었다. 헨리는 식사가 끝나기도 전에 나에게 자동차 열쇠를 주면서 운전을 부탁했다.

금요일인데도, 날씨가 그래서 그랬는지 브래서리는 한산했다. 우리는 지붕을 때리는 빗소리를 들으면서 웨일스식 토끼 요리를 먹었다. 나와 버니는 위스키를 마셨고 다른 친구들은 홍차를 마셨다.

"바쿠스의 제자들(bakchoi)이 어째 속이 니글거리는 모양인데그래?"

웨이터가 주문을 받고 돌아서는데 버니가 한 말이었다. 커밀라가 버니를 노려보았다.

브래서리에서 나왔을 때 버니가 헨리의 차 앞으로 다가와 헤드라이트를 살펴보고는 타이어를 발로 차보았다.

"너희들 어제 이 차를 타고 갔어?"

"그래."

헨리가 대답했다.

버니는 눈 위로 흘러내리는, 비에 젖은 머리카락을 쓸어 올리면서 범퍼를 쓰다듬어보기까지 했다.

"독일제로구먼. 젠장. 크라우츠의 쇠가 디트로이트의 쇠보다 단단한 모양이지? 긁힌 자국도 없어."

"그게 무슨 뜻이야?"

영문을 모르고 내가 물었다.

"음주운전을 했대, 공로(公路)에서 미친 짓거리들을 하다가 사슴을 치었대. 헨리, 그 사슴 죽었어?"

헨리가 운전석 옆자리로 가면서 버니에게 반문했다.

"뭐라고 했어?"

"그 사슴 말이야, 죽었느냐고?"

"죽었을 거야, 아마."

헨리가 문을 열면서 한 말이었다.

방 안에 정적이 감돌았다. 담배 연기 때문에 눈이 매웠다. 짙은 안개 같은 연기가 천장에 걸려 있었다.

"그런데 뭐가 문제야?"

내가 헨리와 프랜시스에게 물었다.

"무슨 뜻으로 하는 말이야?"

"그래서 어떻게 되었느냐고? 버니에게 다 말했어?"

헨리가 숨을 깊이 들이쉬면서 대답했다.

"안 했어. 했어야 하는 일이지만, 나는 버니를 잘 알아, 나와 단둘이 만났을 때 슬쩍 버니의 의중을 떠봤어. 그랬더니 사슴 이야기로 대충 설명이 된 것 같아서 더 이상은 말하지 않았어. 버니가 제 머리로 추리해내지 못하고 있다면 공연히 미주알고주알 말해서 긁어 부스럼 만들 필요는 없는 일 아니야? 피해자의 시체가 발견되었고, 〈햄든 이그재미너〉 신문이 이것을 다루었지만, 나는 그러려니 했어. 그런데 불행히도 햄든에서는 이런 사건이 자주 일어나지 않잖아? 그래서 그랬겠지만 신문은 사건이 발생하고 나서 2주 뒤에야, 「배튼킬 군에서의 의문의 살인사건」 어쩌고 하는 제목의 심층 보도 기사를 실었는데, 버니가 이걸 보았던 모양이야."

"별 희한한 일도 다 있지. 버니는 신문을 읽지 않아. 매리언 때문에 읽게 된 거지."

프랜시스가 설명했다.

"매리언의 유아교육센터에서 그 신문을 정기 구독하는 모양이야. 버니가 매리언이랑 매리언의 친구들과 함께 커먼스 홀에서 점심을 먹는데, 매리언이 계속해서 친구들을 상대로만 수다를 떨었던 모양이야. 그래서 심심해진 버니는, 매리언이 가지고 있던 신문을 뒤적거리다가 그 기사를 발견했던 거야. 나와 쌍둥이가 지나치면서 인사를 했더니 버니 이 멍청이가 뭐라고 했는지 알아?"

헨리의 이야기는 이렇게 된다.

헨리와 쌍둥이가 지나가자 버니가 소리쳤다.

"야, 프랜시스네 집 가까이서 농부 한 사람이 맞아 죽었구나! 두개골이 부서졌는데, 흉기가 무엇인지는 아직 알려지지 않고 있다는군? 범행 동기가 불분명해서 단서도 잡히지 않는대."

헨리가 당황한 나머지 화제를 바꾸려는데도 버니는 계속해서 떠들어댔다.

"야, 11월 10일이다. 너희들 프랜시스네 집에 간 날 아니냐? 오다가 사슴을 치어 죽였다는 날 맞지?"

헨리는 주위의 시선을 의식하면서 버니의 질문을 얼버무리려 했다.

"글쎄다. 그게 10일이었던가?"

"맞아, 틀림없이 10일이야. 왜 틀림없는 10일이냐, 우리 어머니 생일이 11일이거든. 이거 정말 예삿일이 아니다, 그치?"

"글쎄, 듣고 보니 그렇기도 하구나."

"헨리, 내가 만일에 의심이 많은 사람이라면 말이다, 이건 피투성이가 되어가지고 배튼킬 군에서 돌아오던 날 너희가 저지른 짓이라고 할 텐데 말이야."

헨리는 담배에 불을 붙이면서 한숨을 쉬었다.

"점심시간만 아니었어도 괜찮았을 거야. 잘 알겠지만, 점심시간에는 커먼스 홀이 꽉 차잖아? 게다가 매리언의 친구들이 한마디도 놓치지 않고 듣고 있었고…… 버니의 목소리가 좀 커? 우리는 웃고 지나가려고 했지. 찰스가 농담을 하는 등, 우리는 되도록이면 화제를 비켜가고 싶었지, 그런데 버니는 문제의 신문을 들고 지껄여대는 거야. 뭐라고 한 줄 알아? '야, 이거 믿기지 않는다. 신문에서 얘기하는 이른바 법 없어도 살 사람은, 너희가 갔다는 그 숲에서 5킬로미터도 안 되는 곳에서 살해당했어. 그날 밤 너희가 돌아오면서 경찰의 불심검문이라도 당했더라면 지금 너희가 있는 곳은 이 커먼스 홀이 아니라 감옥일 거다. 가만있자. 여기에 제보자를 위한 전화번호도 있네. 잘 들어두라고. 여기에 있는 이 사람은, 마음만 먹으면 너희를 아주 난처하게 만들어버릴 수도 있는 그런 놈이야.' 이러는 거야.

글쎄, 버니가 농담으로 그랬는지, 아니면 정말 우리를 의심하고 그랬는지, 그건 나도 잘 모르겠더라. 어쨌든 나는 덜 좋은 얼굴을 했지. 하지만 그래놓고 봐도 마음이 개운치가 않았어. 왜냐? 버니 앞에서 화를 낸 꼴이 되고 말았거든. 말하자면 이로써 나는 버니에게, 내가 그런 소리를 아주 듣기 싫어한다는 걸 보여준 셈이야. 버니는 나를 잘 알아. 따라서 나에 관한 한 버니의 육감은 제대로 발달해 있다고 보아도 좋아. 정말 거북하더군. 점심시간 직전이라서 학교의 안전요원들도 모두 커먼스 홀에 와 있었어. 너도 알다시피 이 안전요원의 반수는 햄든 시경의 끄나풀이라고 할 수 있어. 결국 버니가 하는 말을 그대로 받아들일 경우, 우리는 꼼짝없이 유력한 용의자가 되게 되어 있었어. 우리가 사슴을 친 게 아니라는 것도 사실이잖아?

내 차도 그렇고 프랜시스의 차도 그렇고, 범퍼에는 긁힌 자국 한 군데 없잖아? 버니의 말을 듣고, 우리와 그 살인사건을 연관시키는 사람이 그 자리에 있었다. ……생각만 해도 끔찍한 일 아닌가? 그래서 버니가 화제를 바꾸었을 때는, 찜찜하기야 했지만 그나마 안도할 수 있었지. 그러나 버니는 그것으로 끝낼 녀석이 아니야. 아니나 다를까, 버니는 학기 끝날 때까지 그걸 가지고 우리를 놀렸어. 사석에서는 물론이고 공석에서까지 태연하게 이걸 가지고 우리를 들었다 놓았다 하는 거야. 버니가 어떤 녀석인지는 너도 알지? 일단 남의 약점을 하나 잡았다 하면 절대로 놓지 않아. 겪어보았으니까 알 거야, 아마.”

알다마다. 버니는 대화 상대의 약점을 찾아내고, 이것으로 상대를 불쾌하게 만들거나, 필요할 때마다 상대에게 불리하게 이용하는 데 탁월한 재주가 있었다. 몇 달 동안 사귀어왔지만 버니는 끊임없이 나를 놀리곤 했다. 내가 가진 것 중에 놀림감이 된 것으로는, 가령 버니와 처음으로 점심을 함께할 때 입고 나갔던 양복 윗도리를 들 수 있다. 그는 그것을 놓고 두고두고 양복에 대한 캘리포니아적 무감각과 무신경을 놀려먹고는 했다. 말이야 바른 말이지만, 입는 것에 관한 한 나나 버니나 별로 다를 것이 없었다. 그런데도 이런 것에 대한 버니의 비아냥거림은 끝이 없었다. 버니가 비아냥거릴 때마다 나는 그저 웃어넘기고는 했다. 그러나 웃어넘겼다고 해서 내 신경에 거슬리지 않았던 것은 아니었다. 하지만 버니는 끝내 나의 눈치를 읽어내지 못하는 것 같았다. 버니의 비아냥거림에 승복할 수 없었는데도 불구하고, 그 비아냥거림 덕분에, 날이 갈수록 나와 남들 사이의 사소한 차림의 차이 혹은 몸짓의 차이에 신경이 쓰였다. 나에게는 주위의 취향에 나 자신을 동화시키는 재주가 있었다—전형적인 캘리포니아 출신의 젊은이, 혹은 방종하고 인습에 냉담한 의예과 출신 젊은이에게서 나 같은 젊은이를 찾아보기도 그렇게 쉽지는 않을 것이다. 그러나 버니 때문에 나는 끊임없이 내 주위에 동화되지 못한다는 느낌에 시달려야 했다. 나는 늘 내 주위 환경과는 동떨어진 분위기에 소외되어 있는 것 같았다. 초록색 카멜레온은, 색깔이 다른 환경을 만나면 그 환경과 비슷한 색깔로 자기 몸 색깔을 바꿀 수 있는데도 불구하고 되도록이면 초록색 환경에 안주하려는 경향이 있는 데, 내가 바로 그런 카멜레온이 되어가고 있는 기분이었다. 버니는 사람이 많이 모이는 자리에서도 거침없이 내 셔츠가 싸구려 떨이 가게에서 산 것 이라느니, 자기 것과 별로 다른 것이 없는데도 불구하고 내 바지에 줄이 서 있지 않다느니 하면서 나를 놀리고는 했다. 옷에 대해서뿐이 아니었다. 그는 모든 종류의 화제에서, 자기의 놀림감이 될 만한 소재를 찾아내고는 했는데, 좋게 말해서 꼼꼼하고 관찰력이 예리하기 때문에 가능할 이런 지적도 나에게는 불쾌하기 짝이 없는 것일 수밖에 없었다. 따라서 살인사건을 염두에 두고 하는 자기의 농담 아닌 농담이 헨리 무리들에게 어떤 반응을 불러일으키는지를 눈치채지 못할 버니가 아니었다. 일단 헨리 무리들에게 어떤 반응이 있었을 경우, 버니가 두고두고 그것을 물고 늘어졌으리라는 것은 너무나 당연했다.

프랜시스도 볼멘소리를 했다.

"나는 버니가 뭘 알고 그런 소리를 했던 것으로는 보지 않아. 그래, 아무 것도 몰랐을 거야. 버니에게는 그게 그저 재미있는 농담이었을 뿐이야, 우리 집 근처에 살던 농부 이야기만 나오면 내가 펄쩍 뛰는 시늉을 하니까 재미있어서 계속해서 그 이야기를 했던 게 분명해. 한번은 나에게, 우리 집 앞에서 경찰이 집주인을 상대로 뭘 캐묻고 있더라는 이야기까지 하던걸."

"내게도 그러더라. 틈만 나면, 신문에 나온 제보 전화번호로 전화를 걸고, 보상금을 받으면 다섯 명이 나누자고 하지를 않나, 전화통 잡고 다이얼을 돌리는 시늉까지 하는 데는 사람 미치지."

"그런 소릴 한동안 듣고 있으면 체중이 푹푹 주는 것 같아. 리처드 네가 있는 자리에서도 그런 소리를 태연하게 하지, 이건 언제 어느 자리에서 그 농담을 꺼낼지 모르는데, 사람 피가 마를 노릇이 아닌가. 개강하기 직전에는 내 자동차 와이퍼에 문제의 신문 기사 제목을 복사해서 끼워놓았더군. 「배튼킬 군에서의 의문의 살인사건」. 고약한 건, 읽고 버리는 대신, 신문에서 그 기사를 오려내어 늘 지니고 있다는 점이야."

헨리가 한숨을 쉬면서 말했다.

"더 고약한 것은, 우리로서는 그런 버니를 어떻게 해볼 수가 없었다는 점이지. 한동안은 버니에게 모든 걸 사실대로 말하고, 말하자면 버니의 자비에 우리 운명을 맡겨보면 어떨까, 이런 생각도 해봤어. 그러나 곧 우리는 그럴 수가 없다는 걸 알았지. 왜? 버니는 도무지 예측 불가능한 인간이거든. 학기가 끝나갈 당시 버니는 자기 성적 문제 때문에 굉장히 고민했을 때가 있어. 그때 나는, 크리스마스 휴가 때까지는 옆에 붙어서 곰살갑게 다독거리자, 좋은 음식점에도 데려가 주고, 필요한 것도 사줘가면서 계속해서 관심을 쏟자, 학기가 끝나고 겨울방학을 훌쩍 지내면 나아질 테지, 이런 생각을 했지. 이런 계획을 실행에 옮긴 것까지는 좋은데, 학기가 끝나가는데도 이런 상태가 계속되고 있더라는 거야. 말하자면 나는 버니의 페이스에 말려들어가 있더라는 거야. 버니는, 방학이 시작되는 대로 둘이서 여행이라도 떠나자고 하더군. 무슨 말이냐 하면, 여행 계획은 자기가 짜고 돈은 내가 낸다는 뜻이야. 버니에게는 점심 한 끼를 살 돈도 없었어. 여행 이야기가 나오기에, 나는 학기 끝나기 전에 일이 주 정도 어딜 다녀오자고 하는 모양이라고 생각했지. 그거야 마다할 까닭이 없잖아? 우리 넷 중 누군가가 버니 옆에 붙어 있으면서 방학을 맞자, 방학이 되고 한동안 사이가 뜸해지다 보면 자연히 그 문제는 흐지부지 끝나겠지, 이렇게 생각했어. 한편으로는, 버니에게 나로부터 신세를 졌다는, 일종의 마음의 부담 같은 걸 느끼게 하는 것도 나쁘지 않을 것 같더군. 그런데 버니는 이탈리아나 자메이카로 가자는 거야! 좋다고 했지! 나는 원래 자메이카는 좋아하지 않아. 그래서 로마행 비행기 표를 사고, 피아차 디 스파냐(스페인 광장 – 옮긴이)에서 그리 멀지 않은 곳에다 방까지 예약했지."

"그렇다면 버니의 옷값도 네가 댔고, 버니가 잔뜩 사가지고 온 이탈리아어 책값도 네가 문 거야?"

"암. 어쨌든 상당한 지출을 견뎌야 했지만, 그 또한 괜찮은 투자다 싶더라고. 버니를 옆에서 지켜보면서 다독거리는 것도 재미있겠다 싶은 생각도 들었고. 그런데 이를 어쩌랴! 그게 아니야. 이 이야기를 도대체 어디에서 시작해야 좋을지 모르겠구먼. 좋아, 우리가 로마에서 예약된 방으로 들어갔을 때부터 이야기를 풀어나가기로 하지. 사실 괜찮은 방이었어. 천장에는 프레스코화가 그려져 있었고, 고풍스러운 발코니도 있는 데다, 전망도 썩 좋았고. 그래서 그런 방을 예약하게 된 걸 퍽 운 좋게 여겼어. 그런데, 버니는 아니야. 버니는 뭐가 못마땅한지 시종 짜증을 내다가 드디어 지저분하다, 너무 춥다, 배관도 엉망이다, 이러면서 툴툴거리는 거야. 한마디로 그 방은 자기가 묵기에는 너무 초라하다는 거야. 그러면서 나더러 속았다는 거야. 나는 여행깨나 해봤으니까 바가지를 쓰지 않을 줄 알았는데, 자기가 나를 잘못 보고 있었다는 거야. 뿐인가, 한밤중에 강도가 들어와서 목을 따면 어쩌겠느냐는 거야. 도리 있어? 내가 그럼 어떤 곳에 묵었으면 좋겠느냐고 물었더니 피아차 디 스파냐 쪽으로 더 내려가 방 대신 가족용 객실을 쓰자는 거야. 맙소사, 그랜드 호텔 객실로 가자는 거지.

자꾸 그러기에, 나는 내 주머니 사정이 그렇게 나쁜 편은 아니지만 그렇다고 그렇게 좋은 것도 아니라고 설명해주었어. 우선 환율이 우리에게 형편없이 불리한 데다 호텔을 예약하면서 내가 지불한 선금이 있었거든. 따라서 그랜드 호텔 객실에 머물 여유까지는 없었어. 그랬더니 며칠 동안 천식이 도졌다면서 가슴기를 틀어놓고 캑캑거리면서 별별 우는소리를 다 해.

나더러 싸구려래. 자기는 안 하면 안 했지 그런 여행은 않는다는 거야. 도저히 더는 못 참겠더군. 그래서, 전에 우리가 쓰던 **공작부인** 소유의 궁전一물론 그 돈도 내가 지불했지一만은 못하지만 내게는 그런대로 쓸 만하다, 이렇게 쏘아붙였지. 생각해보라고. 내가 어떻게 하룻밤에 50만 리라씩이나 지불하고, 미국의 고급 단체 관광객들이나 쓰는 그랜드 호텔 객실에 들어?

하여튼 우리는 피아차 디 스파냐에서 가까운 그 호텔에 묵었어. 버니는 그 방을 완전히 지옥의 형상(simulacrum)으로 여기더군. 뿐인가, 끊임없이 카펫이 나쁘다, 파이프 배관이 엉망이다, 용돈 주는 데는 왜 그렇게 인색하냐는 등 불평이야. 호텔은 공교롭게도 로마 최고급 쇼핑센터인 비아 콘토티 바로 옆이었어. 나더러 뭐라고 했는지 알아? 나는 좋겠대. 자기는 데려온 자식 모양으로 다락방에서 낮잠이나 자는데, 마음대로 돌아다니면서 사고 싶은 물건을 살 수 있는 나는 좋겠다는 거야. 그래서 사고 싶은 걸 마음대로 사게 해줬지. 아무리 사줘도 끝이 없어. 사면 살수록 사고 싶은 게 늘어나. 뿐인가? 내가 잠시라도 옆에 있지 않으면 그걸로 또 불평이야. 어쩌다 함께 박물관이나 교회에라도 가면, 금방 싫증을 내고는 나가자고 보채. 우리가 간 곳은 다른 도시가 아니라 **로마야.** 로마에서 박물관과 교회 구경을 안 하면 뭘 구경해? 심지어는 책도 못 읽게 해. 목욕을 하고 있어도 빨리 나오라고 밖에서 문을 두드려. 나는 버니가 내 여행 가방 뒤지는 걸 본 적도 있어. 아무리 친한 사이라도 여기에 이르면 좀 곤란하지 않아? 우리는 1학년 때 함께 산 적이 있기는 하지만, 나는 혼자 지내는 데 버릇이 들어 있어. 따라서 한 일주일 시달리니까 죽을 맛이더군. 보기도 싫어지는 거야. 슬며시 엉뚱한 게 걱정되더군. 너도 알지? 내가 이따금씩 지독한 악성 두통에 시달리는 걸?"

헨리는 나에게 물었다. 헨리의 악성 두통이라면 나도 알고 있었다. 자기 병 남의 병 할 것 없이 병 이야기를 좋아하는 버니는 어느 날 나에게, 헨리가 머리에는 얼음주머니를 올려놓은 채, 손수건으로 눈을 가리고 컴컴한 방에 혼자 누워 있더라는 이야기를 한 적이 있었다.

"옛날과는 달리 최근에 들어서는 꽤 좋아진 셈이야. 열서너 살 때는 하루가 멀다 하고 이 두통에 시달리고는 했지. 그런데 자주 있는 건 아니고 1년에 한 차례 정도 이런 두통이 오는데 이게 옛날보다 훨씬 지독해. 그런데 이탈리아에 몇 주 있다 보니 슬슬 이 증세가 시작되는 것 같았어. 이 고질병에 관한 한 내 예감은 빗나가는 법이 없지. 이 증세가 시작되면, 소음에 견딜 수가 없어지고, 사물의 윤곽이 희미하게 보이고, 말초신경이 둔감해지면서 만사가 짜증스러워져. 이 증세가 시작되어도 손쓸 수 있는 방법은 별로 없어. 대개의 경우 이 증세가 시작되면 나는 방을 되도록 어둡게 만든 뒤에 약을 먹고는 가만히 누운 채 안정을 취하지. 그런데 증세가 심상치 않았어. 할 수 없이 미국으로 내 주치의에게 전화를 걸었지. 미국에서 먹던 약은 하도 고단위라서 이탈리아에서는 처방전 없이는 살 수가 없었거든. 최악의 경우는 병원 응급실로 실려 가 주사를 맞는 방법뿐이었지만 그럴 수도 없었어. 미국인 관광객인 내가 가서 페노바르비탈 주사 좀 놓아달라고 한들 이탈리아 의사들이 놓아줄 것 같아?

그러다 시기를 놓치고 말았어. 두통은 내가 손을 쓰기도 전에 시작되고 말았거든. 의사를 찾아갈 수도 없는 노릇이거니와 의사를 찾아가 봐야 내 고질을 이해시킬 수 있을 것 같지도 않았어. 버니가 나를 도와주려고 했는지 어쨌는지는 모르겠어. 버니의 이탈리아어는 형편없어서, 한참 이야기하게 놔두면 결국 상대를 모욕하는 것으로 끝내고 마는걸. 마침 아메리칸 익스프레스 사무실이 호텔에서 멀지 않았어. 버니가 하려고만 했다면 이 사무실에서 영어에 능숙한 의사를 소개받을 수도 있었겠지만, 버니는 할 생각을 아예 않더군. 그로부터 며칠이 지났지만, 그동안에 무슨 일이 있었는지 나는 몰라. 나는 블라인드를 내리고, 블라인드 위에 신문지까지 붙인 채로 내 방에 누워 있었으니까. 미지근한 수돗물 주전자가 있었을 뿐, 얼음을 구하는 건 아예 불가능했어. 게다가 정신이 오락가락해서 영어도 제대로 안 되는 판인데 이탈리아어가 될 리 있어? 버니가 어디에 있었는지 나는 모르겠어. 그 며칠 동안 버니를 본 기억이 없으니까.

어쨌든 며칠 동안 나는 그렇게 누워 있었어. 눈만 떴다가 감아도 앞머리가 쪼개지듯이 아팠고, 구역질이 나면서 눈앞이 캄캄해지곤 했어. 비몽사몽 간을 며칠 그렇게 헤매던 어느 날 문득 블라인드로 희미하게 스며드는 빛살이 보이기 시작했어. 얼마나 오래 보고 있었는지는 모르겠지만 하여튼 상당히 오래 바라본 다음에야 나는 그게 아침의 햇살이라는 걸 알았어. 그때부터 통증이 덜하더군. 살그머니 움직여봤지. 그런대로 움직일 만하더군. 그제야 갈증이 나는 거야. 방 안에 주전자가 없기에 나는 일어나 가운을 걸치고는 물을 마시러 나갔지.

내 방과 버니의 방 사이에는, 카라치식 프레스코화가 그려진 천장이 자그만치 열다섯 자나 되는 큼직한 거실이 있었어. 이 거실에는 발코니로 통하는 프랑스식 문도 있었지. 아침 햇살 때문에 눈을 뜰 수가 없었어. 거실로 나가, 버니인 줄 알고 더듬었더니 버니가 아니라 내 책상 위에 쌓인 책이더군. 나는 눈이 햇살에 익숙해질 때까지 기다렸다가 버니의 방문을 열고는 인사했지. '잘 잤어, 버니?'

버니는 못된 짓을 하다가 들킨 아이처럼 펄쩍 뛰면서 종이쪽지 같은 걸 감추더군. 나는 버니가 무슨 짓을 하고 있었는지 알았어. 나는 버니에게 달려들어 내 일기장을 빼앗으려고 했어. 버니가 늘 냄새 맡고 다니는 것 같아서 일기장을 내 방 라디에이터 뒤에 감춰두고 있었는데, 내가 인사불성이 되어 있을 동안 버니가 들어가 그걸 찾아내었던 모양이야. 그전에도 내 일기장을 엿본 적이 있어. 하지만 나는 일기를 라틴어로 써. 따라서 버니로서는 읽을 수가 없지. 나는 일기장에는 버니의 이름 대신 성가신 토끼

(cuniculus molestus)라고 써. 따라서 사전 없이 버니가 내 일기장을 읽는 건 불가능하다고 할 수 있지.

그런데도 세상에, 내가 누워 있을 동안 버니는 사전까지 한 권 구해 왔던 모양이야. 우리가 엉터리 라틴어 실력을 두고 놀리기는 했지만, 버니는 최근의 일기를 엉터리로나마 영어로 번역해서 읽을 수 있었던 모양이야. 나는 버니가 그럴 수 있으리라고는 꿈에도 생각하지 못하고 있었지. 모르기는 하나 며칠 동안이나 그 짓을 했을 거야.

화도 내지 못했어. 하도 기가 막혀서. 내 일기를 번역한 종이쪽지와 버니를 번갈아 바라보고 있는데 버니가 갑자기 소리를 지르는 거야. 네놈들은 농부를 죽였다, 그렇게 냉혹하게 죽이고도 나에게는 귀띔조차 하지 않았다, 나도 뭔가가 있다는 낌새는 눈치채고 있었다, 네가 비록 토끼라는 암호로 일기에 쓰고 있기는 하지만 나는 안다, 미국 영사관에 고발하고 경찰을 부르겠다. 대충 이런 내용이었어.

하도 기가 막혀서 있는 힘을 다해 뺨을 올려붙였지. 물론 잘한 일은 아니야. 화가 나서 때렸던 것은 아니고, 당혹했던 나머지 나도 모르게 하고 만 손찌검이었어. 구역질이 나고, 힘이 빠지면서 도저히 거기에 서 있을 수가 없더군. 그런데도 누가 밖에서 듣기라도 했으면 어쩌나 해서 걱정스러웠어. 어쨌든 나로서는 견딜 수가 없었어. 나도 모르는 사이에 그러긴 했지만 충격이 컸던 모양이야. 버니는 어안이 벙벙한지 한동안 말을 잃고 입만 헤벌린 채 나를 바라보더군. 버니의 뺨에 내 손바닥 자국이 허옇게 남더니, 조금 뒤에 피가 그리로 몰리면서 새빨갛게 변했어. 버니는 그제야 신경질적으로 욕지거리를 해대면서 거칠게 주먹질을 해대기 시작했지만 내가 그 주먹에 맞은 건 아니야, 계단을 오르는 어지러운 발소리가 들리더니, 문이 활짝 열리면서 이탈리아어가 기관총의 총알처럼 방 안으로 쏟아져 들어왔어. 그렇거니 나는 일기장과, 버니가 번역하면서 옮겨 쓰고 있던 종이쪽지를 난로에 처넣었지. 버니는 그걸 꺼내려고 달려가더군. 나는 버니에게 달려들어, 일기장과 종이쪽지에 불이 붙기까지 버니를 확 붙잡고 있었지. 이탈리아어를 기관총처럼 쏘면서 들어온 것은 우리 방 당번 여자였어, 방 안으로 들어와 뭐라고 떠드는데, 어찌나 빠른지 알아들을 수가 있어야지. 처음에는 우리가 시끄럽게 구는 데 화를 내고 있는 줄 알았어. 하지만 듣고 보니 그게 아니더군. 이 여자는 내가 아프다는 걸 알고 있었어. 그런데 우리 방에서 아무 소리가 들리지 않아 몹시 걱정스러워하던 참인데, 그렇게 물 밑같이 조용하던 우리 방에서 고함 소리 같기도 하고 비명 소리 같기도 한 소리가 들리자, 내 친구 버니가 드디어 내가 죽은 것을 알고는 통곡하면서 지르는 비명인 줄 알았다는 거야. 그런데 내가 거기에 턱 버티고 서 있었으니 얼마나 반가웠겠어? 여자는 나에게, 의사에게 보이지 않아도 되겠어요? 앰블런스 안 불러도 되겠어요? 베이킹 소다(bicarbonato di soda)는요? 하면서 묻더군.

나는 여자에게, 고맙다, 이제 다 나았으니까 그럴 필요가 없어졌다고 말하고는 소동을 부린 걸 변명하려고 애쓰는데, 그 여자는, 나았으면 되었다, 사람이란 이따금씩은 그렇게 시끄럽게 굴 수도 있는 법이다, 이러면서 아침식사를 방으로 가져다주겠노라고 하더군. 버니야 우리 사이의 대화를 전혀 알아듣지 못했으니 어안이 벙벙할 수밖에? 버니는 내가 욕이라도 먹고 있는 줄 알았을 거야. 그래서 그랬겠지만 버니는 나에게, 여자가 뭐라고 떠들었고 왜 나갔느냐고 묻더군. 화가 나 있는데, 구역질이 나는 판인데 설명해줄 기분이 생겼겠어? 나는 내 방으로 들어가 방문을 걸어 잠그고 한동안 누워 있었지. 그렇게 한참 누워 있으려니까 여자가 다시 와서 테라스에 아침식사가 준비되었다고 하더군. 버니와 나는 어색하게 아침상을 가운데 두고 마주 앉았어.

이상하게도 버니 역시 별로 말을 하지 않았어, 서로 어색한 침묵을 깨뜨리지 못해 전전긍긍하는 판인데, 버니가 먼저 나에게 건강은 어떠냐고 묻고는 내가 아파 누워 있을 동안 자기가 뭘 하고 있었는지를 설명하더군. 그 직전에 있었던 일에 대해서는 언급도 하지 않았어. 아침식사를 마치고 나니, 문득 버니와의 관계를 그렇게 끝내어서는 안 되겠다는 생각이 들더군. 내가 손찌검을 함으로써 버니의 마음에 상처를 준 것도 사실이고, 일기장에 버니와 관련된 일들을 나쁘게 쓴 것도 사실이거든. 나는 되도록이면 버니가 불편하지 않게 해주기로 결심했어. 다시 비슷한 문제 때문에 서로 마음 상하는 일이 있어서는 안 되겠다는 생각에서였지."

헨리가 말을 끊고 위스키를 마실 동안 내가 물어보았다.

"그렇게 하면 서로 마음 상할 일이 생기지 **않을** 것이라고 믿었어?"

"나는 버니를 잘 알아. 네가 버니를 아는 것에 비하면."

"그렇다면 경찰 어쩌고 하던 문제는 어떻게 마무리를 지었는데?"

"리처드, 버니에게는 경찰서에 갈 준비가 되어 있지 않았어. 나는 그걸 잘 알고 있었지."

프랜시스가 의자를 앞으로 당겨 앉으면서 나에게 설명해주었다.

"버니와 헨리 사이에, 그 죽은 농부 문제만 있었던 게 아니라고. 버니가 경찰 어쩌고 한 것은 자기 양심의 가책 때문이 아니었어. 도덕적인 분노 때문에 헨리를 윽박지른 것도 아니라고. 버니는 어쩐지 부당한 대우를 받았다고 생각하는 거야."

헨리도 프랜시스의 말에 동의했다.

"솔직하게 말해서 내가 버니에게 일일이 설명하지 않은 것은 버니를 위해서였어. 그러나 버니는 화를 내었지. **지금도 화가 나 있고.** 왜? 자기가 따돌려진 상태에서 그런 일이 벌어졌기 때문이야. 이로써 상처를 받았다고 느끼기 때문이고. 제외되었다는, 그 한 가지 사실 때문에 말이지. 따라서 나는 기회를 만들어 그 상처를 치료해주어야 했어. 버니와 나는 오랜 친구니까."

"헨리, 리처드에게 신용카드 이야기도 해주지그래? 네가 아파서 누워 있을 동안 네 신용카드를 긁은 이야기."

헨리가 담배를 불붙여 물면서 우울하게 말했다.

"나중에야 알았지만 진작 알았건 나중에 알건 무슨 차이가 있겠어? 기왕에 엎질러진 물인걸. 버니도 나중에 그 액수가 얼마나 되는지 알고는 충격을 받은 눈치더군. 어쩔 수 없잖아? 버니는 낯선 나라를 여행한 셈이야. 말이 통하지도 않는 나라를 주머니에 땡전 한 푼 없이 여행했던 셈이라고. 그랬으니 무리도 아니기는 하지. 버니도 처음부터 그랬던 건 아니야. 처음에는 아주 점잖았지. 그러다 나와 저 사건의 관계를 알고부터는 확 달라졌는데, 내가 자기 자비의 손길 안에 들어 있는 가엾은 살인자라는 걸 버니가 알고부터, 말하자면 나에게 은혜를 베풀기 시작하면서부터, 내가 버니로부터 당한 고통은 너희로서는 상상도 못 할 거야. 버니는 시도 때도 없이 그 이야기를 꺼냈어. 음식점에서, 쇼핑센터에서, 심지어는 택시 안에서도. 물론 본격적인 여행 시즌이 아니라서 이탈리아에 영어를 알아듣는 사람이 많지는 않았지만 적어도 내 눈에는 모두가 영어를 아는 사람들로 보였어. 너희는 잘 모를 거야, 오스테리아 델 오르소에서 버니가 사건의 전모를 재구성하면서 늘어놓던 기나긴 독백, 비아 데이 체스타리에서의 논쟁, 그랜드 호텔 로비에서 풀어내던 그 지루하던 사설이 얼마나 나를 괴롭혔던가를.

어느 날 오후 우리는 카페에서 차를 마시고 있었는데 버니가 또 이 이야기를 꺼내는 거야. 그래서 내가, 옆자리에 앉아 있는 사람이 한마디도 놓치지 않으려고 귀를 기울이는 것 같다고 했지. 사실이었어. 우리는 일어서서 카페를 나왔어. 그런데 그 사내도 일어서는 거야. 도대체 사내의 정체를 알 수 없었어. 웨이터에게 뭘 시키는 걸 가만히 들었더니 독일어를 쓰고 있었어. 하지만 독일어 쓰는 미국인이 없으리라는 법 없지 않아? 만일에 영어를 아는 사람이라면, 그래서 버니의 이야기를 알아들었다면, 내 운명은 그 사람의 손아귀로 넘어갈 판이었지. 모르겠어, 사내들끼리 오순도순 이야기를 나누고 있으니까 솔깃해서 귀를 기울인 단순한 동성애자였는지. 하지만 무슨 수로 확인해? 카페를 나온 뒤에는 내가 앞장서서 이 골목 저 골목 돌아서 호텔로 돌아왔어. 물론 그만하면 되었겠지 싶었어. 그런데 아니야. 아침에 일어나서 밖을 내다보았더니 그 사내가 호텔 앞 분수대에 걸터앉아 있는 게 아니겠어? 버니는 신명이 나는 모양이더군. 첩보·영화의 주인공이나 된 줄 알더라고. 버니는 나에게, 다시 밖으로 나가서 그 친구가 계속해서 미행을 하는지 확인해보자고 졸랐지만 말렸어. 말로 말린 게 아니고 힘으로 말려야 했지. 그날 오전 내내 나는 창가에서 밖을 내다보았어. 독일인은 분수대 근방에서 담배를 여러 대 피우면서 어슬렁거리더니 두어 시간 뒤에는 사라지더군. 버니는 아침부터 계속 나를 볶아댔지만 아무래도 미심쩍어서 4시가 넘어서야 우리는 점심을 먹으러 나갔어. 그런데 피아차에서 몇 블록 떨어진 곳에서부터 기분이 이상하더군. 그래서 뒤를 돌아다보았더니 사내가 일정한 간격을 두고 우리를 따라오고 있는 거야. 나는 어떻게 나올 것인지 궁금했던 나머지 뒤돌아서서 그 사내 쪽으로 가보았어. 그러나 그렇게 다가가서 보면 없고, 얼마 뒤에 보면 다시 뒤에 붙어 있는 거야.

이때부터는 숫제 공포 분위기였지. 우리는 재빨리 옆길로 들어갔다가, 상당히 먼 길을 둘러 호텔로 돌아왔어. 그날 점심을 굶은 버니가 나를 얼마나 못살게 했을 터인지, 그건 상상에 맡기기로 하지. 그날 오후 내내 나는 버니를 달래기도 하고 윽박지르기도 하면서 어두울 때까지 창가를 지켰어. 내가 보기에 사내는 우리가 묵는 호텔을 정확하게 모르는 것 같았어. 우리 호텔을 정확히 알고 있었다면 피아차 근방을 배회하는 대신 찾아 들어와서 할 말을 했을 거야. 어쨌든 우리는 그날 한밤중에 그 호텔을 나와 엑셀시오르 호텔로 들어갔어. 버니가 만족할 만한 호텔이었지. 룸서비스도 있었으니까. 나는 그 뒤에도 줄곧 로마에서 그 사내를 찾아보았어. 아직까지도 이따금씩은 꿈에 보이기도 해. 하지만 우리 앞에는 두 번 다시 나타나지 않았지."

"사내가 네게 요구하려고 했던 게 뭘까? 돈일까?"

헨리는 어깨를 들었다 놓으면서 말했다.

"모르지. 하지만 대단히 불행하게도 당시 나에게는 그에게 줄 만한 돈이 없었어. 그 직전에 버니가 양복점을 순례하느라고 내 주머니를 거의 말릴 지경에 있었는 데다 호텔까지 옮겼거든. 버니 때문에 미치겠다 싶을 때가 이즈음이었어. 정말 솔직하게 하는 말이지만, 버니가 나를 미치게 만든 것은 돈 문제 때문만도 아니야. 버니는 잠시도 나를 혼자 내버려두지 않았어. 혼자 편지도 쓸 수 없었고 전화도 걸 수 없었어. 전화를 걸고 있다 보면 어디에선가 나타나 통화 내용을 들으려고 하지, 귀를 쫑긋 세우고(arrectis auribus). 욕실에서 목욕하고 있으면 내 방에 들어와 내 물건을 뒤지기도 했다고. 양복장의 양복이 아무렇게나 어질러져 있거나, 내 비망록 페이지가 구겨져 있는 걸 본 게 한두 번이 아니야. 말하자면 버니는 나의 일거수일투족이 의심스러워 견딜 수가 없었던 것이지.

버티는 데까지 버텨봤어. 하지만 어느 날부터는, 절망적이다, 도저히 더 견딜 수 없다, 이런 생각이 들기 시작하더군. 버니 혼자 로마에 남겨두고 떠나는 것도 위험한 일이기는 하지만, 매일 행패가 심해지기만 하는데 어떻게 해? 언제까지나 함께 있는 것만 능사가 아니라는 생각이 들더라고. 그때 나는 이미, 봄 학기가 시작되더라도 우리 넷이 전과 다름없이 학교생활하기는 불가능하다는 걸 예감하고 있었어. 따라서 우리는 무슨 대책, 불완전한 대책이라도 세우지 않으면 안 되었지. 그러기 위해서는 시간이 필요했어. 대책을 세우는 데 필요한 유예기간, 그것도 미국에서 혼자 조용히 생각해볼 시간이 필요했지. 그래서 엑셀시오르 호텔에서의 어느 날 밤, 버니가 술에 취해 곤히 자고 있을 동안 짐을 꾸렸어. 짐을 꾸리고는, 귀국 비행기표와 현금 2000달러를 남겨두고―메모는 남기지 않았어―택시로 공항으로 가서 첫 비행기로 돌아오고 말았던 거야."

"아니, 2000달러나 남겨두었어?"

나로서는 믿기지 않았다.

헨리는 고개만 끄덕거렸다. 프랜시스가 콧방귀를 뀌면서 말했다.

"버니에게 2000달러는 돈도 아니야."

어이가 없었다.

헨리가 고개를 끄덕이면서 설명해주었다.

"그래. 버니에게는 돈도 아니라는 말이 맞아. 이탈리아 여행에 얼마가 들어갔는지는 굳이 말하지 않겠어. 우리 부모님은 상당히 관대하시지만, 끝없이 관대한 건 아니야. 나는 지난 몇 달 동안 난생처음으로 부모님에게 돈 문제로 보채고 말았어. 예금이 바닥난 상태에서, 차 고친다, 병원 다녀야 한다는 등의 핑계를 얼마나 더 만들어내야 할지도 모르겠고, 부모님이 얼마나 더 속아줄지도 나로서는 모르겠어. 나는 가능한 한 버니를 도와줄 마음의 준비가 되어 있어. 그러나 버니는, 내가 학생에 불과하다는 것, 나에게 돈이 펑펑 쏟아져 나오는 돈줄이 있는 게 아니라는 걸 이해 못 해. 그런데 문제는, 끝이 보이지 않는다는 거야. 우리 부모님이 나에게 실망하고 돈줄을 덜컥 끊어버릴 경우 나에게는 방법이 없어. 그런데 내가 빠른 기간에 이것을 수습하지 못할 경우에 부모님이 그렇게 나올 가능성은, 슬프게도 대단히 높아."

"버니가 너를 위협하는 거야?"

헨리와 프랜시스가 서로를 마주 바라보았다.

대답은 프랜시스가 했다.

"그런 건 아니야."

그러나 헨리는 고개를 가로저었다.

"그런 문맥에서 설명하기엔 무리가 있어. 버니는 그런 식으로 생각하지 않으니까. 버니를 알자면 우선 그의 부모에 관해 알 필요가 있어. 코크런 씨 부부가 자식들을 보살피는 것은, 자식들의 능력이 허락하는 범위에서 가장 학비가 비싸게 먹히는 학교에 들어가게 하는 데서 끝나. 그다음부터는 한 푼도 내지 않아. 아니, 내려고 해도 가진 것이 없어. 버니의 말에 따르면 세인트 제롬에 들어갔을 때는 책값도 주지 않았대. 정말 해괴한 양육법 아니야? 버니의 말을 듣고 있자니, 다른 동물에게 알을 맡겨 까게 한다는 파충류가 생각나더군. 부모의 이런 사고방식이 버니에게 일하기보다는 다른 친구에게 빌붙어서 사는 게 훨씬 명예롭다는 괴상한 관념을 심어주었을 거라고."

"나는 버니네 집안이 굉장한 명문인 걸로 아는데?"

"코크런? 으리으리한 걸 대단히 좋아하는 집안이지. 그런데 문제는, 그 뒤를 받칠 돈이 없다는 점이야. 자식을 남들 손에 붙여놓는 게 대단히 귀족적이고 명문가다운 것이라고 여기지 않고야 이럴 수는 없지."

"버니는 그런데도 그런 걸 조금도 부끄러워하지 않아. 녀석은 이따금씩, 저처럼 넉넉하지 못한 쌍둥이에게도 빌붙는 모양이야."

프랜시스의 말이었다.

"액수는 많으면 많을수록 좋은데, 갚을 생각은 절대로 하지 않아. 일자리 얻기를 죽기보다 싫어하는 것은 물론이고."

헨리의 말이 끝나자 프랜시스가 뒤를 이으려다가 담배 연기가 걸렸는지 연거푸 기침을 했다.

"그 집안은 자식을 어떻게 가르치는지 도무지 이해가 안 가. 생활비가 딸리면 일자리 고르는 데 어지간히 까다로운 사람도 누그러지는 게 보통이잖아?"

"그 집안 사람들에게 그런 걸 기대하기는 무리야. 나 같으면, 사람들에게 손을 벌려야 할 지경이라면 일자리를 잡겠다. 하나로 안 되면 다섯 개든 여섯 개든. 리처드, 너의 경우만 예를 들어도 그렇잖아. 보아하니 네 부모님도 그렇게 잘해주는 것 같지 않던데? 그러나 넌 남에게 아쉬운 소리 하는 걸 지나치게 싫어해. 때로는 미련해 보일 정도로."

나는 당황한 나머지 아무 말도 할 수 없었다.

"너는, 목숨을 걸고 그 악기공장에서 겨울을 나게 되었는데도 불구하고 단돈 200달러를 꾸려 하지 않았어. 200달러, 적은 돈은 아니지만, 우리가 다음 주말에 버니 때문에 써야 할 돈이 그 두세 배는 된다."

"농담은……."

"농담이었으면 나도 좋겠다."

헨리의 말에 프랜시스가 거들었다.

"돈 꾸어주는 건 아무래도 좋아. 있기만 하면 말이야. 그런데 버니는 별별 일로 돈을 다 꾸어. 꽤 오래된 일이기는 하지만 버니는 모자 산다면서 100달러를 꾸고도 아무렇지도 않은 모양이더라."

"고맙다는 말은 죽어도 않지. 게다가 그렇게 꾸는 돈을 어떻게 다 쓰는지도 모르겠어. 자존심이 조금이라도 남아 있다면 아르바이트 소개소로 달려가 일자리를 얻을 텐데 말이야."

프랜시스가 넘치기 직전까지 위스키를 따른 뒤에, 술잔 가장자리까지 찰랑거리는 술을 조심스럽게 마시면서 맞장구를 쳤다.

"헨리, 버니 대신 너와 내가 소개소로 달려가야 할 거다, 아마. 버니 밑으로 들어가는 돈이 한 학기에 수천 달러는 될 거다. 대부분은 음식값이야. 아주 다정하게, 우리 저녁 먹으러 나갈까? 이런 말에 내가 어떻게 못 가겠다고 하니? 우리 어머니는 내가 마약 하는 줄 알아. 하기야 그렇게 생각하는 것도 무리는 아니지. 그렇게 의심하고 우리 어머니가 할머니 할아버지를 상대로 나에게 한 푼도 주지 말라고 특청을 넣는 바람에 지난 1월 이후로 나는 내 몫으로 배당되는 신탁 예치금 이자밖에는 못 챙겨. 이걸로도 그럭저럭 살 만하기는 하지만, 당분간 친구들 몰고 나가서는 단돈 100달러짜리 저녁도 못 사게 생겼어."

"가엾게도 버니는 늘 그런 식이야. 지금까지는 죽…… 하지만 재미있는 데도 있어. 그래서 좋아했던 것도 사실이고 안쓰럽게 여겼던 것도 사실이야. 그래서 돌려받을 가능성이 전혀 없는데도 불구하고 교과서 살 돈까지 빌려주게 된 거지."

"헨리, 지금부터는 사정이 달라. 앞으로는 교과서값 정도가 아닐 거야. 우리에게는 거절할 길도 없어져버렸고."

"너희들, 언제까지나 그럴 거야?"

내가 물었다.

헨리가 대답했다.

"언제까지나 그러기야 하겠어?"

"돈이 떨어지면?"

"모르겠어."

헨리가 이렇게 대답하고는 안경 뒤로 손가락을 넣어 눈을 문질렀다.

"내가 너희를 대신해서 버니에게 말하면 안 될까?"

"안 돼."

두 사람이 이구동성으로 대답했다. 짜 맞춘 듯한 반응이었다.

"왜 안 돼?"

부자연스러운 침묵이 흘렀다. 프랜시스가 그것을 깨뜨렸다.

"너는 알지도 모르겠고, 어쩌면 눈치채지 못했는지도 모르겠는데, 버니는 너를 질투하고 있어. 버니는 우리가 작당을 하고 저를 따돌리는 것으로 여겨. 너까지 우리 편을 든다는 걸 알아봐. 어떻게 나오겠어?"

"너는, 절대로 우리 사이의 이런 분위기를 아는 체해서는 안 돼. 절대로. 우리 관계를 악화시킬 생각이 없다면 말이야."

헨리가 한 말이었다.

한동안 아무도 입을 열지 않았다. 방 안이 담배 연기로 퍼랬다. 연기 사이로 보이는 리놀륨 바닥은 남극의 얼음판 같았다. 이웃집에서 틀어놓은 음악이 벽을 울리면서 들려왔다. '그레이트풀 데드'였다. 맙소사.

프랜시스가 불쑥 이런 말을 했다.

"우리가 못 할 짓을 한 것은 사실이야. 우리 손에 당한 그 사람이 볼테르처럼 대단한 사람은 아니었더라도 우리가 못 할 짓을 한 것은 사실이지. 부끄러운 일이야. 후회하고 있어."

"나도 같은 기분이다. 그러나 감옥 가는 것도 달게 받아들일 수 있을 만큼 후회하고 있는 것은 아니야."

"그래, 그렇게 후회하는 것은 아니지."

이 말 뒤로 또 침묵이 흘렀다. 졸음이 왔다. 셋이 함께 앉은 이 자리는 언제 깰지 모르는 채 꾸는 음산한 꿈 같았다. 나는 한 번 한 적이 있는 말을 또 했다. 내 목소리가 그 조용한 방에서 이상한 울림을 지어냈다.

"어떻게 할 셈이야?"

"어떻게 해야 좋을지는 나도 모르겠어."

헨리가, 오후에 무엇을 할 계획이냐는 질문을 받은 사람처럼 조용하고 심드렁하게 대답했다.

"나는 알아, 지금부터 어떻게 해야 할지."

프랜시스가 벌떡 일어나면서 손가락으로 셔츠 칼라를 매만졌다. 나는 그를 쳐다보았다. 프랜시스는 나의 놀란 표정을 보고 웃으면서 연속극 배우처럼 말했다.

"바로 잠을 자는 거야. '사느니보다 차라리 잠들고 싶어라(Dormir plutôt que vivre)!'"

"죽음인 양 몽롱한 잠에 빠져서(Dans un sommeil aussi doux que la mort, 보들레르의 시 〈레테의 강〉 중 한 소절 - 옮긴이).'"

헨리가 웃으면서 응수했다.

"헨리, 너는 모르는 게 없구나."

프랜시스는 넥타이를 느슨하게 풀고는 비틀거리며 나갔다.

문을 여닫는 소리, 화장실의 물소리를 들으면서 헨리가 중얼거렸다.

"저 친구 꽤 취한 모양이야. 아직 초저녁인데 말이야. 카드놀이 몇 판 안할 테야?"

나는 고개를 끄덕였다.

헨리는 벽 앞의 탁자 위에서 카드를 내려왔다. 프랜시스의 이름 머리글자가 황금색 글씨로 쓰인 티파니 카드였다. 헨리는 카드를 솜씨 좋게 섞으면서 중얼거렸다.

"베지크도 좋고, 자네가 좋다면 유커도 할 수 있는데, 나는 포커를 좋아하기는 하지만 지나치게 흔해빠진 데다 둘이서는 별 재미가 없어. 요행수가 통하는 데가 있기는 하지만."

나는 카드를 추리는 헨리의 정확한 손놀림을 보면서 문득 기이한 대목을 기억해냈다. 바로 기록영화에서 본, 전쟁의 막바지에 참모들을 데리고 밤새도록 카드놀이를 하던 일본의 장군 도조 히데키의 모습이었다.

"커팅할 테야?"

헨리는 카드를 내 앞으로 밀어놓으면서 이렇게 말하고는 성냥을 그었다.

나는 카드 뭉치와, 그의 손가락 사이에서 똑바로 타오르는 성냥개비 끝의 불길을 바라보았다.

"이 일에 신경이 쓰이기는 하지만 크게 걱정하는 건 아닌 것 같군?"

내가 물었다.

헨리는 담배 연기를 깊숙이 빨아들였다가 성냥 위에다 뱉어내고는, 담배 끝에서 오르는 가느다란 연기 자락을 바라보면서 대답했다.

"그런 셈이지. 조만간 해결해야 할 문제이고, 또 해결할 수 있을 것 같기도 해. 그러나 해결의 가능성은 우리에게 기회가 오느냐 오지 않느냐에 달려 있는데, 기다려봐야지. 우리가 얼마나 해결하는 데 성의를 보이느냐에 달려 있다고 해도 좋아. 딜은 내가 할까?"

이러면서 헨리는 다시 카드를 내게 내밀었다.

나는 꿈 한 자락 꾸지 않고 곤하게 자다가 눈을 떴다. 눈을 뜨고 보니 프랜시스의 소파 위였다. 나는 그 소파 위에서 불편하기 짝이 없는 자세로 잔 모양이었다. 뒤창으론 아침 햇살이 쏟아져 들어오고 있었다. 한동안 나는 꼼짝도 않고 누운 채로, 내가 어디에 있는지, 왜 거기에 있는지를 기억하려고 애썼다. 전날 밤의 일이 어렴풋이 떠올랐다. 기분 나쁜 기억은 아니었다. 나는 소파에서 일어나 뺨이 닿았던 자리를 문질러 닦았다. 움직이니 머리가 아팠다. 주위를 둘러보았다. 꽁초가 수북이 쌓인 재떨이, 3분의 2가 빈 위스키병, 헨리가 혼자 가지고 놀다 만 카드가 보였다. 그러니까 헨리와 프랜시스로부터 버니 이야기를 들은 것은 꿈이 아니라 현실이었던 모양이었다.

목이 말랐다. 아래층으로 내려갔다. 발소리가 유난히 크게 울렸다. 나는 싱크대 옆에 서서 물을 한 잔 받아서 마셨다. 부엌 시계는 7시였다.

나는 물을 한 잔 더 받아가지고 거실로 돌아와 소파에 앉았다. 첫 잔을 너무 급하게 마신 바람에 구역질이 났다. 두 번째 잔은 천천히 마시면서 헨리가 혼자서 포커놀이를 하다 만 카드를 바라보았다. 내가 곯아떨어진 뒤에도 헨리는 혼자서 카드놀이를 했던 모양이었다. 혼자서 포커를 했다면 플러시나 풀하우스나 같은 줄에서 4점패를 노렸을 터인데 이상하게도 헨리는 두 패의 스트레이트 플러시를 노리다 그만둔 것 같았다. 왜 그랬을까? 운수점을 보았던 것일까, 몹시 지쳐서 상식적인 놀이도 기억할 수 없었던

312

것일까?

　나는 카드를 추려, 헨리로부터 배운 방법(배운 그 자리에서 헨리를 50점이나 따돌린)에 따라 카드를 한 장씩 깔아보았다. 싸늘한 눈들이, 검은 잭과 붉은 잭의 눈들과 스페이드 퀸의 흐리멍덩한 눈이 나를 노려보는 것 같았다. 갑자기 피로가 몰려들고 욕지기가 나면서 몸이 떨려왔다. 나는 옷장으로 다가가 외투를 꺼내어 들고는, 소리 나지 않게 문을 닫고 거실을 나왔다.

　아침 햇살을 받고 있는 복도는 병원 복도 같은 느낌을 주었다. 계단에서 엉거주춤하게 걸음을 멈추고 프랜시스의 방문을 뒤돌아보았다. 길고 표정이 없는 비슷비슷한 문들 중에서 프랜시스의 방문을 알아보기는 쉽지 않았다.

　내가 의심을 품었다면 그것은 그때, 스산하고 을씨년스럽던 아파트 계단에서 뒤를 돌아보았을 때였을 것이다. 이 친구들의 정체는 대체 무엇인가? 내가 이 친구들을 도대체 얼마나 알고 있는가? 나에게 많은 것을 고백한 이 친구들을 믿어도 좋은 것인가? 왜 하고많은 사람들 중에서 나를 골라 그런 이야기를 한 것일까?

　엉뚱한 생각이기는 하다. 그러나 돌이켜 생각해보면, 인적 없는 복도를 돌아다보았던 그 순간은, 내가 그전에 더러 하던 것과는 사뭇 다른 행동을 하기로 선택할 수 있었던 순간이었다. 그러나 결정적인 순간이었는데도 나는 그것을 조금도 눈치채지 못했다. 다른 친구들도 마찬가지였다. 나는 아무것도 모르는 채 하품을 한 차례 한 뒤, 머리를 흔들어 덜 깬 아침잠을 털어내고는 계단을 내려왔다.

　방으로 돌아오니 졸려서 견딜 수가 없었다. 블라인드를 내리고 한숨 푹 자고 싶은 생각밖에 없었다. 갑자기 내 방의 작은 침대, 곰팡내 나는 베개,

지저분한 시트가 이 세상에서 가장 편안한 침대와 베개와 시트로 느껴졌다. 그러나 잘 수가 없었다. 두 시간 뒤면 그리스어 산문 작법 시간이었다. 나는 과제물도 끝내지 못한 형편이었다.

과제는, 우리가 교재로 쓰던 칼리마코스의 풍자시에 대한 두 페이지짜리 에세이를 쓰는 것이었다. 되어 있는 것은 한 페이지뿐이었다. 나는 시간에 쫓기면서 서둘러 편법으로 쓸 수밖에 없었다. 편법이란, 일단 영어로 써놓고 이것을 그리스어로 번역하는 방법이었다. 이 편법은, 줄리언이 절대로 써서는 안 된다고 당부한 방법이기도 했다. 줄리언에 따르면 그리스어 산문 작법 공부의 진정한 가치는 사람들에게 언어를 실용적으로 쓰게 하는 데 있는 것이 아니다. 그리스어 산문 작법을 통해서 우리가 배워야 하는 것은 쉽게 언어를 숙달하는 것이 아니고 그리스어를 이용한 사고법이다. 그의 지론에 따르면, 그리스어를 다른 언어의 경직되고 부자연스러운 개념으로 억지로 번역함으로써 그 의미를 한정해버리면, 사고의 패턴이 전혀 달라져버린다. 결국 상당히 평이하고 일반적인 개념이 엉뚱한 개념으로 바뀌는가 하면, 그 개념과 상관없는 전혀 다른 개념이 생생하게 살아나 완전히 새로운 의미의 역할을 한다. 그래서 그런지 나는 그리스어 개념을 영어로 설명하려고 할 때마다 곤란을 겪고는 한다. 불을 뜻하는 라틴어의 인켄디움(incendium)은 프랑스 사람들이 담배에다 붙이는 푀(feu)와 다르다. 이 둘은 불은 불이라도 그리스인들이 생각하는 무정하고 흉폭한 퓌르(pur)와도 다르다. 그리스어로 퓌르(pur)라고 할 경우, 이 불은 일리온(트로이아─옮긴이) 성 위로 오르는 불길, 바람이 휘몰아치는 한적한 해변에서 파트로클로스의 화장단(火葬檀) 위로 솟아오르는 불길을 말한다.

퓌르(pur). 이 한 단어는 고대 그리스어의 은밀하고, 선명하고 그리고 징그러우리만치 명징한 표현을 대표한다. 나는, 호메로스 시의 전경(全景)에서 타오르고, 플라톤의 대화를 밝히던 이 '퓌르', 우리에게는 낯설고, 우리 언어로는 번역할 길 없는 이 '퓌르'를 적절하게 설명할 방법을 알지 못한다. 우리가 미국 땅에서 쓰는 말은 부랑자와 헤어핀의 말, 호박과 맥주의 나라에서 쓰이는 말, 에이허브 선장과 뚱보 기사 팔스타프와 간호사 갬프 부인의 말일 뿐이다. 내 일상의 추억을 표현하는 데는 그런대로 쓰이는 이 말도 내가 사랑하는 그리스어 개념을 나타낼 때는 말을 듣지 않는다. 그리스어는 긴박한 생각, 기발한 생각의 변전과는 인연이 없는 언어이다. 그리스어는 행위의 표현에 사로잡힌 언어이다. 다른 행위로 인해 증폭된 포괄적 행위에 대한 흥취에 사로잡힌 언어, 사방의 고무(鼓舞)를 받으며 거침없이 전진하는 행위에 사로잡힌 언어, 인과율의 그물 속에서, 그 목적인 행위에 사로잡힌 언어인 것이다.

어떤 의미에서 내가 고전어과 동아리에 친밀감을 느끼는 까닭도 여기에 있다. 고전어과 동아리 역시 수 세기 동안 사멸의 길을 걸어온 이 그리스어가 그려내는 끝없이 아름답고 끝없이 처절한 풍경을 이해한다. 그들 역시 5세기적인 눈으로 그리스어 책을 펼치고는 어쩐지 타향을 대할 때처럼 세계가 서먹서먹하고 낯설게 보이던 경험을 지니고 있다. 내가 줄리언을, 특히 헨리를 존경하는 까닭이 여기에 있다. 그들의 이성, 그들의 눈, 그들의 귀는 그 엄격한 고대의 리듬에 고착되어 있다. 그러나 사실 그 세계는 그들의 고향이 아니었다. 적어도 내가 아는 그 세계라는 것에 의하면 그랬다. 그러나 내가 그 세계를 흠모하는 관광객이었던 반면, 그들은 자신들을 정기적인 방문자를 넘어 영주권자로 생각하기까지 했다. 고전 그리스어는 어려운 언어, 지극히 어려운 언어라서 평생을 공부해도 한 마디도 입 밖에 내지 못할 수도 있다. 그러나 나는 지금도 헨리의 그리스어와 영어(교육을 제대로 받은 외국인이 쓸 법한 정식 영어)를 비교해보면 절로 고개가 끄덕여지고는 한다. 헨리는 그리스어를 지극히 유창하게, 그리고 자신 있게 한다. 그의 그리스어는 빠르고, 표현이 풍부하고, 기지에 넘친다. 헨리와 줄리언은 늘 그리스어로 논쟁하고 그리스어로 농담을 했는데, 내게는 이것이 들을 때마다 불가사의했다. 나는 이 두 사람이 논쟁하거나 농담할 때 영어를 쓰는 것은 본 적이 없다. 헨리는 전화를 걸어 조심스럽게, '여보세요.' 하고 운을 떼었다가도, 저쪽에서 전화를 받는 사람이 줄리언 모로 교수일 경우 바로 그리스어 '안녕하세요(Khairei).'로 경쾌하게 바꾸고는 했다.

내가 과제물로 선정한 것은 칼리마코스의 풍자시 중 붉은 뺨, 포도주, 횃불 옆에서 잘생긴 젊은이들이 나누는 입맞춤 같은 것을 다룬 것이어서 별로 유쾌하지 않았다. 나는 비극적인 대목을 골라 산문으로 다듬었다. 이 비극적인 풍자시를 다룬 나의 산문은 이렇게 시작된다.

"아침나절 우리는 멜라니포스를 화장했다. 해 질 녘에는, 오라비가 화장단 위에서 타는 것을 보고 그 뒤를 따르기로 결심한 바실로가 자살했다. 집은 줄초상의 슬픔에 잠겼고, 퀴레네 시민들은 모두, 남매의 죽음으로 슬픔에 잠긴 그 집안을 위로했다."

나는 한 시간 남짓 걸려 작문을 끝내고, 한동안 단어의 어미를 점검하고는 서둘러 세수하고 옷을 갈아입은 다음 책을 챙겨 버니의 방으로 내려갔다.

우리 고전어과의 여섯 명 중 버니와 나만 캠퍼스 내의 기숙사에 살았다. 버니의 방은, 커먼스 홀 맞은편 잔디 너머에 있었다. 버니의 방은 1층에 있었다. 1층이어서, 대부분의 시간을 주방이 있는 2층에서 보내는 버니에게는 여간 불편하지 않을 것 같았다. 버니는 바지를 다림질할 때나, 냉장고를 뒤져야 할 때도 2층으로 올라가고는 했다. 창문을 열고, 지나가는 친구를 불러대는 것도 그가 2층에 있을 때 곧잘 하는 짓이었다. 문을 두드렸으나 대답이 없었다. 나는 창 쪽으로 돌아가 보았다. 버니는 내의 바람으로 창틀에 앉아 커피를 마시면서 잡지를 뒤적거리고 있었다. 놀랍게도 쌍둥이도 거기에 있었다. 찰스는 커피를 저으면서 창밖을 내다보고 있었다. 쌍둥이가 거기에 있다는 사실만으로도 놀라운데 커밀라가 하고 있는 짓은 더욱 놀라웠다. 평소에는 자기 집의 잔일도 제대로 하지 않는 것으로 알려진 커밀라가 버니의 셔츠를 다림질하고 있었기 때문이었다.

버니가 나를 보고 너스레를 떨었다.

"들어오시지그래? 들어와서 커피나 하자고. 암, 여자도 두어 가지 일에는 제법 요긴하더라고."

버니는 내가 커밀라와 다리미를 번갈아 바라보고 있다는 것을 알고는 한쪽 눈을 찡긋하면서 덧붙였다.

"명색이 신사인 내가 다른 말은 못 하겠고, 하여튼 다림질에 요긴한 건 틀림없어. 찰스, 리처드에게 커피 한잔 권하지그래. 아, 잔은 씻을 필요가 없대도. 그런대로 깨끗한데 뭘 그래?"

찰스는 식기 건조대에서 더러운 커피 잔을 꺼내 들고 나와서 커피메이커의 스위치를 넣었다.

"작문 에세이 끝났어?"

"응."

"풍자시 몇 번이었지?"

"22번."

"손수건깨나 적셨겠구나. 찰스는, 처녀가 죽고 친구들이 처녀의 죽음을 슬퍼하는 대목이라던데, 커밀라 너는?"

"14번."

커밀라는 다리미 끝으로 버니의 셔츠 칼라를 난폭하게 누르면서, 고개도 들지 않은 채 대답했다.

"나는 약간 통쾌한 대목을 골랐지. 리처드, 프랑스에는 가봤어?"

"아니."

"그럼 올여름에는 우리와 함께 가면 되겠군."

"우리라니, 누구?"

"헨리와 나."

나로서는 무슨 뜻인지 알 수 없었다.

"프랑스라고?"

"응. 두 달 동안. 끝내주지? 좀 볼 테야?"

버니는 뒤적거리고 있던 잡지를 던졌다.

두꺼운 관광 안내 책자, 여행에 관한 한 처음부터 끝까지 필요한 정보가 모두 실려 있는 책자였다. 샹파뉴 지방에서 시작되는 고급 선상 호텔 여행, 부르고뉴까지의 열기구 여행, 다시 선상 호텔을 이용한 보졸레, 리비에라, 칸, 몬테카를로 여행…… 책자에는 수많은 사진이 실려 있었다. 고급 음식 사진, 갑판이 온통 꽃천지인 선상 호텔 사진, 관광객들이 샴페인을 터뜨리는 사진, 논밭에서 일하는 농부들을 향해 열기구에서 손을 흔드는 관광객들 사진.

"굉장하지?"

"동화 같구나."

"로마도 괜찮았어. 하지만 프랑스에 비하면 수챗구멍이지, 뭐. 어쨌든 조금 더 돌아다니고 싶어. 민속의상 같은 걸 걸치고 돌아다녀도 재미있겠지? 너랑 나, 이렇게 둘이서. 헨리는 돌아다니는 데 별 취미가 없는 것 같아."

암, 그렇고말고. 나는 길쭉한 프랑스빵을 들고 카메라를 향해 웃고 있는 음탕해 보이는 여자의 사진을 보면서 생각했다.

남매는 내 시선과 부딪치지 않으려고 했다. 커밀라는 다림질하고 있던 셔츠에서 고개를 들지 않았고, 찰스는 내게 등을 돌린 채 창밖만 내다보았다.

버니가 굉장한 것이라도 발견한 듯이 말했다.

"이 열기구 굉장한데 말이야, 화장실에 가고 싶을 때는 어떻게 하지? 볼일을 안에서 보나? 아니면 안에서 밖으로 보나?"

커밀라가 짜증스러운 듯이 말했다.

"나 좀 봐, 버니. 이거 다 다리자면 끝이 없겠어. 벌써 9시야. 리처드와 찰스는 먼저 가지그래? 줄리언에게 우리는 조금 늦을 거라고 해주면 좋잖아?"

"뭘 그렇게 질질 끌어? 그게 뭐 그렇게 어려운 일이라고. 다림질하는 법은 어디에서 배웠기에 그렇게 엉망이야?"

버니가 목을 쑥 빼고, 자기 셔츠를 내려다보면서 함부로 말했다.

"배운 일 없어. 우리 셔츠도 세탁소에 갖다주는걸."

커밀라가 볼멘소리를 했다.

찰스는 문을 나서자 내 뒤로 몇 발짝 처진 채 따라왔다. 우리는 복도를 지나 계단에 이를 때까지는 아무 말 없이 걷기만 했다. 아래층에 이르자 찰스는 내 뒤로 바싹 붙더니 내 팔을 끌어, 비어 있던 카드룸으로 데리고 들어갔다. 그곳은 이삼십 년대, 햄든에 브리지 카드 바람이 불 당시에 카드룸으로 쓰이던 방이었으나 열풍이 식고부터는 마약중독자들의 거래 장소, 혹은 논문에 쫓기는 학생들의 타이핑룸, 혹은 낭만주의자들의 불건전한 밀회 장소로나 쓰이던 방이었다.

찰스는 문을 닫았다. 방 한복판에 낡은 카드 테이블이 놓여 있었다. 네 모서리에는 각각 다이아몬드와 하트와 클로버와 스페이드가 새겨져 있었다.

"헨리가 전화를 했더라."

찰스가 엄지손가락으로 음각된 다이아몬드를 긁으면서 말했다.

"언제?"

"오늘 아침 일찍."

우리는 한동안 말을 잃고 있었다.

"정말 심란하다."

찰스가 고개를 들면서 말했다.

"심란하긴 뭐가?"

"헨리는 네게 다 말했다더군. 심란할 수밖에? 커밀라는 어쩔 줄을 모르고 있어."

찰스는 지친 상태인데도 침착해 보였다. 내 시선과 만난 이지적인 시선도 허심탄회해 보였다. 갑자기 화가 치밀어 올랐다. 나도 프랜시스와 헨리를 좋아했다. 그러나 이 두 사람이 찰스와 커밀라를 상심하게 하고 있다는 데 생각이 미치고 나니 화가 치밀어 올랐다. 쌍둥이 남매가 나에게 호의를 베풀던 지난 일을 생각하니 가슴이 아팠다. 햄든에서의 첫 주에, 마음 둘 곳 없는 나를 자상하게 보살펴주던 커밀라. 틈날 때마다 내 방을 찾아주거나, 무리 속에서 만날 때마다 다정한 미소로 용기를 주던 찰스의 우정. 찰스를 그래서 특별한 친구로 여기지 않았던가. 산보할 때, 드라이브할 때도 그랬고, 자기네 집에서 저녁을 먹을 때도 찰스는 나의 특별한 친구였다. 나는 저 긴긴 겨울방학 동안 남매가 보내주던 다정한 편지와 관심을 잊을 수가 없었다.

머리 위에서 수도관이 삐걱거리는 소리가 들렸다. 우리는 서로의 얼굴을 마주 바라보았다.

"어떻게 할 셈이야?"

내가 물었다. 24시간 동안 수없이 했던 질문, 그러나 어느 누구 하나 시원하게 대답하지 못하던 질문을 나는 찰스에게 했다.

찰스는 가볍게 어깨를 실룩거려 보였다. 난처한 형편에 몰릴 때마다 나오는 쌍둥이 남매의 버릇이었다.

"난들 알겠어. 가봐야 하지 않겠어?"

그가 힘없이 덧붙였다.

우리는 줄리언의 연구실로 갔다. 헨리와 프랜시스는 이미 와 있었다. 프랜시스는 작문 에세이를 다 쓰지 못한 모양이었다. 그는 손가락에 잉크를 시퍼렇게 묻힌 채로 두 페이지째 휘갈기고 있었고 헨리는 첫 페이지를 교열하면서 자기 만년필로 고쳐주고 있었다.

바빠서 그랬겠지만 프랜시스는 눈도 들지 않고 말했다.

"안녕. 문 좀 닫아주겠어?"

찰스가 뒷발길질로 문을 닫으면서 퉁명스럽게 말했다.

"안 좋은 소식이다."

"굉장히 안 좋은 소식이야?"

"금전적으로, 그래."

프랜시스는 여전히 에세이를 써나가면서, "빌어먹을." 하고 중얼거렸다. 헨리는 프랜시스의 글에 몇 자 가필하고는 잉크를 말리느라고 종이를 흔들며 중얼거렸다.

"조금 기다렸다가 이야기하자. 수업 시간만이라도 그 생각 좀 않고 살아보자. 프랜시스, 다음 페이지 어떻게 되어가는 거냐?"

"잠…… 깐…… 만……."

프랜시스가 글씨를 써나가면서 한 말이라서 토막토막 끊겼다.

헨리는 프랜시스의 의자 뒤로 돌아가 어깨 너머로 내려다보면서 두 번째 페이지 첫 부분을 읽으면서 틀린 곳을 일러주다가, 찰스에게 물었다.

"커밀라는 녀석과 같이 있어?"

"응, 셔츠를 다림질해주고 있어, 그 잘난 셔츠."

"흠."

헨리는 무슨 말을 하려다가 만년필 끝으로 프랜시스가 쓴 문장을 가리키며 말을 이었다.

"여기에는 접속법보다는 기원법(祈願法)을 써야지."

프랜시스가 헨리의 주문에 따라 두 번째 페이지의 마지막 부분을 손질했다. 그러나 그나마 제대로 손질이 되지 않았던지 헨리가 나무랐다.

"여기에 들어가야 할 순음(脣音)은 '카파(k)'가 아니라 '파이(p)'라고."

버니가 늦게 들어와서 엉뚱하게 성질을 부렸다.

"찰스, 네 누이에게 신랑감 제대로 구해주려거든 먼저 다림질하는 법부터 가르쳐."

나는 신경이 피로했던 나머지 버니의 농담에 웃을 준비가 되어 있지 않았다. 오로지 수업에만 신경을 쓰려고 애썼다. 2시에 프랑스어 시간이 들어 있었으나 그리스어 수업이 끝나자마자 내 방으로 돌아가 수면제를 먹고 침대에 누웠다. 사실 수면제를 먹는 것은 불필요한 일이었다. 수면제를 먹지 않고도 얼마든지 잠들 수 있었다. 그러나 나는 오후에도 친구들과 만나 불쾌한 갈등이나 악몽에 휘말리고 싶지 않았고, 멀리서 들려오는 소음에도 시달리고 싶지 않았다. 내가 수면제를 먹은 것은, 그 모든 것들을 생각하는 것만으로도 불쾌했기 때문이었다.

푹 잘 수 있어서, 여느 때 이상으로 푹 잘 수 있어서 좋았다. 비몽사몽간에, 의식의 심층에서 들리는 듯한 노크 소리에 정신을 차렸을 때는 하루가 어느덧 지나가고 주위가 어둑어둑할 무렵이었다.

커밀라였다. 내 꼴이 우스워 보였던지 의외라는 표정을 지으면서 웃었다.

"만날 잠이군. 내가 올 때마다 자고 있었다는 거 알아?"

블라인드가 내려져 있어서 방은 캄캄했다. 약 기운이 떨어지지 않아 여전히 정신이 몽롱한 나에게 커밀라는 아득히 멀리 떨어진 여자가 아니라 말할 수 없이 다정하고 가까운 환영 같았다. 가느다란 손목, 헝클어진 머리카락. 내 꿈속의 거실에 서 있는 희미하고도 사랑스러운 커밀라.

"들어와."

커밀라는 내 방으로 들어와 문을 닫았다. 나는 맨발인 채로, 손질도 하지 못한 침대 모서리에 앉았다. 꿈이기를 바랐다. 꿈이라서, 커밀라에게 다가가 갸름한 뺨에다 두 손을 대고, 눈썹에, 입술에, 곱슬곱슬한 머리카락에 가려진 관자놀이에 입을 맞출 수 있으면 좋겠다고 생각했다.

우리는 한동안 멍하니 서로의 얼굴만 바라보며 앉아 있었다.

"어디 아파?"

커밀라가 물었다.

금빛 목걸이가 어둠 속에서 빛났다. 나는 침을 삼켰다. 뭐라고 해야 좋을지 생각이 나지 않았다.

커밀라는 일어섰다.

"가야겠어, 깨워서 미안해. 사실은 드라이브나 같이하자고 왔어."

"뭐야?"

"드라이브도 몰라? 하지만 이 지경이니, 나중에 하지."

"어디로?"

"어디든. 10분 뒤에 커먼스 홀에서 프랜시스를 만날 거야."

"기다려."

문득 기가 막히는 아이디어라는 생각이 들었다. 수면제 약 기운 때문에 정신이 몽롱하고 사지가 후들거리는 상태에서, 컴컴한 커먼스 홀 근방의 눈길을 커밀라와 함께 걷는다……

나는 벌떡 일어났다. 일어나는 동안이 유난히 길게 느껴지면서 방바닥이 내 눈앞에서 천천히 내려앉는 것 같았다. 내가 일어서는 것이 아니고 내 키가 시시각각으로 자라나고 있는 느낌이었다. 나는 옷장 앞으로 다가갔다. 방바닥은 배의 갑판처럼 기우뚱거렸다. 나는 외투와 목도리를 찾아내었다. 장갑은 끼지 않는 편이 좋을 것 같았다.

"준비 다 됐다."

내 말에, 커밀라가 눈을 동그랗게 뜨면서 핀잔을 주었다.

"바깥은 추워. 신발은 아무래도 신는 게 좋겠다."

커밀라와 나는 찬비를 맞으면서 진창길을 따라 커먼스 홀로 갔다. 찰스, 프랜시스, 헨리가 우리를 기다리고 있었다. 팀 구성이 어쩐지 의미심장해 보였다. 그러나 버니가 없다는 것만 제외하면 그렇게 이상할 것도 없었다.

"어떻게 된 거야?"

내가 그들을 둘러보면서 먼저 물었다.

헨리가 우산 끝으로 바닥에다 이상한 무늬를 그리면서 대답했다.

"그저. 그저 드라이브나 했으면 하고. 재미있을 것 같아서. ……학교도 잠시 떠나보고 싶고, 밖에서 저녁도 먹고 싶고 해서."

버니는 빼고? 버니는 어디에 있어? 이렇게 묻고 싶었지만 참았다. 헨리의 우산 끝이 반짝거렸다. 눈을 들어 프랜시스를 보았다. 프랜시스는 눈을 찡긋했다.

"도대체 어떻게 된 거야?"

문 앞을 어정거리면서 내가 물었다. 궁금해서 견딜 수 없었다.

"취했어?"

프랜시스가 나를 나무랐다. 농담과 진담이 반반씩 섞인 어조였다.

모두가 이상한 얼굴로 나를 바라보았다.

"응. 취했어."

내가 대답했다. 그러나 내 말은 사실이 아니었다. 사실은 아니었지만 설명하고 싶지는 않았다.

나무 꼭대기 위로 내리는 이슬비 때문에 하늘이 뿌옇게 보였다. 하늘 때문에 햄든 근처의 낯익은 풍경이 이상하게도 생소하게 보여서 서먹서먹했다. 계곡에는 새하얀 밤안개가 깔려 있었다. 캐터랙트 산의 꼭대기는 안개구름에 가려 보이지 않았다. 꼭대기가 가려진 채로 햄든과 인근 지역 위로 우뚝 솟은 캐터랙트 산이 문득 불가사의하게 느껴졌다. 수없이 다니던 길을 달리고 있는데도 불구하고, 산이 불가사의하게 느껴진 순간부터는 이상한 땅, 지도에 없는 땅으로 달려가고 있는 것 같았다. 헨리는 헨리답게 조금 지나치게 빠른 속도로 차를 몰았다. 타이어가 양쪽으로 진흙탕 물을 날렸다.

언덕 위에 있는 하얀 농가로 다가가면서 헨리가 속도를 늦추며 말했다. 버려진 건초더미가 하얀 풍경 중간중간에 점점이 서 있었다.

"한 달 전부터 눈여겨 보아온 곳이야. 팔려고 내놓은 건데 요구가 지나친 것 같아."

"몇 에이커나 되는데?"

커밀라가 물었다.

"150에이커."

"세상에, 그 넓은 땅을 가지고 뭐하게? 농사짓자는 건 아니겠지?"

커밀라가 손으로, 눈 위로 흘러내린 머리카락을 걷어 올리면서 물었다. 내 눈에 커밀라의 목걸이가 선명하게 보였다. 나는 '갈색머리는 마음씨가 좋대요, 입술 위로 흘러내린 갈색 머리……' 이런 노랫말을 떠올렸다.

"내 생각을 말하자면, 땅은 많으면 많을수록 좋아. 나는 전부터 땅이 좀 많았으면 했어. 우리 고향집에서는 고속도로, 전신주 같은 것, 말하자면 보기 싫은 건 하나도 보이지 않았어. 물론 이 시대에 땅을 많이 갖겠다는 게 지나친 욕심이기는 해. 그리고 길옆에 있지 않은 땅은 사실상 없는 거나 마찬가지이고. 뉴욕 주 경계에서도 농장을 하나 보아둔 게 있어……."

트럭이 지나가면서 물보라를 날렸다.

모두가 조용했고 편안해 보였다. 이유는 버니가 함께 있지 않았기 때문이었다. 모두들 버니 이야기는 교묘하게 피하고 있었다. 나는 어딘가에서 무슨 짓인가를 하고 있을 버니를 생각했다. 그러나 어디에서 무슨 짓을 하고 있는지는 알고 싶지 않았다. 나는 의자 등받이에 기대어, 빗줄기가 창을 스치고 지나가면서 일구는 은빛 이랑 같은 것을 눈여겨보고 있었다.

"나도 땅을 산다면 이 근방에 사고 싶다. 바닷가보다는 산이 좋았거든."

커밀라가 중얼거리자 헨리가 응수했다.

"내가 그래. 바닷가보다는 산이 좋은 걸 보면 내 입맛까지도 다분히 그리스적인가? 육지로 빙 둘러싸인 곳이 좋아, 원경(遠景)이 좋고, 거친 들판으로 빙 둘러싸인 곳 말이야. 바다는 좋아해본 적이 없어. 호메로스가 아르카디아 인들을 읊은 시구 기억나? 배로는 할 것이 없는 사람들…… 이랬던가?"

"중서부 출신이라서 그런 것 아닌가?"

찰스가 끼어들었다.

"그게 논리적인 설명이 되려면, 나는 평평한 땅, 그러니까 평야 지대를 좋아해야 하는데, 그게 아니거든. 《일리아스》가 묘사하는 트로이아는 끔찍한 데가 있지. 가도 가도 끝없는 땅, 불타는 태양. 그러나 내게는 끔찍한 땅이 아니야. 나는 망가진 땅, 거친 땅에 끌렸거든. 걸출한 언어, 기이한 신화, 오래된 도시, 이국적인 종교는 그런 땅에 있는 법이야. 판(목신-옮긴이)은 산에서 태어난 신이 아니던가? 제우스 신 역시 산에서 태어나지 않았던가?"

헨리는 제우스의 탄생과 관련된 시구를 그리스어로 읊었다.

"레아가 그대 제우스를 낳은 곳은, 관목 숲 우거진 산악 지대인 파라시아 땅……."

사방은 완전히 어두워져 있었다. 우리를 둘러싼 시골의 풍경은 밤과 안개의 너울을 쓰고, 조용하고도 신비로운 모습으로 도사리고 있었다. 이곳은 어쩐지 사람의 발길이 닿지 않은 아득히 먼 땅, 아무도 다녀간 적이 없는 땅으로 느껴졌다. 넘실거리는 구릉과 스키 샬레(별장―옮긴이)와 오래된 가게가 있어도 햄든 사람들에게는 생소한 땅, 어쩐지 아득히 높은 곳에 있는 땅, 무시무시한 땅, 원시가 숨 쉬는 땅, 심지어는 광고탑까지 모든 것이 어둠과 적막에 싸여 있는 땅으로 느껴졌다.

우리보다는 그 지역 지리에 더 밝은 프랜시스는 가까운 곳에 여관이 있다고 했다. 그러나 이곳이 인근 90킬로미터 안에 숙박 시설이 있을 만한 곳으로는 믿어지지 않았다. 차가 구릉의 모롱이를 돌자 헤드라이트가 산탄(散彈) 맞은 흔적이 있는 철제 입간판을 비추었다. '바닐라 아이스크림을 얹은 파이(Pie à la Mode)의 본고장'이라고 쓰여 있었다.

건물 양옆에는 금방이라도 무너질 듯한 포치가 있었다. 밤중에 보아도 낡은 흔들의자의 페인트는 군데군데 벗겨져 있었다. 우리는 안으로 들어갔다. 로비에는 마호가니 가구, 좀이 슨 벨벳, 벽에 걸린 사슴 머리, 주유소 달력, 잡다한 건국 200주년 기념품들이 벽에 걸려 있거나 벽 앞에 쌓여 있었다.

식당은 시골 사람이 몇 명 저녁을 먹고 있었을 뿐 비교적 한산했다. 우리가 들어가자 사람들은 호기심을 감추지 않고 우리를 쳐다보았다. 우리의 검은 양복, 안경, 프랜시스의 이름 머리글자가 새겨진 커프스단추, 샤르베 넥타이, 커밀라의 남자처럼 짧은 머리, 아스트라한 코트…… 이 모든 것이 그들에게는 생소했을 터였다. 나는 시골 사람들의 노골적인 응시에 적지 않게 당황했다. 그렇다고 해서 그냥 쳐다보는 것도 아니었고, 째려보는 것도 아니었다. 그런 시선을 잠깐이나마 받고 나서야, 나는 그들이 우리가 학교에서 온 학생들인 줄 모른다는 사실을 알았다. 학교 근방이었다면, 대번에, 시끄럽기만 할 뿐 팁에는 인색한 부잣집 아들들인 줄 알았을 터이지만 그곳에서의 우리는 나그네가 드문 동네의 나그네였다.

주문을 받으러 오는 사람도 없었는데 누가 마술이라도 부린 것처럼 저녁이 나왔다. 돼지고기 로스트, 비스킷, 순무, 옥수수와 버터넛 스쿼시가 가장자리에 대통령들 사진(닉슨까지)이 찍힌 두꺼운 접시에 담겨져 나왔다.

얼굴이 붉은 웨이터가 우리 주위를 어슬렁거리다가, 호기심을 이길 수 없었던지 조심스럽게 물었다.

"뉴욕에서 오셨어요?"

"아뇨, 여기 사람이에요."

찰스가 헨리에게서 비스킷 접시를 넘겨받으면서 대답했다.

"여기라니, 이 후서토닉 말이에요?"

"아니, 버몬트 주 말이에요."

"뉴욕이 아니군요?"

"네. 나는 보스턴 사람이에요."

프랜시스가 돼지고기를 자르면서 대답했다.

"가본 적이 있어요."

청년이 반갑다는 듯이 말했다.

프랜시스가 웃으면서 접시를 더듬었다.

"보스턴에 살면 레드삭스 팀 좋아하시겠군요?"

"조금밖에는 좋아하지 않아요. 도무지 이기는 것 같지 않아서 말이에요."

프랜시스의 말에 청년은 웃었다.

"더러 이기기는 하지만 시리즈 때는 이기는 걸 본 적이 없어요."

청년은 우리 자리 근방을 맴돌며 할 말을 생각하는 것 같았다.

헨리가 그를 바라보면서 불쑥 말했다.

"앉아요. 우리랑 함께 먹읍시다."

가볍게 사양하다가 청년이 의자를 끌어와 우리와 합류했다. 그러나 먹으려고는 하지 않았다. 그는 가게는 8시에 닫지만, 그 안에 손님이 또 올 것 같지는 않다고 말했다.

"고속도로에서 멀리 벗어나 있어서 손님이 드문 데다 이 근방 사람들은 해만 졌다 하면 잠자리에 드니까 그럴 수밖에요."

우리가 알아낸 바에 따르면 청년의 이름은 존 디콘, 2년 전에 후서토닉 군에 있는 에퀴녹스 고등학교를 졸업한, 나와는 동갑내기였다. 그는 졸업 후 숙부의 농장으로 들어가 줄곧 거기에 있었기 때문에 겨울나기로 웨이터 일을 시작한 지는 얼마 안 된다고 했다.

"겨우 세 번째 일자리인걸요. 마음에 들어요. 음식이 좋거든요. 내 음식은 공짜랍니다."

헨리는 '서민 대중(hoi polloi)'를 좋아하지도 않았고 그들 역시 헨리를 좋아하지 않는다. 헨리의 견해에 따르면 서민 대중의 범주는 틴에이저에서부터 햄든 학장에 이르기까지 다양하다. 학장은 나름대로 돈도 있고 예일 대학에서 미국사 연구로 학위까지 딴 사람이지만 가난한 사람들, 순박한 사람들, 시골 사람들을 호리는 데는 가히 천재적이다. 그는 햄든 대학 교수들에게서는 푸대접을 받지만 관리인이나 정원사들이나 요리사들에게는 평판이 좋다. 그는 이들을 다루되 공평하게 다루는 것도 아니다. 그는 결코 사람들을 공평하게는 다루지 않는다. 그럼에도 불구하고 결코 부자들의 미덕에 의지하지도 않는다. 줄리언이 언젠가 하던 다음과 같은 말이 생각난다.

"아픈 사람, 가난한 사람들에 대한 우리의 위선은 옛날 사람들에 비해 정도가 심하다. 이 미국 땅에서 부자들은 가난한 사람들에 대해, 그들은 돈만 없을 뿐 모든 점에서 자기네들과 같다고 말하기를 좋아한다. 그러나 이것은 진심으로 하는 소리가 아니다. 플라톤의《국가》에 나오는, 정의(正義)에 대한 정의(定義)를 기억하고 있는 사람 있나? 어떤 사회에서 정의로움이 가능한 것은, 사회의 각 계급 조직이 제자리에서 기능하고, 각 계급 조직에 속하는 사람들이 여기에 만족하고 있을 때뿐이다. 이런 사회의 경우, 자기의 위치에서 신분 상승을 꾀하는 가난한 사람들은 공연히 비참해지기만 할 뿐이다. 현명한 가난뱅이들은 이것을 잘 알고 있었다. 현명한 부자들 역시 이것을 잘 알고 있었다."

그러나 지금 생각건대 줄리언의 말은 옳았던 것 같지 않다. 만일에 그의 말이 옳다면 나는 어떻게 되어 있어야 한다는 말인가? 아직까지도 플래노에서 자동차 유리나 닦으면서? 그러나 헨리는 의심할 여지 없이 자신의 능력과 위치를 자신했으며 편안하게 여겼고, 상대적으로 지위가 낮은 사람들까지(나를 포함해) 어떤 지위이건 간에 함께 편안하게 만드는 기이한 영향력을 발휘했다. 가난한 사람들은 대게 헨리의 태도를 대단하게 여기지 않았으며 아주 막연한 존경심을 가진 정도였다. 결과적으로 사람들은 진짜 헨리의 모습을 알아볼 수 있었다. 내가 아는 헨리, 말수가 적고 무뚝뚝하고, 여러 면에서 그들 자신처럼 솔직하고 소박했던 헨리 말이다. 이런 뜻에서 보면 헨리는 줄리언과 비슷하다. 줄리언은 주위의 순박한 시골 사람들로부터 존경을 받는다. 줄리언과 시골 사람들과의 관계는 플리니우스와 가난한 '코뭄' 및 '티페르눔' 마을 사람들의 관계와 같다고 보아도 좋다.

헨리가 저녁을 먹으면서 그 청년과 화기애애하게 나눈 이야기는 햄든과 후서토닉 주변의 땅 이야기로 주로 인근 땅의 용도별 분류 상황, 발전 전망, 에이커당 땅값, 소유자가 불분명한 땅의 여부, 용도, 땅 주인 등에 관한 것들이었다. 우리는 그저 묵묵히 먹으면서 듣기만 했다. 누가 엿들어도 시골 마을의 주유소나 식품점에서 오갈 만한 이야기에서 더도 덜도 아니었다. 듣고 있으려니 왠지 마음이 푸근하고 세상이 정겹게 느껴졌다.

이상하게도 죽은 농부의 존재는 우리의 상상력에 하등의 악영향도 미치지 못했던 듯하다. 나는 농부의 존재가 내 꿈속에 악몽(꿈속에서 강의실의 문을 열면, 허연 천을 뒤집어쓴 이상한 물체가 불쑥 책상 뒤에서 나타난다든지, 유령이 칠판을 보고 있다가 나를 돌아보면서 히죽 웃는다든지 하는 악몽)의 소재로 등장할 것이라고 생각했다. 그러나 그런 일은 없었다. 죽은 농부는, 단지 이야기를 들을 때만 이따금씩 등장하는 존재에 지나지 않았다. 그러나 나는, 다른 친구들은 나 이상으로 악몽에 시달렸을 것이라고 믿는다. 이렇게 믿는 까닭은 이들이 너무나도 태연하게, 너무나도 당연한 듯이 평상시의 분위기를 그대로 유지하는 척했기 때문이다. 물론 무서웠던 것이야 당연하겠지만, 시체라는 것은 엄밀하게 말하면, 무대 담당자가 헨리의 발밑에 가져다 놓았다가 조명이 들어오는 것과 동시에 관객의 눈에 뜨이게 하는 무대 소품 같은 것에서 더도 덜도 아니었을 터였다. 초점이 없는 눈으로 묵묵히 천장을 바라보고 있는 시체는, 내가 알기로는 상상력을 유발하여 악몽의 소재가 될 만한 그런 것이 못 되었다. 시체는, 버니가 연출하는 지극히 현실적이고 끈질긴 심술보다는 훨씬 덜 유해하리라는 게 내 생각이었다.

외양이 밉지 않고, 약간 무뚝뚝하기는 하나 그래도 꽤 안정되어 있어 보이는데도 불구하고, 실제의 버니는 괴상망측한 성격의 소유자였다. 버니의 성격이 괴상망측하다고 해도 좋은 증거는 얼마든지 있다. 그러나 그의 면모 중 한 가지 예만 들어도 설명으로는 충분할 것이다. 그는 행동하기 전에 생각하는 법이 없었다. 그에게 그런 능력은 아예 없는 것이나 마찬가지였다. 버니는 장애물이 없을 것이라고 믿고, 충동과 습관의 희미한 등불의 안내를 받으며 항해하는 뱃사람과 비슷했다. 바다를 항해하자면 배의 힘만으로는 넘어갈 수 없는 장애물이 있는 법이건만 버니는 상관하지 않았다. 거기에다가 버니의 본능은, 살인사건이 빚어낸 새로운 환경에 적응하는 데도 실패하고 있었다. 말하자면 버니가 오랫동안 믿어왔던 등대수는 그가 모르는 사이에 교체되고 만 것이었다. 버니의 항해사 노릇을 하던 자동항법장치는 이제 무용지물이었다. 갑판에 물이 차오른 상태에서 그는 지향 없이 배를 몰았다. 그의 배는 사주(砂洲)를 뛰어넘어 갈팡질팡했다.

여느 사람의 눈에는 버니가 여전히 자기 나름의 방법대로 즐겁게 살고 있는 사람으로 비쳤을 터이다. 그는 여전히 사람을 부르기보다는 등짝을 툭툭 두드리는 것을 좋아했고, 여전히 도서관에서도 태연히 과자를 먹으면서 그리스 고전에 부스러기를 떨어뜨리곤 했다. 그러나 그 허장성세 뒤에서는 분명하면서도 미묘한 변화가 일어나고 있었다. 나는 그 변화를 감지하고 있었다.

이러한 변화는 날이 갈수록 심해지고 있었다. 어떤 의미에서는 고전어과 동아리 사이에서는 아무 일도 없었던 것 같았다. 줄리언의 연구실로 가는 것도 여전했고, 그리스어를 공부하는 것도 여전했다. 교우 관계에도 하등의 변화가 온 것 같지 않았다. 버니의 정신 상태가 고르지 못한 점이 내 마음을 아프게 하기는 했으나 그런데도 불구하고 버니는 예전의 일상을 고스란히 좇고 있는 것 같았다. 그러나 지금이니까 하는 말이지만, 버니가 일상을 고스란히 좇고 있었던 것이 아니라 그 일상이 버니를 지탱하고 있었다. 당시 버니에게 남아 있는 것은 그 일상뿐이었는데, 버니는 여기에 조건반사적인 집착을 보였다. 나는, 버니가 그렇게 집착한 까닭이, 반은 습관이어서 버릴 수가 없었기 때문이고, 반은 대안이 없었기 때문이었다고 믿는다. 다른 친구들이 버니와의 일상적인 교우를 계속한 것은 버니의 감정을 다독거리기 위해서였던 것으로 보인다. 말하자면 버니를 위한 위장이라고 생각했다. 그러나 나는 그러지 못했다. 문제의 사건 당일부터 버니가 얼마나 상심했을 것인가를 당해보지 않은 내가 무슨 수로 상상하랴.

우리가 프랜시스의 시골집에서 주말을 보내고 있을 때였다. 버니에 대한 친구들의 태도가 미묘하게 경직되어 있었는데도 불구하고 그날은 만사가 순조로운 듯했고 버니도 저녁을 먹을 때만 해도 기분이 좋아 보였다. 내가 잠자리에 든 다음에도 버니는 아래층에서 저녁상에서 남은 포도주를 마시면서 찰스와 주사위 놀이를 했다. 태도도 평소와 전혀 달라 보이지 않았다. 나는 그러려니 하고 잠이 들었다가 한밤중에 고함 소리에 놀라 깼다. 복도 끝 헨리의 방에서 들리는 고함 소리였다.

나는 일어나 앉아 불을 켰다. 버니의 고함 소리였다.

"너는 남 걱정은 도대체 할 줄을 모르는 놈이야."

이어서, 책상 위의 책이 바닥으로 떨어지는 듯한 소리가 들려왔다.

"그 잘난 네 일 이외에는 관심이 없는 놈이야! 똑같은 놈들 같으니라고. 그래, 이 개자식아, 몇 마디 물어보고, 줄리언이 어떻게 생각하는지 그걸 알아보고 싶었을 뿐이다, 왜? 그런데 무엇이 어째? 이 손 치워! 비켜, 좋은 말할 때 비켜서!"

계속해서 우당탕하는 소리가 들렸다. 가구가 뒤집어지는 소리 같았다. 이어서 헨리의 목소리가 들렸다. 화가 몹시 나 있었던지 말이 빨랐다. 그러나 헨리의 말은 버니의 목소리에 묻혀버렸다. 버니의 목소리는 어찌나 큰지 온 집안 식구들의 잠을 모두 깨웠을 것 같았다.

"그래, 어디 해봐. 어디 날 한번 잡아봐, 어디 내 입을 한번 막아봐! 너 같은 놈은 이제 겁 안 나. 이제 네놈이라면 구역질이 난다. 이 더러운 놈, 나치 같은 놈, 이 더럽게 인색한 유대인 같은 놈……."

이어서 나무가 부러지는 소리가 났다. 문이 쩌렁쩌렁 울렸다. 아래층으로 내려오는 어지러운 발소리, 웅성거리는 소리, 흐느끼는 소리. 이 흐느끼는 소리는 꽤 오래 계속되었다.

3시경에야 집 안이 조용해졌다. 잠이 들려는 참인데, 발소리가 들리면서 누군가가 내 방문을 두드렸다. 헨리였다.

헨리는 내 방 안으로 들어와, 잔뜩 어질러진 내 침대, 옷가지가 흩어져 있는 바닥을 둘러보고는 중얼거렸다.

"깨어 있어서 다행이다. 불이 켜져 있기에."

"도대체 무슨 일이야?"

헨리가 손으로 머리를 빗질하고는 텅 빈 얼굴로 나를 바라보면서 조용히 말했다.

"무슨 일이겠어? 나도 모르겠어. 그 녀석, 어떻게든 손을 써야 할 만큼 중증인데, 모르겠어, 어떻게 손을 써야 할지. 책을 읽고 있는데 들어오더니 나더러 사전을 달라는 거야. 사실은 하고 싶은 이야기가 있어서 왔던 거겠지. 혹시 아스피린 있어?"

나는 침대 머리맡의 서랍을 열고 뒤져보았다. 휴지와 안경, 프랜시스의 고모 것으로 보이는 〈크리스천 사이언스 모니터〉 구독신청서 같은 것들뿐이었다.

"없는데? 왜?"

헨리는 한숨을 쉬고는 팔걸이의자에 털썩 주저앉았다.

"내 방, 내 외투 주머니의 조그만 통에 들어 있어. 그 아스피린 통과 파란 수면제 통, 그리고 담배 좀 갖다주겠어?"

헨리의 얼굴은 창백했다.

"괜찮아?"

"부탁이야. 나는 들어가고 싶지가 않아."

"왜?"

"버니가 내 침대에서 자고 있어."

나도 싫다고 하려는데 헨리가 손짓으로 내 입을 막아버렸다.

"그럴 테지. 나는 지금 꼼짝도 할 수 없어. 버니는 잠들어 있을 테니까 부탁한다."

나는 조용히 내 방을 빠져나가 계단을 내려갔다. 헨리의 방은 복도 끝에 있었다. 방문 손잡이를 잡는 순간부터 버니 특유의 코 고는 소리가 요란하게 들려왔다.

소리를 듣기는 했지만, 현장의 사정은 내가 상상하던 정도 이상이었다. 책은 방바닥에 사방으로 널려 있었고, 침대 옆의 나이트 테이블은 뒤집혀 있었다. 벽 앞에는 검은 의자의 잔해가 굴고 있었다. 전등갓은 찌그러진 채 방 안 가득히 불빛을 난반사하고 있었다. 버니는 신발을 신은 채로, 양복 윗도리를 베고 잠들어 있었다. 발 하나가 침대 끝에서 대롱거렸다. 입을 벌린 채로 자고 있었는데, 안경이 없어서 그런지 툭 튀어나온 듯한 눈은 버니의 눈 같지가 않았다. 버니는 자면서도 입을 쩝쩝거렸다. 나는 가만히 헨리가 바라던 것을 찾아내어 그 방을 빠져나왔다.

다음 날 아침, 프랜시스와 쌍둥이와 아침을 먹고 있으려니 버니가 부스스한 모습으로 나타났다. 그는 우리의 아침 인사는 들은 둥 만 둥 하고 바로 찬장 앞으로 다가가서 플레이크를 우유에 말아 들고 와서는 아무 말 없이 먹기 시작했다. 버니가 지어낸 어색한 정적 사이로, 문을 열고 나오는 해치 씨의 발소리가 들렸다. 프랜시스는 해치 씨에게 지난밤 일을 사과하고는 어물쩍 해치 씨를 데리고 들어가 버렸다. 버니는 본 척도 않고 계속해서 시리얼을 욱여넣었다. 어색한 침묵이 몇 분간 계속되었다. 사발에 코를 박듯이 하고 있는 버니의 머리 위로 해치 씨의 모습이 보였다. 해치 씨는 부서진 의자의 잔해를 안고 정원을 지나 쓰레기장으로 가고 있었다.

어색한 분위기가 계속되고 있기는 했으나 그런 분위기가 바로 버니의 히스테리성 발작으로 이어지는 것은 아니었다. 그러나 모두들, 이쪽에서 건드릴 경우 버니가 어떤 반응을 보이리라는 것은 분명하게 인식하고 몸을 사리는 것 같았다. 버니가 화를 낼 경우 대개의 경우 그 상대는 헨리였다. 우리가 아는 한, 버니를 배신한 것도 헨리, 버니가 울분을 토로할 경우 그 대상이 되는 것도 늘 헨리였다. 그러나 재미있는 것은, 버니가 최선을 다해 참아주는 상대도 바로 헨리라는 점이었다. 버니는 날이 갈수록 우리라는 존재를 짜증스럽게 여기는 것 같았다. 나에 대해서도 예외는 아니었다. 버니는, 불필요하게 자기에게 찬사를 보낸다고 프랜시스에게 자기 감정을 터뜨리는가 하면, 아이스크림을 사주겠다고 한 찰스에게 대들기도 했다. 그러나 그런 버니도 이런 정도의 사소한 감정적 문제를 물고 늘어져 헨리와 싸우는 일은 없었다. 모르기는 하지만 이것은 헨리가 다른 친구들처럼 버니의 감정을 다독거린답시고 불필요한 제스처를 쓰지 않기 때문인 듯했다. 선상 호텔을 이용한 관광 이야기가 나올 때면—이 이야기는 자주 우리의 화제로 떠오르고는 했다—헨리는 기계적인 반응만 보였다. 여행에 관한 질문에도 헨리는 기계적으로 대답하는 데서 그쳤다. 내가 보기에 이 여행에 대한 버니의 기대는, 버니가 폭발시키는 감정의 기복 이상으로 컸다. 버니는 어떻게 헨리와 실제로 여행을 갈 것이라는 착각에 빠질 수 있었을까? 또 만약 간다해도 그 여행이 결코 악몽이 아닐 것이라고 믿을 수 있었을까? 버니가 정신병자처럼 행복에 들뜬 얼굴로 리비에라 관광 이야기를 몇 시간이고 장황하게 해댈 때마다 헨리의 표정은 굳어지고는 했다. 그럴 때마다 헨리는 텅 빈 표정을 하고, 손바닥에 턱을 묻은 채 꿈꾸는 사람처럼 허공을 응시했다.

대개의 경우 버니는 헨리에 대한 분노를 차곡차곡 마음 한구석에 간직했다가 이것을 다른 친구들에게 풀어내는 것 같았다. 요컨대 버니는 상대가 누구든 걸핏하면 모욕을 주었고, 욕지거리를 했으며, 상대가 반응하면 붙어서 싸우려고 했다. 버니의 행실에 관한 이야기는 여러 곳을 통해 우리 귀로 들어왔다. 창밖에서 해키색(작은 구슬을 채운 공을 발로 차면서 하는 제기차기 비슷한 놀이-옮긴이)을 차는 히피들에게 신발을 던진 적이 있는가 하면, 라디오를 너무 크게 틀어놓는 옆방 친구를 두들겨 패겠다고 협박을 하는 일도 있었고, 출납계 여직원을 혈거인(穴居人)이라고 불렀다가 뺨을 할퀴일 뻔한 일도 있었다. 줄리언도 버니를 예의 주시하기는 했지만 이 둘의 관계는 강의실 밖으로까지 연장되지는 않았다. 버니와 다른 학교 친구들의 관계도 악화일로였다. 예비학교 동창인 클로크와의 관계도 악화일로였고, 여자친구 매리언과의 관계는 최악의 사태까지 갔다고 해도 과언은 아니었다.

우리가 아는 한 매리언은 버니의 행동이 전과 다른 것을 알고는 때로는 이해하려고 애쓰기도 했고 때로는 화를 내기도 했다. 만일에 매리언이, 버니와 우리가 한자리에 어울려 있는 것을 자주 볼 수 있었더라면 버니가 달라진 이유가 자기에게 있지 않다는 것을 알 수 있었을 터였다. 그러나 매리언의 눈에 그런 것이 보였을 리 없다. 매리언의 눈에는, 약속을 지키지 않는 버니, 변덕을 부리는 버니, 공연히 뚱한 얼굴을 하고 있다가 느닷없이 화를 내는 버니만 보였을 터였다. 매리언은 버니가 자기를 겨냥하고 화를 낸다고 생각했음에 분명하다. 그래서 이 친구에게 다른 여자가 생겼나, 끝장을 내기로 마음을 정한 건가, 이런 생각을 했음 직하다. 유아교육센터에서 일하는 매리언의 친구 하나가 커밀라에게 한 말에 따르면, 매리언은 버니에게 여섯 번이나 전화를 건 뒤에야 겨우 통화를 했는데, 통화 도중에 버니가 버럭 화를 내면서 전화를 끊어버리자 그만 울음을 터뜨렸다고 한다.

"하느님, 매리언에게 버니를 걷어찰 기회를 허락하소서."

이 말을 듣고 프랜시스가 하늘을 우러러보면서 한 말이다. 뒷이야기는 들려오지 않았지만 우리는 둘 사이를 유심히 관찰하면서 프랜시스의 기도가 이루어지기를 빌었다. 버니는 제정신이 돌아오면 입을 다물어버렸다. 그러나 그의 무의식이 횃대를 떠난 박쥐처럼 막무가내로 음침한 두뇌 속의

미로를 날아다니기 시작하는 날에는, 무슨 짓을 할지 예측 불가능이었다.

클로크와의 관계도 소원하게 만들어가고 있는 것 같았다. 버니와 클로크는 예비학교 동창이라는 것 이외에는 별로 공통되는 것이 없었다. 클로크—몰려다니는 것을 좋아하고, 마약에도 상당히 깊숙이 빠져 있던—는 자기 문제에 사로잡힌 나머지 버니와의 관계 같은 것은 별로 염두에 두지 않는 것 같았고, 또 버니의 행동에 주의를 기울이는 것 같지도 않았다. 클로크는 우리 먼머스 하우스에서 가까운 덜메인 홀(캠퍼스에서는 '더빈스톨'이라는 별칭으로 통했다)에 살고 있었는데, 이 건물은 대학 본부 당국이 '마약 관련 학생들의 거점'으로 분류하는 건물인 데다, 지하에 화학 실험실이 있어서 소소한 폭발이나 화재가 잦은 건물이기도 했다. 우리에게는 다행스럽게도 클로크는 1층에 살았다. 클로크에게는 블라인드를 잘 내리지 않는 버릇이 있는 데다가 방 앞에 나무가 없어서, 우리는 도서관 포치에 앉아서도 약 15미터 떨어져 있는 클로크의 방 안을 볼 수 있었다. 버니가 그 방에 있을 경우, 클로크의 모습은 벽에 가려 보이지 않아도, 입을 헤벌리고 손을 내저으면서 이야기에 열을 올리는 버니의 모습은 종종 창틀 액자 안에 들어 있는 채로 건너다보이고는 했다.

"저 자식 어딜 다니나 했더니 이제 알았군."

헨리의 말이었다. 그러나 버니의 행동반경을 헤아리는 일은 간단했다. 나는 버니가 우리들의 시야에서 오래 사라지지 않는 것은, 버니가 동아리 특히 헨리가 오랫동안 시야에서 사라질 경우 불안을 느끼기 때문이라고 생각했다.

버니는 헨리에게 대체로 복종하는 일면이 있었다. 그러나 바로 그 때문에 나날이 늘어가는 버니의 짜증받이는 우리가 되어야 했다. 서로 만날 때마다 버니는 걸핏하면 남의 화를 돋우었다. 가령 버니가 자주 푸는 가톨릭 교회에 대한 장광설만 해도 그랬다. 버니의 가족은 성공회 신자들이었다.

내가 아는 한 우리 부모님은 종교에 대한 특별한 관심이 없다. 그러나 헨리와 프랜시스와 쌍둥이는 가톨릭 가정을 배경으로 자라난 친구들이었다. 그렇다고 매주 성당에 나가는 것은 아니었지만 이들은 무식한 버니의 식을 줄 모르는 독신(瀆神)의 장광설에는 그렇게 못 견뎌 할 수가 없었다. 버니는 게슴츠레한 웃음을 지으며 윙크까지 하면서 타락한 수녀, 행실이 못된 가톨릭 처녀, 남색(男色)하는 신부 이야기를 했다.("그 모모 신부가 복사(服事)드는 아이들에게 뭐라고 했는지 알아? 아홉 살 된 팀 멀루니에게, '얘야, 나와 다른 신부님들이 자는 걸 구경하고 싶으냐?' 이랬다는 거야.") 뿐만 아니었다. 버니는 교황들의 타락에 얽힌 이야기를 교묘하게 지어내어 이야기하는가 하면, 별로 중요하지도 않은 가톨릭 교리의 몇 대목을 논박하기도 하고, 바티칸의 음모에 대해서 떠들어대기도 했다. 헨리가 이따금씩 대담하게 공박하고, 프랜시스가 프로테스탄트의 신분 상승 욕구를 공격하는 일이 있어도 버니는 막무가내였다.

더욱 고약한 것은 특정인의 특정한 측면을 과녁으로 삼는 그의 태도였다. 그쪽으로만 발달한 일종의 비상한 관찰력 때문이겠지만 버니에게는 특정인의 약점을 특정 순간에 건드려 치명적인 상처를 주거나 약을 올리는 재주가 있었다. 찰스는 성격이 좋아서 화를 잘 내지도 않았거니와, 화를 내도 바로 나타내지는 않았지만, 어느 날은 버니의 반가톨릭 공격이 계속되자 찻잔으로 접시를 쳐서 두 개 모두 박살 낸 일도 있었다. 찰스는 또 자기의 음주 습관에 관한 남들의 반응에 상당히 민감한 면이 있었다. 실제로 찰스는 많이 마시기도 했다. 우리 모두가 그랬다. 그러나 술을 많이 마신다고는 하나 심한 주정을 하는 정도는 아니었다. 물론 때아닌 시각에 그의 숨결에서 술 냄새를 맡게 된다든가 불쑥 찾아갔다가 정오를 조금 지났을 뿐인데도 술잔을 들고 있는 그를 볼 때가 있기는 했다. 그러나 당시에는 우리 모두가 그랬던 만큼 이해하지 못할 일도 아니었다. 버니에게는, 정직하지 못하게도 남의 술버릇 이야기에 살을 붙이고, 다른 주정뱅이 이야기로 양념까지 쳐가며 당사자를 못 견디게 하는 버릇이 있었다. 그가 찰스의 칵테일 소비량을 과장해서 셈하고 찰스의 우편함에 익명의 설문지("당신에게는 술한 잔이 있어야 하루를 제대로 보낼 수 있을 것처럼 느껴질 때가 있는가")나 팸플릿(주근깨투성이인 아이가 빤히 쳐다보면서, "주정뱅이가 뭐야?" 하고 묻는 그림)을 넣는가 하면 교내의 알코올중독자 모임에 찰스 이름의 가입 신청서를 내는 바람에, 찰스는 수많은 전화에 시달리기도 했고, 심지어 단주(斷酒) 동맹 인사의 방문을 받은 적도 있었다.

프랜시스의 경우, 문제는 훨씬 까다로웠다. 따라서 버니가 촉발할 경우 프랜시스가 불쾌해지는 것은 찰스와는 비교도 될 수 없을 터였다. 드러내 놓고 말은 하지 않았지만 우리는 모두 프랜시스가 게이라는 것을 알고 있었다. 그렇다고 해서 관계가 난잡한 것은 아니었으나 프랜시스는 파티 도중에 온데간데없이 사라지는 경우가 더러 있었다. 프랜시스가 나에게 꼬리를 잡힌 것은 우리가 알고 지낸 지 얼마 안 되었을 때였다. 시골집에서 어느 날 우리 둘은 술에 취한 채 보트를 타러 나갔다. 어쩌다 내가 노를 놓쳐 이것을 건지려고 애쓰고 있다가 프랜시스의 손끝이 내 턱을 스치고 지나가는데 기겁을 한 일이 있다. 프랜시스의 손짓은, 언뜻 보기에는 우연히 내 턱을 스치고 지나간 것 같지만 사실은 교묘하게 계산된 반응 시험으로 느껴졌다. 나는 기겁을 한 표정을 그대로 얼굴에 담은 채 프랜시스를 쳐다보았다. 우리의 시선이 만났다. 우리는 꼼짝도 하지 않고 서로의 눈길만 마주 보고 있었다. 보트는 계속해서 일렁거리고 있었다. 놓친 노 같은 것은 더 이상 나의 관심을 끌지 못했다. 기분이 상한 데다 당혹했던 나머지 내가 먼저 시선을 거두었다. 그러자 놀랍게도 프랜시스는 웃었다.

"안 돼?"

프랜시스가 물었다.

"안 돼."

내가 대답했다.

이 일이 우리의 관계를 다소 소원하게 만든 것 같았다. 당시만 해도 나는, 고전 공부에 정력을 쏟는 사람 중에는 동성애에 관심을 가진 사람이 많다는 사실을 알지 못했다. 뿐만 아니라 그것이 나에게도 해당된다는 사실 역시 기분 좋게 받아들여지지 않았다. 그런데도 불구하고 나는 프랜시스가 좋았다. 내 신경은 따라서 늘 프랜시스 곁을 맴돌았다. 기묘한 일이기는 하지만 우리 사이의 얼음장이 녹은 것도 바로 이 일이 있고 난 다음부터였다. 나는 프랜시스가 지닌 그런 성향을 숙명으로 이해하고 동정했다. 일단 이렇게 인식하고 접어주고 난 뒤부터는, 술에 취해 있다든지, 프랜시스의 아파트나 자동차 뒷좌석에 나란히 앉게 된다든지 하는, 상당히 문제가 있는 상황에서도 나는 완벽한 평화를 느낄 수 있었다.

그러나 버니와 프랜시스가 만난 상황에서는 이야기가 전혀 달랐다. 둘은 곧잘 붙어 지냈다. 그러나 지나치게 긴 시간을 함께할 경우, 이 둘은 그 시간을 견뎌내지 못했다. 그래서 되도록이면 둘만 있는 자리를 피하려고 했다. 나는 그 이유를 알고 있었다. 우리 모두가 알고 있었다. 그러나 어쩐지 둘이 일정한 수준 이상으로 서로를 좋아하지 않는다는 생각은 들지 않았다. 아무리 무료함을 달래기 위해서라지만 버니의 퉁명스러운 농담은 사그라들 기미가 없었다. 프랜시스에 대한 버니의 악의 있는 농담은 신랄했고 가시가 돋쳐 있었다.

내가 추측컨대 프랜시스가 게이라는 사실이 확인되는 순간 버니가 받은 충격은 다른 어떤 충격에도 견줄 수 없을 만큼 착잡한 것이 아니었나 싶다. 내가 알아야 했는데도 모르고 있었던 것은, 처음에는 재미있게 여겨지던 버니의 광적인 편견은 그저 조금 심한 정도가 아니라 결정적이라고 할 수 있을 만큼 심각했다는 점이다.

프랜시스가 지극히 정상적인 상황에서 자기 자신을 적절하게 통제해내지 못했던 것은 아니다. 그는 성질이 급하고 입이 거칠었다. 그는 마음만 먹으면 자리에 앉은 채로 버니에게 치명타를 능히 날릴 수 있는 독설가였으나, 자신과 버니의 입장을 알고 이것을 자제했다. 우리는 모두, 버니가 밤이나 낮이나 품고 다니는 니트로글리세린(폭약 – 옮긴이) 통을 고통스럽게 의식하고 있었다. 버니는 우리 중 누군가가, 자기 니트로글리세린 통을 잊을 경우에는 기꺼이 구경시켜주기도 했다. 그에게는 필요할 경우 그 통을 바닥에 내동댕이칠 배짱도 있었다.

여기에서 버니가 프랜시스에게 있다고 말했거나, 실제로 던진 수많은 니트로글리세린 통을 일일이 열거할 생각은 없다. 프랜시스를 놀려먹기 위해 버니가 발명해낸 수많은 농담, 동성애에 관한 수많은 언급, 프랜시스의 성적 취향과 실제의 애정표현 방법에 관한 공개적이고도 모욕적인 질문, 동성애에 등장하는 보조기구의 이름까지 적나라하게 들어가면서 하는 의학적이고도 더할 나위 없이 자세한 설명…….

언젠가 프랜시스는 이를 악물고 주먹을 쥐면서 이런 말을 한 적이 있다.

"딱 한 번이라도 좋다, 딱 한 번이라도 저 자식을 두들겨줄 수만 있다면…….""

그러나 어느 누구도 그렇게 할 수는 없었다.

혹자는, 상대가 버니든 다른 사람이든 어떤 종류의 범죄 사실과도 무관하니까, 나만은 버니의 이런 종류의 저격에서 과녁이 되지 않았을 것이라고 생각할지도 모른다. 불행히도 나 역시 그의 과녁이었다. 나는 '불행히도'라고 했다. 이것은 나의 불행이라기보다는 버니의 불행이기가 쉽다. 중립적인 나, 어쩌면 잠재적인 자기 동맹일지도 모르는 나까지 싸잡아 공격하는 것이 얼마나 위험한가를 알지 못했으니 버니는 얼마나 한심한 눈뜬장님인가. 나는 다른 친구들도 좋아했고, 그들을 좋아하는 만큼은 버니도 좋아했다. 따라서 버니가 나에게 공격적인 자세를 취하지 않았더라면 나 역시 다른 친구들 편에 가담하지 않았을 것이다. 어쩌면 버니는 질투의 감정을 들고 나와서 나에 대한 증오를 합리화할지도 모르겠다. 내가 등장하는 것과 거의 같은 시점에 동아리 안에서의 자기 위치가 약화되었으니 일리가 없는 것은 아니다. 그러나 그의 증오가 지극히 소아병적이고 지극히 유치한 것이었다고 해도, 버니가 적군과 아군도 구별하지 못할 정도로 편집증적인 상태에 빠지지 않았다면 나에 대한 증오도 표면으로 떠오르지 않았을지도 모른다.

시간이 갈수록 버니에 대한 나의 증오는 자라갔다. 사냥개처럼 그는 재빨리 본능의 코로, 내가 가장 감추고 싶어하던 나의 취약한 부분, 나에게 수많은 불면의 밤을 안기던 약점의 냄새를 맡아나갔다. 그가 나를 상대로 되풀이해서 벌인 이 기묘한 장난은 대단히 가학적이었다. 그는 교묘한 방법으로 나에게 거짓말을 하게 했다. 어느 날 그는 나의 넥타이를 보면서 이런 말을 했다.

"멋진 넥타이다. 에르메스 같은데, 그렇지?"

내가 고개를 끄덕이는 순간, 그의 손이 식탁 위를 건너와 나의 넥타이를 뒤집었다. 물론 싸구려 넥타이에 에르메스 상표가 붙어 있을 리 만무했다. 어느 때인가는 대화 중에 불쑥 이런 질문을 던지기도 했다.

"꼰대, 네게는 왜 가까운 친척이나 친구의 사진이 하나도 없어?"

버니다운 궁금증이었다. 버니의 방에는 사진이 얼마나 많이 걸려 있는지 그 자체가 하나의 완벽한 메모라빌리아(기념관-옮긴이)이자, 완벽한 선전 간판이기도 했다. 조명이 눈부신 경기장에서 라크로스 채를 휘두르고 있는 버니와 형제들 사진, 까다로운 입맛에 어울릴 듯한 고급 가운 차림의 부부, 잠옷 바람으로 스패니얼 강아지와 함께 거실 바닥(값비싼 장난감 기차 세트도 보인다)을 뒹구는 노랑머리 다섯 형제가 찍힌 크리스마스 가족사진

(배경에는 크리스마스트리가 우뚝 솟아 있다), 하얀 밍크코트 차림으로 무도회에 데뷔하는 버니 어머니의 사진.

버니는 나에게 능청스럽게 이렇게 물었다.

"왜 사진이 없느냐고. 캘리포니아에는 카메라가 없나? 아니면 친구들에게 폴리에스테르 투피스 입은 어머니 모습을 보여주기가 창피해서?"

내가 뭐라고 대답하려고 하자 버니는 틈을 주지 않고 물었다.

"네 부모님 어디 출신이야? 동부의 명문 아이비리그 출신이야, 아니면 그저 그런 주립대학 출신이야?"

아주 불필요하고 잔인한 공격이었다. 내가 부모님에 대해 했던 거짓말은 과하지 않았지만 이 정도의 공격을 버티어낼 수는 없었다. 우리 부모님은 두 분 다 고등학교도 졸업하지 못했다. 그렇다. 우리 어머니는 공장 직매장에서 산 폴리에스테르 투피스를 입었다. 내가 가지고 다니던 유일한 사진은 어머니 사진이었다. 한 손은 방풍벽에 대고 다른 한 손은 아버지가 새로 사 온 잔디깎이에 얹은 채 카메라를 곁눈질하면서 찍은 사진이었다. 그 사진을 보낸 어머니의 의도는 분명했다. 새로 산 잔디깎이를 자랑하려는 것이었다. 나는 내가 가진 유일한 어머니의 사진이었기 때문에 이 사진을 웹스터 사전의 '어머니'라는 말의 머리글자인 M 항목이 시작되는 페이지에 끼워 보관하고 있었는데, 어느 날 밤 자다가 일어나서 가만히 생각해보니 불안했다. 버니의 눈에 띄면 어쩌나 하는 생각에서였다. 숨길 데가 마땅하지 않았다. 결국 나는 이 사진을 내 재떨이에 놓고 태워버렸다.

사생활과 관련된 이런 식의 질문에 나는 몹시 불쾌했다. 그러나 그때의 그 고통스럽던 느낌을 적절하게 그려낼 말을 아직도 나는 찾아내지 못하고 있다. 버니는 다른 사람이 있건 없건 이런 질문을 태연하게 함으로써 사람을 괴롭히고는 했다. 이제 버니는 죽었다. 버니여, 고이 잠들어라(requiescat in pace). 그러나 버니는 죽었어도, 쌍둥이 남매의 아파트에서 버니가 나에게 가한 가학적인 공격 행위는, 내가 죽을 때까지 잊지 못할 것이다.

며칠 전부터 버니는, 어느 예비학교 출신이냐는 질문으로 나를 괴롭혀오던 참이었다. 플래노에 있는 공립학교 출신이라는 말을 왜 떳떳하게 못 했는지 내가 생각해도 모를 일이다. 프랜시스는 영국과 스위스에서 상당히 배타적인 사립학교를 차례로 다닌 이력이 있고, 헨리는, 11학년 때 중퇴하기는 했어도 꽤 유명한 미국의 사립학교 출신이다. 그러나 쌍둥이 남매는 로노크에 있는 조그만 시골 학교 출신이다. 버니가 대단한 것처럼 떠들어대는 세인트 제롬만 하더라도, 월간지에 빽적지근하게 선전함으로써 지진아 부모의 특별한 관심을 자극하는, 돈만 푸지게 드는 특수학교에 지나지 않는다. 이런 문맥에서 보자면 내가 나온 학교가 그렇게 부끄러운 것만은 아니다. 그러나 나는 미적미적 대답을 피하고 있다가 버니가 어찌나 집요하게 물어오는지 결국은 궁여지책으로 렘프루 홀 출신이라고 대답하고 말았다. 렘프루 홀은 샌프란시스코 인근에서 꽤 알아주는 남자 고등학교이다. 버니는 내 대답에 만족하는 것 같았다. 그런데 문제는 버니가 친구들 앞에서 이 이야기를 다시 꺼내어 나를 몹시 곤혹스럽게 한 데 있다.

"렘프루를 나왔다고 했지?"

버니가, 내 쪽으로 돌아앉으면서 피스타치오를 한 줌 입안에다 털어 넣고는 물었다.

"그래."

"언제 졸업했어?"

나는 진짜 고등학교 졸업 일자를 불러주었다.

"그러니까 본 로머와 같이 다닌 거군."

"누구?"

"알렉 말이야. 알렉 본 로머, 샌프란시스코 출신이야. 클로크의 친구지. 클로크네 방에서 만나 이런저런 이야기 김에 렘프루 이야기가 나왔지, 햄든에는 렌프루 출신이 꽤 많다더군.”

나는 그쯤 하고 말아주기를 바라는 마음으로 잠자코 있었다.

“너도 알렉을 알지?”

“응, 조금.”

“이상하잖아. 알렉은 네 이름을 대도 생각이 안 난다는 거야. 전혀.”

버니는 내게서 눈을 떼지 않은 채 피스타치오를 또 한 줌 입에 털어 넣고는 우물거렸다.

“워낙 큰 학교니까.”

“큰 학교라고 생각해?”

버니는 마른기침을 했다. 할 말이, 진짜로 할 말이 남아 있다는 증거였다.

“큰 학교지.”

“본 로머는 조그만 학교라고 하던데? 졸업생 수가 200명밖에 안 되는 학교라고 하던데. ……어느 기숙사에 있었어?”

“말해도 넌 몰라.”

“본 로머가 네게 꼭 물어보라고 하던데?”

“알아서 뭐하겠대?”

“그저 궁금하다는군. 하기야 알아서 뭐하겠어. 안 그래(n'est-ce pas)? 하지만 너와 알렉은 렌프루 같은 조그만 학교에서 4년 동안이나 같이 있었어. 그런데 서로 모른다니 이상하잖아?”

“나는 2년밖에 안 다녔어.”

“그런데 왜 졸업 앨범에는 네 사진이 없지?”

“왜 없어? 있어.”

“없었어.”

쌍둥이 남매는 충격을 받은 듯한 얼굴을 했다. 우리에게서 등을 돌린 채, 못 들은 척하고 책을 읽고 있던 헨리가 갑자기 고개도 돌리지 않고 고함을 질렀다.

"버니, 리처드 사진이 졸업 앨범에 있는지 없는지 그걸 네가 어떻게 알아? 그리고 있든 없든 그게 무슨 상관이야?"

"나도 내 사진이 졸업 앨범에 실리는 꼴은 한 번도 못 봤다. 멀쩡하게 서서 사진을 못 찍겠더라고⋯⋯."

프랜시스도 거들었다.

그러자 버니가 나를 빤히 쳐다보면서 말했다.

"네가 들어 있던 기숙사 이름을 댈 수 있으면 내 이 자리에서 5달러 내지."

버니의 시선이 내 눈을 떠나지 않았다. 그의 두 눈이 반짝거렸다. 재미있어하고 있다는 증거였다. 나는 뭐라고 몇 마디 얼버무리고는 일어섰다. 얼굴이 달아올라 그 자리에 앉아 있을 수가 없었다. 나는 부엌으로 들어가 물을 한 컵 받아 들고는, 싱크대에 기대선 채 싸늘한 물컵을 관자놀이에 갖다 댔다. 거실에서 프랜시스의 노기가 서린 목소리에 이어 버니의 웃음소리가 들려왔다. 나는 물을 싱크대에 쏟아버리고는 버니의 웃음소리를 듣지 않으려고 다시 수도를 틀었다.

나같이 복잡하고 신경 과민에 섬약한 정신의 소유자가 어떻게 버니가 안긴 살인적인 충격을 적절하게 흡수할 수 있었는지는 불가사의하다. 그러나 버니의 집요한 공격은 정기적으로 나의 그런 정신을 교란했다. 나는 지금도 이때의 일을 곰곰이 생각하고는 한다. 버니가 노린 것이 복수였다면, 그는 쉽게 그리고 별 위험 부담 없이 훌륭하게 복수하는 데 성공했던 셈이다. 그러나 복수였던 것 같지는 않다. 그러면 그가 노렸던 것은 무엇일까? 이 둔중하면서도 폭발적 잠재력을 지닌 고문을 통해서 그가 노린 것, 그가 목표로 삼은 것은 무엇이었을까? 우리에게 그랬듯이 버니 자신에게도 자기의 행위는 불가해한 것이었을까?

그러나 어떻게 보면 버니의 행위가 버니 자신에게는 그렇게 불가해한 것이 아니었는지도 모른다. 이렇게 볼 수 있는 데는 까닭이 있다. 커밀라가 지적한 바 있듯이, 문제의 심각성은, 버니에게 자기 개성의 변화, 혹은 정신분열적 징후를 두고 고민한 적이 없다는 데 있지 않다. 말하자면 문제의 심각성은 오히려, 우리가 더러 엿보았듯이 버니가 지닌 갖가지 불유쾌한 개성의 편린들이 뒤섞이고 이것이 나날이 강화되면서 놀라울 만한 수준의 어떤 잠재력을 획득하고 있었다는 데 있다. 버니의 행동이 역겨운 것이었기는 해도, 우리가 참을 수 없을 정도는 아니었다. 그러나 이것이 어떤 수준의 잠재력을 가지고부터는 대단히 통렬해서 때로는 편집증적 증세를 보이기까지 했다. 그는 기분이 좋을 때도 캘리포니아 억양, 구제 외투, 비벨로트(골동품 — 옮긴이) 하나 없는 내 방 같은 것을 두고 나를 놀리고는 했다. 그러나 놀리기는 하되 어찌나 솔직한지 나로서는 웃고 넘길 수밖에는 다른 도리가 없었다.(그는 나의 낡은 윙팁 구두를 집어 들고 바닥에 난 구멍에 손가락을 넣으며 이런 말을 한 적도 있다. "이것 봐, 꼰대. 캘리포니아 사람들, 이거 왜 이래? 어쩌자고 이렇게 짜게 놀아? 넌 이발관에도 가는 것 같지 않군. 어깨에 치렁치렁하게 머리를 기르고 하워드 휴스처럼 양탄자 위에서 뭉개고 싶어서 이러는 거야?") 나는 그에게 화를 낼 수가 없었다. 그것이 바로 내 친구 버니, 주머니는 나보다도 더 비어 있으면서도 바지 줄만은 칼같이 세우고 다니는 버니였기 때문이었다. 그러나 그의 행동이 늘 그랬던 것은 아니었다. 그는 엉뚱한 행동으로, 다시 말해서 평소에 하지 않던 짓으로 자주 나를 놀라게 했다. 그럴 때마다 나는 이 상궤를 벗어나는 그의 행동에 대해서는 화를 내지 않을 수 없었다. 만일에 우리가 우정의 스파링이라도 하고 있었다면, 그는 이렇게 표변한 행동을 통해서 나를 구석으로 몰아넣었으며 초주검이 될 때까지 두들겨 패고는 했던 것이다.

그러나 이런 불쾌한 기억이 늘 나를 괴롭히기는 했어도 버니에게 그런 측면만 있는 것은 아니었다. 그에게는 정반대되는 측면도 없지 않았다. 나는 이것을 잘 알고 있었기 때문에 버니를 사랑했다. 어쩌다 버니가 주머니에 손을 찔러 넣고, 휘파람을 불면서 낡은 보도를 깐닥거리며 지나가는 것을 볼 때면 나는 애증이 착잡하게 뒤엉킨 감정으로 괴로워지기도 했다. 그럴 때면 나는 그를 용서할 수 있었다. 수백 번이라도 용서할 수 있었다. 모습, 몸짓, 머릿속에 든 것 때문에 용서하는 것이 아니라 진정으로 버니라는 인간을 용서할 수 있을 것 같았다. 이럴 경우에는 버니가 무슨 짓을 하건 화를 내는 것은 불가능했다. 그러나 불행히도 그런 경우는 많지 않았다. 그는 전과 다름없이 정답고 매력적인 모습으로 앉아서 이야기를 하다가도, 눈하나 깜짝하지 않고 태도를 바꾸고는 했다. 그러니까 여느 때처럼 앉아 있다가 갑자기 의자 등받이에 턱 기대면서부터는 태연하게 악담을 퍼붓고는 했다. 그의 악담은 지극히 질이 낮았지만 전혀 근거가 없는 것은 아니어서 나로서는 대답할 말이 없는 것이 보통이었다. 이럴 때마다 나는, 결코, 결코 버니를 용서하지 않겠다고 나 자신에게 맹세했다. 그러나 나는 이런 약속을 수없이 깨뜨려야 했다. 나는 여기에서 약속이라는 말을 쓰면서, 내가 죽을 때까지 지켜야 하는 최종적 약속이라는 의미를 담고자 했다. 그러나 그것은 내 본심이 아니다. 오늘날까지도 나는 버니에게 느꼈던 것만큼의 처절한 분노는 경험한 적이 없다. 지금이라도 버니가, 김이 잔뜩 긴 안경을 쓰고, 쉰 냄새를 풍기면서 내 방으로 들어와 늙은 개처럼 머리에 앉은 빗방울을 털어내고는, "이봐요, 목마른 늙은이를 위해 마실 것 좀 내놔봐요" 한다고 해도, 예전의 그 애정은 되살아날 것 같지 않다.

혹자는, 사랑은 모든 것을 이긴다(Amor vincit omnia)라는 옛말을 상기시키려고 할지도 모르겠다. 그러나 짧고 서글픈 인생을 통해 내가 확실하게 배운 것이 있다면 그것은 이런 옛말은 거짓말이라는 것이다. 아무리 사랑이라고 해도 모든 것을 이기지는 못한다. 이긴다고 생각하는 사람이 있다면 그 사람은 바보이기가 쉽다.

버니는 단지 여자라는 이유만으로 커밀라를 못살게 굴었다. 어떤 의미에서 커밀라는 가장 만만한 버니의 과녁이었다. 그것은 커밀라에게 무슨 잘못이 있기 때문이 아니라, 지극히 일반적인 여자는 열등한 피조물, 귀를 기울이고 듣기보다는 눈으로 보는 것으로 만족해야 하는 동물이라는 다분히 그리스적 미신 때문이었다. 아르고스인들에서 유래하는 이러한 통념은 어찌나 집요하게 사람들 머리에 자리 잡고 있었던지 언어의 뼈대에도 남아 있다. 나는 이러한 통념을 가장 극명하게 나타내는 그리스 속담을 하나 알고 있다. 남자에게는 친구가 있고, 여자에게는 친척이 있고, 짐승에게는 짐승이 있을 뿐이라는 속담이 그것이다.

그리스적 순수성에 충동을 느껴서라기보다는 단순히 호기를 부리느라고 버니는 이러한 통념에 충실했다. 그는 여자를 좋아하지도 않았고, 상대가 여자이면, 심지어는 매리언일 경우에도 재미를 느끼지 못했다. 버니가 여성의 존재 이유(raison d'être)로 보아줄 수 있는 선은 정부(情婦) 정도의 선에 지나지 않았다. 커밀라를 대할 때마다 버니의 행동에는 일종의 가부장적 과장이 섞여 있었다. 말하자면 아버지가 멍청한 아들을 대하듯이 우월감에서 비롯된 과장된 친절을 감추지 않는 것이었다. 버니는 우리에게, 커밀라의 참여가 정도에 지나치다든지, 여자는 진지하게 학문을 탐구하는 데에는 지장이 있다는 등의 말을 자주 했다. 그런데 우리가 보기에 버니의 이러한 태도는 우스꽝스러운 것이었다. 솔직하게 말하면 우리들 중 어느 누구도 학구적인 어떤 성취를 겨냥하고 있었던 것은 아니다. 프랜시스는 게을렀고, 찰스는 산만했으며, 헨리는 변덕이 심하고 취미가 괴이한 데가 있어서, 고전 어학계의 마이크로프트 홈스라고 할 수 있었다. 은밀하게 말하거니와 커밀라 역시 다르지 않아서 냉철하게 그리스 문학을 파고드는 것보다는 영문학이나 즐길 수 있는 그런 수준이었다. 그러나 더욱 우스꽝스러운 것은 버니가 주제넘게 다른 친구들의 지적 수준을 걱정하는 점이었다.

실질적으로는 사내아이들의 모임인 그리스어과의 홍일점이었으니, 커밀라에게도 어려움이 많았을 터였다. 고마운 것은 커밀라가 이런 어려움을 보상받을 목적으로 공연히 까다롭게 굴거나 호전적으로 굴지는 않았다는 점이다. 커밀라는 어디까지나 여자였다. 침대에 누워서 초콜릿을 먹는 여자, 머리카락에서 히아신스 향기를 풍기는 여자, 봄바람에 하얀 실크 스카프를 날릴 줄 아는 여자, 여느 여자처럼 세상사에 대해 약간의 환상도 가지고 있고, 경우에 따라서는 약게 처신할 줄도 아는 그런 여자였다. 그러나 이상하고도 놀라운 것은 검은 털 사이에 박힌 한 가닥의 하얀 새치 같은 커밀라가, 겉으로 보이는 것처럼 연약한 여자가 아니라는 점이었다. 많은 경우 커밀라는 헨리만큼이나 냉정할 줄도 알았고, 헨리처럼 유능하기도 했다. 커밀라는 정신력이 강했고, 외로움을 두려워하지 않고 자기 습관에 철저할 줄도 알았으며, 때로는 만사에 초연한 모습을 보여줄 줄도 알았다. 프랜시스의 시골집에 있을 동안, 동아리에서 떨어져 혼자 호숫가를 걷는 커밀라의 모습이 드물지 않게 눈에 띄고는 했다. 언젠가 나는 컴컴한 지하실의 작은 썰매에 앉아, 외투로 아랫도리를 덮은 채 책을 읽고 있는 커밀라를 본 적도 있었다. 어쨌든 커밀라가 없었더라면 우리 동아리 개개인의 관계는 어쩐지 삭막하고, 불균형하게 발전했을 터였다.

내가 이 쌍둥이 남매에게 반해 있었다면 그것은 이들이 지닌, 어쩐지 쉽게는 설명되지 않는 어떤 분위기 때문이었을 것이다. 이들의 분위기는 나의 감각에 잡힐 듯하면서도 끝내 잡히지 않았다. 찰스는 영묘(靈妙)한 데가 있어서 전체적으로 수수께끼 같은 분위기를, 커밀라는 나로서는 어떻게든 깨뜨릴 수 없는 금고 같은 분위기를 지어내고 있었다. 나는 커밀라의 생각을 읽어낼 도리가 없었다. 짐작건대 버니는 나 이상으로 커밀라라는 존재에 대해 무지했던 것으로 보인다. 버니는, 기분이 괜찮을 때면 커밀라를 놀리기는 해도 그저 짓궂은 수준을 넘지 않았다. 그러나 심통이 날 경우 그는 갖가지 방법으로 커밀라를 모욕하고, 능멸하는 것도 마다하지 않았다. 버니의 심정이 그렇게 뒤틀릴 경우 커밀라는 전신이 공격 목표가 되는 것 같았다. 커밀라는 자기의 용모에 무관심했다. 그래서 자기 용모를 놓고 버니가 야비하고 조잡한 농담을 해도 눈 하나 깜빡하지 않았다. 요컨대 커밀라는, 버니가 자기 취미와 지적 수준을 모욕해도 웃어넘길 줄 알았으며, 버니가 엉터리 인용구로 제 무덤을 파면서 여자는 남자보다 열등한 동물이라고 비방해도 무시할 줄을 알았으며, 여자는 철학, 예술, 고도의 인문학을 할 것이 아니라 그저 지아비의 눈이나 호리고 가정이나 꾸릴 준비나 해야 한다고 주장해도 그저 무표정한 얼굴로 들어 넘길 줄도 알았다.

그러나 딱 한 번, 커밀라가 그냥 넘기지 않은 적이 있었다. 쌍둥이 남매의 아파트에서 있었던 일이다. 아주 늦은 시각이었다. 다행히도 찰스는 헨리가 부탁한 얼음을 가지러 부엌으로 들어가는 바람에 그 자리에는 없었다. 그때 찰스는 굉장히 취해 있었으니까, 만일에 그 자리에 있었더라면 문제가 심각한 상태로까지 발전했을 것이다. 버니도 어찌나 마셨던지 제대로 앉아 있지도 못했다. 요컨대 분위기가 괜찮았는데 느닷없이 버니가 커밀라에게 이런 질문을 던졌다.

"너희가 어떻게 같이 사는지 나는 알다가도 모르겠더라."

커밀라가 한쪽 어깨만 들었다 놓았다. 쌍둥이 남매에게는 한쪽 어깨만 실룩거리는 버릇이 있었다.

"모르겠다면 가르쳐줘야지?"

"서로 편리하잖아? 싸게 먹히고."

"그런데 그게 이상하게 보인단 말이야."

"나는 지금까지 쭉 오빠와 함께 살았는걸."

"사생활이 없잖아? 특히 이런 곳에서는. 2층 침대 쓰나?"

"침실이 두 개야, 왜 그래?"

"한밤중에 남자 생각나면 어떻게 하지?"

어색한 침묵이 흘렀다.

"너 지금 무슨 말을 하려는 건지 모르겠다."

커밀라가 싸늘하게 말했다.

"너는 지금 내가 무슨 말을 하고 있는지 알아. 그래, 편리하기도 하겠다. 하지만 굉장히 고전적이다, 그렇지? 그리스 사람들은 오빠도 여느 남자 같았고 누이도 여느 여자 같았다, 너 아니…… 이런 제길."

버니가 의자 팔걸이 위에서 위태롭게 흔들리는 술잔을 잡으면서 말을 이었다.

"그건 자연의 법칙에 어긋나는 거 아니냐고? 너희들도 그 모양일 테니까. 너희들도 이따금씩은 자연의 법칙을 깨면서 살 거다, 그지?"

분위기가 싸늘해졌다. 나와 프랜시스는 얼이 빠진 얼굴로, 술잔을 비우는 버니를 바라보았다.

놀랍게도, 참으로 놀랍게도 커밀라가 신음하듯이 내뱉었다.

"너 말이다, 내가 너하고 안 잔다고 해서 우리 오빠와 자는 줄 알면 곤란하다."

버니가 쿡쿡 웃고는 반격했다.

"이봐요, 아가씨. 온 중국의 차를 다 팔아서 그 돈을 싸 들고 와도 나하고는 못 잘걸."

커밀라는 표정 하나 없는 창백한 얼굴로 버니를 노려보다가 일어서서 부엌으로 들어갔다. 프랜시스와 나는 고통을 참으며 그 자리에 앉아 있었다. 나는 그때 이상으로 고통스럽던 경험은 기억해낼 수가 없다.

종교에 관한 불필요한 험담, 이성을 잃는 데서 오는 개인 간의 앙화, 모욕, 정신적인 고문, 건전하지 못한 금전 거래, 이런 것들은 모두 하찮은 것들로 보이고 실제로도 그렇다. 따라서 이런 것들이, 이성적인 사람 다섯으로 하여금 살인을 저지르게 할 것으로는 보이지 않는다. 그러나 감히 말하거니와, 나도 살인에 동조하게 되기 전까지는, 얼마나 미묘하고 복잡한 감정의 기복이 살인이라는 행위를 유발할 수 있는 것인지를 깨닫지 못했다. 나중에 알게 되었지만 반드시 극적인 동기가 있어야만 살인하는 것은 아니다. 살인 행위를 그 동기 탓으로 돌리기는 쉽다. 살인에는 분명히 그런 측면이 있기는 하다. 그러나 자기를 보존하고자 하는 본능은, 우리가 생각하는 만큼 그렇게 우리의 무의식이 촉발하는 그런 본능은 아니다. 어쨌든 버니가 연출하는 위기는 급박하게 다가오는 그런 위기가 아니었다. 그 위기는 서서히, 조용히 증폭되면서 다가왔다. 그 위기는 추상적으로나마 연기될 수도 있었고, 얼마든지 변형될 수도 있는 그런 것이었다. 약속된 시간, 약속된 장소에서까지도, 손을 거두면 아무 일도 없을 터인 그 최후의 순간에도 우리에게는 상황을 재고할 여지가 있었다. 우리의 목숨에 대한 공포만으로도 버니를 교수대로 끌고 가 목에 올가미를 걸 수 있기는 했다. 그러나 버니가 딛고 선 의자를 걷어차게 하는 데는 나름의 급박한 어떤 자극이 필요했다.

버니는 아무것도 모르는 채 우리에게 계속해서 그런 자극을 공급했다. 나는 감히, 대단히 비극적인 동기에 등을 떠밀리는 바람에 어쩔 수 없이 그런 짓에 가담했다고 말할 수 있기는 하다. 그러나 내가 지금 그렇게 말한다면 그것은 거짓말이다. 즉 만일에 내가 독자들에게, 4월의 그 일요일 오후에 그런 동기에 등을 떠밀렸으니까 믿어달라고 한다면 나는 거짓말을 하고 있는 것이다.

흥미 있는 질문 하나 해볼까? 버니에게는 최후의 순간이었을 터인 바로 그 순간, 믿어지지 않는다는 듯이 두 눈이 휘둥그레진 버니("야, 장난이 지나치잖아!")를 보던 바로 그 순간에 내가 무슨 생각을 했겠느냐는 것이다. 버니에게 당하고 살던 내 친구들을 돕는다는 생각? 아니다. 공포? 아니다. 죄의식도 아니었다. 사소한 것들이었다. 모욕, 야유, 피해망상. 몇 달 동안 내 머리를 떠나지 않던 것은, 버니로부터 받은 수백 가지의 사소한 능멸, 갚아주지 못한 능멸이었다. 내가 생각했던 것은 그것에서 더도 덜도 아니었다. 바로 그것 때문에 아무런 양심의 가책이나 연민이나 회한의 느낌 없이, 벼랑으로 미끄러지는—느린 동작으로 비치는, 바나나 껍질에 미끄러지는 코미디언처럼 눈이 휘둥그레진 채, 두 팔을 내저으며—버니, 그러다가는 뒤로 넘어지면서 숨을 거두는 버니를 바라보고 있을 수 있었던 것이다.

내가 보기에 헨리에게는 복안(腹案)이 있는 것 같았다. 그러나 나는 그 복안이 무엇인지 알지 못했다. 그는 늘 알 수 없는 일을 처리하기 위해 사라지고는 했다. 아마 특별한 일은 아니었을 것이다. 그러나 누군가 상황을 관리하고 있다고 믿고 싶었기 때문에 나는 헨리가 하는 일에 어떤 희망이 섞인 의미를 부여했다. 종종 헨리는, 문을 두드려도 열어주지 않았다. 집 안에 불이 켜져 있고, 따라서 방에 있는 것이 분명한데도 헨리는 노크에 대답하지 않았다. 또한 그는 한 번 이상, 저녁 늦은 시간에, 젖은 구두, 바람에 헝클어진 머리카락, 검은 바지 자락에 진흙을 묻힌 채로 나타난 적도 있다. 그의 자동차 뒷좌석에는 아랍어로 보이는 근동어(近東語) 책이 쌓여 있었는데, 겉장을 펼쳐보았더니 윌리엄스 대학 도서관 스탬프가 찍혀 있었다. 뭐가 뭔지 알 수 없었다. 내가 아는 한, 아무리 헨리라고 하더라도 윌리엄스 대학 도서관에서 책을 빌리는 일, 아랍어를 읽는 일은 가능하지 않을 터였기 때문이다. 나는 슬쩍 책 겉장의 대출 카드를 훔쳐보았다. 마지막으로 도서관에서 그 책을 빌린 사람은 F. 로켓이라는 사람이었다. 연도는 놀랍게도 1929년이었다.

그러던 어느 날 나는 헨리가 하던 짓 중의 하나를 목격할 수 있었다. 그날 나는 주디 푸비의 차를 얻어 타고 햄든으로 나갔다. 세탁소에 옷을 맡길 참이었는데 마침 주디가 시내에 나갈 일이 있으니까 같이 가자고 했기 때문이었다. 버거킹 가게 주차장에서 코카인 한 이야기는 굳이 하지 말기로 하자. 볼일을 마치고 학교로 돌아오는 길에 빨간 신호에 걸리는 바람에 코베트 안에서, 맨체스터 라디오 방송국에서 내보내는 지독한 음악('프리 버드' 였다)을 듣고 있는데, 주디가 정신이 덜 들었던지 잠꼬대 같은 말투로, 푸드 킹 가게에서 수상한 짓을 하던 자들이라면서("가게 안에서 말이야! 식품 냉동고 사이에서 말이야!") 차창 옆을 지나가는 사내 둘을 가리켰다. 그러던 주디가 갑자기 소리를 질렀다.

"저길 좀 봐! 저기 있는 거, 네 친구 목사(目四) 아니야?"

안경쟁이라는 말에 나는 화들짝 놀라 밖을 내다보았다. 길 건너편에는 조그만 헤드숍이 있었다. 북, 벽걸이, 장식용 양철통, 각종 약초와 향료(히피나 환각제와 관계 있는)를 파는 잡화점이었다. 나는 그 가게에 손님이 들어 있는 것을 본 적이 없었다. 언제 보아도 햄든 대학 졸업생인 늙은 히피 하나가 계산대 뒤에 서 있을 뿐이었다. 그런데 바로 그 가게에 헨리가 있었다. 검은 양복 차림에 검은 우산을 든 헨리는 천계도(天界圖)와 유니콘에 둘러싸인 채 계산대 앞에서 종이쪽지를 들여다보고 있었다. 히피가 뭐라고 하자 헨리는 가볍게 손을 흔들어 제지하고는 계산대 뒤를 가리켰다. 그러자 히피가 어깨를 실룩거리고는 선반에서 조그만 병을 내렸다. 나는 숨을 멈추고 헨리의 일거수일투족을 좇았다.

"저 안경쟁이가 저기서 뭘 하지? 불쌍한 늙은이 히피를 겁주고 있나? 하여튼 저 가게 보통 웃기는 가게가 아니야. 언젠가 저울을 사러 들어간 적이 있는데, 저울 같은 건 없대. 점쟁이들이 쓰는 수정구(水晶球)니, 향이니 이런 것밖에 없대. 너, 내가 쓰고 있는 파란 저울 봤지? 너, 내 말 안 듣고 있구나."

주디는, 내가 넋을 놓고 바라보는 것을 보고는 볼멘소리를 했다. 늙은 히피는 계산대에 코를 박고 뭔가를 포장하고 있었다.

"경적을 울려줄까?"

"안 돼!"

나는, 코카인 약 기운이 덜 떨어진 몽롱한 상태에서, 운전대에 놓인 주디의 손을 잡아당겼다.

"얘가 왜 이래? 말로 하지 않고. ……가뜩이나 골치가 아파 죽겠는데, 코카인에 메스암페타민(각성제─옮긴이)이 들어 있나?"

신호가 녹색으로 바뀌었다. 뒤에 있던 트럭이 경적을 울리기 시작했다.

도서관에서 훔쳐낸 것이 분명한 아랍어 책? 햄든의 헤드숍? 나는 헨리가 하고 있는 짓을 상상할 수가 없었다. 그러나 나는 아이처럼, 헨리의 원대한 구상이 내 앞에 펼쳐질 때를 기다렸다. 유명한 친구 홈스가 의미를 설명할 때까지 잠자코 기다리는 닥터 왓슨처럼 나도 그렇게 기다렸다.

며칠이 지났다.

목요일 밤, 자정을 넘긴 시각에 잠옷 바람으로 방바닥에 앉아 거울을 앞에 놓고 머리를 깎고 있는데(내 솜씨는 신통치 않았다. 깎아놓고 보면 영락없이 엉겅퀴 열매처럼 부스스한 아르튀르 랭보 꼴이었다) 노크 소리가 났다. 나는 거울과 가위를 든 채로 나가서 문을 열었다. 헨리였다.

헨리는 바닥에 떨어져 있는 갈색 머리카락을 피하면서 조심스럽게 들어와서 책상 앞에 앉았다. 나는 거울로 내 옆얼굴을 보면서 계속해서 가위질을 했다.

"어떻게 지냈어?"

내가 귀 뒤의 머리카락을 그러쥐면서 물었다.

"너, 한동안 의학 공부를 했지?"

헨리가 물었다.

나는 건강 상담의 전주곡이거니 여겼다. 의예과 1년 다닌 것을 가지고 의학 공부를 했다고 할 수는 없다. 내가 가진 지식이라는 것도 사실은 보잘것없다. 그러나 의학이나 공감 주술에 무지한 사람들은, 미개인이 주술사에게 그렇듯이 나에게 고통을 호소하고는 한다. 대개의 경우 의학에 관한 이들의 무지는 놀라울 정도다. 많이 아파봐서 그렇겠지만 헨리는 다른 사람에 비해 나은 편이기는 하나 이따금씩은 체액 혹은 비장에 관한 질문을 심각하게 던져 나를 기겁하게 하기도 했다.

"왜, 어디 아파?"

나는 여전히 시선을 거울에 둔 채로 물었다.

"처방 공식이 필요해서."

"처방 공식이라니? 가만있자, 무슨 공식?"

"그런 거 있잖아, 왜? 신장과 체중에 따라 어느 정도 복용하면 어떤 효과가 난다, 뭐 이런 걸 알 수 있는 수학 공식 같은 거."

"그건 약의 함량에 따라서 달라. 따라서 나로서는 이렇다 저렇다 할 수가 없어.《약사를 위한 탁상 지침서》같은 걸 보지그래?"

"내가 그런 걸 어떻게 봐?"

"아주 참고하기 쉽게 되어 있어."

"내가 참고하고 싶은 건 그런 데 나오지 않아."

"거긴 안 나오는 약이 없는데."

한동안 침묵 속에서 가위 소리만 났다. 가만히 앉아 있던 헨리가 소리쳤다.

"내 말을 못 알아듣는군. 내가 말하는 건 의사나 약사는 사용하지 않는 약이야."

나는 가위를 놓고, 거울에 비치는 그의 얼굴을 바라보았다.

"헨리, 설마, 엘에스디 같은 건 아니겠지?"

"미안하지만 비슷한 거야."

나는 거울도 방바닥에 내려놓았다.

"헨리, 그거 별로 좋은 거 아니야. 내가 이야기했던가? 고등학교 2학년 때 그거 몇 번 해봤다는 이야기? 내 평생 해온 일 중에 뼈저리게 후회하는 게 바로 그거라고."

"딴소리 말고. ……애를 좀 써봤는데, 그런 약품의 함량 측정이 굉장히 어렵다는 걸 알았어. 하지만 경험방 같은 게 있을 거 아니겠어? 가령, 문제의 약품 몇 그램이면 체중 35킬로그램인 어떤 동물에게는 효과적으로 작용하는데 이보다 몇 그램 더 많아지면 치사량이 된다는 식의…… 물론 근사량 정도는 나도 산출할 수 있어. 하지만 내가 필요로 하는 것은 정확한 적용 공식이야. 자, 이걸 어떻게 하면 산출할 수 있지?"

나는 머리를 깎고 있었다는 것도 잊은 채 기대고 서서 헨리를 바라보았다.

"네가 가지고 있다는 그 문제의 약을 좀 보자."

헨리는 내 눈을 뚫어지게 바라보면서 주머니로 손을 가져갔다. 그러고는 그 손을 주머니에서 꺼내어 천천히 폈다. 나는 얼굴을 그의 손 가까이로 가져갔다. 그의 손바닥 위에 올려져 있는 것은 푸른빛이 도는, 대가 가느다란 버섯이었다.

"황제버섯이야. 네가 생각하고 있는 그런 약은 아니지."

"이것이 광대버섯이라는 것쯤은 나도 알아."

"광대버섯이라고 해서 모두 독버섯인 것은 아니야. 이 버섯은 유독한 버섯이 아니야."

"뭐더라? 환각제로 쓰이던가?"

나는 버섯을 전등 가까이 대고 자세히 들여다보았다.

"아니. 실제로 이건 몸에 이로운 거야. 로마인들이 아주 즐겨 먹었지. 하지만 사람들은 이걸 대체로 피하려고 해. 이와 거의 똑같은 독버섯이 있거든. 이걸 먹으려다가 엉뚱한 독버섯을 먹는 수가 있으니까."

"똑같은 독버섯?"

"알광대버섯이라는 거야. 별명이 '죽음의 모자'라지?"

"그걸로 뭘 할 생각이야?"

나는 이렇게 묻지 않을 수 없었다.

"뭘 할 거라고 생각해?"

헨리가 되물었다. 나는 흥분을 가눌 수 없어서 자리에서 일어나 책상 쪽으로 갔다. 헨리는 버섯을 주머니에 넣고 대신 담배를 꺼냈다.

"재떨이 있어?"

그가 조심스럽게 물었다.

나는 그에게 빈 콜라 깡통을 내주었다. 담배가 거의 다 탈 무렵이 되어서야 내가 헨리에게 말했다.

"헨리, 어째 좋은 생각인 것 같지 않다."

"그건 왜?"

"왜라니? 유독물을 추적하는 건 아주 간단해. 특히 독극물은. 버니를 쓰러뜨릴 수 있는 독극물을 경찰이 추적해내지 못할 것 같아? 검시의가 아무리 바보라도……."

"그건 나도 알아. 그래서 네게 정확한 처방 공식을 물으러 온 거 아닌가?"

"처방 공식 같은 것도 필요 없어. 알광대버섯이라면 유독한 광대버섯인데 그것이라면 극소량도……."

"……심각한 중독 현상을 유발할 수 있지. 그러나 치명적인 것은 아니야."

"치명적이 아니라니, 무슨 소리야?"

헨리가 안경을 추어올리면서 대답했다.

"실제 효용 가치에서 본다면 이보다 효과가 좋은 독초는 얼마든지 있어. 조금만 있으면 온 숲이 디기탈리스와 바곳 같은 독초 천지가 되지. 내가 필요로 하는 정도의 독극물질은 끈끈이주걱 같은 데서도 추출할 수 있어. 이 지역에 자생하지 않는 독초도 얼마든지 구할 수 있어. 내가 지난 주 브래틀보로에 있는 건강식품 가게에서 발견한 약초 명단을 본다면 독극물의 명수인 이탈리아의 보르자가 눈물을 흘렸을 거다, 아마. 미나리아재비, 맨드레이크, 쑥에서 짜낸 기름…… 사려고 마음만 먹으면 뭐든지 살 수 있더라고. 쑥은 방충제로 쓰이는데, 슈퍼마켓에서 살 수 있는 화학제품 방충제보다 안전해서 인기가 있는 모양이야. 순수한 쑥 기름 한 병이면 일개 중대 병력은 죽일 수 있다더군. 이런 독초가 좋기는 한데 문제는 투약 직후에 나타나는 증상이야. 대부분의 독극물이 그렇듯이 아마톡신은 배 속으로 들어가자마자 구토증을 일으켜. 구토, 황달 증세, 경련 같은 증세를 일으키지. 말하자면 이탈리아에서 만든 진정제처럼 속효성이 있는 것도 아니야. 그것은 그렇고, 어떻게 했으면 좋겠어? 너도 알다시피 나는 식물학에 어두워. 광대버섯의 종류가 워낙 다양해서 균류학자도 쩔쩔맬 때가 있다던데? 손수 채취한 버섯에다 뭘 좀 섞으면 될까? 어떤 사람에게 치명타를 안길 수 있다, 뭐 이런 게 없을까?"

우리는 한참 동안이나 서로의 얼굴만 멍하니 바라보고 있었다.

"문제가 복잡해질 수 있다는 것도 알고 있겠지?"

"글쎄, 모르겠어. 나 자신의 목숨이 왔다 갔다 하는 판이 아닌가? 너도 알다시피 위험을 각오하지 않을 수 없는 입장이야. 하지만 아직 기회는 있는 셈이고, 나는 이 기회를 이용해볼 생각이야. 너도 봐서 잘 알겠지만, 이제부터 내가 걱정해야 할 것은 나 자신의 문제야. 나머지는 자연의 법칙에 따르게 되겠지."

나는 그가 무슨 말을 하는지 알았다. 계획 자체에 무리가 없는 것은 아니었다. 그러나 실현 불가능한 것도 아니었다. 수학적인 처방 공식만 제대로 적용될 수 있다면, 음식을 먹되 여느 사람의 곱절을 먹는 버니에게 치명타를 가하는 것도 불가능한 일만은 아닐 듯했다.

담배 연기 사이로 보이는 헨리의 얼굴은 창백했다. 그는 주머니에 손을 넣어 다시 문제의 버섯을 꺼냈다.

"봐. 이 정도의 알광대버섯이라면 튼튼한 20킬로그램짜리 개에게 치명타를 가할 수 있어. 나는 보았어. 35킬로그램짜리 개가 토하고, 설사하고, 경련하는 걸. 간 기능장애 같은 것도 있었는지는, 수의사가 아니니 모르겠지만, 분명한 것은……."

"헨리, 이런 걸 어떻게 알아내었어?"

그는 한 차례 천장을 바라보고는 대답했다.

"우리 위층에 사는 부부에게 무시무시한 복서가 두 마리 있는 것 알지?"

끔찍했지만 웃음이 나오는 것을 어쩔 수 없었다.

"알 리 있어? 네가 이야기하지 않았으니."

"안 했던가? 유감스럽게도 한 마리는 멀쩡해. 하지만 나머지 한 마리는 더 이상 내 포치에 있는 쓰레기통을 엎지 못하게 되었어. 20시간 뒤에는 죽더군. 조금만 더, 말하자면 1그램 정도만 더 먹였으면 즉사했을 거야. 자, 여기에서, 사람에게는 어느 정도가 치사량이 될 것이냐 하는 문제가 대두되지 않겠어? 말하자면 정확한 처방 공식이 필요하게 된 것이지. 걱정스러운 것은 이 버섯의 함량과 저 버섯의 함량 차이야. 이 차이는 약사가 사용하는 함량 측정 방식으로는 안 될걸? 나는 이 대목에서 중요한 걸 오해하고 있는지도 모르지. 너는 알 테니까 가르쳐달라는 거야. 2그램짜리 버섯과 3그램짜리 버섯의 독극물 함량은 과연 2와 3일 것인가의 여부. 나는 이 딜레마에 빠져 있어."

헨리는 주머니에서 종이쪽지를 꺼내어 나에게 보여주었다. 숫자가 잔뜩 씌어진 종이였다.

"이 일에 너를 끌어들이고 싶지는 않아. 하지만 수학을 할 수 있는 친구는 없잖아? 내 수학은 네가 알다시피 엉터리이고. 좀 보아주겠어?"

구토, 황달, 경련. 나는 그가 내민 종이쪽지를 들여다보았다. 대수 공식이 잔뜩 쓰여 있었다. 그러나 대수 공식은 이미 내 머리에 하나도 남아 있지 않았다. 나는 고개를 가로저으면서 그 쪽지를 헨리에게 넘겨주려고 하다가 손길을 멈추었다. 나는 그제야, 나 자신이 헨리의 계획을 저지할 수 있는 위치에 있음을 깨달았다. 헨리는 진심으로 나의 도움을 바라고 있는 듯했다. 나의 도움이 진정으로 필요하지 않았다면 나를 찾아왔을 리도 없을 터였다. 따라서 감정적인 호소는 통하지 않을 것이나, 그에게 계획의 문제점을 지적하고 계획의 포기를 종용하는 일은 적어도 내가 해야 하고 또 할 수 있는 일이었다.

나는 종이쪽지를 들고 내 책상 앞에 앉아 연필로 방정식의 숫자를 하나씩 점검해나갔다. 그러나 화학적인 함량에 관한 방정식은 증류된 액체에서 특정 물질의 함량을 알아내는 것만큼이나 복잡한 것이어서 내 화학 실력으로는 어림도 없었다. 더구나 불규칙한 구조로 되어 있는 물체의, 끊임없이 변하는 함량을 측정하는 것이어서 나의 화학 실력으로는 접근이 불가능했다. 헨리가 어릴 때 배운 기초 대수로 자기에게 가능한 수준까지는 풀어보았던 모양이나 그의 실력으로는 접근할 수 있는 차원이 아니었다. 게다가 대수방정식만 풀어낸다고 해결될 문제도 아니었다. 대학에서 삼사 년간 미분, 적분을 공부한 사람이라야 그나마 접근이라도 해볼 수 있을 터였다. 나는 머릿속에 남아 있는 미적분의 지식을 동원하여 짜깁기식의 문제 풀이를 시도해보았지만 불행히도 내 머릿속에 남아 있는 미적분 지식은 얼마 되지 않았다. 물론 헨리보다는 나을 테지만 문제 풀이에는 터무니없이 모자랐다.

나는 근 반 시간이나 종이쪽지를 붙들고 씨름하다가 고개를 들었다. 헨리는 내 서가에서 뽑아낸 단테 《신곡》의 〈연옥〉편을 읽고 있었다.

"헨리."

헨리가 책에서 눈을 떼고는 나를 바라보았다.

"헨리, 이것 가지고 될 것 같지 않다."

그가 책을 덮고 돌아앉았다.

"두 번째 수식에서 내가 실수했던 것 같아. 첫 번째 인수분해가 시작되는 대목에서."

"그 대목은 별로 틀린 데가 없어. 하지만 가만히 보니까 화학 실력과 수학의 미적분 실력을 고루 갖춘 사람이라야 손을 써볼 수 있을 것 같아. 그렇지 않고는 될 것 같지 않아. 가령 화학적인 함량은 그램이나 밀리그램 단위로 나타내는 게 아니라 몰이라는 단위로 나타내. 따라서 단위 문제를 일괄적으로 정리해야 문제에 접근할 수 있어."

"그걸 네가 좀 해줄 수 없어?"

"글쎄, 나도 애는 써봤지만 아무래도 안 되겠어. 요컨대 나는 네게 정답을 가르쳐줄 수 없어. 화학 교수라도 상당한 시간을 써야 풀 수 있을걸, 아마?"

"흠, 내 체중은 버니보다 무겁지? 15킬로그램쯤 더 나갈 거야. 이걸 감안해서 조잡하게나마 계산해낼 수 없을까?"

"가능하기는 하지. 그러나 이런 문제에서 그 정도 체중 차이는 별로 중요하지 않아. 체중이 달라봐야 오차의 범위는 크게 벌어지지 않거든. 네가 한 25킬로그램쯤 더 나간다면 어떨는지 모르지만."

"약효는, 적어도 12시간 뒤에 나타나야 해. 내가 과다 복용했을 경우에 대비해서 해독에 필요한 유예 시간이 있어야겠다는 거지."

"해독제라고? 그런 것도 있어?"

"아트로핀이 해독제로 좋아. 가지에 많이 들어 있지."

"아트로핀을 잘못 쓰면 너도 당한다는 거 알고 있어?"

"아트로핀은, 소량으로는 안전해."

"비소(砒素)도 같은 작용을 하지만 권하고 싶지는 않다."

"내가 알아낸 바에 따르면 작용은 정반대야. 아트로핀은 신경계통을 자극해서 심장의 박동을 빨라지게 한대. 아마톡신은 심장박동을 느리게 하고."

"어째 정신이 없구나. 독극물과 해독물의 상호작용이라."

"그런 것만도 아니야. 페르시아인들은 독극물의 도사들이었는데, 그들의 견해에 따르면……."

나는 헨리의 자동차 뒷자리에 있던 책을 떠올렸다.

"페르시아인이라고?"

"이 방면에 박학한 한 페르시아인에 따르면……."

"네가 아랍어까지 하는 줄은 몰랐는데?"

"해도 별것은 아니야. 하지만 이런 문제에 관한 한 페르시아 문서의 권위는 굉장한데, 불행하게도 내가 필요로 하는 건 거의 번역이 안 되어 있더군. 그래서 사전 꿰차고 진땀을 빼고 있는 중이야."

나는 헨리의 자동차에 세월의 풍상에 삭을 대로 삭은 책이 있던 까닭을 그제야 이해했다.

"언제 적 책인데?"

"15세기 중반일 거야."

나는 연필을 놓고 정색을 하지 않을 수 없었다.

"헨리."

"왜?"

"너도 알겠지만, 이런 문제는 그렇게 오래된 문서에 의존하는 게 아니야."

"페르시아 사람들은 독극물의 도사들이라니까. 구체적인 방법론을 자세하게 소개하는 책도 있어. 페르시아 사람들처럼 읽을 수 없다는 게 애석할 뿐이야."

"헨리. 사람을 독살하는 것과 죽어가는 사람을 살리는 건 다른 거야."

"사람들은 과거 수 세기 동안이나 이 책을 이용해왔어. 따라서 그 정확성을 새삼스럽게 의심할 필요는 없겠지."

"나도 고대의 지적인 유산을 너만큼 존중해. 하지만 중세의 민방(民方)에 목숨을 맡길 수는 없지 않아?"

"한번 확인해볼 필요는 있겠지."

"그래도 이건 굉장히 심각한 문제라고."

"고마워, 도와줘서 고마워."

그는 〈연옥〉편을 집어 들고는 말을 이었다.

"……번역이 좋은데그래? 이탈리아어는 싱글턴의 번역이 좋기는 해. 문학적인 향기가 살아 있거든. 하지만 운구법은 싱글턴도 살려내지 못해. 따라서 운구법까지 읽으려면 원전을 읽는 수밖에. 위대한 시라고 하는 것은, 언어를 모르는 사람에게도 음악을 느낄 수 있게 하는 거야. 나는 이탈리아어를 알기 전에도 단테를 광적으로 좋아했어."

"헨리."

366

다급했지만 나는 나직한 소리로 그를 불렀다.

헨리는 약간 짜증스러워하는 얼굴로 나를 돌아다보았다.

"내가 하려는 게 위험한 일이라는 건 나도 알아."

"네가 목숨을 잃는다면 그게 무슨 소용인가?"

"선상 호텔 여행 이야기를 듣다 보면 점차 죽음이 두렵지 않게 되더라고. 고마워, 아주 큰 도움이 되었어. 잘 자."

다음 날 이른 오후에 찰스가 문득 내 방을 찾아왔다.

"와, 여기는 굉장히 따뜻하네."

찰스는 이러면서 젖은 외투를 벗어 의자 등받이에 걸었다. 머리카락은 젖어 있었고, 얼굴은 벌겋게 상기되어 있었다. 코끝에서 물 한 방울이 매달린 채 떨고 있다가 방바닥으로 떨어져 내렸다. 찰스는 코끝을 닦으면서 물었다.

"밖에 나갈 생각 하지 마. 지독하다. 그런데, 혹시 프랜시스 못 봤어?"

나는 머리를 긁었다. 금요일 오후였다. 전날 잠도 제대로 못 자고 공부하는 바람에 오후까지 잠을 잔 참이었다.

"헨리가 어젯밤에 다녀가기는 했어."

"그래? 뭐라고 했어? 이런, 깜빡 잊고 있었군."

찰스가 주머니에 손을 넣어 냅킨에 싼 조그만 덩어리를 꺼내어 내게 건네주면서 말을 이었다.

"점심 먹으러 안 오기에 이 샌드위치 가지고 왔다. 식당에서 슬쩍했어. 커밀라가 그러는데 식당의 계산 담당 직원이 그걸 보고는 내 이름 위에 엑스 표를 치더란다."

냄새만 맡고도 나는 그것이 크림치즈 샌드위치라는 것을 알 수 있었다. 쌍둥이 남매는 좋아하지만 내게는 별로인 샌드위치였다. 나는 냅킨을 풀어 한입을 베어 물고는 내 책상 앞에 앉았다.

"찰스, 최근에 헨리와 이야기를 나눈 적 있어?"

"바로 오늘 아침에. 자동차로 날 은행까지 태워다 주었어."

나는 샌드위치를 한입 더 베어 물었다. 청소를 안 한 탓에 바닥에는 여전히 내 머리카락들이 뒹굴고 있었다.

"무슨 이야기 없었어?"

"무슨 이야기?"

"버니와 저녁식사 함께한다는, 뭐 그런 이야기."

"아, 그거? 너도 알고 있는 줄 알았는데? 헨리가 그런 생각한 지 한참 됐어."

"할 것 같아?"

"뱃병을 앓게 할 양을 확보하기도 무지 어려울걸. 지난주에 나와 프랜시스가 헨리를 따라 버섯을 따러 갔어. 잘 안 보이더군. 프랜시스가, 그게 뭐 어려우냐면서 잔뜩 따 왔기에 봤더니 광대버섯이 아니고 말불버섯이야."

"헨리가 기어이 필요한 만큼 딸 것 같아?"

"시간만 있으며 가능하겠지. 담배 있어?"

"없어."

"담배 좀 피우지그래? 네가 담배 안 피우는 까닭은 알다가도 모르겠어. 고등학교 때 운동 같은 거 한 것도 아니잖아?"

"안 했지."

"버니가 담배를 안 피우는 건 고등학교 때 운동을 했기 때문이야. 곱게 늙은 축구 코치 같은 사람 있지, 왜? 그런 사람 밑에서 감수성이 예민할 때 훈련을 쌓은 사람은 담배 같은 걸 못 피우게 돼."

"최근에 버니 만난 적 있어?"

"별로. 어젯밤에는 제 방에 있는 모양이더군."

"그냥 해보는 소리가 아냐? 정말로 할 거야?"

나는 골똘히 쳐다보며 물었다.

"버니가 내 목에 매달려 평생을 저렇게 심술을 부릴 걸 생각하면 차라리 감옥에 가 있는 편이 낫겠어. 네가 물으니까 하는 말이지만 감옥에서 살 체질도 못 되는 내가 이 정도라고."

찰스는 내 침대 위에 앉더니 위통을 앓는 사람처럼 배를 잡고 허리를 구부렸다.

"안 되겠다, 아무래도 담배가 있어야겠다. 아래층에 사는 여자애 있지, 왜? 주디 뭐라고 하는…….."

"주디 푸비."

"가서 문 두드려 담배 좀 얻어 오지그래? 네가 부탁하면 갑째 줄 거다. 상자로 떼어다 놓고 피우는 여자 같더라."

날씨가 날이 갈수록 따뜻해졌다. 따뜻한 봄비에 지저분한 눈이 녹으면서 군데군데 누런 잔디가 드러나고 있었다. 처마에 매달려 있던 고드름도 녹으면서 단검처럼 떨어져 내렸다.

커밀라가 어느 날 내 방에서, 처마에서 떨어지는 빗방울 소리를 들으면서 찻잔으로 버번을 마시다 말고 불쑥 이런 말을 했다.

"지금쯤 남아메리카에 있어야 하는 건데. 우습지, 그렇지?"

"재미있겠지."

나는 남아메리카 여행에 초대도 받지 못했으면서도 커밀라의 말이라서 이렇게 대꾸했다.

"그 당시에는 별로 좋을 것 같지도 않더라고. 하지만 지금 생각하면, 그때 거기에 갔어야 했어."

"방법이 없었잖아?"

커밀라는 책상 위에다 올려놓은 손으로 주먹을 쥐고는 자기 뺨을 거기에다 대었다.

"전혀 불가능했던 건 아니야. 해먹에서 흔들거리면서 잠을 자고, 스페인어를 배우고, 조그만 집 한 채 장만해서 살면서 뜰에는 병아리를 기르고."

"그러다 병나거나, 총 맞으면 어쩌게?"

"그래도 여기보다는 낫겠지."

커밀라가 나를 곁눈질했다. 커밀라의 시선이 내 심장으로 파고드는 것 같았다.

갑자기 불어온 강풍에 창유리가 흔들렸다.

"내게는 네가 안 간 게 그렇게 다행일 수가 없다."

커밀라는 내 말을 귓가로 흘리면서 컴컴한 바깥에 잠깐 눈을 주었다가는 버번이 든 찻잔을 끌어당겼다.

4월 첫 주였다. 나에게나 친구들에게나 별로 기분 좋은 달은 아니었다. 한동안 비교적 잠잠하던 버니가 또 미쳐 날뛰기 시작했다. 헨리가 워싱턴 디시의 스미스소니언 자연사 박물관으로 1차 세계대전 때의 복엽기를 보러 가면서 동행하겠다는 버니의 청을 거절했기 때문이었다. 쌍둥이 남매와 헨리는 하루에 두 번씩 거래 은행으로부터 불길한 전화를 받아야 했다. 프랜시스의 어머니는 아들의 신탁 예치금 인출 기도를 알고는 하루가 멀다 하고 편지를 보내고 있었다.

"이런 젠장."

프랜시스는 갓 도착한 편지를 뜯어 내용을 일별하고는 혀를 찼다.

"어떤 내용인데?"

"읽어줄 테니까 어디 들어봐. '얘야, 나와 크리스는 네 걱정을 너무너무 많이 한단다. 젊은 세대에 속하는 너에게 권위를 내세우려고는 하지는 않겠다. 너 역시 이 어미의 말을, 다 늙은 여자의 잔소리로 들을 테니까. 하지만 나는 아직까지도 네가 네 문제를 크리스와 상의해주면 좋을 것 같다는 생각을 버리지 않고 있다.'"

"내가 보기에 너보다는 크리스라는 작자에게 문제가 더 많을 것 같은데?"

내가 거들었다. 〈젊은 의사들〉이라는 연속극에서 크리스가 맡고 있는 역할은 형수와 동침하고, 아이를 유괴하는 파렴치범이었다.

"물론 크리스에게 문제가 많고말고. 스물여섯 새파란 작자가 우리 어머니 같은 여자와 결혼했으니까. 하지만 더 들어봐. '나는 너에게 이런 소리를 하고 싶지 않았다. 따라서 너를 사랑하고 너를 걱정하는 크리스의 제안이 아니었더라면 나도 이런 소리를 하지 않았을 게다. 크리스는 쇼비즈니스 사회에 종사하면서 젊은이들 사이에서 생기는 이런 문제에 관해 잘 알고 있더구나. 그래서 내가 베티포드센터에 전화를 걸어두었다. 네 생각은 어떠냐? 베티포드센터 관계자의 말로는, 네가 쓰기에 알맞은 참한 방이 있다는구나.'"

"네가 알코올중독이라고 고백했나?"

내가 웃음을 터뜨리자 프랜시스는 짜증을 부렸다.

"끝까지 들어보기나 하라고. '싫겠지만, 부끄러워할 것은 없어. 어디까지나 그건 병 같은 것이니까. 그게 병이라는 건 베티포드센터에서 내가 절감했다. 그렇게 생각하고부터 내 몸과 마음이 얼마나 가벼워졌는지 너는 상상도 못 할 게다. 네가 요구하는 게 정확하게 뭔지는 모르겠지만, 얘야, 이제는 세상을 실제적으로 보아야 하지 않겠니? 솔직하게 말해서 네 요구는 무리인 것 같고, 네 할아버지도 동의하시지 않을 것 같다. 나도 형편이 좋지 않다. 재산세에다 경비가 어찌나 드는지.'"

"너 아무래도 베티포드센터로 가서 약물중독 치료를 받고 와야겠는데?"

"놀리지 마. 그게 어디에 있는지 알기나 해? 팜스프링에 있어. 여기에서 멀기도 하거니와 갔다 하면 잡아다 가두어놓고 에어로빅을 시킨다고. 우리 어머니는 텔레비전을 너무 보는 모양이야."

프랜시스가 편지를 보면서 투덜대는데 전화벨이 울렸다.

"이런 빌어먹을."

프랜시스가 지친 목소리로 욕지거리를 했다.

"안 받으면 되지?"

"안 받아? 안 받으면 우리 어머니는 경찰에 전화할 거야."

프랜시스는 이러면서 수화기를 들었다.

나는 밖으로 나와(프랜시스는 전화기 앞에서 왔다 갔다 하면서 수화기에다 대고, "웃긴다고요? 내가 웃긴다고요?" 하고 고함을 지르고 있었다) 우체국까지 걸어갔다. 놀랍게도 내 우편함에는 식사를 함께했으면 좋겠다는 줄리언 모로 교수의 단정한 메모가 들어 있었다.

줄리언은 특별한 경우에는 우리 동아리와 더불어 식사를 함께하고는 했다. 그는 요리 솜씨가 대단했을 뿐만 아니라 젊은 시절 유럽에 있을 때는 탁월한 호스트로 이름이 높았다고 한다. 줄리언이 유명 인사들을 사귄 것은 대개 이때의 초대와 응대를 통해서인 것으로 알려져 있었다. 오스버트 시트웰(영국의 시인 겸 소설가-옮긴이)은 일기에서 '작고 멋진 축제(fêtes)'라는 말로 줄리언 모로의 손님 접대 솜씨를 언급했고, 찰스 로턴에서부터 윈저공에 이르기까지 각계각층의 유명 인사들의 서한에도 비슷한 언급이 보인다. 까다로운 손님으로 악명 높은 시릴 코널리는 해럴드 액턴에게 줄리언 모로야말로 자기가 만나본 미국인 중 가장 우아한 사람이라고 한 적이 있었고, 손님 접대라면 남에게 빠지지 않는 세라 머피는 줄리언 모로에게 애원에 가까운 편지를 보내어 솔 베로니크를 만드는 비법을 물었다고 한다. 나는 줄리언이 여러 차례 헨리를 둘만의(à deux) 식사에 초대한 것을 알고 있었다. 그러나 나는 한 번도 혼자서 초대받아본 적이 없었다. 그래서 우쭐한 생각도 드는 한편 걱정스럽기도 했다. 당시의 내 심리 상태는 일상에서 조금만 어긋나도 공연히 불길한 생각이 드는 그런 분위기였다. 그래서 나로서는 좋아할 일만은 아닌 것 같았다. 나와 식사를 나누면서 즐겁게 대화하는 것 이외에 다른 목적이 있을 수도 있는 것이기 때문이었다. 나는 초대장을 가지고 내 방으로 돌아와 꼼꼼히 살펴보았다. 비스듬한 달필로 쓴 초대장에는, 내 기분을 잡치게 할 만한 어떤 것도 없었다. 나는 교환에 전화를 걸어 줄리언 모로 교수에게 다음 날 가겠다는 메모를 전했다.

다음 날 헨리와 단둘이 만난 김에 내가 물어보았다.

"줄리언은 그 사건을 알고 있어?"

"뭘? 응, 그거? 알고 있어. 물론 알고 있지."

헨리가 읽고 있던 책에서 눈을 떼고 나를 올려다보면서 대답했다.

"너희가 그 사람을 죽였다는 걸 알고 있다는 말이야?"

"이 사람이 소리를 그렇게……."

헨리는 의자에 앉은 채로 돌아앉으면서 이렇게 말하고는 목소리를 낮추어서 덧붙였다.

"줄리언은 당시 우리가 하려던 게 무엇인지 알고 동의하기까지 했고, 우리도 끝난 뒤에는 줄리언의 시골집으로 찾아가 보고까지 했어. 보고해줘서 고맙다고 하더군."

"하나도 빠짐없이 보고했어?"

"무슨 뜻으로 하는 말인지 모르겠지만, 줄리언은 우리가 전혀 걱정할 필요가 없는 사람이야."

안경을 고쳐 쓰고 고개를 책 쪽으로 돌리면서 헨리가 한 말이었다.

요리는 줄리언이 손수 만든 것임은 물론이다. 우리는 그의 연구실에 있는 커다란 원탁에서 먹었다. 신경이 날카로울 대로 날카로워져 있던 몇 주 동안, 나는 대화에도 굶주려 있었고, 음식다운 음식에도 굶주려 있던 참이어서 그와의 식사가 나에게는 대단한 호사였다. 그의 손님 응대는 과연 훌륭했다. 조촐하기는 했으나, 일종의 아우구스투스적 영양과 격식이 겸비된 식사 자체는 그 조촐함을 잊게 하기에 충분했다.

구운 양고기, 감자, 부추와 회향을 곁들인 콩, 더할 나위 없이 맛이 좋으면서도 풍미가 있는 포도주 샤토 라투르가 나왔다. 참으로 오랜만에 왕성한 식욕을 감추지 않고 포식하는데 줄리언이 마술이라도 부린 듯이 네 번째 요리가 내 팔꿈치 옆으로 미끄러져 왔다. 나는 숨이 턱 막히는 기분이었다. 버섯 요리였다. 푸르스름한 빛이 도는, 대가 가느다란 버섯, 물론 헨리의 손바닥 위에서 보았던 것과 똑같은 버섯이었다. 붉은 포도주 소스에 버무려 요리한 버섯에서는 고수와 운향 냄새가 났다.

"어디에서 구하신 겁니까?

내가 물어보았다.

"자네 눈이 참 밝군그래, 먹음직스럽지? 아주 귀한 거라네. 헨리가 가져왔더군."

교수는 내 말을 찬사로 들었는지 어린아이처럼 좋아했다.

나는 재빨리 포도주 잔을 비움으로써 당혹을 감추려고 했다.

"헨리의 말에 따르면, 미안하지만……."

교수가 버섯 요리 접시를 턱으로 가리키면서 웃었다.

내가 접시를 넘겨주자 그는 숟가락으로 버섯을 덜어 자기 접시에도 놓았다.

"고맙네, 내가 무슨 이야기를 하고 있었더라? 응, 헨리는 이 희귀한 버섯이, 클라우디우스 황제가 즐겨 먹던 것이라고 하더군. 재미있지 않은가? 자네, 클라우디우스 황제가 어떻게 죽었는지 아는가?"

나도 알고 있었다. 클라우디우스 황제는 아그리피나가 저녁밥에 섞은 독극물 때문에 목숨을 잃은 것으로 알려져 있었다.

"응, 맛있군. 자네도 헨리와 함께 버섯을 따러 간 적이 있나?"

"아직 없습니다. 헨리가 같이 가자는 말을 통 하지 않아서요."

"사실 나는 버섯 요리를 별로 좋아하지 않았어. 그런데 헨리가 가져다주는 건 하나같이 별미야."

나는 그제야 버섯이 거기에 와 있는 까닭을 이해했다. 버섯은 주도면밀한 헨리의 도상 연습의 첫 단계로 거기에 와 있는 것이었다.

"헨리가 전에도 이걸 가져온 적이 있습니까?"

"응. 하지만 나는 이런 걸 가지고 좋다고 떠들어대는 사람을 신용하지 않아. 그런데 헨리는 이 버섯에 대해 어찌나 박식한지 내가 다 놀라버렸다네."

"아마 그럴 겁니다."

나는 헨리의 집 위층에 사는 어느 부부의 복서 개를 생각하면서 대답했다.

"헨리는 했다 하면 어떤 분야든 탁월한 진전을 보이는 게 그저 놀라울 뿐이야. 꽃도 기를 줄 알지, 전문가 뺨치게 시계를 수리할 줄도 알지. 머릿속에 뭔가가 무궁무진하게 든 것 같아. 손가락 벤 데 반창고를 감는 것 같은 지극히 단순한 일도 헨리는 우아하고 정교하게 해낼 줄을 알아. 모르기는 하지만 헨리가 배타적인 태도를 보이면서까지 고전에 매달리기로 결심했을 때 부모님이 약간 실망했을 거야. 헨리 부모의 의견이 옳다는 건 아니야. 애석하게 생각했을 거라는 말이지. 헨리는 훌륭한 의사, 훌륭한 군인도 될 수 있고 훌륭한 과학자도 될 수 있는 사람이야."

"훌륭한 스파이도 될 수 있지요."

나는 이렇게 대꾸하고는 웃었다. 줄리언도 웃었다.

"자네들 모두 훌륭한 스파이가 될 자질들을 추고 있는 것 같더군. 카지노 같은 델 기웃거리고, 국가 원수들을 도청하는 그런 것 말이야. 그런데, 이 버섯 좀 들지 그러나? 굉장한데그래?"

나는 포도주를 단숨에 마셨다.

"물론 그러겠습니다."

나는 이렇게 말하고는 접시를 끌어당겼다.

점심식사가 끝나고 접시가 말끔히 치워지자 우리는 자리를 옮겨 이런저런 이야기를 나누었다. 그렇게 이야기를 나누는 도중 줄리언이 난데없이, 최근 들어 버니에게서 이상한 점이 보이지 않더냐고 물었다.

"별로, 못 봤습니다만."

나는 이렇게 얼버무리고는 조심스럽게 커피잔을 들었다.

줄리언의 눈썹 끝이 올라갔다.

"못 봤다? 내 보기에는 아주 이상한 짓을 많이 하는 것 같던데? 헨리와 나는 어제도 버니 얘기를 했네. 영판 딴사람이 되어간다고 헨리가 걱정하더군."

"그동안 슬럼프에 빠져 있었기 때문인지도 모르겠습니다."

줄리언은 고개를 가로저었다.

"모르겠네. 버니는 단순한 청년이야. 나는 버니의 말이나 행동에 놀란 적이 한 번도 없는 사람이네. 그런데 며칠 전 버니와 아주 이상한 이야기를 나누었네."

"이상하다뇨?"

"최근에 읽은 책이 버니를 심란하게 만드는 게 아닐까? 나는 모르겠네, 단지 걱정스러울 뿐이네."

"왜 걱정스러우신지요?"

"극적인 개종(改宗)의 순간을 맞이하고 있는 건 아닐까 해서."

"그럴 리가."

"나는 그런 사례를 전에도 본 적이 있네. 종교 문제로 갈등하기 시작하니까 갑자기 윤리적인 문제에 관심을 가지게 되더군. 버니가 품행이 방정하지 못한 학생이라는 뜻은 아니네만, 내가 본 학생들 가운데 도덕에 대한 관심이 가장 적은 학생 같더군. 그러던 버니가 나에게, 그것도 아주 열심을 다해, 죄악이니 용서니 하는 문제를 물어왔으니 내가 놀랐을 수밖에? 교회에 나가게 되려나 봐. 사귀는 여자로 인해 어떤 자극을 받은 건가? 자네는 어떻게 생각하는가?"

줄리언은 매리언을 말하고 있었다. 줄리언에게는 버니의 모든 결함—게으름, 퉁명스러움, 몰취미—의 원인을 이 매리언에게 돌리는 버릇이 있었다.

"그럴지도 모르겠습니다."

"여자는 가톨릭인가?"

"장로교인인 줄 압니다."

내가 대답했다. 줄리언에게는 교인들에게 정중하면서도, 어떤 형태를 하고 있든 유대교 및 기독교 전통을 싸잡아 경멸하는 경향이 있었다. 이러한 태도가 공박을 당할 경우 그는 단테와 조토를 인용하면서 자기에게는 유대 및 기독교에 반감을 품을 이유가 없다고 부인하고는 했다. 그러나 지나치게 종교적인 견해를 만날 경우 그는 일종의 이교도적 경계 자세를 취했다. 여러모로 비슷한 데가 많은 플리니우스처럼, 그도 역시 유대교 및 기독교 전통을 지나치게 확대해석되고 있는 타락한 신비주의로 보는 경향이 있었다.

"장로교인이라고?"

"그런 줄 압니다."

"로마 가톨릭교회를 어떻게 생각하는지 모르지만 장로교 역시 가톨릭의 막강한 적인 것은 틀림없지. 나는 버니의 그런 식의 개종에 박수를 보내기는 하네만, 그가 장로교인이 되는 데 대해서는 실망을 금할 수 없네."

4월 첫 주 들어 날씨는 갑자기, 그리고 때아니게 좋아졌다. 하늘은 푸르고 대기는 푸근했으며 바람도 별로 불지 않았다. 진흙땅에 쏟아지는 햇살은 6월의 햇살을 방불케 했다. 숲 언저리에서는 어린 나무들이 새싹을 틔우느라고 노란색으로 변했다. 딱따구리는 까르르 웃는 소리를 내면서 나무를 쪼았다. 창을 열어놓은 채 침대에 누워 있노라면 처마의 홈통을 타고 내려오는 물소리가 양치질하고 목구멍을 헹구는 소리처럼 들리고는 했다.

4월 둘째 주가 되자 대부분이 사람들은 그런 날씨가 계속될 것이냐, 초봄의 날씨답게 곤두박질칠 것이냐 하는 문제를 두고 몹시들 궁금해했다. 그런데 날씨는 계속 좋아지고 있었다. 화단에서는 히아신스와 수선화가 피었고, 풀밭에서는 오랑캐꽃과 빙카꽃이 피었다. 울타리 위로는 축축하게 젖은 듯한 흰나비가 취한 듯이 날아다녔다. 나는 외투와 덧신을 집어넣고, 셔츠

바람으로 풀밭을 거닐었다.

"이렇게 좋은 날씨로만 이어지는 것은 아니야."

헨리의 말이었다.

4월 셋째 주가 되자 잔디가 봄색으로 완연하게 푸르렀고, 사과꽃은 바람에 사방으로 흩날렸다. 금요일 밤, 나는 창문을 열어둔 채 책을 읽고 있었다. 열린 창으로 습기가 많은 시원한 바람이 불어 들어와 책상 위에 놓인 내 책장을 넘겼다. 건너편 잔디밭에서는 파티가 한창이었다. 웃음소리와 음악이 밤공기를 타고 하늘로 퍼져 오르는 것 같았다. 자정을 넘긴 지도 오랜 시각이었다. 졸음이 와서 한두 차례 고개를 끄덕거리는 참인데, 내 창 아래에서 내 이름을 부르는 소리가 들렸다.

고개를 세차게 흔들어 정신을 차리고는 일어서서 밖을 내다보는 순간, 열어놓은 창문을 통해 버니의 신발 한 짝이 날아 들어왔다. 신발은 방바닥에 떨어지면서 쿵 소리를 내었다. 나는 창 아래를 내려다보았다. 버니가 있었다. 버니는 신발 벗은 발을 든 채, 조그만 나무를 껴안고는 기우뚱거리고 있었다. 나무를 껴안고 있는데도 불구하고 균형이 잘 잡히지 않는 모양이었다.

"아니, 어떻게 된 거야?"

내가 물었다.

그는 대답 대신 한 손을 들어 흔드는 것 같기도 하고 경례를 붙이는 것 같기도 한 이상한 몸짓을 하더니 어둠 속으로 몸을 감추었다. 버니가 어둠 속으로 사라진 지 오래지 않아 바깥문이 닫히는 소리가 들렸고, 몇 초 뒤에는 주먹으로 내 방문을 두드리는 소리가 났다.

내가 문을 열자 버니는 한 발로 뛰어 들어왔다. 방바닥에 그의 한쪽 신발자국이 선명하게 찍히고 있었다. 안경은 뒤틀려 있었다. 버니의 몸에서는 위스키 냄새가 났다.

"안녕하셔?"

그가 중얼거렸다.

창 아래에서 나를 부르고 신발을 던지고 하느라고 지친 모양이었다. 그는 한동안은 아무 말도 하지 않고 있다가 별안간 진흙이 묻은 양말을 벗어 던졌다. 양말은 침대에 떨어졌다.

나는 버니가 간간이 내뱉는 말을 잇대고야 그날 밤 일을 짐작할 수 있었다. 쌍둥이 남매의 저녁 초대를 받고 가서 술을 마시고, 끝난 뒤에는 시내 술집으로 자리를 옮겨, 더 마신 모양이었다. 그런 뒤에도 들어오는 길에 잔디밭 파티에 끼어든 것이 잘못이었다. 파티장의 네덜란드 청년 하나가 그에게 환각제가 든 담배를 피우게 했고, 신입생 여자아이가 그에게 데킬라를 마시게 한 모양이었다.("쪼그만 게 예쁘더라. 하지만 어째 머리는 별로 안 좋게 생겼어. 클로그 신발을 신고, 날염이 된 티셔츠를 입었는데, 아이고, 그냥 보고 있을 수가 없었어. 그래서, 야, '너' 예쁘게 생겼다, 저 지저분한 녀석들 놔두고 나랑 가자, 그래줬지.") 버니는 토막토막 이야기를 잇다 말고 용수철처럼 튀어 일어나 밖으로 나갔다. 나간 뒤에는 문도 닫지 않았다. 잠시 후, 웩웩거리며 토하는 소리가 들려왔다.

꽤 오랜 시간이 흐른 다음에야 버니가 신트림 냄새를 풍기며 돌아왔다. 땀에 젖은 얼굴은 창백했지만, 그래도 어느 정도는 생기를 되찾은 것 같았다. 내 의자 위로 무너져 내리는 듯이 앉아 수건으로 이마를 닦던 그가 중얼거렸다.

"휴, 죽는 줄 알았네. 먹고 마시고 피운 게 걸렸나 봐."

"화장실에 가서 토했어?"

웩웩거리는 소리가 가까이서 들린 것으로 보아 아무래도 화장실까지 간 것 같지 않아서 물어보았다.

"아니. 벽장에다 했어, 물 한 잔 안 줄래?"

공용 주방으로 올라가다 보니 청소부들이 연장을 넣어두는 벽장문이 열려 있었다. 들여다보기가 두려워 나는 그냥 지나쳐 주방으로 올라갔다.

물을 들고 내 방으로 들어서자 버니가 멀거니 나를 바라보았다. 어쩐지 나를 거북하게 만드는 시선이었다. 내가 물을 건네주자 버니는 벌컥벌컥 소리가 나게 들이마셨다.

"너무 빨리 마시지 마, 물도 체한다더라."

버니는 들은 척도 않고 물 잔을 비우고는 떨리는 손으로 빈 잔을 책상 위에 놓았다. 이마에는 땀방울이 송골송골 맺혀 있었다.

"아이고, 이제 진짜 좀 살겠다."

나는 거북살스러워 침대 가장자리에 걸터앉아 평범한 화젯거리를 찾아 내려고 했다. 그러나 내 생각이 정리되기도 전에 그가 투덜댔다.

"못 참아, 도저히 더는 못 참아, 이탈리아 생각만 하면."

나는 아무 말도 하지 않았다.

그는 떨리는 손으로 이마를 쓰다듬으면서 물었다.

"너는 내가 무슨 말을 하고 있는지도 모르겠지?"

나는 긴장하면서 다리를 꼬아 책상다리로 앉았다. 드디어 올 것이 오는 구나, 몇 달간 기다리면서 몸서리치던 것이 오고야 마는구나, 나는 문득 버니만 거기에 남겨두고 방을 뛰쳐나가고 싶다는 충동을 느꼈다. 그러나 그럴 수가 없었다. 버니는 두 손에 얼굴을 파묻고 중얼거렸다.

"너에게 말하겠어. 사실이야, 모두 사실이야, 하느님에게 맹세코, 나밖에는 아무도 몰라."

어리석게도 나는 버니가 하려는 이야기가 엉뚱한 것이기를 바랐다. 매리언과 헤어졌다거나, 아버지가 심장마비로 사망했다는 정도의 이야기이기를 바랐다. 나는 마비되어버린 사람처럼 망연자실 가만히 앉아 있었다.

버니는 눈물이라도 닦아내는 듯이 손바닥으로 얼굴을 문지르고는 나를 바라보았다.

"너는 몰라. 너는 죽었다 깨어나도 몰라."

핏발이 선 버니의 눈은 기분 나쁘게 번쩍거리고 있었다.

나는 더 들을 수가 없어서 일어나 방 안을 두리번거리면서 공연한 너스레를 떨었다.

"아스피린 줄까? 진작 물어봤어야 하는 건데, 지금 두어 알 먹어두는 게 좋을 거야."

"너는 나를 돈 놈이라고 생각하겠지?"

"무슨 소리야? 지금 너에게 필요한 것은……."

예기했던 그대로였다. 나는 이런 식으로 단둘이 있을 때 올 것이 올 줄을 알고 있었다.

"너는 나를 돈 놈으로 생각하고 있어, 맞아. 종루(鐘樓)의 박쥐쯤으로 여겼겠지. 아, 아무도 내 말을 들어주지 않아."

"진정해. 내가 이렇게 듣고 있잖아?"

"좋아, 그럼 내 말을 들어, 알았지?"

버니의 이야기가 끝난 것은 새벽 3시였다. 술과 마약에 취한 그의 이야기는 걸핏하면 곁길로 새고는 했다. 그러나 내가 이해하는 데는 아무 지장이 없었다. 헨리로부터 들었던 이야기 그대로였다. 한동안 우리는 잠자코 앉아 있었다. 책상 위의 불빛에 눈이 부셨다. 건너편 잔디밭의 파티는 그 시각까지도 계속되고 있었다. 어디에선가 랩 음악이 들려왔다.

버니의 호흡이 가빠지더니 천식 발작으로 이어졌다. 버니는 턱을 가슴에 대고 있다가 화들짝 놀라며 저 고개를 들고는 누가 뒤에서 소리라도 지른 듯이 혼자 묻고 혼자 대답하곤 했다.

"뭐라고? 응, 알았어."

나는 아무 말도 할 수가 없었다.

그런데도 그가 물었다.

"너는 이 일을 어떻게 생각해?"

대답할 수가 없었다. 나는 버니가 그대로 곯아떨어지기만을 기다렸다.

"놀랐지? 소설보다 진실한 사실 그 자체다, 이 말이야. 어째 말이 이상하네. 어떻게 말해야 하는 거지?"

"소설보다 흥미로운 사실이겠지."

나는 그의 표현을 바로잡아주었다. 질문을 받은 덕분에, 충격을 받은 내 표정을 들키지 않을 수 있어서 좋았다. 나는 충격을 받은 나머지 구역질이 나서 견딜 수가 없었다.

"피해자는 영화 구경 가고 있었는지도 모르지. 어쩌면 바로 옆집에 살고 있던 꼰대였는지도 모르지. 누군지 알 게 뭐야. 문제는 그게 아니니까."

버니의 말을 더 이상 견딜 수 없어서 나는 두 손으로 얼굴을 가렸다.

"누구에게든 말해도 좋아. 나는 이제 상관 않겠어, 언젠가는 경찰이 와서 놈들을 잡아 가두겠지. 너는 헨리를 똑똑하다고 생각하지. 하지만 여기가 버몬트 주가 아니었다면 헨리 저 녀석 저렇게 편안하게 발 뻗고 못 잔다. 왜? 우리 아버지와 제일 친한 친구…… 하트포드의 경찰국장이라고 하는데 그 양반…… 이걸 알아봐…… 꼴좋다…… 우리 아버지와는 대학교 동기 동창이야. 내가 10학년 때는 그 집 딸과 데이트도 했다고……."

그는, 턱이 가슴에 붙을 때마다 퍼뜩 정신을 차리고는 했다. 궁둥이는 의자에 반밖에 걸려 있지 않았다.

"내 신발 좀 주겠어?"

나는 버니에게 신발과 양말을 건네주었다. 버니는 신발과 양말을 한참 바라보고 있다가 양복 윗도리 주머니에 집어넣었다.

"빈대 조심하시고."

버니는 이 말을 남기고는 내 방에서 나갔다. 그는 뒷손질로 문 닫는 수고 조차 하지 않았다. 계단을 내려가는 버니의 발소리가 들렸다. 한쪽 신발만 신고 있어서 흡사 절름발이의 발소리 같았다.

심장이 한 번 뛸 때마다 방 안의 물건들이 부풀어 올랐다가 줄어들기를 되풀이하는 것 같았다. 잠이 쏟아졌지만, 침대에 누운 채 창틀에 손을 올리고는 나 자신의 생각을 가다듬으려고 애썼다. 건너편 건물에서 악마의 독백 같은 랩 음악이 들려왔다. 건너편 건물 옥상에서 들려오고 있었다. 옥상에는 몇 개의 그림자가 웅크리고 앉아, 건물 아래의 쓰레기장에서 피어오르는 히피들의 모닥불을 향해 빈 맥주 깡통을 던지고 있었다. 옥상에서 차례로 떨어져 내리던 맥주 깡통 중 하나가 히피 하나의 머리 위로 떨어졌다. 웃음소리와 욕지거리가 건물 아래 위에서 각각 터져 나왔다.

쓰레기장에서 피어오르는 불꽃을 바라보고 있는데 문득 한 가지 의혹이 일었다. 버니가 왜 클로크나 매리언에게 고백하지 않고 나에게 고백하기로 했을까 하는 의문이었다. 나는 밖을 내다보았다. 의문은 곧 풀렸으나 정작 풀리고 나니 섬뜩했다. 버니가 나를 찾아온 것은 내 방이 가장 가까웠기 때문이었다. 매리언은 캠퍼스 가장자리에 있는 록스버그에 살았고, 클로크는 더빈스톨 홀의 맨 끝에 있었다. 록스버그나 더빈스톨은 한밤중에 술에 취한 채로 들어가기에는 부적당한 건물이었다. 그러나 먼머스 하우스는, 버니가 자주 다니는 길에서 겨우 10미터밖에는 떨어져 있지 않았다. 게다가 유난히 밝은 내 방의 불빛은 지나는 사람들의 발밑을 밝혀주기도 하고, 지나던 사람을 끌어들이기도 했다.

당시의 내가 두 개의 각기 다른 길, 각기 다른 두 가지 도덕적 입장의 한 가운데 서 있었다는 것은 흥미로운 일이다. 나는 어떤 의미에서는 두 조각으로 찢기고 있었던 셈이다. 그러나 지금 생각하면, 그런 것으로 갈등을 느꼈던 것 같지 않다. 버니가 나간 직후 나는 서둘러 옷을 주워 입고 아래층으로 내려가 헨리에게 전화를 걸었다.

먼머스 하우스의 공중전화는 뒷문 벽에 걸려 있었다. 따라서 전화를 거는 나 자신이 노출되기가 너무 쉬웠다. 나는 과학관으로 들어가, 유난히 큰 나 자신의 발소리에 깜짝깜짝 놀라면서 헤매다가 화학 실험실이 있는 3층에 이르러서야 나 혼자만이 은밀하게 쓸 수 있는 공중전화를 하나 찾아내었다.

신호가 100번 이상 울렸을 터인데도 응답이 없었다. 기진맥진해 있던 나는 쌍둥이 남매의 번호를 돌렸다. 여덟 번, 아홉 번, 열 번. 다행스럽게도 잠결의 찰스가 전화를 받았다. 나는 다급하게 말했다.

"나야. 심상치 않은 일이 벌어졌어."

"뭔데?"

찰스는 정신이 번쩍 든 모양이었다. 찰스가 부스럭거리면서 침대에서 일어나 앉는 소리가 들렸다.

"버니가 조금 전에 나에게 죄다 불었어."

수화기에 침묵이 감돌았다.

"여보세요?"

내가 다급하게 불러대자 찰스가 퉁명스럽게 말했다.

"헨리에게 전화를 걸어. 이 전화 끊는 즉시."

"걸었어. 전화를 받지 않아."

"어디 보자, 우리 집으로 와줄 수 있어?"

"그래, 지금 바로 갈게."

"내가 지금 헨리네 집으로 달려가 문을 두드려볼게. 네가 지금 출발한다면 내가 헨리네 집에 갔다가 돌아오다가 중간에서 만나게 되겠지."

"알았어."

내가 이렇게 말했을 때는 찰스가 이미 전화를 끊은 다음이었다.

약 20분 뒤, 나는 쌍둥이 남매의 집 앞에서, 헨리네 집을 다녀오는 찰스를 만났다.

"됐어?"

"아니. 문을 열어주지 않아. 분명히 집에 있을 텐데 말이야."

찰스가 숨을 몰아쉬면서 말했다. 머리가 엉망으로 헝클어져 있었다. 찰스는 잠옷 위에 비옷을 걸치고 있었다.

"어떻게 한다?"

"나도 모르겠다. 좌우지간 올라가자. 올라가서 생각해보자."

집 앞에 이른 순간 커밀라의 방에 불이 켜지며 커밀라가 문을 열었다. 뺨이 불이라도 붙은 듯이 붉었다.

"찰스, 그리고 리처드, 도대체 어떻게 된 거야?"

찰스가 두서없이 사건의 전말을 설명했다. 커밀라는, 나른해 보이는 손차양을 눈썹에 대어 불빛을 막은 채 시종 찰스의 설명을 들었다. 커밀라는 커다란 남성용 셔츠를 입고 있었다. 나도 모르게 자꾸만 커밀라의 벗은 다리, 날씬한 무릎, 남자같이 생긴 발로 눈이 갔다.

"헨리가 집에 있기는 있을까?"

커밀라가 물었다.

"있어."

"확실해?"

"확실하지 않으면? 새벽 3시에 그럼 어딜 갔겠어?"

"잠깐만, 어디 내가 한번 걸어볼게."

커밀라가 전화기 앞으로 다가갔다. 커밀라는 전화를 걸었다가는 끊고, 끊었다가는 다시 걸었다.

"뭐 하는 짓이냐?"

"암호 같은 거야. 신호가 두 번 가면 끊고, 다시 두 번 가면 끊고."

"암호?"

"응, 헨리가 언젠가 일러줬어. 안녕, 헨리!"

커밀라는 이러면서 수화기를 귀에 댄 채 자리를 잡고 앉았다.

찰스가 나를 보면서 내뱉었다.

"이런 개자식, 집구석에 있으면서 우리 둘을 이 지경으로 만들었구나."

"알았어, 좋아. 리처드에게 그렇게 말할게."

맨다리를 까딱거리면서 통화를 하고 있던 커밀라가 이 말과 함께 전화를 끊고는 내게 말했다.

"리처드, 헨리가 자기 집으로 와줬으면 하는데? 기다리고 있으니까, 지금 가보는 게 좋겠어. 그런데 오빠, 왜 그런 눈으로 보는 거야?"

"암호라고?"

"암호가 어때서?"

"내게는 얘기한 적 없지?"

"미처 생각이 안 났어."

"너와 헨리 사이에 왜 극비 암호가 있어야 하니?"

"이건 극비가 아니야."

"그럼 왜 내게는 말하지 않았어?"

"어린애처럼 왜 이러는데?"

그 시각까지 잠을 자지 않고 있던 헨리 ─ 까닭은 설명하지 않았다 ─ 가 가운 차림으로 나를 맞았다. 나는 헨리를 따라 부엌으로 들어갔다. 헨리는 자리를 권하고 나서 커피를 한 잔 따라준 뒤에야 말문을 열었다.

"얘기 좀 들어보자."

나는 자초지종을 다시 이야기했다. 헨리는 시선을 나의 눈에 고정한 채 줄담배를 피우며 내 이야기를 들었다. 한두 번 간단한 질문을 던졌을 뿐 그는 내 이야기를 듣기만 했다. 어떤 대목에서는 되풀이해서 들려주기를 청하기도 했다. 몹시 지쳐 있던 참이라 더듬거렸을 터인데도 그는 잘 참으면서 들어주었다.

내가 이야기를 끝마칠 즈음에는 벌써 해가 떠 있었다. 새들의 울음소리도 들려왔다. 내 눈앞으로는 검은 점들이 무수히 일렁거렸다. 싸늘하고 축축한 바람이 커튼을 흔들었다. 헨리는 전등을 끈 다음 오븐 가로 다가가 베이컨과 달걀로 간단한 샌드위치를 만들었다. 나는 시종, 아침 햇살이 들어오는 그 부엌에서 맨발로 왔다 갔다 하는 헨리를 바라보고 있었다.

샌드위치를 먹으면서도 나는 계속해서 시선으로 헨리를 좇았다. 얼굴은 창백하고, 눈길은 지쳐 있었다. 그러나 그의 표정을 보고는, 그가 무엇을 생각하고 있는지 알아낼 길이 없었다.

"헨리."

헨리는 가볍게 놀라는 눈치를 보이며 나를 바라보았다. 우리는 근 반 시간 이상을 서로 아무 말 없이 서로를 바라보기만 하고 있었던 셈이었다.

"네 생각은 어때?"

내가 물었다.

"생각은 무슨 생각?"

"아직까지도 독극물을 생각하고 있는지 궁금해서……."

놀랍게도 헨리는 화가 난 듯한 눈길로 나를 노려보면서 내뱉듯이 말했다.

"말 같지도 않은 소리 하지 말고 가만히 좀 있을 수 없어? 그래야 생각이라도 좀 해볼 수가 있을 거 아니야?"

나는 아무 말도 할 수가 없었다. 헨리는 일어서서 커피를 한 잔 따라 들고는 멍한 얼굴로 그 자리에 서 있다가 다시 내게로 돌아서면서 말했다.

"미안해. 생각도 많이 했고 애도 많이 썼지만 지금 와서 돌이켜보면 말짱 우스꽝스러운 짓거리야. 그러니 내 기분이 좋을 리 없지. 독버섯…… 월터 스콧의 소설에나 등장할 법한, 케케묵은 수법 아니겠어?"

나로서는 의외였다.

"하지만 나는 기발한 생각이라고 여기던 참인데?"

그는 손가락으로 눈자위를 어루만지면서 중얼거렸다.

"너무 기발한 생각이었지. 우리 인간에게는, 행동으로 직결되는 계획을 머리로 짤 경우 지나치게 똑똑한 척하는 경향이 있어. 문서로 작성할 경우 그런 폐단은 없어지지. 균형을 생각하거든. 내 경우가 바로 전자에 속해. 막상 행동으로 옮기려고 하니까, 고심해가면서 짠 계획이 이게 아니다 싶은 거야. 왜? 균형 감각을 무시한 계획이라서 너무 복잡하거든."

"계획 자체가 잘못된 건가?"

"문제는 시간이 너무 많이 필요하다는 데 있어."

"네가 노린 게 바로 그것 아니었어?"

"문제가 한두 가지가 아니야. 그중 몇 가지 문제는 너도 지적한 바 있고, 양을 조절하는 것도 문제지만 보다 큰 문제는 시간이야. 처음에는 나도 시간이 오래 걸리면 걸릴수록 좋다고 생각했는데, 아니야. 열두 시간이 걸릴 경우를 생각해보자고, 열두 시간…… 인간이 이 동안 할 수 있는 말은 너무 많아. 물론 내가 처음부터 이것을 몰랐던 건 아니야. 사람을 제거하는 게 그리 유쾌한 일은 아니지. 그래서 나는 처음부터, 내키지 않는 장기판에 나서는 기분으로 이것을 생각하기 시작했어. 말하자면 단순한 게임으로 보기로 했던 거지. 이 일을 두고 내가 얼마나 많은 생각을 했는지, 그건 너로서는 상상도 못 할 거야. 독극물의 작용에 대한 연구도 꽤 했다, 그 말이야. 내가 네게 보여준 그 버섯에 중독되면 목이 붓는다는데 넌 모르지? 그 버섯에 중독되면 일단 말을 못하게 되는데, 이렇게 되면 희생자는 그 독극물을 투입한 사람이 누군지 알아도 말을 못 하게 된다는군? 이만하면 메디치가(家), 보르자가의 독극물 전문가 노릇도 능히 할 만하지 않아? 독극물의 전문가가 되면 장미에 독물을 투입하여 선물로 건네는 것도 가능해. 그 장미를 만지기만 해도 귀부인은 그 자리에서 즉사하는 거지. 밀폐된 방 안에 켜놓을 경우, 그 방 안에 있는 사람을 모두 죽이는 양초를 만드는 방법도 나는 알아. 베개, 심지어는 성경책을 이용해서 사람을 독살하는 법도 알게 되었어."

"수면제를 이용하는 방법은 어때?"

헨리는 나에게 곱지 않은 시선을 던졌다.

"지금 농담하는 게 아니라고. 수많은 사람들이 만날 수면제로 죽어가고 있는데 내가 그걸 생각해보지 않았을 턱이 있어?"

"하지만 수면제를 어디에서 구한다?"

"우리가 있는 곳이 어딘가? 햄든 대학 아닌가? 필요할 경우 얼마든지 구할 수 있는 게 바로 수면제야."

"수면제를 구했다 치자, 이걸 어떻게 먹이지?"

"타이레놀이라고 하면 되지?"

"아홉 알 내지 열 알이나 되는 타이레놀을?"

"위스키에 타면 간단해."

"바닥에 허연 게 가라앉은 위스키를, 버닌들 마시려고 하겠어?"

"버니? 수면제든, 독버섯이든 먹이는 건 간단해."

침묵이 우리 사이를 맴돌 동안 창밖에서는 새들이 시끄럽게 울고 있었다. 헨리는 눈을 지그시 감고 있다가 손가락으로 관자놀이를 쓰다듬었다.

"그래서, 어쩔 셈이야?"

"밖에 나가서 할 일이 좀 있어. 너는 잠을 자두는 게 좋겠군."

"무슨 생각이 있는 거군?"

"없어. 하지만 자세히 보고 좀 조사해둘 건 있어. 학교까지 데려다주지. 하지만, 우리가 함께 있는 건 남에게 보여주지 않는 게 좋겠어."

헨리는 가운 주머니에서 성냥, 볼펜, 수면제 병, 몇 개의 25센트짜리 동전을 쏟아내고는 그중 동전 몇 개를 집어 내게 주면서 말을 이었다.

"이걸 가지고, 방으로 올라가기 전에 신문 판매대에서 신문을 한 부 사는 게 좋겠어."

"왜?"

"이 시각은 네가 나다니는 시각이 아니잖아? 신문을 들고 다니면, 네가 신문을 사려고 이 시각에 방에서 내려온 줄 알 거 아니겠어? 저녁에 만나. 네가 방에 없을 경우 메시지를 남기지. 스프링필드 박사라는 이름을 쓸 테니까 그렇게 알아. 급한 일이 아니면 그 안에는 나에게 연락하지 않는 게 좋겠어."

"알았어."

"그럼 나중에 만나자. 네 은혜 잊지 않겠어."

헨리가 창밖을 내다보고 있다가 돌아서면서 진지하게 말했다.

"별거 아닌 걸 가지고."

"별거 아닌 게 아니라는 건 너도 잘 알 거야."

"내가 네게 신세진 것에 비하면 별거 아니다 그 말이야."

내가 이렇게 말했지만 그는 듣고 있지 않았다. 듣고 있었는지도 모르지만 대꾸하지 않았던 것은 분명하다.

헨리는 자동차로 데려다 주겠다고 해놓고도 내 말에 아무 대꾸도 하지 않았다. 나는 걸어서 학교로 돌아오면서 신문을 한 부 샀다. 나는 큰길을 피해 숲 사이의 뒷길을 이용했다. 이따금씩 썩은 통나무가 내 앞을 가로막았다.

학교에 도착한 나는 뒷문을 통해 먼머스 하우스로 들어갔다. 계단을 오르다보니 놀랍게도 기숙사 사감과 가운 차림의 여학생들이 청소 용구 창고 벽장 앞에서 웅성거리고 있었다. 여학생들은 저마다 나름의 괴성을 질러대고 있었다. 모르는 척하고 지나치려는데 검은 기모노를 걸쳐 입은 주디 푸비가 내 어깨를 낚아채었다.

"누군가가 청소 용구 창고에다 오물을 토해놓았어. 짚이는 거 없어?"

주디의 말에, 내 옆에 서 있던 여학생 하나가 도끼눈을 하고 쫑알거렸다.

"신입생 녀석의 짓인 게 분명해. 정신없이 퍼마시고 2층으로 올라가는 길에 여기에다 토해놓았을 거다, 아마."

"어느 녀석의 짓인지는 모르겠지만, 어제 초저녁에 스파게티를 처먹은 녀석인 것은 분명해."

기숙사 학생장의 말이었다.

"그게 무슨 뜻이야?"

한 여학생이 물었다.

"우리 먼머스 하우스 학생이 아니라는 뜻이야. 커먼스 식당의 어제 메뉴는 스파게티가 아니었거든."

나는 그들 사이를 지나 내 방으로 들어가 문을 걸어 잠그고는 그대로 곯아떨어지고 말았다.

나는 베개에 얼굴을 묻은 채 하루 종일 잤다. 죽은 사람처럼 물 위에 뜬 채 이리저리 떠다니는, 별로 기분 나쁘지 않은 꿈이 말소리, 발소리, 문을 여닫는 소리와 함께 이따금씩 피처럼 따뜻한 꿈의 흐름을 방해하기는 했어도 나는 그런대로 잘 잘 수 있었다. 낮이 밤으로 바뀔 때까지 잠을 자다가, 누군가가 화장실에서 물을 내리는 소리를 듣고야 나는 몸을 돌려 반듯이 누우면서 잠을 깨었다.

옆 동인 퍼트넘 하우스에서는 벌써 토요일 파티가 시작된 모양이었다. 토요일 파티가 시작되었다는 것은 식당과 스낵 코너의 문이 닫혔다는 뜻, 내가 적어도 열네 시간은 내리 잤다는 뜻이었다. 우리 기숙사는 물 밑처럼 조용했다. 나는 일어나 면도하고 뜨거운 물로 몸을 씻고는 주방에서 집어 온 사과를 먹으면서 아래층으로 내려가 전화 메모를 확인해보았다.

세 건의 전화가 메모되어 있었다. 6시 15분 전에 온 버니 코크런의 전화, 8시 45분에 캘리포니아에서 온 어머니의 전화. 그리고 일어나는 대로 와주었으면 좋겠다는 스프링필드 박사의 전화.

배가 몹시 고팠다. 헨리의 집에 도착했더니 다행히도 찰스와 프랜시스가 식은 닭고기와 샐러드를 먹고 있었다.

헨리는 한숨도 자지 못한 것 같았다. 그의 바지 무릎에는 풀물이 묻어 있었다. 구두에도 흙이 묻어 있었다.

"배고프면 찾아 먹지. 접시는 찬장에 얼마든지 있어."

의자를 뽑아내어, 밭에서 돌아온 농부처럼 무겁게 앉으면서 헨리가 한 말이었다.

"어딜 다녀온 모양이야?"

"저녁 먹고 이야기하자."

"커밀라는 어디에 있어?"

내 질문에 찰스가 웃었다.

프랜시스가 닭다리를 놓으면서 설명했다.

"데이트 중이야."

"농담이겠지? 누구랑?"

"클로크 레이번."

"파티가 있어. 클로크 레이번이 커밀라를 데리고 나갔지."

"매리언과 버니도 그 파티장에 있어. 헨리의 아이디어지. 그러니까 커밀라는 오늘 밤 모모(某某)한 인사를 감시하고 있는 셈이야."

"그 모모한 인사가 오늘 오후에 내게 전화한 모양이야. 메모가 남아 있더라고."

"모모한 인사는 하루 종일 화가 나 있었대."

찰스가 빵을 자르면서 말했다.

"농담할 때가 아니야, 적어도 지금은."

헨리가 지친 목소리로 말했다.

접시를 치운 뒤 헨리는 식탁에 팔꿈치를 대고 앉아 담배에 불을 붙였다. 면도할 때를 놓친 헨리의 눈 아래가 거무튀튀했다.

"그래, 계획이라는 게 뭐야?"

프랜시스가 물었다.

헨리가 다 쓴 성냥을 재떨이에 던져 넣으면서 대답했다.

"이번 주말, 그러니까 내일."

나는 커피 잔을 입으로 가져가다 말고 그대로 손길을 멈춘 채 헨리를 바라보았다.

"……더는 지체할 수 없어."

"그럼 어떻게 해? 그렇게 날짜를 빠듯하게 잡아놓고 어쩌겠다고?"

"나도 이렇게 서두르는 건 좋아하지 않아. 하지만 이번 주말을 놓치면 다음 주말까지 기회가 오지 않아. 다음 주말까지 오지 않는 게 아니라 어쩌면 영영 오지 않을지도 몰라."

헨리의 말이 짧은 순간이나마 정적을 몰고 왔다.

"이거 정말 하는 거야? 결정적인 것, 뭐 그런 거냐고?"

찰스가 물었다.

"결정적인 건 아무것도 없어. 상황은 우리 마음대로 할 수 있게 되어 있지 않아. 내가 바라는 건 상황에 맞추어 준비하고 있자는 것이야."

"그럼 결국 결정적인 게 아니네?"

프랜시스가 물었다.

"결정적인 게 아니고말고. 불행하게도 상황은 버니의 손에 맡겨지지 않으면 안 돼. 말하자면 버니가 우리 계획의 대부분을 실천에 옮겨주어야 하는 것이지."

"가령 어떻게?"

찰스가 벽에 등을 기대면서 물었다.

"버니가 사고를 내어주는 거지. 정확하게 말하자면 하이킹 사고, 그것도 이번 주말에."

"알겠군."

"내일 날씨가 좋으면 버니는 산보를 안 가기보다는 가기가 쉬울 테지?"

"늘 가는 건 아니야."

찰스의 말이었다.

"간다고 봐야지. 게다가 우리는 버니의 하이킹 코스를 잘 알고 있고."

"늘 같은 코스를 이용하는 건 아니야."

내가 말해주었다. 나는 그전 학기에 버니와 함께 산보한 적이 더러 있었다. 버니는 개울을 건너고 울타리를 넘는 등 우회로를 자주 이용하고는 했다.

"물론이지. 그러나 대체로 버니가 이용하는 코스는 이래."

헨리가 이렇게 말하면서 주머니에서 종이 한 장을 꺼내어 식탁 위에다 놓았다. 약도였다.

"그 친구는 숙사 뒷문을 나와, 테니스코트를 돌아 조금 걷다가 숲에 나오면, 북쪽 그러니까 노스 햄든 쪽으로 가는 게 아니라, 동쪽 그러니까 캐터랙트 산으로 가는 게 보통이야. 캐터랙트 산 쪽의 길은 숲이 깊기는 하지만 도로에서 멀리 떨어진 곳은 아니지. 리처드, 너는 잘 알겠지만 그 친구는 여기에서 자갈길, 그러니까 동남쪽으로 향한다. 이 길을 2킬로미터쯤 가다 보면 삼거리가 나오는데……."

"하지만 거기에서 기다렸다가는 버니를 놓치기 십상일걸. 나도 버니를 더러 따라다녀 봤는데, 여기에서 동남쪽을 향하는 일도 있지만 남쪽으로 꺾어 드는 일 또한 적지 않아."

"그렇다면 여기에서 그 친구를 놓쳐도 상관없어. 내가 알기로 그 친구는 길이나 방향 따위는 대개 무시하고 고속도로를 만날 때까지 걷는 게 보통이거든. 하지만 나는 그러지 않을 거라고 생각해. 날씨가 좋을 경우 그 친구가 그렇게 수월한 길은 택하지 않을 거란 말이야."

"하지만 두 번째 삼거리에서는? 여기에서 어느 쪽으로 갈 것인가를 미리 짐작하기는 쉽지 않을 텐데?"

"그럴 필요가 없어. 그전에 우리의 목적지가 나오니까, 모두 알 테지? 그전에 골짜기가 있다는 걸?"

모두가 침묵했다. 이 침묵은 꽤 길고 깊었다. 헨리가 주머니에서 연필을 꺼내면서 말했다.

"버니는 학교에서, 말하자면 남쪽에서 북상해서 이 지점에 이른다. 우리는 버니의 코스를 깡그리 무시하고 6번 고속도로를 통해, 즉 서쪽으로부터 이 지점에 이른다."

"자동차를 타고 가자는 거야?"

"부분적으로는. 폐차장을 지나면, 배튼킬로 접어들기 직전에 자갈길이 나온다. 나는 이게 사유지인 줄 알았는데, 오늘 오후에 거기 가보았더니, 아니야, 사유 도로가 아니라 벌목 전용 도로더라고. 따라서 이 길은 숲 한복판에서 끝나. 이 길로 들어서면 내가 조금 전에 말하던 골짜기까지는 500미터밖에 되지 않아."

"몇 시까지 거기에 도착하지?"

"잠깐만, 오늘 오후에 나는, 학교에서 골짜기에 이르는 버니의 산보 코스를 두 번 답사하면서 시간을 재어봤어. 숙사의 제 방에서 골짜기에 이르기까지 약 반 시간이 걸리더군. 이 정도면, 우리가 뒷길로 거기에 가 있다가 기습하기는 충분한 시간이야."

"버니가 안 오면?"

"안 와야, 시간 말고는 잃는 게 없지."

"우리 중 한 사람이 버니와 동행하면?"

헨리는 고개를 가로저었다.

"그 생각도 해봤는데 별로 좋은 아이디어가 못 돼. 버니가 만일에 제 발로, 혼자서, 자유의사로 거기에 이른다면 우리의 부담은 그만큼 줄어들게 돼. 말하자면 추적당할 가능성이 그만큼 적어진다는 거지."

"만일에, 만일에, 이 만일이 너무 많은 거 아냐? 우리가 우연에 너무 기대는 거 아닐까?"

"우리는 우연에 기대고 있는 게 아니야."

"나는 첫 번째 계획이 왜 파기되었는지 이유를 모르겠어."

"첫 번째 계획의 결점은 너무 정형화되어 있다는 거야. 계획이라고 하는 건 경우에 따라 바뀔 수도 있는 것이고, 또 그래야 하는 거 아니겠어?"

"그렇지만 계획은 우연이 제공하는 기회보다는 나은 거 아닌가?"

프랜시스의 말에, 헨리가 구겨진 종이쪽지를 식탁 위에 펴놓고 손바닥으로 쓸어 말끔하게 펴면서 설명했다.

"너는 거기에서 틀리고 있어. 우리가 완벽한 논리적인 방법을 통해 어떤 목적지에 이르려 하면서 일의 순서를 지나치게 꼼꼼하게 계획해둘 경우 그 논리적인 방법이 우리의 방향을 일러주는 나침반이 될 수 있어. 무슨 말인지 알겠지? 이성적인 사람의 눈에는 이성적으로 계획한 일의 결과는 너무나 명백하게 보인다는 말이야. 그러나 우연, 혹은 우연이 가져오는 행운은? 그건 보이지 않아. 예측 불가능, 비인위적인 것이야. 우리 입장에서 한번 따져보자. 우리가 버니를 따라다니는 게 좋겠어, 아니면 버니가 자기의 상황을 스스로 선택해주는 게 좋겠어?"

방 안은 물을 끼얹은 듯이 조용해졌다. 밖에서 단조로운 귀뚜라미 울음소리가 들려왔다.

창백한 얼굴을 하고 진땀을 흘리고 있던 프랜시스가 아랫입술을 깨물면서 말했다.

"어디 단도직입적으로 말해볼 테니까 맞나 봐. 우리는 골짜기에서, 버니가 오기를 기다린다. 버니가 오면 골짜기 아래로 밀어버리고—벌건 대낮에—그러고는 집으로 돌아온다, 맞아?"

"대체로 맞아."

"버니가 오지 않으면? 엉뚱한 사람이 그 주위를 배회하면?"

"범죄가 아니더라도 봄날 오후에는 이런 일이 얼마든지 일어날 수 있어, 우리는 언제든지, 심지어는 버니가 벼랑에 선 순간에도 이 계획을 취소할 수 있어. 그러나 우리의 일은 순식간에 끝나는 것이기도 해. 일이 끝나고 나서 우리 차로 돌아오다가 사람을 만날 경우 — 그럴 리는 없겠지만 만일에 그런 일이 일어난다면 — 사고가 났다고 하고 도움을 청할 수도 있지."

"누군가가 우리 하는 짓을 보면?"

"그런 일은 있을 수가 없어."

헨리는 커피에다 각설탕 덩어리를, 풍당 소리가 나게 떨어뜨리면서 대답했다.

"그럴 가능성도 있지 않겠어?"

"가능성? 물론 얼마든지 있지. 그러나 우리는 가능성을 믿는 것이 아니라 확률을 믿는다. 골짜기에서 버니를 밀어 넣는 데는 단 1초밖에 걸리지 않는다. 그 한적한 곳에서 1초 동안에 벌어지는 광경을 누가 목격할지도 모른다……. 우리가 어째서 이런 가능성까지 염두에 두어야 하는 거야?"

"그래도 그런 일이 있을지도 모르잖아?"

"프랜시스, 그보다 더한 일도 얼마든지 있을 수 있다. 가령 버니가 오늘 밤에 자동차 사고로 덜컥 죽어줌으로써 우리의 수고를 덜어줄 가능성도 있다. 이런 가능성까지 고려해야 하나?"

열린 창을 통해 비와 사과꽃 향기가 풍기는, 부드럽고 습윤한 바람이 불어 들어왔다. 나도 모르는 사이에 땀을 흘리고 있었던 모양이었다. 그 바람이 내 머리를 시원하게, 가볍게 해주었다. 찰스가 마른기침을 했다. 우리는 모두 찰스에게 주목했다.

"알고 있어? 가령 말이야, 골짜기 깊이가 얼마나 되는지? 만일에 버니가……."

"오늘 줄자를 가지고 가서 재어봤다. 가장 깊은 곳은 14미터. 충분하다. 여기에서 떨어지면 끝난다. 가장 얕은 곳에서는 떨어져봐야 다리 하나 부러지기 알맞을까? 물론 상황은 어떻게 떨어지느냐에 따라 전혀 달라진다. 앞으로 떨어지는 것보다는 뒤로 떨어지는 게 우리에게는 더 바람직하다."

"하지만 비행기에서 떨어져도 안 죽는 경우가 있다는데? 떨어지고 나서도 버니가 죽지 않으면 어떻게 하지?"

프랜시스가 물었다.

헨리가 안경 뒤로 손가락을 넣어 눈자위를 문지르면서 대답했다.

"골짜기 바닥에는 물이 흐르고 있다. 깊은 물은 아니어도 그만하면 충분하다. 목숨이 붙어 있다면 떨어지는 것만으로도 정신이 반쯤 나가 있겠지. 그러면 꺼내어 얼굴을 물에다 내리누르면 된다. 길어봐야 2분이다. 그래도 의식이 있으면 우리 두엇이 타고 있으면 되겠지."

찰스가 손바닥으로 자기 이마를 치면서 외쳤다.

"아이고, 하느님 맙소사."

"왜 그래?"

"모두 미쳤어?"

"무슨 소리야?"

"모두 미쳤어. 모두 돌아버렸어. 아니, 어떻게 그럴 수가 있다는 거야?"

"나도 싫어. 너만 싫은 게 아니야."

"미쳤어. 어떻게 그런 소리를 태연하게 입에 담을 수 있지? 어디 차분하게 생각 좀 해보자."

헨리가 식은 커피를 마시면서 싸늘하게 말했다.

"좋은 생각이 있다면 말해봐, 나도 듣고 싶구나."

"내 말은, 왜 이곳을 뜨지 못하느냐는 거야. 오늘 밤에라도 왜 자동차로 이곳을 떠버리지 못하는 거냐고?"

"어딜 가? 그 돈 가지고 어딜 가?"

찰스는 말을 잇지 못했다.

헨리가 약도에다 연필로 줄을 그으면서 설명을 계속했다.

"자, 다른 사람의 눈에 띄지 않고 숲을 빠져나오기는 어렵지 않다. 그러나 벌목 도로로 접어들어 고속도로로 나올 때는 각별히 주의해야 할 것 같다."

"내 차를 쓸 거야, 아니면 네 차를 쓸 거야?"

프랜시스가 물었다.

"내 차를 쓰는 게 좋겠다. 네 차를 타고 가면 사람들이 한 번 볼 것을 두 번은 본다."

"한 대를 빌려 쓰는 게 좋을 것 같은데?"

"안 돼. 이런 사소한 일이 계획 전체를 망치게 할 수 있어. 우리가 평상시와 다름없이 행동하는 한 우리를 눈여겨볼 사람은 없어. 사람들은 말이야, 자기가 본 것의 90퍼센트에는 주의를 기울이지 않아. 오로지 10퍼센트에만 주의를 기울일 뿐이지."

잠시 말이 끊겼다.

찰스가 또 마른기침을 했다.

"그런 다음에는, 그냥 집으로 돌아오는 거야?"

헨리가 담배를 한 대 뽑아 물고는 성냥을 그으면서 대답했다.

"그냥 집으로 돌아온다. 우리가 걱정해야 할 것은 아무것도 없다. 언뜻 보면 약간의 위험을 감수해야 할 것처럼 보이지만 논리적으로 따져보면 전혀 문제가 될 게 없다. 그리고 표면적으로 이것은 살인으로 보일 턱이 없다. 우리에게 버니를 살해할 까닭이 있다고 생각하는 사람은 하나도 없어. 알아, 그건 나도 알아."

내가 말을 보태려 하자 헨리는 손을 내저으면서 말을 이었다.

"그게 걱정이기는 해. 버니가 우리 일을 떠벌렸을 경우, 일이 어떻게 되리라는 것쯤은 나도 알아."

"지금쯤 떠벌렸는지도 모르는 일 아니야? 파티장에서 만난 사람들 반쯤은 벌써 이 사실을 알고 있을지도 모르는 일 아니야?"

"하지만 만일에 돈을 건다면 나는 버니가 아직은 입을 닫고 있는 쪽에다 걸겠어. 왜냐? 버니는 예측이 불가능한 아이이기는 해. 하지만 이 일의 경우 입을 함부로 놀리면 어떤 일이 벌어질지, 그것까지 모를 녀석은 아니야. 나는, 버니가 네게 그 일을 털어놓은 이유도 어렴풋이나마 짐작은 해."

"그 이유가 어디에 있을까?"

"너도 버니가 널 선택한 걸 우연이라고는 생각하지 않을 테지?"

"글쎄, 나는 버니가 나를 다루기 쉬운 상대로 보았기 때문에 그 이야기를 했을 거라고 생각하는데? 나는 그것밖에 몰라. 다른 이유가 또 있을까?"

"버니에게 그런 말을 함부로 할 상대는 그리 많지 않아. 버니에게는 경찰서로 달려가 이러쿵저러쿵할 배짱까지는 없어. 만일에 경찰서에 가서 고발할 경우 버니 자신도 잃는 게 적지 않아. 그리고 바로 이 이유에서 생판 모르는 사람에게는 말을 할 수 없어. 말하자면 버니로부터 이 말을 들을 상대는 아주 좁은 범위에 국한될 수밖에 없는 거지. 가령 매리언이나 자기 부모, 혹은 클로크, 그리고 너. 줄리언을 이야기 상대로 삼을 가능성도 아주 희박하다고 봐도 좋아."

"너는 왜 버니가 아직 매리언에게도 이야기하지 않았을 거라고 보지?"

"버니는 약간 멍청한 데가 있지만 그렇게까지 멍청하지는 않아. 모르지. 예상 외로 멍청해서 내일 점심때면 온 학교가 다 떠들썩해질지도. 그러나 그렇게 될 것 같지는 않아. 클로크의 경우도 비슷해. 클로크는 다른 이유에서 버니의 이야기 상대가 되지 않아. 클로크는 버니만큼 가볍지는 않지만 대신 엉뚱한 일에 잘 끼어들고 책임감이 없어. 게다가 이건 클로크 같은 아이가 관심을 기울일 만한 일이 못 돼. 버니는 클로크를 좋아하고, 또 존경하는 것으로 알고 있어. 하지만 클로크 쪽에서는 버니를 그런 상대로 보지 않아. 따라서 버니가 클로크에게 친절하게도 시키지도 않은 말을 할 것으로 보이지 않아. 부모님에게 얘기했을 가능성도 희박해 보여. 버니는, 부모님에게 얘기할 경우 이들이 바로 경찰에 이를 알리리라는 것도 잘 알고 있거든."

"줄리언은?"

"버니가 줄리언에게 얘기할 수도 있겠지. 그 가능성을 전적으로 부인할 이유가 내게는 없어. 그러나 아직까지 얘기하지 않은 것은 분명해. 그리고 얘기할 기회도, 내가 아는 한 당분간은 마땅치 않을 거야."

"왜 마땅치 않다는 거지?"

"줄리언이 내 말을 더 믿을 것 같아, 아니면 버니의 말을 더 믿을 것 같아?"

찰스와 프랜시스는 잠자코 있었다. 헨리는 담배 연기를 길게 들이마셨다 내뿜으면서 말을 이었다.

"논리학의 배제법(排除法)을 응용해서 한번 결론을 내보자. 버니는 매리언과 클로크에게는 아직 얘기하지 않은 게 분명하다. 왜? 이 말이 다른 사람 귀로 들어갈까 염려했기 때문이다. 같은 이유 때문에 아직은 부모님에게도 얘기하지 않았다. 그렇다면 어떤 가능성이 있어? 두 가지 가능성뿐이다. 첫째는 줄리언에게 말했을 가능성, 이건 앞에서 검토한 바와 마찬가지다. 그리고 나머지 가능성은, 리처드 너, 하지만 이 가능성은 이미 기정사실이 되었다."

"지나친 결론 아닐까?"

"지나친 결론이 아니야. 만일에 버니가 우리가 앞에서 거론한 사람들 이외의 사람들에게 이 얘기를 했다면 우리가 지금 이 자리에 이렇게 앉아 있을 수 있을까? 버니는 리처드 네게 이 이야기를 해놓고는 네 반응을 살피고 있는 게 분명해. 네가 반응을 보여주지도 않았는데 제3자에게 똑같은 이야기를 할 것으로는 보이지 않아. 버니가 네게 전화를 했다면서? 왜 했다고 생각해? 왜 하루 종일 네 동향과 우리의 동향을 주시했다고 생각해?"

나는 대답할 수 없었다.

"버니는 물을 들여다보면서 깊이를 재고 있는 거야. 어제의 버니는 취해 있었어. 취중에 그런 말을 해놓고는, 그 말에 대한 네 반응이 어떤지 몹시 궁금한 거야. 말하자면 버니에게는 지금 네 의견이 몹시 필요한 거야. 모르기는 하지만 곧 네 반응을 제 행동 지침으로 삼고 싶어할 거야."

"나로서는 이해가 안 가는데?"

내가 말했다.

"어떤 점이 이해가 안 가?"

"버니가 나 이외의 어떤 사람에게도 얘기할 것 같지 않다면서? 그렇다면 제거할 필요가 없는 거 아닌가?"

"아직까지는 아무에게도 얘기하지 않았지. 그러나 언제까지나 그럴 것 같지는 않아."

"내가 설득해보면 어떨까?"

"솔직하게 말해서 나는 그게 될 것 같지 않아."

"내 의견으로는 네가 이 일을 너무 네 나름으로만 생각하는 것 같은데."

헨리는 나를 노려보면서 말했다.

"잘 들어. 지나치게 퉁명스럽게 말해서 미안하지만, 네가 만일에 버니에게 어떤 영향력을 행사할 수 있다고 생각한다면 그건 참으로 슬픈 착각이야. 버니는 널 좋아하지 않아. 더 솔직하게 말하면 버니는 한 번도 널 좋아해본 적이 없어. 너나 누구나 버니를 설득하려고 생각한다면 결과는 비참해져."

"그래도 버니는 날 찾아와서 고백했어."

"버니의 얘기를 들을 사람이 다 낭만적인 사람은 아니야. 버니가 아무에게도 얘기하지 않았다는 확신만 있어도 나는 이러지 않는다. 그러나 리처드, 너는 경보장치와 같아. 버니는 네게 얘기하고는 한 가지 사실을 알아낼 거다. 버니는 '얘기해도 아무 일 없네. 이거 얘기해도 괜찮은 거구나.' 이렇게 생각할 거다. 그런데 지금부터가 문제야. 버니는 제2, 제3의 얘기 상대를 찾아낼 테니까. 요컨대 버니는 이 사건을 비탈길에 놓고 한번 밀어본 거야. 일단 이렇게 된 이상 사태는 걷잡을 수 없이 내리막길을 내달릴 거야."

손바닥에서 땀이 나고 있었다. 창문이 열려 있는데도 불구하고 방이 답답하게 느껴졌다. 친구들의 숨소리가 모두 들렸다. 조용히, 치밀하게 계산된 듯한 들숨날숨 소리는, 네 개의 폐가 한정된 공간의 희박한 산소를 골고루 나누고 있는 것 같았다.

헨리가 손가락을 우드득 소리 나게 꺾고는 나에게 말했다.

"너는, 원하면 지금 가도 좋아."

"내가 갔으면 좋겠어?"

나도 모르게 목소리가 날카로워졌다.

"넌 여기에 있을 수도 있다. 그러나 있지 않아도 좋다. 그러나 네가 있어야 하는 이유가 없다. 나도 처음에는 네가 있었으면 했지만 가만히 생각해보니 이 일을 하는 사람 수는 적으면 적을수록 좋을 것 같다. 너도 이해할 거다. 네가 알아야 하는 게 있기는 하지만, 여기까지 얽혀 들게 한 것만으로도 나는 네게 너무 많은 빚을 졌다."

나는 일어서서 헨리와 프랜시스와 찰스를 둘러보았다.

"좋아, 좋아, 좋다고."

프랜시스의 두 눈이 휘둥그레졌다.

"행운이나 빌어줘."

헨리의 말이었다.

나는 그의 어깨를 가볍게 두드리며 말해주었다.

"행운을 빌어."

헨리의 시선 밖에서 찰스의 시선이 내 시선을 붙잡았다. 그는 웃으며 입모양으로 이렇게 말했다. '내일 전화할게, 알았지?'

갑자기 견딜 수 없이 허전했다. 조금만 더 있어도 유치한 말, 나중에 후회할 말을 할 것 같아서 나는 윗도리를 입으면서 남은 커피를 단숨에 마시고는 아무 말 없이 나와버렸다.

$$\backsim\!O\!\sim$$

두 손은 주머니에 찔러 넣고 고개는 푹 숙인 채 어둠 속을 걸어 숙사로 돌아오던 길에 뜻밖에도 커밀라를 만났다. 커밀라는 꽤 취해 있었다. 기분도 상당히 들뜬 것 같았다.

"이게 누구야?"

커밀라는 내 팔짱을 끼고, 내가 가야 할 길과는 반대쪽으로 끌면서 말했다.

"나 왜 이렇게 기분 좋은지 알아? 데이트했다."

"들었어."

커밀라는 까르륵 소리가 나게 웃었다. 웃음소리가 내 가슴에 뜨겁게 와 닿았다.

"재미있지? 나 오늘 굉장한 스파이가 된 기분이야. 버니는 조금 전에 제 방으로 돌아갔어. 그런데 문제가 생겼어. 클로크가 날 좋아하게 되어버린 것 같단 말이야."

"클로크는 점잖게 굴었어?"

"응, 괜찮은 애던데? 저녁과, 팝시클과 맛이 비슷한 술을 사주더라."

이야기를 나누면서 걷다 보니 숲이 끝나고 한적한 노스 햄든 거리였다. 달빛을 받고 있는, 적막에 싸인 풍경이 낯설어 보였다. 봄바람이 어느 집의 풍경(風磬)을 건드리고 있었다.

내가 걸음을 멈추자 커밀라가 내 팔을 안았다.

"함께 안 가?"

"안 가."

"왜 안 가?"

커밀라의 머리카락은 헝클어져 있었고 입술은 팝시클 맛이 난다는 술기운에 유난히 붉었다. 나는 커밀라를 바라보는 것만으로도, 커밀라가 헨리의 머릿속에서 벌어지고 있는 일을 전혀 모르고 있음을 짐작할 수 있었다.

커밀라도 다음 날에는 그들과 동행할 터였다. 누군가가 커밀라에게 따라오지 말라고 할 테지만, 커밀라는 그 말을 듣지 않고 반드시 합류할 터였다.

"커밀라."

"왜?"

"나랑 가자."

풍경이 다시 울렸다. 나른하고도 달콤한 소리.

"지금 말이야?"

"그래."

"왜?"

"네가 옆에 있으면 좋겠어."

검은 스타킹을 신은 커밀라의 다리는 흡사 아기 사슴의 다리 같았다. 커밀라는 선 채로 그 다리를 살짝 꼬아 L자 꼴로 만들고는 텅 빈, 그러나 술기운이 완연한 눈으로 나를 바라보았다.

커밀라의 손은 내 손안에 있었다. 나는 그 손을 꼭 쥐었다. 구름이 달을 가리기 시작했다.

"가자."

커밀라는 발뒤꿈치를 들고 서서 내 뺨에 팝시클 냄새가 풍기는 입술을 갖다 댔다. 짤막하면서도 부드러운 키스. 내 가슴이 쿵쾅거리기 시작했다.

그러나 바로 그 순간 커밀라는 나를 밀어내면서 속삭였다.

"나는 가봐야 해."

"안 돼. 제발 가지 마."

"가봐야 해, 모두들 궁금하게 여길 거야."

커밀라는 다시 한 번 짤막한 키스를 던지고는 텅 빈 거리를 걷기 시작했다. 나는 길모퉁이로 사라질 때까지 커밀라를 보고 있다가, 주머니에 두 손을 찔러 넣고는 내 방으로 돌아왔다.

◠◡◠

다음 날 나는 후텁지근한 열기와 아래층에서 들리는 음악 소리에 놀라 깨어났다. 정오쯤 된 것 같았다. 나는 침대 옆 탁자 위에 놓여 있던 시계를 집어다 보고는 다시 한 번 놀랐다. 3시 15분 전이었다. 나는 침대에서 뛰어내려와 바지부터 꿰입었다. 그러고는 면도도 하지 않은 채, 머리도 빗지 않은 채 밖으로 나왔다.

윗도리를 입으면서 복도로 나오는 참인데 반대쪽에서 주디 푸비가 오고 있었다. 정장한 주디는 머리를 옆으로 젖힌 채 걸어오면서 귀고리를 채우고 있었다.

"너 가니?"

주디가 물었다.

"가다니? 어디로?"

내가 문손잡이를 잡은 채 어정쩡하게 물었다.

"어떻게 된 거 아냐? 화성에서 왔어?"

"그게 무슨 소리야?"

"파티가 있잖아? 봄맞이 파티. 제닝스 홀 뒤에서. 시작한 지 벌써 한 시간이나 되었을 거야."

주디의 콧구멍은 붉게 달아올라 꼭 토끼 같았다. 주디는 새빨갛게 칠한

긴 손톱의 손으로 코를 문질러댔다.

"뭘 하고 지냈는지 어디 한번 맞혀볼까?"

주디는 깔깔거리고 웃었다.

"사정없이 바빴어. 지난 주말에 잭 타이텔바움과 뉴욕에 갔다가 그걸 한 자루 실어왔어. 로라 스토라는 엑스터시를 가지고 있고. 더빈스톨 지하 실험실에 있는 어떤 돌아이는—너도 알지? 그 화학 전공하는 애 말이야—메스암페타민을 엄청나게 만들어댔지. 설마 모른다고는 않을 테지?"

"몰라."

"이곳의 봄맞이 축제는 원래 이렇게 대단한 거야. 모두들 몇 달 전부터 벼르고 기다리거든. 어제 했어야 하는 건데, 어제 날씨가 얼마나 좋았어? 점심은 먹었어?"

주디는 이날 밖에 나온 적이 있느냐고 묻는 것이었다.

"아니."

내가 대답했다.

"응, 날씨가 좋긴 한데, 좀 춥네. 밖에 나갔다가 어우야 했다니까. 암튼 너도 갈 거야?"

나는 멍한 얼굴로 주디를 바라보았을 것이다. 부리나케 밖으로 나왔지만, 어딜 가기로 작정하고 나왔던 것은 아니니까.

"어디 가서 뭘 먹기는 해야겠지?"

"좋은 생각이다. 작년에는 먹지도 않고 피워대다가 어찌나 혼이 났던지. 게다가 마티니를 서른 잔이나 마시고, 괜찮을 줄 알았는데 결국은 응급실 신세를 졌어. 그때는 여기 없었으니까 잘 모르겠지만, 여기 카니발, 굉장하게 한다. 작년에는 대실수였어. 하루 종일 마시면서 잭 타이텔바움 패거리들과 뙤약볕에서 엉뚱한 짓거리를 했으니. 그래서 처음에는 안 갈 생각이었어. 하지만 가만히 생각해보니, 인생이란 놀이공원의 대관람차다 싶더라

409

고. 그래서 관람차를 타러 가는 중이야."

나는 까탈 부리지 않고 주디의 이야기를 다 들어주었다. 들으면서 가만히 생각해보니 병적인 수다쟁이의 페이스에 말린 기분이었다.

"그래서 금년에는 조심할 참이야. 연기는 맡을 게 못 되더라고. 그런데 친구 걔 누구야, 응, 버니. 버니를 데리고 오지그래? 도서관에 있더라."

"뭐야?"

"끌고 나와. 데리고 나와서 머리 좀 식혀줘."

"버니가 도서관에 있어?"

"응. 조금 전에 거기 있는 걸 봤어. 버니에게 차 있어?"

"없어."

"있으면 타고 가면 좋은데. 제닝스 홀까지는 멀거든. 내게만 멀게 느껴지는 건 체중 탓인가? 제인 폰다 에어로빅을 또 한차례 해야 할 모양인가?"

3시는 되었을 터였다. 나는 방문을 잠그고는 도서관 쪽으로 걸었다. 열쇠가 내 주머니 속에서 짤랑거리는 쉴 새 없이 소리가 났다. 이상하게도 답답하게 느껴지는 날이었다. 캠퍼스는 휑하니 비어 있는 느낌이었다. 파티 때문이라고 나는 생각했다. 침침한 하늘을 배경으로 파란 잔디와 화려한 튤립이 착 가라앉은 분위기를 자아내고 있었다. 어디에선가 셔터가 삐걱거리는 소리가 들려왔다. 내 머리 위에 저 느릅나무의 검은 가지에 걸려 있는 연이 갑자기 발작적으로 소리를 내더니 그나마 곧 잠잠해졌다. 그래, 캔자스가 이랬어. 사이클론 직전의 캔자스가 이랬어, 나는 이런 생각을 했다.

도서관은 흡사 공동묘지 같았다. 서늘한 형광등 조명이 오후를 실제 이상으로 으스스하게 느껴지게 했다. 열람실 창에는 아무것도 비치지 않았다.

서가, 빈 개인 열람실. 사람의 그림자는 보이지 않았다. 도서관 사서—눈에 띄게 동작이 굼뜬, 페기라는 여자—는 책상 뒤에서 〈여성의 날〉을 읽고 있었다. 내가 들어갔지만 사서는 본 척도 하지 않았다. 구석에서 복사기만 혼자 윙윙거리고 있었다. 2층으로 올라가 해외도서실을 돌아 열람실로 들어가 보았다. 역시 비어 있었다. 그러나 아무것도 없는 것은 아니었다. 앞줄의 책상 위에는 몇 권의 책들, 구겨진 종잇장, 그리고 감자칩 봉지가 놓여 있었다.

가까이 다가가 가만히 내려다보았다. 버리고 간 지 얼마 안 되는 것 같았다. 포도주스 깡통도 하나 있었다. 4분의 1쯤 남은 채로 땀을 흘리고 있는 깡통에 손을 대보았다. 여전히 싸늘했다. 나는 어떻게 해야 좋을지 몰라 잠깐 거기에 서 있었다. 버니는 화장실에 갔을지도 모르는 일이었다. 화장실에 갔다면 금방 돌아올 터였다. 그러나 거기에서 버니를 만나서 득 될 것도 없었다. 막 돌아서는 내 눈에 쪽지가 보였다.

세계대백과사전에 종이쪽지가 반으로 접힌 채 꽂혀 있었다. 쪽지 위에는 '매리언에게'라고 씌어 있었다. 종이를 할퀴듯이 쓴 글씨체로 보아 틀림없는 버니의 글씨였다. 나는 쪽지를 펴고는 재빨리 메모를 읽어보았다.

아가씨.
지겨워 죽겠다.
파티장으로 쳐들어가 술이나 한잔 얻어먹을까.
나중에 보자.

버니가

나는 쪽지를 원래 있던 자리에 끼워놓고 버니의 의자에 털썩 주저앉았다. 버니가 도서관을 떠난 시각은 1시쯤 될 터였다. 내가 시계를 보았을 때는 3시를 지난 시각이었다. 버니가 제닝스 홀의 파티장에 있다면 헨리 패거리는 허탕을 칠 터였다. 나는 도서관 뒷계단을 통해 지하실 문으로 나와 커먼스 홀로 들어갔다. 빈 하늘을 지고 선 커먼스 홀의 붉은 벽돌 건물 정면은 흡사 연극 무대의 배경 같았다. 나는 황급히 헨리에게 전화를 걸었다. 전화를 받지 않았다. 쌍둥이 남매 역시 마찬가지였다.

커먼스 홀에는 늙은 관리인과 빨간 가발을 쓴 요리사가 있을 뿐, 학생들은 하나도 없었다. 일주일 내내 틈만 나면 뜨개질을 하는 요리사 아주머니는 누가 드나들어도 본 척도 하지 않았다. 형광등은 여전히 깜빡거리고 있었다. 요리사 아주머니는, 타이태닉호가 침몰하던 날 밤의 캘리포니아 무선국 교환원처럼 나 몰라라 하고 뜨개질만 하고 있었다. 나는 그 아주머니를 지나서 홀을 가로질러 자동판매기 있는 곳으로 가 커피를 한 잔 뽑아 들고 다시 전화를 돌렸다. 여전히 응답이 없었다.

나는 전화 수화기를 놓고, 우체국을 지나면서 집어 든 동창회보를 옆구리에 낀 채 창가 의자에 앉아 커피를 마셨다.

15분, 20분이 지났다. 동창회보는 재미대가리가 하나도 없었다. 햄튼 졸업생들은 낸터킷에서 도자기 가게를 열거나, 네팔의 아시람에 들어가는 것밖에 모르나……. 나는 동창회보를 쓰레기통에 처넣고는 창밖의 하늘을 바라보았다. 창밖이 이상하게 보였다. 하늘이 스산한데도 잔디는 유난히 짙푸른 것 같아서 이상하게도 내 눈앞으로 펼쳐지는 광경이 이승의 풍경이 아닌, 초자연적인 풍경인 것 같았다. 놋쇠 깃대에서 성조기만 푸르뎅뎅한 하늘을 배경으로 펄럭거리고 있었다.

한동안 그 성조기를 바라보다가 나는 도저히 가만히 있을 수가 없어서 외투를 입고 골짜기 쪽으로 걷기 시작했다.

적막에 싸여 있는 숲은 더할 나위 없이 스산했다. 진흙 냄새와 잎이 썩어가는 냄새, 검푸른 늪지 같은 분위기, 바람 한 점 없었다. 새들의 노래도 들리지 않았다. 나뭇잎도 흔들리지 않았다. 산딸기꽃이 어두운 하늘, 무거운 대기를 배경으로 하얗게 피어 있었다. 어쩐지 현실 세계의 꽃 같지가 않았다.

나는 서둘러 걸었다. 내 발밑에서 잔가지들이 부러져나갔다. 숨소리가 내 귀에 들리게 될 즈음, 길이 나왔다. 나는 길로 들어서자마자 걸음을 멈추고 숨을 가누었다. 그러나 주위에는 아무도 없었다.

험한 바위에 둘러싸인, 가파른 골짜기는 왼쪽에 있었다. 나는 벼랑으로 너무 접근하지 않도록 애쓰면서 조심스럽게 골짜기를 내려다보았다. 역시 물 밑같이 조용했다. 돌아서서 조금 전에 빠져나왔던 숲으로 다시 들어섰다. 부스럭거리는 소리가 들리는가 하는 순간 불쑥 찰스의 머리가 나타났다. 나는 기겁을 하고는 뒤로 물러섰다.

"아니, 네가, 웬일로……."

찰스의 숨죽인 목소리였다.

"닥쳐!"

퉁명스러운 목소리와 함께 헨리가 관목 아래로 흡사 마술사처럼 모습을 나타냈다.

나는 어찌나 놀랐던지 한동안은 말도 할 수 없었다. 헨리는 약간 화난 얼굴로 나를 노려보았다. 헨리가 막 뭐라고 하려는 참인데 잔가지 부러지는 소리와 함께 카키색 바지 차림의 커밀라가 나무 아래에서 기어 나왔다.

"무슨 일이야? 누구 담배 있어?"

가까운 곳에서 프랜시스의 목소리가 들려왔다.

헨리는 프랜시스의 말에는 대답하지 않고 나에게 물었다.

"너, 도대체 여기는 웬일이야?"

"오늘 파티가 있대."

"뭐가 있어?"

"파티. 버니는 지금 거기 가 있어. 이리로는 안 올 모양이야."

"봐, 내가 뭐랬어? 내 말은 들은 척들을 안 해요. 한 시간 전부터 줄곧 돌아가자고 하던 참이야."

프랜시스가 덤불 아래로 나타나 손을 비비면서 말했다. 프랜시스의 옷차림은 분위기에 전혀 걸맞지 않았다. 그는 여전히 정장에 가까운 차림을 하고 있었다.

"버니가 파티장에 가 있다는 건 어떻게 알아?"

헨리가 물었다.

"쪽지를 남겨놓았더군. 도서관에."

"돌아가자."

손등으로 뺨에 묻은 낙엽을 털어내면서 찰스가 소리쳤다.

헨리는 찰스의 말은 들은 척도 않고, 물을 털어내는 강아지처럼 고개를 세차게 흔들면서 말했다.

"젠장, 오늘은 마무리 지을 줄 알았는데."

아무도 이 말의 뒤를 잇지 못했다.

"아이고, 배고파라."

침묵을 깨뜨린 것은 찰스였다.

"배고파 죽겠어. 아이고, 내 정신 좀 봐!"

금방이라도 쓰러질 것 같던 커밀라가 갑자기 호들갑스러워졌다.

"왜 그래?"

몇 명이 이구동성으로 물었다.

"저녁. 오늘이 일요일이잖아? 버니는 오늘 저녁을 먹으러 우리 집에 오게 되어 있잖아."

침묵이 유난히 길고 무거웠다.

"어쩌면, 깜빡하고 있었어. 어떻게 이렇게 감쪽같이."

"나도 그래, 어쩌지? 집에는 먹을 만한 것도 없는데?"

커밀라의 말이었다.

"돌아가는 길에 식료품 가게에 들르지, 뭐."

"뭘 산다지?"

"내가 아나? 속전속결이 가능한 걸로 하자."

"너희 둘 다 참 한심도 하다. 엊저녁에 내가 그 이야기 않던?"

헨리의 목소리는 가볍게 떨리고 있었다.

"깜빡했어."

쌍둥이 남매가 기가 죽은 채 대답했다.

"깜빡할 게 따로 있지."

"오후 2시에 누군가를 죽이기로 되어 있는 사람이, 저녁에 그 사람에게 저녁을 지어 먹여야 한다?"

"아스파라거스가 제철이야."

프랜시스가 거들었다.

"하지만 푸드킹에 가야 살 수 있잖아?"

헨리는 한숨을 쉬면서 숲 쪽으로 걷기 시작했다.

"어딜 가?"

찰스가 뛸 듯이 놀라면서 물었다.

"숲 속으로 들어가서 고사리라도 몇 포기 파 가려고 그래. 몇 포기 파 가지고 돌아가자."

"잊어버려. 보는 사람도 없는데 뭘 그래?"

프랜시스가 담배에 불을 붙이고는 다 쓴 성냥을 버리면서 말했다. 헨리가 프랜시스를 돌아보면서 나무랐다.

"보는 사람이 있는지 없는지 그걸 네가 어떻게 알아? 보는 사람이 있을 경우에 대비해서, 왜 여기에 와 있었는지 설명할 수 있어야 할 것 아니야? 그래서 고사리라도 몇 포기 파 가자는 거야. 그리고 그 성냥 줍지 못해?"

프랜시스는 무안했던지 하늘로 담배 연기를 뿜어 올리고는 헨리를 노려보았다.

시간이 흐름에 따라 기온이 내려가면서 숲이 점점 어두워지고 있었다. 나는 윗도리 단추를 잠그고, 골짜기 바로 옆에 있는 축축한 바위에 앉아 진흙과 나뭇잎이 뒤섞여 있는 골짜기를 내려다보았다. 쌍둥이 남매는 저녁거리를 놓고 아옹다옹하고 있었다. 프랜시스는 나무에 기대서서 담배를 피우다가 내 곁으로 왔다.

시간은 흐르고 있었다. 하늘은 흐려지다 못해 아예 자줏빛이었다. 골짜기 건너편의 자작나무 사이로 바람이 불어왔다. 몸이 떨려왔다. 쌍둥이 남매는 여전히 아옹다옹하고 있었다. 둘이서 대수롭지 않은 문제를 놓고 다툴 때면 찌그락짜그락거리는 소리가 그칠 줄을 몰랐다.

바로 그때 헨리가 관목 아래로, 진흙 묻은 손을 바지에 닦으면서 불쑥 모습을 나타냈다.

"누가 온다."

그가 속삭였다.

쌍둥이는 입을 다물고 헨리를 바라보았다.

"뭐?"

찰스의 말이었다.

"저 뒷길이야. 잘 들어봐."

우리는 입을 다문 채 서로의 얼굴을 번갈아 바라보면서 귀를 기울였다. 서늘한 바람이 숲을 지나면서 하얀 산딸기 꽃잎을 날리고 있었다.

"아무 소리도 안 들리는데?"

프랜시스가 속삭였다.

헨리가 손가락을 입술 앞에다 세웠다. 우리는 꼼짝도 않은 채 귀를 기울이고 기다렸다. 내가 숨을 멈추고 있다가 내쉬면서 한마디 하려는데 부스럭거리는 소리가 들리기 시작했다.

발소리. 잔가지가 부러지는 소리. 헨리가 손가락을 입술에 댄 채 재빨리 주위를 둘러보았다. 골짜기 옆은 공터나 다름없어서 숲으로 들어가지 않는 한 몸을 숨길 만한 곳도 없었다. 사람이 가까이 와 있다면, 소리가 날 터이니 그 사람 몰래 숲으로 들어가기도 불가능했다. 헨리가 무슨 말을 하려고 입술을 움직이는 찰나 아주 가까이서 부스럭 소리가 났다. 그러자 헨리는 나무 사이에 있다가, 문을 열고 거리로 나서는 사람처럼 빈터로 불쑥 나섰다. 우리는 몸을 숨기지도 못하는 상황에서 서로의 얼굴만 바라보고 서 있었다. 헨리는 우리에게서 10미터쯤 떨어진 곳에서 재빨리 숲 언저리로 몸을 숨기고는 우리에게 가만히 있으라고 손짓했다. 땅을 밟는 발소리가 완연했다. 나는 나도 모르는 사이에 나무등걸로 눈길을 던지면서, 등걸의 기생생물을 조사하는 척했다.

발소리는 점점 더 우리 쪽으로 가까워지고 있었다. 등줄기가 서늘했다. 나는 나무등걸에 눈을 더 가까이 갖다 댔다. 은빛 껍질, 까만 줄을 이루고 행진하는 개미 떼가 눈에 들어왔다. 나는 눈길은 거기에다 둔 채 다가오는 발소리를 세었다.

발소리는 내 뒤에서 멈추었다.

나는 뒤를 돌아다보았다. 찰스가 먼저 눈에 들어왔다. 찰스는 얼이 빠져버린 듯한 표정을 하고는 앞을 바라보고 있었다. 왜 그렇게 놀라느냐고 물으려는 찰나 바로 내 뒤에서 버니의 음성이 들려왔다.

"이런, 이게 뭐 하는 짓들이야? 자연 속에서 자유 학습이라도 하고 있는 거냐?"

나는 소리 나는 쪽으로 돌아섰다. 분명히, 발치까지 내려오는 노란 비옷을 입은 버니였다.

우리는 아무도 입을 열지 못했다.

"안녕, 버니."

겨우 커밀라가 이렇게 말했을 뿐이었다.

"너구나."

버니는 맥주 한 병을 들고 있었다. 공교롭게도 상표가 '롤링 록(구르는 바위 – 옮긴이)'이었다. 버니는 우리를 바라보면서 맥주를 한 모금 걸판지게 들이켜고는 말을 이었다.

"너희들 요새 숲 속에서 숨어 다니는 걸 꽤나 좋아하더라. 그리고 너."

그는 손가락으로 내 옆구리를 쿡 찌르며 덧붙였다.

"만나려고 전화를 얼마나 했는지 알기나 해?"

갑작스러운 버니의 출현이 나에게는 얼마나 당혹스러웠는지 모른다. 나는 말문이 막히는 바람에 아무 말도 할 수 없었다. 버니는 다시 한 모금을 더 마시고는 손등으로 입을 닦았다. 버니는 거친 숨결까지 느낄 수 있을 정도로 내 앞에 바싹 붙어서 있었다.

버니는 손으로 눈을 가리고 있던 머리카락을 쓸어 올리고는 트림을 한 차례 한 다음 다시 우리를 비아냥거렸다.

"사슴 사냥꾼들. 그래, 이야기가 어떻게 돌아가나? 채식주의자들의 현장 학습 같구먼, 그래?"

숲 쪽에서 부스럭거리는 소리에 이어 기침 소리가 들려왔다.

"정답은 아니야."

헨리의 싸늘한 목소리가 버니의 말을 받았다.

버니가 의외라는 표정을 지으며 고개를 돌렸다. 나 역시 그쪽을 바라보았다. 숲 그늘 속에서 헨리가 걸어 나오고 있었다.

헨리는 정원용 모종삽을 든 채 버니에게 다가갔다. 그의 손에는 진흙이 시커멓게 묻어 있었다.

"이게 누구야? 사람을 이렇게 놀라게 해도 괜찮은 거야?"

헨리가 그답지 않게 너스레를 떨었다.

버니는 헨리의 모습을 찬찬히 뜯어보다가 물었다.

"세상에, 너희들 여기에서 뭘 하고 있어? 시체라도 파묻고 있는 거야, 뭐야?"

헨리는 웃었다.

"잘 왔다. 우리는 역시 재수가 좋아."

"사슴 사냥꾼들의 전당대회라도 벌어진 거야, 뭐야?"

"응. 그렇게 부르는 수도 있기는 해."

"있기는 해? 웃기네."

버니가 헨리를 비웃었다.

헨리는 입술을 깨물면서 차분한 어조로 말했다.

"응, 그렇게 부르는 수도 있기는 해, 나는 그런 용어가 마음에 안 들지만 말이야."

사방이, 세상 만물이 그렇게 조용할 수 없었다. 멀리서 숲 속 어딘가에서, 딱따구리의 방정맞은 웃음소리가 들려왔다.

"말해봐. 도대체 너희들 여기에서 뭘 하고 있는 거야?"

버니가 물었다. 버니는 그제야 낌새가 이상하다는 걸 눈치챈 모양이었다. 숲이 조용해졌다. 소리라는 소리는 하나도 들리지 않았다.

헨리가 웃으면서 대답했다.

"응, 고사리 몇 포기 캐려고."

그러고는 버니에게로 한 발 다가섰다.

2권에서 계속

비밀의 계절 1

1판 1쇄 발행 2015년 7월 10일
1판 3쇄 발행 2017년 5월 22일

지은이 · 도나 타트
옮긴이 · 이윤기
사장 · 주연선
발행인 · 이진희

편집 · 심하은 백다흠 강건모 이경란 최민유 윤이든 양석한
디자인 · 김서영 이지선 권예진
마케팅 · 장병수 김한밀 최수현 김다은
관리 · 김두만 유효정 신민영

(주)은행나무
121-839 서울특별시 마포구 양화로11길 54
전화 · 02)3143-0651~3 | 팩스 · 02)3143-0654
신고번호 · 제 1997-000168호(1997. 12. 12)
www.ehbook.co.kr
ehbook@ehbook.co.kr

잘못된 책은 바꿔드립니다.

ISBN 978-89-5660-880-8 04840
ISBN 978-89-5660-879-2 (세트)